貝瓊集

〔上册〕

〔明〕貝瓊 著 楊葉 點校
海寧市檔案局（館）
海寧市史志辦公室 編

浙江文叢

浙江古籍出版社

圖書在版編目(CIP)數據

貝瓊集 / (明) 貝瓊著 ; 楊葉點校. —杭州 : 浙江古籍出版社, 2019.11(2023.4 重印)
(浙江文叢)
ISBN 978-7-5540-1615-2

Ⅰ.①貝… Ⅱ.①貝… ②楊… Ⅲ.①中國文學—古典文學—作品綜合集—明代 Ⅳ.①I214.82

中國版本圖書館 CIP 數據核字(2019)第 233660 號

浙江文叢

貝瓊集

(全二册)

(明)貝瓊 著　楊葉 點校

出版發行	浙江古籍出版社 (杭州市體育場路 347 號　郵編:310006)
網　　址	https://zjgj.zjcbcm.com
責任編輯	劉　蔚
文字編輯	周　密
封面設計	劉　欣
責任校對	吴穎胤
責任印務	樓浩凱
照　　排	浙江時代出版服務有限公司
印　　刷	浙江新華數碼印務有限公司
開　　本	710mm×1000mm　1/16
印　　張	42.75
字　　數	438 千
版　　次	2019 年 11 月第 1 版
印　　次	2023 年 4 月第 2 次印刷
書　　號	ISBN 978-7-5540-1615-2
定　　價	280.00 圓(精裝)

如發現印裝質量問題,影響閱讀,請與市場營銷部聯繫調换。

ISBN 978-7-5540-1615-2
9 787554 016152

前言

貝瓊（一三一五—一三七九），字廷琚（一作仲琚、廷珍），初名闕，字廷臣，别號清江、檇李海鶴生、兩山老樵。崇德縣人〔一〕，晚年隱居縣境東鄙之殳山。宣德五年（一四三〇），明朝析崇德縣東境六鄉之地置桐鄉縣，殳山屬桐鄉；一九五〇年，桐鄉縣屠甸區殳山鄉第一、二、三、四、五、六、八村劃歸海寧縣，故一九九五年版《海寧市志》第三十四編《人物》記貝瓊爲海寧人。

貝瓊的祖先是蘇州人，曾祖父名貝珪，在宋理宗時遷居崇德。祖父貝謙，宋末太學上舍生，不仕。元滅南宋，貝謙耻於事二姓，浮沉鄉里，隱居以終。貝謙生有兩子，次子即貝瓊之父，名不詳，字（或號）守中。貝守中早亡，貝瓊的文章中没有提及自己的兄弟姐妹，或爲家中獨子。貝瓊至少曾三次娶妻，分别爲葛氏、徐氏、陸氏〔二〕。育有五子，有成就者三人：貝翺，楚府紀善；貝翽，都督府經歷；貝翔，國子學録。

貝氏爲寒素之家，貝瓊自幼讀書，曾師事黄次山、陳螺室、俞易齋諸人，約在至正元年（一三四一）拜入楊維楨門下〔三〕。貝瓊早歲以教授生徒爲業，至元四年（一三三八）受松江夏景囦之聘，在其家教授生徒，長達十年。張士誠據有江浙之地，屢召其入仕，貝瓊審時度勢，辭而不

應。貝瓊雖文名日盛，但科場不順，直至四十八歲時（至正二十二年，一三六二）纔鄉試中舉。洪武三年（一三七〇），貝瓊應召至南京，參與編修《元史》。同官李敏卿等人，服其史才，稱其叙事直而不詭。《元史》修成，受賜而歸。四年（一三七一），貝瓊擔任浙江鄉試考官，取鄭真爲第一人，時稱得人。六年（一三七三），召入爲國子助教。感嘆古樂不作，寫《大韶賦》以見志。宋濂擔任國子司業時，建議朝廷設立五學，竝祀舜、禹、湯、文爲先聖。朱元璋不用其説，但士大夫中猶有多人贊同宋濂的提議，貝瓊作《釋奠解》以辯之。八年（一三七五），改官中都國子助教，教授勳臣子弟。十一年（一三七八）九月，辭疾歸。十二年（一三七九），卒於殳山。

觀其一生，貝瓊始終以讀書作文爲依歸，即使出仕，也是擔任國子助教一類的儒官，不改儒士本色。其詩文作品，在當時即負盛名，廣爲傳布，後世評價甚高，四庫館臣更以總結性的語言予以論述：『瓊學詩於楊維楨，然其論文稱「立言不在嶄絶刻峭，而平衍爲可觀；不在荒唐險怪，而豐腴爲可樂」。蓋雖出於維楨之門，而學其所長，不學其所短，宗旨頗不相襲。朱彝尊《静志居詩話》謂其詩爽豁類汪廣洋，整麗如劉基，圓秀勝林鴻，清空近袁凱，風華亞高啟，朗净過張羽，繁縟愈孫蕡，足以領袖一時。鄉曲之言，未免過實，然其詩温厚之中自然高秀，雖不能兼有諸人之勝，而馳驟於諸人之間，實固無所多讓。其文亦冲融和雅，有一唱三嘆之音。』（《欽定四庫全書總目》卷一百六十九）

貝瓊卒後，其子貝翱編輯遺集，刊印出版，分爲《清江貝先生文集》三十卷和《清江貝先生詩集》十卷。此爲貝瓊詩文集的首次系統整理，即後世所稱之『洪武本』也。《清江貝先生文集》中的作品，作於明代者居多，作於元代者居少。究其原因，可能有兩點：一是作於元代時的作品歷經喪亂，手稿或被毁，貝翱無從搜尋。二是貝瓊作於元代時的文字，或多歌頌舊朝之作，在明初的政治環境中，明顯不合時宜，故而貝翱故意將其删除，不予收録。

貝瓊詩文集版本較多，存世者主要有如下數種：一、貝翱洪武年間刻本《清江貝先生文集》三十卷、《清江貝先生詩集》十卷。此本古雅絶倫，最爲世人所珍。文集按寫作時間排列，詩集以古今體編次。正文文集、詩集行款不一，懷疑兩者付梓時間不同，後彙爲一書。二、萬曆年間李詩刻本《清江貝先生文集》。此本共四卷（《文集》三卷、《續集》一卷），係貝瓊文集之選本。李詩任桐鄉縣學訓導時，選録貝瓊部分文章，重加編次，刊刻出版。三、康熙年間金氏燕翼堂刻本《清江貝先生詩集》十卷、《清江貝先生文集》三十卷。此本據鈔本刊刻，所收篇目與洪武本大體相同（詩集多出一首《送吴鼎文同知赴安州》），但詩集分類及排列順序有所變動。金氏（金檀）所據之鈔本，應是前人據洪武本所過録者。此本又有乾隆年間汪𡇋校補本。四、《四庫全書本》。四庫館臣據金檀刻本收録，删去《鐵崖先生傳》，又對一些『違礙』文字進行删改，已非原本面目。五、國家圖書館藏清鈔本《清江貝先生文集》三十卷、《清江貝先生詩集》十卷。國家圖書館網站『中華古籍資源庫』收録此本，經實際比勘，應是洪武本之傳抄本。

民國時，上海商務印書館曾借烏程許氏藏洪武刻本《清江貝先生文集》《清江貝先生詩集》予以影印出版，收入《四部叢刊》。然商務印書館在出版時，有所修改描潤〔四〕，導致部分文字與原書不同，以此爲底本並不能真正反映洪武本原貌。幸而近年『中華再造善本』工程據上海圖書館所藏洪武刻本進行影印出版，纔使其原貌呈現於世。此次整理《貝瓊集》，即以『中華再造善本』工程影印洪武本爲底本（個别辨識有困難的字，據《四部叢刊》影印本確認），以國家圖書館網站『中華古籍資源庫』收録之萬曆年間李詩刻本（簡稱『萬曆本』）及《明别集叢刊》第一輯第九册收録之康熙年間金檀刻本（簡稱『康熙本』）爲校本，羅列各本異文（異體字、俗體字、古今字、通假字等不出校）。萬曆本校對粗疏，但在康熙本問世之前相當長一段時間内，是貝瓊文集流傳最廣的版本，故取之爲校本。而《四庫全書》本對原書删改過多，不足爲憑，故不取。

此次整理《貝瓊集》，除將俗字、訛字以及部分更改後不影響文意的異體字改爲規範字體外，一般不作文字上的改動。予（余）、游（遊）、耶（邪）、于（於）、翅（啻）、由（繇）、與（歟）、脩（修）、托（託）等字，文中經常混用，則一仍其舊，不强行統一。至於『毋毌』『戊戍戌』『己已巳』『圮圯』『苦若』『楊揚』『子于』『穎潁』『辯辨』之類，整理時根據文意徑直選用正確的字，不再出校。

今值文化昌明之世，地方文獻的整理正方興未艾，各地均視之爲要務。筆者不敏，承接

《貝瓊集》點校任務，雖孜孜以求，不敢疏忽，但才識淺薄，謬誤之處在所難免，懇請廣大讀者不吝賜正。本書在整理過程中，得到海寧市史志辦虞坤林先生、浙江古籍出版社況正兵先生的幫助，周密女史認真細致編輯稿件，匡正我的失誤，在此一併致謝！

楊　葉

注

〔一〕貝瓊具體出生地不可考。《清江貝先生詩集》卷二《久客始歸寓井西舊宅述懷一首》云：『在路日思歸，已倦風水艱。前經石門店，喜見西南山。憶我初去鄉，忽忽三十年。兒童盡成老，比鄰無復存。阡陌迷東西，甲第空毀垣。秋風落古木，方池榮夏蓮。倏忽驚世换，豈獨遇神仙。蕭蕭井西宅，白晝唯高眠。所欣無維執，貧賤何足嘆。』據此詩，大體可知其出生地或在今桐鄉市石門、崇福一帶。貝瓊因家貧，曾多次遷居，至晚年始定居殳山，故後世多以殳山爲貝瓊故居所在。嘉慶《桐鄉縣志》卷一《六都區圖》中，殳山之南標註有『明貝清江瓊故宅』，《三十一都區圖》中有『明國子助教貝瓊别墅』，然皆非其出生地。

〔二〕貝瓊《故拙齋處士張公墓碣銘》云：『蓋予娶葛氏，處士内子之姑女也。』《竹深處記》云：『有張宗儒者，世居浦上，鉅竹綿亘數畝，鬱然如雲，因名其室曰竹深處，介余内弟徐真卿來求記。』又有《寄内弟陸熙之》詩。由此可知，至少曾娶葛氏、徐氏、陸氏三人爲妻。

〔三〕貝瓊《送黄孟輔序》云：『方元之盛時，先師次山黄公與其兄午山先生講《易》於鄉，會程、朱而一之。』《西郭生傳》云：『西郭生名士桂，姓陳氏。其先括蒼人。……余少時嘗從螺室先生遊，故知其世系爲詳。』《故

拙齋處士張公墓碣銘》云：『初，予年二十餘，始習舉子業，又登鄉先生俞公易齋之門。』由此可知，貝瓊曾師事黄次山、陳螺室、俞易齋三人。《鐵崖先生大全集序》云：『瓊早登先生之門，今二十五年矣。』此序寫於至正二十五年（一三六五），逆推可知貝瓊約在至正元年（一三四一）拜楊維楨爲師。

〔四〕如《清江貝先生文集》卷七《灌園集序》一文，『中華再造善本』工程影印本與《四部叢刊》影印本文字多有不同，節録如下（括號中爲《四部叢刊》所作）：『諷（□）誦之，不啻鼓空桑以破瓦缶之音，進大羹玄酒而撤芻豢之味，信其發於天機，不待雕肝琢腎之爲工也。且求余序。余惟唐自（□）李白、杜甫以降，作者非一人，擷秀於開元《間氣》《河嶽英靈》，會昌（□）《搜玉》《國秀》諸集，識者猶病其乏風雅之遺，徒以蒿天下之目、聒（繁）天下之耳，矧其下者哉！吁！詩亦難矣。文璧脱去凡近，雄詞麗句，或得之一花一草之微，猿嘯鼯呻之夕，野橋風雪之中，行役别（羈）離燕游登眺之夕，兩金朝嵐暮靄變態之時，五茸獵場髑髏烟（枯）草、傷心墮淚之地，羈人之憤、思婦之哀、神仙隱者之趣，曲盡摹（抒）寫之妙，婉而不迫，奇而不僻。蓋有唐人之風裁矣。使其翱翔上（萬）國，覽黄河、太華之勝，大篇短章，又不止於是也。嗚呼！氣化之盛（變），非復混壹之初，而文章日趨於骫骳。』疑《四部叢刊》所據之洪武本底本破損，缺每行最後一字，影印出版時據康熙本補足，進行了技術處理，實非洪武本原貌也。

貝瓊集目録

清江貝先生文集卷之一

清江貝先生文集卷之二

清江貝先生文集卷之三

清江貝先生文集卷之四

清江貝先生文集卷之五

清江貝先生文集卷之六

清江貝先生文集卷之七

清江貝先生文集卷之八

清江貝先生文集卷之九

清江貝先生文集卷之十三

清江貝先生文集卷之十四

清江貝先生文集卷之十五

清江貝先生文集卷之十六

清江貝先生文集卷之十七

清江貝先生文集卷之十八

清江貝先生文集卷之十九

清江貝先生文集卷之二十

清江貝先生文集卷之二十四

清江貝先生文集卷之二十五

清江貝先生文集卷之二十六

清江貝先生文集卷之二十七

清江貝先生文集卷之二十八

清江貝先生文集卷之二十九

清江貝先生文集卷之三十

清江貝先生詩集卷之一

清江貝先生詩集卷之二

五言古詩

清江貝先生詩集卷之三

七言古詩………………………（四一二）

清江貝先生詩集卷之四

清江貝先生詩集卷之五

清江貝先生詩集卷之六

清江貝先生詩集卷之七

清江貝先生詩集卷之八

清江貝先生詩集卷之九

清江貝先生詩集卷之十

詩餘……（五八九）

附録一　詩文輯佚

附録二　序跋題記

附録三　萬曆間李詩刻本清江貝先生集目次

附録四　書目文獻録要

附録五　傳記資料録要

清江貝先生詩集卷首附録

貝助教文集序

吾友貝廷臣先生有子曰翱，以文學選爲楚府紀善。積其禄入之餘，彙粹其父所爲詩若文爲若干卷，以余與其父友也，不遠四千里，致書請余言，以弁其首簡。先生辱與余友最久，雖不敢自謂知先生，而翱之意可尚，何可以不敏辭哉！昔在元季，文章鉅家，如虞、揭、歐、黄，相繼物故，而宣城貢公泰甫、河東張公仲舉、臨川危公太樸、新安程公以文四三君子者，亦各以宏才碩學，居朝廷製作之任，聯芳而繼響。時會稽楊公廉夫，以名進士屏居吴淞江之上，嘯傲烟月，亦以詩文自豪，有凌轢古今、磅礴宇宙之意，殆若不以臺閣爲泰、江湖爲戚者。一時及門之士，類皆英邁不羈，而耻規規於繩墨之末，先生蓋其傑然者焉。先生天資敻出輩流，其所居邑爲澉以西望，取科第、領鄉薦者，前後相繼。邑之人，父教其子，兄授其弟，惟場屋之文是務。先生獨曰：『此有式之文也，爲之不難。』乃取經史百氏，暨大家集，博覽强記，漸漬儲蓄，發而爲文，以追古作者。其言引物連類，奇論層出，濡筆伸紙，千數百言立就。每一篇出，輒爲楊公嘆伏，於是聲譽大起，而貝氏之文章遂擅名於一時矣。余評其文，馳驟奇崛，如長風駕濤，銀山鐵壁，澎湃疊至，黿鼉蛟龍，百怪出没，而金支翠旂，焜耀前後，何其才之贍而氣之雄也！惜其盛年遭時不偶，浮湛田里之間、山林之下，念有所屬，亦時吐出胸中之奇，以泄其無聊不平之思。及

值維新之朝，起自布衣，預修《元史》，預考鄉試，旋擢國子助教，改助教中京，幸已嚮用。會國家方育材興治，第所居官以訓迪爲職業，而長篇短章，亦不過應四方知己之請，而所以敷張神藻，潤飭鴻業，以鳴國家太平之盛者，則亦未見其有數數然者焉。雖然，言之不文，則其傳也不遠。余見前輩以著作名家，焦心勞思於佔畢之下，其言未必不可傳也，而卒至於堙没無聞者，良以爲之後者不能繼夫前人之志故也。先生之文，固足傳諸遠矣，然亦幸甚有子，故雖不獲收大用之效於前，亦奚憾哉！先生諱瓊，廷臣其字也。世居嘉興之崇德，學者稱之曰清江先生云。杭州府儒學教授天台徐一夔序。

清江貝先生文集卷之一

海昌集

土偶對

岸海有古祠，奉捍沙神者，余暇日過之，循其垣，則惡木科然而烏鳶噪其顛；入其户，則毒草茀然而蛇虺蟠乎中。有屋焉，仆而不支；有像焉，剥而不完。老巫揖而進曰：『是祠閲五百春秋矣，嘗能以禍福恐乎人。有疾必禱，水旱必禱，海賈泝濤往來者必禱，神皆答之如響。百穀歲登，無蜚蝗霜雹大疫之災。人既樂業，至者如歸，由是剪荆棘而宫室之。或光怪夜見，髣髴金支翠旗自天而降，而日有事於是者麕至。及其廢也，咸〔一〕玩而侮之，神亦不能禍福於人。豈盛衰關於造物者乎？』余曰：『嘻〔二〕！是土木而衣冠也，昔非神也，而神之者，人也；今非弗神也，而人弗之神也。若何怪焉？』是夕，宿于祠之旁，有介而弁者見於夢，曰：『吾既辱子，子何毁之過邪〔三〕？子見吾土木而衣冠也，獨不見衣冠而土木乎？小而爲邑，邑有令，大而爲郡，郡有守，其爲禍福甚於神也。罷軟者苟禄，貪縱者敗法，非守令而土木與？内附百姓，

外柔四夷，生殺繫其喜怒，黜陟〔四〕繇其向背，執天子之柄而位百僚之首，不啻神之魁然而貴者也。出則陳兵而驅，入則複壁而居，目瞽而黑白相混，耳塞而淫雅不殊，非宰相而土木與？吾假丹青之飾而託乎太陰，使玩者有時而懼。彼肖天像地，握珠玉，被錦繡，且倀倀焉尸居而鬼躁，未始見德於人，子奚不以誚吾者誚彼與？萬金雖積，不救然臍之禍；三窟徒營，豈免排墻之厄？吾恐棟焚而及巢燕，基圮而殃穴蟻，其不爲吾祠之毀者幾希。』余應之曰：『汝之所斥者，似矣，而非其實也。昭昭者或愚，皎皎者或污，安知其才足有爲，而時不可爲乎？』介者又曰：『胡廣歷六帝而無稱於時，一盧懷慎耳；張華、裴頠禍至而不圖，一曹爽兄弟耳。人物不同，而同爲土木已。』余無以詰。覺而識其語，將獻諸上，懼執政者之不悅也，故尼。

校勘記

〔一〕『咸』，康熙本作『或』。

〔二〕『嘻』，康熙本作『噫』。

〔三〕『吾既辱子，子何毀之過邪』，康熙本作『吾既辱於子，何毀之過耶』。

〔四〕『陟』，萬曆本作『降』。

遊山記

距黃灣二十里，山之特起而雄秀者，曰鷹窠。遊者病其邃，而未始一往焉。季秋九日，萬户馬侯仲貞脩桓景故事，以書招予。遂率其季仲新，及赤城徐大章，錢唐潘仲華、全思立，循溪

而東，過葛家嶺，髣髴會稽道中，獨無竦壁千仞，爭雄天姥耳。意荒林破冢，有古人秘器物文字可録者，輒引騎而入。又東過談家嶺，山益奇，路益峭，棄乘而徒。僕夫前導，螘緣而上，經無人之境，獵者縻絙以識其出入，因得支徑，行犖确石中六七里。日亭午，至天禾池，池皆石，深廣無尋丈，春冬不涸。歲有禾，蘖而華，華而實〔一〕，人以爲異。復舉三百武，始至所謂鷹窠者，大山嶄然，中高旁殺，巨海匯其陽，秦柱亘其陰，怪石虎搏，樹皆合抱。山産茶，類武夷者。有沙門廬其顛，因阻而爲藩，坳而爲沼，環以蒼筤之竹。蓋其幽絶處，猶宜雪霽時，而海濱之勝畢效於是矣。是日也，天高氣清，遠見百里之外，沃洲諸山，如青芙蓉萬朵，飛舞而前，遂列坐石上，引觴滿酌，一談一笑，不啻杜少陵之在藍田崔氏莊。余恨力不足以得之，爲之剪荆棘，伐菑翳，抗風亭於竹外，敞月榭於泉上，以爲高人韻士之賞，天〔二〕豈有所待乎？酌已，復迂道東出，前歌後呼，從者趙師善胡琴，亟作數曲。而林霏野色，蒼蒼莫辯山趾，聞流水鳴暗谷中，鏘然作珮玦聲。客或俯而飲，或濯于下，求其派，實出鷹窠，而梗於亂石大木，故其利不能遠及。時大章以『溪山勝處良友』分韻賦詩，不成者舉以大白，遂皆至於醉。噫！使予忘幽憂，而輕去故土者，非兹山也邪？歸志其游之始，至正二十年也。

校勘記

〔一〕『蘖而華，華而實』，萬曆本作『蘖而華而實』。

〔二〕『天』，萬曆本、康熙本作『夫』。

吴越兩山亭記

蕭山嘗刳於兵，吏于土者率無堅守意，官舍民廬壞而弗治。尹侯本中始至，德刑並施，安輯流亡，歲登時和。疆場既固，乃築亭于北幹山顛，以爲泄煩宣滯之所，題曰吴越兩山亭。蓋自天目而來，其支别爲岸江之山，凡屬於吴者，飛舞欄楯之外；自秦望而來，其支别爲岸海之山，凡屬於越者，環繞窗户之間。攢峰疊嶂，重岡複嶺，或起而伏，或斷而續，大者如宗，卑者如介，靡者如奔，隆者如矗，缺者如鑿，鋭者如削，旋者如顧，拱者如揖。出奇獻秀，不可具狀。雲消雨止，天宇廓清，乃合僚屬、領賓客，凭高四顧，延青攬翠，蓋終日焉。一時善詩者咸賦詠之，且馳介三百里，謁余爲之記。余惟五嶽之外，赤城、雁蕩、匡廬、羅浮，見於圖志者非一，而有好山之癖如謝公者，屐齒不一經焉，蓋限於勢而莫能周也。顧欲不出跬步，而坐挹兩山之雄秀，微夸娥之神負而徙之一方，惡可得哉？吴越之境，中介濤江，亂流往來，不終日可達，非若齊楚之處南北，風馬牛不相及也。而蕭山爲瀕江之邑，斯亭又據其要，兩山之勝畢效於兹，則凡限於勢而莫能周者，得以兼有之矣。攷之紀載，越之始封，北至禦兒，則錢唐亦越也。吴敗越而取之，後吴爲越禽，越爲楚禽，皆不能有其地。慨想夫大禹之勤，大伯之讓，高風偉績，炳然在宇宙而不滅者如彼，後之人顛覆而不祀者又如此，不亦悲夫！歷千餘載，有元混一四海，即錢唐置行省，而浙東隸焉，孰知其爲吴爲越也歟！今侯以鳴琴之暇登斯亭也，豈將覽兩山以

寓懷古之思而已邪？其亦觀山之不遷也，思固其守，觀山之峻而極于天也，思崇其業，觀其出雲而雨六合也，思普其澤於民，則庶幾乎！故書以復之，俾刻諸石。不警於侯，且以警其繼侯而來者云。時至正二十二年秋八月初三日記。

方寸地記

兩浙轉運使司照磨章君伯英，即錢唐所居西偏闢室爲游息所，題之曰方寸地，來求文以記之。予惟方寸地者，心也，固不容予説，而亦不勝其説焉。漢高密侯鄧禹將百萬兵，未始妄戮一人，此方寸也；而秦白起破趙，阬降卒四十萬。宋王晉公祐以百口保符彦卿，此方寸也；而唐李林甫作相，好以甘言啗人而陰中之。歐陽崇國公爲推官時，往往爲囚求生，此方寸也；而王逵爲使，則欲置人於法。彼小人一念之慘刻，與君子相反，若水火然，豈非豺狼而冠弁也與！予方疾是，而代之爲鄧禹、王祐者恒鮮，爲白起、李林甫、王逵者恒多。嗚呼！其方寸已荒矣！百畝之田，陳其疆畎，父菑於前，子播於後，器利而力齊，故其地恒美，而歲獲其入。或者嘉穀之生，不勝稂莠之蕃，雨露之滋，不勝蟊賊之害，是棄之也。今夫利欲，吾稂莠也；聲色，吾蟊賊也。其爲蝨者夜旦相尋於無窮，而吾治之者益忘益怠，是徒知百畝之不治爲憂，不憂方寸之地日昏而莫之治，昧於内外之辯，抑何甚邪！其流爲小人，而不爲君子，無足怪者。夫帝王之治、聖賢之學，豈外乎心哉？歛而小之，則四海一方寸也；拓而廣之，則方寸一四海

也。何有町畦之限乎？脩禮以耕之，陳誼〔一〕以種之，講學以耨之，本仁以聚之，播樂以安之，始終無餘事矣。方寸既治，所以立事建功，咸自兹始。至其慶流子孫，如鄧禹、王祐者，有不足言焉。伯英以右族之貴，讀書吳山之麓十餘年，有司嘗薦之春官，未上，以運饟功授今職，大府之事多所贊決。造其所居，可以知其所存矣。他日登于天朝，益將推其方寸而及於邦家者，寔有以望之。秋八月初吉記。

校勘記

〔一〕『誼』，康熙本作『義』。

貞素堂記

永康葛吉甫之妻節，同里徐氏女也。幼從兄昶授《女箴》《内則》，即通大義。及長，而歸于葛。事繼母尤謹，而妯娌間藹然有雍睦之風，内外稱之。吉甫蚤卒，時年二十有七，誓養舅姑，弗再適。於是經營其家事，俾二子從名師讀書。歲時伏臘，祭祀無違禮。既老，乃築室大塘之文山，顔之曰貞素。其子秉仁述其事，介岳公東白求予文以記之。予受而讀之，爲之嘆曰：婦德之著於禮也，尚矣。夷攷古今，不失其大節如衛共姜者，抑何尠邪？節夫没四十餘年，所守益固，使見死者於九京〔一〕，心不慊而色不衄，其視共姜，孰得而左右之？宜表之貞素也。嗚呼！天下之物，貞莫尚於石，素莫尚於雪，克全其婦德者似之。然石而可鑠，則非貞

也；雪而可涅，則非素也。節之行不虧於前，心益白於後，其貞素固有過於石與雪者乎！昔予在京師，預編《元史》，采婦人女子之卓行，較然可傳於後世，若西江之徐綵鸞輩，百有餘人，往往亂離之際，蹈水火、觸白刃，論者謂其有烈丈夫氣，非獲盡天年於牖下者可及。余輒辯其舍生於倉卒者爲難，而終始一節，與二曜齊明者，亦未易至也，惡得以其所處之常變，而有異同之議哉？惜乎節之貞素如此，而不得列綵鸞之編。是蓋有司缺上其實，節亦豈求人之知而爲之邪？惟其不求人知而爲之，故其貞素愈久而愈明，非徒勉之於暫而已。代之爲人婦不幸如節者，其亦有所興起夫〔二〕！是爲記。

校勘記

〔一〕『京』，康熙本作『原』。

〔二〕『夫』，康熙本作『也夫』。

遊山記〔一〕

禦兒地四平無山，其東北六十里，有小山曰殳山，山由殳道人得名。殳山之東曰史山。庚戌春清明，陳君仲謀約予遊殳山，適予被召赴京師，而仲謀亦以雨止。今年春三月丁酉，天氣澄穆，予與仲謀幸無一事撓，乃相謂曰：『不可以不償所願。』促治酒肉飲食已〔二〕，帥陳熊、陳魯兩生洎予子翱，由大溪北折而東，度陌越阡，至殳山之趾。居人四五家，皆棘樊荆扉，雞犬相

應，彷彿桃源中。而里之巨族卜氏，有冢在山半，冢後得支徑而上，高下穉松萬株，環合無路。俛首松下傴僂行，而雲氣相盪，不啻魚泳波濤中。山回路盡，有石嶄然壁立者，即殳道人尸解處。其顛有小石，突怒土中，類迸筍者，有盤互類木走長根者，方飲酒大醉，昏然欲睡，皆踞石而坐。松風謖謖吹人衣，耳目爲醒，欲過山北陸生來青堂，而生以事出，其子聞之，爲煮茶來獻。乃啜二甌，以沃燥吻。已而復東，其塗漸夷，有公主墓，云宋孝宗女葬于此。又行至東山，則所謂史山者。山視殳山稍卑，上建神官祠，人至而禱者前後相屬，余亦倦而休焉。兩山之中，求其奇峰之環拱、瀑布之噴薄，如赤城、天姥，無有也。然予意在於一適耳。意之所適，亦何異夫赤城、天姥哉？因觀祠旁古井，井深二仞，而泉瑩可鑑，疑學僊者洗藥於此。或云山僧鑿石以濟三伏之暍者，人獲汲以飲焉。山之勝殆盡於是矣！日暮下山，路益陗，或有雞子石磊磊，至不容足。而山陽王氏，巨竹千挺參天，以非好事者，不得造其所。近山又有三湖，青停黛蓄，與天一色，錦帆往來可畫。從者艤舟以待，翺與二生皆登舟，仲謀從余徒行歸。翼日戊戌，放舟自馬橋南行六七里，捨舟而塗，至紫薇山之陰。山赭，無草木，左右怪石縱橫錯布，類馳馬者，類虎豹蹲者，類群[三]羊之或寢或訛者。細路出石間，如縈蛇。蹣跚鱉而上，山顛亦有神官古祠，祠之下爲廣福寺。寺建於唐時，而飛樓湧閣，高下向背，皆依山勢而成。寺僧逵公古道，延坐半間雲所。同坐者，曰蘭谷，曰天然，惜余所知梓南山者不幸而夭，爲之愴然。其東偏小樓曰覽遠，遂與古道登樓望海，而弱水三萬里之廣宛在其下，蓬萊雲氣，隱隱接於欄楯也。

又西過裔笑巖居，中闢燕坐之室，納湖光，延野色，即所謂天開圖畫者，信非夸言也。時笑巖没已久，弟子道印〔四〕具茗飲，共讀章孝標詩。日卓午返，酌于半間雲所，醢笋而食，肉雖美不能過也。與仲謀各賦詩一解，兒子翱復成五言長篇以紀其事。既罷，下至半山，有寺曰慧力，蓋晉尚書張延光故第也。視廣福尤極壯麗，旁像尚書父子而祠之。兵變之餘，仆者不復支，螽者不復易，而陶者舍其中，搏土爲瓦器。然諸浮屠猶守其道不去，日於西廡小殿禮古栴檀佛，梵唄之聲，雜於螺磬。予嘉其信之篤而持之固，且嘆吾儒之不能及也。其東廡飯僧之堂曰勝功德海，宋張即之所書四字在焉。古道導余觀壁間畫龍，一驤首躍洪濤中，一既升而反顧，恍惚有風雨隨之，鱗甲飛動。乃葉茂章元統甲戌夏所作，距今三十餘年矣。其餘兩胡僧亦入妙品，嘆賞久之。寺南有勝果寺者，不暇遊，且轉而遊東山。道遇才公大用，洎桑子才、沈復東二生，因與之俱。東山與紫薇夾水對峙，相去可三里許，石磴猶峻，余且賈勇先登，古道則不及而後矣。山之寺曰崇福寺，寺廢亦久，徒見浩劫於荒煙野草間，而審食其墓、顧況讀書臺、錢鏐洗劍池、走馬塘，舉無存者。惟僊人葛洪井，歷歲不改，其泉甚清，汲者往往得丹砂。或投石井中，輒有聲如雷。又有慈烏泉者，在山之東，冬夏不竭，余以道迂，不及觀。獨至俱胝喝石喦，喦深黑，可坐三四人，人言舊多合抱大木，三伏時如清秋。喦前土皆五色，兒童拾之以爲玩。今大木盡伐，棟宇亦撤矣。下有農圃數十家，屋參差鱗比，叢篠灌木，交蔭其旁，豈亦辟〔五〕世之人與？回登絶頂，東望岸海，連山起伏者，秦柱〔六〕山也；其北如獅子騰舞者，横山也。共憩東嶽

行宫。至是而遊者漸稀矣。噫！有其具而無其時，不樂也；有其時而無其地，亦不樂也。今有其具，有其時，又有其地，此余所以遂登臨之樂也。抑天也，非人之〔七〕所能必也，不可以不記。

校勘記

〔一〕『遊山記』，萬曆本、康熙本作『遊殳山記』。
〔二〕『已』，萬曆本作『以』，則此句標點相應改爲：『促治酒肉飲食，以帥陳熊、陳魯兩生洎予子翺……』
〔三〕『群』，萬曆本作『牛』。
〔四〕『卬』，萬曆本、康熙本作『卭』。
〔五〕『亦』，萬曆本作『非』；『辟』，康熙本作『避』。
〔六〕『柱』，康熙本作『駐』。
〔七〕『之』，萬曆本無。

迂隱菴記

孔氏之後有散處東甌者，其五十五世孫正夫，以明經登元戊子進士第，授將仕郎、建德録事，三遷至永嘉〔一〕尹。性剛而寡與，人咸以迂目之，正夫聞而喜曰：『是非吾之實邪〔二〕？』乃築室崑山之麓，題之曰迂隱，遂老而不復仕矣。大明洪武五年秋，會于錢唐，獲以觚墨相周旋者累日，因示所著《迂隱生傳》，且屬予爲之記。辭不獲，則起而復之曰：迂者，以其不知變而

恒與時忤，蓋非一人矣！當七國時，言縱橫者有蘇秦、張儀，言兵者有孫子，皆中其君之所好，而孟子皇皇齊梁之間，獨〔三〕以仁義勸之，故爲迂而不用。大抵徇時爲通，徇道爲迂。通以同而進，迂以異而黜。此古今之所同也。正夫必達於是矣。嗚呼！世皆尚圜，而獨守吾方；世皆尚巧，而獨守吾拙；世皆尚辯，而獨守吾訥；世皆尚鋭，而獨守吾鈍。左次十年，不得與通而善仕者相後先，謂之迂，非過也。然方可刻而圜，拙可改而巧，訥可飾而辯，鈍可削〔四〕而鋭，則迂而通矣，奚憚而弗爲？踽踽焉摧氣局志如此。不知圜有時而梔，巧有時而失，辯或屈而鋭或缺。方也、拙也、訥也、鈍也，處之而無咎，孰非以迂而全乎？士固病於通，而不得〔五〕病於迂耳。是故進退不失吾之迂，惡能突梯滑稽以詭俗哉！日放浪佳山水間，鹿豕之與遊，猿鶴之與儔，是非兩忘，寵辱一致，其視天下之士，豈不獨高也歟？予亦迂之徒也，盍將從之高蹈遠引，觀乎赤城、雁蕩，訪真隱於物外，相與歌迂隱之歌，以適吾之天邪？姑書以志其心。

校勘記

〔一〕『嘉』，萬曆本作『樂』。

〔二〕『邪』，萬曆本作『也』。

〔三〕『獨』，康熙本作『猶』。

〔四〕『削』，萬曆本作『銷』。

〔五〕『得』，萬曆本無。

味菜窩記

天下之味，貴乎適口而止。菜之美者，稱春韭、晚菘，求其味之鮮，不若魚之魴；求其味之旨，不若肉之太牢。吾舍此而取彼，豈以味菜之味愈於魴之鮮、太牢之旨邪？魴也，吾懼其或戟吾咽；太牢也，吾懼其或毒吾腹。則鮮且旨者，誠非菜之比已！吾味吾菜，蓋得於無味之味，此天下之至味也，何必鮮且旨者，薦之金刀玉盤而後適口哉！彼嗜鮮旨而不知味菜之美者，衆也，味菜之美，抑非知味之深而然乎？曲阜孔士明氏，讀書臨安山中，朝夕飯一盂、菜一盤，名其室曰味菜，而求余爲之記，遂書之。

乾坤清氣序

詩盛於唐，尚矣！盛唐之詩，稱李太白、杜少陵而止。乾坤清氣，常靳於人，二子得所靳而形之詩，瀟湘洞庭，不足喻其廣；龍門劍閣，不足喻其峻；西施南威，不足喻其態；千兵萬馬，不足喻其氣。若夜郎、夔子諸篇，天發其藻，神泄其秘，二子亦豈知其詩之至於如此哉！予嘗讀二集而玩之，其凡則約乎情而反之正，表裏《國風》而薄乎《雅》《頌》，代之作者咸嗜其味矣，不過醯一於酢、醝一於鹹，而忘其醇且和者。長慶以降，已不復論。宋詩推蘇黄，去李杜爲近，逮宋季而無詩矣。非無詩也，於二子之詩，嗜而不知其味，故曰無詩。豈乾坤清氣至是

益蕲，而得之者益寡歟？有元混一〔一〕天下，一時鴻生碩士，若劉、楊、虞、范，出而鳴國家之盛，而五峯、鐵崖二公繼作，瑰詭奇絶，視有唐爲無愧。或曰：『劉楊而下善詩矣，豈皆李杜乎？』則應之曰：《韶濩》息而鼓吹作，衮冕棄而南冠出，固有非李杜而李杜者也，前輩采而輯之，目曰《皇元風雅》，亦既行之於世，識者病其駁而未純。錢唐金弘氏，精選當代作者，凡三十餘人，題其集曰《乾坤清氣》。一日，抱其集見予黄灣之凰〔二〕皇山下，求序以冠篇端，輒書其略如右。後生新進，法諸古，參諸今，或有得焉，則麗而不浮也，奇而不僻也，易而不俚也，始可與言詩之味已。是説也，當與能詩者道之〔三〕。

校勘記

〔一〕『一』，康熙本作『合』。

〔二〕『凰』，康熙本作『鳳』。

〔三〕『之』，康熙本作『也』。

送兩浙轉運司副使分司西路歸武林序

至正二十有一年，上以兩浙轉運司官非其人，綱紀大壞，擇中外臣有能者任之，乃以南臺御史鐵木兒不華爲都運，新昌州達魯花赤信合世禮副之。既至，都運遂詣丞相曰：『瀕海之場凡三十有四，軍興以來，其隸轉運司者，仁和、許村、西路而已。復經寇掠，人多流亡。西路歲

辦鹽八千引有奇，十九年裁四千一百十二引，明年益至五千一十三引，又明年益至七千八百一十引。蓋二場爲下。副使外嚴內寬，宜往督之。』丞相曰：『法弛久矣。上無以給經國之費，下無以爲業民之資。往懋哉！』乃孟春正月，公乘小舟至。浹旬之間，黜吏之罔上爲蠹者，復丁之庇於强家者。召父老立庭中，申以三則，奸者有罰，禁其私販。於是咸喻其意，小大競勸，莫敢違教。自六月至於秋八月，功畢而不笞一人。插煎仁和縣六百引，補舊額一百九十引。烏乎！天下之利，莫重於鹽，而病亦甚矣。上之人徒知其爲利，而不知病民，往往肆虎狼之毒，嚴刑峻法以驅之，其弊有不可勝言者。今公不臨以赫赫之威，而有煦煦之仁，辟之冬日，民愛之矣。視唐之劉晏，吾何左右焉！初，公之來也，以蒼頭自隨，入視治所，古槐秋屋，日色旁射，四無周垣，不以爲陋，遂命葺而居之。坐無重席，食具〔一〕藜藿，泊如也。視彼苟禄而爲一身計，擇高敞之第，醉醲飽鮮，而於所當務者〔二〕一不經意，寧無愧乎？今都運尋拜治〔三〕書之命，公亦不久於此矣。於其還也，因舉其略而書之，復作詩繫其後，以著民之思。至正二十有二年冬十一月望日，檇李貝瓊序。詩曰：

東海水不枯，煮鹽何日已。丈夫行負薪，婦女面如鬼。所悲力已窮，鞭撻豈無耻。欲食管桑肉，富國那尚此。朝廷擢老成，撫我猶赤子。昔逢使者憂，今識使者喜。嗚呼凋瘵餘，坐使謳歌起。天門有詔催，振翼摶萬里。

校勘記

〔一〕『具』，康熙本作『且』。

〔二〕『者』，萬曆本無。

〔三〕『治』，萬曆本作『冶』，誤。

清江貝先生文集卷之二

雲間集

設漁樵對

客有出雲間，涉大江，北之京師，遇業漁者偕老樵休于道，意若有得者，因詰之曰：『漁樵，末事也。方今明天子側席求士如不及，盍舍爾漁與樵，以圖富貴乎？』對曰：『客之謀己則善矣，非吾所處也。今公卿大夫，以至齊民，貴賤雖不倫，其道一也。彼漁于民，吾漁于河，彼樵于國，吾樵于山，吾何異彼哉？且彼大宫室，盛輿馬，婦女不蠶而錦繡，子弟不田而粱肉，非民之鈎餌，國之斧斤乎？民日削，國日壞，彼猶未已也。小覆家，大赤族，來者猶弗懲，復襲爲之。嗚呼！國卒不免於樵，民卒不免於漁。今吾薪給於爨，未始赭山而樵也；魚給於食，未始絶河而漁也。視彼不廉已〔一〕乎！一飽之餘，息于樹，忘吾柯矣；濯于流，忘吾筌矣。無覆家赤族之憂，所獲多矣！吾何易彼哉？』客慚而謝曰：『僕之昧于道也，請從若游。』曰：『又有大者焉。渤澥〔二〕之東，其深無極，曰有珠焉，在大鯨之腹，吾漁而有之，可以光六合；鄧〔三〕

林之西，其廣萬里，曰有材焉，臨虎豹之穴，吾伐而取之，可以棟九廟。此吾漁樵之所獲也大矣，豈苟富貴而蹈禍者同轍哉！』客謝之曰：『大哉！夫子之志乎！願終身執御焉。』遂録其對。

校勘記

〔一〕『廉已』，康熙本作『已廉』。

〔二〕『澥』，康熙本作『海』。

〔三〕『鄧』，萬曆本作『郡』，誤。

霜林説

華亭丞會稽〔一〕俞君仲瓛以霜林自號，間見予于清江一曲，求其説。辭不獲，則爲之言曰：鄧林之木，其高參天，其大蔽日，翔鸞鵠而伏虎豹，蓋不知其幾霜也。天下之人，徒觀雷風〔二〕之所鼓動，雨露之所沾洽，朽者柹焉，鬱者條焉，而一氣酷烈，施於既盛之餘，莫不摧敗脱落，若卷甲敗卒，色灰而肉創，回視春夏之交，葱蒨蓊鬱、青環翠合者，已濯濯無餘，而天地生生之機，亦幾乎熄矣！然脆者非霜無以堅，華者非霜無以實，其至於參天蔽日者，皆成於霜也。惟士亦然。蓋凡盛時志驕氣鋭，好前而無忌，視天下舉莫吾若也，及挫衂於世故，進不得遂，而退失所據，窮乏顛踣，然後知無窮之變，以求己之不足，智日明而業日崇。是物必隕而後成，士必困

而後立如此。仲瓛蚤歲讀書績文，有聲吳越間，其去仕〔三〕而家於九峰三泖也，衆且以其壹鬱無聊，若不能終日，乃以霜林爲况，則知動心忍性，懲其所已悔，而益其所不能矣。嗚呼！宫室舟車之材，恒求之氣化推遷之後，而任大事、決大議者，恒得之閱歷艱難之老成歟！余方以是自勗，因仲瓛而有所得焉，故書。

校勘記

〔一〕『稽』，底本、萬曆本作『乩』，據康熙本改。

〔二〕『雷風』，康熙本作『風雷』。

〔三〕『仕』，萬曆本作『任』。

壺甗説

壺甗，瓠而圜者也。或剖於酒器，而俗以壺甗目其人，則尤其過圜，猶壺之不觚也。璜溪夏生士文，破方爲圜〔一〕，遂號壺甗道人。其言曰：『壺之爲器，黄流臭腐無所擇，吾實似之。無鹽之厲，西子之姣，不能瞽天下之目，吾有目而不知爲厲、爲姣；咸韶之正，鄭衛之淫，不能簧天下之耳，吾有耳而不知爲正、爲淫。彼曰可，吾亦曰可；彼曰否，吾亦曰否。吾何左右焉？歲治田給貢賦外，縣吏不至吾門，日取壺中酒，陶然獨酌，與嵇阮爲神交。酒酣，熟寢槐夢軒，不知天壤間有蠻觸擾擾也。人吾與者，吾奚喜；人吾仇者，吾奚戚？吾一壺甗耳，是非得失，

又何較焉？』余聞而嘆曰：生圜其外，不病其內；方其內，不異於外。其號壺盧，非實也。然皎皎者污，察察者誅，此楊惲、蕭望之不免於漢，而司馬徽全軀濁世，則言之無忤、行之無窒，非壺盧之圜〔二〕不能也。君子於此，可以觀世變矣！因書以爲說。

校勘記

〔一〕〔二〕『圜』，萬曆本作『圓』。

謙恒二子說

廣陵王君至善官松江，命其二子從余受《尚書經》。長曰謙，字伯益；次曰恒，字仲常。且求申其說。余乃進而告之曰：大而不居之謂謙，在卦艮下坤上，爲地中有山之象。日晦而光，月朒而恒，謙而益也。禹之不矜不伐，其合謙之道乎！不謙則盈，盈不可以受，故汰而敗。久而不變之謂恒，在卦巽下震上，爲風雷之象。夜繼以晝，暑禪以寒，恒而無已也。舜之弗迷，其合恒之道乎！不恒則息，息不可以久，故躁而無功。君子之異於小人，謙與恒耳。謙故處尊而卑，處尊而卑，卑而尊矣，非卑惡尊邪？恒故由常而變，由常而變，變而常矣，非常惡變邪？苟觀天地之道而法之，禹舜之德可以馴致也。進於是，克己而已。人欲勝，天理微，其欲勉謙與恒，又可得哉？二子其無畫。

鐵崖先生傳

鐵崖先生者，名維楨〔一〕，字廉夫，姓楊氏。世爲紹興山陰縣人。母李氏，夢金鈎自月墮〔二〕於懷，既寤，生先生。少穎悟好學，日記書數千言。父宏，爲築萬卷樓鐵崖山中，使讀書樓上，懼性弗顓易怠，去梯，轆轤傳食。積五年，貫穿經史百氏，雖老師弗及，因號鐵崖。登元泰定丁卯進士第，授承事郎、天台縣尹。未幾，丁父憂。服闋，改紹興錢清場司令，坐損鹽，久不調。遂放浪錢唐，與道士張雨遊西湖南山，窮日夜爲樂。至正初，詔徵天下儒臣脩遼、金、宋三史，先生不得預。史成，正統訖無定論，乃著《正統辯》。其詞曰：

正統之説，何自而起乎？起於夏后傳國、湯武革世，皆出於天命人心之公也。統出於天命人心之公，則三代而下，曆數之相仍者，可以妄歸於人乎？故正統之義立於聖人之經，以扶萬世之綱常。聖人之經，《春秋》是也。《春秋》，萬代史宗也。首書王正於魯史之元年者，大一統也。五伯之權，非不强於王也，而《春秋》必黜之，不使奸此統也；吴楚〔三〕之號，非不竊於王也，而《春秋》必外之，不使僭〔四〕此統也。然則統之所在，不得以割據之地、僭僞之名而論之也。尚矣！先正論統，於漢之後者不以劉蜀之祚促，與其地之偏，而奪其統之正者，《春秋》之義也。彼志三國，降昭烈以儕吴魏，使漢嗣之正下與漢賊並稱，此《春秋》之罪人矣。復有作《元經》，自謂法《春秋》者，而又帝北魏、黜江左，其失與志三國者等爾。以致尊昭烈、續江左，

兩魏之名不正而言不順者，大正於宋朱氏之《綱目》焉。或問朱氏述《綱目》主意，曰：在正統。故《綱目》之挈統者在蜀、晉，而抑統者則秦昭襄、唐武氏也。至不得已，以始皇之廿六年而始繼周；漢始於高帝之五年，而不始於降秦；晉始於平吴，而不始於泰和；唐始於群盗既夷之後，而不始於武德之元。又所以法於《春秋》之大一統。然則今日之脩遼、金、宋三史者，宜莫嚴於正統與夫〔五〕一統之辯矣。自我世祖皇帝立國史院，嘗命承旨百一王公脩遼、金二史矣，宋亡又命詞臣通脩三史矣。延祐、天曆之間，屢勤詔旨，而三史卒無成書者，豈不以三史正統之議未决乎？夫其議未决者，又豈不以宋渡于南之後，拘於遼、金之抗於北乎？吾嘗究契丹之有國矣，自灰牛氏之部落始廣。其初，枯骨化形，戴〔六〕猪服豕，荒唐怪誕，中國之人所不道也。八部之雄，至阿保機披其黨而自尊，迨耶律光而其勢浸盛。契丹之號，立於梁貞明之初；大遼之號，改於漢天福之日。自阿保機訖于天祚，凡九主，歷二百一十有五年。夫遼，固唐之邊夷也，乘唐之衰，草竊而起，石晉氏通之，且割幽燕以與之，遂得窺釁中夏，而石〔七〕晉氏不得不亡矣。而議者以遼承晉統，吾不知其何統也。金之有國，始於完顔氏，實又臣屬於契丹者也。至阿骨打，苟逃性命於道宗之世，遂敢萌人臣之將，而篡有其國，僭稱國號於宋重和之元，相傳九主，凡歷一百一十有七年。而議者又以金之平遼克宋，帝有中原，而謂接遼宋之統，吾又不知其何統也。議者又謂完顔氏世爲君長，保有肅慎，至太祖時南北爲敵國，素非君臣。遼祖神册之際，宋祖未生，遼祖比宋前興五十餘年，而宋嘗遣使卑詞以告和，結爲兄弟，晚年遼爲

翁而宋爲孫矣。此其説之曲而陋者也。漢之匈奴、唐之突厥，不皆興於漢、唐之前乎？而漢、唐又與之通和矣。吴、魏之於蜀也，亦一時角立，而不相統攝者也。而秉史筆者，必以匈奴、突厥爲紀傳，而以漢、唐爲正統；必以吴、魏爲分繫，而以蜀爲正綱〔八〕。何也？天理人心之公，閲萬世而不可泯者也。議者之論五代，又以朱梁氏爲篡逆，不當合爲《五代史》。其説似矣。吾又不知朱晃之篡，克用氏父子以爲仇矣，契丹氏背唐兄弟之約，而稱臣於梁，非逆黨乎？《春秋》誅逆，重誅其黨，契丹氏之誅，當何如哉？且石敬瑭事唐，不受其命而篡其國，亦非正矣。契丹氏虜出帝，改晉爲遼，漢興，而人心應漢，謂之承晉又可乎？縱承晉也，謂之統可乎？又謂東漢四主，遠兼郭周，宋至興國四年始受其降，遂以周爲閏，以宋統不爲受周禪之正也。吁！苟以五代之統論之，則南唐李昪嘗立大唐宗廟，而自稱爲憲宗五代之孫矣。宋於開寶八年滅南唐，則宋統繼唐，不優於繼漢、繼周乎？但五代皆閏也，吾無取其統。吁！天之曆〔九〕數自有歸，代之正閏不可紊。千載曆數之統，不必以承先朝、續亡主爲正，則宋興不必以膺周之禪、接漢接唐之閏爲統也。宋不必膺周接唐以爲統，則遂謂歐陽子不定五代爲南史，爲宋膺周禪之張本者，皆非矣。當唐明宗之祝天，自以夷虜，不任社稷生靈之主，願天早生聖人，自是天人交感，而宋太祖生矣。天厭禍亂之極，使之君王中國，非欺孤弱寡之所致也。朱氏《綱目》於五代之年，皆細注於歲之下，其遺意固有待於宋矣。有待於宋，則直以宋接唐統之正矣，而又何計其受周禪與否乎？中遭陽九之厄，而天猶不泯其社稷，瓜瓞之系，在江之南，子

孫享國又凡百有五十有五年。金泰和之議，以靖康爲遊魂餘魄，比之昭烈在蜀，則泰和之議，固知宋有遺統在江之左矣。而金欲承其未絶爲得統，可乎？好黨君子，遂斥紹興爲僞宋。吁！吾不忍道矣。張邦昌迎康邸之書，曰：『由康邸之舊藩，嗣宋朝之大統。漢家之厄十世，而光武中興；獻公之子九人，而重耳尚在。兹惟天意，夫豈人謀？』是書也，邦昌肯以靖康之後爲遊魂餘魄，而代有其國乎？邦昌不得革宋，則金不得以承宋，是則後宋之與前宋，即東漢、西漢之比爾，又非劉蜀、牛晉，族屬疏遠、牛馬疑迷者之可以同日語也。論正閏者猶以正統在蜀、正朔相承在江東，矧嗣祚親切，比諸光武、重耳者乎？而又可以僞斥之乎？此宜不得以渡南爲南史也明矣。再攷宋祖生於丁亥，而建國於庚申，我太祖之降年與建國之年亦同。宋以甲戌渡江，而平江南於乙亥、丙子之年，而我王師渡江平江南之年亦同。是天數之有符者不偶然，天意之有屬者不苟然矣。故我世祖平宋之時，有『過唐不及漢，宋統當絶，我統當續』之喻。是世祖以曆數之正統歸之於宋，而以今日接宋統之正自屬也。當時一二大臣又有奏言，曰：『其國可滅，其史不可滅也。』是又以編年之統在宋矣。論而至此，則中華之統，正而大者，皆不在遼、金，而在於天付生靈之主也昭昭矣。然則論我元之大一統者，當在平宋，而不在平遼與金之日，又可推矣夫〔一○〕。何今之君子，昧於《春秋》大一統之旨，而急於我元開國之年，遂欲接遼以爲統，至於咈天數之符、悖世祖君臣之喻、逆萬世是非之公論而不恤？吁！不以天數之正，華統之大，屬之我元，承乎有宋，如宋之承唐，唐之承隋、承晉、承漢也，而妄分

閏代之承，欲以荒夷非統之統屬之我元，吾又不知今之君子待今日爲何時、待今聖人爲何君也哉！烏乎！《春秋》大一統之義，吾已悉之，請復以成周之大統明之於今日也。文王在諸侯位凡五十年，至三分天下有其二，遂誕受天命，以撫方夏，然猶九年而大統未集，必至武王十有三年伐紂有天下，商命始革，而大統始集焉。蓋革命之事，間不容髮，一日之命未絶，則一日之統未集；當日之命絶，則當日之統集也。宋命一日而未革，則我元之大統亦一日而未集也。成周不急於文王五十年，武王十三年而集天下之大統，則我元又豈急於太祖開國五十年，及世祖十有七年而集天下之大統哉？抑又論之，道統者，治統之所在也，堯以是傳之舜，舜以是傳之禹，湯，禹、湯以是傳之文、武〔一一〕、周公、孔子。孔子没，幾不得其傳百有餘年，而孟子傳焉。孟子没，又幾不得其傳千有餘年，而濂洛周、程諸子傳焉。及乎中立楊氏，而吾道南矣，既而宋亦南渡矣。楊氏之傳，爲豫章羅氏、延平李氏，及於新安朱子〔一二〕。朱子没，而其傳及我朝許文正公。此歷代道統之源委也。然則道統不在遼、金，而在宋，在宋而後及於我朝，君子可以觀治統之所在矣。嗚呼！世隔而後其議公，事久而後其論定。故前代之史，必脩於異代之君子，以其議公而論定也。晉史脩於唐，唐史脩於宋，則宋史之脩，宜在今日而無讓矣。而今日之君子，又不以議公論定者自任，而又諉曰：『付公論於後之儒者。』吾不知後之儒者又何儒〔一三〕也，此則余爲今日君子之痛惜也。今日堂堂大國，林林鉅儒，議事爲律，吐詞爲經，而正統大筆，不自豎立，又闕之以遺將來，不以貽千載〔一四〕綱目君子之笑爲厚耻，吾又不〔一五〕知負儒

名於我元者，何施眉目以誦孔子之遺經乎？洪惟〔一六〕聖天子當朝廷清明、四方無虞之日，與賢宰臣親覽經史，有志於聖人《春秋》之經制，故斷然定脩三史，以繼祖宗未遂之志，甚盛典也。故知其事大任重，以在館之諸賢爲未足，而又遣使草野，以聘天下之良史才負其任。以往者有其人矣，問之以《春秋》之大法、《綱目》之主意，則概乎其無言也。嗚呼！司馬遷易編年爲紀傳，破《春秋》之大法。唐儒蕭茂挺能議之，孰謂林林鉅儒之中，而無一蕭茂挺其人乎？此草野有識之士之所甚惜，而不能倡其言於上也。故私著其説，爲《宋遼金正統辯》，以俟千載綱目君子云。若其推子午卯酉及五運之王，以分正統之説者，此日〔一七〕家小技之論，王勃兒輩之佞其君者爾，君子不取也，吾無以爲論。

《辯》出，見者韙之，謂其正大光明，雖百世之下無以易之者。欲獻不果。去游吴興，遂至姑蘇，而華亭大姓吕翁延于家，誨子弟〔一八〕八年，始除杭州四務提舉。同年楊子宣爲江浙〔一九〕省參知政事，惜其才，欲薦于朝，疏未上卒。十二年，汝潁兵起，南北騷然，先生既受代，即辟地富春山後，依元帥劉九九於建德。九九敗後，挈家歸錢唐，艱難困踣，嘯歌自若。十八年，太尉張士誠知其名，欲見之，不往。繼遺其弟來求言，因獻五論及復書，斥其所用之人。其略曰：

閤下乘亂起兵，首倡大順，以奬王室，淮吴之人，萬口一詞，以閤下之所爲有今日不可及者四：兵不嗜殺，一也；聞善言則拜，二也；儉於〔二〇〕自奉，三也；厚給吏禄，而奸貪必誅，四也。此東南豪傑望閤下之可與有爲也。閤下孜孜求治，上下决不使相徇也，直言决不使遺棄也，毁

譽决不使亂真也。惟賢人失職、四民失業者，尚不少也。吾惟閤下有可畏者又不止是。動民力以摇邦本，用吏術以括田租，銓放私人不承制，出納國廩不上輸，受降人不疑，任忠臣而復貳也。六者之中，有其一二，可以喪邦，閤下不可以不省也。況爲閤下之將帥者，有生之心，無死之志矣；爲閤下之守令者，有奉上之道，無恤下之政矣；爲閤下之親族姻黨者，無禄養之法，有奸位之權矣。某人有假佞以爲忠者，某人有託詐以爲直者，某人有飾貪虐以爲廉良者。閤下信佞爲忠，則臣有靳尚者用矣；信詐爲直，則臣有趙高者用矣；信貪虐爲廉良，則蹠蹻者進、隋夷者退矣。又有某繡使而拜虜乞生，某郡太守望敵而先遁，閤下禮之爲好人，養之爲大老，則死節之人少、賣國之人衆矣。是非一謬，黑白俱紊，天下何自而治乎？及觀閤下左右參議贊密者，未見其砭切政病，規進閤下於遠大之域者[一一]，使閤下有可爲之時、有可乘之勢，而迄無有成之效，其故何也？爲閤下計者少，而爲身謀者多，則誤閤下者多矣。身犯六畏，釁闕多端，不有内變，必有外禍，不待智者而後知也。閤下狃於小安而無長慮，此東南豪傑又何望乎？僕既老且病，爵禄不干於閤下，惟以東南切望於閤下[一二]，幸采而行之，毋蹈群小誤人之域，則小伯可以爲錢鏐，大伯可以爲晉重耳、齊小白也。否則，麋鹿復上姑蘇臺，始憶東維子之言。於乎，晚矣！

東維子，蓋晚年所號也。衆惡其直，且目爲狂生。時四境日蹙，朝廷方倚丞[一三]相達識帖木兒爲保障，而納賄不已，復上書風之，由是不合。久之，徙松江，受業者益衆，雖武夫悍卒，識

與不識，皆知得其文爲重。大明革命，召諸儒考禮樂，洪武三年正月至京師，年已七十有六。有疾，得請歸。夏六月卒，太守林孟善爲買地葬之。先生爲人不尚峻絶之行，接引人物，稱之恒過其實，士以此咸附之。而於負者亦未嘗校曲直，他日遇之如初。有貴游子既破産，流落淞上，數踵其門，竟持所購兒雲林畫去，左右欲辱之，曰：『吾哀其困，使往見一達官，以書畫爲介耳，非盜也。』務掩人過如此。性不好飲，特溺於音樂，出必從以歌童舞女，爲禮法士所疾。一日，遊盤龍塘，夜抵普門寺宿，盜伺其亡，盡竊〔二四〕所蓄物。黎明，家人往白之，賦詩不輟，直語客曰：『老鐵在是，區區長物又奚恤？』衆服其器。家隱三吴，屢遷其居，有曰草玄閣、曰藉景軒、曰拄〔二五〕頰樓。其曰小蓬臺者，以紹興之山名蓬萊，示不忘鄉里云。後止臺上，不復下，且榜於門曰：『客至不下樓，恕老懶；見客不答禮，恕老病；客問事不對，恕老默；發言無所避，恕老迂；飲酒不輟樂，恕老狂。』所著《春秋大意》《左氏君子議》《史鉞》《麗則遺音》，及志、序、碑、銘、贊、頌、古樂府、近體五七言詩、鐃歌鼓吹曲，凡若干卷，行于世。

論曰：元繼宋季之後，政厖文抏，鐵崖務鏟一代之陋，上追秦漢，雖詞涉夸大，自姚虞而下，雄健而不窘者，一人而已。湖南李祈評其所作曰：『玉光劍氣，自不可掩。』身屢詘而名益昌，良有以夫。仕止典市官，卒不得大用。噫！君子之所貴，又豈位也哉？

校勘記

〔一〕『禎』，康熙本作『禎』。
〔二〕『隳』，康熙本作『墜』。
〔三〕『楚』，康熙本作『越』。
〔四〕『僭』，康熙本作『借』，誤。
〔五〕『夫』，康熙本作『大』。
〔六〕『戴』，萬曆本作『載』。
〔七〕『石』，萬曆本作『後』。
〔八〕『綱』，萬曆本作『統』。
〔九〕『王』，萬曆本作『主』。
〔一〇〕『夫』，萬曆本無。
〔一一〕『武』，萬曆本作『王』，則此句相應點爲：『禹、湯以是傳之文王、周公、孔子。』
〔一二〕『朱子』，萬曆本作『朱氏』。
〔一三〕『儒』，康熙本作『如』。
〔一四〕『千載』後，萬曆本有『之』字。
〔一五〕『不』，萬曆本無。
〔一六〕『洪惟』後，萬曆本有『我』字。
〔一七〕『日』，萬曆本作『術』。

〔一八〕『弟』，萬曆本無。
〔一九〕『江浙』，萬曆本作『浙江』，誤。
〔二〇〕『於』，康熙本作『以』。
〔二一〕『者』，康熙本無。
〔二二〕『惟以東南切望於閤下』，萬曆本脱。
〔二三〕『丞』，原作『承』，據萬曆本、康熙本改。
〔二四〕『竊』後，萬曆本有『其』字。
〔二五〕『拄』，萬曆本作『柱』。

古泉先生傳

古泉先生者，魏人也。其先居河中府河東縣之歷山，自魏而分，散處荆、揚者非一。有别族在莊山者，尤爲强宗。堯時九州厄於水，禹采歷山之良用之，人賴其利。水平，荆、揚之産皆列於貢。其莊山之别族拔於商，故人以歷莊並稱。逮周之王，以其有功於天下，始封諸泉，而隸於外府。太公立九府圜法，而泉之子母大顯，俗訛泉爲錢云。泉之狀外廉内方，能通有無，凡國有大事必資之泉，而民間尤仰之。子姓蟬聯，並襲泉號。秦并六國，以泉亞金鎰。高帝滅秦，更泉曰筴，因賜姓孔氏。孝文時乃去而如吴，吴王濞陰蓄異志，見泉大説，曰：『吾事濟矣。』用是國富兵彊。其一歸孝文之嬖鄧通。武帝立，怒其不佐縣官之急，盡滅泉族，用白撰三

族。以天用莫如龍也，故圓之爲龍；地用莫如馬也，故方之爲馬；人用莫如龜也，故𡟱之爲龜。時吏民起而爲奸，法不能禁，死者數萬人，自出者百餘萬人。後廢白撰，復泉職，其品乃有三銖、五銖，與赤側並行，而屬於上林三官。三者莫精於五銖，故特不廢，廢亦不久。降於三國，或耗或破。宋魏之際，其體益輕，而無銖之質矣。其他若梁之東西泉，不可悉攷。唐武德中，有元寶者得上意，銖遂閟而不出。元寶至趙宋，支葉益大，盤錯根據，中國四夷皆知寶而尊之。及有元混壹區宇，褚被用事，而元寶黜。至正中，州郡兵起，亟詔〔一〕元寶用之，泉亦復顯，故號古泉，獨銖無聞焉。初，泉之生也，其母見史，占筮之曰吉，其體上坤下乾，是爲泰之象。繇曰：質圜函方，有文不居，利博而廣施。本支繩繩，惟公私是資。卒信而不誣。且其用也，周單穆公有子母相權之説；漢賈誼有七福之説；光武之起，馬援有富國之説；晉議廢泉，孔琳有救弊之説；唐惡其濫，宋璟有出穀之説。是皆善於泉者。宋之洪邁，尤明其利害焉。蓋自鴻荒以來，珠玉至貴，未有昜於泉者，以其前民用也。雖附權黨勢，不交廉介士，此泉〔二〕之恒態。然得之，則貧可以富，卑可以尊，死可以生，窮可以通；失之，則智者愚，勇者怯。故泉未始求於人，而人争欲致之。惟其廢天下之義，敗天下之法，君子深惡之，而無道泉者云。

太史公曰：泉之利博矣，不可一日絶者也。能濟天下之患，亦以起天下之奸，故禁之嚴而死者甚焉，蓄之固而攘者衆焉。此後世之弊〔三〕，弗古若也。三代之時，非恃泉以理也，特權之以泉耳。不爲之禁，而亦無死者；不爲之蓄，而亦無攘者。恃泉以爲理，則上下知有利，而不

知有義，是泉之所以禍人也。噫！泉果利已乎？泉果利已乎？

校勘記

〔一〕『詔』，萬曆本無。

〔二〕『泉』，萬曆本作『錢』。

〔三〕『弊』，康熙本無，則此句相應點爲：『此後世之弗古若也。』

愚癡道人傳

愚癡道人者，隱于錢唐之東青門〔一〕，余一日遇于鳳皇山下，據槁梧讀老子書，與之語，知士也。因詰之曰：『名者，實之賓，乃以愚癡爲號，豈紿我與？』曰：『愚若武子，武子果愚乎？癡若濟叔，濟叔果癡乎？吾之愚癡，不可攻而遷。明天子方有事四方，賣漿羸叟哆然大言，吾鯁而莫宣；吹簫市人瞿然疾馳，吾錮而莫前。是知鈍者非鋭之與，伏者非翔之伍〔二〕，非愚癡之實乎？然彼蹈險而蹶者，往往缺而思鈍、殞而思伏，吾以愚癡獨無恙，故曰：「玉固璞而美全，鈞閟匣而神存。」何以名爲？』余乃爲之嘆曰：辯矣，守之以訥〔三〕；巧矣，形之以拙。聖者所以保身而濟大事，由是道也。彼所謂愚癡者，亦其類與？昔李斯智於秦，見欺於趙高而族；晁錯智於漢，見讒於袁絲〔四〕而戮。智固斯之賊、錯之毒已。使二子溷愚與癡，不至血于市，爲天下笑。彼夸智而蹈險如斯、錯者，誠愚癡也。余固有取乎愚癡，而羞道其智。書之爲傳，且以

自警云。

校勘記

〔一〕『門』，康熙本作『山』。
〔二〕『伍』，康熙本作『佐』。
〔三〕『訥』，萬曆本作『納』，誤。
〔四〕『絲』，康熙本作『盎』。

樗隱先生傳

樗隱先生者，高世之士也，於書無不讀，爲文章有秦漢作者氣，而不屑於仕。或問其何取於樗也，先生曰：『木之爲人所材者，松也、栢也、檀也、杞柳也、梗楠也、梧檟也。松之直，刳爲舟、爲楫；檀之堅，揉爲輪、爲輻；梧檟之美，削爲琴瑟；梗楠之大，斲爲梁棟；若杞、若柳，屈爲器，斬爲杖。而樗之高且巨，非不若衆木也，無〔一〕松栢之直，無梧檟之美，無梗楠之大。以爲舟楫，則不勝萬鈞；以爲琴瑟，則不中五音；以爲輪輻，則脆而易敗；以爲梁棟，則蝨而易腐；以爲器、爲杖，則癕瘇而不任雕鎪。是木之不材，未有過於樗已，吾實似之。然彼以其直也，以其堅也，以其大且美也，不免於刳、揉、斲、削、斬、屈，而不得全其木之天。全〔二〕木之天，而不賊於斧斤者，樗也。視今之所謂豪傑顯於時者，或智或力，或藝或果，數年之間，倏起忽仆，銀黄之重而刀鋸隨之，奚異衆木爲人之所材者乎？吾以齷齪獨存。無榮也，辱亦不及；

無得也，禍亦不蹈。幸而全吾之天，非樗類邪？終日杜門謝客，坐木榻，讀《南華》内外篇，不知霄壤間孰貴孰賤、孰泰孰約也。』人以是高之，咸稱樗隱先生。或又云先生錙姓，嘗以兵略佐邁公善卿守會稽，後以樗隱自蓋云。

評曰：樗之不爲世所材也，亦樗之幸也。代之坐廟堂、享五鼎，而無益人之國，獨非樗乎？其不爲樗者，又往往不能終。何者？薰以召焚，明以媒鑠，求如樗之自全，惡可得也？故有道者，晦其用於不用，寓其能於不能，若先生者是矣！豈真樗也哉？豈真樗也哉？

校勘記

〔一〕『無』，萬曆本作『然』，誤。

〔二〕『全』後，康熙本有『其』字。

林泉民傳

林泉民者，陳留張氏，字夢臣。居華亭之城東門，日與子弟數十人講《春秋經》。或勸之仕，不應。或又曰：『先生居空室，食藜藿，得無病於貧乎？』則曰：『吾病不能辭富，貧奚吾病？使金塢可守，董卓不然臍也；富翁可爲，曹爽不族也。步障五十里，珊瑚八九株，石崇之阱也；鍾乳千兩，胡椒百斛，元載之毒也。是皆無德而富，禍之招已〔一〕。原憲、季次不以貧爲病，雖没不朽。以此校〔二〕彼，其得失榮辱相萬也。吾病不能辭富，貧奚吾病？吾將翳茂林、

濯清泉，與田夫野老游於無懷大庭氏之天，足矣！』人以是高之云。

評曰：古以民稱者，有曰天民，伊摯是也；有曰逸民，伯夷、柳下惠是也。天民不可及已，其有一節如逸民者尤尠。林泉民讀書好古，不幸時晦道否，以屈爲信，以約爲豐，而無違中〔三〕絶物之過，其逸民之匹與！代之食五鼎、累鉅萬，往往以汰殺身沉族，視林泉民爲何如哉？吁！所謂龍蛇其身，潛而勿用，人莫之測，斯爲格品之第一者矣。故録而論之。

校勘記

〔一〕『已』，萬曆本、康熙本作『也』。

〔二〕『校』，萬曆本作『較』。

〔三〕『中』，萬曆本、康熙本作『衆』。

清江貝先生文集卷之三

雲間集〔一〕

馬孝子傳

馬孝子者，山東鄒縣人，字伯傑。父某，拜南臺監察御史，不以家行，傑獨與母鄒縣君張氏居。盜起汝潁，轉略齊魯境，傑負母匿草間。母死，倉卒不能具棺斂，聚石葬鄆地〔二〕西。盜入鄆城，傑伏于墓上，衆欲驅而前，脅以白刃。傑大慟，曰：『母在此，母在此。』盜曰：『此孝子也。』乃舍之，復遺以衣糧。既而邑刳于兵，失墓所在。求之二年，得於榛莽中，而故衣尚存，始克遷而祔於祖塋側。御史轉浙西僉憲，留江南者八年，遂冒鋒鏑，間走數千里省之，錢唐人咸稱其純孝云。

貝先生曰：三綱，人紀之大也。臣必忠其所事，子必孝其所出，亦事之常爾，而世以爲卓行，著之史爲勸戒。何邪？蓋時不古若，而盡忠孝者求之治安之日已爲尠，矧丁干戈格鬬之餘乎〔三〕？爲臣而死節者，若張桓、李黼、李齊、余闕、楊文宰輩，不數人。伯傑之孝，則又見之

於所未見也。夫海宇之大，孝如伯傑者，惡可遽數？特處其常者不足稱，處變而克盡其道，與忠節並論，誠無一二焉！傑遇寇不死，直幸耳。其於是時，知有母而不知有身，所以守四尺之土而不去，寇雖虎狼，亦矜而釋之。天理之在人心，終莫之蔽也。余因前進士潘天民言，故録之，以備太史所采，且著我朝忠孝之士有非五季所能班也。

校勘記

〔一〕『雲間集』，原缺，據卷首總目録補。

〔二〕『地』，康熙本作『城』。

〔三〕『矧丁干戈格鬭之餘乎』，康熙本作『矧於干戈格鬭之際乎』。

澹泊齋銘

建寧倅周侯克復，玉坡參政周公之子也。慷慨有氣節，顔其所居之室曰澹泊齋，取諸葛武侯《戒子書》語也。檇李貝瓊爲之銘曰：

漿蔗肉麟，腐脇戟咽，不如雋吾之淳；狐裘錦袪，蹷宗殄家，不如御吾之麄。華榱藻棁，吾懼鬼瞰而爲孽；鵾絃鳳笙，吾懼天壅而致盈。百金雙璧之寵，孰與窶而無恐？朱輪駟馬之榮，孰與徒而無傾？噫！達而伊吕之業，約而孔顔之樂。世紛紛其溷濁，吾將從汝之澹泊也。

君子堂銘

猗歟君子！止焉而安，休焉而胖。抱節不屈，服素與紈。曷並其守，彼竹之茂。不附不傾，負霜益秀。水周其隩，雲羃其霤。我讀我書，或酌之酎。風旋雪霏，玉鏘金奏。玉鏘金奏〔一〕，其樂孔嘉。君子之實，君子之華。

校勘記

〔一〕『玉鏘金奏』，萬曆本脱。

用拙齋銘

風溪王子道氏以用拙名其齋，介邵君簣谷徵予文。遂爲之銘曰：

嗚呼！渾沌既鑿，繇是七竅始開，而大樸已殘。矧歷世滋僞，機變百出，又焉得攦垂之指、輟班之削，以反〔二〕無爲之先？吾嘗悲夫金而範、玉而斲、木而揉，弗若閟之在礦、固之在璞、全之在山，故特守吾之拙，不强其所不能，惡傷生而夭年。奈何柳子病拙而外祈，潘生病拙而灌園。所貴乎有道者恒樂於無用，相與游於大庭赫〔三〕胥氏之天，奚屑屑焉嘆夫擯而不復、仕而不遷？試與汝汎觀乎宇宙之中，萬物蠢蠢，雖所賦或殊，莫不寓大巧於拙，無俟規矩，而方者自方、圓者自圓。盍順性以始終，又孰非自然而然者邪〔三〕？

校勘記

〔一〕『反』，萬曆本作『及』。
〔二〕『赫』，康熙本作『華』。
〔三〕『邪』，萬曆本作『也』。

跋蟬雀圖後

右宋徽宗《蟬雀圖》，御史薩公景囦購之越中，而歸于殳山陳仲謀者也。觀其螳襲蟬後，旁伺而欲前，雀襲螳後，反顧而將擊，運思之巧，殆非畫史所及。而鴻生碩士，歷舉吴王舍人諫伐荆事，以爲務前忘後之戒，余竊有感焉。夫自春秋之季，楚方淩晉，而吴乘其後，吴方淩楚，而越乘其後，以至七國之交攻，一螳雀也。漢之衰，曹氏篡之，而不知司馬氏踵其跡，司馬氏篡之，而不知劉氏踵其跡，以至六朝之迭興，一螳雀也。由是以降，紛紛不一，何可勝數？蓋亡仁義之道，而惟利之趨，則彼此之相乘，不知務前忘後者，豈一吴王邪？

跋胡季誠沂州事後

予讀林元鼎叙胡季誠沂州事，而知流離顛沛之際，有烈丈夫如此。王莽篡漢，揚雄《劇秦美新》之論，甚於蔡琰失身夷狄。五代時，馮道朝受主託，夕舉以與人，曾不若王凝妻斷臂明節。季誠不爲山東藩臣所屈，而區區爲海外萬里之行，舍立致之富貴，而就一陽朔簿，誠明於

事君不貳之義，而知所輕重矣。元鼎之文，直而信，嚴而約，若秋霜烈日，尤能白其節於天下云。

書擊壤生詩卷後

城西門沈雍氏，號擊壤生者，持卷求予言。嗚呼！時非堯而稱堯民，當龍虎相啗之際而擊壤，予竊有感焉。堯民擊壤而嬉，堯之德也。不知堯之德，堯亦不德焉。今去堯四千餘年矣，尚争敚而薄揖讓矣，任慘刻而黜仁恕矣，《韶濩》息而聲律變矣，衮冕裂而等威失矣，不勝其賦斂而甘蛇虎矣，不勝其刑殺而爲盗賊矣，安得熙熙皞皞如堯民擊壤而嬉乎？惟其不得如堯民而嬉，而思反乎無爲之治，此生之志也。故書此以明之云。

跋胡季誠南征詩後

右胡季誠先生《南征詩》一卷，自固安達吴門，凡二十首。跋涉千里，朝煙暮雨，邊情旅憤，備見歌詠。而含悽茹辛，沈鬱頓挫，一出性情，而具經緯之體，非徒摹擬少陵而作者也。少陵自入夔州諸詩，若輪扁之斲，有不能傳之妙。山川之助，亦不可誣者。今季誠將杭〔一〕海踰嶠，度鬼門，歷蒼梧，南之陽朔，益發瑰詭奇絶，詩固不止於是也。惜乎干戈格鬬之時，浪游南北，不得鳴國家之盛，如虞、揭、歐、馬之在中朝，振大雅之音耳。吁！明天子方將復太平之業，季

誠豈果不及虞、揭、歐、馬邪？ 予實有待焉。

校勘記

〔一〕『杭』，康熙本作『航』。

書簣谷小像後

右邵君簣谷小像一，雲間張梅巖之所作也。君體豐而氣清，好服古人衣冠，蓋有西晉之風流焉。此尤得其似，雖工之善，如顧長康者，不復能過也。初，余識君於璜溪兒菊存氏座，鬢髮、白皙、甚口，固非一時綺紈之士所能及，遂結友而去。時其曾大父翠巖先生，卷卷訓飭諸孫，以通經爲務，故君不遠數百里，從蔣君子中於吴門者四三年〔一〕，繼從沈君東岡於金陵者二年。歲大比，同試于錢唐，操紙風簷之下，一揮成章，不啻王良之騁於九達之衢，而和鸞之音鏘然中節。予知其冠四道士，而薦于春官必矣。既而爲有司所黜，又皆惜之，君獨無怨色，乃歸而益治其業。予遂與二三子講學西湖之上，不相知者十五年。後予分教〔二〕松江，獲相與握手道故舊，而皆非昔時之狀，惡得不慨然於中邪？ 即其像而反復觀之，少之時若朝日之出，慶雲之交，芙蓉之始花也；十年之久，則既壯而貌已改於前；又十年之久，則既老而貌且改於中矣。惟心之所存，則未始有老少之異焉。夫以其貌之改於十年之後，則不能不感其時之速，若雷電之驚而激也；以其心之不易於十年之前，則知其學之進，若流水之盈而達也。凡予與君交踰

三十年，亦求其心而已，而貌之改不改非所論者，又孰知壯之異乎少，而老之異乎壯歟？蓋人壽百年，而氣之盛衰，猶旦之與暮，此必然之理，有不足惑者。而進學之功，由乎歲月之積，智益明而道益崇，所謂金之成於砥礪，而木之堅於霜雪者乎？視余之齒髮已變，而索居無聞，竊自愧焉。故余書其後云。

校勘記

〔一〕『四三年』，康熙本無『三』字。

〔二〕『教』，康熙本作『校』。

清江貝先生文集卷之四

雲間集〔一〕

復姓解

莆溪王敏夫之曾祖蚤孤，隨母適何氏，蒙何姓者三世若干年，至敏夫始去何歸王。或曰：『敏夫殆章其祖蒙何之非與？』余解之曰：『王、何之别，不啻涇渭黑白，非若「國」之爲「郭」，「奚」之爲「嵇」，「莘」之爲「辛」，「籍」之爲「席」。敏夫之歸王，是舉三世之失而反之正也。使卒無〔二〕以正之，則王之世幾絶，惡可〔三〕辟章祖之名，襲而冒之乎？』或又曰：『古有夏侯養於孫而蒙孫者，駱養於安而蒙安者，今王寔養於何，其蒙何之姓亦若孫與安也。』予又解之曰：『孫爲夏侯外家，駱爲安養子，蒙孫與安已誣其族。王非夏侯、駱之比，尤不當蒙何。當如鮮于之歸嚴、朱之歸范也。何者？姓以統同，百世不變；氏以别異，數世一變。抑嘗觀夫水乎？其絶也必梗之，其續也必疏之。其派有萬，而本之一者，可泝而尋也。人祖其所出，亦若水焉。王氏不幸絶於前，幸而續於後，君子貴敏〔四〕夫之知本矣。以氏論之，其姓雖同，而出太原者不

冒東海之王，出高平者不冒新野之王，歷千萬年而世守之，況可以蒙何邪？使何無後，何固不得子王，王亦不得子於何。此截然之義，不待辯而後判，又孰得而亂也哉？』或又曰：『漢之婁、劉，唐之徐、李，當時莫議其非者，何與？』余又解之曰：『此受之天子者也。古者天子賜姓命氏，婁賜爲劉，徐賜爲李，視得姓於黃帝、堯、舜之時不同，亦爲上者親之，而爲下者尊之。上無所賜，下無所受，其可以婁附劉、以徐附李邪？至有辟禍而易姓者，醜其惡而易姓者，尤不一。舉之以例王、何，失益遠矣。』或者無以詰，因爲嘆之[五]曰：『代有私其德而蒙其姓，豈一王氏哉！有如敏夫，能知所出，絶而復續，蓋千百而十一。非其天資過人，而有學問之功，不能矣！』故爲《復姓解》。不獨嘉敏夫之爲人，且以警天下後世之失而不正者也。

校勘記

〔一〕『雲間集』，原缺，據卷首總目録補。

〔二〕『無』，萬曆本作『然』。

〔三〕『可』後，萬曆本有『以』字。

〔四〕『敏』，萬曆本作『敬』，誤。

〔五〕『嘆之』，康熙本作『之嘆』。

性　論

性之爲性，其本一而已矣。囿於氣者不同焉，曰剛與柔也。剛者恒躁，而柔者恒緩；剛者

恒勇，而柔者恒怯。剛柔之中又有二焉，曰善與惡也。剛之善者義勝，而過於嚴，惡者，殘忍而已；柔之善者慈勝，而過於巽，惡者，陰險而已。孟子曰『性善』，舉其本而言之也；荀子曰『性惡』，求反孟子之説而不知性者也；揚子曰『性善惡混』，求兼荀、孟之説而不知性者也。漢之醇儒曰董子，而謂『性者生之質』；唐之大儒曰韓子，而謂『性有三品』。亦何異於告子哉？至蘇氏則以初無善惡，而聖人强名之爲善惡；潁濱則以孟子言善爲火之能熟〔一〕，荀子言惡爲火之能焚。其紛紜乖戾如此。而横渠張氏之論則不然，曰：『形而後有氣質之性善，反之則天地之性存焉。故氣質之性，君子有弗性者矣。』荀、揚之失，於是始決，而於孟子之言尤備也。嗚呼！自性之不明，學者各務立言以相勝，而天下不勝其異論，論愈高而失愈遠。韓子稱孔子之後學之醇者，惟孟子一人而止，則有見其是非之的而言，非若冥行索途而不知所適者，故其説爲近，惜其理有不合於孟子也。微張子之徒出而正之，學者將安所折衷邪？雖然，諸子之是非不足辯也，盍亦求諸經乎？《書》曰：『惟皇上帝，降衷于下民，若有恒性。』子思、孟子之言性，實祖於此。彼以文武之民好善，幽厲之民好暴，是可以爲善，可以爲不善也。以堯而有朱，以瞽叟而有舜，以紂而有比干，是有性善、有性不善也。蓋皆告子之所與孟子言者，惡知性之本歟？性之本出於天，天之命於人者，果有不善歟？劉子謂之中，周子謂之太極，名雖殊而實則一，豈苟然哉？由此觀之，性者天下之所同，而不越乎仁義禮智信。堯、舜之善，性也；幽、厲之惡，非性也，囿於氣而不得其中者也。然理也，氣也，生而俱生，而未嘗離者，猶水

之於器也。故論性不論氣，不備；論氣不論性，不明。學者由張子之説，沿其流而遡其源，則恒性可識矣。或曰：『子之論詳矣。其在於心而不在於書者，雖無張子之説，而其本之一，又可得而終泯乎？』曰：『非也。孟子没，降於漢唐，窮理之精未有如張子者，故其論出而天下攻之。惟張子發氣質之性，深有功於聖人之門，卓乎其不可及已。』嗚呼！聖門之教人，莫先於性。其蔽也必明之，其失也必復之，則可以治身而及乎天下國家。此其爲聖賢之大也。學者務外而遺内，則復性之功缺；復性之功缺，則見之所施者狹矣。故述張子之説以啓之。若夫性有天理人欲，同體而異用，與食色出於性之言，蓋不考於經而蹈告子之非者，則與蘇氏之所言相去無幾，兹不待申之而明矣。

校勘記

〔一〕『熟』，康熙本作『熱』。

辯鬼〔一〕

城東萬竹林古宅數有妖，白晝出於中，擲瓦覆器，人無敢居者。一日，過者寢於牀，以髮繫牀足。而僧古清居之，其妖遂息，咸以爲有道之士，妖不能奸也。錢鼒備録之爲傳，客持以問鬼之説於余。余應之曰：有之。伯有爲厲於國，黎丘之鬼扶邑丈人而道苦之，謂之無鬼可乎？子産曰：『匹夫匹婦强死，其魂魄猶能憑依於人，以爲淫厲。』鼒之所録，其亦所謂强死者

乎？鼒號儒者，蓋惑於鬼，而不知死生之理者也。人始以爲有也，方疑而懼生，目見人之所不見，耳聞人之所不聞，終以爲無也，既悟而疑釋，真無所見聞矣，惡知鬼之爲鬼乎？鼒宜原其理而告之，使不惑於妖可也。又傳以實之，益滋其惑矣。夫衆生必死，死必歸土，此之謂鬼。骨肉斃于下陰爲野土，其氣發揚于上爲昭〔二〕明，焄蒿悽愴，此百物之精也，神之著也。先王因而尊之爲天下則，無敢慢而違之。猶以爲未足也，教之反古復始，不忘其所生焉。此禮之由作，而鬼神之義著矣〔三〕。由是推之，神爲氣之息而伸，而鬼爲氣之往而屈。以歲則有寒暑，以日則有晝夜，以人之在天地則有生而死，其理一也。而萬竹之妖，鬼之非常者，及其久也，滅而不存，散而不復，卒歸於常耳。鼒既不攷於此，且論清咒諸鬼而驅之，其言不經如此，而人猶信之，予不得不辯。

校勘記

〔一〕『辯鬼』，萬曆本作『鬼辯』。

〔二〕『昭』，萬曆本作『照』。

〔三〕『矣』，康熙本作『也』。

辯拙贈常景元

錢唐常景元少有氣節，通《春秋》大經，五試于有司，僅一薦，而年已老矣。道雖高而無所

容，文雖奇而無所施。蓋亦類乎拙者。人皆笑之，余爲辯之曰：甚矣！俗之耻於拙，而不耻於巧也。有巢氏之民拙矣，而無拙之稱。風氣開而天下不勝其巧，於是始疑拙於古而巧於今。苟有一謀之失者，輒以拙目之。吾嘗觀一世之人，巧於仕者其禄倍，巧於兵者其功大，巧於説者其術中，巧於賈者其利博而贏。儒者區區獨守其拙，旦暮與殘鐙破瓦相伍，以事千百年斷爛之編，奚啻老農之於田，寸寸而耕，以冀程鄭之富？其視巧者，惡得而侔哉！然巧拙之不齊，性也。拙固不能矯之而巧，亦厲之於孅、短之於長也。使矯之而巧，其病有大於拙焉。雖然，仕有時而蹶也，兵有時而僨也，説有時而屈也，賈有時而不售也，其巧亦窮已。是巧者，非巧之爲巧，時然而巧也；拙者，非拙之爲拙，時然而拙也。彼昧於道者，以利、不利爲巧拙，豈知夫巧拙繫於時邪？故病於拙而尚乎巧，不知孰甚焉。潘岳、柳宗元是已。吾將安吾之拙，相與遊乎太古之天，泰焉無外患之入，所利不既多乎？使窮於巧而欲反其拙，噫，弗可及也已！故暢其義以質之景元，且以自厲云。

三賢贊并序

瓊嘗求天下士以文章名一世者，古今不數人；以事業著萬世者，古今不數人。若晉平原内史陸士衡及弟清河内史士龍，此以文章名一世者乎！唐平章事陸宣公，此以事業著萬世者乎！初，士衡兄弟之歸晉也，張華曰『伐吴之役，利獲二俊』，且中州非無能言之士，而弘麗漂

逸，殆不及焉。史稱其遠超枚、馬，高躡王、劉，百代文宗，一人而已，則其文章可知已。宣公之佐唐也，嘗曰『上不負天子，下不負所學』，自居翰林〔一〕至於相，論諫數十百篇，皆本於仁義，而所用裁十一。先儒稱其智如子房，而文則過，辯如賈〔二〕誼，而術不疏，則其事業可知已。華亭舊有二俊祠，至正二十三年，松江通守顧侯遜、教授馮恕，拓地大成殿北，搆堂而遷之，并奉宣公焉。明年春，瓊承分教之命，始獲拜其像〔三〕。按，士衡，吴縣人，宣公，嘉興人。居非同里也，生非同時也，其出處本末不類也。然上下千百年間，而吴之人才以文章事業稱者，獨此三君焉，且不克盡其用以死。孰非天乎？何才之厚於三君者如此，而功之嗇於三君者如彼。故天下莫不爲二俊冤，而尤爲宣公惜也。鄉人思之深、愛之至，合而祠之，宜矣！瓊，嘉興人也，數往來華亭，幼讀三君之書，未嘗不服其雄辭大節，恨不得起於九原，而忻然執御焉。乃贊之曰：

猗歟盛哉！一門二俊，龍翔鳳鶱〔四〕。天運既移，國鄙臣遷。才高匪福，道否終愆。蘭悲塗剪，玉耻璞全。謇謇宣公，華峰一柱。衆邪而傾，孤立無與。炳炳萬言，以藥人主。功濟時屯，謗由直賈。有烈其芳，有煒其光。近宗遠法，豈惟一鄉。九山峨峨，與岳相望。匪山之高，伊人之良。

校勘記

〔一〕『翰林』後，萬曆本有『以』字。

〔二〕『賈』，萬曆本作『子』。
〔三〕『像』，萬曆本作『豫』，誤。
〔四〕『鶱』，底本、萬曆本作『鶱』，據康熙本改。

罵蚊

吁嗟蚊兮！爾生可矜，爾毒可憎。針喙蹫蠆，綃翼方蠅。晝伏如伺，夕飛孰徵。明燭已撤，空牀始登。既怠而休，爾胡見陵。且行且歌，什伍其朋。經堂入奥，狭狭薨薨。或刺予股，或嚼予肱。或集予背，或觸予膺。倏前倏却，攘之弗勝。完膚盡瘡，欲寐旋興。

吁嗟蚊兮！厥類寔繁，小大非一。尤忌高足，豹章貍質。蛣蜣轉丸，熠燿借光。爾獨予仇，而爲猘狂。蚓充其操，蟬秉其潔。爾獨予噬，而爲饕餮。吐絲有蛛，課蜜有蜂。爾獨予病，而爲射工。

吁嗟蚊兮！爾姓既育，爾求何酷。殘忍無〔一〕行，宜食其肉。正直有道，覆肆其毒。潰腹誚貪，爾奚不足。露觔表節，爾奚不恧。申以詈之，爾將何爲。

校勘記

〔一〕『無』，萬曆本作『其』。

拱翠堂記

華亭之大澤，東西周五十里，曰泖。環泖而居者多巨族，其能通經好古，則有翠巖邵先生焉。先生當宋季時，嘗薦於有司。代革勢〔一〕殊，遂不仕，家卒。先生之孫南仲，號浦雲處士者，闢室所居之東偏，顏曰拱翠，以示其尊也。處士没四年，其子文博復〔二〕治地東野，揭舊扁於堂，凡先生所藏經、史、子、集，及古琴、鼎彝、法書、名畫，列庋其中。登降出入，恒若先生之存，而一笑一談，接乎耳目也。且徵文以記之。瓊昔講學雙璜溪上，距翠巖之居三里，嘗從文博觀其與仇、白二公唱〔三〕和詩，風流文采，猶可想見。閱二十年，而所謂拱翠者不墮而又新之，則浦雲之爲孫，文博之爲子，克承乎先矣。瓊請以山喻之。山之平衍者有未足觀，而奇秀之聚，必有嶄〔四〕然如嵩、華，特起衆山之中，而嶠者、扈者、巋者、峘者、蜀者左右而顧焉，隆者、崒〔五〕者、墮者、庢者、如堂者、如防者、如重甗者前後而宫〔六〕焉，不啻卑之拱乎尊、小之拱乎大矣！人本乎祖，自祖而降，爲子爲孫，孫之〔七〕子爲曾、爲玄、爲來、爲冕、爲雲仍，亦若衆山之於嵩、華而無不拱者。此天性之自然，又非木石之無靈，特出於勢者也。使忘其本而自别之、自絶之，爲陘爲鮮，則滅其天矣。今翠巖公之樹立於前，而浦雲父子之相繼於後如此，可謂知所尊矣。苟知所尊，則於翠巖厚重不遷之德，峻絶孤撑之標，必將視而效之也。詩曰：『高山仰止，景行行止。』在於鄉人猶然，况爲其子若孫者乎？故不獨嘉文博之盡孝思，而能尊乎翠

巖，又以勗[八]其後人盡所尊之義，而致孝思於無窮云。

校勘記

〔一〕『勢』，萬曆本作『世』。

〔二〕『復』，萬曆本作『後』。

〔三〕『唱』，萬曆本作『昌』，誤。

〔四〕『蘄』，萬曆本作『蘄』。

〔五〕『崒』，康熙本作『萃』。

〔六〕『宮』，萬曆本作『官』。

〔七〕『之』後，萬曆本有『爲』字。

〔八〕『勗』，萬曆本作『最』，誤。

故訓導胡先生畫像記

張士誠之入吴也，江浙行省以參政楊公完者禦之入，分兵擊叛將王可權于松江。兵遂大掠，至夫子廟，執訓導胡先生，責其金。先生叱曰：『若不討賊，而反爲賊邪？』衆怒，刃之，尋死。至正十有六年二月也。初，部使者命先生來分教，裁閱月而可權至。二月己巳夜，内外舉火，烈焰亘天，先生亟命闔閉門防寇，徙薪辟火。火且逼西北垣，乃率諸生李復、買[二]兼善、吴克敏、宋起潛、尚德卿升屋大呼，注水沃之。又令民撤草坊，許新其居。既而火乃反風，若有鬼

神相之者。故東、西佛老之宫咸毁無存，此獨巋然如靈光，寔先生力也。方其變起倉卒，在官之人莫不駭散奔走，先生會稽布衣耳，不食其禄，不任其事，乃以身觸虎狼，卒至見殺而不悔。嗚呼！昔曾子居武城，寇至則去；子思居衛，寇至則不去，以爲君守。蓋賓師之道，與臣不同如此。今先生當爲曾子，不得如子思也，而區區守此以死，忠固不足班於孔父、仇牧，義固不足班於王蠋，斯亦傷於勇矣。然先生之心，以爲平居無事，則朝夕游談其中，一旦遇患，則委之而去，曾市人之弗若也。推是心也，以爲守令則能死城社，以爲將帥則必死邊疆，惡至〔二〕違義苟活而失事君無貳之道哉？是未可深議之也。後三年，太守王侯立中，因採教授馮恕言，謂：『數百年先聖先師俎豆之區，微先生之守〔三〕，惡能免於焚燒也乎？而今日學者幸有所庇，以講詩書禮樂之教者，當知其有大功於此也。前守既繪其像於東廡，春秋祠而報之，今宜叙其顛末，立石以風厲其爲士者。』而知事吴陵徐君克初贊而成之，遂以命瓊，然猶隱而不得詳也，兹直書而正之。先生名存道，字師善，嘗以《春秋經》試於有司。其來松江，時亦未有知者。噫！生不偶於時，而卒能顯於後矣。先死之一日，有詩書于壁，示其必死之意，并摹刻于左云。

校勘記

〔一〕『買』，康熙本作『賈』。

〔二〕『至』，康熙本作『知』。

〔三〕『守』，康熙本作『言』。

筆議軒記

瓊從鐵崖楊公在錢唐時，公讀遼、金、宋三史，慨然有志取朱子義例作《宋史綱目》，且命瓊曰：『宋南、北三百年間，載籍視前代尤繁，爾及諸門生當與吾共成之。』瓊因告曰：『孔子作《春秋》，雖據舊史，而十二公之事，有得於見聞及傳聞之辭，故筆削襃貶，一斷於心，而垂法萬世。今生百年之後，而欲竄定百年之前，宜不易也。昔歐陽子居史館，嘗論本朝之史，有可書而不得書，有欲書而不敢書。史官務脩前事，不及詳於見聞。而趙元昊自僭叛至稱臣，一事不書，他可知矣。由是觀之，當時君臣善惡，功過廢置，百事關大體者，舉不得直書爲勸戒。乃據以定襃貶，惡敢犯天下不韙之罪哉？』公以爲然，且曰：『考之書，質之人，當必爲之。』尋值兵變，流離散處。閱十五年，復會于雲間，公又曰：『吾《宋史綱目》已有成書，中又有可論者，未敢出也。』嗚呼！公之學，下上〔一〕古今，貫穿百家，其論事直而不詭，足以追遠〔二〕遷、董，而其慎重如此。一日，何溪彭宗璡氏過瓊清江讀書所，求記所謂筆議軒者。而公且以宋太祖之禍爲趙普之罪，高宗不復中原爲張浚之罪，以至韓通、李筠、李重進以下，凡五十餘人悉授之，俾有所論焉。因觀所著，則皆祖於龍川、水心，而其言鑿鑿，合於人心天理之正。使死者復生，亦不爲過。可見其爲有識之士，而權衡素定於胸中，故敢爲予之所不敢爲也。龍川論唐己未、庚申之變，太宗忍於同氣，此天實爲之，而非其過，可謂曲文其短，而乖於誼〔三〕。宗璡於建隆二

年杜后疾革一事，不特誅后私其所出，且誅太祖不知公義，趙普無忠告之言，君子固無以易之。俟其全書既出，獲盡觀前古得失之大義，豈非幸歟！雖然，天禍人刑，亦作史者所畏，蓋必有如歐陽子所陳者，宗璉其戒之哉！故樂爲之記，而首舉其與公前所言者云。

校勘記

〔一〕『下上』，康熙本作『上下』。

〔二〕『追遠』，康熙本作『遠追』。

〔三〕『誼』，萬曆本作『議』。

松江府儒學藏書記

士必本於學，學必資於書。然荒陬之地，書有不能盡致，而窶人之子，書有不得盡讀，則無以窮天下之理而盡天下之變，一旦欲推而措諸事業，有弗病且餒乎？故州郡通立學校，又建藏書之閣，凡性命道德之文，名物制度之紀，咸萃其中，使來游來歌之士，不待觀於肆而得之。吁！其所以教之周而無缺者如此。松江夫子廟，僅全於焚蕩之餘，所儲經、史、子、集，散佚無一存者。至正二十三年冬，西蜀王公立中來守是邦，汲汲以興學校爲首務。時則會稽馮君恕、錢唐陶君植，相繼掌教，延五經師迪弟子員，月試季攷，士習一新。復以學廩若干碩，購求《十三經注疏》等書於中吴巨姓家，櫝收庋列，書閣之書粗備。每帙印識其上，戒司籍慎於所守，勿

爲鼠仇而蟳蠹。有欲假者，許就觀焉。以其得之不易，命瓊列叙目録若干卷，志其歲月于石，庶明其用心之勤，則寶之於後，非特一時而已。其能繼而益之，以至萬卷，實有望於來者，固不止於是也。烏乎！書之所存，道之所存也。求道之要，舍書何以哉？若其在於心而不在書者，學者又當默識云。

清江貝先生文集卷之五

雲間集〔一〕

水雲深處記

青林在華亭東南六十里，地平衍，無大山，惟叢篠灌木，薈鬱蔽虧。蓋亦海隅之斗絶幽邃所也。其民田牧于中者，雖早夜作苦，足生胝，脛無毛，然皆樂其俗而安其業，熙熙〔二〕如太古時。三吴之變，兵亦不及。予嘗徑〔三〕竹岡，絶黄浦，邪迤而南，由横溪至青林，盤回百折如帶，舟礙石不可行。抵暮候海潮而上，四顧徘徊，念可築室讀書，以佚吾老，規欲留而未能也。一日，曹君士璜遺介持圖示予，其號水雲深處者，即璜之所居，寔據青林之勝，且求文以記之。予惟淵之深，魚之適也；林之深，鳥之歸也；山之深，虎豹之〔四〕伏也。魚不深，則鈎餌得以出之；鳥不深，則矰繳得以加之；虎豹不深，則陷阱得以掩而斃之。故士之辟地，恒苦其不深，而鈎餌也、矰繳也、陷阱也，又有甚焉。今青林有衆水之會，可釣而游也；雲氣之出納，可玩而悦也。而璜之託於是，亦既深而莫得蹤跡也已。世所謂秦人桃花源者，又何以過之哉？大抵天

壞之間，百年之頃，至樂莫大於適意。能適其意者，不在章綬，而在於一丘一壑。昧者方且奔走通都大邑，急於自售，以徼利劫禄爲事，趨死地如歸者，不亦悲夫！璜能果於忘世，蚤棄内外務，日櫂孤舟與海父往來。暮色蒼蒼，星月上升，則放乎中流，舉酒相屬，家童取鐵笛作龍吟三弄，以和巴歈之歌。則其寄興，豈非高且遠邪！余將去此而從之遊，共相忘於水雲之外矣。是爲記。

校勘記

〔一〕『雲間集』，原缺，據卷首總目録補。

〔二〕『熙熙』，萬曆本作『熙然』。

〔三〕『徑』，康熙本作『經』。

〔四〕『之』後，萬曆本有『所』字。

天香方丈記

天香方丈者，靈鷲峰興聖教寺奎公方舟燕坐之所也。東南之勝萃於虎林，而虎林之勝萃於靈鷲。舊云：八九月，月有桂子落其顛。見於唐駱賓王詩。方舟由雲門來主其席，境爲之益勝。庚子兵變，寺毁於火，載經載營，克復舊觀，遂以天香名其室。且訪予九峰三泖間，求文爲之記。而方舟之説則曰：『吾所謂天香者，非特桂也。昔慧理弘大雄氏之法於東土，建〔一〕寺靈鷲，歷今千餘年中，紹理而興者有宋之行果〔二〕輩，每合諸大龍象講内外典，天輒雨曼陀羅諸

花，故有四花亭者，紀其異也。吾法無所不徧，故吾香亦無所不徧。上徹渾淪，下被磅礴，微而無形，廣而無際，舉不外吾之法，則舉不外吾之香。凡具乎質者有雜，香固無雜也；限乎勢者有礙，香固無礙也。五音之奏可以悦耳，香之所及，不假金石而塞者以聰；五色之章可以悦目，香之所達，不假粉黛而瞽者以明；五味之和可以悦口，香之所入，不假芻豢而虚者以充。非芷非茝，迷者觸之而覺，窒者觸之而通，躁者觸之而静，忿者觸之而平，褊〔三〕者觸之而洪，暴者觸之而仁，惰者觸之而起，貪者觸之而戒〔四〕，戚者觸之而欣，疾者觸之而愈。是吾香所以薫衆惡而會於善，即吾法所以超衆妄而歸於真也。豈獨桂也歟？吾將廣其香於無外，而延其法於無窮，以是而爲諸天樂，以是而爲諸天膳，以是而爲諸天衣，使大地物脱三毒、八難、十熱、九惱，無施而不可也。』予聞而嘆曰：『方舟之所造詣如此，則知香之取於桂者淺矣。』予以事縻，未能入名山覽靈鷲之秀，一憩室〔五〕中，共談第一義爲快。姑次第其言爲記，俾揭諸壁，以示其後云。

校勘記

〔一〕『建』，萬曆本作『逮』，誤。

〔二〕『行果』，康熙本作『果行』。

〔三〕『褊』，萬曆本作『偏』。

〔四〕『戒』，萬曆本作『介』。

〔五〕『室』，萬曆本作『空』。

剪韭軒記

錫山華季充氏，居笠澤之梅墟，築草堂若干楹，題曰剪韭軒，志懷友也。介前進士澄江包叔藴來謁記。余惟韭，特菜之辛者，非有太牢之美，古之儉者多嗜之，以其適口而易致耳。而郭林宗夜見故人，剪韭爲具，此一時之真意也。代之爲友者，相附以勢，相結以利，相悦以飲食，惡有剪韭之真意乎？今季充取友天下之士，行倫志合，而非勢利之相求也。干戈格鬬之餘，散于四方，耿耿如參辰相望數千里外，少者壯，壯者老，顯晦存没，皆不可知。有過其軒而一接尊俎之驩，雖太牢之美，其有過於剪韭邪？然會合之不常，不能無憾，於韭之剪者能幾焉爾！吁！天子庶人，未有不須於友者。《詩》曰：『相彼鳥矣，猶求友聲。矧伊人矣，不求友生。』責人之弗鳥若也。季充其求友生而不忘者乎！至正二十有四年秋九月既望，檇李貝瓊記。

方壺記

華亭之鶯湖有大姓，爲宋子正氏，即所居之西偏闢室若干楹，方疏四啓，晝夜長明，如洞天狀。有石焉嶄然而獻秀，有木焉鬱然而交蔭，蓋不待馭泠風〔一〕、度弱水而坐致方壺之勝。因揭二字以名之，且介前進士澄江包君叔藴來求余言爲記。余惟方壺爲三神之一，在瀚海東北

五萬里外，寔神仙之所宅也。始皇帝嘗遣徐福往求不死藥，至輒有風引飄而去，則有無不可知。而方士之説，往往詑以惑世之人。若子正之居，地與人俱勝，豈非真方壺也歟！而朝暮汩没風埃中以罔利徼名者，惡知有此也？余雖未睹其彷彿，竊有會於心者焉。至正初，客錢唐，屬國家承平無事，而池臺苑囿，甲於三吴，時與一二賓客往來湖山之間，此一方壺也。及來華亭也，海内兵變，西北州郡毒於侵暴屠燒，而編民之死者十九，吾幸安居暇食，以談禮樂於干戈之表，亦一方壺也。是非神仙之所得專矣。彼居方壺而不能有方壺之樂，至越海以求之，其愚亦甚矣。使不擇地而有其樂，則非方壺而方壺也。奚必清穆虚曠，擬王侯之宫，而後爲方壺哉！今子正據鶯湖之要，甲第連雲，膏腴接壤，所欲既足，而無求於外，日坐方壺中，或觴或弈，又非若余之所稱而已。異日放舟湖上，一造方壺而息焉，則不爲生客也。

校勘記

〔一〕『馭泠風』，康熙本作『御泠風』。

白漚軒記

姑胥環城皆水也。會稽陳君思可校書葑門外，面水爲軒，有白漚日往來水上，愛其潔素閒暇，遂顔之曰白漚軒，且徵余文以記之。余惟鳥之族非一，鳳也、鶴也，皆其超然出類者也；翠也、鶩也、隼也、鸚鵡也，或以色珍，或以味珍，以色珍者人利其羽，以味珍者人利其肉，隼以善

擊珍，鷃鵲以能言珍，亦不免爲人羈。惟漚，水鳥也，色不眩乎目，孰得而賊之？味不適乎口，孰得而腊之？音不悦乎耳，孰得而畜之？此漚與人相狎而相忘，彼此一無機也，故詩人恒以閒目之。然三吴豪傑，樹立勳勞者，無白漚之閒；奔走勢利者，無白漚之閒。相狎相忘，又幾人哉？若思可者，其得閒之趣已乎！漚不吾疑，吾不漚執，觀其滅没浩蕩之波，翔集洲渚之際，漚之閒，吾之閒也。雖然，世特以閒擬漚耳。韓魏公相宋嘉祐間，定大業，都高位，身歷兩朝，夷險一節，至陶萬物如造化，天下仰之爲泰山喬嶽，乃以狎漚名亭，則可見其一出一處之間，舉無心也，是足信於漚矣。彼局於機事，而汲汲朝暮，無須臾之間者，白漚之弗若矣。悲夫！思可有道之士，非久屈於下者，余可不以魏公望之與？異日於白漚，尚無寒盟。

香影軒記

雲間之沙門南山壽公，樹梅楊溪燕坐之所，日與之伍爲清客，題曰香影，取林君復詩語也，且徵余説以記之。余時讀書三泖上，數與南山相周旋。方花盛開，輒造其室中，不啻在西湖之孤山，坐放鶴亭，夜觀雪舞百佾焉。試嘗論其疏瘦奇古，若龍之蜕、鶴之峙，皮皴而癯縮，梅之狀也；先春而發，首居萬物之上，梅之時也；託於深林大谷，冒風寒，犯霜雪，傑然而獨存，梅之操也；至清而不涅，至潔而不華，梅之韻也；其實酢而適口，故以之和五味，梅之用也。是皆見於詞人墨客之所賦者不一，而未有能寫暗香疏影於月昏水淺之際，此君復爲能冠於古今歟！

代之評畫者，謂其不難於位置之工，而難於神氣之完。若君復之詩，可謂得其神氣如善畫者，而梅亦由是益見其高。士無賢不肖，莫不愛其花而誦其詩，猶口之嗜炙，此南山所以揭之於所居也。雖然，梅之香與影，吾既不出一榻而得於梵唄之餘已，抑亦即物而觀天地之化乎！當一氣肅殺，野草之茂者色變，山木之榮者葉脱，如漢虜鏖皋蘭之下，僵仆枕藉，無一存者。惟梅於此爛然照人，則往過來續之機，未始有一息止者，豈不得而見之哉！汲汲於道者，宜反之於身，無間於晝夜寒暑，以法其純亦不已，香影之微，又惡足玩者邪？南山與其徒無方，山棲谷汲，以究苦空之説餘三十年，而其志益堅不怠，必有契於余言者，余亦因以自警云。

巖壑深居記

僧天然者，玉山大姓劉氏子。家素饒於貲，悉棄弗有，戒妻子事其母，去從沙門之有道者學焉。行甚苦，戒甚嚴，五臺三竺之士，咸以爲不及。數往來雲間，雲間人喜而争致之。築庵數區處其徒，而猶惡其囂也，曰：『吾惡用是累人哉！』遂去之。今年秋，持張觀畫一卷謁余秋涇。觀其嶄然削而陗者爲峰，呀然虚而奥者爲谷，雲氣晻靄，林木蓊鬱，不啻覽千巖萬壑之勝於香鑪、玉笥間也。乃指而告〔二〕曰：『吾將寄吾於此，覆茆而休，則華榱藻梲弗與也；躡屩而游，則朱輪駟馬弗與也；寓目有朝嵐夕翠之變，則楚腰衛頰弗與也；傾耳有風篁瀑布之韻，則哀絲豪竹弗與也。木石爲伍，虎豹爲侶，人孰得而吾即邪？先生幸名而記之。』予聞而異其

人，遂名曰巖壑深居，而爲之言曰：大雄氏之教，舉天地萬物納諸無爲。學〔二〕其道者，非舍吾大欲，從彼之所甚不堪，鮮有能致之者。天然豢於富貴之中，而非素習寂滅苦空之説，一旦悦而慕之，不有〔三〕得於獨覺之頃，而能一生死、齊得喪、外榮辱，惡能超然無累如此？然是道也，所謂策千里陵嵌巖，使其不信，則不可入。而蒙者恒蔽〔四〕而不通，惰者恒畫而不進，終不足以造其室，以至於没。其與物之無靈而老於空山大澤者，相去何遠哉！天然有及於此，則其性方啓而不蔽也，志方鋭而不畫也，其至殆不爲難矣。噫！世之襲緇衣而自柢悟於道，乃挾禍福之説以恐愚夫愚婦，汲汲徼利，如賈之趨市，又何衆與！微若人之樹立，則大雄氏之教亦久熄而不振已。他日當造所居，與之反復極論其所歸，使無辱於巖壑也。於是乎書。

校勘記

〔一〕『告』，康熙本作『言』。

〔二〕『學』，底本、萬曆本無，據康熙本補。

〔三〕『有』，萬曆本作『猶』。

〔四〕『蔽』，萬曆本作『敝』。

炙背軒記

隴右郟君仲乂〔一〕，主華亭之邵氏義塾，題所居之南榮曰炙背軒。以書抵瓊，曰：『襲狐貉

者，不知有炙背之快；有炙背之快者，不知狐貉之至美。當窮陰苦寒，吾身猶蛇之糾而不得伸也，吾口猶蟬之瘖而不得鳴也。海日自東方出，乃席而坐其隅。光氣所及[二]，倏焉外融而内鬯，不啻醪之沃、火之鑠、温風之噓，耳聰目明，百體潛蘇。欣然商歌，作金石聲，莫知其所以然者，則天下有快於此乎？然大明無私，吾惡得而私哉？天下固同此快也。彼襲狐貉者，惴惴不敢出闉闍，假之醪而飲焉，假之火而附焉，曰「是美至足矣」，又惡[三]知炙背之爲快？繇是宋人欲獻至尊而希其賞，嵇康乃云「雖有區區之意，亦已疏矣」，迨未之知也。惟先生記之，以成吾懶。』余乃爲之嘆曰：嗟乎！溺於物者有無窮之慾，得於己者有無窮之樂。方海内兵争，智勇之士各欲自衒以徼一時之貴富[四]，朝暮奔走於形勢之途，觸風埃，履冰雪，而未暇炙背如田夫野老者也。仲乂[五]獨超然高蹈，雖王公之尊不能詘而致之，且與田夫野老以炙背自適，則其不溺於物而有得於己可知矣。昔杜少陵在夔州西閣曝日，見之於詩者，可謂極其形容矣。今仲乂[六]之居，亦少陵之西閣，則炙背之快，無適而不在焉。余亦將從之，相與坐談兹軒之下，而與天地間萬物同被愛日之光，豈非幸歟！是爲記。仲乂[七]通經術，善持論，有司嘗薦之春官。賦詩清麗有法，世多傳誦云。至正二十有四年歲在甲辰春二月既望，檇李貝瓊記。

校勘記

〔一〕〔五〕〔六〕〔七〕『乂』，康熙本作『馭』。

〔二〕『及』，康熙本作『入』。

〔三〕『惡』，康熙本作『安』。
〔四〕『貴富』，康熙本作『富貴』。

蘭芳軒記

永嘉李至剛氏，僑居錢唐城東，闢室爲游息之所，樹蘭其前，顔曰蘭芳軒，間求余爲之記。按，蘭與澤蘭類，紫莖赤節，葉鋭而長，古人恒刈而佩之。劉次莊之注已詳，而黄太史又以一榦一花爲蘭，一榦數花爲蕙。朱子從而辯之，且言今所見者，花雖有香而葉無氣，非可刈而佩者，然亦不知古人所指爲何物也。由是觀之，天下之物，其芳至槁而不變者，莫過於蘭。而楚屈原著《離騷》以見志，舉而稱之者不一，則原之守比蘭之芳已。故其好脩自潔而朝夕不倦也，則曰：『余既滋蘭之九畹兮，又樹蕙之百畝。』及時俗之好讒而惡直不能容也，則曰：『户服艾以盈腰兮，謂幽蘭其不可佩。』夫蘭别於衆草，故不與時俱化而獨芳；君子别於小人，故不與俗俱遷而獨立。使俱化而俱遷，則芳委於臭腐，而美淪於淫僻矣。至剛之託乎蘭，其亦有原之志哉！蘭之是非，固弗論也。余聞至剛蓋五峰先生之從子弟，蚤有氣節，嘗從武夷杜君清碧〔一〕遊。二十餘，度江而北，涉黄河，覽太華，客寄京師，落魄不偶，而南歸吴門。一時將相皆欲屈而致之幕府，至剛弗屑也。然不能不病蘭之弗艾若矣。吁！蘭之香，小夫孺子能知之。至剛能不失其守，如蘭芳之不變，余知必擢於等夷而蜚聲天衢也。於是乎書。

校勘記

〔一〕『碧』，康熙本無。

小蓬臺誌

按，東方朔《三島記》：蓬萊在東海東北，周五千里。禹乘蹻車曾抵其所，秦皇遣徐福往求不死藥，至輒有風引帆而返。俗疑其妄。會稽爲東南大郡，舊稱小蓬萊，則以其地擬之也。鐵崖楊先生族出會稽，而老於淞上，即七者寮之東偏葺樓一所，顔曰小蓬臺，示不忘越也。臺俯大川，川别二支，其一南流，其一北折而東，中匯爲百花潭，有三石梁跨川上，南曰金鰲，北曰鐵龍，東曰玉虹。是淞之勝畢效於兹，而爲小蓬臺所有。江雲海雨，山紅野緑，舉在几席之下，則視會稽〔一〕之蓬萊，小大不同，其超乎埃壒，不啻真在三山雲氣中矣。先生晨興，披鶴氅，冠鐵冠，燕坐其上，客至不下臺，好事者就見之，相與高譚大噱，或出桃核杯酌酒，酒半，取鐵笛作長短弄，旁若無人，觀者以爲謫仙人也。夫道〔二〕山四時皆春，而小蓬臺之春亦無盡。小蓬臺之春無盡，則先生之樂又豈有盡邪？於是命瓊誌之。瓊惟先生早擢高第，宰天台，後去而客錢唐、姑蘇者久之。州郡兵起，往依元帥劉九九於建德。九敗〔三〕，挈家東下，淞之通守顧逖具舟檝迎之。蓋去會稽三十年而息於是，非蓬萊而蓬萊也。會稽受兵尤酷，暴骨如莽，千里蕭條，雖蓬萊而非蓬萊矣。昔杜少陵放浪梁、宋、吴、越，後仕玄宗、肅宗，官至拾遺，然流離顛躓之

際，由鄜入蜀，東屯、瀼西，凡三築草堂，少陵没而天下稱之。先生之與少陵，其跡同，其趣同，其文章之信於時同，異時小蓬臺將見摭於圖志，杜少陵之草堂何足侈哉！於是乎書。

校勘記

〔一〕「稽」，原作「乩」，據康熙本改。

〔二〕「道」，康熙本作「蓬」。

〔三〕「九敗」，康熙本作「九九敗」。

緑陰亭記

過縠波橋，東履碕嵚，南折而西抗，飛甍萬竹間，爲緑陰亭。中可坐七客〔一〕，隱然有林谷趣。方夏，九州一火宅，而亭之左右接葉雲布，日光亭午不到。地可誦可弦，可燕可弈。羊角風至，搴〔二〕青舞翠。雖崇桃眩晝，積李縞夜，惡有茂密蒙翳如緑陰者哉？予既登嵐光清霽樓，下憩是亭，俯游鯈，仰飛翼，徘徊久之，足以祛其煩而泄其憤。顧奔走勢利者，不知有兹幽勝也。因取至元間一時宗工仇山村、王菊存、李篔房、曹梅南唱和《緑陰詞》，俾刻之亭上，使游者覽焉。

校勘記

〔一〕「七客」，康熙本作「六七客」。

〔二〕「搴」，原作「褰」，據康熙本改。

清江貝先生文集卷之六

雲間集〔一〕

古澗寒泉記

泉出於山，正出曰濫泉，縣出曰沃泉，穴出曰氿泉，同出異歸曰肥泉，異出同流曰瀵泉。此泉之大概也。而天下之泉，其名亦不一。香鑪之瀑布與天台石門所出者，尤其崩騰而雄悍者也。余在錢唐時，嘗遊西山之靈鷲，有泉流幽澗中，或隱或見者，如綫如蛇，曲折而下赴，其激石有聲，鏘鏘如琴筑之交奏、珩璜之相觸。及憩春淙亭，其東西合流，注大壑浪然，如驟雨之至，雷震之薄，如決銀河自天而落也。雖未及觀瀑布之崩騰雄悍，是亦西山之一奇矣。方五六月，赤日正中，人皆坐火〔二〕屋下，行道者多暍死，而泉之旁飛珠〔三〕濺衣，蕭然如清秋。松風謖謖相和，肌肉爲戰而栗，不知大暑之鬱蒸也。與客俯而掬、卧而聽，日入忘返。翌日，至南山白蓮峰觀水簾，而寺僧病遊客之數，塞以巨石，而泉散落崖間，無復所謂鸞鶴唳而蛟龍涎者，蓋不幸也。後歸黄灣，並海之山皆無泉，惟東山有烏龍泉，北山有靈泉，泉小不足觀。及來雲間，九

山之麓亦不知有泉，而沙門澤公楚蘭者所居之室，在釣灘之上，泉虢虢出叢篁亂石中，循除而流，尤甚清洌。可以析醒滌煩，與春淙一矣。因題曰古澗寒泉，求予爲之記。遂舉昔遊之所見如此。夫泉蓄之有本，則其流也必遠，其及物也必廣。君子之務實者似之。傳曰：『原〔四〕泉混混，不舍晝夜。盈科而後進，放乎四海。』楚蘭之於學，必能法之而不息，其不至於極不止也。余他日尚當一寄幽賞於泉上，爲楚蘭援筆賦之。

校勘記

〔一〕『雲間集』，原缺，據卷首總目録補。

〔二〕『火』，康熙本作『大』。

〔三〕『飛珠』，康熙本作『珠飛』。

〔四〕『原』，萬曆本作『源』。

萬峰秋記

法忍寺之沙門敬梓山，闢室爲燕坐之所，西江清凉尊者題曰萬峰秋。蓋山之環其居者，如青芙蕖萬朵，而朝嵐夕翠之變，接乎起居飲食之時，其竟湛以虚，其氣凄以勁，其容慘以肅。蓋不待夫恢台既收，白露先戒，而山中之四時常秋也。行人已去，松聲不斷，悲風生而猛虎嘯，素月出而清猿哀，則有默會於休而定、定而悟者，於是招虎溪而〔一〕結社，與鵲巢以爲徒，飲卓錫之飛泉，分烏〔二〕殘之霜柿，可以外榮辱而一死生矣。且復徵余爲之記，無乃贅乎？然余知梓

山之所造已。大雄氏之道本一，而爲其徒者岐而二之：宗於禪者，不假文字，直以求心爲要；宗於教者，以爲行必先於知，不然，則造道之門孰從而入邪？二家之相矛盾，不啻水火，而梓山始亦以禪之高虚爲難，因居船子覆舟之所，而取藏室之書及止觀語録盡讀之。閉門謝客，旁通博攷，凡十餘年。及其老也，一旦大契其旨於文字之外，由是斂其華而反其本，且病昔之纏於紛揉，則其於道何如哉？或乘小舟，往來江上，往往賦詩，有貫休、蜜〔三〕殊之趣，初非出於有意者，後復置而不作。人多邀而致之者，輒辭不就。其峻絶之行又如此。予方嚻嚻然東西南北，未知所届，又安得遁于萬峰，相與掃白石、覽歸雲，逍遥倘佯，以成二老，而忘世之風濤火宅邪？姑舉其説，俾刻諸石云。

校勘記

〔一〕「而」，康熙本作「以」。

〔二〕「烏」，康熙本作「烏」。

〔三〕「蜜」，底本、萬曆本作「密」，據康熙本改。

虚白室〔一〕記

余聞金華多仙佛，蓋其山川之雄深，必有異人之所託，不可誣也。若黄公晉卿之門人，繡湖沙門皡公虚白者，其佛之徒歟！虚白二十餘泝江而西，覽匡阜於尋陽，訪道林於洞庭，而公序以送之，且壯其觀乎博大之區，而從有道者以證其真印之傳。屬海内兵變，遂留雲間。久

之，與余往來雙璜溪上，皎然如近冰雪，莫得而浼也。一日，告余曰：『吾無一席之居，隨所寓而居焉。而室之名曰虛白，或譏其無室而名之，是强名也。然吾之爲吾，亦强名耳，又况寓吾之室邪？且不徒寓吾之室，吾亦無也。以其有而觀之，其在越，則越爲虛白之室；其在吴，則吴爲虛白之室。六合之内，孰非室之大者乎？先生幸記之。』余曰：虛白既强名其室，而余又申之以説，則亦累於有，而攻之者益熾矣！然有不可已者。夫白生於虛，惟虛故白耳。日月之明，一照而四海白，而坐闇室者不睹〔二〕其光，故疑日月之所不及，而不知其蔽於物也。苟去其蔽，則八窗洞潔，昏夜皆白，如積雪之相射、落月之相通，不待燭之以火，而無不見焉。豈非以其虛乎？此一室也。物之至虛者莫若心，存之而神，觸之而通。惟其珠玉文繡、聲色狗馬之屬，所以内蝕而外蠹者非一，至虛之體，於是昧而失之，類乎木石之無靈，而爲昏爲暴已。必也去其内蠹而外蠹者，如伐寇戎焉，不使有一物之能蔽，則天下之理昭晰森布。雖居闇室，不啻日月之中天，虛而白也。虛而白也者，豈惟一室之近？將充乎上下而俱白矣。故其虛如谷，廓焉可蓄；其白如玉，粲焉可燭。其虛白之室乎？抑亦虛白之心乎？是爲記。

校勘記

〔一〕『室』，康熙本作『堂』。

〔二〕『睹』，康熙本作『覩』。

橘隱記〔一〕

楊溪距華亭五十里，地廣而夷，水清而駛，人之業廢，居者至而成聚。蓋有橘洲之勝焉。友人陸伯讓氏居之，題其游息之所曰橘隱，且求予爲之記。予詰之曰：『太史公稱蜀、漢、江陵千樹橘，與安邑之棗、渭川之竹並擬千户侯，然伯讓非事貨殖而資橘之利也，若巴人所傳「橘中之樂不減商山」者，則又怪而不經，非伯讓之所取也。』伯讓曰：『吾之托於橘者，豈如彼之所謂哉？吾遠祖績，六歲謁袁術，以懷橘見稱，遂貽口實於後，則蚤有過人之識，初不在區區之橘而已。故因以自侈，且繫吾千載之思焉耳。貨殖之賤，神仙之誕，姑置而勿〔二〕言。』余迺爲之嘆曰：按，陸爲吴大族，自績至遜，起爲大帝相，而能以弱制强，盡復荆州之地，破走昭烈於夷陵。遜没，而抗復將其衆，出督西陵，以拒羊祜者五年。及抗之子機、雲，又以文章名世至於今。其故宅之在華亭者，雖湮没無遺，而所謂唳鶴灘〔三〕、黄耳塚，猶可彷彿其所。每欲訪遺蹟於荒烟野草中，求其子孫必有興者，而伯讓其最乎？使居其位、行其志，亦一時之偉器也。其父嘗徙於溪北，越五十年卒，伯讓遂留其二子，而自返其舊廬。蓋將遺落世故，與田夫野老退於三泖之上。顧謂昔時將相之功名事業不可復見，於是治田築室，樹橘其旁，以示不忘乎祖。而素榮朱實，見於夏雨秋霜之際者可喜，亦何待蜀、漢、江陵之産爲富？而橘中老人之樂，殆不得如吾之深根固蔕也。然則伯讓不能隱，而居其位、行其志，必竭其心思、勞其筋骨，將終日

汲汲之不暇，雖欲有橘中之樂，惡可得耶？以此方彼，亦猶愈矣。尚益封殖〔四〕嘉樹，俾過者指而言曰：『此績〔五〕之後人也。』於是乎書。

校勘記

〔一〕『記』，康熙本作『軒』。
〔二〕『勿』，萬曆本作『弗』。
〔三〕『唳鶴灘』，康熙本作『鶴唳灘』。
〔四〕『殖』，萬曆本作『植』。
〔五〕『績』，萬曆本作『蹟』，誤。

觀捕魚記

松江産魚非一，取魚者或以罩，或以叉，或以笱，或以罾。巨家則斫〔一〕大樹置水中爲魚藂，魚大小畢赴之，縱横盤互，人亦無敢輒捕者，故萃而不去。天始寒，大合漁者，編竹斷東西津口，以防其佚。乃徹樹，兩涯鼓而敺之，魚失其所依，或駭而躍，或怒而突，戢戢然已在釜中矣。於是駕百斛之舟，沉九囊之網，掩其左右，遮其前後，而盈車之族，如針之屬，脱此掛彼，損鱗折尾，無一縱者。予觀而嘆曰〔二〕：魚之托於水也，非無九州四海之可歸也，而歸于數畝之陂、朽株之下，以爲至安無患，若登龍門焉。惡知誘之者將以制之，養之者將以殺之？人之機亦巧且深矣。予又傷其盡而無遺，何其不仁之甚邪！嗚呼！天下之死於盡取者，豈獨魚已

乎！豈獨魚已乎！故書爲記〔三〕。

校勘記

〔一〕『斫』，萬曆本作『砍』。

〔二〕『嘆曰』，康熙本作『嘆之曰』。

〔三〕『故書爲記』，康熙本作『故書之以爲記』。

菊莊誌〔一〕

今年秋九月既望，余出城北三里，訪菊莊李君之居。無五畝之圃，而左右種菊百本。有瑪瑙盤者，株高五尺，開十花，圍徑二寸强，人以比西施中酒時。狀元紅者，株高四尺，開十二花，視瑪瑙盤微劣。金鳳毛者，株高七〔二〕尺，開十花，色純黄如金，圍徑三寸。繡芙容者，株高五尺强，花如錯金，間深赤色，徑二寸强，此爲第一品。次小金蓮、琥珀杯、玉玲瓏、賓州紅、茉莉白，株皆高三尺强，花小大〔三〕疏密不一，而鵝翎鶴頂，亦繡芙蓉之亞也。他不可名紀者尤衆。雖洛陽牡丹，未有盛於此者，可謂愛之深而培之厚矣。君遂置酒賓予坐。日既夕，剪瑪瑙盤一枝而去。越翼〔四〕日，命其子馴來求文以記之。余惟菊爲草木之一，前乎陶靖節鮮有愛者，而陶亦託〔五〕之菊以見其高，然未始有所標榜也。及宋，周子目陶爲愛菊，目菊爲花之隱逸者，後人遂取菊與陶並稱之。朱子《通鑑綱目》書曰：「晉處士陶潛卒。」陶之高益〔六〕著於百代，菊亦與之俱高矣。吁！一氣之烈，草木摧敗無色，若奔北將士，蹂躪大荒之野。而菊挺然冒霜不

凋〔七〕，宜爲陶之所賞，可謂絶類而傑出者乎！ 君亦慕陶之高，而又色别類分如此，其趣固同乎陶已。 余亦愛菊之一也，幸無官守言責之縻，每歲携客過菊莊，掇英汎酒，和靖節之詩，而想其人於千載之上，不可謂菊自陶之後，愛者幾何人也。 因書爲《菊莊記》。 君，赤城人，字道原，通《尚書經》。 嘗再試有司，今老於淞上云。 至正二十年冬良月，檇李貝瓊誌〔八〕。

校勘記

〔一〕『誌』，康熙本作『記』。
〔二〕『七』，萬曆本作『五』。
〔三〕『小大』，萬曆本作『大小』。
〔四〕『翼』，康熙本作『翌』。
〔五〕『託』，萬曆本作『記』。
〔六〕『益』，康熙本作『蓋』。
〔七〕『凋』，萬曆本作『周』，誤。
〔八〕『至正二十年冬良月，檇李貝瓊誌』，萬曆本作『至正二十年冬月』。

蘭雪坡誌

蘭雪坡者，大名劉性初氏名其所居之地也。 性初幼有奇氣，嘗從宣城汪先生授《春秋》學，讀書山中者五年。 後值兵變，辟地錢塘，左轄張公才其人，辟爲賓客。 久之，以疾辭，無留禄

意。放浪九峰三泖間，而屬余記所謂蘭雪者〔一〕，至於三四無勦色。予惟物之至馨者莫如蘭，而至潔者莫如雪。李太白高魯仲連之節，其詩有曰『獨立天地間，清風灑蘭雪』，可謂知連之深矣〔二〕。當戰國之時，七雄相傾，權變之士教以攻戰，怒携好合，聲震海内，德無不報，怨無不酬。然蘇秦殺於齊，張儀囚於楚，范雎辱於魏，韓非死於秦，蔡澤取相位裁數月，魏冉廢，商鞅車裂，李斯族，吕不韋斥。回視一時富貴，不啻糞壤之朝菌，何榮落之暴邪？而仲連翱翔兵交之際，排難解紛，却千金之報，折帝秦之請，卒蹈東海而去，名立而禍不逮，身顯而利不污，此戰國〔三〕一人而已。以〔四〕蘭雪况之，又何過哉！方今豪傑虎争，習縱横之學爲蘇、張、范、蔡者，干之以秘策，動之以飛辯，竊高位、私重禄，輿馬赫奕，妻妾閒麗，樂其成而不憂其敗也，享其安而不計其危也。性初獨〔五〕懷仲連之志，弗爲人羈，人亦不得而羈之，又何辱於蘭雪邪？吁！蘭雪之至馨至潔，非仲連不足以擬之，固有非蘭而馨、非雪而潔者，性初亦將襲其馨而尚其潔也乎？雖然，以馨而焚、以潔而巇者，古今所病，性初其慎之！性初其慎之！

校勘記

〔一〕『蘭雪者』，康熙本作『蘭雪坡者』。

〔二〕『深矣』，康熙本作『深者矣』。

〔三〕『戰國』，康熙本作『戰國時』。

〔四〕『以』，康熙本作『乃以』。

〔五〕『獨』，萬曆本作『猶』。

清江貝先生文集卷之七

雲間集

鐵崖先生大全集序

《鐵崖先生大全集》:《春秋大意》若干卷,《史鉞》若干卷,《君子議》若干卷,《麗則遺音》若干卷,志、序、碑、銘、贊、引、箴、頌、古樂府、近體五七言詩總若干卷。吁! 富矣哉! 古之人鮮有也。先生族出會稽,母夫人李,生先生時,夢金鈎墜月中,其父山陰君摩其頂曰:『是兒必以文章顯吾門。』爲築萬卷樓〔一〕鐵崖山中。先生讀書樓上,去梯,轆轤傳食。若是者五年,遂以鐵崖自號。嘗病國朝承宋以來,政厖文抏,而未有能振起之者,務鏟一代之陋,歸于渾厚雄健,故其所著,卓然成一家言。李翰論文章之要,如千兵萬馬,而風恬雨霽,寂無人聲,惟先生有焉。蚤擢上第,躋膴仕,既爲衆所忌,又耻以妾婦之道媚於時,多仇寡與,而處之泊如也。晚年放浪雲門、玉笥、洞庭、錢唐之間,每酒酣興發,輒自擊鐵如意,歌《哀三良》、弔望諸君辭。識者以其天才似太白而學力過之,不然,何其正聲勁氣薄九霄、空四海,而凌轢〔二〕一世哉?

至正初，天子詔脩遼、金、宋三史，先生乃著《正統論》，凡二千六百餘言。其言以爲我朝當續宋統於世祖混一之日，不當急於繼遼、繼金。正大剴切，觀者韙之。瓊早登先生之門，今二十五年矣。中罹兵變，不相知者久之。及先生辟地九峰三泖，而瓊亦自海昌至。蒐輯手編於散佚之餘，幸不蟳朽焰滅。而大姓章琬，欲鋟諸梓，以傳無窮，俾瓊序之。吁！荆山之璞，豐城之劍，不待卞和之獻，雷煥之發，而光怪燭天。蓋天下之至寶，有終不得而閟者。先生之文章，雖欲不行於世，不可也。瓊又何足以知之？深惟唐韓昌黎之集，李漢序之，李翺、皇甫湜贊之，故不讓而書諸篇端，實有〔三〕俟於代之知言者云。至正二十有五年春二月既望，門生貝瓊序。

校勘記

〔一〕『萬卷樓』後，康熙本有『於』字。

〔二〕『轢』，康熙本作『鑠』。

〔三〕『實有』後，康熙本有『事』字。

鄭本初詩集序

昔宋景公使弓人爲弓，九年乃成，曰：『臣之精盡此弓矣。』公登虎圈之臺，援弓射之，矢踰西霜之山，集于彭城之東，餘力逸勁，猶飲羽于石，此功之倍也。有窮氏與賀吴北游，賀使羿射雀，志其左目，而誤中其右，羿抑首而愧，終身不忘，故善射名天下，此發〔一〕之巧者。功不及弓

人，則其器弗〔二〕良；巧不及羿，則其射弗神。余謂詩人之於詩，亦若是焉。天下之善詩者非一，而詩之工者甚寡。務速者不暇工，惰而不進者不能工。必思之精如弓人之弓，發之不苟如羿之射，然後可言其工。余獨得之鄭君本初焉。本初之詩，有曹、劉之氣而不肆也，有陰、何〔三〕之趣而不迫也，寫物之妙，濃秀千態，可謂工已。非其功倍於人、巧踰於人，而能之乎？自國朝混一以來，八十餘年，宗工鉅匠，以詩名世者不少，本初恒病其無古作者意，故起而力掃一時之陋，未嘗妄作而輕出之。或積思累月而後成，終歲所得者無幾。片言隻字，不合矩度，則屢易不輟。或誚〔四〕其無倚馬之敏，而有閉門之苦。夫弓人以九年之勤，不失爲良弓；羿徵一發之廢，遂至於善射。則本初之詩，不以遲爲病，在於〔五〕遲而工；不以屢易爲難，在於易之而後進也。余學詩二十年，未能窺詩人之閫奥，至正二十二年始交本初於九峰三泖間，因得所著五言古詩若干篇、五言律若干篇，精神心術，皆盡於此，而中州之綺麗有不足觀矣。其門生弟子將鋟梓，以余知本初之深也，求序冠其篇端，故不辭而書之。本初，錢唐人。性坦夷，與物無競。蚤游四方，凡山川形勢，欣戚感慨，一於詩形之，而世之勢利泊如也。觀其詩，可以知其人矣。

校勘記

〔一〕『發』，萬曆本作『法』。

〔二〕『弗』，萬曆本作『不』。

〔三〕『何』，萬曆本作『向』，誤。
〔四〕『誚』，康熙本作『謂』。
〔五〕『於』，康熙本作『以』。

躭羅志略後序

躭羅距中國萬里，而不載於史，蓋以荒遠略之也。至正二十五年，樞密院掾曹永嘉李至剛，從副使帖木兒卜花公往守其地。明年，奉詔還京師。至剛以疾不得俱，廼留松江，因記所歷山川形勢、民風土産，編而成集，釐爲三卷，題曰《躭羅志略》。將鋟梓，鐵崖楊公既爲叙其端矣，復求余説。余伏而讀之，因撫卷嘆曰：炎漢之興，張騫以郎應募出隴西，留匈奴中十年，後亡至大宛，爲發導驛，抵康居，傳月氏〔一〕，從月氏〔二〕至大夏，竟不得其要領。歲餘歸漢，爲天子言之，未能有如躭羅之爲詳也。司馬相如之通西南夷，至用兵而克之，邛、筰、冉、駹、斯榆之君，雖請内屬，而長老且言其不爲用者。由是觀之，國朝受命百年，四方萬國，咸在天光日華之下，雖遐陬僻壤，窮山絶島，亦不得而外焉。故至剛得與大臣涉海萬里，而鎮撫其民，未始頓一兵、遺一鏃爲國家病，則視歷代之盛，實有過之者。而是編尤足補紀録之缺，使列之輿地，中國之士不待身經目識，而已悉海外〔三〕之境，若過鴨緑、窺搏桑也。於是乎書。

校勘記

〔一〕〔二〕『月氏』，康熙本作『月氐』，誤。

〔三〕『外』，康熙本作『内』。

遊仙詩序

遊仙詩何所始乎？始於《離騷》《遠遊》之作也。天下固無神仙之説，而屈子不答於君，放乎湘潭，蓋將隘六合，陋〔二〕薄俗，排風御氣，超然物表，與日月齊壽，以盡無窮之變。觀其託爲王子之言曰：『道可受兮，不可傳；其小無内兮，其大無垠。毋滑而魂兮，彼將自然；一氣孔神兮，於中夜存。虚以待之兮，無爲之先；庶類以成兮，此德之門。』則自廣成之告黄帝者，莫之能過，此真神仙之要，不待餐六氣、飲沆瀣、漱正陽、食朝霞而後謂之神仙也。後有何敬宗、郭景純者，互爲《遊仙詩》，不過詫安期、羨門之高，假蓬萊、方丈之勝，而欲去此適彼，其於屈子之言有得否乎？惟其詩自成一家，飄飄然有凌高厲空之想，詞人固多擬之，而能與之頡頏後先者甚寡。錢唐陶菊莊氏，蚤遊京師，與一時薦紳相周旋，已有能詩聲，籍籍在人耳。及爲松江文學掾，出所著《遊仙詩》十篇示余，且以近體七言爲之，此尤古人之所未有也。雖大篇長什不能盡觀，是亦足以窺其高懷遠識，要皆祖於《離騷》之言，非特擬何、郭而作者也。余非善詩也，而於詩尤好，獲見菊莊之詩，惡得不爲之驚喜而賞激邪？視區區凡近之語，剽賊前古者，真可盡廢矣。當時與之遊者，亦既和而成集，兵變以來，散佚不存，獨菊莊之稾幸留故篋中，且求余爲之序，因書以冠其篇端。他日尚當演之於後云。

校勘記

〔一〕『陋』，康熙本作『鄙』。

灌園集序

《灌園集》者，秦溪馬君文璧之所著也。文璧蚤歲從鐵崖〔一〕楊公授《春秋》學，尤工詩與書畫，每遇佳山水，必託之豪素，有董北苑、米南宮之法，輒自題其左，時號三絶。余嘗講學雲間，文璧自杭來過，相與放舟三女崗下，登野王讀書臺。酒酣慷慨，歌魏武帝《短歌》，旁若無人，觀者疑古豪俠士也。別去十五年，中遭兵棘，意其涉艱蹈危，壹鬱無聊之氣，胸中必不能受。而且灌園三泖之上〔二〕，一欣戚、齊得喪，益昌其詩，類以成編，凡五百餘首，出以示余。諷〔三〕誦之，不啻鼓空桑以破瓦缶之音，進大羹玄酒而撤芻豢之味〔四〕，信其發於天機，不待雕肝琢腎之爲工也。且求余序。余惟唐自〔五〕李白、杜甫以降，作者非一人，擷秀於開元〔六〕《間氣》《河嶽英靈》，會昌〔七〕《搜玉》《國秀》諸集，識者猶病其乏風雅之遺，徒以蕩天下之目、聒〔八〕天下之耳，矧其下者哉！吁！詩亦難矣。文璧脱去凡近，雄詞麗句〔九〕，或得之一花一草之微，猿嘯鼯呻之夕，野橋風雪之中，行役、別〔一〇〕離、燕游、登眺之夕，兩金朝嵐暮靄變態之時，五茸獵場髑髏烟〔一一〕草、傷心墮淚之地，羇人之憤、思婦之哀、神仙隱者之趣，曲盡摹〔一二〕寫之妙，婉而不迫，奇而不僻。蓋有唐人之風裁矣。使其翺翔上〔一三〕國，覽黄河、太華之勝，大篇短章，又不止

於是也。嗚呼！氣化之盛〔一四〕，非復混壹之初，而文章日趨於骩骳。獲見文璧之詩，得不一擊〔一五〕節乎？遂書以冠其篇端云。

校勘記

〔一〕「崖」，萬曆本作「涯」，誤。

〔二〕「上」，萬曆本作□。

〔三〕「颯」，萬曆本作□，康熙本無。

〔四〕「味」，萬曆本作□。

〔五〕「自」，萬曆本作□，康熙本無。

〔六〕「開元」，康熙本作「中興」，則此句相應點爲：「擷秀於《中興間氣》《河嶽英靈》」。

〔七〕「會昌」，萬曆本「昌」字作□，康熙本二字皆無。

〔八〕「聒」，萬曆本作□，康熙本作「繁」。

〔九〕「句」，萬曆本作□。

〔一〇〕「別」，萬曆本作□，康熙本作「羇」。

〔一一〕「烟」，萬曆本作□，康熙本作「枯」。

〔一二〕「摹」，萬曆本作□，康熙本作「抒」。

〔一三〕「上」，萬曆本作□，康熙本作「萬」。

〔一四〕「盛」，萬曆本作□，康熙本作「變」。

〔一五〕『擊』，萬曆本作□，康熙本作『加擊』。

用武提要序

《用武提要》二十篇，集古之成法也。一曰立軍分職，嚴部署也；二曰建旗置鼓，壹視聽也；三曰選將，存亡之繫也；四曰簡士，勝負之決也。不教而戰，棄士與敵，故精教練、申號令次之；勸懲以礪用命、不用命，故明賞罰次之；什伍相保，故謹分塞次之。全經〔一〕卒以嚴進退，用騎以知險易，營壘以宿兵，斥候〔二〕以防寇，行則設鄉導，戰則分隊伍，而坐作擊刺，亦皆有法焉。他如審地利之高下，察敵勢之强弱，論間之難，候氣之審，有不可廢者，雖孫吳弗過是矣。兩河首難，豪桀並起，名王重臣，授鉞四出，往往覆軍殺將，不知用武之要故也。嗚呼！有國者不可黷武，亦不可以玩武。自《七書》之禁既嚴，天下罕習之者，雖武臣子弟，亦莫之講。此玩武之弊，甚於黷武，宜其一旦潰裂弗支，使吾民爲虜者十九也。方今張皇六師，期復版圖之舊，則是書又可閟而不出哉？微乎微乎，至於無形；神乎神乎，至於無聲。余固不得窮其巧已。然聞荀卿之論兵，首及附民，亦未始外吾儒仁義之説。蓋結天下之本在是，用武之道又可舍是邪？錢唐俞在明氏將鋟梓以行世，求余序冠篇端，故特舉其凡，而復申管見於末如此。任將帥者或有采焉，亦臨事而懼、好謀而成之一助云。

校勘記

〔一〕『經』，康熙本作『練』。

〔二〕『候』，康熙本作『堠』。

瑞蓮詩序

至正二十六年夏六月十有三日，璜溪夏士文氏有嘉蓮一，開漪瀾堂之前沼。觀夫秀鍾一氣，幻玉女之祥雲；危拆〔一〕雙葩，洗仙人之夕露。瑞方連理之木，名表合歡之花。綽〔二〕約爭妍，輕盈〔三〕欲舉。擢中流而儷彩，扇回吹〔四〕以激芳。水闊霜皋，識弄珠之漢女；月明烟渚，送弭節之湘君。豈當〔五〕世之文明，以著家之訢合？雖荆表田真之義〔六〕，既悴重榮；杏符徐績之行，始異卒合。未若斯之參差疊見，左右旁敷。是宜宣之詠歌，播諸紀載。宫沉羽振，叶八音於管絃；玉綴珠編，陶七情於觚墨。兹叙其實，式冠于端。

校勘記

〔一〕『拆』，萬曆本作『折』。

〔二〕『綽』，底本、萬曆本作『淖』，據康熙本改。

〔三〕『盈』，康熙本作『雲』。

〔四〕『吹』，康熙本作『次』。

〔五〕『當』，萬曆本作『獨』。

〔六〕『義』，萬曆本作『儀』。

偏旁辯証序

自鴻〔一〕荒既裂而有文，其法具於六書，而數則窮於萬有一千五百。大篆易而爲小篆，小篆易而爲楷書，其變不一。然豈有舛於一波一戈，而戾六書之法哉？後世小學既廢，而率承俗書之譌〔二〕，妄意古文，不可盡求之點畫之間。如以寧爲丁，以丁爲一，爲省文示意，文愈變而失愈繁矣。則偏旁雖非大義之所損益，學者惡可略而弗校，以致魯魚帝虎之謬歟？宋紹興進士毛晃增修四聲之譜，既已〔三〕正其偏旁，如支攴、毋母、殳夊、美美〔四〕之類，固足以爲經生學士之助。而扶風馬君文璧，獨病近習之多出於私見，豔之爲艶、夷之爲夷〔五〕、丰之爲丯〔六〕、船之爲舡、尼之爲尼、屆〔七〕之爲届、晉之爲晋〔八〕、臺之爲臺〔九〕、鑪之爲爐、鐙之爲燈，是非瞀亂，於是詳求同音異用，同形異从，一點之分，一畫之別，悉攷《說文》及五經等書，釐而正之。凡若干卷，題曰《偏旁辯証》。其視毛晃所定，爲有加焉。既成編，挾以示余，且求序其首。余閱之累日，竊嘆文璧用心之勤如此。若余之不善書者，從俗踵譌，弗辯其誤，而復誤一時之人也，寧無愧乎？嗚呼！字必有義，而義各有從，使不求其類而混之無別，其累豈得〔一〇〕場屋去取得失之間邪？是編之出，非特有補於小學之功，用之文章而施於金石，則可以合古昔而傳將來矣。余方挾《兔册》以訓童蒙，至有所疑，尚獲從而考之，猶睹今日之揚子雲也。故書其說，而

亟勸鋟梓以廣其傳云。文璧善古文詩歌，書似顔魯公，畫似董北苑，中吴士大夫咸稱之，《偏旁辯証》蓋特緒餘而已。所學浩乎無涯，余固不可得而測焉。

校勘記

〔一〕「鴻」，康熙本作「洪」。

〔二〕「譌」，萬曆本作「僞」。

〔三〕「已」，萬曆本作「以」。

〔四〕「文攴、毋母、殳夊、美美」，萬曆本作「文攴、毋毋、殳殳、美美」，未能區分其不同。

〔五〕「夷之爲夷」，萬曆本作「夷之爲夷」。

〔六〕「丯之爲丰」，康熙本作「丯之爲丰」，未能區分其不同。

〔七〕「屆」，萬曆本作「届」。

〔八〕「晋」，萬曆本作「晋」。

〔九〕「臺之爲臺」，萬曆本作「臺之爲臺」，未能區分其不同。

〔一〇〕「得」，康熙本作「特」。

清江貝先生文集卷之八

雲間集

送石仲明序

嘉興尹秦郵石侯仲明之代也，三吴之士莫不悵然而慽，與山墟海聚之氓，雖不及識侯，而一登其堂者咸駭焉。非特秀之一邑也。及其守崑山也，則其士又躍然而喜，山墟海聚之氓，不及識侯，而一登其堂者咸信焉。非特一州也。吁！仲明何以致是邪？夫民之利病，繫於〔一〕守令之得失。天下之廣，環百里而爲邑者非一，求令之賢者不數人；環千里而爲郡者非一，求守之賢者不數人。令而賢，則利及於百里；守而賢，則利及於千里。故能安生樂業於遐陬僻壤、大山長谷之中，否則爲病，奚啻蛇虎之毒哉？守令之賢者不數人，其得之難也如此，故日夜冀其父母于我也若歲焉。使一朝以無罪去，則是終不得賢守令以父母于我，而民之窮且死者，欲其脱蛇虎之毒，無時矣。仲明之爲人，余雖不獲接，而攷其所施，即三吴之士與民稱之者，若符之合，其賢可知已。嗟乎！有國家〔二〕務仁其民，爲簡守令而牧之，恒病不得其人。

得其人而使不能行其志，又豈務仁其民之心乎？此余以毀譽進退數易不安，爲今日惜，而幸仲明由秀而升崑山也。秀爲余鄉，侯之均賦興學，於數月間其父兄子弟蒙其利者深矣。是行也，必推其施於秀者施於崑山可知已，然不能不爲秀之父兄子弟惜焉。王君弘道者，與余言侯之賢，且求文以道其行，故書其説。蓋不獨爲天下守令之勸，而爲天下守令之警。侯名光著，鄱寶泉庫提舉，四轉而爲今職云。

校勘記

〔一〕『於』，康熙本作『其』。

〔二〕『家』，康熙本作『者』。

送章起潛序

余病天下之士，有其位而局於才，不能有所施；有其才而局於位，不得有所施。有其才有其位者，宜也，非幸也；有其才無其位者，不幸也；無其才無其位者，亦宜也，非不幸也；無其才有其位者，幸也。然君子論其才，而不論其位。才浮其位，雖卑冗而與之；位浮其才，雖尊顯而斥之。固異乎常人之所見已。常人知有位而已，惡計其才、弗才邪？甚矣，後世之不古若也。古者度才而官，位必稱其才，又何議乎？後世官其所私，而才不稱其位，故不得其宜，而有幸、不幸存焉。而爲士者，往往耻局於位而不得有所施，不耻局於才而不能有所施，何其

才而黜、不才而進者多也？嗚呼！其亦時之使然歟？抑亦有國者不能求才以任之也？松江儒學史華亭章起潛氏，蚤歲力學不倦，數遊搢紳間，然不得奮於上，其亦不幸而局於位者，特干〔一〕升斗禄爲養。余初未之知。一日，耳其議論下上古今，心已異之，及覩所爲詩歌，清麗有法，能言人所不能言。惜潛之有其才而無其位，不啻冲霄之羽回翔蓬蒿之下也。余又可以位之卑而易之哉！故樂與之交，久而益篤，蓋亦與其才之有過於尊顯者也。異日上之人求天下之才，又可遺潛已乎？盈考而去，澄江包君叔藴、陳君履信，槃溪張君夢臣，荆溪蔣君以愚，賦詩以贈之，而求余爲之序。於是乎書。

校勘記

〔一〕『干』，康熙本作『於』。

送方德玉序

按，《周官》：醫師掌醫之政令，聚毒藥以共醫事。凡疾病死瘍者造焉，則使醫分而治之，歲終稽其事而制其食。十全爲上，十失一次之，十失二次之，十失三次之，十失四爲下。夫二氣錯行，互爲勝負，而痟首、痒疥、瘧寒、上氣之疾作。苟失其養，則夭其天年。有聖人者出，哀民不幸，置醫以參兩其變，而眡劇易之徵。自岐伯、俞跗、秦和、扁鵲、倉公，克審其用，以贊造化者也。周以降，醫無專官。宋有郎大夫之職及翰林諸醫。國朝因之，内立醫院，外立醫學，

尤重其任矣。方君德玉者，世業醫。其先由泒徙錢唐，至君而名益顯，歷仕永嘉、天臨、番陽、平江。今年復命攝松江醫學教授，而學之諸醫來求余言以送之。余雖交德玉之日淺，然聞其治人，能察羸盈休王以盡攻之之術，往往起人於阽死，亦中吴〔一〕之良醫也。他日醫師考所入〔二〕之狀，必有十全之功，豈不爲王政之一助乎？

校勘記

〔一〕『中吴』，康熙本作『吴中』。

〔二〕『入』，康熙本作『述』。

送王至善序

維揚，東南一都會，四方之所走集，百貨之所填委。民生其間，不務稼穡，雖髫齔之童，耳亂鄭衛，而目蕩妖冶。長則走狗飛隼，擊丸蹋鞠，窮日夜爲樂。蓋其風聲氣習之使然，而詩書禮樂之教，有不能入者。其有趨於長厚，力學好古，而聲色狗馬不足以惑之，則爲豪桀之士，出於風氣之外，世又不恒見也。王君至善者，其在淮南幕府時，已熟其名，及爲松江提控，而余亦分教茲郡，始獲與之相周旋。聽其言，考其行，信其力學好古，而不囿於風氣者也。夫力學好古，不囿於風氣，余於揚之士，誠百一而爲收焉。三年之中，上佐一府之理，下總六曹之事，糾其違而稽其怠。由是上官多所倚辦，而莫能干以私。又可見其蓄之大而應於時者有餘，養之

完而見於守者不變如此。獨惜其局於位，而不得盡究所藴也。今年春，書滿而歸，余不可以無言，故特舉其人品之高不與俗〔一〕遷者論之。嗚呼！今國家庶事方殷，以至善之才，非久於簿書者，將見信於既屈之餘，譬之萬折之水，束於龍門吕梁，而後達於海；千尋之木，厄於霜雪，而後參于天。爵禄之來，惡可涯也哉！

校勘記

〔一〕『俗』，萬曆本作『族』。

送王子淵序

余至淞之明年，識澄江王子淵于頖宫。時家毁於兵，落魄無業，太守王侯彦强以故人子遇之，周之以粟。既而去游吴門者久之。今年冬，返淞上，無僦屋之資，寄食龍門寺。孱童弊衣，泊如也。方王氏盛時，四方游士之無歸者、三族之無養者，必造焉。子淵不以疏戚而汎濟之，家之有無，弗較也。故其仰於王氏者，非一人矣。海内兵變，江南北鉅姓右族，不死溝壑，則奔竄散處，豈一王氏哉！其貧與賤，所謂不以其道得之者也。然子淵所嘗内交者，反眼若不相識，未有矜而振之，又且肆其譏焉。以王氏之施於昔而背於今如此，况彼之吝於施者乎？昔薛公之相也，以取士傾六國，而賓客趨之，不啻朝於市，及一旦失位，則去之。富貴多友，貧賤寡交，亦勢之使然也。又何怪焉？則子淵可以不足介於中矣。然余於是悼時之不古，而人情

益偷，抑利不足以結人也。子淵通醫藥，治疾多〔一〕愈，遠近稱之。而利人之心，不懲〔二〕其前，汲汲焉恐不及。其天性之厚，與衆人相去千萬矣。余因書以道之云。

校勘記

〔一〕『多』，萬曆本作『靈』。

〔二〕『懲』，萬曆本作『愆』。

贈醫師沈光明序

處暗室者，具目之形，而不能睹一室之中，則必戚焉不樂，思火而燭，穴而牖，然後以爲快。矧瞽而不睹日月之光、八荒之大、泰山之高，如夜索途而莫知所從，則衣之以文繡、享之以五鼎，勢與王公等，亦必不樂也。苟有能治之者，使〔二〕昭昭然見日月之明、八荒之大、泰山之高，將不遠千里造之，以求其大快於己。夫有大快於己，雖無文繡之衣、五鼎之享，王公孰加焉？此皆樂之至矣。雲間沈光明者，其先世嘗受術於龍樹師，内障凡三十有六，外障凡三十有六，悉能治而去之，不啻金篦刮膜，而始之無所睹者，毫芒可辨也。光明克世其學，邑之大夫士咸稱之。余始而疑，終而信，既而竊嘆之曰：天下之瞽於目者，有良醫以治之；瞽於心者，獨無良醫乎？瞽於目者什一，而瞽於心者恒什九。明於日月者弗之察，大於八荒者弗之顧，高於泰山者弗之見。由是，是非邪正之無別，禍其身而蠹其國，豈非瞽之深者歟？心之瞽甚於目之

瞽，治其心者愈於治其目矣。潤之以六藝，廣之以道德，塞可通也，蒙可啓也。徹乎遠近，視之而無不周也，極乎小大，測之而無不合也。則其爲快，奚止於目之能睹邪？余因彼而感於此矣。今年秋，賀璋〔二〕者目病而視眊，遂造光明治之。既愈，來求余言以贈之，故爲書其説，且俾吾學者有所警焉。

校勘記

〔一〕『使』，康熙本無。

〔二〕『璋』，康熙本作『章』。

元故兩浙都轉運鹽使司照磨任公墓誌銘

公諱耜，字子良，姓任氏。世爲蜀綿竹人，寔少師希夷之後。九世祖嘗官四明，因徙家奉化之崎山。曾大父處恭。大父果德，宋進士、迪功郎。父士林，字叔實，湖州路安定書院山長，一號松鄉先生。公自爲兒時如成人，讀書一過輒記不忘。既長，肆意經史，博通旁攷，務極根柢。嘗侍松鄉先生遊錢唐，一時達官貴人，皆折行輩與之交。初辟松江府史，歷江陰、鉛山二州，盈考，疏于江浙行省，板授横浦場典史，轉江陰鈔庫副使，江浙理問所提控案牘，轉海鹽州提控案牘，陞兩浙都轉運鹽使司照磨，兼承發架閣事。上官以公老成習法，事多倚辦。至正十四年，督課會稽、四明，申〔一〕其三則，民競勸無敢後。朝廷兩遣使持御酒文繒賜〔二〕之。嘗道出

曹娥廟下，顧瞻咨嗟曰：『是女入江，抱父屍出者。釋老之宮，巍然相望，而此棟摧瓦腐，不支風雨，豈非有司所缺歟？』亟率其屬捐奉葺之。蓋其行事尤先於風教所關者如此。十五年，繼分部永嘉、天台。及還，民爲刻石頌德。十七年春告老，歸華亭城北之别墅，而間關兵馬之間，身已病矣。明年春二月庚午卒，得年七十有一。公同生三人，兄末〔三〕，字子駒，蚤卒；妹季環。娶錢唐孔氏，先聖五十八世孫郁之女，先三十三年卒。男二人：長文虎，江陰州佐史，娶孫氏，年三十九卒；次嗣宗，處州路鮑村務都監，娶何氏。女一人：孟淑，適浙東元帥府奏差鄒士廉。孫男二人：長繼祖，娶沈氏；次紹祖。孫女一：仲貞，適鞠希魯。曾孫男一。公卒之年兵興，不克歸祔松鄉先生兆次，卜葬于松江華亭鄉蟠龍塘西馬駝巷之墟。子文虎祔焉。築茅堂若干楹，顔曰敬思。復置田七十畝有奇，以給歲時之祭，戒子孫毋侵其入。公天性〔四〕孝謹。初，松鄉先生没，撫柩哭幾絶；既葬，廬墓三年。凡家之所蓄，一不經意，惟取先生所著《句章集》藏之。其在理問所時，命儒師鋟梓行于世。嗚呼！代之爲人子者，惟知寶其珠玉，競取而有之，鮮知前人翰墨之爲寶者，而公於片言隻字，未嘗委棄而磨滅，使松鄉先生之奇文章照曜後世，不與草腐木斃，其真能子哉！既葬五年，而墓銘猶缺，其從〔五〕弟來翁狀其族出、行實，携嗣宗來謁貝瓊于松之泮宫乞銘。銘曰：

任祖希夷，本蜀綿竹。逮公之生，遂大其族。出而試吏，孔仁且直。百鷙一鶚，孰與之匹。不好而黨，不惡而仇。世莫予〔六〕訾，位局聲流。三年海陬，再膺帝寵。既老而歸，食無餘奉。

惟堂必基，惟穀必菑。苟封〔七〕其積，曷嗇其施。蟠龍之西，馬駝之宅。公行不泯，視兹貞石。

校勘記

〔一〕『申』，萬曆本作『甲』，誤。
〔二〕『贈』，康熙本作『賜』。
〔三〕『末』，萬曆本、康熙本作『來』。
〔四〕『性』，原作『姓』，據萬曆本、康熙本改。
〔五〕『從』，康熙本作『仲』。
〔六〕『予』，萬曆本作『與』。
〔七〕『封』，康熙本作『豐』。

郭處士壙誌

先考諱士元，字元之。世居嘉興之北郭。曾祖儀卿，宋朝奉郎。祖晦，擢進士第，授常州無錫尉，七轉爲都督府機宜文字官，加贈朝散大夫。父不妄，元饒州路德興縣儒學教諭。始生而穎悟，既長力學，通《尚書經》。父没時甫二十，即教授華亭之楊溪，以奉母趙氏、陸氏。煢然孑立，備歷艱難。常應進士舉，再忤有司意，遂隱不出，自號溪南處士。終楊溪之寓舍。嗚呼痛哉！其生以己亥十二月二十四日，没以戊申十一月二十二日，春秋七十。娶婁氏，先十五年卒。生子五人：長仁，娶陳氏；次時，娶宋氏，繼娶張氏；次禮，娶周氏；次哲，娶吴氏；次

至，未娶。孫男三人：本，顥，睿。孫女一人：寧奴。惟是藐諸孤既卒襄事，屬軍興，未克祔錢唐法華山先塋之側，乃歸骨于嘉興，以婁氏合葬永樂鄉之原，不用浮屠法，遵治命也。謹次其族出、鄉里、歲月，刻石納諸壙。仁等泣血謹識。李黼榜第二甲進士會稽楊維楨〔一〕填諱。

校勘記

〔一〕『楨』，康熙本作『禎』。

江山尉中玉先生黄公哀辭

檇李黄公中玉者，平山先生之子，比玉先生之弟也。博學彊記，東南之士咸推之。以父蔭授江山縣尉，時海内鼎沸，詔徙行臺于紹興，以控制閩越。至正丁酉，大夫擢公爲參謀，統鄉兵守衢、婺。越二年，城陷遇害，一門十三人俱没，長子孟輔出而僅免。嗚呼！先生之忠烈，固無愧於古矣。余於先生爲鄉人，且蚤從其叔父次山公游，故述辭而哀之。辭曰：

惟上帝之孔神兮，信禍福之異施。何先生之不幸兮，獨罹厥災。豈其積之不厚兮，又豈行之或虧。鬱佐時之明略兮，試一割於南境。輪既摧於九折兮，雖善御而遏騁〔二〕。衆鳥紛其高厲兮，鳳熸翼於湯池。盍低回以遠戢兮，俟有道而一來。日慘慘而晝晦兮，風蕭蕭而夜悲。悼先生其不返兮，邦亦傾而莫支。嗚呼！舉貪生而惡死兮，匪伊人之攸異。死固有重於生兮，蹈白刃〔三〕而弗貳。苟吾義之既獲兮，肉雖醢其奚傷。與平原而爲朋兮，越千祀而齊光。彼懷

淥而有泚兮，日幾何而不亡。仰寥廓而呰之兮，流余淚之浪浪。

校勘記

〔一〕『遏』，萬曆本、康熙本作『曷』；『騁』，萬曆本作『聘』。

〔二〕『刃』，萬曆本作『刀』。

清江貝先生文集卷之九

兩峰集

觀魚説

余讀書朱氏西齋，左苑而右渠。書稍輟，凭檻而注目焉。方天不雨，水涸可越，魚皆徙而去之。其不及徙者，戢戢泥沙中，蹙鱗損〔一〕介，日就於殆，將爲烏鳶之所啄，螻蟻之所嚙。孰有援而活之者？余觀之戚焉以悲。及春夏之交，淫雨彌月不止，百川暴溢，浩乎如雲，不見涯涘，渠亦豬而爲大澤矣。於是小大之魚畢萃，洋洋然而泳，喁喁然而噞，有戲而唼者，有觸而躍者，有驚而逝者，往來無時，隱見無方。余觀之又懽焉而悦，乃爲之嘆曰：噫嘻！天下之物，各有所依，而魚之所依者水也。昔之局而戚者，失所依也；今之縱而適者，得所依也。苟得其所依，其樂如是，矧遇風雷，乘洪濤而上龍門者，當何如哉！以魚之一物，驗天下之物，使各得其所依，相生相保，其樂奚啻魚之縱於水也？天下之物，各得其所依，相生相保，亦若魚焉，則余之悦於心而無憾者，亦不止於觀此爲足也。所懼不得如魚之得所依，嗷嗷焉有泥沙之困，而

日就於殆，烏〔二〕得不重余之戚乎？故爲之説。

校勘記

〔一〕『損』，康熙本作『捐』。

〔二〕『烏』，康熙本作『焉』。

糜母張氏孝節傳

檇李之幽湖張氏女，歸同里糜正，生二子而寡，時年二十有六。誓養舅姑，不再適。舅姑没，粥衣而葬。二子既長，告以父志，俾從師讀書，遂以儒名於世，咸稱張之教也。至五十七終。

貝先生曰：婦之事夫，猶臣之事君，惟貞與信而已。貞則不隳其節，信則不貳其心。然上下數千載之間，求之千萬人之中，如衛共姜者，千百而什一也。有元之興，聞共姜之風，奮於閭閻，克盡貞信者非一，而余之所知者，京口之王氏、新安之吴氏，尤較然著明者也。當是時，朝廷清明，方將以貞信之行厲化率俗，故有司特上其事，咸旌其門，斯爲盛典已。若山墟海聚，素無詩書之習，而有貞信可稱者，則姑胥王珩之母、檇李糜寔之母焉。寔母於夫之没也，堅執婦德，歷三十年之久，凜然如秋霜烈日。使死者作於九京，則見之而色不忸、心不餒，其去自淪於禽獸者奚啻萬萬！視共姜亦何遠邪？屬四方有戎馬之事，不得上請而旌之，以爲天下勸。

然其貞信見於士大夫之詠歌者，又可得而掩之哉？當與京口之王、新安之吴，並立於天地，争光日月矣。吁！以一婦人之賢，足以表之於世，不與草腐木斃，矧烈丈夫不失事君之義者乎？世降俗媮，甚者叛於利害之頃，未有死生一節如婦人者，抑可嘆也夫！抑可嘆也夫！

西郭生傳

西郭生名士桂，姓陳氏。其先括蒼人。五世祖宋少師退庵，主秀之崇德簿。崇德地四平無山，其俗質而尚文，退庵樂之，遂卜縣西之南津居焉。至子清毅公開府，益大其門。清毅公性剛介，累官至尚書，通歷六部。既老，穆陵爲書『清節高風』四字褒之，因表其閭曰清節里。元季，清節里第毁于兵，後築月城其上。生奉其父螺室先生辟地於外者十年，既定而歸，結廬月城西，謝客讀書，受業者恒數十人。時螺室已没，生亦無仕意。或曰：『以爾之才，盍乘風雲翔天衢，與一時顯者相頡頏？顧摧氣局志，枯槁田畝中，無乃左乎？』則應之曰：『猩斃於醪，蠅溺於汁，魚觸於鈎，蛾焚於燭，皆昧於所戒也。吾可據非其所據，禍其身以及其宗，如猩如蠅，如魚如蛾，爲小夫孺子所笑邪？唯日營滫髓，上給八十之母，取遺書以教子，使不辱吾先，至〔一〕願足矣！』聞者高之。

貝先生曰：余少時嘗從螺室先生遊，故知其世系爲詳，且獲觀家藏宸翰，龍盤鳳翥之勢，雖歷時已久，猶欲飛動，爲之嘆息。當是時，都高位、柄大權，或一再傳，子孫已陵遲不振，流爲

皁隸。回視熏天氣勢，若可憑藉者，忽焉澌盡而電滅。陳氏先後幾二百年，而清毅公之澤，存而不斷。德厚者流光，詎不信歟？西郭生既與時枘鑿，故不求用於時。余觀其志，亦豈時之所能用哉！

校勘記

〔一〕『至』，康熙本作『志』。

鳴鶴軒記〔一〕

《傳》稱衛懿公好鶴，余嘗爲之解曰：鶴誠有可好者。夫巧於萬變，觸笙竽而鼓琴瑟，不如百族之蠱人。然潔而不可污，介而不可狎，類乎士之有道者。當天寒夜半，白露初降，則引吭長鳴，洪而遠、清而亮，足以破啁啾之聲，殆非百族之所及。故《詩》曰：『鶴鳴于九皐，聲聞于天。』以其處乎近而達乎遠也。《易》曰：『鳴鶴在陰，其子和之。』以其出乎此而應乎彼也，宜懿公之好之。有乘軒者，亦異乎衆人之好已。衆人之好，鶡也、翠也、鸚鵡也，惡知鶴之爲可好？然以鶴之異於百族，至於乘軒，則天下之士將慕而歸之，可以守其國而四鄰懼。寇至，授甲而莫肯爲之戰，寔衛有可亡之道，鶴惡能亡之也哉？使不好鶴，其國有不亡者乎？彼不是察，而尤其好鶴，鶴豈不愈於蠱人之百族邪？惟其由鶴而亡，亦鶴之不幸已。故知衛之亡，非好鶴之過也。時未有發余之説者。錫山楊君德中嘗畜一鶴，以鳴鶴顔其讀書之軒，蓋將以鶴

自況，且求余爲之記。余交德中三十年，寔吴之奇才也。始繇州佐史擢于風憲，歷江東、浙西二道，不以好而同，不以仇而異，故一時上官咸敬而憚之。及張士誠入吴，即引而去之，隱于殳山之陽，義不苟禄。日與鳴鶴爲伍，抑無愧於〔二〕鶴之潔而介者。其視陸平原，當主昏國亂，不能如季鷹之高，及收而思聞華亭清唳，何見幾之不蚤邪？故既辯非鶴之亡衛，且美德中之獨高也。是爲記〔三〕。

校勘記

〔一〕『記』，萬曆本無。

〔二〕『於』，萬曆本作『乎』。

〔三〕『記』，萬曆本作『説』。

一粟乾坤記

一粟乾坤者，沙門理公宗元燕坐之室也。余一日與二客過焉，怪其名之侈而義之微也，從客而詰之。一客曰：『天地，糟粕也。人於天地，贅疣也，蔽於小而不悟其性，於虚空者見天地之大，而不見其有大於是者也。故以天地視人，則人爲天地之一粟；以虚空而視天地，則天地亦虚空之一粟耳。曷爲紛紛〔一〕擾擾？堯舜以一粟相禪爲讓，湯武以一粟相攻爲争。此有識〔二〕所以旁立而竊笑也。』一客曰：『嘻〔三〕！夫天穹〔四〕然在上，吾不知其幾千萬里之高；夫

地隤然在下，吾不知其幾千萬里之廣。而吾齊之以一粟，惡乎而〔五〕齊哉？然自其虛而觀之，斂之至密，不盈於一粟，推而放之，則彌乎六合。是一粟已具乎乾坤，乾坤不間乎一粟也。非盡參五〔六〕神易之道，惡足以與之？此堯、舜、湯、武爲能範圍其大用也。』二客之論蜂起，而莫之能一。余歸而思之：由前之所言，蓋病其有，而以一身之小等天地於小也；由後之所言，則崇其有，而以一心之大參天地之大也。嗚呼！物而不化者，雞鳴而起，日入不得休，如負版而不悔，則舉空之説，使知〔七〕一切之爲累者，厭而弗居，遺〔八〕而弗存可也。達而不拘者，舍事物之粗，而欲造乎窮神知化之地，如凝冰而不察，則舉易之説，使不過於一偏可也。天地，無窮也，以一粟視之，必有能辯之者。明日，宗元來，求文爲記，遂書以貽之，俾自攷焉。

校勘記

〔一〕『紛紛』，萬曆本作『紛紜』。

〔二〕『有識』，萬曆本作『識者』，康熙本作『有識者』。

〔三〕『嘻』，萬曆本作『噫』。

〔四〕『穹』，萬曆本作『窮』。

〔五〕『而』，萬曆本無。

〔六〕『五』，萬曆本、康熙本作『互』。

〔七〕『知』，萬曆本作『之』。

〔八〕『遺』，康熙本作『遺』。

聽雪齋誌

凡物之聲通乎耳，而天聲之可聽者，莫過於雷霆之激薄、風雨之回合，使人通夕不寐。雪也者，微而不可聽者也。於其不可聽者而聽之，此其善聽者乎？故當一氣凝而爲雪，聯翩飛灑，徘徊委積，固不解以爲聲。或著物而有聲，簌簌然如飼春蠶，以爲有而莫可尋，以爲無而若可察。苟非心極其清，耳從而清者，惡能聽其聲於無聲也哉？是時也，天晦無月，夜坐一榻上，類凍蠅之待日。及其既旦，則連林俱縞，大地盡白，不啻海濤涌而雲氣合。坎者既夷，卑者既突[一]，萬象畢入鴻濛中，而反太素之天。漁人樵子，弗辯往來之蹊，莫不動色相顧以爲異。而君子聽之，欣然以爲大快於己。雖張鈞天廣樂於洞庭之野，奏賓雲於幔亭之峰，又何以踰其樂邪？夫衆人非不可聽也，富貴者聾於五聲而不及聽，窮約者雖聽而不知其爲樂。惟君子會其聲之潛於空寂者，亦猶大羹玄酒得其味於無味歟！得其味於無味，爲善嗜；得其聲於無聲，爲善聽。君子所以異於衆人也。錢唐戴良佐，由吴門徙家殳山之西，謝客讀書，適大雪夜降，殆有得於傾耳之時，遂以聽雪名其室，而求余爲之記。因書其説。他日雪夜操舟相過，尚能爲君賦白雪之歌，以狀聲之妙已。是爲誌。

校勘記

〔一〕『卑者既突』，底本、萬曆本作『突者既卑』，據康熙本改。

水竹居記

距禦兒東六十里曰澄林，其地多蒼筤竹，青環翠合，不啻左泉而右淇也。方承平時，勢家據沃饒地，鑿池築囿，爲觀遊之所，計澄林棄壤委之田夫野老，莫有争者。及三吴兵變，所至成〔一〕墟，荆棘參天，獨田夫野老無廢興相尋之感，而水之瀏瀏、竹之翛翛，誠可託而忘世者。此包生克恭，厚直購之而居之。外寬内密，不侈不陋。當三伏之炎也，千原火燎，而天風時至其户内，凄凄然如空山之秋。大雪之晨，琴瑟笙竽，合奔湍而交作。則所以安乎體而適乎心者，豈必高棟連雲、周阿蔽景哉？余嘗過之，俯游鯈之出没，仰飛鳥之往來，悠然與心相會，眷眷不能去。安得徙家其傍，爲東西鄰，朝夕之間，方舟上下，豈非一快邪？嗚呼！地之勝必待乎人，人之高必因乎地。錦江麗矣，杜甫客焉；愚溪僻矣，柳宗元宅焉。今幸有其居，以遊以釣，以絃以誦，是可樂已〔二〕。故記之。

校勘記

〔一〕『成』，萬曆本作『城』。

〔二〕『已』，萬曆本作『矣』。

恒齋記

海昌郜克讓，學醫於戴德齋氏，未幾通其術。德齋且懼其易之也，戒以守之之難，克讓乃

題所居之室曰恒齋。既揭師之戒於坐隅，復徵余申恒之義。余惟天地恒其位，故高下不易；日月恒其明，故晝夜不息。君子法之，必恒其守焉，而世之有恒者爲甚尠〔一〕也。孔子誦南人之言，且舉《易》所謂『不恒其德，或承之羞』而斷之曰：『不占而已矣。』警其人也。及論聖人至於有恒，則曰：『無而爲有，虚而爲盈，約而爲泰，難乎有恒矣。』傷其俗也。嗚呼！恒則誠，不恒則僞；恒則敬，不恒則怠。聖人之不可及者，豈果異乎人哉？所以異乎人者，亦恒而不變，若天地日月而已。故有恒之與聖人雖非其倫，欲進聖人之室者，恒其門乎？鋭乎前而退於〔二〕後，非恒也；謹其一而謾其二，非恒也。農恒於農，而不去乎野，故其地日美；工恒於工，而不去乎肆，故其器日精。矧欲進乎〔三〕聖人者，惡可無恒邪？克讓儒而醫者也，其知主於恒已。醫一技耳，死生繫之，必進乎俞跗、扁鵲、倉公之巧，而爲醫之聖。凡書之所論有淺深，以有恒之心求之，則可以造理；藥之所施有緩急，以有恒之心察之，則可以成功。彼射利小夫，又惡能及乎此，而以恒爲務歟？由是觀之，醫且不可以無恒，斯足以應人之求。爲吾儒者，其亦有所警也夫！

校勘記

〔一〕『尠』，康熙本作『少』。

〔二〕『於』，康熙本作『乎』。

〔三〕『進乎』，康熙本無。

東齋誌

錢唐沈復東氏，幼穎悟，好讀書。既長，授〔一〕醫術於海昌慧力寺之忠上人。取黄帝、岐伯所論，及漢以來張仲景、劉守真、李東垣諸家書，窮日夜讀之，遂造其閫奥，忠亦無以過之者。於是無貴賤貧富，凡有疾者，輒造復東請焉。起人於阽死〔二〕者數矣，然一以利天下爲心。其施甚博，而取於人者甚廉，故咸稱其有宋清之風，無市井小夫之恒態焉。徙家紫微山之麓，因顔其室曰東齋，過余清江一曲，求文以爲記。余惟東之爲方，震也，日至夕而入，度周天三百六十有五，復升於東而爲旦，則既晦而明，光曜一新，寐者覺、伏者翔，是一日之所始也；歲歷冬而終，日周三百六十有五，復旋於東而爲春，則既塞〔三〕而通，一氣旁達，死者蘇、蟄者伸，是一歲之所始也。嗚呼！天地生生之道，莫盛於東，而爲萬物之母焉。故四方定位，東爲首，南次之，西又次之，而終於北。若生者，其體生物之仁，將以仁其人歟？抑又即其勢論之：岱居四岳之宗，而海受百川之歸。蓋山之峙於東者，莫高於岱；水之會於東者，莫廣於海。生尚益進其術，雖未達而仁天下，尚足以仁一方。一方之人〔四〕仰之，猶四岳之岱、百川之海，豈不獨雄於時，而爲其所宗且歸，如仲景之徒歟？亦在夫積之而已。復東謝曰：『博哉，東之説矣！請揭諸壁，朝夕覽之以自勗焉。』是爲誌。

校勘記

〔一〕『授』，萬曆本作『受』。
〔二〕『死』，康熙本作『危』。
〔三〕『塞』，萬曆本作『寒』。
〔四〕『人』，萬曆本作『仁』。

清江貝先生文集卷之十

兩峰集

春暉堂記

余讀孟東野《慈母吟》，未嘗不三復其辭，爲之慨然流涕也。嗚呼！論德莫大於父母，故《蓼莪》之詩曰：『欲報之德，昊天罔極。』是以父母同乎天矣。東野又以慈母之厚，同乎四時之春焉。自寸草之微觀之，冰雪之沍，天風之烈，莫不凋落腐敗，如萬馬蹂躪，無一存者。及氣之閉者既通，而物之殺者復蘇，則萋萋莑莑，其生自有不可遏者。當是時，充塞六合之大，一春暉耳。而慈母之德似之，拊我畜我，長我育〔二〕我，顧我復我，出入腹我，豈特壯而有事四方，而憂其行之久哉？此人子之春暉不可以不報者。不報，不子也。然亦不知其所以報也。何者？其所施者無窮，故其報也無窮。五鼎之適口，惡足以爲養；八音之悦心，惡足以爲樂乎？或敓於事而不得報焉，於是即一衣而有春暉之感如東野者，至形之於詩歟！然《蓼莪》之詩人兼言父母，而東野專以母言者，豈以父母之愛雖同，而慈母爲尤甚？或者其母獨存，故不及於父

也？且自比於寸草者，亦『匪莪伊蒿』之意，傷其不爲天下之美材耳。余蚤不天，獨與母居，貧無以爲業。二十餘，汲汲東西南北，以營衣食，不及朝夕在其左右。既老，又不能行道於上，身顯而名立，以爲親榮，徒貽其憂而莫報其德，固有愧於春暉也多矣。岳君東伯者，名臣之子孫也，折節讀書，以明經選于有司。未上，浙江行省丞相達識帖木兒板授傳貽書院山長，其母春秋已高，而康寧無恙，遂以春暉名其所居之堂，且求余爲之記。余知其與東野之所感者，今昔不殊〔二〕，而克報人之所不得報，非若余之徒懷區區之心如寸草者，惡得不重有所愧乎！噫！『孝子不匱，永錫爾類』，將見天下之人，觀東伯名堂之義，有以感其同然之心，而思報春暉者非一。余豈一書而已哉！

校勘記

〔一〕『育』，原作□，據康熙本補。

〔二〕『殊』，康熙本作『移』。

清隱堂記

紫微爲海昌第一峰，而廣福寺者，寔據紫微之勝。宋慶曆間，慧悟大師之所建也，距今四百年矣。慧悟之徒因公，度地寺之東北，剪茅築室，題之曰宧軒。後禮公又築清隱堂於宧軒之北，爲燕坐之所。繼禮公而興者，未暇詳其人。而在元季，則有進庵先公、起山興公、春山勝

公、瑤山珎公、大銘鑒公、明遠昶公，源委相承，皆一時之傑然者也。時清隱多歷年所，棟摧瓦腐，不支風雨，勝公圖撤而新之，首發私幣，以倡其徒。經始於至正十有二年五月，落成於是年八月。并葺堂之東、西兩掖，其制視前爲加廣焉。又以其羨造用器，備歲時之設，無俟假於人矣。十三年，鑒公没。越明年，珎公繼没。而興公嘯詠不事事，庶務悉倚之勝公。十八年，先公復没，則耆老凋落過半，勝公亦孤立而無助矣。矧歲入不給，賦歛日煩，於是内營外應，凡十有五年，雖震撼擊撞，盤錯紛糾，處之卓然，不見跋疐之患，奚啻砥柱屹立波濤中，衆恃之以爲安也。今春秋已六十，因命明遠代掌其事，即退而休於清隱焉。每一食之頃，輒懇懇爲言：自少至老，執勞不倦。及兵交境内，學佛之徒散于四方，而守是區區不去者，懼負先公之所託，且欲遇變而益厲耳。我後人其念之哉！其念之哉！明遠既服其訓，且求余記其本末之詳，俾來者知其所積非一世，所成非一人，觸於目而警於心也。余乃爲之嘆曰：天下之事，必有所基以開其後，必有所述以成乎前。而代之忽堂構之寄者，抑何衆也？近而吴越之區，自五山之盛，至於山臺野邑〔二〕，炳焉金碧之交焕者，忽已走狐兔而翔鴟鳶。而一堂之小，巋然如靈光獨存，豈非善述之大效，爲能圖前人之所難者歟？大雄氏以天地爲幻，若無待彼爲損益，而先後之樹立如此，亦教之所關也。嗚呼！廢興存亡，相尋於無窮，猶寒暑夜旦之必然，寔繫於天，而不繫於人也。然天不可必也，其可必者，人而已。故盡人道以聽天，可也；責諸天而遺乎人，不可也。是昔之繼進庵者在春山，而今之繼春山者，又豈不在於明遠邪？將見慧悟之傳，

久而愈熾已。故爲書其説，使揭諸壁，且不特以朂明遠，異時之後明遠者，其亦鑒於兹乎！明遠年甚少，深於教乘，至若讀書鼓琴、工五七言詩，皆其緒餘云。洪武四年龍集辛亥夏五月初吉，檇李海鶴生貝瓊在殳山草堂寫。

校勘記

〔一〕『邑』，康熙本作『色』。

半間雲記

海昌廣福寺之逵上人者，鑿崖構屋，高出飛鳥，顔之曰半間雲，且徵余爲之〔一〕記。余乃詰之曰：『雲之狀何如也？』上人曰：『當清秋時，天將雨，初氤氲上升如蒸饙，既而被覆岡巒，又如玉女曝衣，不見遠近。及天風引之，勃然〔二〕入吾室中，泛窗户，撲帷幔，排之而不能去，攬之而不能執，皜然如犯大雪山行，覺有清氣凄凄逼人，如泳秋濤中，前開而隨合，莫測其涯際也。始吾甚厭之，然一榻之外，舉非吾有，吾特〔三〕寓焉而已矣。雲之止邪，吾不以爲窘；雲之去邪，吾不以爲泰。中分吾室而居之，夫豈不可乎？復徐而思之，達官巨姓，築第綿里，屹乎山迴，翼乎鳥舉，雖欲一與雲接，而雲且不至焉。不過畜聲伎，藏寶玉，所以瞽目而簧耳者，朝暮交於左右〔四〕。及元季兵變，又〔五〕皆敓於武夫悍將，污於宿隼飼馬之所，雖惡之若仇，而卒莫敢訶，奚若雲之在吾前也？今一室之小，幸而不爲聲伎之居、寶玉之府也，又幸而不爲武夫悍將之

所敓也。爲吾與者，特雲耳。故吾之視雲，不啻故人嘉客，相忘相狎，惡知其孰主孰賓也哉？先生試終言之。』余應之曰：『上人知雲之勝彼，其論高矣。猶泥於有跡，未能會物我而一之也。未能會物我而一之，則亦同室而胡越耳。嗚呼！雲無心也，吾亦無心也。以無心相遭，則吾之爲雲邪？雲之爲吾邪？其飛揚下上而彌乎六合，其卷而斂乎至密，孰得而囿之邪？然非上人之造於道，不足以及此已。』上人曰：『善。』遂書而爲記。洪武四年歲在辛亥夏五月既望，檇李貝瓊在清江一曲寫。

校勘記

〔一〕『之』，萬曆本無。
〔二〕『勃然』，康熙本無。
〔三〕『特』，萬曆本作『持』，誤。
〔四〕『右』，萬曆本作『石』，誤。
〔五〕『又』，萬曆本作『人』。

西翠樓記

海昌郭子振氏，葺居第〔一〕之西偏小樓一所，顔之曰西翠。一時魁人碩士，賦詠者多矣，乃馳价求余爲之記。余觀岸海之山，自鳳凰百丈而下，皆卑不可見。距邑西百里爲吳興，其七十二弁連延，若海濤起伏湖上者，舉在欄楯之外，此闞於東而拱於西也。然西不止於是焉，摭其

大者概之：匡廬爲九江之奇觀。又放乎西，則嶽之太華，嶄然特起，與天一色，其翠當百於弁也。又放乎西，其去中國絶遠者，則峨眉雪嶺，其翠奄乎巴蜀，吾不知其幾千萬里。極於崑崙之墟，所謂天柱者，益峻而廣，其翠奄乎康居、大夏，吾又不知其幾千萬里也。大抵極西多山，自開闢而勢已然，故雄秀之所在，禹載不得而至，姬轍不得而窮。近即七十二弁之翠，其所不及者，皆可按圖而歷攷之歟！蓋人之器非可限也。觀夫四境之勝，莫過弁之在西，矧觀夫匡廬、太華乎？觀夫峨眉雪嶺與崑崙乎？雖然，山之小大，萬有不齊，而真賞之會于心則一耳。當夫積雨新[二]霽，海日東出，於是挹爽氣於拄頰之頃；天空無雲，倦翼盡歸，於是賓素月[三]於尊[四]俎之間。則其寄興之高，爲何如哉！視彼屑屑焉溺於聲色狗馬、珠玉錦繡者，抑已陋矣。子振尚覽山之翠，蓄而爲德，則厚重而不遷；發而爲文，則峻絶而不可踰。斯反諸身者，卓然有所樹立，是亦崑、華之拔乎衆山，豈小夫孺子所得而企邪？余固有以望之，非直爲一樓狀其勝而已也，故不辭而記之。子振世業醫，其先由汴徙南。至祖君玉公，蓄善藥以應人之求，往往不責其直，而起人於阽死，俞公伯貞爲書『種德』二字揭于堂。及子文伯、文叔，克紹其傳。而子振蓋文伯之子也，有祖風，尤工鍼砭，爲時所推云。

校勘記

〔一〕『第』，康熙本作『地』。

〔二〕『新』，康熙本作『初』。

〔三〕『月』，萬曆本作『明』。
〔四〕『尊』，萬曆本作『樓』。

處静軒記

檇李張克成氏，蚤從沙門珩公伯琚於報忠，以究大雄氏之法，乃闢燕坐之室，題曰處静，馳書質於余而請記焉。余儒者也，道不同不相爲謀，言之無乃悖乎？辭不獲，則復之曰：人以一粟寓乎天地，而百歲之中，没没〔一〕焉惟物之徇，喜怒哀樂所以相感相仇者，奚啻寇之乘隙交至，禦於東而生於西？苟無道以處之，其不至於顛倒錯亂、眩瞀迷惑者，亦寡矣。《傳》有之曰：『静而後〔二〕能安。』蓋静則一，一則已勝於物，物不足以動之；不静則貳，貳則物勝於己，恒爲所誘而俱往焉。是知外物不待絶也，惟處静以御之耳〔三〕。學佛者亦然，特以外物爲外，而惡其累己，不擇義利，一切欲絶而去之，且必塞其聞見，無思無爲，使同乎槁木死灰，豈不過哉？鏡之空也，物至而鑒，不能使之不鑒也，鑒萬物而不爲物昏也；心之靈也，事至而應，不能使之不應也，應萬事而不爲事撓也。君子之學，如此而已。彼亦不通於道，而分内外爲二本歟？昔明道先生嘗告張子以『性無内外』之説：與其是内而非外，曷若内外之兩忘也？程子之言可謂精矣，惜乎學者不知致，徒悦荒唐怪誕以爲高，殆將絶聖棄智，然後謂之静，又烏知静必有覺，初非一於静邪？克成求定於至静，其與徇物之徒相去萬萬。余懼其不察於是，故舉

所聞而盡告之。若處静之要，則在於誠與敬耳。由是而進，將見所謂定者，不以動静而定，異日尚有以徵之矣。洪武五年歲在壬子冬十月既望，貝瓊記。

校勘記

〔一〕『没没』，康熙本作『役役』。

〔二〕『後』，康熙本作『后』。

〔三〕『耳』，康熙本作『且』，則此句點爲『惟處静以御之。且學佛者亦然』。

來青堂記

秀之隱君子陸景遠氏，家於殳、史兩山之下，以來青顔其堂，取宋王文公詩語也。謁余文以記之。余惟邑居者恒病於湫隘，雖極天下之雄秀，如天台、雁蕩，不得覽寸碧於江雲海雨之外。而景遠據地之清曠，不爲崇墉所限，飲食起居與山相接，可以寓吾目而快吾〔一〕心，奚必天台、雁蕩哉？蓋真賞之所在，不以一簣爲卑，九重爲高。則天台、雁蕩不廣於殳、史兩山，而殳、史兩山亦齊乎天台、雁蕩之雄秀，其真賞一也。於是坐挹空翠於几席若賓主然，而雪霽之晨、雲歸之夕尤宜也。于以讀書，于以鼓琴，或命客傾壺，分曹對弈，殆無邑居之囂，不知文公之在金陵，與是何如邪？故嘗論之：文公之文章氣節表於一時，又豈後人之可擬？而其相神宗也，雍容廟堂之上，以伊傅之業自期，不得有兩山之青以爲玩，卒行新法，以亂天下，取譏

當世。既罷而歸也，來青之語，且見於閑居之頃，豈不貽山之愧乎？今景遠放浪田里三十餘年，以沮溺之志自適，得喪不怵于內，榮辱不加於外，是無文公之位，亦無文公之誚。兩山之青，爲吾之所專矣。余亦有好山之癖〔二〕者，觀秦望於越，觀西山於錢唐，觀洞庭於姑蘇，既老而息於兹，將從之築室其旁，當割山之半青矣。故記之。

校勘記

〔一〕『吾』，康熙本作『乎』。

〔二〕『癖』，萬曆本作『辯』。

醫鏡密語序

按，晉王惟一《銅人經》：督脈始於齦交，終於長强。任脈始於承漿，終於會陰。足太陽始於睛〔一〕明，終於至陰；少陽始於瞳子髎，終於竅陰；陽明始於頭維，終於厲兑；太陰始於太白，終於大包；厥陰始於大敦，終於期門；少陰始於湧泉，終於俞府。手太陽始於少澤，終於聽宫；少陽始於關衝，終於耳門；陽明始於商羊，終於迎香；太陰始於少商，終於中府；厥陰始於中衝，終於天池；少陰始於少衝，終於極泉。凡三百六十有五，而十二經、十五絡之表裏可攷已〔二〕。然一膜之間，死生之判，不可以易語也。代之醫者類曰：背膂之强者，刺人中以瀉〔三〕之。頭目之眩者，刺風池以補之。與間使之治瘧、後溪之治癇、大敦之治疝、三里之治五

勞，視之若甚易者。惡知九鍼補瀉之法，不難於迎隨提按，難於察周身之□〔四〕而刺之，適乎淺深歟？姑舉其凡，若鳩尾一穴，直中庭之下，鍼□〔五〕二寸五分止，中心者尋亡，中肝者三日亡〔六〕，中肺者五〔七〕日亡，中胃者七日亡，中膻者一日亡，中腎者不終日亡。由是推之，苟不知淺深之宜，輕於用鍼，鮮有不悞中而殺人者。故雖極其巧，又〔八〕可以人而試吾之巧邪？在皇元時，竇文貞公得丘長生之傳，大顯于中朝，而四方咸宗之，且推其所得，述《標幽》《指迷》〔九〕二賦行于世，復〔一〇〕注《銅人鍼經密語》一卷，未成而没。其徒有蘭溪王鏡潭，及其子瑞菴者，增注而成之，則三百六十五穴之分寸，不可有一過不及之差，淵乎微哉！一日，瑞菴挾之訪余没山，求序以冠其端。余讀之累日，爲之嘆曰：嗟乎！鍼爲醫之一耳，而書之浩繁，有不可勝窮者，皆非所以爲密也。夫觀室而不睹其密，則未造乎室；適道而不求其密，則未造乎道。補注《密語》，其用鍼之突窔乎？然其書閟而未廣也，鏡潭父子因文貞公之注，復詳之於後，則所謂『密語』者，既顯而不得閟矣。學者獲從而攷之，則知其所慎，而見於治人者，足以冀夫十全之效而無悞也已。故不辭而書其説云。

校勘記

〔一〕『睛』，康熙本作『晴』，誤。

〔二〕『已』，萬曆本作『矣』。

〔三〕『瀉』，原作『寫』，據萬曆本、康熙本改。

〔四〕〔五〕底本破損，萬曆本、康熙本作□。

〔六〕『中肝者三日亡』，康熙本脱。

〔七〕『五』，康熙本作『三』。

〔八〕『又』，康熙本作『豈』。

〔九〕『指迷』，底本、萬曆本無，據卷十一《送王瑞菴序》及康熙本補。

〔一〇〕『復』，萬曆本作『後』。

玉泉隱居圖序

玉泉山距蘭溪三十里，當五峰之北，嶄然青芙蕖危插天半，與金華東西相望。而半山石皆雪色，類瑶琨者。以其如束帶然，故一名玉帶。其顛有峰特起，曰〔一〕露峰。峰之下有泉正出，曰鏡潭。潭通浙江，而澄澈可鑒，或疑神龍居之，故又名玉泉山云。山多合抱之木，與夫空青丹砂，千歲之琥珀，往往得之。昔舒元輿、金仁山嘗隱其中，非獨神仙釋子、樵夫野老之所託也。在皇元時，則有王氏者，爲蘭溪之巨姓，蚤從竇文貞公學九鍼補瀉法，客京師二十餘年，不樂仕而南歸，營於鏡潭之上，自號鏡潭先生。左右樹杏千株，每花開時，遠近爛然，與日光霞氣相射，望之不啻董林焉。其族人子弟，徙而從之者，錯居其旁，至數十家。烟火之相連，雞犬之往來，熙熙皥皥，有太古之風，世莫得而知也。則玉泉之境，因人而益勝矣。余不及識鏡潭先生，獲與其子瑞菴交〔二〕。瑞菴屢游三吴間，一日持《隱居圖》示余，且將老於是，因求文以志

之。余受而觀之，乃爲之言曰：天下之名山非一，而玉泉其東南之雄秀者乎！若鏡潭所據峰巒林壑之美，殆與終南、少室並，宜游而玩者，所以長往而不來也。然盧鴻、李渤，皆以隱爲仕之媒，非若鏡潭之不仕而隱也。嗚呼！都高位、享厚禄，豈非人之所榮？而懷才不售，絶物而獨處，顧效龍蛇之屈蟠、松栢之槁死，没没焉無稱於時，又豈其情也哉？特以勢崇則必殆，不若去位而圖其安；利廣則必憂，不若辭禄而求其樂。此《考槃》之碩人永矢弗過也。余恨未能超然引去，相與入山讀書，決泉洗藥，方日汩汩風埃中，未知所届，回望丹崖翠壁，邈在弱水三萬里外，而不得一至，豈不貽愧於鷲猿怨鶴邪？姑書其説，以識余之心。他日或能裹糧往候瑞菴，庶不爲玉泉之生客，而爲山靈之所拒也夫！

校勘記

〔一〕『曰』，萬曆本作『白』。

〔二〕『交』，萬曆本作『友』。

清江貝先生文集卷之十一

兩峰集

送王瑞菴序

余讀《鍼經》而知鍼之要不出於八穴，曰：公孫、内關、臨泣、外關、後溪、中脈、列缺、照海。八穴治證，凡二百一十有三，而九鍼補瀉之用，由是行焉。復參太乙飛騰之術，其法有八，曰：迎之於前以殺其勢、隨之於後以解其結、提而升之以補其不足、按而抑之以損其有餘、左之上引以導陽、右之下引以通陰、虛之於中以生其氣、實之於内以散其血。二家之説，寔相表裏，皆本於岐伯、雷公與黄帝問答之書。攷之《靈樞》《素問》，可見已。通其術者，金季則有全真趙魔哥，皇元則有丘長生真人。真人〔一〕以授竇文貞公，有所著《標幽》《指迷》二賦及《玉龍歌》《龍髓經》行于世。而趙魔哥之徒，則有洞玄李公、高山陳公，再傳至於王通甫先生、霍丘李清隱，然皆不若文貞公之際遇世祖而大顯于中朝也，故四方學者咸稱北竇。若蘭溪之鏡潭王公，則出入其門二十餘年，爲得〔二〕所傳之的，在當時已有道南之嘆。逮鏡潭之子瑞菴，益精於術，

往往治人之疾，不啻大將統六師以剪小寇，殆非一時衆工之所及。於是南、北之明鍼道，克繼文貞者，獨推王氏父子焉。嗚呼！人之死生制於天，而鍼能通其逆順，屈者信之，危者安之，虛者充之，弱者强之，寒者燠之，則其死生之制於天者，且制於醫矣。抑非洞察脈絡之表，而不差毫芒，惡能求其十全之效哉？宜斯術[三]之傳千百而十一也。瑞菴之術雖受[四]於其父，而得之於心，應之於手，必有斲輪之巧者，不可誣也。今年春，自越如吳，王公貴人交謁於門者無虛日。適大名[五]劉性初病寒，留檇李，因迎瑞菴治之。以俄頃之功，起五年之疾，故一方以爲神人。其從而執弟子[六]禮者非一，瑞菴亦不靳於傳。蓋將廣北竇之學於無窮，而利人之心亦及於無窮也。歲云莫矣，浩然言歸，因序以送之，而能詩者咸繫于後云。

校勘記

〔一〕『真人』，萬曆本脱。

〔二〕『爲得』，康熙本作『得爲』。

〔三〕『術』，萬曆本作『疾』。

〔四〕『受』，萬曆本作『授』。

〔五〕『名』，康熙本作『明』，誤。

〔六〕『子』，萬曆本作『予』，誤。

贈星學梅生序

天下之士成於偶，而敗於奇；通於開，而厄於塞。故衛青才不過李廣，拔於奴而侯；公孫

弘德不高〔一〕揚雄，去牧豕而相。始之困而終之顯如此，信其不繫於巧愚，而繫於命也。代之談命者，不精於五行，妄稱吉凶禍福以恐人心，而徼其利以私一己。甲曰某日利，乙曰不利；彼曰某人貴且富，此曰貧而賤。乎得乎失，百不一中，徒滋天下之惑已。余來殳山，有梅君玉者踵門而求見，蓋精五行之術者，其告人吉凶禍福，咸可徵焉，寔〔二〕賢而隱於卜筮者也。余雖不執於命，益知其懸於天者不得而易也，故序而送之。系之以詩曰：

我生之辰，斗直於卯，日直於己。太白一星獨守垣，熒惑南流會鶉尾。利不及升斗〔三〕，位不登三公。唯有文章吐奇怪，鏤冰琢雪慚無功。結柳謾爲車，何以送汝窮。請君推行年，祝雞願學尸鄉翁。

校勘記

〔一〕『高』，康熙本作『過』。

〔二〕『寔』，萬曆本作『蓋』。

〔三〕『升斗』，萬曆本作『斗升』。

送嘉興知事雨齋徐公上淮安推官序〔一〕

治天下之事非一，而事莫重於司刑。唐胡元禮爲少卿，欲殺一囚，司丞李日知以爲不可。元禮曰：『吾不離刑曹，此囚必無生理。』日知曰：『吾不離刑曹，此囚必無死法。』當是時，其事之曲直固不可辯，而君子以爲元禮之嚴不如日知之恕焉。吾從而攷之《舜典》，自象刑至於流

贖，各有一定之法，而繼之『欽哉，欽哉，惟刑之恤哉』，則司刑者當以恕爲本，不可以嚴爲事。蓋恕者德恒勝法，嚴者法恒勝德。德恒勝法，則無心於用刑。無心於用刑者，惟聽人之所犯法，從而輕重之，雖殺之而無怨。法恒勝德，則有心於用刑。有心於用刑者，必以刑加人，而不得其當者衆矣。此胡、李二公皆以至公行之，而優劣之判，不啻霄壤如此。世之刑官，宜有所擇而處之乎！洪武四年春正月，三衢徐公雨齋繇嘉興府知事陞淮安推官，寔材選也，余聞之喜而不寐。蓋雨齋讀書而通律，其掌簿書四年，上下稱其文而無害，則今專用刑之寄，必能有日知之恕，而無元禮之嚴，可以上副明天子恤刑之意。而淮安小大之獄，知其無冤矣。其行也，邑之大夫士咸賦詩以餞之，屬余爲之序，於是乎書。

校勘記

〔一〕『序』，康熙本作『府』。

送材上人序

天下之道無窮，而欲窮無窮者，貴乎積而已。水積而深，山積而高，人積而至於化，是知學之不可苟也。知學之不可苟，斯又不足乎己。不足乎己，則愈至而愈未至，愈精而愈未精。闇者未睹一室之内，泰然以爲人之莫己若也。畫而不復進，盈而不復受，其積小矣。求至於道，不亦遠乎？此吾所以爲學者之大病，竊欲勉焉。而氣質庸下，方其盛時，不能有爲，以至老而

無及已。悲夫！材公大用，學佛者也，堅强而不倦，純一而不二。初受《易》於宛平榮先生，後去而從紫薇山之忠公本心。本心悉以所得於東湖定公者，授之大用。其所積於日月之久，以窮性海之突奧者何如哉！後紫山齊公，主杭之興福教寺，即舉之，俾主四方之賓客，遂得汎交而博求，凡賢於己者必慕而師之。而又欿然若不足，將往參道公竺隱於苕霅之上，來求一言以行。烏得不重余之所感也乎？抑嘗聞大雄氏之興，其法廣被於中國，而隋智者大師又闡四教，以法華爲宗，於是其入有門，其趨有徑，所謂行必先於知者。蓋儒佛道殊而功一如此。反視坐而蘄悟，如瞽之於黑白，聾之於清濁，豈不易邪？克知而行若吾竺隱者，隱然東南之秀，五山稱之，誠百一而爲收耳。大用幸與之同時，就而正其是非，毋盈毋畫，吾見其積知日明，積行日成，不極於化不止也。而淺之爲儒，足乎己而挾乎人者，尚亦因彼而有所厲也夫！洪武四年秋八月既望，檇李貝瓊序。

送劉性初歸雲間序

宋蘇文忠公序佛者惠勤詩，且言歐陽子好士爲天下第一，而一時庸人拔而顯於世者，或負於旦〔一〕夕之頃，不待貴賤死生而然，勤獨始終不忘，歐陽子没，與人語及輒泣下，故書以傳之。嗚呼！知人之難，古今所同，豈惟歐陽子哉？而文忠公拳拳於勤，言之者深，著歐陽子所以待天下之士如此其厚，而天下之士所以報之者如此其薄，特表勤之異於人人也。今鐵崖先生

楊公，位雖不及歐陽子，其好士之風則同。嘗言：方今人物，宜拔十而得一。繇是不擇其類，苟有一才一藝者，稱之不置，士以此多出其門。而忌前好勝之徒，以怨報德者，亦有之矣。最後識劉性初於羈旅中，即以遠器許之。及其終也，性初哭之甚哀。既與諸生葬之，復自松江走二百里求余爲之傳，以備太史氏所録焉。夫先生以文雄一代，固不待傳而知。余嘗先性初從於杭，以觚墨相周旋者三十年，義不可辭，且嘉性初亦歐陽子之惠勤也，視彼負公而變於未没之前者何如哉？故歷叙先生出處、行事，及所著關於世教者，悉書以貽之將來。於性初之别也，復張之以序。蓋亦表其爲人勇於義者如此，猶文忠公稱勤之意也。性初，大名人。父、兄嘗仕於元，而能刮磨豪習，從師讀書，又事玉泉王公瑞菴學九鍼補瀉法，後遇神師於海上，盡授以丘長生所傳之密語。其術益精，治人往往有十全之效，三吴咸稱之云。洪武五年歲在壬子冬十有一月初吉，檇李貝瓊序〔二〕。

校勘記

〔一〕『旦』，萬曆本作『朝』。

〔二〕『檇李貝瓊序』，萬曆本無。

高麗宗主尚希古塔銘

嗚呼！大雄氏之論性，莫精於《華嚴經》八十一卷。自晉叉那尊者譯之，至唐武后時，再

譯於賢首國師，德宗龍飛，三譯於清凉國師。華嚴之教遂廣被中國。然代之信而住，住而行，以至於悟者，尠矣！凡大地有生，咸具是性，謂之有而不囿於知覺，謂之無而不淪於空虛，其妙孰得以爲喻哉？由信而悟者，吾慈峰妙辯大師，高麗宗主希古尚公其人焉。按狀，師族姓浦，尚其名，希古其字。檇李人。母嘗夢僧乘白馬入門，遂娠。師生有異質，甫七歲，母授《孝經》，一過即成誦不忘。十歲，好佛書。十二歲，見紫薇山惠力僧覺海，白父母願從受業，父母聽之，祝髮爲沙彌。既長，聞景岩福公住崇德之常樂，因往參焉。晝夜究華嚴觀。福公悦其穎悟，曰：『異日樹教東南者，必尚也。』及侍福公於杭之高麗，五年升座説經，吐音如雷，龍象大駭，僉舉爲都講。天曆戊辰，領宣政院劄，住常樂。常樂自福公之去，寺廢已久，遂葺而新之，學徒不遠數百里而至。至元戊寅，遷皋亭之崇先，益闡其秘。名聞于朝，有旨賜號慈峰妙辯大師。閲七年，退處禦溪別峰蘭若。至正十年，江浙行省太尉丞相尊其道，遣使延之高麗，特授御製金襴袈裟。及張士誠據姑蘇，累聘不應。疾亟，起索筆書偈，曰：『七十三年住世，只爲佛祖出氣。今朝打箇散場，驚[一]得虛空落地。』擲筆而逝。二十二年秋九月乙卯也。五山震悼。冬十有一月辛酉，荼毗于長平鄉之石頭里，異香載道，會者二萬餘人。既而拾舍利千數，齦齒舌本洎所持珠百有二十，堅踰金石，悉不能燃。石頭里地三夕有神光射天，人以爲師淳行之符云。師一號雜花道人。嗣其法者曰學，字古海，住崇先；曰滋，字澤翁，住西湖之妙心；曰慰，字安谷，住秀之招提；曰燈，字無傳，住青鎮之蓮堂；曰謹，字節菴，住魏鎮之華嚴；曰明，字月

江，住南山之法興；曰澤，字雲海，住西湖之精進；曰仁，字静雲，住澉川之禪悦；曰相，字無見，住常樂。孫曰轍，字萬里，住范鎮之常樂；曰梓，字南山，住嘉禾之楞嚴。南山一日持狀，傳太尉丞相命，來乞銘諸塔，故爲次第其略如此。師狀偉器宏，勇於進道，日轉彌陀千聲。客至劇談，抵暮無倦色，探深抉閫，非得於言語文字之淺陋者。銘曰：

於維華嚴，經傳西國。毗盧性海，孰臻其極。如雲彌空，如月照川。菩薩脩羅，聲聞人天。一念内萌，十界尋見。不索窈冥，近而匪遠。匪遠曷求，惟信〔二〕爲門。克信而行，悟道之原。偉哉尚公，七齡有識。長參景岩，譬枵斯食。升堂説經，吐音雷震。龍象大駭，濟彼方淪。十霜常樂，棟宇輪奂。繼遷皋亭，卓〔三〕錫籜澗。帝賜嘉號，厥聞日升。毒龍在鉢，魔女分燈。特立物表，王侯莫致。七衮星流，一夕雲逝。玉岑無色，獸號鳥悲。公教不泯，視吾銘詩。

校勘記

〔一〕『驚』，萬曆本作『警』。

〔二〕『信』，康熙本作『性』。

〔三〕『卓』，萬曆本作『箄』。

清江貝先生文集卷之十二

金陵集

矇說

越有矇，始好讀書，不問寒暑。一夕，視字如蠶緣，迫之愈紛，遠之愈微，旦起則目有翳，而無所睹焉。乃號于天曰：『吾何罪邪？天奚暴而使我矇邪？豈欲其爲鵂鶹不察於物，曷若不生我邪？天既生我而施之兩目，又降罰而矇，吾不知司造化者何如也？』乃遯于野。弟子往而弔之者皆哭。客聞之，獨進而賀焉。怒曰：『吾既矇，故不得與人頡頏於時。竊病而號于天，客奚爲賀？』客曰：『若何病乎？其尤天亦甚矣。黑白易別也，吾不知其孰黑孰白；西施之姣，無鹽之厲，人皆見也，吾不知其孰姣孰厲。信其矇矣，事固有大於是焉。好利而愎，卒沉其宗，智伯之才而多蔽也；不察是非，悦人贊己，衛平侯之闇而自聖也；利商於之富，寵秦國之政，畜百姓之怨，商鞅之危而爲安也。彼皆目如明星，微察秋毫，而所爲乃至於此，則其瞽有過於矇者。世復不懲其失，爲智伯、爲衛侯、爲商君，不亦悲乎？若雖矇於外，至論天下之道，高

極無窮，大極無際。及考古今事，必原始要終，而鏡其成敗，是知矇於小而不矇於大，若又何病乎？黑白之不知，由不睹乎黑白也。彼能睹者，且以白爲黑，以黑爲白矣。美惡之不辯，由不睹乎美惡也。彼能睹者，且以美爲惡，以惡爲美矣。此病之不可攻而明也。若之病可得攻而明，吾將進金鈎，施金篦，除目之翳，使若之視其鋭不翅太山，視其小不翅八荒，視其隱不翅日月之運乎晝夜，以爲何如？雖然，目不矇、耳不塞、足不兀、手不攣，人之大利也，以矇廢視、以塞廢聽、以兀廢行、以攣廢執，固爲不幸，而有大幸存焉。此塞翁之子免於役而爲福。若之矇，烏知非若之福乎？』乃起而謝曰：『至矣，客之言。吾終身無所尤矣。』矇爲好古翁氏也。洪武八年二月初吉，貝瓊造〔一〕。

校勘記

〔一〕『貝瓊造』，萬曆本無。

太魯生説

太魯生師朴愚子，將辭而南游於楚。朴愚子戚然不悦，生曰：『吾從夫子久矣。楚，仕國也。今將往焉，而夫子不悦，何也？』曰：『若才高而好辯。才高則上人，好辯則不屈，禍之招也。嘗觀之，知者先覆，巧者先辱。惟匿知於愚，而不伐其知，天下不以吾爲知；寓巧於朴，而不伐其巧，天下不以吾爲巧。是莫與吾校者已，故外患不至。彼知者先覆，巧者先辱，非知巧

之過，過在吾伐其知巧也。荆山之璞，閟其至美而未之知也，混於珞珞之石，一旦光氣屬天如虹霓，卞和氏怪而獻之，舉國信其美，雖十城不易也。然璞毀而不完，和亦再刖而死無足，曷若混珞珞之石邪？今若不能自閟如荆山之璞，恃才與辯，而求合於時，器狹者不足與論海，處闇室〔一〕者不足與論天，彼將驚焉而不吾容，其禍甚於刖，而至美不得全矣。抑反諸大庭無爲之天，伏若形，鈐若喙之愈乎？昔孔子歷聘諸侯，卒窮陳蔡之間，七日不火食，梠然幾死。太公任弔之曰：「直木先伐，甘井先竭。子飾智以驚愚，脩身以明汚，昭昭如揭日月而行，故不免也。」盍校其得失焉？』生退而遯於山澤數月，曰：『吾幾喪吾，而夫子存之。』遂反華而質，易巧而拙，椎鋭而鈍，毀圓而方，默而不復言，與人居而不知異乎人，捐是非，絶毀譽，以太魯號之終身。

校勘記

〔一〕『室』，萬曆本無。

夢筆居士説

濡須洪秉彝，寓龍河之天界寺，夜夢神授如椽筆，旦起謁住山全室翁。翁方書『夢筆』二字，切驚而異焉。蓋秉彝未嘗以語全室，全室亦未嘗知秉彝之有夢也。觀其所書而悟昔之所夢，舉其所夢而兆今之所書，若出偶然，信其非偶然也。瓊因爲之説曰：昔江文通、李太白嘗

夢筆矣，由是其文辭益工。不知二子之天才絶人，得於氣之清而純者，故其爲詩，萬象不足喻其富，八音不足喻其和，鬼神不足喻其變，豈待於夢而至哉？抑心志既專，精神既一，故形於夜寐之頃如此，而人之好異者論之或過耳。夜半輟書而卧，忽有鋭頭將軍，狀甚黑而短，排闥見余，怒脱帽擲於地，曰：『吾中山之族，世號萬人敵。然性不好武，唯大人長者輒從之遊，爲之執役。朝暮不憚煩，蒙其拔於俊髦間，與陶泓、陳玄並列。今得事先生風簷雨窗者五十年，或知[一]有所不能、文有所不及，吾皆助而成之，心亦勞矣。顧謂文通、太白無藉於吾，而黜其功，豈不冤哉？且六夢之占，具於《周官》。黄帝夢天風鼓塵，及[二]人持千鈞弩牧牛萬數，而得風后、力牧爲相；湯夢負鼎者，而得伊尹；高宗夢良弼，而得説於傅岩；晉重耳夢與楚子搏，有城濮之捷；魯襄公夢祖而如楚；吕錡夢射月而中共王；穆子夢人助己而得牛；王濬夢三刀爲益州；陶侃夢登天門，貴至八州督；丁固夢松，後十八年爲公。皆吾所紀，古今稱之，而獨疑於吾邪？』乃叱之曰：『若秦虜也，罪當族。幸赦而全之，復側媚求説，不顧曲直是非，惟人之徇。摧頽於案牘，局促於篋笥。李廣上功，竟差六級；殷浩復書，不措一辭。故累屈於孺子，壯夫不汝喜也。吾特取其强記一節，引爲上客，名顯天下，而一時新進疾而排之者日相踵，尚何功之可伐，而欲以是驕吾邪？若以夢言，益可論者。黄帝之風后、力牧，湯之伊尹，高宗之傅説，固徵之夢矣。堯之有舜，舜之有禹，又何如邪？重耳之霸，天寔啓之。若小白之帖楚，又豈夢監[三]其腦邪？魯之不競，其君如大國者非一，亦皆周公祖之邪？吕錡之中，特出於

幸。穆子之牛，卒禍其室，夢何與邪？益州之遷，蓋非一〔四〕濬，豈皆夢刀？晉室名臣，獨無天門之夢如侃；公居五等之爵，亦盡固之松邪？若之所紀，徒滋後世之惑而已。』乃起而謝曰：『先生之論高矣。然天下之言非吾不傳，天下之事非吾不明。自班固、揚雄而下，莫不資之吾，其有得有失，寔系於人。人恒負吾，吾奚病乎？』遂無以詰。翌日過秉彝，曰：『夢邪？非邪？古人之事果不可誣邪？天固有所屬於子，同於晉之王珣者邪？』秉彝乃以夢筆居士自號云。

校勘記

〔一〕『知』，萬曆本無。

〔二〕『及』後，萬曆本有『有』字。

〔三〕『監』，康熙本作『鹽』。

〔四〕『一』，萬曆本無。

石田説

檇李馬德遠氏，以石田爲號，取《左傳》語也。一日，過成均見余，求申其義。余怪而詰之，則曰：『九州之田，若雍之上上，冀之中中，揚之下下，青之上下，徐之上中，兖之中下，以其地有肥磽之不齊，故其爲田不一。然有宜黍者，有宜稻者，有宜菽〔一〕麥者，有宜桑而蠶者，皆可耕而藝也。不可耕而藝，且棄於無用者，其惟石田乎？吾寔似之。吾長生〔二〕四十餘年，而不

成一藝之名。屬大明洪武之盛，黜吏用儒，天下之士應詔而起者，俱收並録，至翔金門、集紫垣者有之矣。吾兩薦天官，而不中六科之選，孑孑歸吾讀書之所，非石田之謂乎？』余應之曰：『噫！子未通於道者也。田之瘠者，不得求其美；人之拙者，不得求其巧。然使石田如九州之田，或黍或稻，或菽麥，或桑而蠶，則人朝暮其上，以營無窮之利。苟不得者，必争而訟，訟而兵，其禍人也大矣。此以利不足以及人，獲棄於無用，豈非幸歟？今子病其棄於時，不爲田之美者而爲石田，盍視彼之有智也、有力也，爲時之所用者，勞其心思，苦其筋骨，至於斃而後已，求爲石田，又可得乎？以是較之，孰得孰失？』德遠起而謝曰：『此吾志也。』遂書以貽之。洪武六年歲在癸丑良月，檇李貝瓊造。

校勘記

〔一〕『菽』，康熙本作『穀』。

〔二〕『長生』，康熙本作『生長』。

過孝子傳

過孝子宗一，海鹽昭明里人。蚤喪父，獨與母居。元至正十六年春，吴陵張士誠擁衆自白茅度江，遂陷姑蘇，略地至海上。宗一負母逃，卒與寇遇，欲殺之，即以身蔽母，中數創，乃舍而去。既返益困，傭以給食。母卒六年不克葬，寢苫服衰，蔬食不變。居憂時，與人語輒泣下。

有燕巢其室，東西相向，及葬母，燕去不復至，人皆爲異云。

貝先生曰：人子事親，始終盡道者不足書，特於其遇變書之，非必待有變而得失可觀也，大其事也。方寇之東略，闔境奔竄，過孝子知有母，而不知有身，前冒白刃，幸而獲全。視彼失其天性，委父母不顧，自淪於梟獍者，何如哉？故不可不書。觀其遇變一節，則事親可知矣。及母死弗克葬，不易服，不食肉，人未有一動心者，特區區感其燕之去來，抑何惑歟？秦顔孝子葬親，有群烏爲銜土成冢，烏吻皆傷，因表其地。彼燕於過氏何與〔一〕哉？并論而釋之。

校勘記

〔一〕『與』，康熙本作『異』。

貞節傳

奉化陳氏婦，以貞節稱者五人。初，陳元娶竺氏，生子侗而元卒，竺氏年纔二十二，義不再適，後三十三年卒。侗娶璩氏，生子瑞、泰二人，侗亦以疾夭，璩氏年二十六，後五十八年卒。瑞娶王氏，生子通甫一人，而瑞復夭，王氏年三十，後五十五年卒。通甫娶樓氏，樓氏甫笄歸于陳，至二十六而寡，父母欲奪其志，泣曰：『吾不幸夫死，吾忍死吾夫而事人乎？且前吾三世皆守節以終，不可至吾而變，使吾不得從夫於地下，非婦也。』父母乃止。其姑王氏年老，樓氏事之尤謹。姑卒，斂葬率如禮。今年六十有二矣，子四人：長養才，次養心，次養吾，次養賢。

養才娶樓氏，生子孟雍、孟熙，而養才遇疾，樓氏求善藥治之不愈，方卒時，樓氏年二十八，越今十四年[一]，所守[二]如其姑云。

貝先生曰：余讀《易》，上經首乾坤，下經首咸恒。乾坤爲父母之道，咸恒爲夫婦之道也。夫婦之道，終身不可變者，故以恒次咸。不易之謂恒，不已之謂恒，此恒爲能久也。其五六之爻曰：『恒其德，貞，婦人吉。』象復申之曰：『婦人貞吉，從一而終也。』是知恒主[三]於貞，貞固婦道之當然矣。是以記禮者必始於謹夫婦，而二[四]從之義備見於篇。凡夫存而順其夫，不幸夫没而不再適者，不足怪也。三王以降，陰教不行，禮義隳廢。有一人焉，克盡其道，則皆以爲卓行，莫不動色書之。蓋天下之守義者鮮，特舉此以爲勸，世變可知矣。抑嘗上下數千年間，自共姜以下，未及汎舉。若白公之妻貞姬曰：『忠臣不借人以力，貞女不假人以色。』曹世叔之妻令女曰：『仁者不以盛衰改節，義者不以存亡易心。』嗚呼！若二人者，其德可謂恒而貞者乎！四明之陳氏，一門五世，皆能不貳其守，如砥柱壁立千仞，爲婦爲母，何愧於貞姬、令女邪？雖其天性之美，異夫閭閻習音樂、工文辭之女，輕於失身者，而家法相傳、教之有素，可見也。其諸孫協和爲國子生，能歷道其實，因合而爲傳，使觀風者尚有以采之而上於朝，以旌其節，豈不有補於名教哉！

校勘記

〔一〕『年』後，康熙本有『矣』字。

〔二〕『所守』前，康熙本有『而』字。
〔三〕『主』，康熙本作『處』。
〔四〕『二』，康熙本作『三』。

賁鼓銘〔一〕

國子學明德堂之東偏，置賁鼓，謹昕夕升降之節。及有事於學，則鼓焉。禮也。乃爲之銘曰：

冒以鱓，密乎外而虚中。汝之寂〔二〕也，與土奚擇，其應神而遠通。鼓于戎而成列，鼓于役而勸工。惟賁徑四而脩八，故在樂爲大，配金鐘〔三〕而西東。有鏜其聲，擊之逢逢。冠帶如雲，惟汝之從。警昕夕之二時，嚴一陟而一降。或燕而壺，或射而同。勿爽其節，敢告瞽矇。

校勘記

〔一〕篇名底本、萬曆本、康熙本皆脱，據卷首目録補充。
〔二〕『寂』，萬曆本作『宗』。
〔三〕『鐘』，萬曆本作『鍾』，誤。

存善堂銘

《易》曰『一陰一陽之謂道，繼之者善也，成之者性也』，孟子曰『性善』。蓋《易》原其流行

之始，故先言善，後言性；孟子即其賦予之同，故先言性，後言善。其理一而已矣。笠澤沈茂卿氏，扁其堂曰存善。知善之當存，則知惡之當戒者乎！西白金公來乞銘，乃爲之銘曰：

吾嘗觀場師之木也，必封其本，而上參乎天。良農[一]之治田也，必樹嘉穀、去稂莠，而至有年。嗟善之在人者，苟無場師、農父之智，恒戕賊而弗全。鄭衛之音簧吾耳，燕趙之豔蔿吾前。肆行無覺，既汰而顛。故貴夫君子之學，存乎中，不爲物遷。我塗孔夷，我宅孔安。是居是由，無失其本。然庶積之而後豐，庸詎非後昆之慶？百世其延！

校勘記

〔一〕「農」，萬曆本作「田」。

清江貝先生文集卷之十三

金陵集

思勤齋銘

國子生桑懋，以思勤名齋，求余一言申其義，至於三四，無倦色。余惟唐韓子《進學解》曰：『業精于勤，荒于嬉；行成于思，毁于隨。』所以誨夫人也。其《游箴》曰：『余少之時，將求多能，蚤夜以孜孜。余今之時，既飽而嬉，蚤夜以無爲。』所以懲諸己也。懋尚以韓子之誨諸人者爲勉，以其懲諸己者爲戒，可與進學矣。因爲之銘曰：

木願爲才，人願爲賢。人胡不學，以遊以盤。譬彼立枯，望其參天。其學何如，如行無退。思故不昏，勤故不怠。惟思與勤，進學之功。業日以廣，德日以崇。在昔聖人，純亦不已。未得則憂，既得而喜。矧余小子，弗聰弗明。墨卿司訓，用戒其荒。

跋趙文敏帖

吴興趙文敏公，少學山谷書，後學鍾繇，又以古今莫過於二王，遂極力攻之。至其晚年，所進駸駸龍跳虎躍之妙，蓋得之心而應之手，不待觀公孫劍器而至此也。論者謂其集衆體之大成，亦豈過歟？此帖乃與其姪某者，時爲儒學提舉，猶未除山谷氣韻也。吁！公一代偉人，博學而多藝，非特翰墨之放鍾、王而已。余素不善書，獲觀真蹟於五十年後，三復歛衽。

跋王逸老書八仙歌後

凡藝始於學而卒於悟，學而工不若悟之神，此張旭觀公孫大娘舞劍器，遂進於草書也。宋王逸老亦以草書名世。先人守中處士，嘗藏二紙于家，余少時尚及見之。後爲好事者持去。今張宗儒來京師，以所書杜少陵《飲中八仙歌》示余，蓋尤豪宕有法，真有旭之悟者乎！李白詩稱懷素『飄風驟雨，落花飛絮』之態，雖非白作，亦曲盡懷素之變者，余於逸老亦云。

跋耕漁圖〔一〕

右《南溪耕漁圖》，刑曹郎中堵文明所作赤城吴仲謙之隱居也。築堂若干楹，背陰而面陽。有山，北自鶻鵃之脊蜿蜒南迤，以屬其居。而三嶼平岡，旁列左右，鳳山、龍山掖兩隅而特起，

如僎价焉。堂瞰大溪百頃，可俯而鑑。其南則紫凝、翠屏，危插天半。西距寒、明二巖三十里，赤城、桐栢皆在其東北。起伏向背，四顧類城郭狀。天台之勝，殆盡於此。桃李敷榮，桑〔二〕竹交蔭，不啻秦人之武陵溪，世莫得而知者。圖之位置，亦曲盡遠近之勢矣。仲謙於是治沃饒之地，率童奴耕其中。溪又多大魚，時漁以給朝暮，故以耕漁自號，復求余爲之説。余惟耕之與漁，皆事之細者，而豪傑之士窮而在下者，恒託之爲名。若伊摯之耕於莘野，耕而顯也，遂開有商六百年之王業。鹿門之龐德公，則隱而耕矣。吕尚釣于璜溪，漁而顯也，爲周之師，而封東海。若桐江之嚴光，則隱於漁矣。或論其爲伊、吕者難，爲龐與嚴者易，又惡知遇時而成功者，固非常人之所及，而守節以抗世者，孰能過於二人哉？今仲謙肆志佳山水間，非求顯如伊、吕，蓋欲附鹿門之龐、桐江之嚴而同其高也。余恐才名聞於時，且將應聘而出，不得遂溪南之樂於異日，而貽田翁溪友之所譏，不若去耕與漁，混乎田翁溪友，以泯其跡之愈焉。因書其説以諗之，仲謙必有會于心者矣。洪武六年歲在癸丑冬十月，國子助教檇李貝瓊書于時習齋。

校勘記

〔一〕《跋耕漁圖》一文，康熙本列於《書杏林生意圖後》之後。

〔二〕「桑」，康熙本作「松」。

書杏林生意圖後

右《杏林生意圖》，錢顒爲姑蘇陶友諒作也。觀其依山屋數楹，而坡石之外，樹數百株，彷

佛花開高下，芳紅爛紫，與日光霞氣參錯，不啻遊匡廬間，過董仙人之所居也，其生意油然可見矣。然生意斂之至密，不盈〔一〕一粟，𢀖而達之，彌乎天地，杏林特其一耳。蓋一元之氣，流行四時，則有無窮之生意，而物之生者亦無窮焉。人徒觀夫方春之時雨露所及者，雖陰崖絶島，或芽或枿，或苞或萼，以爲否極而通，而生意之充塞，莫不發榮滋長如此。又惡知冰雪之際，苦寒折膠，華者既斂，實者既脱，如千兵萬馬鏖大漠之野，而亦未嘗無生意焉。此造化不已之機也。今醫以生意屬之杏林者，蓋舉小以著大，且言其術足以利物，充其虚而起其憊，爲能復天地之生意，而死者以蘇，功有補於造化之不及者歟！吁！董仙人之時，食其杏而壽者幾千人矣。後世之醫，固未至於奉之神，苟欲擬其治人而全乎天年，其設心豈不仁矣哉！此余深嘉友諒之爲人，而又喜命名之意深遠也，故書以貽之。

校勘記

〔一〕『盈』，康熙本作『容』。

跋馬文璧雲林隱居圖後

昔余客雲間，與今撫州太守秦溪馬侯文璧居相近，志相合，未始一日相違焉。文璧工畫山水，能兼董北苑、米南宮筆法，視今人蔑如也。讀書之暇，往往託興毫素，三吴人以重價購之。嘗爲余作《雲關曉度》，彷彿游青城、太白間，而位置神氣，若出造化，不見其爲巧，而巧自形焉。

兵變之餘，東西散處。洪武三年，文璧以召至京師，遂有撫州之命。後二年，余繼起爲國子助教，相望千有餘里，六閲霜暑，求如向之在雲間時，窮日夜爲樂，何可得邪？儒者詹明初自西江來，文璧貽余近詩，讀之恍然如夢。明初且言其耳聰目明，公退不輟筆，但髪少白耳。乃出《隱居圖》相示。觀其山之若有若無，而高下雲氣戎戎，疑欲飛動，如天之將雨，玉女曝衣也。下有伏流曲折，小橋横卧。橋外人家，皆草屋荆扉，前後古木不根著者數十株。殆無刻畫，視南宫未可優劣。已復題其左，亦有歸老之志焉。余久思林壑，即其詩畫而益增感慨，第竊禄於朝，未能引疾而退耳。然老不任事，亦何能爲邪？徒使龍湫虎穴之盟久寒而□□□也。因言以志余之心，使山靈有知，尚無拒於他日云。

釋奠解

或問余：『三皇何人也？』曰：『古聖人也。』曰：『其爲聖人也，奈何？』曰：『庖犧氏闡天下之文，神農氏興天下之利，黄帝制器尚象，以通天下之變。此爲治者莫過於三皇也。』曰：『孔子之於三皇，何如？』曰：『孔子不得如三皇脩君師之職，於是删《詩》《書》，正《禮》《樂》，贊《周易》，脩《春秋》，以明綱常於萬世，德雖同而事則殊矣。』『然則祀三皇於學，以孔子配之，可乎？』曰：『不可。』『以三皇爲先聖，以孔子爲先師，奚爲不可也？』曰：『義各有所當也。按，《周禮》：「凡有道有德者，使教焉。死則以爲樂祖，祭於瞽宗。」故《文王世子》篇曰：「凡

學，春官釋奠于其先師，秋冬亦如之。」若《禮》有高堂生，《樂》有制氏，《詩》有毛公，《書》有伏生，皆先師之類也。又曰：「凡始立學者，必釋奠于先聖、先師。」釋者曰：「先聖，若周公、孔子。」其下云：「凡釋奠者，必有合也，有國故則否。」蓋謂國無先聖、先師，則所釋奠者當與鄰國合。若唐虞有夔、伯夷，周有周公，魯有孔子，則各奠之，不合也。是唐虞與周所主先聖、先師，固無定名，未有及於三皇也。再稽之史，漢魏之王，取舍各異，周、孔迭爲先聖，孔、顔互爲先師。唐武德間，亦以孔子配周公。至太宗貞觀二年，房玄齡言：「釋奠於學，以孔子也。大業以前，皆以孔子爲先聖，顔子爲先師，若周公制禮作樂，宜享王者之祀。」於是罷周公，升孔子，配以顔子。高宗永徽中，又復武德舊制。顯慶〔一〕二年，以長孫無忌言，正孔子爲先聖，仍以周公配武王。歷宋迄今，釋奠孔子，定爲不易之典。是唐宋所主先聖、先師，已有定名，未有及於三皇也。嗚呼！太古以來，人若禽獸然，寒無裘，暑無葛，飢而木食，渴而谷飲，無五穀以爲養也；疾病相仇，無醫藥以濟其夭死也；所處或巢或穴，無上棟下宇之禦風雨，川游陸走，無舟車之安也；其事簡，其俗淳，結繩而治，無文字之可紀也。三皇繼作而後，人之爲道始備。此衆人疑其不祀三皇者〔二〕。夫三皇宜祀，而不得祀之於學也。惟孔子當周之不振，憂道之失也，與諸子講於洙泗之間，以述三皇之所傳，故宰我曰：「以予〔三〕觀於夫子，賢於堯舜遠矣。」冉有〔四〕曰：「自有生民以來，未有盛於孔子者也。」孟子曰：「孔子之所謂集大成也者，金聲而玉振之也。」宜爲百王之所宗，萬世之所法，所以祀之於學也。學始無孔子廟，惟魯有廟，然其教

被於天下，非一國所得而專者，故天下通祀之。自唐已然，虞世南、韓、柳諸記可攷矣。學之有廟，由孔子而建，則宜以孔子爲先聖，顔子爲先師，而三皇不預也。盛矣哉！孔子之道！中國尊之，夷狄尊之，爵以文宣王，門列二十四戟，冕十二旒，服十二章，執鎮圭，巍然南面而坐。祭則牲太牢，樂大晟〔五〕，舞六〔六〕佾於庭。其所以尊孔子者，又豈以是爲加歟？不如是，不能稱其德。周太祖屈萬乘過闕里，拜其像，又拜其墓，視漢之高帝、明帝，尤重其禮，論者亦不以爲過。是貞觀之制出於天下之公，而非一人之私見，閱萬世不可易者。今欲崇三皇爲先聖，使居孔子之上，不足以褒其功；降孔子爲先師，使混於高堂生之列，適所以貶其德。故吾的然以爲不可也。』或又曰：『古者祀舜于虞庠，祀禹於夏學，祀湯於殷學，祀文王於周學。舜、禹、湯、文得以祀於學，而不得祀三皇，何拘於貞觀之制邪？』曰：『周王天下，立四代之學，故祀舜、禹、湯、文，而三皇將祀之於何學歟？』或進曰：『先生之言詳矣。三皇、孔子，其道一也。崇孔子之祀，當崇三皇之祀焉。以佛氏之苦空寂滅，老氏之荒唐怪誕，無益於人與國，且崇臺廣殿，擬於王宮，法亦弗之禁，矧三皇之功，及於人者如此，而領之於醫，不亦褻乎？』曰：『領之於醫，特主神農嘗藥之一事，理固有未盡者。宜定其制，設官主之，以豐其祀可也。祀於學，則非義矣。』時余爲國子助教，適聞有以邪説言於朝，破貞觀之制者，既斥而不用矣，余懼其惑人也，故辯之。

校勘記

〔一〕『顯慶』，原作『慶顯』，據康熙本改。

〔二〕『三皇者』後，康熙本有『爲缺典』三字。

〔三〕『予』，原作『余』，據康熙本改。此『予』可釋爲『宰予』之自稱名，故出校。其餘『余』『予』互通者，不出校。

〔四〕『冉有』，康熙本作『有若』。

〔五〕『晟』，康熙本作『成』。

〔六〕『六』，康熙本作『八』。

貓戒

成均會食所，貓有饜其棄肉者，日至焉。山東孔默讀書成均，嘗夜見一白衣好女子，就寢，以青荷裹飯食之。默食而甘，至八日不飢。且語同舍生鄒傑等，咸曰：『千歲孽狐能化人，人多惑而病，病而死。』諸生環守之。默忽排衆躍池中，若從女子狀。衆挽而出，亟命醫往治。乃握刃〔一〕閉户，醫不得進藥。越數日，或見貓於堂〔二〕，謂即狐也，逐而擊之斃，腹有四子未乳。嗚呼！貓爲肉所餌，乃以類狐死於肉，而狐之惑人者竟免。天下之事多此類，貪者可以貓爲戒矣。然人不能辯貓與狐而誤，矧辯人狐之難辯哉〔三〕！

校勘記

〔一〕『刃』，萬曆本作『刀』。

〔二〕『於堂』後，康熙本有『中』字。

〔三〕『然人不能辯猫與狐而誤，矧辯人狐之難辯哉』，康熙本作『然人不能辨猫與狐而至於誤，矧能辨人狐之難辨者哉』。

清江貝先生文集卷之十四

金陵集

黄山書舍記

江陰舊爲常屬邑，大江自岷導之，東流萬里，至江陰達于海。岸江之山曰君山，君山迤而東，嶄然與由里、秦望秀拔天半者，曰黄山。蓋江陰以楚封春申君黄歇之地，山繇是得名，而君山則歇之墓窆在焉。若敵若啓，若定若華，向背起伏，戟列屏峙，皆境内之勝，惟黄山其尊且大者也。邑之津南張先生，仕元至江浙行樞密院都事，去之十有五年，始歸而省其先壠於黄山。乃剪蓬藋，蓺松栢，築别墅於山之陽以居。朝嵐夕紫，接於窗户；江濤海雨，撼乎几席。此尤據其最勝處，遂老而不復出矣。先生之子宣，率其弟完，歲治田爲事。上給滫瀡之奉，暇則取群聖賢書讀之，世之紛華不接於耳目也，因題其居曰黄山書舍，且求文以記之。余惟黄山在吴越諸山，不啻邾莒之於齊魯，特以春申而名天下。嗚呼！春申亦七國之雄也。方其明也，説昭王出身徇主，遂相楚二十五年，而與齊之孟嘗、趙之平原、魏之信陵以賓客相傾，至躡珠履者

三千人，可謂盛矣。及考烈之薨，猶欲保江東之封，而不聽朱英〔一〕之言，卒制於李園，身死族赤，爲天下笑，又何耄邪！上下千歲之久，黄山如故，而一時之風流安在哉？豈其徒知徼無〔二〕望之福，不知戒無妄〔三〕之禍也？今宣智非不周也，才非不優也，衆方依乘風雲以取高位，而退謀一丘一壑，與幽人隱士之流甘於枯槁寂寞。每天高氣晶，覽蓆帽之飛雲，延石室之秋月，考槃長歌，超然放神埃壒之外，視淮北十二縣之利，殆不足以易此樂也。使春申而知此，則引身功成之後，孟嘗諸君何可及哉？惜余羈於世故，汩汩東西南北，未能相從卜居，以耕學自娱爲憾。他日尚當放舟過宣父子於黄山，舉樽酒，弔古人，援筆賦之未晚也。姑書以爲記。

校勘記

〔一〕「英」，康熙本作「亥」，誤。

〔二〕「無」，康熙本作「非」。

〔三〕「妄」，底本、萬曆本作「望」，據康熙本改。

玩雲樓記

天台陳庭學，客金陵，僦小樓以居，題曰玩雲，而求余爲之記。余惟雲者，山川之氣，油然而上蒸者也。有曰霧雲，曰洩雲，曰同雲。其卷舒無時，曰閑雲；散爲五采，曰矞雲。而雲之狀亦非一，有如旂幟者，有如車蓋者，有類人者，有類馬者，有類魚龍草木者，有類鸞之横厲、鶴

之孤騫者，有如涌濤者，如連峰接岫、層樓疊觀者。是皆雲之可玩也。然雲無情也，惟幽人處士玩之以寓吾情，異夫聲色狗馬之玩矣。聲色狗馬〔一〕，亦雲之過吾前耳。物於物者，不以雲視之，情或因而遷，非若玩雲之忽往忽來、乍起乍滅爲高也。至於庭學，則其情之所寓，又不繫於雲焉。何也？彼以雲爲可玩而玩之也。庭學從其父經歷公往于濠，今自濠至京師，受知尚書崔公，遂辟禮部行人，以不得朝夕奉其親，歆焉常〔二〕若不足者。憑高眺望，雲之所在，即親之所在，其觸於目、感於心者，何如哉？豈若幽人處士玩其如旂幟車蓋，如人如馬，如魚龍草木、鸞鶴騫厲，如涌濤，如連峰列岫、層樓疊〔三〕觀之可娛可愕而已！昔狄公仁傑出使并州，北登太行之顛，回望白雲曰：『吾親舍其下。』庭學之與狄公，時越古今，而玩雲之頃，同一感也。嗚呼！君子委身而事君者，義之公也；覽物而思親者，情之私也。無公義非忠臣，無私恩非孝子，狄公可謂兩盡其道已。而忠以事君、孝以事親者，天下之所同，抑豈一人而然乎？此余深取乎庭學也。庭學嘗〔四〕言：有田委羽山之麓，而親戚墳墓皆在焉，將奉其親南歸，然後爲至樂。豈徒託〔五〕於玩雲，以寄吾千里之思邪？惟未得遂其私也，姑揭名於重屋，固不繫於雲，而繫於親者可知。他日繇是而〔六〕進於朝，將命四方，歌《陟岵》之詩，則玩雲之感不止於此，而忠孝之譽益著於時，亦若狄公矣。是爲記。

校勘記

〔一〕『狗馬』後，萬曆本有『之玩』二字。

〔二〕『常』，萬曆本作『嘗』。

〔三〕『疊』，康熙本作『臺』。

〔四〕『嘗』後，萬曆本有『有』字。

〔五〕『託』，萬曆本作『記』，誤。

〔六〕『而』，萬曆本作『亦』。

彀齋記

余少時學〔一〕書，汎取古人之斷碑朽楮，窮日夜而摹之，六書之法非不通也，而卒不能工，遂輟而中止。及嘗學爲詩，復取《三百篇》及漢、魏、唐、宋詩，窮日夜而讀之，六詩之義非不繹也，而卒不能進，又輟而中止。書也、詩也，特一藝耳，余學焉而不能至，豈非不以其法爲彀歟？古之善射者莫如羿，欲射之善者從而學之，羿亦惡能使天下之人皆羿哉？惟志於彀而已。是故正鵠既陳，決拾既備，引滿而後發。至不至，力也；中不中，巧也。非人之所能齊也。所能齊者，法也。善學射者，不失羿之法，射亦羿矣。此射者必以彀爲法也。學聖人者亦然。中者，聖人之彀也。及聖人之門者，其徒七十，惟顏子見之明、進之勇，故曰『仰之彌高，鑽之彌堅，瞻之在前，忽焉在後』。顏子可謂善學聖人矣，聖人豈私於顏子哉？其教顏子者，即所以教諸子之法也。教無二法，或過或不及，此諸子之學聖人，不若顏子之得其彀也。顧欲聖人變其彀率，曰『盍少貶焉』。嗚呼！其亦重於求人，而輕於責己也已。重於求人者恒怠，輕於責

己者恒忽，宜其不至於聖人也。佛老之學，荒唐誕幻，非有法之可循可守，爲其徒者，且冀其悟而入焉，聖人豈若佛老哉？而學之者恒怠且忽，則佛老之徒勝已。蓋佛老之徒必求至於師，學者亦必求至於聖人，而所得之妙，豈不在於所示之彀邪？余竊自訟〔二〕其怠忽之過，期進於書與詩之一藝且不可得，况望至於道之大者歟？會稽唐生之淳，穎悟好讀書，不以風雨寒暑少間，遂以彀名其齋。不遠千里馳价金陵，求余爲之記。余雖未識生，嘗與其父處敬氏交，又同考禮於南宫，固不得以荒落辭，而私喜生之年少氣鋭，能以聖人所示之彀而進於學，非若余之衰老所至者而止也。故書其説，使益厲其志云。

校勘記

〔一〕『學』，康熙本作『讀』。

〔二〕『訟』，康熙本作『懲』。

游冶亭記

君子不觀山川之勝，無以廣其志、宣其文。金陵之山川不一，而冶亭特據會通之地，盡有其勝者乎！洪武三年春，余客金陵，思一至其所，以求吴孫權之故蹟。時預編纂《元史》，蚤夜不得休，及史成謁歸，雖可游而不暇矣。既抵舍，親友相過者，屢以冶亭爲問，而茫然莫知所對，心亦竊悔之。六年，復徵爲國子助教，以爲必償向之所願，而日與諸生講肄，安敢舍其所

事，以遂吾私哉？　五月朔有一日，休沐之暇，遂與二三子道出虹橋，西過朝天宮，而所謂冶亭者，始獲登焉。　亭在宮中之土山上，山有三亭，由冶亭而東曰鍾英，由鍾英北折而西曰飛龍。飛龍者，元文宗出居金陵時所構，及嗣位，道士陳玉林名亭以榮之。歲久與鍾英俱毁，惟冶亭抗於古木叢篠間，亦無黝堊丹漆〔一〕之飾矣。　是日也，夏雨初止，四無留雲，東望鍾山，高插天半，而蟠龍之勢，蜿蜿蜒蜒，欲挾雲而上下。　其西則大江，隱隱然白引一絲〔二〕，依山而東，江右諸山起伏向背者，又若青芙蓉萬朵，歷歷可數。　而北山石皆瑪瑙色，方旦時與日光霞氣相射，蓋亦鍾山之儐介〔三〕乎？　近有民廬萬區，鱗次櫛比〔四〕，及南北二塔，屹然對峙。　金陵之奇觀畢效於茲矣。　境與心會，久而忘返，不知没没〔五〕埃壒中者，知有此樂否也？　因爲之嘆曰：昔六朝皆國金陵，若鳳凰臺、謝公墩，已湮於荒煙野草，而冶亭翼然尚存，余〔六〕幸得一寓目其上，不可以無述。　乃各賦詩一首，且志游之始：

仙宮有山如虎蹲，石古不洗泥沙痕〔七〕。　山頭冶亭久寂寞，日夜雲烟相吐吞。　我來登山恐無路，雨過新緑如雲屯。　解衣亭上坐盤礴，身同野鶴初離樊。　攢青疊翠起相向，插天喜有鍾山尊。　蟠龍之勢欲飛舞，起伏高下何蜿蜿。　大江西來赴碧海，腥風五月吹江豚。　東南形勝此第一，擬問六代英雄魂。　珠簾羽帳俱已燼，荒基草合鵶鳥〔八〕喧。　百年死樹剥鱗甲，秋聲夜作波濤奔。　嵯峨更愛北山秀，霞氣曉射扶桑暾。　周顒何處草堂閉，往往月落聞驚猿。　山窮水盡見平野，人家彷彿淮南村。　莫愁艇子不復繫，桃葉渡口愁黄昏。　可憐今古竟何事，區區王謝猶争

墩。向來海内俱腥臊，聖主匹馬開中原。黄旗紫蓋今始見，青春一氣回乾坤。重遊京國非少壯，耆老如星今幾存。金鞭走馬白下門，胡姬坐調諸王孫。一時光彩動左右，豈意零落悲蓬根。方今幸樂太平日，衰朽自荷皇天恩。平生英氣獨未盡，賦詩尚敵曹劉垣。長干買酒唤李白，江風山月須吾論〔九〕。

校勘記

〔一〕『漆』，萬曆本作『青』。

〔二〕『絲』，萬曆本作『線』。

〔三〕『介』，萬曆本作『分』。

〔四〕『鱗次櫛比』，萬曆本作『櫛次鱗比』。

〔五〕『没没』，康熙本作『役役』。

〔六〕『余』，萬曆本無。

〔七〕『痕』，底本、萬曆本作『痕』，據康熙本改。

〔八〕『鴟』，萬曆本作『鴞』；『鳥』，康熙本作『烏』。

〔九〕此詩康熙本入詩集卷五，題曰《遊冶亭》。

竹溪誌

昔李白居徂徠山，與孔巢父、韓準、裴政、張叔明、陶沔日酣飲爲事，世號竹溪六逸。故山

不益其高，水不益其深，而竹溪著於古今者，因人而勝也。吾嘗即六逸而上，求伯夷、叔齊、虞仲、夷逸〔一〕、朱張、柳下惠、少連之七人，此稱逸之始乎？孔子論其立心制行，以伯夷、叔齊『不降其志，不辱其身』，柳下惠『降志辱身矣，言中倫，行中慮』，虞仲、夷逸『隱居放言，身中清，廢中權』。七人雖同爲逸民，而其高下之殊，槩乎聖人之權衡已。接輿、沮、溺、荷蓧丈人，亦皆高世之人，惜其違中害教，異乎逸民之所爲也。歷漢魏至唐，而得六逸焉。若六子，信皆逸矣，不知立心制行，視彼七人爲何如？抑流於沮、溺、荷蓧丈人，長往而不來者乎？然以白之放浪金陵、秋浦、匡廬五老間，而風神蕭散，鳳鶱千仞之表。其發於文章，豪宕不拘，而天機自協，雖仕玄宗朝，未幾忤意而去，亦猶下惠之三黜，而不失其逸歟！巢父之東也，杜甫以詩送之，又見其肆志於虛無澹泊，駟馬高蓋，視之不啻草露。由二子而觀之，六逸可得而知矣。吾又惜時無聖人如孔子者，爲之稱贊而品列之，孰能權衡其高下邪？惟其清風偉節，不與其身俱泯，猶有慕之於數百年之下，以逸稱者非一，而竹亦與之俱高焉。或者病其固而斥之，使果欲附於李白、巢父，必有大過人者，亦未可深詆之也。姚江之處士李德銘者，家於大溪之上。鉅竹千挺，青環翠合。上有飛鳥之往來，下有游鯈之出没。彷彿徂徠之勝，且爲處士之所專矣，遂以竹溪自號，非慕六逸而擬之者歟？命其子庸來求余爲之誌，乃舉逸民之論告之。而竹溪風土人物之詳，雲煙〔二〕朝暮之變，固未暇及也。雖然，所謂逸者，不以其跡之同，而在於趣之同，苟知李白、巢父之趣，則其爲逸一也，庶不辱於竹溪矣。是爲誌。

校勘記

〔一〕『逸』，原作『仲』，據康熙本改。

〔二〕『雲煙』，康熙本作『煙雲』。

北山書屋記

北山書屋者，慈溪陳守常氏讀書之所也。慈溪之名山不一，其回峰沓嶂、戟列筆〔一〕立、争雄而獻秀者，莫過於北山。書屋又據北山之勝，朝嵐夕翠，不起燕坐，而盡在几席之間矣。山之東去海爲近，波濤起伏，浩汗瀰漫，或見蓬萊、方丈於晻靄中，而安期、羨門之跡彷彿可求。西望姚江，則邑居野墅，井然棋布，重華、文命二聖人之德，猶在於人而不忘者。凡耳目所接，必有會於心焉。噫！松風蘿月正在，高世之士相友於閒寂之地，尚無舍之而去，如金陵之周顒，始隱卒仕，使鶴怨猿驚，貽北山無窮之愧也。檇李貝瓊記〔二〕。

校勘記

〔一〕『筆』，萬曆本作『壁』。

〔二〕『檇李貝瓊記』，萬曆本無。

白賁軒記

玉而琢，木而髹，絲而朱黃，文之不可已也。器非琢不工，室非髹不華，服非朱黃不備。雖

有物之至美，其與石也、薪也、菅蒯也一而已矣。嗚呼！盍亦反其本乎？以其琢而玉喪其質，以其髹而木喪其朴，以其朱黄而絲喪其純，吾惡得不爲之戚邪？故爲玉不若闕於石也，爲木不若朽於薪也，爲絲不若棄於菅蒯也。使作器而必工，作室而必華，作服〔一〕而必備，雖文曷愈哉？是以寶吾質弗願其琢，寶吾材弗願其髹，寶吾純弗願其朱黄，豈非物之情也？惟人亦然。世恒病其不文，固而飾之以華，簡而矯之以恭，放而强繩之以節。外若可觀矣，不知始流於僞，而其本已亡矣。吾深悲世之所尚而不恤其所喪也，安得復吾太古之天歟？赤城迮雨氏，好讀書，工五七言詩，清麗有法。始吾見於雲間，信奇士也，後十年復會杭之上庠，則貌已改於〔二〕雲間之時，詩亦盡斂其華，而無雕肝琢腎之病焉。且題其室曰白賁，取《易》『賁』卦上九之爻辭。蓋知物待於賁，賁極而反本，故以素爲尚，不務過飾而僞者。雖未聞吾説，而心已會於賁之君子矣。來求一言衍其義，遂舉以告之。且吾之説，亦惡其飾而不及乎文，尚求至味於無味之表可也。曰：『唯。』於是乎書。

校勘記

〔一〕『服』，康熙本作『物』。

〔二〕『於』，康熙本作『乎』。

竹深記

會稽之地多竹，蓋物有所宜，猶衛之左泉右淇也。上虞爲會稽屬邑，有大姓魏仲遠氏，世

居邑西北夏蓋湖上，伏龍山之下。環以巨竹千畝，而棟宇弘麗，與湖山相稱。兄弟相處，薰然而和，名其堂曰泳春。又一家之人，生風氣渾厚之時，多至百歲，名其中奧之堂曰壽樂。東南諸峰，旁列前起，若金芙蕖萬朵，而朝嵐夕翠，可覽於江雲海雨之外，名其樓曰見山。至於游息之所，則有窩曰養拙，齋曰守約。位置品列，可弦可弈，合而名之曰竹深。夏蓋之勝，專於魏氏矣。當三伏時，日光不到，天風時來，凄凄如清秋景。而鵯鴂子規、鸝黄〔一〕翡翠之鳥，相呼上下焉。士之好竹者，往往造其所，仲遠必擊鮮置酒，酣燕連日。至平生不相友者，未嘗拒也。余在錢唐時，聞而欲往，輒以事輟。今年秋，識仲遠於金陵，且録一時知名士所爲記示余曰：『諸君子至上虞者，幸不鄙而侈之以文詞，而竹深尚缺焉，敢屬之於子。』余辭不獲，則歷述其説而復之。抑嘗聞宋文與可守洋州，數游篔簹谷中，今仲遠之竹深，殆過於篔簹谷。矧其爲人謙而好禮，直而有文，斯合德於竹者乎！於是乎書。

校勘記

〔一〕『鸝黄』，康熙本作『黄鸝』。

竹深處記

距吴興東九十里曰青鎮，鎮有芙蓉浦，則其境之尤勝者也。有張宗儒者，世居浦上，鉅竹綿亘數畝，鬱然如雲，因名其室曰竹深處，介余内弟徐真卿來求記。余嘗識宗儒之祖，及與其

父思孝遊，自少至老，獲見其三世，心竊美之，而且有所感焉。夫張氏自五代以來，閱五百餘年矣，當時强宗右族，倏起倏仆，不啻蠛蠓之一朝暮。以業書存者，惟宗儒一門而已。亦猶竹之自祖而孫，歷千霜百雪之餘，蟠互交錯，日蕃而日廣焉。其本盛者支必衍，亦自然之理也。觀其竹者，可知張氏之所積矣。宗儒性好客，凡遠近至者輒留不遣，相與盤桓萬琅玕所，挹天風而延海月，世之所謂仙壇者，殆無以過之。客亦樂而忘歸，以爲吴下諸家不及也。諸家之竹雖盛，而其主無宗儒之風，且不知有王徽之而拒之，况他客乎？余在檇李時，數欲訪梁昭明太子書園於青鎮，尚求簡齋陳公讀書所，遂過竹深，極吟嘯之懽，累以事輟。今又來京師，回望此君於芙蓉浦，迴隔萬塵之表，爲之興慨。姑〔一〕因其請而記之。異日東還，以償平生之好，又當援筆賦之，未晚也。洪武六年歲在癸丑良月廿三日，國子助教檇李貝瓊書于成均時習齋。

校勘記

〔一〕『姑』，康熙本作『始』。

愛日軒記

余友王止善氏，家姚江之上林，襟山而負海，讀書耕田，足以自給，而無求於時。蓋自先世至其父東皋先生，已四百餘年。越之大姓久而不替者，未有如王氏焉。今年會京師，告曰：『吾父没，獨與母晏氏居，寔元獻公之七世孫，年今八十有六，未嘗敢違左右焉。因名其室曰愛

日，取揚子雲語也。幸記而申其義。』余惟日之運而周天者，朝於東而夕於西，其度三百六十有五而贏。日之積而成歲者，始於春而終於冬，其數亦三百六十有五而贏。静而觀之，一歲之久，不異一日之近。若飛鳥過吾前，逐之而弗及；若流水決而下注，禦之而弗止。故人之迫於日者，少而壯，壯而老。顔之渥者，忽變而不復丹；髮之鬒者，既蒼而不復玄。是雖血氣之盛且莫〔一〕可恃，况其衰而待有盡之日乎？此孝子所以愛日者，愛其親也。揚子可謂善推聖人一喜一懼之言已。吁！日無一息之停如此，而人有一息之存如彼，則其所懼甚於所喜，惡得不惜其已逝，欲延其方來歟？孰能乞吾駐景之大藥，後天而獨久也？惟其憂之深，故其愛之至，雖有芻豢之味，懼親弗及享；金石之音，懼親弗及樂。則此心爲何如哉？余蚤失父母，以抱終天之恨，時誦《蓼莪》詩，爲之潸然泣下。今止善獲〔二〕養其母於耆艾之時，尤盡愛日之誠，益重余之所感已。《書》曰『肇牽車牛，遠服賈，用孝養厥父母』，余固不能及，《詩》曰『爲此春酒，以介眉壽』，敢以爲止善祝。是爲記。時洪武六年歲在癸丑冬十月七日，國子助教檇李貝瓊在青溪讀書所書。

校勘記

〔一〕『莫』，康熙本作『不』。

〔二〕『獲』，康熙本作『復』。

清江貝先生文集卷之十五

金陵集

尚友齋記

檇李陳景文氏，以尚友名其齋，求予爲之記。予惟學不可以無友，蓋足乎己者狹，而資乎人者廣也。孟軻氏論取友之道，不止一鄉一國，至於天下之大，且欲尚〔一〕乎古人焉。尚友乎古人，則非止一世之士，而爲千百世之士矣。泛而求之，若夔若龍，若伊吕者，不可及已。春秋之臣，賢取乎蘧瑗，忠取乎子文，讓取乎季札，廉取乎孟公綽，惠取乎國僑，直取乎史鰌。其在聖人之門，則顏子之仁，閔子騫之孝，季路之勇，子貢之達，曾參之確。此皆士之所當進而友之者。至於尚功名則有管、樂，尚氣節則有魯仲連，尚神仙則有安期、羨門，尚隱逸則有沮、溺，亦豈非古之當友者乎？惟其不足於一鄉，而求之一國，而求之天下，又進而取之古焉。蓋以無窮之心求無窮之理，則所謂尚友者，盡於是矣。雖然，上焉而爲夔、龍，下焉而爲沮、溺，地之相去數千里之遠，世之相後數千歲之久，其人烏得而友哉？所謂友者，友其心耳。人有古今，心

無古今之異也。言古人之言，行古人之道者，烏知其[二]不在於一鄉一國乎？一鄉一國且不可誣，矧可以誣天下乎？故居一鄉則不遺一鄉之士，居一國則不遺一國之士焉。同世而相違，曠世而相求，非善於取友矣。予以是勗諸己，又以是勗諸人，恐其事遼邈而忽於近也，景文其志之。洪武六年冬十月既望，國子助教檇李貝瓊記。

校勘記

〔一〕『尚』後，康熙本有『友』字。

〔二〕『其』，原作墨丁，據康熙本補。

全清堂記

會稽婁可先之卒也，其妻王氏守義不貳。邑之聞人顔所居之堂曰全清，高其節也。初，王氏歸可先，生子叔仁及澄，而可先遘疾不起，叔仁纔七歲，澄孩提耳。舅姑閔其少，欲嫁之，哭曰：『吾不幸夫死，幸而有二子焉。吾忍死吾夫而從人，死何以見吾夫於九泉也？』舅姑乃止。二子既長，亦克樹立。而澄至雲間從予游者二年，值兵變散去，越八年會于京師，持太史宋公景濂所爲傳示予，求記其所謂全清者。乃爲之言曰：古今人以卓行見於霄壤間，如《詩》録恭姜，《春秋》書叔姬，史載夏侯令女及五代王凝妻李氏，前後同一不朽者，非其至清不可撓，烏能以及之？且恭姜、叔姬、令女、李氏，豈獨行人之所難行，求異乎人哉？不過爲婦而盡婦道

爾。然上下數千年間，其自淪於禽獸，不耻爲不善，未有耻而格於善，上與四人班者。信其所行亦難。而至清不可撓，非可强而至也。譬水之爲渭，豈無衝風之所激、驚湍之所盪邪？衝風之所激，驚湍之所盪，其清從之而污者，天下之水皆然也。渭不失其清者，性固異於天下之水歟！使其可污，亦涇而已。嗚呼！教化之不行〔一〕，風俗之日媮，義之所在，雖烈丈夫有不能盡，矧責之婦人女子邪？以婦人女子處變而盡道，惡得不貴之，而責其爲丈夫者乎？今澄母夫没之初，咸欲敚其志，而守之確、絶之嚴如此，蓋聞恭姜之風而興起於閭閻者。謂之全清，詎不信夫？故論而白之，亦《詩》《春秋》之意耳。有司當上其實旌之，以風厲天下可也。於是乎書。王氏，可先同里人，年今五十有六，而叔仁與澄奉之尤謹云。洪武七年歲在甲寅冬十月初吉，檇李貝瓊記。

校勘記

〔一〕『行』，康熙本作『同』。

運甓齋記

昔長沙公〔二〕陶侃刺廣州，朝運百甓於齋外，暮運於齋内，人問其故。對曰：『吾方致力中原，故習勞耳。』嗚呼！晉自渡江而南，上下俱偷，棄中原而不恤，侃獨有志於此，固非一時坐談老莊者所及也。及都督荆湘等州，檢攝軍府衆事，未嘗少間。又嘗語人曰：『大禹聖人，乃

惜寸陰，至於衆人，當惜分陰。豈可逸游荒醉，生無益於時，死無聞於後？』其聰敏恭勤，於此見之，非特運甓一事而已。吾意其擁强兵、據重地，畜威養鋭之久，當率諸郡請命北伐，拔黔首於羶腥，以雪宗廟之耻，而即安一方凡四十餘年，所謂平日習勞，欲致力中原者，直虚語耳。且諸胡迭興，未易剪也。蘇峻之變，國破君辱，正臣子灰身之日，大兵雲集，乃欲違衆西還，縱虎自害，亦獨何心哉？周太叔帶之難，齊小白有洮之會，晉重耳有温之師，侃以桓文自任，而所以勤王者如此，又豈果能踐其言如運甓時邪？他日且欲正卞敦之罪。敦固可誅矣，侃之夷大難、立大功，亦由温嶠輩激以天下之大義不相異同，故僥倖石頭之捷。如其中爲進退，事幾敗於垂成，則何異於敦乎？梅陶稱其機神明鑒似魏武，忠順勤勞似孔明，亦過論也。雖然，晉之危而復安，亡而復存，寔資其力。此爲諸臣之冠而著之於史焉，予故反復論之。其行事雖有未至，而所言則可爲萬世法。何者？人情好逸而惡勞，天下之事恒成於勤而敗於逸。運甓之喻，豈不善邪？剡山單陽原以名其齋，蓋能志乎勤已。初，陽原讀書山中，既老不仕，洪武四年詔徵諸儒，郡侯强起之。既至京師，又辭吏部，乃授漢陽湖泊使。然官無崇卑，能志於勤，則所施必有過人，而不虚生虚死矣。因其馳書三千里外求文爲記，故書以復之。若侃之爲政，漢陽父老固能道之，而破陳敏於武昌，平杜弢於湘州，求其遺跡，可想見其風流於千載之下乎！

校勘記

〔一〕『公』，康熙本無。

擁翠樓記

四明之奉化，依山爲縣。而處士汪公幼海，繇城西徙家縣治東三十武，且朝暮與山相接也，猶病其蔽於崇墉，不能周遠近之勢，復即後圃建小樓爲登眺之所焉。於是大山横亘於南者，玉几第一，寶麓次之。其西則爲石棋盤，而鯉湖在石棋盤西五里，絶頂〔一〕有神龍居焉。此山之在二方者，環拱几席之間矣。東有長汀七十二曲，如巴蛇赴壑，束鱗蹙節，宛轉而不得肆，世傳唐葉靖命龍所開，以泄水於海也。益東三十里，有山曰金鵝。又衆水匯於東南，爲龍潭。龍潭之上，陗壁千仞，類屏風狀者，曰南山。又轉而北望，則青錦嶄然，與玉几對峙，一名蓮花巖。此山之在三方者，錯出窗户之外矣。觀其或起或伏，或前或却，争奇獻秀，不啻海濤湧而石笋列，終日玩之有不厭者。廣平舒汝臨爲題曰擁翠，而曹南吴主一書之，乃馳書京師，求予爲之記。予〔二〕惟晉謝靈運好山，日事游放，至伐木開徑，窮天下之奇觀，是有山之癖而未得其趣者也。今幼海據其要領，而闔境之勝畢效於一樓，不待陟雁蕩、放羅浮、上匡廬、游太華爲足矣。秋高木脱，霜霽天空，延朝景之飛雲，送夕陽之歸鳥。山之翠奄於甌越者無盡，而吾之趣亦無盡焉。噫！有其地而無其人，雖美弗居；有其人而無其地，雖居弗美。此之遺於昔而見於今，天固將待乎人也〔三〕？不可以不志，於是乎書。

校勘記

〔一〕『頂』，康熙本作『嶺』。
〔二〕『予』，康熙本無。
〔三〕『乎人也』，康熙本作『於人乎』。

存誠齋記

昔熊渠子夜行，遇寢石，以爲虎而射之，飲金没矢〔一〕，下視石也。復射，則矢躍無跡。射一也，貫於前而激於後，奚有巧拙之不齊哉？始之石而虎也，不知虎之非虎，信其爲虎矣，故志於虎而不志於石，宜其射而入也；後之虎而石也，則知非虎之虎，信其爲石矣，故志於石而不志於虎，宜其射而躍也。嗚呼！石無情也，誠之所在，雖至堅而開，矧於天下之有情者哉？是以瞽瞍石也，不能不化於子；三苗石也，且格舞於干羽之時。舜亦盡其誠而已。至於周公之風雷、鄒衍之霜〔二〕、荆軻之虹、李廣利之泉，與韓愈之徒〔三〕鱷、童恢之咒虎、王祥之致雀，是皆誠之所感，非偶然矣。豈獨熊渠子之射寢石歟？至哉誠乎！聖人，天也，誠無不存。人而未至於天，必存之而誠焉。存則積之久而驗之大，又豈區區匹夫匹婦，發於一念者可擬也？此吾儒之教，必本於誠，而不違於動静之頃。或者誠有未至，往往祈天而責人，抑何悖歟？宣城王德裕氏，顔其蓄藥之室曰存誠，求予爲之記，故舉其〔四〕誠以告之如此。予聞德裕精於醫，

其游京師也，遠近謁之，而著治之功非一。則凡脩乎己以誠，而其應乎人者固無不存，其開金石如熊渠子也何有！尚始終勉之。洪武七年歲在甲寅三月十有八日，國子助教檇李貝瓊記〔五〕。

校勘記

〔一〕『矢』，萬曆本作『羽』。

〔二〕『鄒衍之霜』，萬曆本脱。

〔三〕『徙』，萬曆本作『從』。

〔四〕『其』，萬曆本無。

〔五〕『洪武七年歲在甲寅三月十有八日，國子助教檇李貝瓊記』，萬曆本無。

杏林小隱記

醫之稱於古者非一，其論有過人者，不可目之以醫。昔晉侯有疾，秦使醫和視之，曰：『非鬼非食，惑以喪志。良臣將死，天命不祐。』夫以平公之蠱於内，不節不時，其及宜矣。此醫之所能言也。以國之大臣，任其大節，而不能禦禍，必受其咎，則非醫之所能言也。由是觀之，和豈特工於醫人，蓋工於治國者乎！君子謂晉之求醫，已公之疾而已，政非醫之所及，和不當舍所務而責其大臣。其説似矣。使趙孟有和之智，以相平公，烏有宫室滋侈，女富溢尤，晉遂至於卑邪？趙孟不及此，而和能因疾之不可爲，遂極言之。若和之爲醫，相業在焉，固不得復見

其人矣。後有神仙董奉，治人疾不責其報，小者使植杏三，大者五，歲久成林，復以杏易穀振貧者。此又有及人之功，非射利庸夫可同日而語也。予在成均，一日陳君克仁來，言其里中之良醫周清遠者，其論六氣，尤能推和之説，而一以利人爲心，號其所居曰杏林小隱。遠近謁之，常著十全之效，往往如奉之神，非假杏林之名以自神也。敢以記請。予知清遠非和之智，則必爲奉之神仙，於克仁之言信而可徵矣，於是乎書。

養志堂記

□□□景〔一〕行氏有堂曰養志，求其説於余，乃進而告曰：『人子之事親，不一其〔二〕養，而養志爲大。居有宮室之安，出有游觀之適，享有鼎烹之美〔三〕，燕有絲竹之娛，而所志不存焉，非養之至也。務養其志，而不恤乎外，孟子所以僅稱曾子，而以曾元爲戒乎？』景行曰：『然。』曰：『未也。此特事之一耳。天下有不同之志，士志於學，農志於稼，賈志於貨。彼積書不觀，舍田不耘，與盤游聚嬉，而失其工賈之業，將貽父母之大戚，可謂養志乎？抑不止於是也。志廣大者，或沮之以隘；志清約者，或矯之以汰；志勤勵者，或敗之以怠矣。其視曾元儉於一肉者，又何如哉？』景行愀然動色，久而始定。予遂終其辭曰：『世之不及曾元者，亦人之通病，無足怪也。然君子惡可例於常人邪？必也其心同乎父母之心，未發而先之，既發而從之，毋奪其所欲而違其所惡，使志之所在無一不遂，亦庶幾乎可也。』乃起而謝曰：『盡之矣。』因書以

爲記。景行器宏有學，事親以孝稱，至於既没，而不忘其心志者欲焉。今受知大宗伯，擢爲行人云。

校勘記

〔一〕底本此處缺四字，『景』據康熙本補。

〔二〕底本此處缺四字、殘一字，『事親不一其』據康熙本補。

〔三〕底本此處缺四字、殘一字，『有鼎烹之美』據康熙本補。

深悦齋記

檇李徐孟權，讀書南湖，顔其室曰深悦，謁予爲之記。予惟天下之所悦者，莫大乎聖人之道。聖人之道，公於人者也，而悦之尠。蓋一貫之旨，惟曾子、子貢聞之，諸弟子弗與也，况不及其門者乎？顔子由博約而進，至於欲罷不能，此悦之深者，雖簞食瓢飲，不改其樂焉。冉求乃曰：『非不悦子之道，力不足也。』則局於藝矣。子貢所造，亞於顔子，亦以貨殖爲病。而閔子騫、原思、季次不仕於大夫，要皆悦其道者歟！嗚呼！學之不至，固不足以言悦；悦之不深，亦不足以言學。必也時有正業以專其習，退有居學以一其志，安之而不厭，爲之而不退，則其所至，猶水之入於物，其爲悦也深矣。此君子始終之學，成己而及人也。苟未及此，則所謂『朝聞夕死』者何事？『不耻惡衣惡食』者何道？『吾無行而不與二三子者』，孰知其與天爲

一？逐於宋，厄於陳，圍于匡，不合於齊楚，汲汲焉，遑遑焉，無所容其迹，吾又奚取而悦之也？宜見於弟子之親炙者已鮮，降于千數百年之後，抑又尠矣。使學而至於悦，則天下之物舉不足以易之者，豈暇悦衆人之所悦哉？衆人之所悦，居吾適乎體，則思崇臺邃宇，冬突夏寒而已；食吾厭乎口，則思肥牛之腱、龍門之鯉，而吴人烹之，和酸若辛而已；樂吾娱乎耳目，則思吹竽戞瑟，二八起舞，陽阿結楚，代奏錯陳而已。是皆悦乎外者，非在内也。悦之深者，體弗安乎居，口弗饜乎味，耳目弗役乎聲伎，惟聖人之道爲慊也。朱絃而疏越，一唱而三嘆，有遺音矣。尚玄酒而俎腥魚，大羹不和，有餘味矣。衆人惡得而至之哉？孟權既學而悦，信其辨於内外，不至於交戰者。雖然，悦之深若顔子者，未易及已。學者必法乎顔子，其庶幾乎！是爲記。

如在堂記

天下之物，有氣而無知，有知而無情，有情而無義，此木石之所以爲木石，鳥獸之所以爲鳥獸也。其靈於木石鳥獸者，有知而情必從之，有情而義必從之，是以莫貴乎人已。故愛其類者恒厚，矧父母之屬，尤非同類之可班乎？生吾致其養，没吾致其思。顔色不得而睹也，恒若接於目；聲音不得而聽也，恒若接於耳。一出一入，一升一降，惡忍死其親哉？世之人哀戚見於殯之日，不能不殺於其終；誠敬見於祭之時，不能不衰於其久。以宰我之學於聖人，且安於

衣錦食稻。烏乎！是亦可忘邪？《記》曰：夫鳥獸失群喪匹，越月踰時，則必返迹，過其故都迴翔焉、號呼焉、蹢躅焉、踟蹰焉，然後去之。小而燕雀，啁噍之頃焉，然後能去之。人於其親也，至死不窮，則三年之喪，聖人特爲中制，使送死有已，復生有節，而思親之心則無時而可已也。四明陳思禮者，生七歲而父没，越二十年又喪其母，煢然孑立，而悽愴怵惕，往往形於秋霜春雨〔一〕，復顔其堂曰如在，可謂不死其親矣。求予爲之記，遂舉其説以復之，且警彼之朝死夕忘，曾鳥獸之莫若者焉。洪武七年歲在甲寅夏四月初吉，國子助教檇李貝瓊記。

校勘記

〔一〕『雨』，康熙本作『露』。

約牖軒記

余讀《易》至『坎』之六四，與諸生論大臣上結於君之道，而張繼善來謁，且言其友宣城黄立本者，好學、工草書，顔其游息之所曰約牖，敢以記請。余始怪之，既而復曰〔一〕：坎自二至五，似離中虚之象，爲室之牖焉。牖者，通也。《詩》曰『天之牖民』，毛公訓牖爲道，道亦通也。嘗觀《孟子》一書，告子學於孟子者也，其論性也，雖孟子正言折之，卒不悟其非者，非蔽之甚於齊梁之君乎？而夷之墨者，會一本之説，由其明之可通也。故在内者惟虚能受，而不見其盈，盈則不可强通之於外；在外者惟虚能入，而不見其阻，阻則不可强通之於内。此猶光耀之燭

室，不於户而於牖。牖非正也，自牖而通，則一室之暗洞然八荒矣。聖人之施教亦然。是以成德達才，異術而同功。今立本之取《易》，是能虚以受人，思通其蔽者。予請盡言以告之，可乎？先師有曰：『約，質言也。牖，牖下也。納爵牖下而酌也，一樽之酒，一簋之食，其樂用缶，其告用約，貴乎質也。』嗚呼！誠莫加於質，故上林嗇夫之敏，周勃、張相如弗與也；公孫弘之詐，汲黯弗與也；趙綰、王臧之文，石奮弗與也。然文有餘而質不足，曷若質有餘而文不足也？代之悦春華而忘秋實者，古今所同，此浮華多合，而恭謹之士恒屈矣。立本信能守其質而一於誠，可以處險而無咎，是亦約牖之一説。尚勗之哉！

校勘記

〔一〕『曰』，康熙本作『之』。

清江貝先生文集卷之十六

金陵集

九華精舍記

九華山在武陽熙山東十五里，視武夷諸山秀拔於閩者，奚啻邾莒之在齊魯？其勢不得與之抗，而名著古今者，亦有其人焉。宋之息菴居士葉公是也。公幼讀書熙山，及登進士第，累官至寶謨閣大學士。出知處州，有嘉禾瑞麥之應。比三年，又有芝生于庭，人皆頌〔一〕之。既代而歸，遂不樂於仕，而所謂息菴者，亦朱子所號而勸其止也。穆陵思其爲人，三遣使徵，不起，命表其里爲清節。談者稱公有二疏之高，而講學之功，老而不倦，則非廣、受所及者。及卒，家無餘貲，惟朱子翰墨及所叙世次與先後行事以遺其後，且戒以存孝敬、毋私蓄而已。子弟遵公之教，咸循循有退讓風。至四世孫茂生，官于建寧，未幾納禄家居。郡太守論及葉氏一門，輒曰：『此孝廉家也。』後由熙山徙于九華，地益斗絶，而九峰列峙，亭亭如青蓮九朵出煙雨外。林木蓊鬱，溪流回繞，因名其居曰九華精舍，山與人俱高矣。茂生之子士能，質美而好學，

當國家肇興學校，遂充弟子員於成均。數見余，請曰：『自吾祖息菴居熙山，百有餘年，蓄書萬卷，中燬於兵，惟朱子《十梅詠》尚存。而相好之義，猶可想也。吾父卷卷寶之，不幸蚤没。士能又孑孑來京師，回望九華，遠隔四千餘里，而雲嵐翠黛，恒若日接於前也。河南程坦生既圖其大概，幸先生記之。』時予爲國子助教，義不得辭，若息菴出處始終，九華之因人而著，與士能不忘其所自，皆可書也。洪武七年夏四月十日，檇李貝瓊記。

校勘記

〔一〕『頌』，康熙本作『誦』。

雲門精舍記

青州之鎮山曰雲門，上有穴如門，廣可以通方軌，雲氣朝暮吐納其中，故以爲名，而起原張先生世居之。先生一號古邨，少學於天台孟長文，而長文之學則出於金文安〔二〕公。蓋六經之道，漢唐諸儒不能通而一之，至宋朱文公集周、程諸説而大明焉。當是時，受業其門者非一，而高弟則有黄文肅公。黄文肅公傳之何文定公，何文定公傳之王文憲公，王文憲公傳之文安先生，私淑於百年之後，可謂純正而無弊者歟！繇是講道淮楚之間，四方遠近翕然從之，皆稱古邨先生。仕至衡州路照磨，卒贈中奉大夫、禮部尚書、護軍，追封清河郡公。其子紳，克世其學，嘗出游三吴，即姑蘇建塾，誨其邑人子弟，題曰雲門精舍，示不忘其出。且祠文肅以下五先

生於中，明其先後原委之的，不倍於朱子者也。嗚呼！天下之才局於所見，恒昧性之爲性、道之爲道，得此遺彼，而異端之説益肆。可勝嘆哉！朱子析而正之，至精至密，俾堯、舜、禹、湯、文、武、周公、孔子相傳之旨，若日月既食而復，凡有目者莫不睹其光彩。彼簧鼓一世，以罔匹夫匹婦者，不攻而破。視昌黎韓子之排二家，其功倍焉。雖其紛紛起争而求勝，强附於道，以參立天地間，然真僞之分、得失之歸，烏可得而掩邪？古邨不憚數千里，涉江而南，從長文學之。師表於時，及所著文集凡三十卷，皆可傳也。今紳繼述於後，而又合父師而奉焉，其守之固如此，則所謂雲門者，寔道之所在，山將與之而益峻已。是可以不書乎？

校勘記

〔一〕『安』，康熙本作『定』。

一梧軒記

無錫張止齋先生，老於九隴也，嘗植一梧于庭。閲十年，挺然秀聳，而密葉雲布，不知三伏酷烈之氣也。先生日徜徉其下，酒酣興發，輒倚而嘯歌，同乎惠子之曠焉。既没，其子今禮部尚書維中益封植，以示不忘〔一〕，復顔其室，而屬余爲之記。余聞昔齊燕楚使於梧宫，因問梧之大小，一辭之失，二國搆兵。然梧何與於人，使者獨以梧爲問邪？且不問梧之材異於衆木，而及其先王之事，則兵禍不在梧已。若所謂一梧，歷止齋父子二世，其年宜可問而知之，蓋欲因

梧而考其人也夫！連林之木，如束如附，如庇如下，其相輔爲勢者，非止一二而已。風雷之所撼，霜雪之所虐，恒並存而後斃，然未足以見其奇。惟特立者，無所束而直，無所附而起，無所庇而固，無所屈而下，至仇於風雷霜雪，剛姿勁氣，奚翅忠臣直士之寡與？剪焉甚危，而未嘗爲之少變，於是始奇於衆木焉。此余於一梧，尤愛而譽之也。嗚呼！三吴之盛，大家世族，甲第相望。嘉花異卉，敷榮交蔭，四時不絶。及州縣兵起，殆盡於焚燒斬伐，惟張氏之梧獨存，輪囷離奇，過於龍門之植，是亦繫乎數矣。惟中當知樹於前而迺於後如此，惡可直視其爲梧也歟？

校勘記

〔一〕『忘』，原作『亡』，據萬曆本、康熙本改。

留耕軒〔一〕記

秦王翦將兵伐楚，請美田宅甚衆，且言：『爲王將，有功不侯，故及向〔二〕臣請之，爲子孫業。』翦之智如此，其子孫有能耕者乎？ 漢田蚡治宅甲諸第，田園極膏腴，至請考工地益宅。蚡之盛如此，其子孫有能耕者乎？ 天下之人有無窮之心，必有無窮之計，及一再傳而忽焉冰釋，何其暴也！ 若于定國之高門，張安世之金貂七葉，繇於方寸所存，世久而益昌，非止一時而已。《易》曰：『積善之家，必有餘慶。』此理之自然，不可誣者，故舉其人以概古今焉。奈何不務樹

德，往往笑刀腹劍，陽予而陰中，以快一己爲事，則非善於爲謀矣。四明之何鈞玉先生，名其室曰留耕，其千百而十一歟？先生有長者風，里中争者，不白之官而白之先生。性尤急於義，遇貧無養者輒周之。或貸而不能償者，悉焚其券。縣東資國閘數壞於水，爲築外防，捍衝激之患，一方受其利。又長塘爲四明、永嘉、天台、會稽之衝，有水亭〔三〕以休往來者，後毁於兵，人皆病焉。先生復新屋若干楹，風雨有所庇矣。蓋其忠厚仁恕出於天性，以爲利於己者狹，不若利於人者廣。雖九野之土，阡連陌亘，不足以喻其方寸，而子孫耕於後者有餘，奚必如王翦、田蚡之所爲屑屑，以憂其貧也乎？先生既没，人猶稱之。其子操〔四〕好學力行，洪武五年以明經薦于春官，則樹德之效已見於今日。是不祈報於天，而所以報之者不爽，將使如于、張之門，繼繼繩繩，歷數百世未艾也。余雖不得造先生之居，嘉其所積之厚，而樂爲其後人道之。洪武七年夏五月既望，檇李貝瓊記。

校勘記

〔一〕『軒』，康熙本作『堂』。

〔二〕『向』，康熙本無。

〔三〕『水亭』後，康熙本有『於』字。

〔四〕『操』，康熙本作『孫』。

藥石窩記

士恒病於内之所不足，而必〔一〕待攻於外，暴者抑之而仁，懦者激之而强，固者道之而通，辟者規之而正，貪者矯之而廉，蔽者發之而明，隘者充之而廣。所謂藥石之戒，尤人之〔二〕當寶者，烏喙、昌陽、空青、丹砂弗與也。故君子以藥石進其德，小人以藥石損其過。夷攷古今，亡之所以存，險之所以濟，敗之所以成〔三〕，失之所以復，豈非資之人也哉？或者好人之佞而惡其忤於己，此藥石之言不至也。藥石之言不至，則病日深而身辱名滅。嗚呼！以藥石之可已病，雖螫吻毒腸，亦有所不恤，至於正言之謇謇，恒拒而不受，方甘於有過之地。是知愛其體之小者，不知愛其體之大者，可謂智乎？余嘗以此自懲，而雲間張拱辰顔其燕坐之室曰藥石窩，取宋桐川簿丙公語，將求益於大人先生。而浚儀趙公本初〔四〕爲之記，復屬予申其説焉。余謂丙公之見倪偁，歷言馭吏撫民之道，則既以爲足，偁亦從而善之，無一辭勗其未至，烏在其爲藥石邪？拱辰兄弟四人，讀書鳳凰山中二十年，其於聖人之告弟子，凡一病一藥，皆用之而用〔五〕功者，余不暇瀆告之也。抑聞魯大夫臧文仲善於季孫，而孟孫惡之，及孟孫死，哭之多涕，曰：『季孫之愛我，疢疾也；孟孫之惡我，藥石也。美疢不如惡石，石能生我，疢能殺我。』是又以人爲藥石者歟！若文仲，可與言智矣，尚求以爲法。於是乎書〔六〕。拱辰名奎，横浦先生六世孫，通《春秋》大經，嘗試于有司，今以才選主興國之通山簿云。

校勘記

〔一〕「必」，萬曆本無。
〔二〕「之」後，萬曆本有「所」字。
〔三〕「成」，康熙本作「存」。
〔四〕「本初」，萬曆本無。
〔五〕「用」，康熙本作墨丁。
〔六〕「於是乎書」，萬曆本無。

瀫峰祠堂記

一氣既裂而有文，其所以開物成務，莫備於四聖人之《易》，故爲五經之宗。自孟子没，歷漢至魏，講《易》如王輔嗣者，固未盡其旨。宋周子得穆伯長之傳，而《太極圖》《通書》作焉。然邵子後二程洎邵子、張子繼興，故有《皇極經世》與《正蒙》之書，蓋皆本諸《易》而爲之也。然邵子則兼乎數，張子則專乎理，所謂殊塗而同歸者。余嘗求之《正蒙》十七篇，首《太和》《參兩》，以闡造化之微；次《天道》《神化》，以推聖人之至。若《動物》以下諸篇，無非發端以示人。雖或失之深刻，間與《易》有不合，觀其約而博、精而實，則孟子以來，與周、程之説相爲表裏，而辯釋老之謬妄者，此書爲然。考亭朱子於〔二〕《太極》《通書》《西銘》有註，其餘則未暇及也。番陽沈毅齋先生因爲《正蒙解》，以備朱子之未備，而《王禘》《樂器》《乾稱》猶缺。元德興丞上饒鄭

君復初補其三篇，新安胡公雲峰序之，亦既行於世矣，及聞南昌灊峰朱先生者，深求邵子内聖外王之學，既老著書，凡《易説》《禮説》，皆發前人所未發。至於《正蒙》，且病其難而釋之，豈亦采毅齋所註而損益之歟？嘗欲購求定本，以觀其異同得失，時猶閟而未出也〔二〕。洪武七年秋，其子善來京師試，補南昌文學掾，獲見於成均。因出所述灊峰行實始末示予，復求記其灊峰之祠焉。按，灊峰爲洞雲處士之子。初，洞雲兄弟四人，長雪澗，次碧泉、月澗，而洞雲最少。雪澗以文章顯于時，而洞雲與之齊名，灊峰又純正而弘博。其著述也，雖世無知者，將待子雲於他日矣。嘗命善集其所纂，而繼終其未成者，善亦克承其志，且建祠奉之，上推灊峰之意，而及其祖洞雲處士與伯祖雪澗，以明其傳之所自來，可謂能子矣。嗚呼！《易》在造化，固無言也，而聖人言之。逮世降俗媮，人心益晦，邪説日滋，非有卓然立言之君子，會一心於古今，則弘通易簡之法、仁義中正之歸，不亦隱乎？此諸子之功爲甚大，余不得不歷稱之也。抑張子既出《正蒙》以授門人，且曰：『其觸類而長之，吾固有望於後之學者。』毅齋爲能發張子之藴矣。若灊峰，究先天之學，而餘力及此，益見理愈索而無窮，所造何可及哉？祠之於鄉，既合於禮，而善復不墜其業，有光於雪澗、洞雲，尤足嘉者。故爲記，俾刻諸壁云。

校勘記

〔一〕『於』，康熙本作『與』。

〔二〕『也』，康熙本無。

茶屋記

檇李屠生兼善，顔其游息〔一〕之所曰茶屋，蓋兼善耆茶，尤善烹茶之法。凡茶之産于名山，若吴之陽羡、越之日鑄、閩之武夷者，收而貯之屋中。客至輒汲泉烹以奉，客與之劇談終日，不待郑莒之會焉。余因告之曰：『昔陸鴻漸著《茶經》三篇，蔡君謨亦著《茶經》上下二篇，而玉川子則有答孟諫議惠茶詩，兼善嘗取而讀之乎？彼奴視茶者，未若鴻漸之深於味，惜計口腹之小，而不免御史李季卿之辱。君謨以宋之名臣，乃進龍鳳團，希寵一時，如丁晉公所爲，不免歐陽永叔之譏。若玉川子，洛陽布衣耳，諫議餉以先春之品，其於潤燥吻、沃枯腸，飲之不厭，可謂好之至矣。然不徒足一己之好爲事，且憂百萬億蒼生困於顛崖，未獲其蘇息，遂因以諷在位之君子，是以天下爲心者乎？此三子皆知耆茶，鴻漸固不足言，君謨烏能無愧於玉川子也？兼善必辯於是，而有玉川之心已。』亟起而求書爲記。余復笑謂之曰：『俟大雪之夜，過茶屋，聽松風洶洶作秋濤聲，酒醒一書未晚也。』而請之益堅，遂書之。洪武五年冬十月初吉，兩山老樵貝瓊記；七年秋七月七日，重書于成均東齋〔二〕。

校勘記

〔一〕『游息』，康熙本作『息遊』。

〔二〕『洪武五年冬十月初吉，兩山老樵貝瓊記；七年秋七月七日，重書于成均東齋』，萬曆本無。

追遠堂記

追遠堂者，天台林氏奉先之所也。按，林氏之始祖十一府君諱勳者，五代時以鹽鐵使轉督台州諸軍事，遂由閩之長溪徙家于黄岩半嶺。其後支葉益繁，散處梅溪、團浦者特盛。當宋設科目，一歲聯中有司者八人，曰雪村、曰勿齋、曰曉菴，皆以能文辭稱。故江以南衣冠大姓，必推天台林氏焉。至六一學正，嘗言：『吾宗族之大，非一世一人之積。』於是築堂梅溪，置主其中，歲一祀之，且會族人子弟，講尊卑長幼之序云。遂割田若干畝給其費。有女以疾不嫁者，益以田四百畝，而器物無缺矣。其孫今國子生伯雲，懼泯其實也，求余爲之記。余惟祭者，所以追養繼孝也。自祖禰之近，推而上之，則有曾祖焉；又推而上之，則有高祖焉。然非止於是而已，有高祖之祖焉。譬之於水，千盤百折，以達于海。然河不始於龍門積石，而出於昆侖；江不始於漢，而導之岷山。論者不徒考其脈絡，必窮其源而後已。人之報本，可不求之遠邪？水未有無源而出者，人未有無祖而生者。惟屬之近而有服者，其恩隆；屬之遠而無服者，其禮殺。亦天下之同情也。有能追而祭之，不以遠近爲隆殺，豈非厚之至乎？特古者限於先王之制，大夫有廟無主，士則祖禰一廟，庶士、庶人無廟而鬼，上下之分截然，不得踰而僭者。故孔子曰：『祭之以禮。』曾子之言，蓋爲有國者而發，使施之所祭，必盡吾之誠耳，非謂庶士、庶人得祭祖禰以上而及於無窮爲孝也。君子於此制雖不得爲，而心實不能已。於是伊川先生以義

起三祭之名，而初祖、先祖與禰，各有其類，而得〔一〕受祭焉。林氏世次相傳，越四百餘年，源深流長如此，而子若孫又能合雪村、勿齋、曉菴以及十一府君而伸其敬，可謂知報本之道已。曾謂公侯之貴，或不及乎此，庶士、庶人乃能之。《詩》曰：『心乎愛矣，遐不謂矣。中心藏之，何日忘之。』是皆率性之道，篤於所親所尊者，又豈强之而然哉？故重其請而記之。觀者亦有所警乎中，尚革薄而之厚也夫？

校勘記

〔一〕『而得』，康熙本作『得而』。

待月軒記

越胡子明氏，築室舜江上，顔之曰待月軒。乃以書來，言其地勢清曠，與月爲宜，三五之夕，六合無雲，輒席其中以候焉。湛然爛〔一〕銀盤挾潮東升，至明所及，可見秋毫於海天百里外，亦一時之奇觀也。幸侈之以文辭。余惟月之爲象，其行也有度，其出也有時，信可待而賓之。其有不得待者二，或阻於時焉，或阻於事焉。余往年客游三吴，泊舟垂虹亭下，中秋月盈，起而四顧，冰寒雪縞，因舉酒相屬，客爲吹洞簫，作《水龍吟》，此一快也。使遇盲〔二〕風怪雨交至，百怪夜出，巨浪排山，則無月可觀，吾惡從而待乎？去年過金陵鳳凰臺，雖已湮爲荒烟野草，而山河不改，景氣一新，休沐之日，與二三子乘月共登，浩浩乎若超埃𡎺之表，想見長庚風

神於千載。此又一快也。使有簿書期會之煩，朝暮不得休，雖有月可觀，吾惡從而待乎？嗚呼！月固可待，以時而阻焉者天也，以事而阻焉者人也，二者未之能免，則能待月如垂虹亭、鳳凰臺者，幾何人邪？今子明無一事之撓，當月之望，待於兹軒，以樂其樂，誠不易矣。且人有盡而月無窮，觀者恒有古今之感，惜無顧兔不死藥以延吾壽，相與周旋太清，又可弗之待而一玩哉？然必其可待，奚若無心於待而適與月會也？天下之事多此類者，非獨月而已。予將老而東歸，扁舟一過舜江，試與極論之。姑書此，俾刻諸壁。子明，安定先生十九世孫，好讀書，事親尤謹，内外稱其孝云。

校勘記

〔一〕『爛』，康熙本作『瀾』。

〔二〕『盲』，康熙本作『肓』，誤。

清江貝先生文集卷之十七

金陵集

復初齋記

宜興强如心氏，世居荆南山之遵義里。元季兵變，辟地永豐黄山者十年，而去親戚、遠墳墓，中恒慊焉而不足。洪武□年始克歸，治茅齋於室之東偏，題曰復初，介國子生謝煜來求記。夫有失而後復，當大兵四起，焚燒屠戮，莫不東西奔竄，農失其田，工失其肆，回望鄉里，皆狐兔之墟，而父子兄弟能相保以居者，曾無一二，咸謂不可得而復矣。幸而居復吾宅，田復吾地，水之淤者浚而復其清，塗之塞者闢而復其廣，與夫一草一木，敷榮鬯達，若冬而復春，境之勝亦不異乎前矣。蓋亂極復平，數之必然，而人亦不久於蕩析。如心之初志，於此遂矣。向使攻戰之未息，疾疫之夭年，雖欲復於已失者，其能然乎？宜特表其所居也。若余之由檇李而錢唐，由錢唐而雲間，由雲間而金陵，未嘗一日獲復先人之弊廬，寧無愧乎？雖然，君子所貴乎復者，復性爲大，性固甚於物也。有宅之安，有地之美，利吾累也，必絶之。其至清水也，義吾由也，

必從之。其至廣塗也，殘暴險賊之不存，而一於仁恕忠厚焉。其生生之理，奚翅草木油然而長也？聖人之教人，復此而已，而不遠復者，獨稱顔氏之子爲近之，此復其初之爲近也。如心好學讀書，必知復吾本然爲事，非徒區區故業矣。予因而推之，且以自警云。

宇定軒記

古稱閩多秀士，自宋朱子講學武夷，而通經好古，由科目進者不一。余之分教國子生也，識方仲文氏焉。仲文家于閩之玉井，距武夷五里，題其游息之所曰宇定軒，取莊周《庚桑楚》篇語也。嘗求記於余，至三四無倦色，乃爲之言曰：一室之小，吾之宇也；六合之大，亦吾之宇也。抑不知吾之宇在於德，無小大之可言。而德之爲宇，有天光焉，定而已矣。今吾旦而興，外物之交至者，滅於東而起於西，排於前而襲於後，中固不得有所定也。中不得有所定，則天光亦從之而晦，昏瞀錯亂，可勝言哉？惟不撓於是非得喪、喜怒哀樂，其至虚至靈，奚翅日月之昭晰？定之所發如此，周未能窮其理，顧欲身爲槁木，心爲死灰，動不知所爲，行不知所之，使如兒子然，非吾之定也。吾之所謂定者，非若槁木、死灰，不知所爲、所之也。寂然不動，感而遂通天下之故，是定非一於定也。特日與物接，而不爲物所措〔一〕，猶鏡之鑒物而不爲物所遷，豈非定於此而應乎彼歟？推其所以異者，彼以定而定，吾以定而敬。定而定者，寂而無感；定而敬者，感而未嘗不寂。其得失相懸萬萬已。仲文求周公、孔子之道，而取乎周者，將

惡物之膠膠擾擾，必盡止〔二〕而定之〔三〕之功。觀其言有默契於是，非以老子之語南榮趎爲足也。余懼其溺於高虛玄遠，不悟其非，毫釐之差，千里之繆，無以救其終也，因反復所聞聖門教人之旨以辯之，仲文尚有所擇云。

校勘記

〔一〕『措』，康熙本作『牿』。

〔二〕『止』，康熙本作『此』。

〔三〕『之』，康熙本作『定』。

醒心軒記

余嘗論天下之至樂，不在於珠玉之玩、狗馬之適，而恒得於一山一水之間。故歐陽永叔醒心於泉上，黄魯直醒心於竹所，豈特解其酒之沉酣也哉？大抵日與事接，耳塞其聰，目蔽其明，如蠱如寐，顛倒錯亂，所惡殆甚於酒已。一旦脱囂煩而即幽閴，見夫天之高、野之曠，烟雲吐納，禽魚上下，於是易其視聽，不翅蠱而愈、寐而覺，豈非境變於前，而心悟於内哉？嗚呼！天地之大，一毫之小，舉不外吾之方寸。使吾觸於境而昏，又復擬於境而醒，吾恐暫開而復合，乍明而卒晦，則其昏者未嘗醒，醒者未嘗不昏也。惟其神明之舍，洞徹無累，湛然止水，皎然清秋海月，而事皆得其官，又何待夫所謂醒心處也邪？然歐、黄二公，皆一世豪傑之士，其胸中

灑落，固非常人所易及，抑榮辱得喪、是非欣戚相爲勝負者，自壯而老，不知其幾矣。遂託之所遇，以明其樂之在此焉。彰上人洞然，吉安之慈恩寺沙門也，居其祖師明心燕坐之所，寔魯直所名者，凡若干年。今年春來京師，天界住山全室翁愛其學優而行堅，遂留之，俾住蒙堂之别室，乃欲揭『醒心』之名，以示不忘。而全室一日以隸古作三大字以貽之，何其前後之相符，而會其意於不言也。介春官行人王景行氏求余記，故舉其説如此。雖然，洞然學佛者也，究苦空寂滅之法，超然物表，心境兩忘，其所以醒之者，奚求一山一水之間？當如余之所論矣。其質之全室，或有合焉，尚有以告余也乎？洪武七年歲在甲寅秋九月初吉，國子助教檇李貝瓊記。

暎雪齋記

暎雪齋者，四明孫原仲讀書之所，取其遠祖康爲法也。大雪之夜，人既休矣，方執卷就其明，以補日之不足，則知其於書無時而去也。不如是，不能進乎學，其志固異乎人哉！嗚呼！天地之理，古今之變，具載於書，不可以不讀者。董仲舒讀之，爲膠西相；兒寬讀之，爲御史大夫；匡衡讀之，爲太子太傅；朱買臣讀之，爲會稽太守。其讀書也，必皆務於勤，故有三年不窺園者，有貧而穴壁者，有庸耕不輟誦者，有負薪行歌者，而康之暎雪，其一也。攷之於史，仲舒兩事驕主，正身率下，所居而治，而正誼明道之言，合於《春秋》。兒寬爲左内史，勸農理獄，務得人心，不求聲名，吏民信愛之。匡衡在成帝時，因日食、地震之異，抗疏直攻其失，後復論治

亂安民之機，以及治性正家，鑿鑿萬言，出入殷盤周誥。故又知其讀書者，不徒謀禄釣名，以榮一身、顯一時而已。宜非諸子之所及焉？諸子之讀書，不過悼其屈而求其通，服其勞而必其成，志既遂矣，或淫以取禍，又不知其所讀何書也。余之少也，氣質昏惰，不能以古人自厲，今老而無及。而原仲法乎遠，所以尊其居、壹其志、專其習，是可尚矣乎！吁！長梧封人謂子牢曰：『昔而〔一〕爲禾，耕而鹵莽之，其實亦鹵莽而報余；芸而滅裂之，其實亦滅裂而報余。』余之謂矣。輪扁對齊桓公曰：『斲輪徐，則甘而不固；疾，則苦而不入。得之於心而應於手，臣不能喻臣之子，臣之子亦不能受之於臣。』原仲其勉之。是爲記。

校勘記

〔一〕『而』，康熙本作『余』。

著存堂記

余讀《祭義》而知人子之事親，其有終乎？死不異乎生，亡不異乎存，惡忍忘之於朝夕也？嗚呼！世之私於淫昏之鬼，非其族屬，至像而祠之，若或睹其光怪之發見，洋洋然鑒之在上，臨之在前，莫敢有一毫之欺，莫敢有一息之怠，而於其親反疏焉。甚矣，其蔽於愚也！惟仁人孝子之心則不然。霜露風雨之變，既齋而祭，所謂『入室，僾然必有見乎其位；周旋入户，肅然必有聞乎其容聲；出户而聽，愾然必有聞乎其嘆息之聲』，亦豈出於僞哉！死不異乎

生，亡不異乎存，而其精神之相感、體魄之相接，固有無間於冥冥者。君子記之於禮，其義精矣，殆非常人之所能知也。余故謂死其親而忘之者不仁，惑於神而昵之者不知，孰余過邪？國子典簿裴季和氏，蚤喪二親，而有終身之憂，顔其堂曰著存。其所以致愛致慤，合乎《祭義》之所言矣。且求余爲之記，因著其説以明之。初，季和之父日章先生嘗以明經薦于有司，余獲識之錢唐，奇偉磊落，秀出等夷，惜其不及顯融而没。季和尚克樹立于後，可謂有子矣。則於是堂，必曰居吾親之所安也，食吾親之所耆也。一升一降，一出一入，恒視其所不及見，聽其所不及聞，未嘗忘之於心。爲能嚴於所事，不翅神明之尊，非失於不仁不知者，盍舉以警夫人也歟？

薝蔔堂記

天竺靈山教寺説法之所曰薝蔔堂，住山珩公伯琚之所重建也。堂負蒼屏千仞，視昔爲加雄麗焉。初，晉咸和間，有僧竺惠理自西域至杭，以其小〔二〕朵峰爲自身毒飛來者，即其地置繙經院。隋真觀法師益廣其制，改院爲天竺寺。至宋仁宗時，天台慈雲式法師來居於此，顧瞻棟宇庳陋，弗稱大雄氏之教之尊，謀易而新之，而丞相王文穆公、侍郎胡公則，皆捐俸以相其役。由是伐材於山，陶甓於冶，工效其藝，人旾其勞。倏焉而大殿中起，三門前開，翼以左右兩廡，金碧炳焕，不翅雲歕濤涌，地因之而益勝。其後爲堂若干楹，則名薝蔔云。繼法師而葺於後

者，代有其人。元季至元辛丑，寺燬于兵，而堂亦墮矣。大明洪武五年，伯琚之主天竺也，慨創始之不易，思圖終之爲急，乃發其私橐，載經載營，仍揭舊名於中。蓋距慈雲三百餘年，廢興若出於數，寔教之所關也。且馳書京師抵余，求記其顛末。辭弗〔二〕獲，則爲之言曰：錢唐山水之勝，甲於東南，而寶坊所居者十九。蓋自齊、梁以來，益崇益侈矣。一旦變起州縣，刳爲狐兔之區，未有能作新者，所謂薝蔔堂，屹然焚蕩之餘，豈非資其荷負者歟？請得以繹其義。物之有香者不一，而薝蔔香之烈；人之有德者不一，而佛爲至。香之烈則掩乎衆物，德之至則首乎衆人。故入薝蔔林者，不聞餘香；入佛之室者，不知有聲聞辟支也。此天女訶舍利佛所贊，而見諸經者如此。嗚呼！暗者不可攻而慧，暴者不可反而慈，嗇者不可弘而廣，汙者不可遷而潔，淫者不可節而約。甚矣，其局於一偏也！至聞佛之説，則皆深信而速化，殆過於教而行、禁而尼，豈非薰其德如薝蔔之香，莫知其所以然乎？雖未足以爲喻，然知香莫過於薝蔔，即知道莫加於佛矣。異時退休湖江〔三〕之上，尚訪〔四〕伯琚於天竺，尋丹井經臺陳跡，登堂共論慈雲之事，未晚也。姑述其概，登載諸石，俾將來有所攷。伯琚名楚珩，族出檇李，特深於教，爲五山所推云。洪武七年歲在甲寅冬十有二月廿日，國子助教檇李貝瓊記。

校勘記

〔一〕『小』，康熙本作『下』。

〔二〕『弗』，康熙本作『勿』。

〔三〕「湖江」，康熙本作「江湖」。
〔四〕「訪」，原作墨丁，據康熙本補。

遠清堂記

距昌國縣東三百武，有洲曰芙蓉，其水縈紆南流，以入于海。洲之上皆蓮，芙蓉其異名也。當三伏時，紅披翠掩，雖鏡湖三百里，亦無以過於是焉。隱者李文友所居，既專其勝，築堂若干楹，因顏之曰遠清，命其子彦清來求記。余嘗論詩人工於寫物，凡狀其形者遺其神，而濂溪周子之於蓮，求神於形之外，詩固有所不及也。夫周子一代豪傑之士，其生也後聖人千有餘歲，而學之所造，會聖人於一時，殆非漢唐諸子所至。其於一花一草，疑必略而不顧，乃有愛蓮之説，何哉？蓋其〔一〕胸次灑落，如光風霽月，則無一毫之累可知。而蓮之至潔不妖，可觀不可褻，寔足以配之。故目爲花之君子，非徒玩物，類衆人之牡丹已，且嘆時之愛牡丹者衆，愛蓮之同於己者寡也。今文友有周子之愛，取其語以爲名，其亦異乎衆人歟！抑聞環洲而居者多大族，而中建夫子廟久矣，惜湮於荒陬僻壤，人莫能知，至文友始表四明之有芙蓉焉。雖然，一物之微，發之於周子，獲列君子之品第，亦流芳於不朽，矧爲士者日聞絃歌之聲，日觀揖讓之習，惡可不勉而至於君子，甘於〔二〕小人之歸乎？宜即物以反諸己，非特取香之遠而益清，爲人之所美，尚蓄其至美，使體夫遠清也哉！是爲記。

校勘記

〔一〕『其』，康熙本作『有』。

〔二〕『於』，康熙本作『爲』。

清江貝先生文集卷之十八

金陵集

武昌譙樓記

縣有譙門，古也。或以譙門爲城門，見於《陳涉世家》，豈亦施之縣乎？後建重屋〔一〕於其上，故又稱譙樓。蓋令丞所居，必嚴内外之限、辯上下之分，非徒侈之以壯〔二〕麗而已。□□謝叔賔治武昌之三年，自垣而門，自堂而廡，舉新而完之，而譙樓未及建也。父老有謁而爲言者，乃謀於衆，即山伐材，濱河陶甓，因其舊址而經營。越十月而功成，飛甍巨棟，高出雲雨，無雕斵〔三〕之費，而弘敞殆過於前。於是棲鼓角以謹晨昏之節，可謂稱其嚴内外、辯上下者矣。惟工築之歲月，不可不紀，遂狀其顛末，馳書京師，求予文以鑱諸石。按《志》，武昌在漢爲江夏郡，至吴改武昌，晉庾亮、陶侃嘗出鎮其地。而環境之内，層厓峭壁之竦峙者，則有鳳凰、大洪；鶩湍悍〔四〕流之扼束者，則有江、漢。此非險固之當保者歟？破壘已湮，荒臺已夷，而英雄陳迹，尚想見於千載之下矣。今所轄七縣，武昌其一也。唐宋以來，民之至而土著者日益繁

夥。元季之變，所至阻兵，苦於攻戰，千里蕭條，過者興慨。國朝混一區宇，休養既久，凋瘵始復，流亡四歸，而叔寘興壞起廢，一新邑人之觀聽，厥有次第哉！登高望遠，凡昔之荆棘參天，宅狐兔〔五〕而盤虵虺者，今皆禾黍矣；昔之白骨彌望，嘯魑魅而號烏鳶者，今皆宫室矣。抑可以見聖天子之深仁厚澤，被乎南服之廣如此，故兹役亦易而不煩也。大抵時之不得爲者，《春秋》書『新延廐』是也；制之不當爲者，《春秋》書『新作南門』是也。譙樓既得其時制，寔出政之所關，雖重於用民，非若延廐、南門爲《春秋》之所譏，惡可後而不急邪？凡吏之出入於門，民之來往〔六〕於道，亦各有其時而不違矣。故詳書以著更作之始，俾來者有所考云。洪武八年歲在乙卯春二月初吉，將仕佐郎、國子助教檇李貝瓊記〔七〕。

校勘記

〔一〕『屋』，康熙本作『樓』。

〔二〕『壯』，康熙本作『張』。

〔三〕『斵』，萬曆本作『琢』。

〔四〕『悍』，康熙本作『浫』。

〔五〕『兔』，萬曆本作『窟』。

〔六〕『來往』，萬曆本作『往來』。

〔七〕『洪武八年歲在乙卯春二月初吉，將仕佐郎、國子助教檇李貝瓊記』，萬曆本無。

宋縣令謝公廟記

皇帝肇造區夏，所以懷柔百神之道，既周無缺。洪武四年，又更定其封號，若奉化之縣令謝公，其一也。有司祇奉明詔惟謹，而邑人爲新其廟，且以狀介國子生汪瓚求余記。按，公姓謝，名鳳，宋臨川内史靈運之子，晉康樂縣公、車騎將軍、謚獻武玄之曾孫也。元嘉中爲鄞令，鄞即今之奉化。在縣未幾，惠政大孚，乃於縣東二里造方勝碶以蓄水，歲溉田五千餘畝。碶北阻大溪，復架石爲梁，民不病涉，因名謝鳳橋，構亭其上。宋政和間改名豐樂，紹興間又改名慶登云。初，鄞人於公之存，德之如父母，建祠碶南，像而事之。及没，而其神益靈。嘉定八年，飛蝗蔽天，人走於廟禱之，俄有暴風澍雨，驅以出境。紹定元年大水，又禱之，一夕而退。嘉熙三年旱，又禱之，而雨。咸淳二年，雨暘不時，禾且盡槁〔一〕，又禱之，歲復大稔。元大德十一年，濱海之州大疫，獨不及鄞。明年飢，有巨艘自劍南運米至鮚亭，聞有人招之者，曰『吾謝鳳也』，人賴以活。前進士陳觀爲作記。至正十九年，寧海賊馮輔卿帥衆寇境，官軍逆戰于堋墟嶺，仰見大旗飛揚，彷彿萬騎雲合，而旗有『謝』字，賊駭大奔，斬獲無數。二十七年正月己卯火，民廬燬者若干所，且及夫子廟，學正程式復禱於神，風尋反滅火。嗚呼！古者忠義士，體魄雖死，其英靈不俱爲野土而顯之一方者，亦間稱一二事，或者出於偶然，非皆神之所爲也。孰有公之庇民於冥冥，所禱輒應，而拯飢平寇，尤彰彰於見聞而不可掩者，其烈爲何如哉？

《禮》曰：『法施於民則祀之，以勤死事〔二〕則祀之，以勞定國則祀之，能禦大災則祀之，能捍大患則祀之。』則公於禮宜祀。先是，程式洎父老江□嘗以狀聞州，州上之府，府上之省，省上之朝，封孚祐侯，廟號資福，蓋有年矣。國朝復脩舊典，雖未及加贈，以寵神明於千載，而知其不爲淫昏之鬼明矣。余因求之南北分裂之日，苻〔三〕堅方熾，且欲一舉而下江東，微康樂公禦之淝水，覆百萬之師，晉已不國，故其功在社稷爲甚大。復有孫如令者，既善其職，興利無窮，至廟食於鄞，百世之後，凛焉若生，則其大異於人人，而精氣流行宇宙間，惡得誣也？故爲書其實，以登載諸石。重爲作迎送神詞，俾鄞人歌之，以慰懌其心焉。辭曰：

蛟門兮巍巍，潮朝出兮夕歸。神之居兮寧止，從繽紛兮如水。酌清醴兮羞文魚，鼉鼓紞兮吹笙竽。利我民兮時暘時雨，上無飛蝗兮下無鼠，田每每兮多黍多稌。萬歲兮千秋，惟神是依兮孔樂且休。

校勘記

〔一〕『槁』，萬曆本作『稿』，誤。

〔二〕『以勤死事』，《禮記》作『以死勤事』。

〔三〕『苻』，底本、萬曆本作『符』，據康熙本改。

竹深處記

檇李董好問氏有耕讀所，在城東之烏橋，而鉅竹萬箇，森布交錯，題曰竹深處，取杜甫遊丈

八溝詩語也。間因陸景宣來求文爲記。予按丈八溝在長安，重開於唐大曆間，其水通安福寺，一時貴人莫不遊焉。觀甫之詩，則其地多竹可知。今烏橋非丈八溝比，亦以竹深名之者。當三伏時，蒼翠環合，日光不到此焉，盤礴奚翅冰厓雪谷？而酷烈之氣不及也。此亦檇李之勝，雖丈八溝何以過哉？嗟乎！檇李介三吴之間，號東南大郡。强宗右族，輦石爲山，鑿池引流，羅植佳花異木，車馬之至者朝夕相踵，孰知竹深處之可游可燕乎？兵戈格鬬之餘，蕩爲榛莽，而向之壯麗無一存者，何其倏起而遽仆也。烏橋之幽僻斗絶，且爲好問之所專。其竹久而益蕃，固無昔人之誇，亦無今日之感，是豈不足書乎？雖然，竹特草木之一，王子猷謂其一日不可無者，惡其俗耳。使有千畝之廣，而未能知竹之趣焉者，衆也。若好問，其有子猷之韻歟！觀其月出而林影散，風回而水聲激，必有與心會者矣。余愧竊禄京師，未遂老於田里，一造其所爲快，徒重千里之思而已，故復其説如此。至於論竹之德，則白樂天、劉寬夫所述已詳，兹可略也。

清泉書樓記

臨江合三邑爲郡，有泉出郡西之山趾，四時常清，故以清泉名其里。環泉而居者多巨族，惟劉氏特盛，寔原父、貢父之裔也。原父在宋時號稱博學，所著《春秋權衡》《意林》，尤足發揮聖人筆削之旨焉。繼原父而舉者，前後非一。及時革世殊，而立愛先生遂不仕家卒，人皆高

之。立愛生子齊卿，齊卿生子季鵬，亦清苦好學，築萬卷書樓於泉上，旁掖小樓二間：左曰一經，示所治也；右曰獨樂，示所存也。日率族人子弟此焉講習，殆非笑談風月、酣樂絲竹之所已。洪武五年，季鵬以明經薦于春官，奉旨入成均卒學，時余爲助教，且累求爲《清泉書樓記》。余惟聖人既没，而道之衍於書者益繁，有終其身不能竟已。齊卿父子竭資購之，殆富於市人之肆。嗚呼！黄金珠玉，無益於人，往往觸龍蛇、犯虎豹，采於山海不測之境，以爲利有大於生者，故雖貴富〔一〕家求之不厭、蓄之甚固，至戒子孫世守爲寶。其視六經百家之説，知之者不能好，好之者不能讀，剥爛於風雨，囓食於蟲鼠。是貴其所賤，賤其所貴如此，可謂至愚。若劉氏之於書，奚翅黄金珠玉？不惟好之，又能讀之。其藏於樓者，不爲風雨蟲鼠之所仇，則賢於人人，何如哉？宜其子若弟知道者衆，而二劉之緒久而弗墜也。彼所居重貨，歷數十年中，忽焉變化，如太空浮雲〔二〕，無一存者，此不足恃爲利，而恒爲吾累矣。故後之不振，或流於皂隸，亦無怪焉。由是觀之，以其所好之不同，而得失相去萬萬也。余所以樂爲季鵬記之，且使天下之士當以彼爲戒，而以此爲法。洪武八年歲在乙卯春三月初吉，在城南挹翠軒書。

校勘記

〔一〕『貴富』，康熙本作『富貴』。

〔二〕『忽焉變化，如太空浮雲』，康熙本作『忽變化似太空浮雲』。

勤有堂記

窮天下之理，監古今之變，莫過書之所載矣。唐以前，經生學士傳寫而誦之，故猶鮮而未徧。至明宗長興三年，始刻九經板，給其所求，正其所習焉。嗚呼！治本乎教，教存乎書。秦乃欲愚黔首，投棄焚燒，而五季之君，夷狄之人，能知以是爲先務，可不謂之賢已乎？其本雖可班而不可賣，君子固無深議也。自時[一]厥後，刊者相繼，陸走川通，四海九州之内，致之既易，而讀之者遂輕；積之既多，而通之者亦寡。不亦悲夫！金陵王舉直氏，粥書于市，復顔其堂曰勤有，取昌黎韓子詩語也。余嘗過而異之。蓋一時善賈，視時廢居，惟珠玉錦繡爲上，而舉直以經史子集益於人者大，多畜善本，不翅珠玉錦繡，非特徼十一之利，且示人必盡其力，又可知其賢也。命其子良來求記。余惟天禄、石渠之藏，其書至繁，苟勤而有之，則在我而不在書也。不然，其中枵然而餒，雖富如天禄、石渠，亦奚爲哉？韓子之詩，所以惓惓訓子，務於勤而已。夫事皆以勤而成，矧學者惡可有一時之輟歟？孔子曰：『學如不及，猶恐失之。』子夏曰：『日知其所亡，月無亡其所能。』則得失之判，决於勤、不勤耳。舉直之示人如此，抑病致之易而讀者輕、積之多而通者寡，其意切矣。今良爲國子生，尤慕兒寬、匡衡爲人，孜孜不怠，月試[二]季攷，恒中甲乙。是由舉直示人之戒，而自勵其勤且有，譬稼而穀、圃而蔬也，故書其說云。

校勘記

〔一〕『時』，康熙本作『是』。

〔二〕『試』，原作『誠』，據康熙本改。

體素齋記

體素齋者，余友錢唐杜誼讀書之所，取莊周《刻意》篇語也。累謁記以暢其義。余惟錢唐當吴越要衝，左右江湖，蠻睬海錯之所聚，故其人尚利而輕揚，視業儒者爲左。蓋風聲氣習，自古而然。誼知求道爲心，日從鴻生碩士游，固足進而與之矣。抑體素未易言也。素也者，無所雜之謂。太古之時，人游於無爲，不知有忠信也，不知有廉潔也，不知有禮讓也，不知有孝慈也，素之純也。鴻濛既裂，僞而忠信崇〔一〕，污而廉潔著，僭而禮讓興，暴而孝慈立，質虧文勝，喪其素矣。求如真人之無所雜者，不得見矣。誼生今之世，而欲復乎古，豈非天性之美乎？或病其野，而不知吾素之不假於外也。不假飾而爲文，有天下之至文；不假脩而爲行，有天下之至行。此真人實其自然者，雖非誼所及，而欲求至於體素，誠惡其假於外而忘於内也。雖然，孔子答子夏之問，有曰『繪事後素』，聖人之論學，恒先於質，而未嘗去其文，所貴適中而無偏勝焉。使未至於自然者，苟飾而爲文，脩而爲行，又奚害於素也哉？尚以余言勗之。乃起而嘆、俯而謝，曰：『請書諸紳。』是爲記。

校勘記

〔一〕『崇』，康熙本作『從』。

清江貝先生文集卷之十九

金陵集

集效方序

金氏《集效方》一卷。凡治風者，其目若干，居卷之首，病莫重於風也；治傷寒者，其目若干，次於風之下；治襍證者，其目又次于傷寒之下；治婦人小兒者，則繫其終〔一〕焉。金氏自宋之南，由汳徙錢唐之東里，世業醫，至橘隱先生而其醫大顯。先生用藥，損益古人之方，治人奇證，十不一失。既没，其季子弘，又取其方增而成編，題曰《集效方》，而不曰《集古方》，變於古也。按，醫自秦越人死，而方亦不傳。漢張仲景始有方，唐孫思邈以來，又有所謂《千金方》，而《三因》《濟生》及《簡易方》繼出，世多主之。嗚呼！以天下有無窮之證，應之以無窮之方，古人仁人之心至矣。然諸方豈無效之可稱，而金氏所類獨以效言者，何哉？方雖各主於證，膠而不通者，未足以言方。蓋君臣之品，性有寒温，不翅甘辛之辨。其過也，必有以制之；其不及也，必有以濟之。一毫之悞，而死生繫焉。矧北方之病恒實而宜下，南方之病恒虚而宜補，

苟以施之燕趙者施之吳越，不亡必僨。而南醫用於北，亦無益也。所以參之劉守真、張潔古、李東垣之論藥，雖準乎古方，必酌緩急之宜而去取之，不盡執古人之方也。執方而求效，其效不可必，而所類者皆效之已著，可信而用焉。譬之善兵者，雖有孫、吳之法，而臨敵制勝，其變不同，殆有出於孫、吳之外者，奚獨醫之於方也乎？橘隱父子本儒而通醫，故能其巧如此，非一時射利庸夫之所及者。樹德務滋，除惡務本〔二〕，舍是方何以哉？今年秋，弘至京師，見余成均，出以相示，且求爲之序。予久與之游，不得而辭也，因書以質之云。洪武六年歲在癸丑秋八月初吉，國子助教檇李貝瓊序。

校勘記

〔一〕『終』，康熙本作『中』。

〔二〕『本』，康熙本作『盡』。

册太上皇帝儀注序

稽古堯舜，以天下禪，未有尊號之稱也。武王追稱文考文王，則施之既没之後。漢高皇帝即位六年，詔尊太公曰太上皇，得人子尊父之道矣。厥後唐高祖傳位太宗，尊爲太上皇。睿宗傳位玄宗，自稱太上皇帝。肅宗即位於靈武，尊玄宗爲上皇天帝，及復兩京，迎上皇歸，上尊號曰太上至道聖皇帝。宋紹興三十二年，高宗内禪，加尊號爲光堯壽聖太上皇帝，先詔有司造玉

册、玉璽，祭告天神地祇〔一〕、社稷宗廟；皇帝服通天冠、絳紗袍，執大圭，設黄麾〔二〕仗，百官蒞事，奏宫縣之樂，行受賀之儀，其禮始備。乾道七年，再加上尊號爲光堯壽聖憲天體道性仁誠德經武緯文太上皇帝；十二年，加紹業興統明謨盛烈八字。蓋所以極其尊稱之美如此。光宗即位，亦尊孝宗爲至尊壽聖皇帝。寧宗即位，亦尊光宗爲太上皇；慶元元年，上尊號曰聖安壽仁。夫以光堯享年之久，四加册寶，其制特詳，故淳熙之詔曰：『宜稽紹興、乾道之已行，補兩漢、有唐之未備。』是以後代得攷而循焉。

校勘記

〔一〕『天神地祇』，康熙本作『天地神祇』。

〔二〕『麾』，康熙本作『摩』，誤。

歐陽先生文衡序

宋興五季之後，文章視唐益下，其能振而復古，以繼昌黎韓子者，則有一人焉，曰歐陽文忠公。故當時蘇文公極推尊之，與〔一〕孟子、韓子並言。文公非私於公也，蓋公天下之言也，天下之人亦不以文公之言爲過。吾嘗反覆讀之，見公之大節，在宋爲名臣，而文章特一事而已。其居諫垣，其居政府，設施議論，若三弊五事，脩河利害，及討趙元昊曠歲無功，爲陳三策，何其剴切明白如此！惜不得盡行其説。至言石介，亦事之小者。杜、范、韓、富四臣，爲小人所構，一

旦同罷，而無敢辯者，乃上疏極論其忠。而希文之出守饒州也，復抵書高若訥〔二〕，責其不諫，遂謫夷陵。始非不知忤若訥〔三〕意必獲罪，誠不暇爲身計，而惜朝廷去一正人，甘與同斥而不辭。其忠君體國爲何如哉！顧以文章稱之者，未足以〔四〕盡其大也。苟以文章爲上下，則《泰〔五〕誓論》文王不當改元，武王不當冒文王之元年，破僞書之妄；而《詩譜》國風先後世次，猶有功聖人之删述，宜其與孟子、韓子〔六〕並言也。嗚呼！孟子没千餘年而得韓子，韓子没二百餘年而得公，其人物之高、道德之盛，發之於言，奚啻一元之氣流行宇宙而賦於萬物？不見雕琢之巧，而至巧寓焉。故爲學者所宗，雖有負奇好勝，欲進於先秦兩漢者，亦無以過之矣。金華馮忠者，學精而志堅，洪武五年薦于春官，以少不更事，俾居成均卒學，而余亦被召爲助教，遂從余學古文。時天朝方鏟時之陋習，將一變而至於古，則不可不取法文忠公矣。忠肄業之暇，録其文之粹者，凡一百七十二篇，類爲六卷，題曰《文衡》，謂法之所在也，可謂有志之士。由是而進，去古何遠邪？既成示予，故爲序以志忠之勤，且使觀其文而想其人也。洪武七年歲在甲寅夏五月二十日，檇李後學貝瓊序。

校勘記

〔一〕『與』，康熙本作『以』。

〔二〕〔三〕『訥』，康熙本作『納』，誤。

〔四〕『以』，康熙本無。

〔五〕『泰』，康熙本作『秦』，誤。

〔六〕『孟子、韓子』，康熙本作『韓子、孟子』。

横塘農詩序

姑蘇控江引湖，地美而宜稻，由是業者恒足焉。其屬邑嘉定之横塘，有秦君文剛，隱於農者也，自號横塘農。而農之言曰：『服天下之至勞，莫如農矣。然古之人莫不業農也。不業於農，則爲游民，而游民不容於三王之世。後世游民多，而爲農之大蠹矣。吾生長田間，自吾祖至於吾，六世未嘗一日而去農。方農祥司春，父子畢出，耕之欲勤，播之欲時。懼稂莠之害也，芟夷之；懼蟊賊之食也，扞除之。時至而熟，則其入必倍。苟力之不齊而責其報之豐，治之不早而冀其成之速，惡可得邪？故吾之知農爲深，而人之不爲農者，亦莫知吾之知農也。』又曰：『吾視三吴巨姓，享農之利而不親其勞，數年之中，既盈而覆，或死或徙，無一存者。吾以業農獨全，歲給貢賦外，則擊鮮釀酒，合族人鄉黨酌而相勞。榮辱得喪，舉不得撓吾中矣。』或勸之曰：『伊摯爲有莘之農，起而開商六百之業；諸葛孔明爲南陽之農，出而匡漢於三分之時。今農治田之暇，卧牛背，讀古人書，嘗慕其爲人，且將羽儀天朝，以治田之事推之治國，又可卒於横塘也虖？』輒浮以大〔一〕白，瞪而視曰：『吾寧以彼之憂，易吾之樂也？』頽然而卧。聞者高農之所爲，賦詩以美之，而余書其言爲序〔二〕。

校勘記

〔一〕『大』，原作『太』，據康熙本改。

〔二〕『爲序』，康熙本作『爲之序』。

送衍上人序

予客雲間時，聞吳中衍斯道者工於詩，而未得交其人也。今年春來京師，識斯道於王君常宗坐。時方與諸儒編纂《元史》，朝而出、暮而休，亦未暇讀其詩也。六月八日，斯道復見予，曰：『衍留龍河第一禪林五月矣，既倦而歸，先生可無一言邪？』予因求其所著《獨菴集》讀之，凡千餘篇，皆無剽拾腐熟語。其大篇之雄健，如秋濤破山，鼓千軍而奔萬馬，浩乎莫之遏；其短章之清麗，如菡萏初花，凈含風露，灑然無塵土氣。蓋駸駸乎貫休之閫奥，琴聰、蜜殊不能及焉。噫！詩變而至中洲，詩之義已泯焉不存。工於詩者非一，未見其能復古者。幸於不可見之時，獲見斯道之詩，所謂夷昧雜陳，忽聞〔二〕大雅之奏，惡得不爲之驚喜邪？方將與之上下漢魏晉宋之變，以泝古人經緯之體，惜其别之遽而不可止也。予聞斯道上穹窿，觀洞庭，過天目，往來浙西東凡十餘年，歷覽山川之雄秀，固以資其賦詠，而詩與境俱化矣。矧交一時名卿才大夫，所以得於討論何如哉？然斯道之所悟，則在於道，而不在於詩也。其出也不必於所往，其歸也不滯於所留，奚啻太空之雲、遼海之鶴，孰得而縶之？行矣，或見奎公方舟、本公立

中於東南，爲予謝曰：『龍湫虎穴，當歸而尋盟矣。』

校勘記

〔一〕『聞』，康熙本作『聆』。

送鄭士衡序

吾嘗論學矣，學必求其至而止。孔子以天爲至者也，顔子、孟子以聖人爲至者也。天不可至，而孔子至之；聖人不可至，而顔子、孟子至之。彼奚異於吾也？自孔子而下，求其至者，亦學顔子、孟子而已。彼至焉，吾不至焉，豈不病且耻乎？或曰：『顔子去聖人一間，孟子亞於聖人，吾惡從而至？』嗚呼！信不可至矣。苟知病且耻〔一〕，必以二子自厲其身，所以急於學也。然有本有末。詞章之工也，訓詁之習也，非二子之學聖人者也。詞章訓詁之學，蕲入其門，登其堂者，吾恐旁立而竊笑者必衆，卒亦莫能至也。孔子没，其道託之經者，亘古今猶一日。孔子之道，蓋傳堯、舜、文、武之傳，天下之共由也。其傳及於孟子。孟子之後，周子之《太極圖》《通書》，張子之《正蒙》，皆推聖人之經而衍其道，朱子又類其切於己者爲《近思録》。此學而求其至之塗。盍亦攷之，以正其所趨、發其所蔽，而措之於事業歟？舍此而攻彼，則本棄末務，孰甚於是邪？自朱子迄今百有餘年，教者既昧於上，學者復怠於下，經之所載，視爲空言，未有病且耻而求至其所至者，不亦悲夫！吾少也無勇，坐此而失之，及知而欲

進，則其齒已老而衰矣。莆田鄭士衡者，洪武五年試于有司，遂薦于春官。明年授惠安之儒學教諭以歸，因舉而告之，欲其率諸人者，務崇其本焉，非重於責人也，不敢以吾之不至且又阻人之至也。矧朱子之化，行於閩中，人物之盛，尤非東南諸郡比，吾可不望於惠安之子弟〔二〕哉？

校勘記

〔一〕『且耻』後，康熙本有『也』字。

〔二〕『子弟』，康熙本作『弟子』。

送蕭子所序

洪武六年春，余被召至京師，始爲國子助教，分教諸生，獲與學録西江蕭子所交〔一〕。間與予言：『竊禄三年矣，而吾父年今七十餘，遠隔湖江〔二〕千里之外，滫瀡之奉缺焉。夫欲養而不得者，人子之不幸也。有父而不得養者，傷何如哉？』且誦《詩》至『蓼蓼者莪，匪莪伊蒿，哀哀父母，生我劬勞』，乃泣數行下，嗚咽不能止。余固知其孝矣。一日，子所走告余曰：『孰得請于朝，歸有日矣。先生可無言乎？』又曰：『孰始由太和甘竹里徙武山，後徙武山西之鼓樓岡，築草堂讀書。而連山之環峙前後者，巖業如屏焉；澄溪之分流左右者，紆徐如帶焉。雜樹千章，鉅竹千箇，不翅秦人之桃花源。而風土朴厚，猶存太古時，因買鍾畝之田一區，與田夫野老

錯耕以給貢賦，外私其贏，供伏臘之費，舉無俟於外求也。又即甘竹里築養志亭，時迎吾父宴于上。既醉，則兄弟起舞爲驩，俾諸子歌而和之，此天壤間之至樂也。今其地必日治而益廣，竹樹必日蕃而益高，天尚俾吾父益壽而康强。方春之辰，高秋之夕，奉之以往來甘竹、武山之境，則上之賜侈矣。雖廟堂之貴，何以易吾之至樂哉？』予聞之而喜，遂載酒于龍江〔三〕之滸，且爲歌以華其歸。歌曰：『汝馬之騁兮孰予能羈，汝舟之迅兮孰予能維。大江孔安兮山無岐，送汝于西兮有父之思。』又歌曰：『田彼武山兮有黍有稌，漁彼溪兮有魴與鱮。釀黍爲醴兮魚升于俎，燕且歌兮以樂吾父。』六月十二日〔四〕，檇李貝瓊序〔五〕。

校勘記

〔一〕『交』，萬曆本作『友』。

〔二〕『湖江』，康熙本作『江湖』。

〔三〕『江』，萬曆本作『山』。

〔四〕『日』，康熙本無。

〔五〕『六月十二日，檇李貝瓊序』，萬曆本無。

送國子學正趙伯庸赴永寧尹序

太史公作《循吏傳》，自黄霸而下五六人而止。嗚呼！以西漢之盛，何吏之循者若是之尠邪？以吾所見聞者而論之，尤信古今人材之難矣。夫剛者過於殘，察者過於急，和者過於縱，

方者過於固，迂者過於疏，通者過於同，厚者過於鈍，華者過於文，而貪者可餌、昧者可罔、懦者可脅也。民之利病繫於吏，使貪也、昧也、懦也，固不足論，至剛而殘、察而急、和而縱、方而固、迂而疏、通而同、厚而鈍、華而文，惡能盡其撫綏和集之道，如循吏之爲哉？故天下之爲郡不一，而稱治一郡者未見也；天下之爲邑者不一，而稱治一邑者未見也。宜史之所載，不過霸之徒而已。後世求至於霸者，益又尠焉。國家既一海宇，汲汲於附〔一〕民，於是大用諸儒，參錯布列於中外，凡武健善用法者弗與也。洪武六年夏，三山趙伯庸由國子正遷知河南之永寧，予竊爲之喜者累日。何也？伯庸天資過人，而濟之以問學，殆無予所見聞之過者。則其爲吏也，不赫赫然使民之畏，不煦煦然求民之悦，正心以守法，其有霸之風可知矣。且霸在潁川，數有鳳凰之集，當時以爲異。今伯庸之往永寧，盡其撫綏和集之道，勸農興學，而皆有孝弟之行，奚必鳳皇之異見於境也？他日稱今之循吏者，其在伯庸乎！其在伯庸乎！

校勘記

〔一〕「附」，康熙本作「撫」。

送胡虚白歸海昌序

予客海昌時，嘗謁民曹尚書貢公玩齋於北郭，坐有胡虚白者，公極稱其好學工文辭，遂納交焉。未幾公如閩，予亦挈家過雲間，不相知者十餘年。既老而講學檇李之殳、史兩山下，數

得虛白詩讀之。嗚呼！尚書公已没，及門之士皆散于四方，惟予與虛白尚存〔一〕。耿耿殘月，太白之相配，能無今昔之〔二〕感邪？初，虛白從公學詩，公爲指授三經三緯法。及論漢魏以下之變，富若曹、劉，精若鮑、謝，淡若陶靖節，玄若陰常侍，至於李、杜之壯麗，王、岑之和平，長吉之奇，東野之僻，必出入數家中而盡其意象焉。故虛白未三十已進於詩，凡觸物而成者，粲然春翹之擢穎，翕然天籟之投曲，殆非一時學者之所及也。此予喜讀其詩，且恨不及尚書公見之，而世亦無大雅之徒，能知作者之得失矣。昔郢人堊漫其鼻端若蠅翼，使匠石斲之，堊盡而鼻不傷，郢人立不失容。宋元君召試之，對曰：『臣則能斲之矣。雖然，臣之質死久矣。』自夫子之死也，吾無以爲質矣，吾無與言之矣。其爲詩也亦然。又安得起公九京，如郢人聽匠石之斲哉？是以益重予之悲也。予病且廢學，方將與虛白逍遥東阡西陌爲驩。今年春，又有國子助教之命，遂來京師，何其相遇之難歟？會徵天下諸儒，海昌亦以虛白應詔，至則以母老求歸，執政許之，亟走橋門見予而别。因歷叙〔三〕其始終如此。而君子樂道人之善，且及於師友者，亦厚之至也。洪武六年秋七月二十六日，檇李貝瓊序。

校勘記

〔一〕『存』，康熙本作『有』，誤。

〔二〕『之』後，康熙本有『相』字。

〔三〕『叙』，康熙本作『序』。

清江貝先生文集卷之二十

金陵集

送陳復禮歸四明序

天下諸儒應明詔來京師者，咸器而官之，以親老辭歸者若干人，四明陳復禮與焉。或誚復禮既學而仕，又奚辭？則曰：『非不仕也。吾母恃吾以老，猶吾之少而恃吾母也。揚子曰：「孝子愛日。」吾讀而悲之。大抵人壽百歲，爲日率六百甲子，夭於疾病者弗論也，不夭於疾病，由壯而老者幾人歟？由老而耄者又幾人歟？今吾親幸而至於老，則六百甲子之中，日之逝者十之七，其所餘已少矣。此吾之可知者也。又幸而至於耄，則六百甲子之中，日之逝者十之九，其所餘益少矣。此吾之不可必者也。吾之於母，欲致無窮之心，而迫於有盡之景，則其所懼甚於所喜，惡忍一日違其左右哉？所以無所顧而請之。而天朝致理尤本於孝，若親之老且耄者，歸之使終養，是以獲遂吾烏鳥之私也。若又責吾之辭，無乃過乎？』檇李貝瓊聞而嘉之，於其行遂述而爲序。諸生之工詩者詠歌以繫於後云。洪武六年歲在癸丑秋八月，書于胄監之

西齋。

送顧伯載秀才歸四明序

四明顧伯載，少有奇氣，與弟廛讀書南山中十年。廛試于有司，一蹴至給事中。伯載獨耻習舉子業，曰：『是不足爲吾之學，亦不足爲吾之文。學必如古人，文必如古人可也。』既而去〔一〕，從鴻生碩士游，益廣見聞之所未至者。而赤城、雁蕩不過仙佛之所託〔二〕，亦既數往而厭觀矣，乃泝姚江，探禹穴，如杭覽西湖之勝，春妝秋抹，互出朝煙暮雨之外者，其變不一。而海〔三〕門潮汐，雷奔雪涌，彷彿激萬弩而西也。於是知宋之南百五十〔四〕年間，安其樂而忘其憂，棄中原而不復矣。及抵姑蘇，見穹窿之高，不踰孟門，洞庭之險，不過彭蠡，而嘆區區之吴，保之以争伯，宜爲人禽，而泰伯不祀矣。且聞博大爽塏，則金陵爲東南第一，四方人物莫不奔走會同焉。遂至京師，睹龍蟠虎踞之勢，而知天地之所載蓄，山川之所控帶，宜乎六朝定都以臨南北，而聖天子又當王氣於今日，撫安億兆，殆過〔五〕五馬一龍之應焉。宿留久之，將歸，名卿才大夫欲留而不可强也，咸賦詩以道其行，而求予序於首。予惟局於方者，不可與論天下之大，以其所見者小也。若伯載游歷之廣，雖未盡禹迹之所至，亦必有以充其學而發於文，其於古人可幾矣。雖然，今四夷咸賓，中國無警，方興文學以崇太平之盛，伯載尚于于而來，羽儀於天朝，其能枯槁窮山絶谷，挹寒泉而弄明月，以終年歲者乎？予將望之矣。洪武六年秋九月

既望，國子助教檇李貝瓊序〔六〕。

校勘記

〔一〕『去』，康熙本作『走』。
〔二〕『託』，萬曆本作『記』。
〔三〕『海』，萬曆本作『潮』。
〔四〕『十』，萬曆本作『千』，誤。
〔五〕『過』，萬曆本作『遇』。
〔六〕『洪武六年秋九月既望，國子助教檇李貝瓊序』，萬曆本無。

題秋江送别圖送陶九成歸雲間〔一〕

右《秋江送别圖》，處士陶九成東歸，左司郎中堵文明作而贈之也。處士始居赤城，值天下兵變，遂蹈海入吴，隱雲間之鳳凰山。後又徙山陽之南村。皇明洪武六年，或以處士之名薦者，松江守廉公即隱所，起之至京師。□□□□□以疾辭，許之。或疑其上下相比之時，獨隱而不仕，何也？蓋高者恒不屑於事，雖萬鍾千駟，有弗顧者。非薄萬鍾千駟也，違己而徇物，非其志也。此處士終於隱，亦遂其志而不屈焉〔二〕。京師之士，喜其歸而惜其别，追而祖之龍江之上。而文明工繪事，因寫而爲圖。觀其艤舟於岸者，行人欲發而未發也；引騎或前或卻者，賓客之咸集也。波濤洶湧，雲山慘淡，相與置酒勞勞亭上，俯仰金陵之景無窮，而古今之離

思亦無窮也。凡能詩者，咸繫於後。而國子助教檇李貝瓊，既賦十四韻，復序以冠其首云。詩曰：

秋色來淮南，火雲猶崒兀。迢迢白門道，雞鳴動車轍。憶昨雲間時，龍潭〔三〕共看月。賦詩淡不枯，喜君如靖節。高情天姥雲，清氣峨〔四〕眉雪。飄零十年後，相見俱白髮。鍾山風雨夜，辛苦那忍説。向來歌舞地，野草纏白骨。獵場猶種黍，馳道今生蕨。天寒老鶴歸，日落孤鴻滅。草堂何時築，嶄綴橋門列。有道終布衣，無才亦朱紱。且持一杯酒，慰此千里别。待我三泖邊，蚤晚辭鳳闕。

校勘記

〔一〕萬曆本題目後有『有序』二字。

〔二〕『焉』，萬曆本作『也』。

〔三〕『潭』，萬曆本作『津』。

〔四〕『峨』，底本、萬曆本作『蛾』，據康熙本改。

送周遜學赴長洲儒學教諭序

今年春，予與會稽趙俶、錢宰，金華鄭濤，同被召至京師，授國子助教。秋八月望，預朝奉天殿，詔臣俶等至御前，命之曰：『汝壹以孔子所定書誨諸生。若蘇秦、張儀，繇戰國尚詐，故得行其説，宜戒勿讀。』既受命，退而思曰：古人有言曰：『孔子讀而儀、秦行，鸑翰而鳳音也。』

天語及此，豈非灼見其説不徒惑戰國之君，天下後世且惑之，心術之蝨，莫過於此歟？孔子之道，自堯、舜、禹、湯、文、武所傳，著之《易》《詩》《書》《禮》《樂》《春秋》者，大中至正，歷萬世而無弊也。不幸〔一〕亂於百家，而百家之中，縱横爲甚。以其功利中君所好，莫不説而從之，視儒者之言仁義，則爲迂而不用矣。此一時習於傾危險陂，前後一轍，不能回其所向之途，可勝嘆哉！然古今帝王，皆知尊孔子而斥秦、儀，未有舉其詐以戒人，使禁所習而趨於正〔二〕者。敬識於心，造次不忘，凡遇諸生，必懇懇告之焉。蓋學孔子則進而爲信爲善，極於大而聖、聖而神，不翅梯之升高、杭之涉遠也。秦、儀智謀之末，君子之所羞道者，惡可襲彼之所爲乎？大抵率人以正，猶懼不勝其詐，矧以詐率人，其不正又何責歟？此上之命臣俶者，將一洗天下之習，而復乎三代之淳。大哉言乎！河南周遜學者，正道先生之子也，器宏而有學，搢紳咸器之。蘇之長洲縣司教職缺，縣上之府，府上之部，試其文、攷其行，遂授教諭以歸。人皆謂偃革右文之日，莫先於教化。師儒之位雖卑，凡藝優而德不足、譽隆而道不明者，弗與也。其慎而不輕如此，則遜學視彼屈於事者，優劣何如也？其行也，士大夫歌詠以華之，且求余叙其首，因舉以告。遜學宜訓長洲之子弟〔三〕一於正，而無惑秦、儀之邪説可也。洪武六年歲在癸丑冬十月初吉，檇李貝瓊序。

校勘記

〔一〕『不幸』後，康熙本有『而』字。

〔二〕「正」，康熙本作「尊」。
〔三〕「弟」，底本脱，據康熙本補。

送許清夫赴桂東序

華亭許清夫起爲桂東尹也，來別余成均，求一言以行。予爲之戚焉〔一〕不悦，曰：聖天子以天下久苦於兵，思得循吏撫而安之，則其往治百里邑，宜不易也。然清夫常知華陰矣，華陰當潼關之險〔二〕，爲陝右、河南要衝，洪武二年始入版圖。時國家命將出定巴蜀，供億既繁，器械芻糧之輸於軍者，日夜相繼，而車牛取具邑之四驛，至越境不得易者。其民益困，或竄山谷間，乃度田而賦，計丁而役，繼上封事疏其利病。上嘉其請，以同州朝邑助之，爲益邏卒十、傳卒十，禁過賓迎勞之費，於是上下獲安。又白之府若省，俾韓城、白水、郃陽、澄城出車以給運者，築室以庇來者，而華陰得以少休也。流亡四歸，初裁二百户，後至一千三百户，則撫民之道可知矣。未幾以憂去，民猶歌舞其德焉。今桂東爲郴之屬邑，其俗愿而勁，其事簡而易治，苟以施之彼者施於此，則無難者。是余之所悦也。嗚呼！善治人者，猶醫之於疾〔三〕也。方六氣之相仇，必攻以惡石毒草，期於已疾而已。及夫既復，則時之〔四〕飲食，輔其元氣，而强其四支，所謂異術而同功也。俗吏類不知大體，以治寇治人，慘急如束濕，故不得其所者衆矣。清夫由儒而進，其效已著於華陰，必有以惠乎桂東，而邁古之循吏乎！予與清夫有瓜葛，敢〔五〕以是

勖之，尚無視爲老生之常談也。是爲序。

校勘記

〔一〕『焉』，康熙本作『然』。
〔二〕『險』，康熙本作『陰』，誤。
〔三〕『疾』，康熙本作『病』。
〔四〕『之』，康熙本作『其』。
〔五〕『敢』，康熙本無。

送徐真卿赴羅山縣儒學教諭序

皇帝定天下之初，急於興學，凡州縣咸置弟子員，使廩於學官〔一〕，擇經明行飭者爲之師。而中京所轄九州二十四縣，缺而未舉，重其選也。洪武六年，用御史張度言，乃以吴烈等十有九人充之。若羅山縣教諭徐真卿，其一也。將行，且求言於余。余惟詩書禮樂之教廢，無以淑人心而明王〔二〕道，李遼所謂事有賒而實急者是也。漢承秦，未暇攷求三代之法，而文景復尚黄老，越七十餘年而學校始興。若尊師重傳，則見於明帝之時。唐承隋，亦苦兵爭，經生、學士皆散。越七年而學校復置，詔明一經者上聞。及太宗增廣生員，遂有貞觀之盛焉。五季陵遲，不足言者。宋太平興國間，肇置四書院而已。仁宗命藩輔立學，旁郡欲立者聽之，繇是學徧於天下矣。然漢以文翁治蜀，遣民就學，以變蠻夷之陋，而博士弟子之設，遂達之諸郡。宋以胡

瑗教授蘇、湖二州，其徒見之施政者，若老於吏事。後取其法行之太學，皆因已著之效，而知儒術之不可廢也。天朝不待投戈息馬，即崇教化爲先務。齊魯之風聲氣習，無間荒陬僻壤，殆過於前矣。大抵道之升降，繫學之廢興；學之廢興，關〔三〕時之理亂。則今日太平之原，君子可不於此卜之乎？真卿蚤從陳公子山游，復受業鄉先生俞公易齋之門。經既明矣，行既飭矣，推之以教羅山之子弟，至於成就，而備國家之選，又豈非砥礪之功邪？蓋見其賢於人人，不久一邑也。予固以是望之。洪武六年冬，國子助教檇李貝瓊序。

校勘記

〔一〕『官』，康熙本作『宫』。

〔二〕『王』，康熙本作『正』。

〔三〕『關』前，康熙本有『又』字。

送李敏卿赴桂陽教授序

今年秋，湖南李敏卿謁予成均，蓋棠邑丞中卿之弟也。貌甚偉，言甚文，予禮之如其兄焉。初，予與中卿預編纂《元史》者五月，而中卿之學極博，凡三十六年君臣行事，予每咨之。而中卿亦稱予之叙事〔一〕直而不詭，故其論無異同。史成，予歸檇李，且三年，又徵爲國子助教。相望四千里外，不得一見爲快〔二〕。及見敏卿，道其出處，則知老於衡山之下，挹湍瀨、玩雲月，固

非予之所能及也。未幾，敏卿授桂陽教授而歸，來求一言，增益其所未至。予惟湖南人物過於中州，而敏卿之講於家者有素，奚待予之言也哉？抑聞李氏之先爲姑臧大族，唐太宗以兵取天下，跋野仙與同羅鐵勒應募，以功賜姓，蓋親之也。德宗時，微仲公以明經登進士第，仕至連州刺史，卒，子弟遂家未〔三〕陽焉。及宋設科目，自芮而下擢於朝者非一，而芮亦爲安撫官。至中卿兄弟，則十有九世矣。嗚呼！公侯之貴，金貂赫奕，曾不一二傳而流爲皁隸者，何可勝數？獨李氏一門之盛如此，豈非積之也厚，而發之也遠乎？且敏卿位雖卑而道寔尊，視州縣簿書期會之煩，亦已優矣，尚推所學以淑桂陽之子弟，使彬彬然有齊魯之風，上副國朝建立學官之意可也。枉道過家，拜伯氏於堂，其致予之耿耿焉。

校勘記

〔一〕『叙事』，康熙本作『序事』。

〔二〕『快』，康熙本作『悵』。

〔三〕『未』，康熙本作『來』。

送開學臣先生歸洛陽序

昔洛陽賈誼爲漢博士，一歲中超遷至太中大夫，請改正朔、易服色、定官名、興禮樂、立漢制、更秦法，文帝雖謙讓未遑，且議任公〔一〕卿之位，諸大臣忌而短之，出爲長沙傅。夫高皇帝

之有天下，事多草創，而一代制作，不可以不定者，絳、灌之徒，智弗及誼，而帝又不能用，此余深爲在上者惜也。今國朝偃革右文，方復三王之治，凡誼之言於漢者，不待請而皆行矣。處士開先生者，亦起於洛陽，爲國子助教，嘗自比於誼，人亦以誼期之。時大臣無忌而短者，其至公卿不難也。未幾以病謁告，留京師治之六月，病久不愈，廼遣〔二〕歸。此余又爲在下者惜也。嗚呼！山川神靈，降生奇偉磊落之士，古今不數人，固將使之有爲於時也。然遇時之可爲，而皆不得有所爲，不知其爲天道何如邪？初，余與生同在成均，資其講習之益，一旦離散分處，不能不爲之惘惘矣。矧以衰老之餘，攝官承乏，與四方儁秀相周旋，而回望其放於嵩邙瀍穀間，追逐雲月爲事，如誼所謂鳳凰自引而去，麒麟莫可係而羈者，竊有愧焉。士大夫咸賦詩以送之，屬余爲之序，於是乎書。復繫之詩曰：

同客帝王都，暫聚傷遽別。人先春雁去，興豈秋蓴發。朝看少室雲，夜對嵩丘月。龍門且復游，鳳吹今已歇。有使或南來，題詩寄吳越。

校勘記

〔一〕『公』，萬曆本作『父』。

〔二〕『遣』，萬曆本無。

送危於幰赴安慶教授序

談者稱江西多豪傑之士，文章自歐陽文忠公、王文公、曾文定公爲天下所宗，不啻山之於

岳、水之於海矣。及元之方盛，則有程文憲公、吴文正公，而虞文靖公繼起天曆、元統間，其文章傳之四方萬里，歐、曾以降二百餘年，未有能過之也。若臨川危公大朴，又登文正之門，博學而多藝。其出游江海也，文靖公序以送之，且待之以萬人之人〔一〕矣。及仕於朝，爲中書參知政事，爲翰林承旨，屬大兵四起，天下之勢日蹙，而預大政、决大議，中外倚之爲重。其所施又有過於諸臣者，豈徒文章而已哉？余少時心識其名，皇明洪武三年，始識于京師，則既老矣。然耳聰目明，與學者商確古今，終日無倦色。時余預編史事，弗暇與之周旋。未幾而公卒。越三年，復見其子於㦖，粹然天球之不琢，故知其有後也。且將從而求公所著大篇短章合於經世者，徧觀爲快，而於㦖又有司教安慶之命，來求一言以行，故述江西人物之盛，前後相望，今又萃於危氏一門如此。然安慶苦於格鬭之餘，詩書之習久廢，聞於㦖之至，必將仰其風流餘韻，而幸子弟之有師，余固無可言者。嗚呼！匠之制器也，圓者必從乎規，方者必從乎矩，故恒執規矩以求方圓，而方圓不出乎規矩焉。爲師者亦然。而聖人之道，則師之規矩也，惡可舍是而教乎？異日由博士而升，將見世濟其美，予敢不以文靖之待其先公者待於㦖邪？於是乎書。

校勘記

〔一〕『人』，康熙本作『上』。

送鄭千之序

四明鄭千之之往中立〔一〕也，國子諸生與之游者，載酒祖于江之滸。行二日，抵書貝瓊曰：『真幸預〔二〕門生之列，今典教百里邑，且居國都之内，可無一言贈真邪？』辭不獲已〔三〕，乃復曰：盍亦觀於水乎？海門之濤，一晝夜凡再，以驗天地之大信者，子既得以見之矣。道出姑蘇，又見震澤之蓄矣。既而絶江泝淮，即魚龍之蟠互，鳧鴈之飛集，而其深且廣者可知。彼溪澗溝澮之小，朝盈夕涸，不可以投芥者，奚足睹哉？然猶未也。水之有本而最巨者，莫過於河。蓋自昆侖至積石，自積石至龍門，從天而落，徑山硤間千數百里，而巨石之所盤束，梗於前而薄於後，不得紆徐漫衍而行也。故其暴怒喧豗，非江淮衆流可敵。及其山窮岸闊，豁然奔放，繞華陰、歷砥柱，下孟津、道洛汭、注大伾、達枯洚〔四〕，北折而南，南折而東，一日千里，夷然至大陸而趨於海矣。惟其勢之悍也，遏之而愈起；聲之洪也，撓之而益震。涌若雲翻，怒若雷奔。觸者無不崩，而當者無不敗。此河之奇觀，見於龍門之阻，非龍門亦無以見河之浩浩湯湯〔五〕也。使無其本而朝盈夕涸，求其涣而爲文，盪而爲聲，惡可得哉？士之厄而通者亦然。聖人弗論也，若唐之韓退之、柳子厚、李太白、杜少陵，宋之歐陽永叔、蘇子瞻，所謂天下之士，亦皆起於困踣顛頓。則揭陽、柳州、夜郎、夔子、夷陵、儋耳，其猶河之龍門歟！六子至是，道益彰、文益奇、譽益崇，又孰得而抗之也？由其所蓄，類於河之有本而最巨者矣。故常謂物之

出於尋常者，不抑則不振，不塞則不昌。今日之屈，後日之伸；後日之伸，今日之屈〔六〕。此理之必然，不可誣也。君子於是察之而反諸身焉。千之之〔七〕試藝有司，遂冠四十人之選。其上春官也，咸謂必顯於時，而位不稱其才，能無戚戚於中邪？殊不知進之之基〔八〕，寔在於是。此天所以成其大者，使動其心志，充其所未至，非止於弟子師已，尚益勵無怠！予雖老，當拭目俟之。

校勘記

〔一〕「立」，康熙本作「丘」。

〔二〕「預」，萬曆本作「與」。

〔三〕「辭不獲已」，萬曆本脱。

〔四〕「枯洚」，萬曆本作「□洚」，康熙本作「□澤」。

〔五〕「湯湯」，康熙本作「蕩蕩」。

〔六〕「後日之伸，今日之屈」，萬曆本、康熙本作「今日之伸，後日之屈」。

〔七〕「之」，萬曆本無。

〔八〕「基」，萬曆本作「機」。

送顧貴〔一〕和序

瓊嘗論孔子在春秋時，汲汲焉歷聘諸侯之國，晨門、荷蕢、接輿、沮、溺輩，皆譏其不能隱。

而其言則曰：『吾非斯人之徒與而誰與？』又曰：『吾豈匏瓜也哉，焉能繫而不食？』至於顔子、閔子，學於孔子者，孔子使顔子仕。顔子曰：『鼓琴足以自娱，所學夫子之道足以自樂，回不願仕。』季氏使閔子騫爲費宰，曰：『善爲我辭焉。』夫以孔子之求仕如此，顔、閔二子之不欲仕又如此，豈其道有不同，而出處特異歟？孔子，聖人也，當周之既東，急於行道。二子之賢不及孔子，固知時之不可仕，耻如冉有、季路之爲矣。是孔子期於化人，顔子、閔子懼其制於人，非以徇物爲通而自污，絶物爲高而自潔也。今天下既一，非春秋列國之比，大召諸儒用之，雖有一藝不遺焉。檇李顧貴和者，度其才不足以有爲，乃辭於執政，求歸養其八十之母，許而遣之。予知其非辟世之倫而違中害義者也，故舉聖門師弟子而論之云〔二〕。

校勘記

〔一〕『貴』，康熙本作『晋』，誤。

〔二〕『化人，顔子、閔子懼其制於人……故舉聖門師弟子而論之云』一段文字，康熙本缺。

清江貝先生文集卷之二十一

金陵集

送安止菴序

崇安丞真定安公止菴之行也，貝瓊載酒白門以送之，曰：『何以贈我？』遂酌而告以『止』之説：『夫凝結至堅者莫如山，卑而培塿，穹而五嶽，連峰沓嶂之環拱，其體恒止而不遷也。雲氣出焉，草木生焉，山一於静乎！流行不滯者莫如水，小而爲溪爲澗，大而江河，衝波駭浪之起伏，其體恒震而不止也。坎而瀦焉，魚龍宅焉，水一於動乎！古之君子，其止同乎山，而未嘗不行；其行同乎水，亦未嘗不止。非有心於止也，其止以時；非有心於行也，其行以時。孔子所以可仕則仕、可止則止、可久則久、可速則速，而世之拘於一曲、不明夫出處者，止而不行，故功不及乎物；行而不止，故物或亂其心。惡足以論〔一〕止哉？若□之託於田里且二十年，日與田夫野老爲伍，視一時之聲〔二〕利泊如也，可謂止矣。既而起佐一邑之政，非止而行歟？亦由時而已，吾無與乎其間也。止固爲止，行亦爲止，此固合乎《易》矣。子以爲何如？』曰：『至

矣。』復進而申之曰：『時止而止，時行而行，止之小者也。大象之傳曰：「兼山艮，君子思不出其位。」彖曰：「艮其止，止其所也。」則父子之爲父子，君臣之爲君臣，莫不有所止。聖人應萬變而不窮，使天下順治者，豈過於是邪？必如所言。不獲其身，則内不知有已；不見其人，則外不知有人。内外兩忘，而止之道可得矣。若知行止之在人者，無六二之艮其腓、六四之艮其身矣。而於所止，尤不可不求焉，尚無以爲老生〔三〕常談而忽之。』乃起而謝曰：『敢不以其規自勗？』遂書而爲贈。

校勘記

〔一〕『論』，康熙本作『言』。

〔二〕『聲』，康熙本無。

〔三〕『老生』後，康熙本有『之』字。

送安上人序

大雄氏，西方之豪傑乎？塵芥六合，夢幻人世，蓋將窮神知化，而惡物之爲累也。嗚呼！神化豈外乎物哉？然人之昧者，恒以其所甚苦爲至樂，以其所甚憂爲大利，朝夕病於風輪火宅而莫之悟焉。苟以其言覺之，奚不可也？使遇堯、舜、禹、湯、文、武，一之以大中至正之道，亦必折而從之。惜其後聖人而出，溺於空虚而不返，視區區事業之卑、文章之陋，孰得以此而

勝彼乎？其教之行，爛漫於中國，又賴其徒扶樹而弘大之。當南北分裂之日，則有達磨在梁，鳩摩羅什在秦，佛圖澄在趙。考其所歸，鳩摩羅什、佛圖澄不過假神通以惑世。得其心印之正，法雖立而未嘗有法，相雖形而未嘗有相，則達磨一人而已。武帝最爲好佛，亦未能悟其旨，方且求之文字之末，繇是不合而去。一葦渡江，特顯其跡，道固不在於是也。予在雲間時，嘗與學佛者極論其得失，有天寧雪廬獨主神通爲説，强附於窮神知化之事，故斥其不求諸心，則去佛已遠，謂之知道可乎？及官京師，獲接四方有道之士，而百丈〔一〕座元安公雪心者，臨川之秀，克究心印者也。游方至金陵，留天界寺六年，爲校藏室諸品經五千四十八卷。今年冬，以諸山之請，歸而主其永安禪寺。泐公季潭、復公見心，皆贈之以言，復介儒者曾公旦初求序其首簡，遂舉所聞以質焉。噫！道之大，未易盡也，然久而不墜者，亦繫乎人。余固望之雪心，且感吾儒之不振也。

校勘記

〔一〕『百丈』，康熙本缺。

送楊文啓序

國子生天台林伯雲來，言其鄉先生楊文啓者，『隱黄岩之大閭，其道足以自樂，洎然無以求於外。恒言：「天下之至貴，無以加吾之所貴，故不知貴之爲貴；天下之大利，無以易吾之所

利，故不知利之爲利。不知貴之爲貴，貴有尊於人者也；不知利之爲利，利有重於人者也。吾何慕彼哉？」於是衣褐衣，飯脱粟，鼓琴而歌先王之風，衆莫知其底藴。時出游佳山水間，過四明、上天姥、汎鏡湖、觀禹穴，將終其身與流遁忘返者爲徒。洪武七年，朝廷用薦者言，徵至京師，欲命以官，復辭不就，廼授荆州儒學教授，欣然而往。幸先生贈之言。』遂起而復曰：予雖未識文啓，蓋亦一世之高士，審於出處而不苟者，又何待於贈邪？抑聞天台默齋王公，以正學〔一〕爲東南師表，而文啓獲登其門，則源委又可知已。雖然，今國家方興學校，而典教之職，甚重而不輕也。横經正席，以周公、孔子之道誨荆州之子弟，所以美其俗而成其才者，不在兹乎？振鐸之暇，覽江漢之同流，仰衡巫之聯綿，而弔三國戰争陳跡，以發之文辭，其爲適固〔二〕不異於大誾也。

校勘記

〔一〕『正學』，康熙本作『學正』。

〔二〕『固』，康熙本作『當』。

送朱昭文赴綦江丞序

天下之物非一，莫不因而器之。故棠溪之金，鑄而爲兵；于闐之玉，琢而爲圭爲璧；泗濱之石，錯而爲磬；龍門之桐，削而爲琴；雲夢之篠，剡而爲矢；豫章之材，伐而爲宫室舟車。其

取之四方者，無一之棄於工焉。而國家之用人亦然。閫外之寄，必求山西之剽悍；論道講議〔一〕，必求齊魯之君子；守一郡、長一邑，必待龔、黄守法之吏；謀謨廟堂之上，又在有莘之伊摯、版築之傅説。是物各成其器，人各任其職，豈二理哉？然古今取士之途雖廣，未若天朝合而用之，雖伏於窮山絶島，凡攻一藝者，咸獲與四科之選。由是，檇李朱昭文以文詞高等擢綦江丞，俾持印往撫其境，而寧國汪太玄爲簿佐之，且求言於予。予惟綦江爲重慶之屬邑，居川江之南，距府三百餘里，重山環列，人民鮮少，舊置〔二〕巡檢以守之，蜀明氏以地廣置縣，及附版圖，因而不革。然其人未洽於政化，所宜宣達聖天子德意，雖在萬里之外，蹈義泳仁，不異於中國，則自昭文始，尚勉之哉！故爲之序，而能詩者咸繫其後云。

校勘記

〔一〕「議」，康熙本作「義」。

〔二〕「置」，萬曆本無。

贈醫師王德裕序

方伎之見於史者，扁鵲、倉公二人耳。《傳》記鵲受長桑君藥，飲以上池之水三十日，視見垣一方人，以此視病，盡見五臟癥結，特以切〔一〕脉爲名。豈不怪已哉？鵲固醫之良也，聞病之陽，論得其陰；聞病之陰，論得其陽。不出千里而决者至衆，雖古之俞跗不能過矣。太史公

好奇之過，欲神其事，故假之爲説歟？倉公之傳，實祖於鵲，然所治自齊侍御史成以下凡二十餘人，皆以切脉求之。而鵲於桓侯、虢太子，望色聽聲，能必其生死，又可不謂之神也〔二〕？嗚呼！二人者不可得而見矣。代之爲醫者，遇疾之所在，不及察其陰陽，誤而致夭，不亦悲夫！友人王景玉氏，數與余言寧國王德裕之醫，其驗不一。今年秋，應楚府紀善之辟，屬有腹疾，謁告三月，衆醫皆視而走，而德裕能起於阽死，是亦精於方伎者歟！余以景玉之言爲信。及會于成均，相與上下，極論黄帝、岐伯之書，喜其獲見於所未見，其必遇異人，如鵲之於長桑君、倉公之於陽慶者。惜予不能張之，法太史公之奇也，姑舉其略爲贈，尚從而録其先後治病之功云。

校勘記

〔一〕『切』，康熙本作『診』。

〔二〕『也』後，康熙本有『哉』字。

送葉孟桴秀才赴雅州叙〔一〕

蜀去中國爲絶遠，秦始通之。而劍門之險，守之有餘、攻之不足者也。劉備嘗資之以抗吴、魏，公孫述、李雄、孟知祥皆乘天下亂而竊據焉。光武討述，四年而始平。魏伐〔二〕劉禪，若易於光武，亦出危道而僅勝之。考之於史，漢入成都，則自高平第一，屯于津鄉，會于荆門，入

于平曲，戰于廣都，而將士之死者非一。魏自斜谷、駱谷趨漢中，又自〔三〕陰平達于江油，而鍾會、鄧艾皆不返。今其兵交之蹟，猶可想見於千載之下也。若宋洎元，吾弗暇論。至國朝以平吴餘力，翦僭號之明氏，不頓一兵，不遺一鏃，而全蜀來歸。劍門如昔，亦莫得恃之爲險者，豈非天威所加，殆過於前代也歟？故既命官鎮撫其人民土地，而蕃夷錯出，百貨所居，又設市官以征之焉。繇是，華亭葉蓁爲雅州天全六番税課司副使，予以其釋書山房而有萬三千里之役，經白帝，泝三峽，上瞿唐，出龍門，過石龕，歷五盤鹿頭，以窮巴閬之奇觀，發之文辭，固在此行矣。雖然位卑，而責至重，尚慎之哉！尚慎之哉！

校勘記

〔一〕『叙』，康熙本作『序』。

〔二〕『伐』，康熙本作『代』。

〔三〕『自』，萬曆本作『目』，誤。

送黄孟輔序

《易》之爲道大矣，周子、程子去聖人千歲之久，所以發揮其奧者，非秦漢〔一〕士所及，而朱子又擴程子〔二〕未及之義焉。方元之盛時，先師次山黄公與其兄午山先生講《易》於鄉，會程、朱而一之。而中玉父者，又次山之弟，能日記數千言。檇李號《易》之淵海，獨推黄氏一門爲

盛。延祐間，午山先生與子玭同登進士第。後中玉亦仕至江山尉卒，有子棐克世其學，尤專揲蓍求卦，定事之吉凶，百不一失。人咸以爲季主不能過，且譏其不習舉子業，如前人趨場屋一日之利。嗚呼！《易》固主於卜筮而祐夫神也。世知卜筮爲一事，例於日家之小數，又惡足以知《易》哉？初，棐從親于江山，丁〔三〕元季之禍，兄弟皆死于兵，獨間關千里，轉客雲間。洪武五年，始歸石門，年已五十有八，而宗族凋落殆盡矣。今年秋，朝廷用薦者言，召至京師。因過成均見予，乃舉所得於先師之緒餘，與之極談累日，而天地無窮之理、古今無窮之變，莫不貫通，又非區區局於卜筮可至也。既而以疾求歸，執政許而遣之，士大夫各賦詩道其志。予故序學之源委，而稱其父子兄弟焉。

校勘記

〔一〕『秦漢』後，康熙本有『時』字。

〔二〕『程子』，康熙本作『程、周』。

〔三〕『丁』，康熙本無。

送閻炳文歸安陽序〔一〕

國子生河南閻炳文爲童子時，父母先後没，殯于道次，越十有九年〔二〕，阻兵未及附〔三〕安陽之祖塋，廼謁大臣求歸而改葬焉。大臣許之，戒塗有日。助教貝瓊爲之序，復繫以詩曰：

河内昔喪亂，遠近俱騷然。操兵起殺吏，夜探赤白丸。健者方出走，父子焉能全。遂令半爲鬼，暴骨滿道間。閻生當此時，幸脱豺虎患。二親不及葬，有淚空流泉。荒阡翳荆棘，魂魄驚未安。飄飄來南都，太學留經年。安陽右太行，所悲家室殘。堂封已當營，何日歸青山。松栢久化石，蕭蕭風雨寒。永慚反哺烏〔四〕，無目視蒼天。巍巍天禄閣，蕩蕩金馬門。敢私一身樂，莫報三年恩。上謁二大夫，吐詞亦何酸。往求狐兔區，重卜棲鳳原。五月南風生，獨上龍江船。白雲暮悠悠，送汝千里還。

校勘記

〔一〕此文康熙本入《清江詩集》卷三，題爲《送閻炳文歸安陽并序》。
〔二〕『年』，康熙本作『日』。
〔三〕『附』，康熙本作『祔』。
〔四〕『烏』，萬曆本作『鳥』。

送魏文芳序

昔蘇文忠公與弟黄門會于彭城之逍遥堂，夜窗聽雨，賦詩唱和，奚翅塤篪之迭奏也！大抵天下之情，聚而樂、别而悲，見之朋友且然，况於兄弟之親而厚者哉？余每讀其詩，以爲有《常〔一〕棣》之遺意，能使人益重同氣之恩。其視相仇相怨，待之爲塗人，如鄭伯者，用心何如也？國子生上黨魏翰在京師二〔二〕年，而其兄文芳不遠數千里訪之。既見之頃，怡然如文忠

公兄弟之在彭城，又孰知山川之阻、霜露之慘乎？發春當歸，且戀戀不相捨，而勢有不得留也。於是一時與翰游者，咸嘉其義，發之詠歌，復求余序其首簡。嗚呼！親吾所當親，固本於天理之自然，有不待强而後能者，亦何假余言以爲勸邪？特閔夫失其本而不及是究是圖，惡可不因文芳而推古人之所重也？

校勘記

〔一〕『常』，萬曆本作『棠』。

〔二〕『二』，萬曆本作『一』。

故滎陽佚耕處士鄭公墓誌銘

佚耕處士鄭公卒，無後。洪武三年冬十有二月□□，外孫王友龍穿窆松陽旌義鄉之雲岩山陽吴工原，以其配東海徐氏合葬焉。越二年壬子，友龍擢進士第，授池州貴池縣簿，復狀其系出行事，請銘於國子助教貝瓊，圖鑱石墓側。廼次第而銘之。處士諱天覺，字佚耕。括之松陽人。始，唐鄭餘慶事德宗、憲宗，官至同平章事。餘慶之後有如岳，家三衢，昆弟五人，如岳繇衢徙括，支葉益繁，散居麗水、松陽、平昌間，而松陽之族特盛。在宋時，師尹、克寬祖孫以明經及第，克寬寔處士之從大父也。曾大父某，大父某，皆隱不仕。父某，爲元某提領；母劉氏，生五子，其長爲處士。少負奇好學，工詞賦。宋亡，遂不從進士試。賦詩有『金鼎無鹽味更濃』

之語，讀者悲之。其先有銀鉛坑，侵於勢家，提領公弗爲理，處士時年十八，奮然往白之官，勢家廼屈。復語曰：『若所專者利也，吾所争者義也。今吾事已直，使盡有爲快，曲直何遠哉？』割而予之。提領公没，事母劉氏益謹。劉一日疾革，刲股糜而進。既啖，尋已，人皆稱其孝。至遇宗族，疏戚盡禮，故内外無絲髮間。晚好浮屠法，數會父老，以講佛書爲事。後至元五年，遇疾不治，曰：『吾春秋已七十三，復何求邪？』處士身長七尺餘，貌甚偉，美髯過腹，好善嫉惡，剛而不暴。初，同里徐梅魁女如珪，通《論語》《孝經》大義，工書，亦有法，梅魁爲擇配，三十不嫁，及見處士，曰：『可矣。』即以妻之。生子一人，夭；女二人，曰錫、曰鍾，鍾亦夭，錫適王彬，宋司農唐珪曾孫也。其妾周氏，生二女，曰鈿、曰鉉，鉉適葉氏。徐後十年卒，年八十三。錫之歸于王也，生文虎、友龍而寡，誓弗再適。二子方幼，皆養於母家，而徐氏親誨之。處士日出飲酒，歸，命讀《出師》《陳情》二表，至『臣無祖母，無以至今日；祖母無臣，無以終餘年』，輒泣下不止。嗚呼！其爲人如此，宜其世繼繼繩繩不絶。天之所施，又奚相戾邪？友龍欲厚其報，喪以杖朞服。義也。銘曰：

惟括之鄭，繇衢始遷。訖宋歷元，本固而綿。烈烈處士，長身玉顔。閟而不施，豹伏鴻騫。世以盈顛，孰與約全。得喪兩遺，洞參六觀。仁必有後，厥施曷偏。雲岩之陽，吴工之原。我銘于墓，百世孔安。

故拙齋處士張公墓碣銘

洪武六年秋七月十三日，華亭拙齋處士張公卒。予繫官京師，不得奔走以撫其柩、臨其窆。越明年六月，其子鼎走八百里見予而請曰：『鼎不幸失怙，而痛吾父生既晦而無所見，没又泯而無所述，其爲不孝大矣。將與諸弟謀立石墓左，幸銘以垂無窮。』嗚呼！予忍銘處士邪？初，予年二十餘，始習舉子業，又登鄉先生俞公易齋之門。處士不遠二百里來謁，因獲叙〔一〕外姻之好焉。蓋予娶葛氏，處士内子之姑女也。處士先受《易》俞公，在弟子中特穎悟，故能盡究其根柢，雖科舉已廢，而講學于家者不輟。予客泖南，時嘗一過之，以質性命之原。連晝累夜，劇談忘疲，故知時雖否而其道未嘗否也。及至正初復科舉，處士累戰累北，且不罪有司，益發書讀之，期必得而後已。而病足，不能行者二十餘年，雲間之俊秀及門者恒數百。予分教泮宫，時復過之，以論文章之妙，而反復古今得失，益知身雖病而其神未嘗病也。處士貌若玉雪可畫，而有古豪俠氣，急人患難，家無留金，有亦不能蓄也。善飲酒，至百盞不醉。與人交，貴賤無失。有一善稱之極口，有不善輒掩口而不言。予與處士尤爲莫逆，有所蒙滯，數引物開喻，爲之釋然冰解。而性戇，多忤物，處士必直攻其失。今則已矣，惡得不爲〔二〕深悼而慟邪？故視鼎所叙〔三〕狀，不容不銘也。按，處士姓張氏，諱仁近，字如心。華亭人。拙齋其號，以世之皆巧而獨病其拙也。曾祖諱鈞，曾祖妣余氏。祖雲潭，祖妣金氏。考諱儀，字景

雲；妣蘇氏，生二子，長文甫，次即處士。先是，景雲之弟吉甫後許氏，無子，復以處士爲子，晚有子復，命處士子之。既長，乃悉以許氏田宅歸復，去家上洋之莆溪，因復姓焉。娶俞氏，易齋先生女也，有賢行。生子四人：升、鼎、節、履。升娶陳氏，先卒；鼎娶郁氏；節娶朱氏；履娶鍾氏。孫男六人：淵、源、浩、溥、渭、澤。女一人：壽奴。淵娶陳氏，餘皆幼。四子異室，而處士往來其家，至則留經月而去。一日，至鼎家而疾作，遂不起，享年七十。鼎與諸弟奉柩葬莆溪之東原[四]，窆是月□□日也。銘曰：

驥日千里，而蹶於坦途。木不中梁與柱，而棄於立枯。命固繫於天，又孰智而孰愚？處約而豐，名與德符。鶴砂之西，有溪曰莆。玄宅孔安，庶厚其諸孤。

校勘記

〔一〕〔三〕『叙』，康熙本作『序』。

〔二〕『爲』後，康熙本有『之』字。

〔四〕『原』，康熙本作『源』。

清江貝先生文集卷之二十二

中都藳

巢雲對

淮南蘇恒，屋于千仞之厓，危乎孤鶴之託一枝，而雲氣出入乎户牖，與野馬絪緼不絶，遂號巢雲，而處其中。凡若干年，人莫得見之者。有東吴生涉江而過焉，恒方據槁梧，讀老子書，因介而進曰：『甚矣，子之好古也。自上棟下宇之作，以辟風雨寒暑，人固別乎鳥獸已。謂之巢者，假也；又謂之巢雲者，益假也。吾嘗病世之假，不知好古之士，亦必假之物而爲名，則彼之困於假者，奚病也？抑顯晦之跡既殊，而憂樂之情懸絶，吾請與子論之。可乎？且以觀吾子之所擇也。』曰：『可。』曰：『通都之中，左回大川，右屬群山。宛宛下赴，鬱鬱龍蟠。甲第是營，繚以崇垣。椓之約之，如跂如翬[一]。文窗洞開，朱拱鈎連。盤盤囷囷，仰不見天。以居以寢，其居孔安。不火冬熾，無冰夏寒。其視巢雲爲何如？』對曰：『揚子有言曰：「高明之家，鬼瞰其室。」不能節之以制，而侈靡相傾，此漢之田蚡、梁冀卒蹈大禍，曾不及覆茨之爲貴也。

吾惡爲哉？』曰：『下隰高原，我圃我樊。甃石其間，可游可觀。鑿而成窪，壘而成冢。錯落星布，嵌岩雲滃。或背而崩，或環而拱。虎豹縱横，駝馬交踵。神侔擘華，勢方斷隴。境與心謀，物以機動。異卉駢生，脩條上竦。回飈激芳，紅褰翠涌。其視巢雲爲何如？』對曰：『金谷既虚，而二十四友爲禽。宜來者之所戒，復忍襲其轍乎？』曰：『高臺九層，上切星辰。俯見百里，極乎八垠。洞庭爲池，浩浩沄沄。鳧鷺往來，候雁千群。霜降之秋，雷奮之春。以宣其壅，以泄其煩。朝挹羲和，夕賓結鄰。其視巢雲爲何如？』對曰：『古者國有時臺，以望氛祲，察其豐凶。若章華、姑蘇，恒勞民爲之，而勢危累棋者，君子不予[二]也。矧其下者，罄千金以奉一己，樂之所在，患必隨之。』曰：『鳳吹參差，柱促絃張。乍抑乍揚，移宫變商。楚腰衛頰，二八分行。曲按回波，鸞停鵠翔。揚蛾聯娟，吐氣蘭芳。良夜何其，厭厭未央。絶纓繼懽，炳燭傳觴。其視巢雲爲何如？』對曰：『孔子曰：鄭衛之音，比於慢矣。吾自吴之越，自越之楚，而息於此，耳莊生之天籟，發蘇門之嘯歌，顧不愈乎世俗之好，以喪吾真邪？』曰：『結友金、張，連姻衛、霍。車馬相過，氣熾熏灼。恥事佔畢，擊丸六簙。遨遊狹邪，宿留平樂。百金一擲，割鮮野酌。杯觀五湖，垤視四嶽。其視巢雲爲何如？』對曰：『鄙哉！貴游子弟，席奕葉之寵，矜其驕豪，荒淫無度，故積之百年之久，而墮於一旦，不亦悲夫！』曰：『入黄閣，趨紫垣，理萬民，總百官。令出如流，勢尊如山。門列霜戟，堂垂曲旃。魚鑰初啓，鶴蓋雲團。左右之人，衣襲綺紈。禄周三族，國延子孫。流光百代，比德前人。其視巢雲，豈不有間乎？』對曰：『以非常

之才，處非常之任者，吾絜知校能，奚翅鵬鷃之相萬，又可以妄覬之邪？苟居其位，必不克矣。』曰：『然則與雲卷舒，一壑一丘。擷秀汲清，委化而休。非幾於潔身亂倫之流歟？』對曰：『生睹於彼，而不睹乎此，蓋知其一而不知其二也。雲之爲物，囿於天地，而有時不足囿也；藏於山澤，而有時不足藏也。汎溢如濤，洶乎其不可排也；回旋如雪，泯乎其不可執也。蔽乎內外，爲吾之藩籬也；彌乎六合，爲吾之帷幄也。其變不一，吾之玩也；若狎而昵，吾之友也。茫茫然莫知其所止〔三〕，油油然莫測其所如也。於是拉弘景、招太白、小匡廬、卑少室，逍遥倘佯，以永朝夕。視彼壯麗之居，非吾之所安；閒曠之囿，非吾之所適。馳騁非吾之所事，聲伎非吾之所惑。而一時赫赫，遠近承風，未若終吾天年而守其寂寂也。』東吴生恍焉若失，廼爲之嘆曰：『吾子可謂不屈於天下之物，而特假以見其志。則凡世之沉溺者，惡睹物之過乎前，其猶太空之雲乎？』遂録其對。

校勘記

〔一〕『騫』，康熙本作『騫』。

〔二〕『予』，萬曆本作『與』。

〔三〕『止』，康熙本作『至』。

藏六説

秦府奉祠天台王文中，題其室曰藏六，客怪而問之。曰：『抑聞北方之有玄夫乎？玄夫

泝〔一〕淮絶江，造龍伯於珠宫。龍伯見之甚悦，遂引之同載逍遥蓬萊之墟，因語曰：「若雖身被重鎧，其中實怯。蹣跚而行，不能興尋尺波濤，而與蛙黽錯居，何其志之卑而行之汙也？吾常〔二〕乘雲往來，挾〔三〕雷雨，騁天衢，呼吸之間，平陸成浸，豈不壯哉？始居龍門、積石，幽絶險阻，以爲弗稱。徙之洞庭，又以洞庭爲隘。徙之大瀛海，在赤縣神州之外，三韓以東，百越以南，廣袤三萬里，皆吾藪也。若一覿而願之乎？」玄夫仰而嘆、俯而謝曰：「吾安敢同於伯邪？或小或大，乍顯乍晦，上極無窮，旁周八荒，所以佐造化、澤萬物，此神而不物者。吾猶不離乎物也，安敢同邪？然吾之先，當神禹時，獻書於洛之汭，禹取之，則爲九疇，以傳萬世。循之則治，易之則亂。又九江之族，能逆未至、定吉凶。三王以來，俾守宗祧，世掌其職。其後有爲清江使，止於豫且，遂見夢宋元王以求脱，元王信衛平讒，不遣，卒爲所刳，至今爲大耻。吾懲吾祖，故逃之無人之境〔四〕，或伏千仞厓下，或游泥塗之中，存一氣出入息之間，久亦不死，且至千歲。固未嘗有求於人，人亦不吾求也。庶幾免矣。」龍伯曰：「不然。翼者能飛，足者能馳，喙〔五〕者能鳴，角者能觝。若所言必當，所戰必克，苟見辱於支牀，孰與爲國大寶，光復前業，何爲齪齪如此？」玄夫蹙然而却曰：「斯言過矣。爲國大寶，適喪吾寶也。使喪吾寶，又何可寶邪？抑又聞古有豢龍氏、有擾龍氏，龍非人之所能測，亦非人之所能制也。以其有欲，遂得飲食之，吾恐龍之大，欲爲劉累之豢且擾，反教吾出而爲寶，曷若逃厓下、遊泥塗，默焉而不言、伏焉而不前，以全其天。故曰深藏若虚。」龍伯曰：「嘻！智士也，可謂善於謀己者也。」世之衒

智而媒禍者多矣，幸聞其言，盍以玄夫爲法？宋蘇文忠公涉歷患難之餘，故有「隱若龜藏六」之語，豈悼所行之非，而始悔於後歟？客毋怪也。』因紀其說。

校勘記

〔一〕『泝』，康熙本作『沂』，誤。

〔二〕『常』，康熙本作『嘗』。

〔三〕『挾』，康熙本作『抉』。

〔四〕『境』，萬曆本作『竟』，誤。

〔五〕『喙』，康熙本作『啄』。

神監說

市有瞽者河南董敬，精術數，人從而質其禍福者滿户，遂以神監爲號，衆亦信之無疑。或曰：『人之神寓於目，惡有離目而神哉？是又瞽之甚矣。』廼爲之解曰：梏於形者，目瞽而神從之。妙乎物者，神存而廢目可也。且目〔一〕能監物，不能不蔽於物。察乎小而不周乎大，明乎近而不通乎遠。惟神則無不照焉，故莫得而蔽之者，此人之所以聖也，又奚待於物邪？是知神之所監，奚翅目之所監？目之所監，監於有也；神之所監，監於無也。有者天下之所同見，而無者非天下之所同見也。見天下之同見者，不足以爲明，況一蔽於物，則吾之目已死矣。能見天下之所不見，然後爲至也。嗚呼！神豈易言乎？今敬必掖之而舉足，終日若處暗室

中，天地吾不知其廣也，日月吾不知其明也，太山吾不知其高也，玉雪吾不知其白也，南威、白台吾不知其姣也，由弗善於監也。而洞究四聖人書，以人生年月日時，手布策衍先後天之數，凡大官小吏，或通或塞，或壽或夭，極論於未至之前，而悉徵於歲月之後，非神之通於造化者乎？然敬豈靈於通塞壽夭爲神也？神固在於一，而不戾乎數也。噫！瞽而至明，雖不見其所同見，而見天下之所不見如此。彼有目而昧於見者，何其多也！吾因之而有感焉，故書以贈之。

校勘記

〔一〕『目』，萬曆本作『自』，誤。

敬說

抑嘗觀夫操舟者乎？其器既備，其工既習，以運萬斛之舟，濟天下之險若可恃也。而有不可恃者焉，蓋險不在於險，畏險之匿於無形也。泝洞庭、上三峽、出龍門、過灩澦，卒遇洪濤震蕩，日晦無光，又束於亂石，利侔白刃，苟失毫釐，輒從而溺。於是志必壹、力必齊，復號呼神明以求其庇。幸而獲所止薄焉，則椎牲釃酒，更賀大噱，以爲脱命於沉冢之鬼已。然其所以能濟者，知險之當戒，雖洞庭之廣，三峽之怒，龍門之峻，灩澦之深，若履闤闠之近歟！及其既出，而放乎平波細流，天風不作，可以一日千里，奚待夫善操者而後能也？或覆而不救，肉〔二〕

饜黿鼉魚鱉者，器非不備也，工非不習也，病於玩肆縱佚〔二〕，不知遇險於至安也。使如向之所經，凛乎若險之在前，而無時不戒焉，又焉及於是哉！由是觀之，敬與怠之分，而得失之形如此，天下莫不知之矣。惟人之常情，慎於險阻不通之際，而忘於尋常無事之時；明於憂患困辱之中，而昧於得志〔三〕安樂之日。故無以善始而善終者，非止一事而已。此予歷考古今而深悼之也。四明胡莊，字敬德，求予説至六七而不勸。夫敬者，德之聚，求諸經可見，予何説以復吾子也？嗟乎！事無巨細，一以敬爲主，不徒謹於所難而忽於所易，其有不濟者乎？敬德在刑曹三年，爲太學典膳二年，日觀禮儀之講、法度之施，敬可知矣，尚毋〔四〕蹈操舟之過，吾知其處高位、享厚禄無疑也。其勗之哉！

校勘記

〔一〕『肉』，康熙本作『内』。

〔二〕『佚』，萬曆本作『欲』。

〔三〕『志』，萬曆本作『失』。

〔四〕『毋』，萬曆本作『無』。

説玉贈樂君玉

論天下之物，莫上於玉。衆皆知而好之，而聖人亦不廢也。孔子曰：『君子比德於玉：温潤而澤，仁也；縝密以栗，知也；廉而不劌，義也；垂之如墜，禮也；叩之其聲清越以長，其終

詘然，樂也；瑕不掩瑜，瑜不掩瑕，忠也；孚尹旁達，信也；氣如白虹，天也；精神見於山川，地也；圭璋特達，德也。』苟有其一，莫不以爲異，矧兼衆美如此！而魏文帝區區以色差上下，惡知玉哉？古者朝聘用玉，祭祀用玉，至於無故玉不去身。使白如截肪，黄如蒸栗，而其德不足稱，且同乎珞珞之石，棄於抵鵲而已，君子奚取哉？文帝於玉蓋有所未盡也。然予又有説焉。仁也、智也、義也、禮也、樂也、忠信也，皆德之在我，廓之而配天地者，所以可尊可貴也，豈玉之一物所能比而同之邪？玉備是德，故貴於天下之物。人或病焉，仁弗類温潤而澤也，知弗類縝密以栗也，義弗類廉而不劌也，禮弗類如墜也，樂弗類其聲也，忠弗類瑕瑜不掩也，信弗類孚尹也，惡得爲君子？則可尊可貴者在玉，而我梏然不及一物已。其天之鍾於人者，嗇而不足，抑物之無知而全其質，人或敓於外而不能全也乎？嗚呼！彼産於荒遠之地，深山亂石之中，翳而弗章，閟而弗發，而萬金十城之賈，定於未遇之先，矧絶倫拔類之才爲人所求者，殆過縣黎結緑矣。徒知好玉而不知自反，孰非惑歟？余觀孔子之言，竊衍其義以自厲。臨淮知縣事樂侯君玉，粹然玉也，擢于紫垣烏府，無施而不可也。洪武八年春，秩終朝京師，考其績爲諸邑最，上復命還撫其邑人，遠近悦之。余辱與之交，廼書此爲侯厲，庶知已至而愈不至，其進何可量哉！

黄國華傳

黄國華，字叔文。處州麗水人。性方嚴好禮，終日衣冠危坐，而施舍無倦，宗族賴焉。歲歉，必賤直糶粟以活民。或大雪，有不舉火者，輒遺之。里中争者，多從直其辭。宋德祐間，惡少年群聚爲盜，包氏族最彊，號包家洞，林某能搏虎，號林大將，劫掠旁郡，吏莫能制。惟憚叔文，不犯境。一日，殺牲盟里橋，圖爲變。叔文適過之，衆驚散，曰：『長者得無聞之乎？』叔文知之，廼召與飲，喻以禍福，因出金帛于庭，曰：『汝以貧爲不義，以此助汝。』衆慚，弗敢取而去，廼追與之。元兵下處州，諸爲暴者率改行，老于田里，歲時相率詣門羅拜，曰：『向非長者，吾屬且盡夷，寧復有今日邪？』所居之地曰弱溪。初，大家右族争辟患其中，重貨山積。及聞兵猝至，委之而走，居人欲乘時略所有，叔文叱止之，命左右收貯一室。事定，召其主，悉歸無遺。有何通判者，其裝無算，子孫至今猶德之，數與人道其事。後年八十六終。

貝先生曰：昔余預編《元史》，凡朝廷大臣，下至巖穴隱逸，無不備録爲傳，一言一行，雖小必見。若叔文者，仁以周約，義以革暴，方亂離中，屹然爲一境所恃，豈不足方古之王彥方乎？時有司弗能訪其事上之，使紀載有闕，惜哉！後七年，其五世孫夢池擢秦府紀善，見余成均，言其始末，故私筆于册，庶備異時太史氏采擇云。

怡怡堂銘

廬陵郭惟琛氏，唐汾陽忠武王後也。與其弟獻琛，同居共事，和奏塤篪，名其堂曰怡怡。乃爲之銘曰：

翼翼高堂，兄弟居之。兄弟孔宜，穆乎春熙。有酒在壺，有琴可鼓。靡朝靡夕，唱余和汝。惟花有跗，鮮鮮敷榮。其俯若覆，其仰若承。惟木有枝，鬱鬱交布。或屈而辟，或拱而附。我[一]有兄弟，寔類於斯。我奚弗[二]如，感彼無知。弗恭厥兄，弗念厥父。俾親作仇，曷異豺虎。嗟郭琛氏，忠武之孫。上下怡怡，餘慶猶存。勿間於外，勿惑於内。彼之聽讒，德由而敗。我作銘詩，匪夸[三]以言。爰繼鶺鴒，薄者宜敦。

校勘記

〔一〕『我』，康熙本作『吾』。

〔二〕『弗』，康熙本作『勿』。

〔三〕『夸』，康熙本作『夷』。

誠敬謙謹四箴[一]

吾友會稽樓文淵，常持『誠、敬、謙、謹』四字。『誠、敬』所以存乎心，『謙、謹』所以施之事也。因作箴以貽之：

昔熊渠子夜行，道逢伏虎。引弓射之，没鏃飲羽。金石之堅，惟誠可通。矧乎有知，何遠弗從？故事神則必假，治人則必化。嗟時益偷，每設機而尚詐。是知治心之要，在乎不欺。苟内外如一，吾又何爲？

右誠箴

知伯五賢，寔禍之基。藍臺一會，戲康子而侮段規。卒爲韓魏禽，遂貽千載之譏。是以古人，必敬爲主。苟忽乎秋毫，所喪奚補？亦有冀缺，夫婦如賓。遂舉於隴畝，以佐晉君。得失之微，榮辱之大。一出一入，勉哉無懈。

右敬箴

凌人者恒爲人尤，下人者恒寡吾仇。故善有不可争，勞有不可伐。處於朝則國和，處於室則家悦。噫！盈必招損，惟卑益尊。大易之言，守而勿諼。

右謙箴

陟彼太行，羊腸九折。防其銜轡，遵其軌轍。既及乎坦途，乃騁而馳。車僨馬驚，吾傷亦宜。嗚呼！禍恒伏於至微，必致謹其所事。匪險之爲虞，無虞吾焉可恃？爰作斯箴，永爲人規。式戒其怠，長樂公是師。

右謹箴

校勘記

〔一〕底本、康熙本正文皆無題目，據總目録補。萬曆本題作《誠敬謙謹箴》。

跋陳白雲家乘後

漢王恢議擊匈奴，韓安國謂不如和親便，時附安國者衆，帝遂從之。宋紹興間，秦檜議與金平，而胡銓上疏請擊之，後敷文閣直學士陳憲肅公良翰懇懇論其失策。以漢之强，而言擊者不便，以宋之弱，而言和者爲失，余切惑焉。蓋匈奴之爲邊患久矣，高皇帝嘗困於平城，終不與較。至武帝，慨然有開拓四夷之志，遂與之絶，中國之民始騷然不得休息矣。安國之議，豈不以固本爲事，而合王道之正哉！若契丹〔一〕之於宋，造其國，虜其主，以肆虎狼之毒，神人共憤，非若匈奴之寇掠而已也。爲人臣者，當練卒選將，誓雪大耻，以慰天下，不得偷生於朝夕也。銓、良翰之議，爲得《春秋》之義矣。故漢用兵而海内凋耗，幾至於危，主和者豈不喻〔二〕於貪功之算乎？宋既通好納幣，徒下穹廬之拜，而二帝之梓宫不返，疆土日削，委靡不振，遂訖於亡，則檜之賣國事讎，人類滅爲禽獸，可勝誅邪？嗚呼！胡銓欲斬檜，既斥於前，而良翰劾湯思退等，復不容於後。予故以爲宋之人物殆過於漢，特屈於大奸，而智略不伸耳。朱子狀其行而極稱之，公論之不可泯如此。及來中都，識其五世孫公完。一日，抱家乘見予，求志於後，因得以論之云。公完兄弟八人，以先府君命舉命，後〔三〕同里之王氏，且不忘所出，而詳其世次，藏之於家，以示子孫。其賢於人何如邪？君子於此，尚有所考。

校勘記

〔一〕『契丹』，諸本皆同。考之史實，應作『女真』爲是。

〔二〕『喻』，康熙本作『愈』。

〔三〕『後』，康熙本缺。

清江貝先生文集卷之二十三

中都藁〔一〕

書理齋卷後

百年之木，震於雷霆，厄於霜雪，而盤根錯節，狀若龍虎。宜不易攻也，必有理焉。苟得其理，則斲之削之，刳之剡之，剛者失其剛，堅者失其堅。或者弗察縱横，而欲以力勝焉，至缺折其器，而終亦不能克也。由是觀之，天下之事，未有出於理之外者，奚待私見妄爲，反其所當然而强其所不順也哉？大抵因於天者易，出於人者難，爲其易者成，事其難者敝。奈何代之曲士，曾弗若梓人之智也？余方喈此，而燕府長史理齋朱公，其能以是爲的乎？公之爲人，自少至老，得喪一致。平居無事，則取《中庸》《大易》二書讀之，恒語學者：『吾無大過人者，惟一主於誠而已。』非所造之精，而能之乎？初，公以事至崇德，余嘗遇之於途。及余爲國子助教，始獲數見之京師，則相距已四年矣。今年，公扈從親王度江，而余亦分教中都生，相與盍簪累日。且八年之中，所與游者十無一二，惟公巋然獨存，尤足感者。一日，持卷求理齋之説，故

舉其所見如此。嗚呼！是理也，塞天地，亘古今。泥物而求之，不知先乎物也；舍事而言之，不知貫乎事也。余特以一端論之，若夫極其無形以合《中庸》《大易》者，亦無假於余言也，尚從公而質之。

校勘記

〔一〕『中都藁』，原缺，據卷首總目録補。

書九歌圖後〔一〕

右《九歌圖》，淮南張叔厚所作，以贈番昜周克復者。越二十年而神氣益新。其一冠服手板，見三素雲中，二史左右掖之，而從以玉女，一舉旄，一執箑，東皇太乙也。其次冠服如太乙，有牛首人身者，執大纛，飛揚晻曖，自空而降，旁一姬執杖者，雲中君也。美而后飾，飄飄若鶩鴻欲翔，而衝波相蕩石上，江竹班班〔二〕者，湘君。其後風裳月珮，貌甚閒雅，儼乎若思者，湘夫人也。一叟髯而杖，左執卷，二從者俱稚而異飾，大司命也。秀而豐下，冠服甚偉，執蓋者猛士，擁劍者處子，一翁舒卷旁趨，少司命也。東〔三〕甲執弓矢，皆裂髯張，欲仰射者，東君也。一乘白黿水中者，河伯〔四〕。而山石如積鐵，大松偃蹇，皮皆皴裂成鱗甲，一袒裸騎虎行者，山鬼也。甲而執刀者一，甲而執矛者一，先後出亂山林木間，慘無人色者，國殤也。叔厚博學而多藝，尤工寫人物，咸稱李龍眠後一人而已。巨家右族，以厚直購之。是圖凡二十一人，有貴而

尊嚴者，有魁梧奇偉者，有枯槁憔悴者，有綽約如神仙者，有詭怪可怖者，有創而墨者。旁見側出，各極其妙。予在三吴時所見凡二，此蓋其晚年筆也。克復既寶之不翅金玉，而先左丞玉雪坡翁又以大篆書《九歌》之辭于各圖之後，可謂二絶已。間持以過予，求志其左方。按，荆楚在中國南，其俗好鬼，自東皇太乙而下，則皆所事之神，莫詳厥始。然太乙爲天之貴神，司命爲上台，與北斗第四星文昌，禮有不可褻者，而東君爲朝日之義，亦豈閭巷所得而僭乎？雲中君者，恐以其澤名雲，故指澤中之神爲君，謂之雲神，以附《漢志》，未知是否。而河伯又非在楚之封内，如湘君、湘夫人也。蠻夷荒遠之域，民神雜糅，私創其號以罔上下者，亦或有之。而歲時祀之，必用巫作樂，其來尚矣。屈原《九歌》因其舊而定之，比興之間，致意深矣，又豈惑於荒唐，如人人之徼福哉？其見之《山鬼》者，辭雖甚迫，至《大司命》一篇，卒曰『固人命兮有當，孰離合兮可爲』，信所謂順受其正者，君子深取焉。顧説者未之能察，朱子爲辯之千載之下，志亦白矣。余之寓於九峰三泖也，壹鬱無勞[五]，命酒獨酌，輒歌以泄其憤。今叔厚又即其辭以求其象，使玩其象以求其心，豈徒效馬和之輩之於詩哉？且懼不能不朽腐磨滅於既久，而文則傳之天下，後世得考其彷佛也，故書以志之，觀者又可并其象而忘之云。洪武九年歲在丙辰夏五月，檇李貝瓊序。繫之以歌曰[六]：

紫宫太乙中煌煌，佐以五帝環其旁。道存無爲樂且康，豐隆倏忽周八荒。鬼蹇大纛蛟螭黄，上台司命中文昌。斟酌元氣調陰陽，福我以德淫必殃。下招帝子隔瀟湘，蒼梧九點山蒼

蒼。跧烏三足升扶桑，天門洞開夜已明。神人瞠目鬚髯張，長弓白羽射天狼。水仙胡爲宅龍堂，九河既阻不可方。鼉鼉出没波湯湯，山中之人白日藏。天陰雨濕啼幽篁，兜鍪戰士身盡創。魂魄欲歸道路長，吹簫擊鼓歌巫陽。酌以桂酒陳椒漿，神來不來何渺茫〔七〕。

校勘記

〔一〕萬曆本題目後有『有序』二字。

〔二〕『班班』，康熙本作『斑斑』。

〔三〕『衷』，康熙本作『擐』。

〔四〕『河伯』後，康熙本有『也』字。

〔五〕『勞』，康熙本作『聊』。

〔六〕『洪武九年歲在丙辰夏五月，檇李貝瓊序。繫之以歌曰』，康熙本無。

〔七〕此詩康熙本入《清江詩集》卷五，題爲《題淮南張叔厚九歌圖》。

跋彩煙楊氏家乘後

士知重其宗者必有譜，而屬之遠近，咸得通而維之。其廢也，恒由子孫日降而卑，遂至忘其所出，無足怪者。間有修之散佚之餘，近及三四世而止，或五六世而止。彼崛起閭閻間者，又遠求往古，不别其類而强附之，豈非誣且僭乎？隋之苗裔有越彩煙楊氏，上攷文帝之前，下推榮王之後，凡若干世，録其可知，而缺其不可知者，既不失於忘，亦不失於誣且僭矣。楊太史

既爲之序，因書其後云。

跋堅白先生傳後

右《堅白先生傳》，番昜周公伯温所自作，而其高風峻節，略見之於此。蓋公博學工文，尤善篆隸，初入太學，月試季考，恒出諸生上。以蔭授南海簿，四轉至宣文閣監書博士兼經筵官，升崇文監丞，出僉廣東、福建二道廉訪司事，尋除翰林待制、崇文少監，又陞翰林直學士，轉兵部侍郎。至正十二年，除監察御史，扈駕灤陽二年，多所建白，聲名益起。再除崇文大監，以母憂去官。起復爲江東道廉訪司使，歷兵部尚書，由兵部爲浙西道廉訪司使。十七年，除江浙行省參知政事。時淮寇張士誠轉掠江南，遂據姑蘇，其勢尤盛，累征不下，公單騎而往，直抵城中，喻以逆順禍福，士誠大悟，即稱臣入貢。繼除太常禮儀院同知，未上，改江浙行省左丞，又改南臺侍御，遂升中丞，而年已七十矣，以榮禄大夫、集賢院大學士致仕。公始與宣城貢公泰甫同時，而才名亦相伯仲。自元有天下，南士之居臺諫者，實繇二公始。海内翕然望其有爲，而二公亦以正君自任，特遭時之變，不得究其所施。使前十年用之，則其事業章章，又何如哉？伏觀辭翰，嘆息久之，謹識于後，以致高山景行之思云。

中星解

中星見於作曆之法，尚矣。天有定星，星無定位，各於四時，考之南方，而《堯典》言象、言次、言星之不同，何也？永嘉鄭氏本於孔注互見之説，諸家無以易之。蓋南言朱鳥，則知東爲蒼龍，西爲白虎，北爲玄武矣。東言大火，則知南爲鶉火，西爲大梁，北爲玄枵矣。西言虚，北言昴，則知南爲星，東爲房矣。余求之經而參之考亭所論，豈特以互見爲文哉？夫道至幽至遠，而聖人察之至精至密。春言星鳥，以二十八宿各復於四方，而星鳥適見於昏中，故舉而言之。至於仲夏，則朱鳥轉而西，蒼龍轉而南，而大火適見於昏中，不可以象言，亦不可以星言矣。秋之中星，則玄武七宿之虚宿；冬之中星，則白虎[二]七宿之昴宿。故於此獨舉一宿焉。大抵天以星爲體，而有廣狹遠近、明暗早晚，惟中者則載之。故《月令》仲春『昏弧中，旦建星中』，餘月皆舉二十八宿，而此獨非者，以弧近井，建星近斗，井、斗不可的指，故[三]舉弧、建以定昏、旦之中。則知《堯典》所載，豈非以其中之所見而言乎？聖人考中星以正『作』『訛』『成』『易』之事、『析』『因』『夷』『隩』之宜，所謂術不違天、政不失時者如此。然堯時冬至日在虚昏中昴，至朱子之時則日在斗昏中壁[三]，此見歲差之由。而歲差之由，恒於中星知之。苟以爲互見，其法無乃甚疏邪？吁！差之毫釐，繆以千里，而學者不之詳也，故表而著之。

校勘記

〔一〕『虎』，康熙本作『虚』，誤。

〔二〕『故』，康熙本作『而』。

〔三〕『壁』，原作『璧』，據萬曆本、康熙本改。

卜洛辨

余讀《洛誥》，周公獻卜之辭曰：『余惟乙卯朝至于洛師，我卜河朔黎水，我乃卜澗水東、瀍水西，惟洛食。我又卜瀍水東，亦惟洛食。』陳氏釋之曰：『卜乃召公，而周公曰我卜者，召公之卜即周公之卜也。』學者皆喜其説，遂至舍經用注，以爲周公未嘗再卜也。何其惑歟！按《召誥》，召公三月戊申卜宅，乙卯周公至洛。蘇氏曰：『是日再卜。』其言是矣。蓋作邑大事也，所當詳考夫天，而定鼎土中，豈以召公既卜，而遂不卜乎？且召公卜以戊申，周公卜以乙卯，相距七日，惡有周公不卜，而言我卜，以欺其君哉？忽大事而欺其君，吾知聖人决不如是也。由是觀之，謂二公之心既一，故二公之卜亦一，則可；謂二公不卜，而遂用其卜，則不可。陳氏務爲好奇之論，不知何以必其不再卜邪？其誤學者深矣。或曰：『董鼎集諸家之説以附蔡傳，必以陳氏合於經而取之。』曰：鼎於蘇氏、陳氏二家，無所折衷，前録其再卜之説，後録其不卜之説，以待學者審而擇之。今當直據經文，豈不白乎？而二家之異同不必論者。然蘇氏猶本

之《洛誥》，直而不謬，陳氏則曲而費辭矣。使主陳氏而斥蘇氏，豈其喪心瞽目而弗之察歟？大抵陳氏於《書》固多乖戾，而此章雖非大義所關，亦不可不辯。

學校論

學校合子弟而教之，折其氣而約於禮，收其心而進於道。剛者矯而巽，邪者正而中，鈍者攻而鋭，昏者發而明，戇者變而通。入焉有孝弟〔一〕之行，出焉有忠信之言，豈非由於教而然邪？然所以教人者，非强之以其所無也，因其性而爲教也。性之出於天者本一，則無不可學而至，惡有過不及之相遠哉？苟棄而不教，則剛也、邪也、鈍也、昏也、戇也，囿於氣質之偏，一定而不移也。此聖人之所深憂。而學校之設，其亦有所不能已，豈非爲政之急且重者乎？故天子之都，則有辟廱；諸侯之國，則有泮宫。下至一鄉一遂，莫不有庠序之制。自上而下，自外而内，其導之也有方，其選之也有序，可謂至精至密矣。漢之學校，興於孝武；唐之學校，盛於太宗。雖未及乎三代，而一時之效，有可論者，奈何後世視爲弁髦，勢恒屈於有司，遂岐政教爲二，人才風俗益不逮古。嗚呼！制乎外曷若全乎内，治其末曷若求其本，而有國者或未之思歟？洪惟國朝，混一之初，首及學校，府置教授，弟子四十員，縣置教諭，弟子二十員，兩京之地則立國子學，有官有師，教之既勤，廩〔二〕之既豐，將陶一世之人復於虞夏商周之盛，非徒苟且以徇名也。然或懼而不樂，何邪？蓋天下兵争久矣，禮樂廢而弗講，中原數千里無弦歌

聲，而耳目濡染，不過操弓矢、事鋤耰而已。夫安肆放逸之餘，一旦束之，使誦《詩》讀《書》，往來有禁，出入有時，此仁之以爲禍之，勸之以爲强之，亦其情也。雖然，吾既因其性而爲教，辟之於水，導之則行，不患其塞而爲害；疏之則下，不憂其激而反流。亦惟寬以俟其成，和以使之復耳。而復誘其勤以懲其怠，進其能以耻其愚，則皆奮然用力而不懈矣。抑聞之，子弟之趨向在於師，師不尊則教不行，教不行則道不明，必擇博學潔脩之士以爲儀表焉。余承乏助教五年，睹其得失，故爲説以責其下，而重於得師如此。作而新之，正在於今日。

校勘記

〔一〕『弟』，原脱，據康熙本補。

〔二〕『廪』，原作『稟』，據康熙本改。

與楊秉哲書

奉書秉哲録事坐〔一〕右：相去只尺，久病不得數見。前幸少間，輒造幕府，獲睹《史約序》，文甚奇，義甚正。方厭今人之文腐熟，無足觀者，忽遇班固、馬遷之在前，如寐而覺，如醒而醒，何其快也！然尚有所論者，欲再往而不果，敢以書布之左右焉。古之史官，據事直書而已。司馬文正公約舊史之文，作《通鑑》一書，而其義則大正於朱子之《綱目》焉。上下數千年間，未嘗不爲之嘆曰：周之有秦，漢之有魏，晉之有宋，周之有隋，唐之有梁，何前後之相襲同一轍

也？且彼不顧而爲之者，莫不以爲歷數之當然。所賴秉筆君子，明大義於後世，使監者知力可遏於一時，而不容於百代如此。苟曲筆以徇其所爲，亦豈畏之而然邪？將爲當然而然也。考之朱全忠事，至今五尺童子皆知爲唐之大盜，甚於漢之曹操。操不急於受漢禪，全忠敢於受唐禪。朱子書曰：『梁王朱全忠，更名晃，稱皇帝。』猶書魏王曹丕稱皇帝之例，惡之已甚，斥之已明，而與上書昭烈皇帝章武元年，下書漢中王即皇帝位者，萬萬不同矣。且當是時，王建稱帝於蜀，契丹稱帝於幽州，王延鈞稱帝於閩，紛紛僭竊，朱子皆存而書之。書晃稱皇帝，以見朱氏之簒唐；書閩、蜀稱帝，以見四方之幅裂。其傷中國之無主，爲何如也？若其細注梁太祖皇帝朱晃開平元年，與後注蜀高祖王建武成元年，亦同。終晃之弑，至後唐毁梁宗廟，追廢朱温及友貞爲庶人，備録而不殺，著其始終之實如此。今因《通鑑》之疵，并責朱子失予奪之權衡，則過矣。宜更裁之。矧將發乎前而傳于後，不可有一毫之戾者？敢進其瞽説，病愈當與商搉〔二〕之。

校勘記

〔一〕『坐』，康熙本作『左』。

〔二〕『搉』，康熙本作『確』。

鑄鐘〔一〕祝文

曰惟皇帝，受命于天，既廣幅員。乃建中都，地大物殷〔二〕。鼓鐘〔三〕之設，政令攸存。必審

其音，匪華以文。警彼遐邇，以覺晨昏。範金在冶，功同大鈞。爰告明神，歷千萬春。敢告。

校勘記

〔一〕〔三〕『鐘』，萬曆本作『鍾』。

〔二〕『殷』，康熙本作『盈』。

畣陳恭

友人陳恭告余曰：『吳門金生以聾，年纔二十有四，而穎悟絶人。遇人輒舉濂洛之學，衆皆非之，甚者怒而詘之。而先生獨與之者，何也？』余曰：『余之所與者，與其能舉濂洛之學也。彼非之、詘之者，恥其不知而忌人之知也。』嗚呼！欲求聖人之道者，必自濂洛始。然在當時，有斥程子偏而不正者，有斥朱子迂而不通者。使二子生於今，亦必非之、詘之，矧於生邪？生之言，固衆人之所驚而怪矣。衆人之所驚而怪，由其不知也。君子篤於求道，奚人言之恤乎？生之至否，余固不可必，而獨與其能舉濂洛之學耳。毋〔一〕多疑。

校勘記

〔一〕『毋』，康熙本作『無』。

清江貝先生文集卷之二十四

中都藁〔一〕

蘆軒記

天台李廷鉉之謫潁上也，日讀書一室中，泰然自足，復題之曰蘆軒。客有過而詰之者，則曰：『吾所居無嘉木異卉，出門四顧，際天連海，悉彌亘以蘆，而不可限也，故以名吾室。』客又何怪乎？』客曰：『嘻〔二〕！江圖紀蘆洲至樊口三十里，大抵緣江〔三〕之地宜蘆，未聞潁産之饒也。且河南諸郡素稱汝陰，而西湖在其境内，宋歐陽文忠公誠樂其勝概，即老于潁而不復〔四〕。時蘇黄門嘗從公游，銀缸畫燭之詩，至于今，人能誦之。則當時人物富庶，甲第相望，連檣巨艦，與波上下者，概可想已。今既刳于兵，千里蕭條，一蘆洲而已。欲求如公擅西湖之風月，惡乎而可邪？嗚呼！東西都之壯麗，計相萬於潁也。紫淵〔五〕丹水，奄爲狐兔之區，而金城五千步與連昌繡嶺之相蔽虧，亦墮而不存。此古今盛衰之變，奚獨興嘆於潁之蘆也哉？然蘆爲物之微者，薪之而不惜，伐之而不禁，使有嘉木異卉如向之可玩，又孰取之表其陋乎？其取之

者，以時之所見特此耳。抑觀夫既苞既體，至霜乾雨折之餘，散花如雪陣，紛〔六〕糅交錯，沙鷗落雁，莫辨其所止，固有無窮秋思，不翅在瀟湘洞庭間也。視彼争榮於春，騰芳交蔭，曾不及乎一瞬，何以過吾之所謂蘆歟？廷鉉必有得諸心矣。』因以其説來告，余深善客之知道，遂書以爲《蘆軒記》。

校勘記

〔一〕『中都藁』，原缺，據卷首總目録補。

〔二〕『嘻』，萬曆本作『噫』。

〔三〕『江』，萬曆本作『沙』。

〔四〕『而不復』，康熙本作『不復出』。

〔五〕『淵』，萬曆本作『烟』。

〔六〕『紛』，康熙本作『粉』。

東軒記

淮之南，居人咸築土爲垣，覆茨爲屋，無高甍巨棟、丹漆黝堊之飾。非惟凋瘵而然，蓋其風土俗尚猶古也。方文敏者，作東軒於所居之偏，亦未始求侈於人。客〔一〕至輒席其中，行酒賦詩，連晝累夜，至忘羈旅憂。間嘗求記於余。余觀一時鴻生碩士之所述，發其義者，殆無餘藴矣。然方氏，越大姓也，在元季時有捍海功，優以名爵，一門金紫，氣焰赫然。文敏在群從兄弟

中，謙冲自厲，莫不賢之。國朝革命，徙諸豪於濠上，遂由海濱來受一廛之地，即其所名，盍求趣之所在乎？嘗讀陶靖節詩，有『嘯傲東軒，復得此生』之語，竊爲之嘆曰：江左人物，其能知道而超然物外者，靖節一人而已夫！治百里邑，固愈乎南村之宅；食五斗，固愈乎㶏下之田。顧束帶之煩，甘心荷鋤，至乞食，至止酒，初無一毫怵於中者，豈不以〔二〕得此生爲至樂邪？苟以得此生爲至樂，孰可以易吾東軒之所處哉？由是夷攷晉、宋諸臣度江之初，王導、庾亮以區區一方，經緯天下，未暇論也；謝安夷大難、樹大功，而讒毀隨之，殷浩卒廢而書空，又能一日嘯傲東軒，有靖節之高乎？其於生已病矣。劉穆之佐武帝，崛起於後，任兼内外，不足論也；王弘欲辟盈居損，何尚之既老復起，用智將迎，烏能一日嘯傲東軒，有靖節之高乎？其於生亦病矣。今文敏去富貴而安貧賤，樂焉而游，疲焉而休，外無所求，内無所尤，可謂獲全吾天於干戈格鬬之餘，且將□靖節於千載，視冒進不已之徒，違己從人，汲汲營營，以至於敗而後止者，相去何如也？予故推而爲之説如此。異時尚當徑造東軒，迎海月之宵升，覽雲霞之朝鮮，酒酣興發，援筆爲賦云。

校勘記

〔一〕『客』，萬曆本作『容』，誤。

〔二〕『不以』後，康熙本有『爲』字。

薦福草堂記

吳門秦彦昭氏，既葬其親郡西十五里之薦福山，又築室以奉其主，而題之曰薦福草堂，因其地也。間求記於余，乃爲之嘆曰：自中古以來，人之死者，有墓以藏其體魄，固異乎不葬者矣。然數十年後，草樹已深，蛇虺之所蟠，狐兔之所殘，或恝然莫之一顧，則亦委之鬼而已。夫孝子仁人，有所不忍於其親，而忍委之鬼，可乎？於是建祠其旁，四時朝暮，謹而守之，庶幾慰夫冥冥者，豈非事死如事生，事亡如事存之道乎？其於古制合否，弗暇論也。且薦福之在姑蘇，尤特奇峭，狀類虎踞，一名踞湖山。五代時錢氏有國，嘗建薦福寺於上，中有五塢，宋皇祐間，節度推官馬雲求其林壑之美，因别以名，曰芳塢、曰飛泉、曰脩竹、曰丹霞、曰白雲。歷今五百年，而絶境猶可想見於寒烟白草之外也。彦昭用陰陽家言，得其葬地，遂剪荆棘而立棟宇。其南則上方、穹窿，其西則爲天平，又西則天池，環拱旋顧，如戟列屏峙，而穹窿之南，則太湖三萬六千頃皆在指顧之中。是知薦福盡姑蘇之形勝，草堂復據兹山之勝矣。雖廢興之跡，相尋於無窮，此理數之當然，吾能有之，一時之境，因人而益勝焉。初，秦氏之先居淮東之高郵，業醫非一世矣，後徙於蘇。而彦昭之先君子明德處士，尤深於黄帝雷公問答之書，參以張仲景、劉守真、李東垣諸論，切脉用藥，往往起人於阽死，而多不責其報。由是，蘇人之有疾者，咸走其門而謁之。處士不以貧富貴賤，悉應其求，可謂樹德於無窮者。至彦昭，克守其業弗墜〔一〕，

秦氏之名由是益大。逮國朝平吴，遷民五百家於臨濠，而彦昭亦與焉。時處士已没，越七年始克歸葬。斯堂之作，可見悽愴怵惕之心，不待春雨秋霜之降而發已。故不辭而記之，俾刻諸石，以示來者，尚嗣之而弗忽可也。

校勘記

〔一〕『墜』，康熙本作『墮』。

杏田記

吴門陳敬夫，客隱濠泗間，闢室若干楹，廣不踰尋丈，深與之等，中可坐客五六人。予嘗造焉，因觴其所，而請名於予。按，臨濠古鍾離國，而晉董奉嘗居之。奉有神仙術，托於醫以治人病，不責其報，惟令種杏一株，及成林，又令以穀一器易杏食之，而積穀施貧無食者。今敬夫蓄善藥，應人之求，抑亦有奉之風乎？請以杏田名之。然不謂之『林』，而謂之『田』者，蓋祖於李長庚之詩，余固有其説矣。凡人所依以爲養者，莫過於田，上者畝一鍾〔一〕，此秦陽遂雄蓋一州。而火耕水耨，終歲不得休，其爲勞苦何如也？使不業田而有其地利者，惟醫近之。醫必宗於奉，故目杏爲田，奚不可也？嗚呼！奉之爲神仙，若淪於荒唐詭誕，儒者所不取，而特取其有及人之仁焉。夫享厚禄、柄大權，視人之轉徙溝壑，不翅秦越人之不相恤，區區窮山絶谷之士，無民社之責，乃能恤人之瀕死不救，而有術以濟之，全〔二〕而活者不知其幾千百矣，可謂

失之此而得之彼，宜其没已久而人猶稱之也。世之庸醫，又特假其名而漁利一時，曰『吾奉也』，人亦信其皆奉也，烏有奉之治人且不有其利也哉？敬夫雖無神仙之術如奉，疾病者仰其藥而不夭其天年，則其施也博，與奉之杏何異邪？德之所積，殆不可以町畦，而有杏田之實，奉不足以專美於前矣。是爲記。復繫之以詩，詩曰：

田彼夕陽，時耕時藝。庶竭吾力，以私其利。猗與董奉，樹杏千株。地無肥磽，有花紛敷。既花而實，又易以穀。猛虎守之，盗者斯逐。惟敬夫氏，蓄藥滿家。烏喙昌陽，空青丹砂。取直孔廉，厥施孔博。何殊杏田，不稼而穫。我作我詩，爰揭座隅。益封殖之，孰匪菑畬。

校勘記

〔一〕『鍾』，原作『鐘』，據萬曆本、康熙本改。

〔二〕『全』，萬曆本作『今』。

四清堂記

鳳陽單公寧山之居京師也，築室若干楹，既茨而墁，中寘竹牀一，楮帷菊枕，以時休息焉。蓋豐而能約，約而能安者，合而名之曰四清。見於鴻生碩士之詠歌亦既富矣，復徵記於貝瓊，至於三四而不倦。瓊因論元之季，華靡無節，而在位貪墨，民窮怨積，胥起爲仇，訖亡天下。當是時，人主非不圖治，中外之臣苟有一節之清者，旌而厲之，使皆有所勸。而守令得以貨之，邊

將得以貨之，六察得以貨之，宰相任天下之重者得以貨之。苞苴盛行，曲直弗當，法從而敗，理從而墮矣。彼且爲虎狼，爲淘河，累貲鉅萬，猶不饜其求，孰計國家之安危也哉？公自少砥礪名節，爲郡功曹，人莫敢干以私，可謂絶無而僅有已。遭時之變，嘗率鄉兵保境濠泗之間，衆恃以安。及歸皇明，遂見知於上，爲按察使，歷工部、兵部尚書，位尊而禄厚。被服必錦繡也，玩好必珠玉也，娱樂必聲伎婦女也，有不足怪者，乃斥而不近，而以四清爲尚，等於儒者，信其中無一物之累，介然表乎波流風靡之餘者歟！昔齊晏子一狐裘三十年，君子以爲儉；漢公孫弘脱粟布被，而汲黯以爲詐。夫弘之曲學阿世，其僞可知，而晏子雖不合於禮，抑亦病其奢而矯之者，或者猶稱其爲知禮也。若公之四清，故近於晏之儉，的非公孫之詐矣。區區舉物爲言，而不求其心，又惡知所存有大於是者？向使人人爲其所爲，則身名俱榮，以及於後世。何其愚闇不知如此，而公所以獨高也。故樂道其善而書之，覽者尚懲彼之失，而監此爲法云。

惜陰軒記

會稽翁昌齡氏，寓金陵之青溪，性不悦於紛華，益窮六籍之説，顔其室曰惜陰。其言以爲禹惜寸陰，而陶士行謂衆人當惜分陰，禹勤於治，士行勤於事，吾取以爲法云。乃馳書三百里求余爲之記。然余之荒落，尚可以言此乎？辭弗獲，則復之曰：日之經天而西也，分積而寸，寸積而尋，丈以周所歷之度，疑若可久矣。方出爲〔一〕旦，而夕已及之；既進爲暑，而寒復襲之。

射之發而不返，丸之轉而下走，曷足以喻其疾邪？　君子苦其學之難成，而懼其時之易失，必務於勤，如禹、如士行可也。《傳》曰：『學如不及，猶恐失之。』孔子，聖人也，好古，敏以求之。顔子，學聖人者也，語之而不惰。矧以闇劣之資，而自畫自怠歟？　余爲童子時，不知進學爲事，飽而嬉，倦而休，智弗加益，而年寖長矣。　及困厄不振，涉三〔二〕泖、出五茸，將觀天下之會以自壯，復宿留三吴，日從游盤燕樂之適，卒無所得，而貌亦改矣。　中夜思之，惕焉内慚，謝其所與往來者，盡發篋中書讀之，其未見者則假諸人，庶日有所進，歲有不同，塞者以通，而虚者以充也。　屬海内兵争，遠近騷然，於是辟亂山谷中。　又十有五年，則既老而耄，執卷竟日，旋復忘之。　嗚呼！　少而壯、壯而老，坐於不勤如此，雖病而悔，又何及矣！　故常舉以告人，使毋蹈其轍。　彼一時新進，或未成而遽足，或既仕而尋棄，不亦悲夫？　今昌齡由國子生擢爲吴府伴讀，退朝而歸，未嘗與書稍輟，且以惜陰自警，孳孳汲汲，恒若不足，是能觀夫天有不息之機，以致吾不息之功。　則其於學，不極其至不止也，非徒余之所愧，寔有望於若人焉。　姑書以勗其志。

校勘記

〔一〕『爲』，康熙本作『而』。

〔二〕『三』，原作『一』，據康熙本改。

雙井堂記

按《志》，雙井在寧州之脩江中，江深不可見，至秋冬水落始出。　而釣臺石、明月灣，咸在其

上。蓋亦西江之一奇觀也。宋黄太史山谷家焉，公時與賓客來游，輒取水烹茶，清洌異乎他泉，且賦詩有『十里秋風香』之語，雙井之名繇是益顯。距今三百餘年，而祠堂猶存不廢，則一時之風流，概可想已。後盤谷先生，居東甌之平陽者，亦其苗裔歟！嘗登咸淳進士第，及宋社既虚〔一〕，遂隱不仕。乃即居第前鑿二沼，種蓮于中，復以雙井名堂，特示不忘其先之意。雖其地與脩江不同，寔有太史之趣云。三世孫吉甫，仕皇朝，征商鳳陽者五年丁兹。間過橋門見余，求記所謂雙井堂者，至於三四無倦色，以爲非鉅手筆不以屬也。遂復之曰：予嘗讀《易》，井之爲卦，曰改邑不改井。况脩江之井，又非穴地而爲者，終天地未嘗改也，而此特放而名之耳。然名之所在，君子得以攷其事而論其人焉。初，山谷以詩鳴〔二〕熙寧、元豐間，與蘇文忠公馳騁上下。文忠公極其天才所至，可喜可愕，至混涵停蓄，如唐杜甫者，或未之及焉。惟公盡古今之變，深而不僻，奇而有法，在諸家爲第一。惜其與時叉牙，放浪雙井，不得久於朝廷之上，使歌頌有宋之功德上軼三代，徒發之游歷所見，凡風雲雷電、苑囿臺榭、禽魚草木，悉寓於辭，以洩其奇氣。歐陽子謂詩人多窮，余於山谷尤信之。子孫綿延至盤谷，僅一中科目，又當革命之際，弗及究其所施以終。今吉甫博學工文，亦區區授一典市官，何其豐於才而嗇於位邪？此天也，非人之所與也。然自山谷而盤谷，自盤谷而吉甫，歷若干世，而流澤之深厚，與雙井同一不竭，視彼暴盈遽替者，得失何如哉？高堂巋然，俯臨水鏡，過者寧無反復思慕？而不改之常德，尤可見也。故因其請而極言之，尚益昌其詩以衍西江之派者，不在其後乎？

不在其後乎？是爲記。

校勘記

〔一〕『虛』，康熙本作『墟』。

〔二〕『鳴』，萬曆本作『名』。

聽松樓記

平陽縣治南出爲嶺門，嶺門之西有大山特起，曰九皇，嶄然與東山相雄長。巨族林敬伯氏，擇其勝處而居焉。山多千歲古松，拱者、偃者、樛者、直者，鬱然盤錯，雷霆霜雪之餘，不見遠近。於是抗〔一〕層構於蒼翠間，題曰聽松樓，謁余爲記。起問其狀，則曰：『吾嘗讀書其上，有聲飂飂然、謖謖然，經于周阿，達于重簷，若繹而不絕，若合而不散。雖朱絲之清汎，鳳匏之啾發，曷足以喻之〔二〕邪？此吾聽之而樂也。或天風夜作，飛雨驟至，激嘲嘈、殷空同，又若海濤之破山而西，瀑布自天而落，此吾聽之而駭也。莊周所謂天籟者，非歟？幸先生卒言之。』余因論：『人之所同聽者，莫過於樂。而聽古樂者，惟恐其卧；聽新樂者，至不知倦。則《雲門》《咸池》不足以悦天下之耳，矧松之爲聲，非有六律七〔三〕均之和，以合乎黄鐘〔四〕大吕者，孰能聽之？聽之而悦，不知概於古今之樂何如也？其殆真樂所在，得於自然，異於人之所聽矣。抑聞之，善聽者不以耳聽，而以心聽，而以神聽。以神聽者上也，以心聽者中也，以耳聽者下

也。假於耳，曷若會之心？會之心，曷若極乎神歟？聽松之頃，信其不徒以耳也。余將起周而質之。』敬伯曰：『至矣。』遂書其説，俾歸刻諸石。檇李貝瓊記〔五〕。

校勘記

〔一〕『抗』，底本、萬曆本作『杭』，據康熙本改。

〔二〕『之』，康熙本作『此』。

〔三〕『七』，萬曆本作『律』。

〔四〕『鐘』，萬曆本作『鍾』。

〔五〕『檇李貝瓊記』，萬曆本作『云』，則此句相應點爲『俾歸刻諸石云』。

晚翠堂記

物有同類而絶異者，余於〔一〕草木觀之矣。風雷之所鼓動，雨露之所發生，枿而枝、枝而幹，綿山亘谷，如青雲被覆，遠近一色，松栢蒲柳，孰辨其勝負也？及一氣之烈，蒼然而不悴，鬱然而益蕃，回視向之衆木，何其暴榮遽落，曾弗及乎旦暮之近，況能與之偃蹇於冰雪之中也哉？蓋衆木榮於一時，時之變也，不能不變；而松栢貫四時、歷千歲，其大百圍，其高參天，不以時而盛衰也。然後别其高直秀竦之姿，而先後遲速有弗足論者。此君子取之以比德乎？大抵士之特立不回者，非若新進之易合，人方以爲榮而不足爲吾榮，人方以爲辱而不足爲吾辱。阨於前也既久，則伸於後也必大；畜於内也既足，則發於外也必周。此馬援卒成其大器，

楊震亦起於五七，奚翅松栢之在衆木歟？然余之所見者亦尠也。臨汾單守道者，元中大夫、湖南廉訪司〔二〕副使明卿之孫，政議大夫、同知通政院事仁美之子也。乃能刮磨豪習，折節讀書，雖間關兵馬間，亦不少輟。嘗失其母，走三千里訪於金陵得之，縉紳咸稱其孝焉。國朝置國子學，聚四方之學者，遂由諸生升上舍。未幾，衆皆超遷爲美官，横金躍馬，驚駭閭里，守道方從余來中都，分教諸子弟，乃以晚翠名其游息之所以自厲，而無一毫媒祿意。信其落落如松栢之翠，而非暴榮遽落者比矣。嗚呼！松栢之於衆木類也，其材恒見於晚；士之與常人類也，其志亦成於晚。事固不貴乎早也。余知守道將有爲於久屈之餘，而發其所蓄無疑矣。因其求文以記之，故申其説如此，而復戒其守云。

校勘記

〔一〕『於』，康熙本作『以』。

〔二〕『司』，康熙本作『史』。

白雲書舍記

雲之爲物不一，而白雲則水土清明之氣上升於天，幽人處士恒玩而樂之。然其去留無跡，卷舒無時，所謂雲之閒者，非若雨雲、雪雲之能澤物也。會稽褚君德剛，讀書蟠龍山下，每清秋雨止，窗户皆雲也，几席皆雲也，被覆左右，彌亘前後。其居也，以雲爲賓客；其出也，以雲爲

車徒；其限也，以雲爲藩籬；其飾也，以雲爲采色。雲無心也，吾亦無心也，日相接而相忘焉。題曰白雲書舍。蓋據一方之勝，而香爐、玉笋聯綿於雲間，鴻禧之觀、龍瑞之宫蔽虧於雲外，城郭之埃塵迥隔而不及也。鋤雲而耕，披雲而薪，既足以自給，而太夫人又壽考康寧，歲時稱壽，洩洩融融。此亦有天下之至樂，萬鍾千駟孰〔一〕加于是哉？使有萬鍾千駟之榮，或不及養其親，而反貽親憂，得失抑何如邪？書暇輒絃琴而歌，歌曰：『山出白雲兮，既不以雨。白雲浮浮兮，又翳余户。余退無營兮，朝耕夜書。卒歲有褐兮，食且有蔬。覽彼白雲兮，惟潔時懋。載酌清醑兮，爲母之壽。』繇是，一時談者莫不樂道其美焉。逮洪武之起爲中書掾，轉青州都指揮使司經歷，尋升鳳陽大都督府經歷，乃不遠千里迎其母，涉江道淮來王都，亦無異在蟠龍時。蓋所居之境不同，而同其樂也。故復揭『白雲』之名於寓所，親之所在，即雲之所在，有不待假於雲者。視唐狄文忠公北登太行而興望雲之嘆，固不得全其私如德剛矣。因詳其出處，而著恩義之兼盡云。

校勘記

〔一〕『孰』後，康熙本有『有』字。

清江貝先生文集卷之二十五

中都藁

歸耕處記

吳大姓謝伯禮氏，繇雲間徙臨淮之東園，築室若干楹，題曰歸耕處，志其出而復歸，而所歸非一，故以處言之云。初，余遊九峰三泖間，嘗愛其俗務本而好學，故無不耕之民，無不食之地，而諸謝雄蓋一邑，比古之秦陽。時伯禮自松江别駕歸，亦耦田夫野老於隴上，不以爲耻焉。蓋耕而仕也，進而行吾道，仕而耕也，退而求吾志，出處一致也。元季之變，大發州郡丁，操兵以從征伐，遠近騷然，雖欲耕而不可得者，非獨三吳爲然已。今天子受命，削平宇内，卒復于伍，民復于廬，農復于田，工復于肆，皆歸之道也。乃越在二千里外，積十年之久，出入東園，不啻九峰三泖時，遂將老焉。出而歸，歸而耕，又奚局於一方也？一日，會于中都，屬記於余，且言：『向之功而爵者，不得田吾田；爵而醢者，不得田吾田。獲田吾田，而不失爲農者五十年，固無功而爵之榮，幸而免於爵而醢之禍，天之厚於吾者多矣。輟耕之頃，談話東阡西陌之上，

以爲鹿門之龎德公、柴桑之陶靖節，庶幾尚友於千載歟？或者方病其勞苦，而祁寒暑雨之弗堪也，舍耒耜、去南畝，汲汲焉營斗筲之禄，摩肩疊跡於朝，曾不監其得失，宜乎長往不來者，所以深詆之。則爲吾東園之歸者，幾何人也？歲既登矣，吾亦可休矣。於是釀酒擊鮮，合族人父老酌以相勞，酒酣輒起而爲歌。歌曰：「有田膴膴，于淮之滸。既畚〔一〕既播，復膏以雨。我稼之芃芃〔二〕兮，庶〔三〕無食于螽兮，于以樂歲之屢豐兮。」衆皆擊器和之，其樂爲何如哉？余聞而壯之，雖未能遂其歸如伯禮，喜見若人於千起萬滅中，可謂爲農之久、知農之深，而超然獨高已。姑序其事，并録其言，爲《歸耕處記》。

校勘記

〔一〕『畚』，康熙本作『畲』。

〔二〕『芃芃』，康熙本作『芄芄』，誤。

〔三〕『庶』，康熙本作『使』。

屺思軒記

余之分教中都也，詔選國子生十人副之行，而首選永嘉王廷采焉。廷采母卒久矣，一日讀《詩》至《魏風·陟岵》之二章，曰『陟彼屺〔一〕兮，瞻望母兮』，爲之潸然泣下，曰：『吾又何望乎？雖然，人之於親，至死不窮。』乃以『思』名其室，而上加『屺』者，義繫於屺也。義繫於屺

而其思有二，余從而論之。夫父子兄弟，處乎一室，其入也相守，其出也相從，豈非天下之至樂？而一旦有事於四方，自燕而南，自越而北，跋履山川之險，蒙犯風露之久，其有不思者乎？此離而思也。離而思者，猶望其歸，而不至於長思也。或不幸而有故焉，則又何如邪？此没而思也。没而思者，終其身而已矣。廷采之於母，没而思者也。莫親於父母，惡忍忘於既没哉？惟其生甫十月而鞠於姑，宜不知有母也；及長而好學，其季父子之，宜不知有父也。年幾三十，而始克復正，且以喪母之爲悲，其心同乎陟岵〔二〕之孝子，而事則不倫矣。陟岵〔三〕之孝子見於《詩》者，自父而母，自母而兄，又設爲父母之辭，欲其無已無寐，雖思而不過於傷也。若廷采者，以其有父焉，吾尚及事之，而不及見吾母矣，吾寧不悲乎？於是掇取二章，以表其志思，尤切於陟屺之時也。嗚呼！風氣日漓，教化不行，朝死而夕忘之者，汩其天而不復，曾弗若鳥獸之有知矣。余幸見若人於所不得見，故因其出於一本而不可已者，反復爲之説如此。非以其多乎道之爲異也，抑豈以是爲多乎道哉？觀者尚興起於孝，使不淪於薄，余固有錫類之望矣。於是乎書。

校勘記

〔一〕『屺』，康熙本作『岵』。

〔二〕〔三〕『岵』，康熙本作『屺』。

來鷗亭記

震澤而下，其水匯於華亭，爲三泖，民多環泖而居。有姚宗文氏，結亭一所，以據其勝，下俯平波萬頃，而白鷗千百爲群，題曰來鷗亭，繪而爲圖，述而爲文者亦既侈矣，復求記於余。余觀飛動之族不一，而鳳爲鳥之靈者也，鶴爲鳥之僊者也，鷗爲鳥之閒者也。鳳一出千歲，其來以德；鶴一飛萬里，其來以類。若鷗者，無鳳之文采，無鶴之音聲，出没波濤之中，下上洲渚之間，未始爲人之所畜，人亦弗之畜焉。惟江海之士，日從之遊，以其無心也，不然則不來已。大抵天下之物，以無心而相感；天下之事，以無心而相成。海翁之鷗不足言者，必若宋之魏公韓忠獻歟？海翁無爵禄之慕，無聲譽之求，而狎鷗於渺茫者，宜也。公歷事三朝，出受經略之寄，入居匡輔之職，前後五十餘年，至陶萬物於太和，措宗社於盤石，雖古皋陶、稷、契無以過之。顧以狎鷗爲號，又豈矯情而誣俗邪？蓋其卷舒進退，舉任於道，非有一毫與乎其間，所以樹大功、定大事，皆出於無心而已。使如患得患失之徒，挾數以爲能，矜功而自許，惡知鷗之可狎也〔一〕？此吾高魏公之爲人，不翅海翁忘爵禄聲譽之累，而與鷗相忘者，鷗寧滅〔二〕没而不爲之來乎？今宗文閟而不試，放於閒適，亦有鷗之逸者，其爲海翁、爲名臣魏公，未可知也。燕坐之頃，四顧無雲，九山前起，遥見雪影翩翩〔三〕於空青之外，悠然自適，殆非海翁之所知已。余將老而東歸，道出雲間，艤舟亭下，尚當尋盟於未寒云。

校勘記

〔一〕『也』後，康熙本有『哉』字。

〔二〕『滅』，康熙本無。

〔三〕『翩翩』後，康熙本有『來』字。

來德堂記

平陽林與直，既葬其大父文卿於縣治南九十里之茅竹里，築亭若干楹於墓側，歲時既祭，而燕合族人於此焉。間請名於余。按，其先世爲泉南人，在唐有福唐尉攢，母死廬墓，致白鶴甘露之應。事聞，詔立二闕於墓前，號闕下林氏。五季〔一〕之亂，舉宗七人徙平陽而散居焉，四溪其一也。由四溪而下嶺，又析爲二族。居嶺門者，有宋參議公某，則與直之始祖也。參議公之後爲大諫公某，大諫公之後有知道州望之，望之生太玉，元初爲建寧教授，歷官至建德推官。而文卿則太玉之季子，重然諾，寡言笑，以與時叉牙，不仕而隱。工鼓琴，暇則抱琴往長林曲水間，作《秋鴻操》一曲，觀者以爲神仙中人。年六十有五終。與直之少也，其父彥暉出游吴越，故常依之以居，而朝夕有戒，出入有節。既長，從師講學，通《春秋》大經。洪武八年至京師，補國子生，遂升上舍，皆文卿之教也。《志》曰：百歲之計，來之以德。攷其前後，而知善於計者，請以來德名之。乃進而告曰：東南之强宗大姓，位非不尊而畜非不厚也，或三四傳而覆，而近

者一再傳而已。其能綿延五六百年，歷十有餘世者，豈非繫於人物歟？譬之場師之木，尺寸而長，至於參天蔽日，豈一朝夕之所致哉？其風雷之所排，霜雪之所虐，吾不知其幾矣。惟封之固而漑之勤，其本既强，而不爲摧敗偃仆如此。君子之於德也，亦若是焉。存於方寸之中，而施之天下之廣，積於數百年之久，而發於一旦之間。視彼區區祈天而不獲則怨天，責人而不報則尤人，何異不賈而求贏、不稼而求穫者哉？若福唐至大諫公而始大，大諫至道州而益顯，文卿又能不廢前人之德而及乎與直，故知向之有位者不能世其官，厚畜者不能享其利，而積德之效，出於理之必然，焉可誣也？則後百歲而爲計者，又在彦暉之父子，益厚其積，亦若爾祖爾父焉。人物之盛，當不止於此，而林氏之福〔二〕，其來烏可〔三〕涯也哉？既名其堂，復爲記以勗之。

校勘記

〔一〕『季』，萬曆本作『李』，誤。

〔二〕『福』後，康熙本有『德』字。

〔三〕『可』，康熙本作『有』。

巢居記

隱者巢居子，築室城東門外，廣容一席，客至輒促膝而坐，且夸於客曰：『鳥巢於木，而吾

之室寔類之。其下平而不甃，其蓋朴而不斲。疏之以來清風，密之以禦天雨。前有玉山，旁紆大川。挹朝光於東隅，納星月於夜窗。此吾之所居，奚翅一巢也？於是而偃休，於是而嘯〔一〕歌，泰然自足，不知其爲陋也。復仰而思之，彼富貴家，崇墉屹屹焉，廣厦渠渠焉，其與吾之巢，又何大相什〔二〕百邪？且厚積以爲寇之招，外楗而爲鬼之瞰，曾弗若吾爲巢之固而安也。』客乃囅爾而笑曰：『彼徇於物者也，子亦未能忘乎物也。子以其奢爲病，惡知不以吾之陋爲病歟？子以其陋爲樂，惡知不以彼之奢爲樂歟？其趣既殊，而是非蠭起，曷若忘彼此而一之也？忘彼此而一之，則孰爲巢也？孰爲非巢也？渾渾乎太古之天，熙熙乎太古之人也。子以爲何如？』遂起而謝曰：『吾之所未及也，請書爲記。』巢居子者，番易周克復氏，客爲檇李貝瓊也。

校勘記

〔一〕『嘯』，原作『肅』，據萬曆本、康熙本改。

〔二〕『什』，底本、萬曆本脱，據康熙本補。

翠屏軒記

睦大族葉明遠氏，居壽昌之茗塘。群山旁圍，一水中亘，而東北一山却立千仞者，曰屏風山。乃築室其下，爲游息之所，題曰翠屏。嘗命其季國子生焱求余爲之記，未暇復也。及余來中都，焱亦與諸生奉旨分教州縣之子弟，遂至臨淮，復申其請焉。則爲之説曰：山之類屏者非

一，若二華之在關右，羅浮、九嶷之在湖外，赤城、天〔一〕姥、四明、雁蕩之在海隅，連峰沓嶂，上接霄漢，然皆不以屏目之。惟九江匡廬則有屏風九疊，與壽昌之山亦名屏風焉。彼固不可概以一物者，或斷或連，或起或伏，有上銳如劍戟之列者，有突怒如蛟龍屈盤者，有效奇獻秀如青蓮萬朵、鳳飛而獸舞者，又可專以屏言之乎？惟屏風九疊，出於千岩萬壑間，與香爐、五老相參，其曲折之狀可想已。壽昌之屏風山，閟於僻壤，雖不得争雄匡廬，而游人寓公亦無至而玩之，發於文辭以表其靈異，豈非造物者將待其人也乎？大抵天下之奇觀，未必專於一方。二華、羅浮、九疑、赤城、天姥、四明、雁蕩之外，其扶輿蜿蟺之所鍾者，惡可限乎南北邪？苟得其趣於烟雲吐納之時，春嵐秋色之變，猿鼯禽鳥之情，卉木葩豔之發，固不待窮周王之轍跡，道秦隴，上天台，浮瀟湘洞庭而覽其勝，則翠屏不異匡廬之九疊已，吾何爲之左右焉？然明遠父子託於林壑之久，宜其出入上下，饜見飫聞，而且好之不已。《傳》曰『仁者樂山』，斯可謂之仁矣。柳〔二〕子記馬退山之亭，有曰『以碧山爲屏風，昭其儉也』，則其儉亦可知矣。雖然，君子之於物，豈徒爲耳目之玩哉？焱嘗講《易》於家，而求聖人畫卦假象之意，抑觀地中有山之象，則知裒〔三〕多益寡，稱物平施之道乎？觀天在山中之象，則知多識前言往行，以畜其德乎？至如虚以受人，懲忿窒欲，何莫〔四〕不取乎山澤也？由是而進學焉，將與翠屏拔於丘垤之卑，而山亦因之益勝，視境中所謂錦峰繡嶺者，何如邪？余老而縻於官，未得如明遠放浪物外，一登翠屏之顛，招安期，挹盧敖，而徒彷佛其寸碧於天際，慨然遐思而已，尚懼辱於山靈而勒移謝客

也。於是乎書。

校勘記

〔一〕『天』，萬曆本作『大』，誤。

〔二〕『柳』，康熙本作『柳』，誤。

〔三〕『褎』，萬曆本作『裒』。

〔四〕『何莫』後，萬曆本有『而』字。

風木亭記

國子生平陽董瑨蚤孤，既葬父伯高，築亭于墓左，題之曰風木，取《韓詩外傳》記皋魚之語云。初，伯高撫瑨甚勤，而教之有法，時年甫十二，猶未知也。既長而有知，思報無窮之德，而抱無窮之戚矣。此亭之所〔一〕作，因求記其所謂風木者，久未復也。洪武八年春，余分教中都，復與瑨俱，且申其請。乃爲之説曰：木之性恒撓於風，子之心恒奪於天，此古今之所悲，而皋魚至於哭而死也。然余不足於魚焉。漢毛義捧檄而喜，義豈喜得一州縣哉？蓋爲親屈也。苟知爲親屈，則不暇於擇禄。而魚去親之久，事主之難，既困而歸，自稱其失有三，又何及邪？孔子門人聞而歸者三十餘人，則以魚激之，且懲其過也。雖然，莫尊於親，莫大於養親。顧菽水之薄，或缺於前，而三牲之具，不必享於後。所謂事有不可全，人有不可强者，風木之感爲何如邪？非特一魚而已。今瑨志同於魚，而無其三失，惟以死而厚於祭也，孰與生而養之薄？

死而致其哀也，孰與生而樂之深？故假其言，表吾之思耳。歲時展敬墓下，登斯亭也，俯金洲而仰靈鷲，徘徊四顧，又安得起吾親於九京歟？此尤足閔之也。嗚呼！彼一時富貴者，居有華構，出有輿馬，饜粱〔二〕肉而襲綺紈者，皆不肖之子弟，曾弗悼其親於既没，不及事之爲戚如瑁者，此又魚之罪人，而世亦莫之怪已，豈不重有所感夫！

校勘記

〔一〕『所』後，康熙本有『以』字。

〔二〕『粱』，康熙本作『梁』。

居易齋記

學必志於君子，而君子之事，居易而已。吾未暇極論古今之人，姑〔一〕舉其所可知者。捉衿〔二〕而肘見，納履而後缺，非曾氏之居易乎？後車數十乘，從者數百人，非孟氏之居易乎？彼二子者，惡知貧賤之爲約、富貴之爲泰也？處約必餒而不知其爲約，則約而泰矣；處泰必盈而不知其爲泰，則泰亦何愈於約哉？分定故也。而世之常人，苦其貧賤而欲去之，則不能安吾之分矣，終亦莫之去也；羨其富貴而欲求之，則將踰彼之分矣，終亦莫之得也。鮮知居易之爲事而爲君子之所爲者，然亦不可責其爲君子也。三衢魯濬文氏，乃及於此，蓋亦千百而十一歟？一室瀟〔三〕然，日讀書其中，而無一毫外慕意，余固嘉之，且求爲之記，故告之如此。抑

求之《中庸》，子思既言居易行險爲君子小人之辯矣，復引孔子之説，曰『射有似乎君子，失諸正鵠，反求諸其身』，蓋必由是而進焉。不然，吾恐未免於苦貧賤而羡富貴，姑假之以文其怨悔，而於自反之功未至也。苟知自反，則無往而非居易，矧是區區者邪？濬文尚勖之。

校勘記

〔一〕『姑』，康熙本作『始』。

〔二〕『衿』，康熙本作『襟』。

〔三〕『瀟』，康熙本作『蕭』。

瓜田小隱記

昔東陵侯邵平，當秦既亡，遂去之青門，老於種瓜。吾嘗論高帝入關初，秦人迎而降者，已知有漢，而不知有秦矣。至天下大定，則相率爲臣，如張蒼之徒，亦何怪哉？平獨不忍背君而汙其身，去東陵之封如脱屣，而甘心瓜田之中，是知有秦，而不知有漢也。宜歷千百世之久，風節凛然，與西山餓夫同一高已。談者且以前之侯也，其富貴如此，後之種瓜也，其貧賤又如此，爲平一身之榮辱得喪，惡知平者乎？雲間邵子振氏，平之後也，徙居臨淮之東屯，扁其所曰瓜田小隱，豈其風流猶有存者歟？余與子振爲師友，故知之爲詳。邵氏自翠岩至於雪溪，自雪溪至於浦雲，而及子振之父賓谷。一門四世，其盛何如邪！及運革事殊，破萬金之産，乃從農

夫於隴畝，可謂有平之氣象。固知貴賤無恒，猶天之寒暑，不足爲吾之戚欣，而泰然自足歟！是可嘉已〔一〕，故爲之記。

校勘記

〔一〕「已」，康熙本作「也」。

慎獨齋記

昔人有鼓琴者，坐客聞而去之，以琴有殺聲也。時見螳鼓臂搏蟬，其心一動，使純古淡泊忽變爲殺伐，而人已知之，則雖至密之地，可以欺人乎？人不可欺，由吾之情有不可隱也。或者肆其巧詐，欲欺天下之人，以爲不吾知也，豈不悖哉？是亦昧於君子慎獨之戒矣。嗚呼！日月之明未有過於獨者，故君子恒察乎方起未形之機，儼乎若神明之臨也，凜乎若師傅之在前也。其慎之如此，惟求至〔二〕於不欺而已。余之鹵莽滅裂，何足以及此？而國子生建德王以寧氏，顏其讀書之所曰慎獨，數求余爲記，因舉所聞而論之。抑朱子示學者體道之功，莫切於慎獨，及其告君也，復卷卷〔三〕進其説焉。誠以應事接物，本乎一心，使公私邪正交戰於中，互爲勝負，則施之家國天下，必有不得其當者，惡可忽於不見不聞而弗之察歟？曾子、子思以是相傳，而發於先儒者，亦既詳矣。竊閔夫僅知用力者不勇，其朝暮之爲不善者，人雖知而無忌，矧望其能慎於所不知乎？此余所以益嘆世道之衰、心術之壞，而嘉以寧知爲學之要也。以寧

苟於獨而慎之，善吾守而不失，惡吾制而不行，庶無一事之不慎，所至又可量哉？尚以余言勗之。繫之以詩曰：

吾處[三]暗室，孰[四]謂無人。人雖不知，敢忘事天。至隱而見，至微而著。奚翅十手，神明是懼[五]。惟操則存，惟舍則亡。奚翅六馬，奔逸是防。所以君子，察其所發。苟不自欺，善惡攸決。嗟以寧氏，必慎於斯。仁義之充，寔繇是基。我作我詩，匪僞之飾。朝夕監[六]之，尚勗無斁。

校勘記

〔一〕『至』，康熙本作『之』。
〔二〕『卷卷』，萬曆本作『惓惓』。
〔三〕『處』，萬曆本作『盧』。
〔四〕『孰』，康熙本作『若』。
〔五〕『懼』，萬曆本作『權』。
〔六〕『監』，萬曆本作『鑒』。

桃花流水記

桃花流水，非出武陵之桃源者，國子博士會稽錢公子予築室蟠龍山下，有水盤回曲折，遂以其地擬之桃源也。按，桃源爲天壤間絕境，宜高人韻士聞而慕之。今桃源州桃川宫南一里是也，寔武陵八景之一。陶淵明《記》，蓋特指秦人避地居此，不與世通，後好事者輒言其爲神

仙，詩人從而附會之，豈不怪哉？然自秦以降，更王迭伯，攻戰不息，天下之人不死於兵則死於賦者十六七，而山谷之中，老子長孫，至歷六百年之久，理亂不及於耳，榮辱不加於身，以神仙目之，亦非過矣。及晉太康〔一〕中，漁者既至而出，其道卒莫之塞，則人民始病，而風土亦壞。今且同於他境，長荆棘而伏狐兔，惡有昔之種桃者乎？或能自遠於城郭囂埃之外，如王維之輞川、李白之匡山、杜甫之錦江，孰非桃源之勝？而白之見於詩者，亦有『桃花流水』之語，奚必桃源之爲桃源也？子予之意，殆與此同已。當其暇時，徘徊水曲，或坐石而釣，或倚樹而歌，其景無窮，其趣亦無窮也。則以林壑未有過於桃源，而桃源不待往求而在是矣。彼汲汲於貨利之途，而栖栖於權勢之門者，惡足以知其超然物外爲高邪？初，子予在京師時，嘗〔二〕屬余記之。余因告曰：公由布衣徵爲國子助教，方朝而入、暮而出，未宜戀嫽〔三〕寬閒寂寞之濱也，姑俟其歸。越四年爲洪武十年，乃獲請老於朝，而桃花流水果爲其所私矣。不可以不復者，故書其説以寄之，異時將躡屩而往，候公香爐、玉笋云。

校勘記

〔一〕『康』，康熙本作『原』。

〔二〕『嘗』，康熙本作『常』。

〔三〕『嫽』，康熙本無。

浙江文叢

貝瓊集

〔下册〕

〔明〕貝瓊 著　楊葉 點校

海寧市檔案局（館）
海寧市史志辦公室 編

浙江古籍出版社

清江貝先生文集卷之二十六

中都藁

遊山詩序

洪武九年歲在丙辰季秋月朔，予休暇無事，與典簿永嘉[一]裴中，國子生陳芳、林與直、王綬、董瑨、林岳，洎余季子羽，出甲第坊，迤邐北趨四五里，地勢隱然而隆，岡連嶺屬，實萬歲山麓之旁殺者，置關於上，所謂東市之咽喉也。予嘗往來，而未暇出入上下，以窮其勝。是日也，天風颾颾，雲氣行空中，類方[二]騎而驅，乍疏乍密，日光吐而復翳。始懼其將雨，倏排而去之，萬里無滓，端倪呈露。行者欣然皆喜，乃升高而望之。連山拱其南，長淮亘其北，蓋其地即春秋之徐，漢爲鍾離，隋置濠州，逮上之龍飛，改名鳳陽而都焉。其東則獨山，屹然一柱孤撐，上爲司曆者觀天之所。距獨山東十五里爲臨淮，崇墉峨峨，車馬旁午，人之豐樂可想也。其西八十里曰荆山，與塗山對峙天外。志稱山産美玉，卞和以獻楚王，今玉坑尚存。荆山之南，則爲魯山，金碧起伏，若走海濤，而至于皇陵。信神氣所鍾，誕生聖人，爲中國人民主，非偶然矣。

蓋自開闢距今，越千萬年，而豪傑起淮泗間，如王覇之輔漢、魯肅之相吴，固不足方今日之盛而肇大業於東南也。時宫闕未營，朝市之位已定。四十八衛，列營左右，統以大都督府焉。牛馬徧野，禾黍紛敷。偉哉，天下之壯觀矣！又行山北二〔三〕里許，過雙井黄先生。先生東甌大族，守官鳳陽者五年，聞余至，遂延於退休之所。地閴寂，無市聲，少焉設芳醴、薦嘉肴，衆亦懽然而留。更起步爵，劇飲無算，遂至大醉而罷。乃循東山歸，路尤峻絶，怪石虎踞〔四〕，雜樹葱蒨，於是列坐石上者久之。惟綏卧不能起，膳奴掖之而行，因顧謂諸君曰：『余自去年春分教中都生，未嘗一日舍所事而出游，或出游輒以風雨止。今幸償其願，而天復假余之美景如此。覽山川之勝，盡客主〔五〕之歡，使忘鄉土之思，不可以無述也。盍以「溪、山、勝、處、良、友」分韻賦詩，規重遊於異日歟？』衆曰：『唯〔六〕。』越翼日，詩既成什，余爲之序，且録寄雙井云。

校勘記

〔一〕『嘉』，康熙本作『加』，誤。

〔二〕『方』，康熙本作『萬』。

〔三〕『二』後，康熙本有『三』字。

〔四〕『踞』，原作『距』，據康熙本改。

〔五〕『客主』，康熙本作『主客』。

〔六〕『唯』，康熙本作『善』。

滄洲一曲志

華亭大姓邵文博氏，治圃楊溪居第之東偏，垣而環之，鑿方池，廣〔一〕一畝，錯置巨石，相爲經緯，類十洲三島之狀。而奇峰岺然特起，如神人出珠宫，疑有雲氣昏旦上升焉。觀者以爲成於造化也，乃度地相方，構堂若干楹，坐挹其勝。循池而北，則因高爲亭。風櫺月檻，尤極宏麗。老檜參天，脩楊夾道，不知有三伏時。由亭左行百武，又爲小亭，可坐五六客，以待游觀而憩者。小亭之西五十武，亦如之。中闢塗屬于北垣，有軒在萬竹間，曰緑陰。軒之下溝以通泉水之來，鏘鏘有聲，曰流月。其西軒曰樂琴書，合而名之曰滄洲一曲。以《記》稱滄洲在瀚海中，周回〔二〕五萬里，其人千歲不死，有飛樓涌閣，皆金銀氣，有琅玕之産，紅鱗白鳳所集，中國之人莫能至者。此雖廣袤不同，而外旋大澤，中俯平野，彷彿其一曲已。户者謹扃鑰，非魁人碩士鮮克造是。且不遠二百里，招徠余誨其子麟書。暇輒往。時十月始寒，風高氣烈，而海棠數本，花爛熳如春。於是置酒命客，共酌於下。自晝抵夜，圓魄中天，微雲盡斂。二小姬出，彈筝歌以和之，極驩而罷。恍然出埃壒而超鴻濛也。後值兵變，余挈家南還檇李，回思其所，猶歷歷在目。每稱東南之雄於貲者非一，而能有林壑之趣，莫若文博焉。洪武六年，余起爲國子助教。越二年，又奉命分教中都生。涉江泝淮，遇麟於道，從而訊之，則文博已没，且徙家臨淮之東屯，而圃復湮爲荒烟野草矣，爲之潸然涕下。後數訪余成均，因言：『去鄉里七年，固不得

守丘墓爲戚。近築室平岡之下，獨與母居。藝其地，有秀可擷；漁於川，有鮮可食。其適無異昔之滄洲一曲，故揭舊名於楣，先生幸志之。』余惟隨遇而安者，必有會於心而不繫於境也〔三〕。若文博之居雲間也，以其地爲滄洲，則山川是乎否邪？今麟之居濠上也，亦以其〔四〕地爲滄洲，則池臺是乎否邪？人之常情，恒由境變。苟會於心，齊之爲一致，孰非神仙之所居邪？然文博當全盛時，極耳目之玩，視滄洲之樂不啻也；麟方辱於流離轉徙，而不易其樂，非讀書求道而幾乎達者，能之邪？故詳録以記之，且寓感今思昔之意。凡廢興之跡，尚有徵於斯云。

校勘記

〔一〕『廣』後，康熙本有『以』字。

〔二〕『回』，萬曆本作『圍』。

〔三〕『也』，萬曆本作『矣』。

〔四〕『以其』，康熙本作『其以』，誤。

葵軒記

歐陽文忠公記洛陽風土，稱其花直五千，雖出於越者不能與之角。蓋混淪〔一〕磅礴，鍾其妖於中國，使人狂走争觀，其美不足稱也。有可稱之美者，葵乎？葵易生而不以其地，後開而不以其時，無一本五千之直，人皆棄而弗視，至於傾陽以庇其本，皆未有及之者，故余好之，其

於洛陽風土所尚。不知者非其昧高下之辯，所謂黜西子而尊無鹽，其亦弗之察耳。既而思之，葵猶傾陽，人有君而可忘哉？唐杜甫落落不偶，間關兵馬之間，至奉先，所述引葵自況人之葵已。計當時勢位之尊，顯融一時者，何可勝數？禄山破關中，忍忘所事而北面臣虜，則如葵之傾陽，抑何尠邪？嗚呼！物有不可奪之性，所以異於物；人有不可回之心，所以異於人。然貴非所貴，而賤其所可貴，寔天下古今之同病，非獨葵也。可不重有所感乎！吴門儒者金德瑲氏，讀書之所左右，種葵百本，不雜衆卉，題曰葵軒，寄意深矣。累求余爲記，故論之如此。雖然，余與德瑲同爲國子助教，五年託於清光之下，尤爲葵之幸者。視杜甫徒懷耿耿而不白於世以終，蓋相萬也。尚益厲其如葵者，毋慕彼區區以色悦人爲妖者。

校勘記

〔一〕『混淪』，原作『昆侖』，據康熙本改。

具慶堂記

禮部尚書毘陵張公惟中，有先府君錫山之居第，而顔其堂曰具慶。記未有所屬也，乃馳書中都爲請。余辱交十五年，而知之爲深。其居錫山也，與弟安所奉府君止齋先生於既休之日，府君神完而氣充，以享滑甘之養，此其可慶者一也。及惟中以明經選，遂首東南計偕之士，而遠近以爲榮，此其可慶者二也。至於元季兵變，州郡咸苦於殺戮焚燒，而毘陵當南北必争之

地，人民幸而免者纔十一，父子兄弟固不能保其俱存也，惟張氏不及，此又可爲慶者三也。嘗讀《楚茨》之詩，其曰『莫怨具慶』，不過述公卿有田者既祭而燕之一節耳，然同姓之親，所以交相愛而更相頌者，豈果在於牛羊歟？豈果在於鐘鼓之奏歟？蓋有足於内而發於外者也。較兹三者，其小大何如哉？特取其語以明之而已。止齋既没，兄弟之友愛尤篤，具慶之樂先後猶一日焉。大抵人之恒情，莫不以富貴爲事，惡知有重於富貴者？使惟中不得事府君，而骨肉離散死亡，雖今起爲侍從官，高居〔一〕駟馬，赫然一時，亦豈其所樂乎？斯足驗其種德之符，若有神明庇於冥冥已。故邑中爲之歌曰：『積之既厚，慶必從之。翁壽且康，鶴髮龎眉。讀書有子，亦既先登。如稼而穫，如賈而贏。三吴繹騷，兵鬬于疆。肉人火居，號呼出亡。嗟公一門，克完以安。歲時伏臘，更賀交懽。吹塤吹篪，如春之和。鄉人之榮，鄉人是歌。』余聞而嘆曰：此天下之所同欲而有不可同者，繇其出於天，而非人之能致也。止齋有其福而慶之於前，惟中又能延其福而慶之於後，繼繼繩繩，將有所勸而不替矣。因叙其事，并録其詩，爲《具慶堂記》。

校勘記

〔一〕『居』，康熙本作『車』。

活水軒記

活水軒者，山陰儒者張德麟氏游息之所也。德麟蚤歲負奇氣，以與時叉牙，遂去講學鑑湖

之上。十有餘年，所蓄益大，所造益精矣。又取乎水者，示其不息之義也。翰林承旨金華宋公景濂爲作古篆三大字以貽之，且求余爲記。辭弗獲，乃復之曰：天下之水不一，而谿谷之所洩，池沼之所蓄，乍盈乍涸，曾不及乎朝暮，未足以爲觀也。必觀水之大者乎？水之大者，其出有源：江出于岷，河出于崑崙，漢〔一〕出于嶓冢，濟出于王屋，淮出于桐栢〔二〕。其本既盛，則前之往者不止，而後之來者不已。故狂瀾巨浪，日益月高，浩浩沄沄，破山走海，孰得而禦之？苟爲無繼，惡能盡其奇觀，而亘古亘今若是邪？故孟子曰：『觀水有術，必觀其瀾。』又曰：『原泉混混，不舍晝夜。』學者宜求其道矣。嗚呼！道之廣大淵深，非一曲之能盡，亦非一物之能喻，而可見者莫過於水焉。然言者或昧其大經大本，此百家之説雖多，而皆不及孔子、孟子；唐宋之文雖盛，而皆不及程子、朱子。以其如江如河者茫然未睹，所睹者特谿谷池沼而已也，不亦悲夫！顧余之淺陋，何足以及此邪？姑因而發之耳。雖然，梗於木石，汩〔三〕於泥沙，水從之而壅矣，決之而流；亂於術數，軏於功利，道從之而隱矣，絶之而明。是不可不致力於正學，而無惑於彼焉。使處膠膠擾擾之中，沉溺以没身者，固未能至。而德麟有志於道，殆過尋常萬萬，必將浚其源而達其流，庶幾不局乎小，而有以充之至乎大，豈徒資其文辭以極波瀾百態，夸耀於世爲工哉？此余之所深望也。是爲記。

校勘記

〔一〕『漢』，原作『漾』，據康熙本改。

〔二〕『桐栢』，康熙本作『栢桐』。

〔三〕『汩』，康熙本作『汨』，誤。

宜晚堂記

越大姓江濬遠氏，世居奉化之黄甘里。地勢斗絶，四山環拱，而南屏一峰，嶄然特起，狀類玉几，上可坐數百人，下有東西兩溪，合流至長溪，折而入于鄞江。又有日峰峙其左，剡水紆其右。蓋四明形勝之一，濬遠又據其勝焉。六世祖某，宋保義郎，子怡齋由太學上舍試補臨安教授。至濬遠，克世其學，蚤受〔一〕知中朝士大夫，舉秀才，歷官至福建行省照磨，尋升檢〔二〕校官，以憂家居。而代革勢殊矣，因葺舊廬中奥之堂，題曰宜晚，日肆意圖書，而不復出矣。介趙公木仲來求記，乃爲之説曰：山之秀也，宜日之晚；木之茂也，宜歲之晚；人之守也，宜時之晚。日之晚固異乎旦矣，歲之晚固異〔三〕乎春矣，時之晚固異乎少壯矣。而以爲宜者，何也？山晚而益佳，木晚而益堅，人亦晚而益智，豈不宜乎？初，濬遠汲汲於一試，涉大江、走長淮、上太行、觀黄河，風波之險阻，冰雪之慘栗，未嘗憚其勞苦焉，是亦宜也。二十年中，變故多而形貌改，思慮深而血氣衰，回視向之鋭於進者，孰與鈍之久？榮於前者，孰與困之全？於是盤桓林壑之間，嘯傲風埃之表，尤爲宜也。夫退休之跡，見於春秋方盛之時，則怠；而馳騁四方之志，施於既耄，欲與新進争前，則暗。濬遠者，視彼溺於利禄，顛仆不止〔四〕之徒，相去奚翅千萬

乎？由是觀之，山也，木〔五〕也，與乎人也，不病乎晚，而尤宜乎晚如此。使其悼懸車之景促，痛凋落之將及，以爲非人之所宜者，惡知進退存亡之道哉？此予嘉其爲人，樂書而記之。

校勘記

〔一〕『受』，萬曆本作『授』。

〔二〕『檢』，原作『撿』，據萬曆本改。

〔三〕『異』，萬曆本作『宜』。

〔四〕『止』，康熙本作『正』。

〔五〕『木』，萬曆本作『才』。

環碧堂記

檇李南五十里爲幽湖，巨族朱顯道氏世家於此，築堂〔一〕若干楹，而水周其下，題之曰環碧。前御史中丞番昜周公伯温以大篆體爲書三大字，復馳書鳳陽，屬記於余。初，余主顯道，嘗愛幽湖之奇勝。蓋脉絡自南湖來，洄而爲洑〔二〕，旋而爲渦，至是左右回抱，青停黛蓄，尤形勝之所萃焉。使其奔放莫遏，則悍而可懼；涣散旁流，則弱而易狎。又何足以爲奇勝也？觀其方春雨止，波瀾浩浩，與天相涵，不見洲渚，而王雎翠碧，往來其中，景之觸於前者何如也？及清秋之夕，魚龍在壑，衝風不起，顛倒星月，而舟人漁子擊榜歌呼，景之會于心者又何如也？方全盛時，並湖而居者非一，飛樓湧閣，雖南湖不足侔其壯麗，而堂據一湖之要，蓋有無窮之趣

焉。時方縻於王事，遂舍之而去，客京師者二年，分教中都者三年，汩没埃壒之中，未能有其一曲以從耕釣，而徒懷想於二千里外，今爲顯道之所專也。按，朱氏世爲檇李人，其始祖某，宋文林郎、侍料院官。其子思明，仕元爲進義縣縣尉，轉嘉興縣録事司判官。思明之子，青陽教諭仁甫。先後相繼，逮顯道已四世矣。今一境既刳於兵，此堂復葺而新之，挹空翠於几席之間，來清飇於嘯〔三〕歌之頃，固可以盡四時之樂，益見文獻之家與幽湖同一悠久也。顯道業攻醫，得九鍼補瀉〔四〕法於金華王瑞菴，寔出竇文貞公之傳，故非一時庸工所及。性尤急於治人，而人賴以全者甚衆。則天之報施，又可必者，矧諸子若孫讀書好古，余知後益隆不替，非止於是而已。異日解組南歸，艤舟幽湖，重登環碧之堂，又當述而賦之云。

校勘記

〔一〕「堂」，康熙本作「室」。

〔二〕「洑」，萬曆本作「濮」。

〔三〕「嘯」，萬曆本作「笑」。

〔四〕「瀉」，底本、萬曆本作「寫」，據康熙本改。

一樂堂記

華亭夏盟氏有二親，年俱七十，而兄莊亦五十餘，因顏所居之堂曰一樂，取孟子車〔一〕之語

也。介前松江通守謝伯禮來謁余爲記。嘗論樂之爲事非一，又孰與乎父母兄弟相從一室之中哉？大抵天之數恒不齊，人之心恒不愜，使父母俱存、兄弟無故，此天下之至樂，亦天下之至難也。夫求至樂於至難，誠千百而十一耳。然則珠玉不足以爲侈，聲伎不足以爲悦，輿馬不足以爲盛，惟幸父母兄弟之全者，豈非彼之所樂在於人爲小，吾之所樂出於天爲大乎？盟之得此，蓋一門所積既厚，故多壽考，而無疾病夭傷之患。又處斗絶不争之地，雖海内連兵累年，亦免於離散之憂。不然，何其致人於所不能致，享人之所不能享邪？殆非偶然而已。自今以往，奉滫瀡於朝暮，相倡和以爲驩，奚翅春臺之熙熙也？嗚呼！《蓼莪》《常〔二〕棣》之詩，極推天倫之所當重，反復讀之，特病煢然孑立，無以遂吾一樂之私。奈何禮衰，事親忍於骨肉者，常接跡於世，人心風俗之壞，至於如此，不亦悲夫！故於盟尤有所不能已，且重余之哀傷感慕也，惡可以無言乎？初，盟之父原甫從天台李東皋先生游，莊〔三〕復受經於同里錢公伯全，薦紳之士咸稱之。産雖纔及中人，而聲譽籍籍，布於遠近。盟又能厚其所親，不敓於外物，固賢於衆人已。雖然，孟氏之言三樂，惟仰不愧、俯不怍爲君子之當自盡者，苟不至乎不愧不怍，雖處父子兄弟之間，亦未能樂其所樂也。尚勗之哉。

校勘記

〔一〕『車』，康熙本無。

〔二〕『常』，康熙本作『棠』。

〔三〕『莊』，康熙本作『壯』。

志古齋記

志古齋者，天台王蘊德氏藏脩之所也。蘊德嘗受詩舒可立先生，科舉廢，遂一意於古文，求進於先秦兩漢，故取昌黎韓文公之語自厲云。番易周伯温爲書三大字，復求余記之。乃爲説曰：射莫善於羿，而天下不能皆羿也；工莫巧於般，而天下不必〔一〕皆般也。唐宋諸家，通習六經，出入諸子，亦皆志於古而恒苦其難者。時既不同，才復懸絶，惡得强之以力哉？蘇黄門曰：『文不可學而能，氣可以養而至。』是氣也塞乎上下，騰而爲河漢，旋而爲風雨，薄而爲雷電，列而爲五岳，激而爲海濤，人得之發於文章，所謂氣盛則言與之俱盛也。諸家惟能善養吾氣，所著不期於古而古，雖有高下輕重，遂與六經諸子並行不朽，豈非一代之豪傑乎？往往取其書熟讀詳玩，大抵立言不在於嶄絶刻陗，而平衍爲可觀；不在於荒唐險怪，而豐腴爲可樂。此古人不可至也。古之人不可至，苟有至〔二〕焉，亦猶射之必爲羿、工之必爲般，庶乎其不遠矣。若蘊德者，其志如此，宜將高視無前而不足於今歟？雖然，高臺〔三〕邃宇，孰與古之橧巢？齊紈楚練，孰與古之羽皮？玉杯象箚，孰與古之汙尊抔〔四〕飲？哀絲豪竹，孰與古之土鼓？奈何浮華之習崇，敦朴之風壞。或有語伊耆之茅茨，則陋而不合於制；尚有虞之瓦器，則朴而不適於時；悦周文之卑服，則儉而不盡乎飾；奏軒轅之《雲門》，則淡而不諧於音。矧

文之變而下也〔五〕？使班、馬馳騁其間，則必驚且駭矣。非班、馬之罪也，所見者異也。若〔六〕奚志於古邪？懼其合於古而病於時也。嗚呼！初余坐是，藴德復蹈而爲之，不以舉世非之而變，斯能古矣。因其請而極論之。第愧於古人者，海之一螺未及盡夫道之無窮也，其尚擇之。

校勘記

〔一〕『必』，萬曆本、康熙本作『能』。
〔二〕『至』，康熙本作『志』。
〔三〕『臺』，康熙本作『堂』。
〔四〕『抔』，萬曆本作『杯』。
〔五〕『也』，康熙本作『焉』。
〔六〕『若』，康熙本作『君』。

植勤堂記

余嘗論宋三百年間，有大德而享其報者，晉國公王祐也。符彦卿與太祖，外有君臣之分，在周則爲比肩同事之人，而握兵居重地，一旦疑其爲變，命祐往察動静之跡，且欲因而翦之。使小人苟利富貴，必希旨附和以誣其罪，惡計吾之得失哉？乃以百口保之，坐是失官。既而其子文正公相真宗十有八年，孫懿敏公在仁宗朝復出入將相三十餘年，植槐之應，捷若桴鼓。

當是時，祐非私於彥卿，實所以忠於太祖者也。使太祖無誅滅大臣之過，而彥卿免讒構之冤，此固有純臣之義矣。若秦檜當國，忌賢嫉功，盡斥異己，至殺岳飛、殺趙鼎，而張浚、胡寅亦幾不免，其陰賊慘酷何如邪？迺嘆其子不足相副，當燕而罷，曾不反求諸己。其後卒褫爵廢棄，秦氏遂衰。嗚呼！善惡之積如此，天之報施又如此，可爲百世之龜監〔一〕已。故君子莫不稱祐不徼〔二〕近功，至檜則皆怒罵欲食其肉。然如祐之所存者恒寡，而放檜之所爲者往往有之，豈其性甘爲豺虎哉？將以天之冥冥爲不足信也，不智甚矣。撫之金谿有王熙謙和氏，以晉公爲法，顔其所居之堂曰植勤。虞文靖公、揭文安公咸賦詠以美之，復介工部主事彭德脩來謁記，故特舉二者論之。大抵爲善無應，則輟而不進，此固人之常情，勤則始終無間焉。以木觀之，封其本而枝益蕃，去其蝨而實可冀，蓋有出於自然者。孰與快意一時，以稔其毒，肉未寒而名滅哉？覽者宜有所勸。是爲記。熙，荆國文公十世孫，讀書好古，有長者風，爲鄉里所推云。

校勘記

〔一〕『監』，康熙本作『鑑』。

〔二〕『徼』，康熙本作『邀』。

清江貝先生文集卷之二十七

中都藁〔一〕

東白軒記

昔余僑居海昌之黄灣，嘗遊百丈山，將循龍湫而歸，天黑失道，宛轉〔二〕深林亂石間，逐螢光而前，足爲之兀，目爲之瞽，遂抵野人之廬宿焉。既而天雞三號，日車自海濤中出，起而覽之，六合之内，可見豪髮。蓋旦而東、夕而西，西則淪於地，而萬象俱晦，既東則白矣。古人從時作止，則向之所苦，委身無人之境，以觸虎豹，盍俟天之方旦邪？於是與客酌酒相慶，且論世之否泰亦日之夜旦，宜即一日之近，以求一世之遠乎？自周之遷，歷春秋、戰國，則既昏而白於漢。自漢之亡，歷南北六朝，則既昏而白於唐。五季大亂已極，至宋始白，而禮樂文物爲近於古。宋訖而中國復淪於夷狄，君子於此蓋深傷之，必有繼宋之白於百年之後者。越二十年，而大明肇興，四方萬里莫不瞻其景氣之新，農夫野老相與謳歌田里，以爲一時之快焉。余既喜其言之符，嘗欲爲説，以著其無往不復之理有不能已者，屬病未果。而姚江虞玄佐氏，有

讀書之所，題曰東白，命其從子今監察御史魯瞻來謁記，乃書以復之。異時尚當相從江上，觀瀚海扶桑之勝，猶能爲東白之賦。是爲記。

校勘記

〔一〕底本卷二十七、二十九、三十作『中都集』，現統一爲『中都藁』。

〔二〕『轉』，原作『轉』，據康熙本改。

復古堂記

梅川爲餘姚之勝，處士虞玄佐氏居焉。凡自邑而往者，逆折行數十里，而山石林木皆古。人民棊布星錯，務本而不争，多至百歲，朝莫往來東阡西陌間，熙熙然如無懷、葛天氏之徒，則風俗古矣。玄佐繇遠祖永興公以來，歷三十七世，而嶼山之南猶號虞家城〔一〕。其室廬古，衣服古，器皆古，鼎匜無新制。客有過其門者，病其習之過於野、居之過於常，竊非笑之，以爲不合於時也。獨樂之不厭，且名其堂曰復古，日讀古書其中。鴻生碩士，咸爲賦詠，而又徵記於余。乃告之曰：孔子生春秋時，往往傷今之不如古，則春秋已非古矣。矧距孔子二千餘年，中國胥淪於夷，至變其嗜好，變其語言，賤樸素而尚奢靡，先王之法蕩然無復存者，可勝嘆哉？有能以復古爲事，豈非性之獨異乎人，出於氣習薰陶之外也？然古今人不相遠，以今觀之，則古之爲古矣，惡知古之不爲今乎？以古觀之，則今之爲今矣，惡知今之不爲古乎？吾將通古

今而一之，非有古也，亦非有今也，求其道而已矣。道越萬古猶一日，使吾之所言皆古人之言，使吾之所行皆古人之行，衣不必逢掖也，冠不必章甫也，其人猶古也。徒泥其往而詭於今，忘其内而飾乎外，曰是能好古而不徇時者也，余未之信焉。嗚呼！方俗之益偷益僞，尚幸見若人於所不獲見，是知古之可復，誓將往而從之，以詠有虞之音。其爲適何如邪？姚江之上必有和余者，於是乎書。洪武十年歲在丁巳冬十月初吉，檇李貝瓊在東軒寫。

校勘記

〔一〕『城』，康熙本作『域』。

學古齋記

國子生桐川郭審言分教臨淮也，顔其讀書之所曰學古，間過中都見余，求文以記之。余時承乏助教，義不獲辭，廼復之曰：時非古而必學於古，豈非有可因而不可變歟？《周官》曰『學古入官』，是周不自爲古也；《説命》曰『學於古訓』，是商不自爲古也。以今觀之，商周非不古，蓋創於前者有堯、舜焉，有伏羲、神農、黄帝焉，所謂『開物成務』者也。降於秦漢及唐，恒以古之爲固而病其難行，繇是日趨於便，亦勢之使然耳。苟求其中正無弊，惡可不以古人爲法哉？嗚呼！古之人吾不得而見矣，其道則備於六經，故知幾莫過於《易》，辨事莫過於《書》，理性莫過於《詩》，正行莫過於《禮》，褒善貶惡莫過於《春秋》。此皆發於古人之藴，孔子定之

爲萬世法，炳焉與二曜齊明。則學古者盡力於此，非若〔一〕莊周虛無之宗，申、韓刻削〔二〕之習，蘇、張縱衡之辨，孫、吴權變之術，司馬遷、揚雄瑰麗之辭，舉不足以爲學者也。余之昏愚怠惰，既失於蚤歲，今雖欲進，則既老而莫能及焉。審言入官有日，將以成諸己而施之人，必習於一出一入之間，上泝伏羲、神農、黄帝、堯、舜之相傳，無汩於諸説之爛熳，庶幾不壞其心術，而徇乎一時之好焉。雖然，聖人之學古也，必本於信，而敏以求之。信之不深，求之不敏，又何以知古之可學，而極其所至乎？故反覆論之，終舉其要如此。尚勗之哉！是爲記。審言生九歲喪父，大父仲銘鞠之，既長好學，克自樹立，爲能守其業云。洪武十年歲在丁巳秋九月既望，檇李貝瓊記。

校勘記

〔一〕『若』，康熙本作『無』。

〔二〕『削』，原作『哨』，據康熙本改。

崇志齋記

王公之尊，賁育之猛，季孫之富，舉不足以撓吾中者，蓋有不隨氣而衰，不與時而變，達〔一〕則行而利乎物，窮則晦而樂其天。此志之爲大，與天地相配歟？孟子『持其志』，《易》曰『高尚其志』，孔子曰『匹夫不可奪志也』，而世之有志者恒尠，所見者小而不見乎大，所務者近而

不務乎遠。奚翅蛭螾自足於蹄涔，孰知鯤鯨之縱於海；鷽斯不出於蓬蒿，惡睹鴻鵠之翔乎天哉？惟豪傑之士，立乎萬物之表，而本之以誠，其進德也必果，其成功也必鋭，聖賢事業莫不在我矣。由是觀之，人品不同，而所志亦異如此。然學者又〔二〕可甘心卑污苟賤之域，而忽於高且遠邪？志伊尹之所志，則耻其君不爲堯舜，一夫不獲，若撻於市，亦伊尹也。學顔子之所學，則無伐善、無施勞，亦顔子也。君子豈强人之不能乎？亦在爲之而已。余嘗以是告人，特未見其能自厲者。至一時好高而行或違之，又無足稱焉。今兵部尚書陳公彦銘，顔其讀書之所曰崇志，不遠三百里求余記，故舉其説以復之。且公由幕府一蹴至夏官，其位既崇矣。位之崇者，寔由崇志而致，若余之所以告公者，不在於位，而在於道德焉。苟志於道德，推之所爲，將見事業無窮，非顯於一時而及乎百世，非榮乎一鄉而施之天下，此蓋公之素志，亦人之所深望也。於是乎書。

校勘記

〔一〕『達』，康熙本作『遠』。

〔二〕『又』，康熙本作『亦』。

望雲軒記

唐司空狄公仁傑方爲并州法曹也，北登太行，回望白雲孤飛，曰『吾親舍其下』，徘徊久之

而去。國史遂書之，以傳于今。余嘗論之，雲之爲物，或往或來，固無方也；或起或滅，固無時也。又奚待託之以寓吾思親之意邪？蓋以去親數千里外，欲見之而不得。得〔一〕見者雲耳，雲之所在，親之所在乎！是其眷眷不忘於旦莫，即所見而發之，殆非因雲而思也。求之於《詩》，見於風曰：『陟彼岵兮，瞻望父兮。』又曰：『陟彼屺兮，瞻望母兮。』此人子勞于行役，而思其父母也。見於雅曰：『王事靡盬，不遑將父。』又曰：『王事靡盬，不遑將母。』此先王遣使于外，閔其情而代之言〔二〕也。由是觀之，有事君之公義，有在己之私恩。無公義非忠臣，無私恩非孝子。二者雖不能兼，而不可以相廢者，此狄公望雲之感，寔同於陟岵之詩人。抑在上者亦能閔之也乎？後多興起而慕效者，又足以見千萬人同一心、千萬世同一時也。永嘉鮑佑彦佶，洪武八年，繇國子生分教河南之湯陰者三年，而違〔三〕離色養之久，遂題其所寓之室曰望雲。比過中都，求余記以申其志，故爲之説如此。雖然，彦佶方奉詔回京師，將見其爲天子使，持節玉門之西、天山之北，乘時樹功，如狄公之顯于天下後世，庶幾盡乎公義私恩，忠孝於是而著矣。余當一書再書，非止於如此而已。尚勗之哉！

校勘記

〔一〕『得』，康熙本無。

〔二〕『之言』，康熙本作『言之』。

〔三〕『違』，康熙本作『遠』。

具慶堂記

國子生四明之定海戴習者，宋朝奉大夫埴之六世孫也。見余中都而告曰：『吾父年今四十有九，母亦五十矣。耳聰目明，過於少壯者。而吾兄弟二人，又同室而居，如春之和，其心樂焉。因名其堂曰具慶，取《楚茨》詩人之語也。敢以記請。』余嘗論天下之樂，繫乎人者可必，而出於天者不可必。可必者世之所恒有，不可必者世之所不恒有也。孟子曰『父母俱存，兄弟無故』，非樂之出於天而不可必者乎？當四方無事之時，求之於人而能有之者已尠，況乎兵變之後，方數千里，或隕於矢石，或夭於疾疫飢餓，父母俱存而無故，益又鮮也。習之處山海斗絶之地，不爲矢石之所隕，不爲疾疫飢餓之所戹，一門克享耆艾，以睹洪武太平之盛，是符詩人之所謂具慶者矣。嗚呼！君子三樂之一，尤人情之同欲。使有父而不及事其母，有母而不及事其父，有父母而〔二〕兄弟或離散分處，是皆不足於心，又烏得而爲樂也？若習之具慶，則既足於心矣。今分教相臺三年，將上京師受官而歸也。春朝月夕，奉其二親，眷韝鞠䐶，稱觴爲壽，其樂又何如哉！此天也，非人之所能致也，余因而推其本矣。《易》曰：『積善之家，必有餘慶。』初，埴之事理宗也，爲將有仁義之稱，而無虎暴狼殘之慘；好讀書，嘗著《六經講義》，而《鼠璞論》深刺時之不辨名實者。後忤丞相賈似道意，遂斥之於外以終。然其所積者已厚，而天之報之也亦必厚矣。故習有人所不可必之福，豈不知其所自哉？尚益綿延其慶於無窮，而大朝奉

之世可也。於是乎書。習字原學，通敏好學，蚤從吾友桂公彦良、胡公舜咨游，而人多推許云。

校勘記

〔一〕『而』，康熙本作『在』，則此句相應點爲：『有父母在，兄弟或離散分處』。

旅軒記

余嘗觀乎逆旅之舍矣，朝而至者，夕往而更其次；夕而至者，朝往而更其次。以其犇走東西南北之塗，求庇於信宿之頃，雖毁而莫之完，缺而莫之補，其勢然也。及觀巨家右族，治第相高，至費千金，而風臺月榭，各據形勢，宜若可久而不易者。越數十年間，或死或徙，已非一姓，孰非逆旅邪？凡居於是者，奚翅朝夕之忽來忽往邪？不獨是也，天地亦大逆旅也，萬物之託於中，其生也必有盡，其成也必有敗。或近而一時焉，或遠而一歲焉，又其遠而一世焉。由是論之，皆旅而已。有通其道者，其幾於達歟？友人陳生原秉，謫居臨淮五年，以『旅』名其室，且求予爲記，遂進而告之。果以今爲旅邪？惡知向之非旅也？苟知向亦旅也，則今可以忘吾旅矣。其在楚也，楚吾鄉也；其在越也，越吾鄉也。焉往而非主？亦焉往而非旅？雖然，原秉生於雲間，長於雲間〔一〕，有戀戀不能忘者，是固天下之同情，盍視古今之星馳飈逝，瞥而不常如此，則視臨淮猶雲間耳，又焉能必於一方而不爲旅哉？尚因吾言以廣其志。是爲記。

校勘記

〔一〕「長於雲間」，萬曆本脱。

清江貝先生文集卷之二十八

中都藳

唐宋六家文衡序

《唐宋文衡》總三百三十篇，天台朱伯賢氏之所選也。文不止於此，而特約之爲學文之法，如物平於衡，有不得而高下云。嗚呼！形氣相軋而有聲，而聲出於人者爲言。雷霆之擊非不烈也，海濤之升非不大也，笙竽琴瑟之奏非不和也，皆莫過於人之純。聖人之經，又純之至也。故歷千萬世之久，雖善於言者，惡能擬而爲之哉？戰國以來，孟軻、揚雄氏發揮大道，以左右六經。然雄之去孟軻，其純已不及矣。降於六朝之浮華不論也。昌黎韓子倡於唐，而河東柳氏次之。五季之敗腐不論也。廬陵歐陽子倡於宋，而南豐曾氏、臨川王氏及蜀蘇氏父子次之。蓋韓之奇、柳之峻、歐陽之粹、曾之嚴、王之潔、蘇之博，各有其體，以成一家之言。固有不可至者，亦不可不求其至也。予嘗讀之，若《原道》《原毁》，由孟軻之後，諸子未之能及。至宗元《守原議》《桐葉封弟辯》，鑿鑿乎是非之公，使聖人復作，無以易之。其他馳騁上下，先後相

發，誠樂之而不厭。信言之異乎雷霆海濤、笙竽琴瑟，氣與形之相軋相成者矣。世之狃於所習，苟趨一時之好者，既不足以語此。或知師古爲事者，又梏於昏愚怠惰，而不暇進其閫奥焉。此予之所深痛也。伯賢工文三十餘年，寔倍於予，其定《六家文衡》，因損益東萊吕氏之選，將刻諸〔一〕梓，使子弟讀之。而曾曲阜所作四篇，則采前人所遺，以附南豐之後。其用心可謂勤矣。間嘗挾之過予成均，與之商確累日，且俾序其首。予何敢爲之妄議邪？抑嘗聞儒先〔二〕君子之論文者，務合於道，非徒以其詞高一世爲工也。若六家者，雖於道有淺深，皆本諸經爲説，鏇駁而復純。於此求之，其至於古無難者，是伯賢之志也。若夫振起於下，不爲蹈襲，固有望於絶人之豪傑，豈專取乎《文衡》也哉？洪武九年歲在丙辰春正月七日，將仕佐郎、國子助教檇李貝瓊序。

校勘記

〔一〕『諸』，康熙本作『之』。

〔二〕『儒先』，康熙本作『先儒』。

潛溪先生宋公文集序

翰林侍講學士金華宋公景濂，自少以文雄一時，人不遠數千里求之，殆徧於中國四夷矣。其居青蘿山所作者曰《潛溪集》，其在朝所作者曰《翰苑集》。《潛溪集》凡若干〔一〕卷，故翰林

承旨歐陽文公爲之序；而《翰苑集》復萃記、序、碑、銘、表、傳、雜説，釐爲前、後、續、别四集云。予嘗讀而好之，浩乎〔二〕莫窮其所至。乃撫卷而嘆曰：文章，經國之要也，豈直一藝而已哉？而與時升降，其變不一。在唐則宗昌黎韓子，在宋則宗廬陵歐陽子。韓子之文祖於孟子，而歐陽子又祖於韓子，皆所謂傑出於千百者也。元初，姚文公以許氏之學振於北方，下至天曆、至正間，又有蜀虞文靖公、金華黄文獻公，亦若韓子之在唐、歐陽子之在宋矣。然文靖公之放言極論，縱横無窮，其氣燄莫敢迫；而文獻公之不失準繩，卑不可隆，而高不可抑也。大抵先秦兩漢以來，聖人之經汩於諸子，道固晦而未明也，故各騁異同之説，以夸耀一世，恒病其駁而不純。及宋，周、程、朱子大發其閫，是非邪正，奚翅黑白之形？而後之立言者，由是求合於道，亦既無弊矣。又惜蓄之無源，而徒剽竊陳腐，支離蔓衍之爲工，孰知其去古遠而益抏，不亦悲夫！公自五經子史，靡不通究。其造理也精，其攷事也博，故發之於文章，悉鏟近習之陋，學者翕然師之。國朝龍興，遂以布衣登侍從之選。歷十餘年，凡大制作、大號令，脩飾潤色，莫不曲盡其體，實與虞、黄二公相後先已〔三〕。雖然，虞、黄二公屬重熙累洽，所以黼黻一代之盛者爲易。今國家肇造之時，將昭武功而宣文德，以新四方之觀聽，使知大明之超軼三五，豈不爲難乎？嗚呼！正聲勁氣充塞宇宙，星辰河漢，山川草木，風雨雷電，鬼神變化，龍跳虎躍，雖極瑰詭奇絶之觀，惡足以喻其巧邪？昔公之總脩《元史》也，予獲預編纂之列，熟其議論，觀其儀矩，非一日矣，故知公爲深，而望公爲重。輒爲之説如此，尚俟知言於後，而非諛其所好云。

校勘記

〔一〕『干』，康熙本作『千』，誤。

〔二〕『浩乎』後，康熙本有『其』字。

〔三〕『已』，萬曆本作『矣』。

扣角集記

《扣角集》者，前翰林脩撰姑蘇申屠仲權之所著也。仲權與予同學於鐵厓楊公門，再試有司不中，即棄去舉子業。洪武三年徵至京師，草《喻蜀書》稱旨，擢爲侍從官。未幾病免，歲餘復謫濠上。治田之暇輒肆意文辭，前後凡若干卷。酒酣誦之，扣角以爲節云。八年春，予分教中都生，手其編來見。且言：『土鼓之音不諧於匏竹，藜羹之味孰與於太牢。顧欲希一世之所好，而莫恤一世之所病，可謂至愚。雖然，惟子知吾久，子盍序吾集乎？』予愛〔一〕而閱〔二〕之累日，乃爲之嘆曰：何其富也！抑嘗論文之升降不繫乎時，而繫乎其人。方仲權〔三〕奮於布衣，進退人主之前，人皆以爲寵也，而無異洞庭林屋之時；至不合而斥，混於田夫野老，人又以爲辱也，亦無異玉堂天上之貴。視彼之驕盈於既達，沮喪於困阨者，相去奚翅萬萬哉？故見之大篇短章，和平古淡，無哀傷怨懟之辭如此。繇是反復古今而辯之。甯戚當東周之衰，齊小白以諸侯伯中國，不得與一時賢智之士如夷吾者同升，而栖栖牛下，悼堯舜不逢，長夜之未旦，悲

歌慷慨。未能安於貧賤，而失之激矣。既舉於齊，亦不見輔主之功如夷吾焉。仲權之居田里，豈將竊比於戚？而一談一詠，莫非真樂之所在，則其跡雖同，而〔四〕心寔異也。嗚呼！戚之託於音也，幸而有知之者，傳之數千載之下，不與風花霜葉俱腐。惜無知仲權於今日，而至音至味，孰有以察之士鼓藜羹歟？然仲權未始求人之知，類戚之於齊也，予故發其意以冠于首云。

校勘記

〔一〕『愛』，康熙本作『受』。
〔二〕『閱』，萬曆本作『閲』。
〔三〕『仲權』後，康熙本有『之』字。
〔四〕『而』後，康熙本有『其』字。

東吴先生文集序

古昔君子之立言，其亦有不得已者乎？孔子曰：『予欲無言。』孟子曰：『予豈好辯哉？』則其爲書者，莫非憂世而作。若諸子好爲異同，祈勝於人者，言雖繁而道益晦，固不足貴矣。余讀東吴先生五論得失、辯邪正論而深取之焉。世之講《春秋》者非一，胡文定公謂聖人以典禮命討之權任諸己，而於諸侯或進或退，示一王之法。樸鄉〔一〕吕氏則以聖人作《春秋》以尊王，豈專進退諸侯哉？二家各伸所見，而有不同如此。而先生盡發胡氏之説，以斥吕氏之非，

亦豈有所左右邪？孔子蓋曰：『知我者其惟《春秋》乎？罪我者其惟《春秋》乎？』而范甯亦以一字之褒，寵踰華衮之榮；片言之貶，辱過市朝之撻。則聖人進退諸侯無疑，顧一時窮經之士弗之攷耳。至於佛氏，倡禍福以恐人，而天下靡然向之，唐宋諸儒攻之不能勝。降於元季，而其徒尤熾矣。先生極論邪正於風從瀾倒之餘，其爲扶樹世道何如也？蓋所謂不得已而言者，使《春秋》之大義既明，中國之人心無惑，吾可以忘言矣。嗚呼！抑豈淺之爲儒者所及哉！余來中都，數從其子禮部員外伯宗游，獲見所編遺藁，無慮數百篇，喜其無險怪之病，而有紆徐曲折之勢，而二論尤可觀也。周子曰：『文所以載道也。輪轅飾而人弗庸，徒飾也，況虛車乎？』若先生之文，非載道者歟？庶傳之天下後世，不爲炲朽蟳滅必矣，故序以冠其首。先生名儀，字明善，姓吴氏。嘗薦於有司，性不樂仕。自號東吴子。其卒也，翰林承旨金華宋公景濂爲志其墓云。

校勘記

〔一〕『鄉』，康熙本作『卿』。

貝氏族譜序

貝之得姓莫詳其所始，惟唐杜荀鶴有《贈貝處士》詩，而不紀其名。以時考之，大率十有餘世矣。曾大父珪，在宋理宗時由蘇徙秀，樂崇德之高壤，遂占籍〔一〕爲崇德人。至大父謙，少遊

太學，補上舍，及歸元，曰：『吾不能事二姓矣。』即浮沉鄉里中，生二子卒。瓊十四五時，獲聞諸先人而識之。既長，規録而爲譜。越四十年，宗族無可問者。蓋大江以南爲清河之貝，纔一二而已。今懼其益久益忘，乃自曾大父而書之云。嗚呼！天下之士，恒病代無顯者，譜從而廢，以爲不必爲譜也。然譜以著其所出，詳其所繼，而綴骨肉之恩，非徒夸耀爵位，爲人之美觀也。且或盛或微，或絶或續，此固勢之使然。尚可言哉？吾幸蒙先人教，託名士籍，苟徇世俗所病而不爲，則終無爲之者。故自大父之前，遠而不能知者，不必求以實之；大父之後，近而不得略者，必將舉而書之。蘇文公曰：觀吾譜者，易直子良之心可以油然而生矣。是心也，天下古今所同，非一人之私也，故以爲言。是知蘇氏之譜，豈佚於前而始於此歟？此吾放於文公，殆非過也。惟伯父二子，曰仲禮、仲美，於次爲長。而仲禮早卒，一子璹，去依外家，居吴江。慶弔不通，娶某氏，生子某，亦莫知之。而仲美二子，業田以衣食，復還於石門西五十里。爲吾後者，遡流徂原，不昧其始，庶幾瓜瓞葛藟之意得以續而無廢焉。有能大吾宗者，當存而爲勸，或污吾宗者，必削而爲戒。

校勘記

〔一〕『籍』，原作『藉』，據康熙本改。

縠江漁者詩序

太末之徐，蓋出於偃王，歷秦漢至今若干世，凡數千年。或仕或隱，皆有稱於時。初，徐在春秋，國於淮北，後爲吴所滅，而章〔一〕禹奔楚。越之有徐者，豈宗族散居其地，爲立廟龍丘，以祠偃王歟？事見昌黎韓文公記。由是知其雖失地與民，而子姓蕃衍如此。吴卒以兵剪喪，如子西『其終不遠』之言，使太伯之祀遂絶，則一時强弱無足計者，而得失較然可考焉。其爲天下後世監，亦明已。余嘗聞三衢人言，有復禮者，敦朴有學，自託爲縠江漁者，欲見之未果。洪武五年秋，校文浙江，復禮亦迫有司命起，與九府之士俱，遂以明經預四十人之選，故益異之。及爲國子助教，始識於京師。時潁上方立學官〔二〕，遂用爲博士員。或者惜其蓄而不施，猶〔三〕千里於鼓車也。今年春來謁余成均，且求言以申其業漁之志。既重偃王之後多賢才，復禮又傑然特出，將與前後相望，乃眷眷不忘山水之樂，殆非世俗之所可及者。苟反乎漁，亦當從之縠江，尚友子陵、志和之徒，一卒吾天年，又奚慕彼之寵榮聲利哉？然未有能知復禮者，故書以贈之。復爲詩四韻系其後云。詩曰〔四〕：

大魚重千金，小魚細於針。小魚不可食，大魚亦復深。扁舟隨海翁，朝暮縠江潯。區區豈在魚，庶以適吾心。

校勘記

〔一〕『章』，康熙本作『張』。
〔二〕『官』，康熙本作『宫』。
〔三〕『猶』後，康熙本有『抑』字。
〔四〕『曰』，康熙本作『云』。

瓊臺集序

滄海之涯，赤城之麓，有學道者嘗製《瓊臺法曲》，十年而始成。其音律之和，可以合於鈞天九奏，乃率弟子按之玉霄峰頂，出神魚，下玄鶴，鬼神恍惚而至也。信非人間世俗之樂所能侔者焉。欲往而求之，其人已化千有餘年，而其詞亦已佚不存矣，又安得天才雋拔如長庚仙人者起而補之乎？且將訪之四方，冀其有遇也。適〔一〕來中都，會李廷鉉氏，因出其所著《蘆軒藁》。語奇而意深，大抵出入法曲之遺，將續其響於既絶，誠不易得也。余聞廷鉉以彭城郡侯桂巖之孫、謙善處士君敬之子，而嘗受業於森碧先生孟公之門，一時薦紳多稱之。近謫居潁上，奪其山水之樂土，而置之狐兔之墟〔二〕；失其綺紈之貴游，而混於樵牧之賤。宜其壹〔三〕鬱無聊，不能一朝居也。乃能肆意於詩，籠絡萬象，入於肺腑，可謂不以貧賤撓其中者歟？熟玩是編，無慮數十百篇，其五言七言近體必擬杜甫，其歌謡樂府必擬李白。嗚呼！志亦勤矣。余嘗謂詩至《中州》，概乎無足論者，而乾坤清氣，恒靳於人如此。苟得之，則發爲麗藻，使千萬

人攻之而不足，吾獨從容爲之而有餘，抑可畏[四]已夫！越二年，復見余，求書其首。既喜而不厭，遂復題之曰《瓊臺集》，俾覽者知東南猶有若人，而無誚山中之寂寥云。

校勘記

〔一〕「適」前，康熙本有「今」字。

〔二〕「墟」，康熙本作「丘」。

〔三〕「壹」，康熙本作「抑」。

〔四〕「畏」，萬曆本作「謂」。

胡氏復姓序

復姓，正也，而胡士安氏越三世而始復焉。初，士安始祖昌翼，實唐僖宗之子。朱温篡唐，去而避居徽州之婺源考水，因别姓爲胡。至後唐，以明經舉，人號明經公。没而建祠於鄉，元延祐間賜額爲明經書院云。七世祖諱衛，字元忠，爲宋國子助教，距明經公九世矣。六世祖諱民獻，號瑶碧[一]居士。五世祖諱次夔，字舜彰。高祖諱楫，字用之，娶墠上張氏。楫蚤卒，張氏依其弟通判某居宜黄，卒葬于宜黄。有一子諱權，字茂叔，則曾祖也。以幼孤落魄，寓錢唐者久之，二十餘歸婺源，依大族王氏居，遂冒姓爲王。茂叔生子炤，字英之，有子五人。長諱坊，字元禮，以文章氣節重於東南，鄉人往往猶能誦其詩。次諱壎，字仲肅，條分葉布，號雲屋先生，仕元，官至台州路府判，實生士安焉。將終，呼士安而囑之曰：『胡氏自明經公以來，綿

綿延延，歷世二十，爲徽之望族。吾祖以迄于今，始紊其姓，而吾籍在天官，難於變更，此其快快不足者。故嘗自著譜系，其始終可考也。吾死，汝亟復之。』士安泣，受命惟謹。至大明洪武七年，起爲定遠教諭。明年，余分教中都，遂來求書而爲之序。余乃嘆曰：古之復姓者非一，若范文正公之去朱歸范是也。然其初從母適朱氏，故其冒朱，猶有可言者。今胡之爲王，則無所因也，又不得與文正比。其失在於茂叔，而仲肅襲而不易也。今士安之復于胡，庶幾不昧水木本原之義哉！然文正身請於朝而復之爲易，而士安復於三世之後爲難，人亦以此疑之。嗚呼！氏族必本其所出，有不可得而亂者，義苟當復，孰計其遠近邪？此固無足疑者矣。於是乎書。

校勘記

〔一〕『瑤碧』，康熙本作『碧瑤』。

求我集序

故處州路儒學教授四明鄭公覺民所〔一〕著《求我集》，人皆稱之，久閟不出，余間得於其子臨淮教諭千實，乃爲之嘆曰：何其富邪！豈天既嗇其位，使獨豐於文也？代之工文章家非一矣，高者好新其說，泛取《戰國策》、莊老之書，論高遠而欲窮乎神，論詭誕而不根于經。以是爲古，固不合也。下者不出尋常之見，蹈襲唐宋諸家，支離以爲博，骫骳而無氣，讀之使人欲

卧。以是爲古，又未至也。公既蓄於中而發於外，理明辭達，若川之紆餘曲折，而驚濤駭浪忽激而横驅；若山之平衍四出，而層巒疊嶂却立以争雄。且無所論二者之失，玩之益久益奇，斯爲文之古者歟！公生元大德、延祐間，時方以科舉取士，嘗一試有司不中，即棄去舉子業。搢紳之士累薦於大府，僅授一郡博士，亦不赴而家卒。其清苦之節，尤人所難及者。至正中，太守王元常議行鄉飲酒禮，公與同里王叔載共定其儀，習而行之。觀者嘆息，謂復睹紹興之舊。蓋其學極該博，自袁、楊而下，皆推公一人，而文特緒餘而已。雖然，達而在上，以行道爲心；窮而在下，以立言爲事。觀其言，可以知其道也，孰得以優劣論之哉？千實既類而〔二〕成編，凡志、序、碑、銘、書、跋若干卷，古體歌行、五七言詩若干卷，懼其磨滅晦蝕於後也，將鋟諸梓，求余序以冠其〔三〕篇端。於是乎書。

校勘記

〔一〕『所』，康熙本無。

〔二〕『而』下，康熙本衍一『而』字。

〔三〕『其』，康熙本無。

清江貝先生文集卷之二十九

中都藁

隴上白雲詩藁序

余在錢唐時，與二三子録中州詩，總若干首，成編題曰《乾坤清氣》。蓋元初文治方興，而吴興趙公子昂、浦城楊公仲弘、清江范公德機，務鏟宋之陳腐，以復於唐。其相繼起於朝者，有蜀虞公伯生、西域馬公伯庸、江右揭公曼碩、莆田陳公衆仲，在外則永嘉〔一〕李公五峯、會稽楊公鐵崖、錢唐張公句曲，而河東張公仲舉〔二〕亦留三吴，以樂府唱酬，金春玉應，駸駸然有李、杜之氣骨，而熙寧、元豐諸家爲不足法矣。下至四明黄公伯成、曲江錢公思復，亦皆卓然可觀者。若天台林顯之所著《隴上白雲藁》，則未及見也。且欲徧采四方之遺，兵變而輟。越今三十年，當大明洪武之十年，以助教來中都分教諸生，而顯之之子太原倅惟德，道出淮西，携其集示余。快讀數篇，因撫卷而嘆曰：詩固未易知也。三經三緯之體，已備於《三百篇》中。然當時自〔三〕朝廷公卿大夫，以及閭巷匹夫匹婦，因時之治亂、政之得失，蓄于中而洩于外，如天風之振，不

能不爲之聲，而不知聲之所出；海濤之湧，不能不爲之文，而不知文之所成。於是叶而歌之，用於閨門、鄉黨、邦國，而興起人心，使有勸懲矣。漢魏以降，變而爲五言七言，又變而爲律，則有聲律體製之拘，作者祈强合於古人，雖一辭一句，壯麗奇絶，既不本於自然，而性情之正亦莫得而見之也。抑一代之詩有不可廢，嘗掇取楊、范而下三十餘家，及覽顯之之藁，則尤窮日力於雕鎪〔四〕，言人所未至爲工，凡景物之遇，發於大篇短章者，寄興高遠，工而不僻，清而不俚，可以附於《中州》舊集而備《清氣》之一矣。故書其首而歸之。

校勘記

〔一〕『嘉』，康熙本作『加』，誤。

〔二〕『舉』，康熙本作『峰』。

〔三〕『當時自』，康熙本作『當是時』，則此句標點相應爲：『然當是時，朝廷公卿大夫……』。

〔四〕『鎪』，康熙本作『搜』。

送褚德剛序

洪武十年夏，大都督府斷事官缺，上難其人，咨之在庭，以行府經歷會稽褚□爲之。命既下，即治裝戒行，賓客咸祖於東門外。或告之曰：『子其慎哉！治兵與治民異。民，牛羊也，叱之前而前，麾之却而却。而慓悍之士，如擾龍檻虎，急則忿怒而無以服其心，緩則玩肆而無以折其氣，其勢豈不難哉？』余曰：『不然。莫重於法，法一定而人從之齊。今國家重兵分爲

四十八衛，有裨有長，悉稽諸古。自罷戰而歸，雖其鳴弓拔劍之態不除，斬將搴旗之功可恃，至懸法以示之，使知所守，則暴者爲之戢，貪者爲之肅，怠者爲之奮，驕者爲之懲。一出一入，莫敢或越其防。由是觀之，治兵亦治民耳。昔公之在青州也，火伍無鬬爭。及來鳳陽也，部校無淫縱。夫以區區一文人，充幕府之選，非素有威嚴，敢擊〔一〕斷，爲其所憚，何以使之禁其一切之欲，惴惴焉聽約束於朝暮如此邪？蓋有其法，而行之以公無私，孰得而干政犯令也？則今之往也，位雖下而勢寔尊，名雖小而事益專。以其已著而卜其所行，余知其易易然矣。』於是客皆善其説。遂與之劇飲而别，因書爲送行序，而工詩者系其後云。

校勘記

〔一〕『敢擊』，康熙本作『决』，則此句標點相應爲：『非素有威嚴决斷……』。

送吴義孚序

閩去中國萬里，而人物多同於中國。或言其山川之秀、風氣之和，人生其間者，内魯而外文。余獨以爲不然，在乎作之於上、習之於下耳。齊、魯習於禮，故揖遜不争，而周公、孔子之教可見也。秦人習於戰攻，勇悍好前，而商君之法猶在也。瀕海之地，歷三代以來，棄於蠻夷，素不知學。常衮風厲其民，歐陽詹始見於唐，然後學者稍出。及楊時、李侗至考亭朱子，大闡周、程之學，化行遠近，窮經好古之士不可一二數，兹非作之於上、習之於下邪？大抵所習之

異，性從而移，則天下可使爲齊、魯，豈特閩與中國齒哉？惟其俗之一變，綿延數百年間，無一室不悦於絃歌，無一人不通於道術，雖兵戈格鬭之餘，内外所置學官〔一〕弟子員散去而從他道，惟閩不廢。由是觀之，在於習而不在其地也，豈不信乎？故嘗觀東西所歷，恒病其不及，輒舉以告人，欲其有所慕而爲之。及來中都，獲見吴烈義孚者，粹然而不矜，確乎其有守，余甚嘉之。問考其先，由固始遷閩，居興化之莆田，凡十二世，皆擢進士第，爲太守者五人，時比漢之萬石君，表其里曰桂籍。則前後人物，莆田爲盛，而且萃於吴氏一門焉。其倅潮州死事者，蓋義孚之曾大父也。義孚蚤孤，克守其業弗墜〔二〕。長從鄉先生獻可鄭公、學矩林公游。其學既成，其文既工，一時薦紳咸推重之。性不樂仕，乃去之桃溪之上，築卧雲精舍，讀書其中。而先塋之在黄石者，又遷之壺山凌雲巖東，題曰小盤谷，且將老焉。洪武五年，部使者强起之，遂來京師，授鳳陽府學教授，年今五十有七矣。以其去鄉之久，將暫歸，而復來求余一言以行。余既喜其有尚文之習，故歷論之，爲閩人榮，并以勸其來者云。洪武十年三月甲申，檇李貝瓊叙。系之以詩曰：

蒼蒼壺公山，縈紆小盤谷。青看榕葉老，紅分茘支熟。言歸知物改，惜别悲景促。焉能有翅翎，東南〔三〕附黄鵠。

校勘記

〔一〕『官』，康熙本作『宫』。

〔二〕「墜」，原作「隊」，據康熙本改。

〔三〕「南」，康熙本作「西」。

送錢子予序

洪武六年春，上以國子學聚四方俊秀，宜簡明經之士誨之，命今御史大夫陳公董其事。上下祇若，悉舉所知。時余與會稽趙公本初、錢公子予，吴興馬公新仲至京師，遂承乏助教。既而山西張公思廣、蘄公用中，江西曾公旦初、劉公子憲先後至，皆一時選也。八年，余復分教中都。九年，思廣、用中皆病免，而本初以年滿七十，爲請授翰林待制致仕。十年，子予亦授國子博士而老焉。余既縻於官，不得與祖道都〔一〕門外，竊聞其去時，詔賜内府新褚，以示恩數之隆。在朝公卿大夫，莫不以爲榮，嘖嘖嘆息，咸謂武肅、文穆二王，功德在吴越人，宜其子孫久而益蕃。當時若淮南之楊行密、荆南之高季興、湖南之馬殷、蜀之王建、閩之王審知，與武肅比肩而起者，後皆剪於大國，豈若錢氏一門之盛，與宋始終，至都高位、享厚禄，鐵券猶存，四五百年之故物，而子予繼顯於今日也乎？方仕而遽止〔二〕，可謂決去就於一旦，而優游千岩萬壑間，與唐少尹楊公巨源，古今同一轍矣。子予乃馳書來告曰：『與子相知於二十年之前，始獲相遇於二十年之後，可無一言贈我邪？』余方以勢之合離爲戚，復何可言者？惟當乞身於朝，以從之遊耳。姑書以復子予。或遇本初於東西兩眺，幸爲余道問訊云。

校勘記

〔一〕『都』，康熙本作『東』。

〔二〕『止』，康熙本作『去』。

送樓文淵歸會稽序

余講學雲間時，四方之受業者非一，而會稽樓澄持故人曹新民書見余，欿焉若虛，默焉若愚，知其可與共學也，遂進而與之。每讀書至夜分止，雖風雨寒暑無少間。二年之間，而虛者以盈，愚者以明，知其可與適道也。方將致聖人之經，以窮天地萬物之理，屬兵興散去，不相知者十年。及萬方既壹，大用諸儒，余亦起爲國子助教，澄乃不遠千里，徒步訪余京師。今年余留中都，復因蘇人致書焉。嗚呼！及門之士，或擢朝廷之上，或居蕃翰之重，或放江湖之遠，或陸沉田里之中，未有澄之不負於始終，如惠勤之於歐陽子也。然歐陽子不以賓客倍之遂悔，於後益論薦不已，余敢因澄而尤諸子邪？特表其情之厚而義之盡耳。初，澄之父嘗仕三吴，遂以家從。不幸父没已矣〔二〕，而慨然遐想山陰之居，有山奇而峭，有水清而駛，有雲霞朝暮之變，而竹樹之葱蒨可悦也。將奉其母以歸，求余一言爲華。余聞而嘉之。大抵士之輕去〔三〕親戚墳墓者，非敚於王事，而有大不得已者，弗忍也。故雖富貴之極，而有首丘之思，奚啻池魚羈鳥〔三〕之戀淵藪也？澄之行也，益重余之感焉。尚問東南有昔之處士戴逵者乎？幸爲謝之，

將掛冠東門，往而從之矣。於是乎書。

校勘記

〔一〕『矣』，康熙本無。

〔二〕『去』，康熙本作『棄』。

〔三〕『鳥』，康熙本作『馬』。

送國子助教張思廣歸平陽序

國子助教張思廣先生謁告歸平陽，道出濠泗間，杖策見余。且曰：『吾將老於姑射山中矣。』余既無力以留之，乃起而告曰：『嘗攷諸《易》，《泰》之爲卦，六往居四，九來居二，內君子外小人之時也。《否》之爲卦，九往居四，六來居三〔二〕，內小人外君子之時也。初九之爻曰：「拔茅茹以其彙，征吉。」初六之爻曰：「拔茅茹以其彙，貞吉，亨。」是知進退之道，繫於時之否泰而已。今否極而泰，正君子小人消長之會，莫不彈冠相慶。先生中州之碩果也，當行其道於天下，惡可超然而肥遯也哉？』曰：『吾非不知也，然吾之當去者有三：耄也，迂也，疾病也。其能進而成治泰之功乎？宜進而退，詭也；宜退而進，辱也。』余聞而嘉之，可謂見幾之決已。嗚呼！見幾者，君子之獨見，衆人之所疑也。衆人之所疑，故有當去而不去者，矧於不當去而去乎？若思廣之去，孰得而非之也？初，余至太學時，浚儀趙公本初、錢唐錢公子予，而思廣

繼自河南至。學足以相資，言足以相發，暇則與之出白下門，登鳳凰臺，覽河山之險固、宮闕之壯麗，慨想古人於千載之上，唱和成什，皆推思廣爲冠焉。蓋其養於中者既充，則發於文者益肆。一時從而學者雖衆，而亦未知其所至也。越二年，余分教中都，求其向之所與如思廣者益尠，惜其不得備侍從於金門玉堂，而遽高蹈遠引於上下相交之日也。於是載酒東門，酌以送之，復序其交游之梗概如此。善詩者咸系其後云。

校勘記

〔一〕『三』，康熙本作『二』。

清江貝先生文集卷之三十

中都藁

故孫正甫先生墓誌銘

四明孫正甫先生，以累世家學之懿，起於百有餘年之後，雖不及顯融，而望重一時，年八十有五卒。既葬，其子弘以鄉貢進士臨淮縣儒學教諭鄭真狀來謁銘刻諸石。按狀，先生諱元蒙，字正甫，姓孫氏。系出河朔。有名全照者，立功澶州，仲子當補牙校，以讓其季，而南遊吴越間，遂家于鄞。詳見元翰林待制柳貫所志《臨海君墓碣》。曾祖願質，宋朝散大夫、國子司業、工部侍郎。祖諱璹，通直郎、知臨海縣。父諱嗣明，將仕郎。曾祖妣黄氏，祖妣莊氏，妣周氏。嗣明三子：長元厚，次元佐，先生其季也。外密内明，異於常兒。年十八，父母相繼没，相其二兄，自卒至葬無違禮。服闋，益肆志讀書，不間風雨寒暑。有司選故家俊秀補學官〔一〕弟子員，遂請往。時鄉先生魯公月卿、杜公孟傳居上庠，以先世嘗同官于朝，有通家之好，喜曰：『文獻之傳，固自有大乎？』因受《詩》魯公，出入諸家之説，訛者正之，疑者辯之，一時同門皆出其

下。既歸，陵陽牟公景陽官四明，爲遣二子從之。而紹興葉公敬常倅餘姚，走書百里，延之館下。同知劉公文大、宇文公子貞，方行鄉飲酒禮，先生爲定揖讓進退之儀，觀者以爲合於古。後歸杜洲書院，申明朱子月試季攷法，朔望讀吕氏《鄉約》，書善紀過，以示勸懲。遠近裹糧而至者數百人。至正八年，有寇自徽逼杭，江浙行省參知政事董公孟起總兵守三關，辟爲餘杭儒學教諭。先是，孟起僉浙東宣慰司都元帥府事，下交布衣之士，謂先生有古人風，而其子亦師而受業焉。故先生以孟起爲〔二〕知己，檄至，亟就道。孟起去，郡侯孛顏、平章左達失里〔三〕繼至，數訪以世務，畫一以對，切中利病。二公韙之，而不及用，然皆知有經世大略，信非章句儒矣。閲二考，調松江清忠書院山長，則年已七十，遂老不赴。越十餘年，病風痺，猶日夙興盥櫛，有造者必束帶見之。前死之一日始就枕，翼日四鼓卒，神色不變。生於有元至元二十八年辛卯十二月六日，卒於大明洪武八年乙卯〔四〕五月二十五日。娶莊氏，與先生協德，勤於治家，先卒，年七十有五。子男三人：弘、章、傅。章爲河南府永城縣税課局副使。女一人：適金華義烏縣儒學教諭同郡鄭駒。孫男六人：復生、端生、震生、謙生、道生、陽生。孫女四人：長適同里楊啓明，餘幼在室。弘等以明年閏九月初三日葬於鄞之豐樂鄉黄山之原，以莊氏合兆，蓋先生所自辨定云。先生性坦夷，不尚異同，而介然有守。初爲四明儒學訓導，或一言少忤，遽引去。太守丁某謝而留之，不能得。牟公景陽俾攝鄞學事，而食其廩禄，亦辭不受。其見於氣節如此。先生之産悉讓二兄，其質而用資復之者亦不預也。僦屋城中居，講學自給。二兄年

幾八十，數致於家，奉之如父焉。疾病必親嘗藥，既愈乃喜。没，復治其葬。又篤於倫理如此。與人交，久而益敬。有善稱之極口，有不善輒掩之而不言。歲時謹於祭祀，而不惑鬼神。幼子傅遇疾，或勸其禱者，曰：『夭壽，命也。烏可黷祀徼福哉？』傅竟差，咸服其明。平生於書無不讀，爲文婉而有法。嘗舉有司不售，遂不復踐場屋。盡出所業以授學者，戒之曰：『學在我，爵禄系之天。』柳公道傳〔五〕、黄公晉卿、危公太朴，尤推重之。浙東僉憲史公季衡，亦以其才可登館閣，欲薦弗果。早號映雪子，有《映雪藁》若干卷，藏于家。初，國家以六科取士，有司以先生仲子章應詔，謂之曰：『吾賴女等以終餘日，今與女訣矣。獨念女未知從政也，或以吾老丐歸，幸矣。』脱不女聽，其以清白自持。』因嗚咽〔六〕泣下，由是得疾。臨没，呼弘等戒曰：『吾自河朔府君以來，傳十二世，歷四百年，幸不墜遺緒。今死矣，爾尚勉之哉！』嗚呼！宋之南度，衣冠大族萃於東南，及乎革命，而凋落殆盡，求其益遠益振如先生，幾何人耶？是宜銘。銘曰：

稼也不必其有秋，學也匪禄之是謀。出處以時，奚悔奚尤。高厲千仞，□撑衆流。黄山之原，有封一丘。石泐泉涸，清風莫儔。

校勘記

〔一〕『官』，康熙本作『宫』。

〔二〕『爲』，康熙本作『謂』。

〔三〕「里」，康熙本作「理」。
〔四〕「乙卯」，康熙本作「己卯」，誤。
〔五〕「道傳」，康熙本作「道傳」，誤。「柳公道傳」即柳貫。
〔六〕「咽」，康熙本作「唈」。

故處州路儒學教授鄭以道先生妻蔣氏碣銘

故處州路儒學教授鄭先生覺民，字以道，妻蔣氏卒。既葬，於令當用碣，而未能表其德於不朽。其子駒以狀授弟真，走見余，泣曰：「惟先生哀而銘之。」按狀，蔣氏世居淮之光州光山。有諱光者，徙居毗陵，以董昌亂徙于鄞，因家焉。曾祖嶸。祖遜。父善孫，自號處士；母趙氏，宋宗室秦王伯升之後。夫人蓋處士之季女，特鍾愛。而以道，蔣出也，弱冠好學績文，處士遂以歸之。屬姑目眚，不能視，日侍左右不少懈。而以道每旦往省，必以舌舐之，遂明。姑没，舅慶元學録芳叔病，累年不起，奉之益謹。學録公因曰：「新婦孝敬如此，異日當使有子若孫，以祚吾門。」學録公既没，以道服闋，講學于旁邑。久之去游金陵，而達官貴人咸異而薦之，起爲文學掾。清苦之節，晚而益厲。夫人勞不辭於體，愠不見於色，可謂能安其分者，在婦人尤難也。歲時佐祭祀必以禮，遇宗族鄉黨必以恩。夫之女弟適趙氏者，久病風，問候無缺。其死也，出首飾爲治棺衾。及一子繼亡，斂之如其母焉，且爲嫁女一人。後以道疾革，夫人以憂成疾，殆者數四。既愈，葬祭之事悉親莅之。嘗欲結廬墓側以居，而不克就。俄一日天大風，日

晦無色，晨起盥櫛如常時，至午不疾而卒，年六十有九。生於有元大德五年辛丑六月二十六日，卒於大明洪武三年十月十九日。明年十月，附葬鄞之西嶴山，與夫合兆。子男三人：長駒，金華府義烏縣儒學教諭；次真，洪武五年秋應有司舉，以《春秋》經冠東南九府之士，今爲鳳陽府臨淮縣儒學教諭；次鳳[一]，平凉會寧州莊[二]浪縣簿。女二人：長適同里劉濬，次適天台葉亮。孫男五：翁升、同升、東升、允升、復升。孫女三：長適王公權，餘俱幼。嗚呼！蔣氏爲四明大族，在宋時則有浚明，贈金紫光禄大夫。浚明次子璿與弟琉繼登紹聖、崇寧進士第，其師陳忠肅公瓘爲扁其堂曰聯桂。璿贈中大夫；琉贈宣奉大夫，實夫人之六世祖也。琉[三]生台州通判、贈中奉大夫梗，梗生南昌通判、贈太中大夫如愚，則其高祖也。如愚生峴，中慶元丙辰第，歷侍御史、諫議大夫、刑部尚書，以寶章閣學士奉玉隆觀致仕，官正奉大夫，於[四]夫人爲曾伯祖。其世次有可考者如此。故生令女以嬪名門，婦道母儀爲鄉里法，而又通詩書大義。當以道啓殯而雨，泣曰：『古者雨不克葬，爲無備也。故在廟未發時得爲雨止，今若之何？』遂行。觀者以爲知禮云。銘曰：

婉婉淑姿，毓于名門。如玉不瑑[五]，中含粹温。爲婦可儀，爲母可師。實生三鳳，亦顯於時。西嶴之山，玄堂孔安。有碣崔嵬，世久不刊。

校勘記

〔一〕『鳳』，康熙本作『夙』。

〔二〕『莊』，康熙本作『遊』。
〔三〕『玧』，康熙本作『玩』，誤。
〔四〕『於』，康熙本作『以』。
〔五〕『瑑』，康熙本作『琢』。

故福建儒學副提舉王公墓志銘

宋之南，文獻故家多萃於四明，而世其學者，有王公叔載焉。蓋自厚齋尚書倡學者以考亭朱子〔一〕之説，一時從之而變，故今粹然皆出於正，無陸氏偏駁之弊，而叔載又能守之不失。嘗讀臨濠教諭鄭真所著《遂初老人傳》，其言行鑿鑿可考。遂初者，叔載所自號也。然不獲一試以終，遠近悼之。既葬之明年，其子陞謀立石墓道，而以『文詞顯于今而信于後者，莫若國子助教貝瓊』，乃授狀并書於〔二〕使者，來中都爲請曰：『惟是不肖孤方斬焉在衰絰中，不得匍匐走謁館下。惟先生哀而銘之，庶先人死且不朽，而尚書公亦有光焉。』余辭不獲，遂次第而爲銘。按狀，公諱厚，字叔載，姓王氏。其先瑯琊人，至宋徙居開封。高祖安道，保信軍承宣使，靖康之變，扈從南度，始家于鄞。曾祖撝，吏部郎中、崇政殿説書。祖應麟，中寶祐博學宏詞科，歷事三朝，官至翰林學士、禮部尚書，號厚齋。父昌世，承務郎，人皆稱〔三〕承奉公，黄文憲〔四〕公爲志其墓。曾祖妣某氏，祖妣舒氏、戴氏，皆贈碩人。母楊氏。公幼而知學，八歲能賦詩，讀書日記數百言。十歲已竟《論》《孟》《詩》《書》《禮記》，并閲尚書《深寧集》，習經義、詞賦，操筆立

就。鄉先生王僉判叔穌、趙太社〔五〕孟何、戴教授表元聞而異之，因就見焉。元延祐初，科制行，改治《詩經》。初，李國博元白授《詩》於舒文靖公璘，王與舒、李世親，盡得其原委，久益充積博洽。凡性命治道、禮樂法制，及臺閣典故、世冑譜諜〔六〕，鄉里多咨問之。袁文清公桷自翰林歸里第，輒問所學，對曰：『近於〔七〕濂洛、關輔、建安、西蜀諸書，稍已通習。惟《讀書記》《衍義》《正宗》意有所得，以其明潔縝密有成法，易知而可守也。』因言：『世之學者，稍涉朱子數書，輒詆淳熙諸老。與朱子同時，其言論雖不盡合，而博聞實踐爲所推許。今人耳目所不及，乃藉口理學以文寡陋，高談闊視，漸成虚誕之風，先生宜懲其弊以新士習。』文清著《四明志》，命公分撰二考，且言：『子家世太史，亦嘗究心否？』曰：『經與史同出，異名自有編年。司馬氏爲記傳，《隋志》始稱正史，非古也。作史必曰三長，年代協體統之會，人物萃品題之歸，叙事貴詳不爲繁，修詞有要不爲簡。彼謏聞寡見，雜出衆手，舛訛遺漏，欲以傳信久遠，豈不難乎？』因歷舉累代高下得失甚備。文清大喜。復閱其文，作而嘆曰：『先師之道，兹不墜〔八〕矣。』嘗爲郡庠訓導，演説名理，辨析疑難，諸生悦服。往時博士朔望講義，就章立題，卒一篇而止，公病其拘，取《四書》《五經》關世教〔九〕者爲之直説，抑揚反復，聞者竦然。嘗三試不偶，即棄去舉子業。用詞學十二體爲古文，本之三代兩漢，博以唐宋諸家，屬詞有法，絶去雕巧。然時之知者蓋寡矣。浙東廉訪司副使曾某署郡直學，公辭，都司牟應龍謂之曰：『先儒謂錢穀亦爲己之學也。』迺就職。塗田砂岸先侵於豪民者，悉陳而復之。盈考，宣慰司板〔一〇〕授象山教

諭〔一一〕。考覈田租，侵漁者不復逞。調浦江教諭，踰月即去官，歸奉母。時朝廷遣大臣李國鳳經略江南，以便宜用遺逸，有司以公名上，即署衢州路教授。而中書復用外臣，薦除邵武路教授。福建分省，又陞爲儒學副提舉。皆不赴。既老，嘗語人曰：『天地生人之初，吾不得而知也。可知者，理而已。理之在人，初非不善，克遂其初，斯足矣。』乃號遂初老人云。尚書富於著述，《玉海》最爲詳洽，未脱藁而失，後復得之，中多闕誤。公考究編次，請于閫帥鋟梓，并他書十二種以傳。袁文清公所撰《四明志》，或有讒于僉事苦思丁，將毁其板。公白太守王元恭曰：『袁公，中朝名臣。書法高古，不可毁也。』元恭持書以進，僉事驚悔，命與舊志並行。公爲成《續志》若干卷。鄉飲酒禮久廢，太守用程先生端禮言，屬公與鄭先生覺民考訂，一遵《儀禮》，用賓興，歲行之。以經費不足，而田爲吉祥寺僧所據，白諸有司，僧以田歸我，歲入遂充。其禮浸盛，觀者謂紹興以來昉見於此，而先王之教猶存也。公天性質直，人有過則面折，至發赤。品別〔一二〕人之賢否，不以勢位高下爲輕重，不以待遇〔一三〕厚薄爲是非。送死厚於奉生，恤小篤於事大，報德甚於念惡，勇退急於趨進。晚年益以詩酒自娛，客至論宋季事，亹亹不倦，且及至正史官詮次弗當，欲爲釐正，尤極論奉化陳桱《續通鑑》前後之失。有《遂初藁》三十卷，藏于家。戒其子陞、隲曰：『承家不在名位，而在不失身；敬身不在外貌表襮〔一四〕，而在毋自欺。讀書當貫古今，處世必審進退。其有同流合汙以爲通，矯時干譽以爲高，患得患失以終其身者，此吾所深惡，非所望於汝也。』大明洪武九年丙辰三月十日卒，享年七十有七。妻史氏，

系出相家，與公合德，先公卒。子二人：長陞，次隲。隲爲弟寧孫後。寧孫通《春秋》《詩》二經，蚤卒無子，遺命與同葬。女一：適戎某。孫男一：初孫。以是年四月十四日葬于鄞縣先塋之右，與史氏合兆。嗚呼！四明之學，惟尚書之廣博精深，論者謂兼東萊、西山二家之長，非袁、楊所能及。而公克繼其傳，雖不見之所施，足以垂後無疑也。故特掇其大概，而事之具于傳者可略。銘曰：

王氏之先，世居瑯琊。再徙于鄞，繇儒起家。逮尚書公，耀其光彩。所蓄之富，浩乎淵海。昭昭大中，或爲異同。倡而正之，畔者斯從。偉哉叔載，克紹于後。遺編佚藁，既習而守。人亦有言，惟祖惟孫。不襲以爵，道寔惟尊。紛紛黄小，得失寧辨。本棄末務，内忘外鍵。三年象山，遠近是咨。大夫有友，學者有師。時既不偶，宜退奚久。日遊以嬉，託意詩酒。嘅彼里豪，貪縱鴟張。盈必易覆，烟消雨茫。惟吾遂初，初〔一五〕豈不善。年踰七袠，雖晦益顯。鬱鬱堂封，在彼高原。式衍餘慶，以利後昆。

校勘記

〔一〕『子』，康熙本作『氏』。

〔二〕『於』，康熙本作『以』。

〔三〕『稱』，萬曆本作『謂』。

〔四〕『憲』，萬曆本作『獻』。

〔五〕『社』，康熙本作『杜』，誤。

〔六〕「諜」，萬曆本作「牒」。
〔七〕「於」，康熙本作「與」。
〔八〕「墜」，原作「隊」，據萬曆本、康熙本改。
〔九〕「教」，萬曆本作「道」。
〔一〇〕「板」，康熙本作「拔」。
〔一一〕「教諭」，康熙本作「教授」。
〔一二〕「別」，康熙本作「列」。
〔一三〕「遇」後，萬曆本有「待」字。
〔一四〕「襮」，康熙本作「暴」，誤。
〔一五〕「初」，萬曆本作「人」。

故韓處士碣銘

處士諱性，字可善，姓韓氏。世居明之定海，後徙于鄞，遂爲鄞人。父某，一號妙心居士；母陸氏。祖某，祖妣某氏。曾祖某，曾祖妣某氏。處士天性重厚，遇物以誠，不事表襮。所入雖薄，而周窮恤匱。婚無以爲資，喪無以爲禮，必謁其門。鄉人有公、私逋不能償，爲代輸之，卒竟不責其歸。歲大疫，比閭中戒相過，輒率醫往視，或輿致于家，既愈而遣之，未嘗有矜色。於是皆稱曰：「長者！長者！」又規置田若干畝，爲義莊以收族人，建義塾以教子弟。會兵

興，弗果成。所交多鴻生碩士。少雖不學，而喜聞論史鑑[一]，至行事得失，即領其要。初，妙心居士娶陸氏，生兄某；又娶樓氏，生處士。而兄以塗人遇之，稍長即異居。家素饒於貲，十裁有其一二，人病不均，曰：『吾豈憂吾貧邪？顧所以處之何如耳。』既而克自樹立，遂與軒輊上下，而好義勝之。居家時，嘗於隱處獲盜遺美珠升許[二]，悉還其兄，黍絫無私。嗚呼！利者，人之所必争也，故在人者且將攫而攘之，雖湯火在前亦不能止，乃推吾所當得以與人，真知其所輕重哉！處士在外凡若干年，而事親敬長之禮，朝夕無缺。浙西廉訪司僉事浦江鄭公浚嘗抵其家，喜其爲人，因遺以《麐溪集》，遂取爲子孫法。蓋鄭氏兄弟争死十世不分，處士感而慕之。使[三]其兄能推其心，則一門孝友見於風俗既壞之餘，卓然爲東南望。不知反此而求諸彼，悲夫！有别墅在城東，羅植衆卉，數游其中，浹旬忘返。一日，道逢金華故老，相携度東津至所居，譚噱[四]通夕[五]。黎明，呼從者治具，從者請沃盥，弗應，視之則已逝矣。生於元延祐六年十一月十八日，卒於大明洪武八年六月十日，享年五十有七。善菴其號云。娶陳氏，生子三人：長英，次章，次圭。女二人：一適楊恒，一適應彌通。孫男一人：本。孫女四人。英將以十年某月某日，葬于鄞之某原祖塋之側，里人蔣朴爲次第其行實，來請銘勒諸石。銘曰：

孰不積，校黍絫。利之盈，滋禍媒。嗟處士，無留貲。急人患，猶渴飢。全吾天，誠無欺。力樹德，百世儀。鄞之阡，石巍巍。俾來者，觀銘詩。

校勘記

〔一〕『鑑』，原作『監』，據康熙本改。
〔二〕『許』，原脱，據康熙本補。
〔三〕『使』前，康熙本有『假』字。
〔四〕『譚噱』，康熙本作『噱譚』。
〔五〕『夕』，原作『昔』，據康熙本改。

故徐居士碣銘

上海徐居士卒若干年，其子㢞走二千里見余太學，泣且拜曰：『先人葬於某年某月某日，而墓碣之辭猶缺，是没先人之善，無以白之於不朽，其罪重矣。惟先生直筆信於天下，敢以銘請。』乃受其狀讀之，則前進士華亭黄瑱所述，又足信者，遂爲之次第其行事而銘之。按，居士諱誠，字信之，姓徐氏。世居松江之上海。曾大父某，大父某。父金玉局大使，妣褚氏。居士以節儉起家，銖積絲絫，至有田二萬畝，他貨無算，遂雄一鄉。性至孝，局使府君嘗遇疾，醫禱無應，乃刲〔一〕股膞爇以進，府君尋愈。嚴於治家，具有儀法。既富，益自貶，所奉如初，未嘗過豐。惟樂賑施，周三族之貧者。會鄉里之不能婚嫁者，字其幼而孤者，病予之藥，死給之槥，汲汲如不及。庚午、辛未歲大侵，爲饘粥以食飢者，活萬餘人。由是以積善聞州府，皆稱居士，而不字焉。年四十有六，即屏妻妾、斷葷肉，以内外事屬二子，日轉《法華經》，積至〔二〕萬卷，復録

梓，印施四方。築庵居學佛之徒。松江俗多事佛，而居士尤信之深，常持五戒不衰，益以慈愛爲主。時出見漁獵所獲，輒售而縱之大溪長林間。所居之地多重洲復浦，爲梁水〔三〕以通往來，人不爲病。嗚呼！三吴之大姓非〔四〕一，莫不剥下而自封，黨權而樹威，尠知推一毫爲利人事。居士能仁其族以及人，而羽毛鱗介且不忍其死，視彼之暴，豈直相萬哉！年既耄，幅巾杖藜〔五〕，逍遥果林花圃。子孫歲時奉觴爲壽，必戒以務本好學〔六〕云。及卒，稚〔七〕耋無親疏，奔走號慟，曰：『善人亡已。』生於元□□□年戊寅閏十二月二日，卒於至正二十二年壬寅三月十九日，享年八十有六。其葬在上海之長人鄉莆達涇之原。娶王氏、姜氏，皆先卒。子男堅，王出也；垕，姜出也。女一，壻王顯。孫男三人：明，晝卒；麟；震。孫女三人：淑宜，妙德，妙貞。曾孫男三〔八〕：弘，正，炳文。曾孫女二人：壽奴，妙正〔九〕。銘曰：

川積而盈，山積而雄。必有其漸，迄於成功。居士之生，服勞無倦。始大其家，歲儲億萬。億萬則有，以及飢寒。苟私一身，我德曷延。堅持五戒，法華日轉。匪福之徼，求善斯善。或暴而争，或淫而傾。不暴不淫，慈儉是程。莆涇之原，永安體魄。有刻不磨，過者宜式。

校勘記

〔一〕『封』，萬曆本作『割』。

〔二〕『至』後，康熙本有『千』字。

〔三〕『水』，康熙本作『木』。

〔四〕『非』，萬曆本作『不』。
〔五〕『藜』，底本、萬曆本作『黎』，據康熙本改。
〔六〕『務本好學』，萬曆本作『好學務本』。
〔七〕『稚』，康熙本作『童』。
〔八〕『三』字疑爲『二』之誤，即『曾孫男二：弘正，炳文』。未敢妄改，附記於此。
〔九〕『生於元□□□年戊寅閏十二月二日，卒於至正二十二年壬寅三月十九日，享年八十有六。其葬在上海之長人鄉莆達涇之原。娶王氏、姜氏，皆先卒。子男堅，王出也；垕，姜出也。女一，壻王顯。孫男三人：明，蚤卒；麟，震。孫女三人：淑宜，妙德，妙貞。曾孫男三：弘，正，炳文。曾孫女二人：壽奴，妙正』一段文字，萬曆本作『生卒云云』。

戴克敬妻吴氏墓碣

安人諱恕，姓吴氏。世居四明之奉化。祖某。父清之，母朱氏。年十九歸于同里戴克敬氏，剡源先生之孫、壽卿處士之子也。體素羸弱多病，而善事舅姑不怠。舅姑既没，自殯至葬，事必親之。歲時祭祀，尤盡其敬。後病爲少衰，以爲獲神之庇。克敬爲貧而仕，歷廉訪司海道府，旦出夜歸，必以其事語之，善則勸之行，而止其不可行者，爲助亦多。性好節儉，禄之所入，爲益置田宅。宗族鄉黨，恒給其困乏，不計有無。或貸粟不能償者，未嘗爲言。訓諸子尤嚴，無姑息意。婦道母道，殆無愧焉。洪武五年六月十三日以疾卒，享年五十有五。子五人：長

濟，次濬，次漢，次溥，次海。濟娶吴氏，濬娶陳氏，漢娶毛氏。女二人：長浣，適鄞縣儒學教諭毛裒；次詠〔一〕，適沈亶，亦儒家子。孫男四人：宗權、宗柱、宗樞、宗桯。初，克敬卜葬龍潭山以祔祖塋，又卜他穴，皆不叶。一夕，夢僧指葬地曰：『此張山，主張氏方立券歸徐某。』既覺，頗怪其異，後果遇二人，因購而得之。山拱水趨，精地理者極稱生氣之所鍾聚，豈造物待其人乎？七年九月丙午，穿窀將葬，是夕宿山上，復夢一老人大呼曰：『涸澡宜淺。』即從之。及閱書，與所言合，乃名其山曰符夢山云。銘曰：

名都姝麗不善績〔二〕，木偶巧以珠玉飾。四明吴氏崇儉德，爲婦爲母行靡忒。義周困乏無疏戚，男誦女絲各有職。年胡不遐踰五袠，夢符之山兆既食。神人所告此爲宅，我作銘詩刻堅石。子孫其昌永千億！

校勘記

〔一〕『詠』，康熙本作『泳』。

〔二〕『績』，康熙本作『積』。

故貞孝處士周公墓誌銘

公諱天祐，字思順，姓周氏。其先汴人。五世祖燧，宋機察官，靖康末扈從高宗南度，占籍于杭。曾祖淳一，曾祖妣某氏。祖道誠，祖妣某氏。父公美，妣姚氏。初，公美年既高無子，禱

于山川之神。一夕，夢神人賜以白石，而姚氏娠公，閲十四月生。公幼穎悟，異常兒。稍長，好學讀書，日記數千言。後受《易》於吴興宇文子貞。以三舉有司輒斥，其〔一〕不如己者往往皆先登，因〔二〕嘆曰：『科舉之得失，豈足以榮辱吾邪？學至而得之者，宜也，非幸也。其失之者，命也。學不至而失之者，亦宜也，非不幸也。其得之者，命也。』即棄所業文，不復爲。居家以孝聞，父母有疾，晝夜侍左右不去，密禱諸祠，乞以身代死。親没，哀毁踰禮。其産頗饒，又推恩宗族。殯無歸者五喪，嫁甥女之孤〔三〕貧者。監察御史李完者薦于朝，授嘉興路崇德州〔四〕倅，不赴。築室漁溪之上，耕釣自適，搢紳士多造其門。歲時會稚耋，置酒酣宴，放而不越於禮。或里中有争者，輒喻而解之，人爲無訟。洪武四年七月十七日以疾終。生於元癸亥歲七月十八日。以是月三十日葬茅家山祖塋之側，享年四十有九。娶朱氏。子二人：長惟敬，次惟謙。女三人：長適孫景義，次適李景忠，其一未行。孫男一：孟珎。孫女二人。嗚呼！以公之學行過人，而與時忤，如雲雷之蓄，不獲一施，又竟奪其年，而止於是，何〔五〕天之報施恒嗇於善人也？與之游者私爲之謚曰貞孝處士，以著其實云。銘曰：

嗚呼處士！其才孔有，而時之不偶也。其積既厚，而年復不久也。轂隕于畝，而殖此稂莠也。天默默以黝，吾將安咎也。刻石墓道，庶存而不朽也。

校勘記

〔一〕『其』後，康熙本有『有』字。

〔二〕『因』後，康熙本有『而』字。
〔三〕『孤』後，康熙本有『而』字。
〔四〕『州』後，康熙本有『之』字。
〔五〕『何』，康熙本作『乎』，則此句標點相應爲：『又竟奪其年，而止於是乎？天之報施恒嗇於善人也。』

黄南岫先生墓誌銘

在昔元之季世，國家日就陵夷，紀綱不振，方遣大臣宣撫各道。時括蒼奇士黄南岫先生以策謁見，其目有十，曰嚴選舉、革貪汙、除吏弊、抑兼并、省冗官、汰僧道、覈田賦、興武舉、作士氣、結人心。磊落數千言，明白剴切，可以救亂於未形，興治於將來，而大臣暗不能用。及豪傑並起，海内分裂，中書省參知政事普顔帖木爾希古、内臺治書侍御史李國鳳景儀，奉詔經略江南，得先生十策觀之，嘆曰：『世未嘗無經濟才，上之人顧棄而弗求耳。』欲薦而起之，則已病矣。初，先生與懷玉鄭原善，同里葉峴、林定老相爲師友，三先生皆擢進士第，而先生性剛直不可犯，疾惡如讎，見善輒稱之不已，故與時落落不合，獨隱居教授。老老〔一〕僉浙東廉訪司事時，舉爲麗水儒學教諭，不就。中州李彦方持部使者節至郡，因見先生儀觀甚偉，美髯過膝，議論慷慨，自謂行天下未見有如此輩人。竟不仕，家卒，識者恨之。生於某年某月某日，卒於壬寅四月二十八日，享年八十。以丁未歲某月某日葬於宅東之葉衕。閲十二年，其孫今秦府紀善夢池來中都，求國子助教貝瓊爲銘勒諸墓石。按狀，先生諱許，字與可。先由閩徙處州之麗

水。九世祖某，宋承直郎、大理評事。評事生輝，迪功郎、南康司理。司理生師恩，師恩生某，某生某。大父諱國華，以好義稱。父諱昶。先生生而穎悟，於書無所不讀，尤邃於《易》。所著有《四書聚要》《讀易大意》《詩書類編要語》，天文、地志、官制皆有類要，及古今人詩文、四六駢儷類選。先居先府君墓側石壁山下，有《石壁晚藁》若干卷。爲文一本於理，不事華靡。前没之時，擬陶靖節作挽詩二解。娶魏氏、屠氏，皆先卒。子二人：長文彬，次文奎。孫男四人：夢池、夢康、夢裴、夢某。夢池好學，工古文。孫女一。曾孫四：綸、維、絅、某。所居弱溪，又曰南原。讀書之堂前直南山，因稱南岫先生，而不字也。嗚呼！王業之衰也，必有知微之君子，先事而憂此。先生當至正間，將獻大計，使能行之，則可中興，以復至元之盛。而莫之察焉，訖至於亡，豈非天邪？銘曰：

御之善也，王良是求。弈之工也，必師夫秋。舍之而敗，吾將安尤。方亂之初生，先生獨見於未形，而弗咨弗謀。豈人之惡直，而悦彼佞柔？抑廢興有時，將壞爛而莫收？葉衕之原，有土一丘。惟積之既封，子孫百世〔二〕，式延其休。

校勘記

〔一〕『老老』，康熙本後一『老』字作墨丁。

〔二〕『百世』後，康熙本有『之後』二字。

故處士溧水徒君彥龢誄

夫行莫尊於孝友，而《詩》稱張仲於周；節莫近於廉退，而史録瀍貞〔一〕於漢。卓乎特峙，百代有光。然皆出於所禀，信非勉而後至也。若溧〔二〕水徒處士璽者，其殆庶幾乎！按，徒氏一門四世，好如琴瑟。及璽，有弟鑒，病〔三〕瘠不起，而璽與同飲食起居者〔四〕三年，非其孝友之可見者歟？其在鄉里中〔五〕，號稱長者，至辭太守李行之招，止御史彭叔儀、李孝文之薦，非其廉退之可見者歟？其行足以儀於人，其節可以高於世。而鬩墻之兄弟，盍爲之戒？繼踵之士，必敦其所薄也。以某年某月卒，某月某日葬于荆唐阡。蘭摧玉碎，豈不痛哉！余懼綴文之士舉其一而遺其二也，私爲之誄，用著厥美。辭〔六〕曰：

邈矣先民，出處有時。豈其好逸，違中立奇。惟徒處士，曠世相襲。居約志伸，卓焉靡及。蠅溺于汁，猩斃于醪。人胡弗懲，以貲争豪。一室蕭然，翳于蓬蒿。有琴有書，咏歌以陶。州伯臨門，中谷深逃。匪招焉往，彌敦所操。寧爲人羈，落其羽毛。鴻翔千仞，方夷並高。處士得姓，古司徒氏。惟祖惟父，歛華不仕。植木既滋，條敷葉散。一門四世，緦麻同爨。伯叔雖異，寔同一人。呻吟不寧，通于我身。如何相仇，殘忍無親。乃私其室，蔑我天倫。我撫其家，其施既鈞。或倡而和，熙熙如春。有弟遘疾，屢頓弗起。晝接几筵，夕同姜被。三稔于兹，活于阽死。夭壽雖命，微君其鬼。群雄虎争，王室亦顛。大江東西，遠近兵連。雹激雷犇，孰遏

其前。僵屍膏野，百里無煙。去而辟之，雲鶴之巔。擷秀陽岡，濯足寒泉。積之已豐，奚奪其年。天豈余欺，禍福斯僭。嗚呼哀哉！昔君之存，孔直且和。閉關留客，縱以酣歌。君寔有言，貴賤同波。不樂徒憂，白日已俄。神仙有無，世踵〔七〕其譌。疾而弗治，良醫奈何。靈輀發軌，封于山阿。素旗揚揚，悲風折柯。行道興嗟，雨泣滂沱。回視一世，所存孰多。道雖未融，名終不磨。嗚呼哀哉！

校勘記

〔一〕『貞』，康熙本作『真』。

〔二〕『溧』，原作『深』，據萬曆本、康熙本改。

〔三〕『病』，康熙本作『疾』。

〔四〕『者』，萬曆本無。

〔五〕『中』，萬曆本無。

〔六〕『辭』，萬曆本作『詞』。

〔七〕『踵』，康熙本作『種』。

歸田藁

慎齋記

君子之所以至於無過者，其惟慎乎？馮道戒唐明宗曰：『臣爲河東掌書記時，奉使中山，過井陘之險，懼馬蹶，不敢怠於銜轡，及至平路，遂跌而傷。凡蹈危者慮深而獲全，居安者患生於所忽。』道之更歷五朝八姓，無人臣之大節，固爲天下後世之所譏，其言則不可廢也。余故取之訓〔一〕人，當知所慎焉〔二〕。大抵國之理亂，身之榮辱，事之成敗，法之脩否，皆繫於慎不慎之分，著於經、見於傳記非一矣。使古今之人苟知所戒，守於此而應於彼，何險之不濟、何否之不通乎？奈何縱肆無防，往往蹈危而莫之悔也。予方啃是，而秦溪馮彦中氏，闢室爲讀書之所，顏之曰慎齋，日延鴻生碩士反復考亭朱子之説，以泝《中庸》《大學》之要。自一念之發充之，無一不致其所慎，用功之密，殆過於常人如此。復求余記以申其説，姑舉所聞以瀆告之。嗚呼！有所畏而慎之者，慎於已然；無所畏而慎之者，慎於未形。慎於已然者，不過一時之近、一事之小；慎於未形者，斯能一始終表裏而無間矣。兹於彦中，特嘉而與之，尚勉而無晝可也。是爲記。彦中少孤好學，長克樹立，上奉八十之母，咸稱其孝。至於中年，即以内外事屬其二子，而以琴樽壺矢自樂云。

校勘記

〔一〕『訓』後，康熙本有『於』字。

〔二〕『焉』後，康熙本有『矣』字。

復古堂記

秦溪儒者馮彥章氏，深病時俗惑於浮屠，而喪祭之禮俱廢，由是獨違衆行之，而盡革其所爲，顔其堂曰復古，遂以書來質於貝瓊，且求文以爲記。余嘗讀李翺《去佛論》，欲申其義以正是非得失，久未克就。今其言適契於中，乃不辭而復之曰：古者父母死，送往而返，不可得而見之矣，居於倚廬，寢苫〔一〕枕塊，其疾痛之情爲何如哉？所謂喪則觀其哀也。至其祭也，合諸天地，不過數而失於煩，不過疏而失於怠。而齋以致其嚴肅，入室，僾然必有見乎其位；周旋出户，肅然必有聞乎其容聲；出户而聽，嘅然必有聞乎其嘆息之聲。其於思慕又何如哉？所謂祭則觀其敬與時也，斯爲孝子之實。去古既遠，王教不明，風俗大壞，自歛至殯，必主浮屠之法，至有七七，齋以徼〔二〕福淫昏之鬼，而小祥、大祥設道場，越宿以薦之，雖破産不吝，冀誠免於輪迴。吾不知其何説也。嗚呼！氣之方聚則神，形之既滅則鬼，是理之常，無足怪者。而彼謂死者得以復生，惡有已熄之火而復然，已仆之木而復起邪？然其言之行於世也已久，而病之蠱於人也已深，使中國胥淪於戎狄。使聖人出而治之，亦未能回其陷溺之心，况區區舉

吾儒教以與之争，必不勝矣。故伊川在洛，僅化其一二，則其不信而化者固衆也，豈不悲乎！彦章思復古之不易復也，專取考亭朱子所定《家禮》，爲矯數千百年之非，正之於一旦，可謂豪傑之士，愈於俗儒舍此而附彼者。非見之明、信之篤，得於天資學力之至，弗能及〔三〕矣。而鄉黨習俗之弊，或議而非之者，抑豈少乎？予幸見若人於所未見之時，烏得不喜談而樂道哉！庶幾聞其風而有所感慕興起焉，先王之制爲可復，戎狄之禮爲可去也。於是乎書。

校勘記

〔一〕『苫』，原作『苦』，據康熙本改。

〔二〕『徼』，康熙本作『邀』。

〔三〕『及』後，康熙本有『也』字。

雲林解

客有問於余曰：『跡雲林而心市朝，其隱而媒仕者乎？』曰：『道不可以獨善，必將推以及乎人，故隱非君子之所欲也。』曰：『跡市朝而志雲林，其仕而求隱者乎？』曰：『功不可以久尸〔一〕，必將斂而法乎天，故仕尤君子之所懼也。苟必於雲林，以絶物爲高，往而不返，固非義矣。必於市朝，以殉物爲通，進而不止，又豈足與邪？』曰：『若李侯致和者，何如哉？或疑其號之弗〔二〕稱也。』曰：『致和家廬江之上，有大小蜀山之秀，輔以雞鳴龍穴，於是讀書其中若干

年，而意之所適，奚翅盧鴻之在終南、李渤之在少室、司空圖之在王官谷、李白之在匡廬、司馬承禎之在天台也？遂以雲林自號，且將抗志風塵之表，而萬鍾不足以累焉。洪武初，當天子偃革修文，乃翻然而起，上下推之，由簿書至嘉興郡幕長，亦其時也夫！時隱而隱，未始忘乎仕；時仕而仕，未始忘乎隱。卷舒進退，合乎道之當然，毋足怪者。若泥其迹而論之，不若求其心而舍其迹之愈也。』客之疑遂釋，起而謝曰：『先生之言至矣。』因書爲《雲林解》以貽之。

校勘記

〔一〕『尸』，康熙本作『居』。

〔二〕『弗』，康熙本作『勿』。

贈龜師朱子中序

決天下之大疑，定天下之大事，必取於卜焉。見於經、著於傳，聖人豈以人爲不足信，而信區區歲久之伏龜邪？抑龜之靈殆過於人，人固弗靈於龜也？蓋龜至公。合天之至公，既謀之人，復參之龜，天人相協，疑可得而決，事可得而定已。晉獻公不能從而禍其國，楚靈王不能從而辱其身，是皆違天之過也。然則龜可廢哉？惜其龜書不傳，而僅存三《易》於世，故孔子特詳於蓍，而不及龜耳。今之卜者，亦能即其兆而覾之，吉凶定於前而徵於後，非精其術，而能之乎？檇李朱子中氏，世業卜，居於城南，凡仕者必往而卜，賈而求贏者必卜，疾疫者必卜。

利弗〔一〕利，多奇中，遠近稱之。初，余赴京師，子中爲卜之曰：『吉。久鬱而方施，乃耀其奇。無翼而飛，無足而馳，五稔其來歸。』余雖未信，竊識之於中。既而爲國子助教一年，分教中都生三年，四方學者悦其名而不攷其實，咸推尊而師之。洪武十一年春，果以病免〔二〕，獲託田里，與農夫野老逍遥東阡西陌之上，則其言爲不誣矣。因爲論以張之。嗟乎！龜之可信如此，能傳龜之意者，亦在乎人而已。疇曰：『擇建立卜筮人，乃命卜筮。』記曰：『人而無恒，不可以作龜卜。』夫恒，則業必專。若子中者，豈非上恒而專，異夫市井尋常之夫歟？於是乎書。

校勘記

〔一〕『弗』，康熙本作『勿』。

〔二〕『病免』，原作『免病』，據康熙本改。

同壽堂記

崇德之鳳鳴里，有蔡公惠氏，業醫五世矣。凡疾病者，無貴賤必造焉。其樹德也厚，其取利也廉，嘗名其堂曰同壽，咸詠歌以侈之，而記未有所屬也。及余自京師歸，遂來爲請。余聞上壽百歲、中壽八十、下壽六十，而夭殤弗論焉。人之常情，孰不欲上壽也？不可必得，至於中壽斯足矣。孰不欲中壽也？不可必得，至於下壽斯足矣。蓋分之一定，暴如蹠、蹻，惡乎而敓之？仁如顔子，惡乎而與之？是出於天者已皆不同。醫者顧欲使之同壽，何哉？豈天有

不及，而猶待於人也？然可以觀其仁矣。孟子曰：『矢人豈不仁於函人哉？矢人惟恐不傷人，函人惟恐傷人。巫匠亦然。故術不可不慎也。』若醫之爲術，爲能全吾之仁歟？嗚呼！全吾之仁，亦在乎術之精而已。故自黄帝、雷公問答之書，以至張仲景、劉守真諸家之論，參攷旁通，而疾之淺深、治之緩急，無一毫之偏。於是虚者使之充，弱者使之强，屈者使之伸，危者使之安。舉不厄於夭殤，則造化在我，而壽之不同者，獲登於期艾，豈不有功於天邪？不然，往往反其所用，欲求不死而速其死，此醫之拙者也。公惠自其曾伯祖梅友，在宋中醫科，仕至防禦使。其大父君實，克繼其學，因集心法所傳，釐爲若干卷，曰《同壽秘寶方》。至公惠而聲譽益著，其傳爲可知矣。古人云：『不爲良相，必爲良醫。』夫良相位尊，勢之所及者廣，苟施仁政，足以活天下之人；良醫位卑，勢之所及者近，苟施仁術，足以活一方之人。故相之與醫，雖非等倫，其心則一耳。吾於公惠，原其心而卜其術，所謂同壽者，又豈夸言也哉！是爲記。

耕學齋記

友人戴禮嘗從余遊京，而〔一〕久而不樂，乃歸檇李之西陵，治磽瘠地數畝以自給。暇則閉户讀書，殆與世若相忘者，遂題其室曰耕學，來求其説。予嘗攷之，古者井田之法，固無不耕之民，而黨庠術序，又申孝悌之教〔二〕，則其子弟〔三〕亦未嘗不學焉。所以士之升於公者，往往多出於農，非若後世坐談禮樂，不知樹藝之勞而緣南畝者，其於飲射讀法，至老而無聞也。蓋自秦

以來，始變先王之舊，繇是事岐而二矣。可勝嘆邪？其或忘富貴者，學而必耕；苦貧賤者，耕而必學。故袁閎以司徒四世之孫，方諸兄紹、術各據數州之地，乃退于田里，豈其才之有弗逮邪？此忘富貴而然也。然二家志雖大而無遠略，力雖强而無成功，千載之下，論者不高紹、術之所爲，獨高閎之所守，則其得失爲何如哉？若兒寬未達而傭也，帶經犂鋤，朝暮不廢，此苦貧賤而然也。卒顯於漢，位至御史大夫，回視向之爲伍者，邈乎燕雀之在下，則其榮辱爲何如哉？苟有志於此，進則如寬之仕，退則如閎之隱，庶乎其知道矣！惜予又未見之也。今禮當皇朝革命之初，俊造競進，超然遠引，孰測底藴之淺深歟？故歷舉古今言之。予雖老矣，尚能相從東阡西陌之上，共樂其樂云。

校勘記

〔一〕『而』，康熙本作『師』，則此句標點相應應爲：『友人戴禮嘗從余遊京師，久而不樂……』。

〔二〕『教』，康熙本作『數』。

〔三〕『弟』，康熙本作『孫』。

真率軒記

凡禮有以厚爲貴者，有以簡爲貴者。以厚爲貴，必過於文，文則僞；以簡爲貴，必過於質，質則野。較二者之弊，使文而僞，孰與質而野哉？觀夫田夫野老，相餉茂林之下，一談一笑，

驩然無忤。蓋其真意所存，器不假於鼎匜俎豆也，樂不假於金絲匏竹也，儀不假於揖讓進退也，豈非合於古歟？宋司馬温公與文潞公、富鄭公輩在洛時，忘其宰相之尊，而等於田夫野老，嘗爲真率之會，巵酒壹肉，得盡其歡。雖若簡而禮實未嘗簡也，雖若薄而意實未嘗薄也，其相與一本於誠而已。苟推是道，無往而不真率也，欺詐之習亡矣。今天官史錢唐葉時中者，取法先正，以真率名軒，求予爲之記，故舉其説如此。嗚呼！天下之喪其真也久矣，在上者或尊嚴以爲威，在下者恒卑屈以爲恭，而欲真率處之，人將咈然不悦，吾懼其獲謗一時也。而時中殆將復古爲事，尚質而不尚文，兹可嘉已〔一〕。於是乎書。

校勘記

〔一〕「已」，康熙本作「矣」。

溪雲草堂記

溪雲草堂者，海昌郭子方氏之新居也。海昌在崇德南，禦溪則崇德之水，而介乎二境之間，其旁流又折而南，迤行六七里，上有桑稻之村，居人星散，雞犬相聞，彷彿絶境之在物外者。子方擇其勝處，搆堂若干楹，左爲讀書之室，右爲煉藥之房，遂題之以今名云。予嘗放舟過之，道狹而迂，僅一帶耳。魚鼈之所居，科斗之所儲，疑其不能爲雲，類山川之有神靈者。方時之將雨，勃勃〔二〕然上蒸，如煙如霧，如海濤被覆兩厓，不見林木，而漁篷野艇，或隱或見於空濛

中，此其第一曲也。及沿流以窮其所至，則雲之見於朝暮者，尤蓊鬱非一狀。執之而不可，玩之而不得，排於前而後復合，斷於上而下復繼。凡幽人處士之廬，藩籬皆雲也，窗户皆雲也，雖出於山、騰於川者，殆無以過是。休坐之頃，引爲賓客，而塵埃野馬弗至吾前矣。並溪之人未有知者，子方乃專而有之。喜余之至，因觴於堂上，求文爲記，遂書其所見如此。復徐思之，天下之物本於無而形於有，有者卒歸於無，矧雲之忽起忽滅、忽來忽往哉？彼既强名之，余復强言以實之，非通於理矣。惟其隨時而莫知其神，澤物而莫知其德，君子宜取之以書卷舒之道焉，則與雲爲一矣。子方尚勉之！

校勘記

〔一〕『勃勃』，康熙本作『渤渤』。

清江貝先生詩集卷之一

五言古詩

雜　詩〔一〕

我聞度朔山，蟠桃何鬱鬱。千歲纔一花，結子復何日。食之云不死，敷腴反枯質。跨鶴凌九天，將期五龍匹。諒非廣成子，欲待安可必。祖龍帝六合，不暇談黄虞。且復求神仙，入海窺方壺。置酒阜鄉亭，超然忘故都。空留赤玉舄，安期今有無。

種桑飼春蠶，桑葉何沃若。種瓜待秋摘，瓜蔓何漠漠。春秋各有獲，在野猶可樂。君看金張館，草深狐兔宅。勿較是與非，看雲倚高閣。

大哉龍門樹，鬱鬱上參天。根株豈不固，小草還相纏。蓐收行素秋，凄其風露寒。病葉危欲墮，翔禽亦已遷。朝華痛夕隕，掩淚復何言。

結束將何之，龍門訪陳迹。戒途及良辰，置酒别親戚。迢迢越千里，人馬疲登陟。大江不

可濟，天方限南北。悵然迴吾駕，去從山林適。

春山一雨過，百草皆縱横。百草不出山，山中人遠行。懷金别妻子，殉禄辭父兄。寒暑忽已易，燕趙千里程。龍門能碎舟，風浪安可争。性命輕鴻毛，苦爲朝暮營。愧此山中草，萋萋林下生。

薛公未罷相，賓客競相傾。一朝偶失意，門無珠履聲。貴賤已如此，何論死與生。秋燕辭空室，春蝶抱留英。盈虚信物理，聚散亦人情。達士甘寂寞，力耕謝華纓。道尊豈戀禄，心遠孰希名。腐鼠非吾餌，朱鳳以時鳴。悠然動遐想，五鼎益爲輕。

校勘記

〔一〕『雜詩』後，康熙本有『七首』二字。

真真曲

姚文公爲承旨時，一日玉堂燕集，聲伎畢奏，有真真者，操南音。公疑而問之，泣對曰：『妾建寧人，西山之苗裔也。父司筦庫于濟寧，坐盜用縣官財，賣妾以償，遂流落倡家。』公憫之，遣使白丞相三寶奴，爲落籍。且謂翰林屬官王棣曰：『汝無妻，以此姬配汝，吾即其父也。』凡貲裝皆出於公。棣字棣華，後官至翰林待制。噫！以西山之賢，子孫陵遲，疑不至於此。然辱於始而正於終，是亦天也。篔谷《筆談》記其事，予乃賦四十二韻，而沉鬱悽婉，亦足以盡其

大略矣。

斷絲棄道邊，何日緣長松。墮羽别炎洲，不復巢梧桐。請君且勿飲，聽我歌《懊憹》。在昔全盛時，冠蓋紛相從。盤游易水上，意氣天山雄。金刀手割鮮，酒給葡萄濃。坐有一枝春，秀色不可雙。娉婷劉碧玉，綽約商玲瓏。寶髻金雀釵，已覺燕趙空。或聞操南音，未解歌北風。上客驚且疑，姓字初未通。問之慚復泣，乃起陳始終。妾本建寧女，遠出西山翁。父母生妾時，謂是金母童。梨花鎖院落，燕子窺簾櫳。迢迢官朔方，南歸山水重。侵貸國有刑，桎梏加父躬。粥女以自贖，白璧淪泥中。秋娘教歌舞，聲價傾新豐。永爲倡家婦，遂屬梨園工。覽鏡拂新翠，吹簫和小紅。身居十二樓，屢入明光宫。京華多少年，門外嘶青驄。自傷妾薄命，失路隨秋蓬。不如孟光醜，猶得嫁梁鴻。客聞爲三嘆，祖德寧未崇。回黄忽變緑，人事何匆匆。有客傷緹縈，無人憐蔡邕。遣使白丞相，削籍歸舊宗。小史三十餘，勿恨相如窮。配汝執箕帚，今夕看乘龍。鴛鴦並玉樹，鸚鵡開金籠。銀甲不復整，紅牙不復從。提甕自汲水，絺綌亦御冬。應非事羊侃，頗類歸建封。琵琶感商婦，老大猶西東。崔徽怨顛頳，浪寫丹青容。依依章臺柳，落絮春無蹤。小妾恨題驛，竟與瓊奴同。時多困坎坷，事或欣遭逢。焉知百尺井，欻登群玉峰。借問爲者誰，内相姚文公。

飲　酒〔一〕

六龍驟朝暮，百川無西迴。所以陶阮輩，落魄事酒杯。共盡生者樂，勿爲死者哀。借問東方朔，桃花今幾開。秦皇及漢武，求仙亦荒哉。弱水三萬里，何處登蓬萊。與君且一適，隨意坐蒼苔。

坐看萬古月，因思萬古人。萬古人不見，萬古月長新。持酒勸我影〔二〕，可以成主賓。利劍不斷愁，大藥胡能神。南阮與北阮，一富復一貧。白骨俱化土，碧草空自春。酒盡月欲落，狂歌驚四鄰。

校勘記

〔一〕『飲酒』後，康熙本有『二首』二字。

〔二〕『影』，康熙本作『飲』。

烏龍井〔一〕

曾飲烏龍泉，爲愛烏龍井。不辭登降勞，迢迢越南嶺。石散駝馬群，樹結龍蛇瘦。遂坐泉上亭，聊以觀我影。歲久科斗滅，朝寒轆轤静。徘徊不忍去，勝處心已領。有約待春深，携客來煮茗。

校勘記

〔一〕康熙本題下注釋：『附考：海寧縣東南七十里，西近談家山。相傳皋蘇將軍之黑馬跑此得泉，遂名。』

十月既望鳳凰山晚歸〔一〕

村黑畏銜虎，且復歸柴門。風林月未出，宿鳥争且喧。浮雲忽斷續，萬丈飛金盆。湛湛天宇高，光氣相吐吞。我行月還逐，是身亦無根。試求不死藥，飛騰同久存。老妻有斗酒，洗盞當前軒。酌酒消我憂，萬事俱忘言。

校勘記

〔一〕康熙本題下注釋：『附考：虎林有鳳皇山，雲間亦有鳳皇山，名小鳳。海寧有鳳山，在鷹窠山之西，亦名鳳皇。』

白水村〔一〕

朝發白水村，風帆健如馬。行人互先後，去鳥紛上下。白雲生遠岑，青天入平野。依稀林木外，幡幢見精舍。河邊四五家，猶是雞豚社。我遊亦已屢，把酒心莫寫。欲訪桃花源，悠悠愧漁者。

校勘記

〔一〕康熙本題下注釋：『附考：在鷹窠山之下，今名東湖。』

九日遊鷹窠山〔一〕

忽忽已九日，出門净無泥。地偏寔斗絶，有山如會稽。賓客後雜遝，僕夫各有携。天風海上來，我馬驕且嘶。坡陀出險徑，窈窕遵迴溪。前登郟家嶺，始覺華蓋低。作者四五人，更託千層棲。日午扣其户，不愁蒼耳迷。欲俯棲鶻巢，上陵〔二〕萬丈梯。豈但畏猛虎，彷彿聞天雞。共燕脩竹林，落日猶在西。相看且一笑，四郊多鼓鼙。

校勘記

〔一〕康熙本題下注釋：『附考：海鹽縣南三十里，前臨澉浦，後枕大海。十月一日觀日月竝出，謂之合璧。』

〔二〕『陵』，康熙本作『凌』。

兩河兵興京師乏食民部尚書曹公德基出使三吴因紀其事

東南寔天府，歲漕三百萬。龍城積紅腐，虎士班白粲。焉知十五年，不解戎馬亂。采稆以爲食，屯集成背叛。至今兩河地，僵屍作京觀。諸侯土貢絶，君憂切宵旰。尚書出宣旨，跋涉非所憚。國無九年蓄，志士常切嘆。空山獨病卧，無書託飛翰。中宵望使星，迢迢阻河漢。

送金子厚歸杭

故人金子厚，四十猶落魄。扁舟泝江濤，訪我黃山脚。我慚老窮經，春蠶空自縛。羡君神仙姿，翩翩九皋鶴。不上光範書，暫賣壺公藥。高視萬物表，道尊卿相薄。山中十日留，窮天慰離索。聯詩出險語，酌酒成大噱。東風碎河冰，歸思中夜作。鵝黃催柳條，椒紅拆梅萼。重來未有期，惜别中頗惡。俱宜慎出處，一瓢寧改樂。飛鴻正南來，有書幸相託。

贈迮元霖

迮生固長貧，賦詩朝忍飢。破裘連百結，但覺詩愈奇。鏘然擊天球，未作秋蛩悲。嗚呼識者死，舉國無人知。鼓柁洞庭湖，遠過三高祠。我無一斗酒，爲生開兩眉。宇宙非不大，四顧將安之。日落暮山黑，百鳥争寒枝。翩翩五色鳳，寂寞雙翅垂。聖人坐明光，遲汝一來儀。

耕樂軒

隱者東海頭，安時事耕鑿。有田百畝餘〔一〕，相率治墝埆。我稼没牛腹，我書掛牛角。三洲雷雨均，既耕必有穫。吹簫賽田祖，操豚〔二〕不爲薄。上給縣官租，酣歌見真樂。江南風景異，况乃賦斂數。連雲桑柘盡，池臺總零落。尚恐兵未休，遠近無土著。全生虎豹群，豈忍厭

藜藿。

校勘記

〔一〕『畝餘』，康熙本作『餘畝』。

〔二〕『豚』，康熙本作『豕』。

泮池荷花

荷生〔一〕泮池中，雲覆明鏡密。清飈激回芳，濁水鍾妙質。凝碧洗朝雨，嫣紅酣落日。折莖或牽絲，食薏時摘實。猶疑南浦泛，諒匪東林匹。

校勘記

〔一〕『生』，底本殘損，據康熙本補。

戲贈李焕章

善博不成梟，善射不中〔一〕鵠。及此感衰謝，世道方局促。皎皎明月珠，如何混魚目。

校勘記

〔一〕『中』，康熙本作『成』。

食糟螃蜞

江鄉富魚錯，有物小而鎧。天晴走白沙，月暗來滄海。空憐朔客疑，尚被南翁採。刀斧不足膏，瓶罌遂俱逮。失身酒泉流，舉族糟丘醢。對此哀汝生，食之豈其罪。

乙巳除夕

春風何處來，庭草忽已碧。不惜流年馳，感此千里客。管葛樹功名，孔顔豐道德。低回違宿願，覽鏡雙鬢白。高堂夜張筵，新酒行琥珀。得失誰與論，浩歌永今夕。

題尚北海聽雨軒

海門飛雨集，高棟有餘清。斜侵虛壁過，遠逗大江平。簷花朝亂滴，庭葉夜俱鳴。凉知蘇道暍，潤喜濯園英。微茫空暝色，蕭瑟自繁聲。飛蓋阻來客，獨坐軫深情。

檇李郭宗夏兄弟五人友愛尤篤後值兵變東西散處宗夏思之爲作五雁圖賦詩一首

五雁何翩翩，飲啄同清池。失路在中道，飢寒不相知。昔爲八龍聚，今作四鳥離。驚飈廣

漢至，十月百草衰。天高羽翮短，苦受胡鷹欺。上林豈不廣，念汝歸何時。管蔡興流言，坐使君臣疑。京城死大叔，寤生手刃之。淮南歌尺布，千歲有餘悲。東阿苦不容，七步詠然萁〔一〕。骨肉成虎狼，所争毫與釐。我觀五雁圖，爲繼鶺鴒詩。

校勘記

〔一〕『萁』，原作『箕』，據康熙本改。

次韻張希載雨中書懷

夏雨盈百川，高岸復深谷。鱗鱗低度雲，汩汩駛〔一〕流瀑。口營嘆翔鸛，臆訴哀病鵠。征夫在中道，少妾亂心曲。更希若木光，照此車下獨。

校勘記

〔一〕『駛』，康熙本作『駃』，誤。

凌霄花

大椿何亭亭，相傳五百載。陵苕亦揚芳，灼灼藉光彩。感彼徑寸苗，附此千尺喬。同心無異族〔二〕，假翼在崇朝。朱榮耀白日，翠蕤牽清飈。纏綿欣有託，淖汋〔三〕静無妖。坐愁節序易，顔色易俱凋。

校勘記

〔一〕『族』，康熙本作『俗』。

〔二〕『淖汋』，康熙本作『綽約』。

丙午七夕〔一〕

生寡縻禄情，不復就羈紲。曝衣記蚤秋，置酒陶嘉節。曲無二八舞，味薦水羞潔。輕紈怯迅飈，明燭欺初月。林鳥戾且飛，玄蟬凄更咽。主賓聊晤語，兒女空感別。耿耿候雙星，漏終河漢没。

芳燕樂清夜，浩歌悲暮年。故國山河迴，殊方斥堠連。友于成契闊，賓客暫周旋。念曠情易洽，懷歸思更綿。列星稀未出，金波澹始弦。落燼秉殘蠟，繁吹起終筵。後會復經歲，舉爵共無眠。

校勘記

〔一〕『七夕』後，康熙本有『二首』二字。

讀書堆〔一〕

泊舟亭林湖，突兀空王宫。當時讀書處，鳥雀呼秋風。前瞻兩金山，抃舞波濤中。眷兹一簣力，克配千仞崇。恐有文字藏，中夜飛白虹。荒哉夢中語，且復誑兒童。我亦有書癖，五〔二〕

經老未通。草堂可遂結，當作兩希馮。

校勘記

〔一〕康熙本題下注釋：『附考：華亭亭林鎮寶雲寺後有高丘，即梁黄門侍郎顧野王於此修《輿地志》，時呼爲野王讀書堆。野王，字希馮。』

〔二〕『五』，康熙本作『玉』，誤。

登積慶寺閣〔一〕

層構何巍哉，金碧中突兀。俯見百里外，山斷平野闊。青天傾東南，伯氣忽已滅。憶昨皇慶初，六合既同轍。眷兹葭菼中，鬼工成觀闕。我來屬喪亂，彷彿大業末。奔竄雖云苦，登眺亦頗悦。居庸不可見，太華纔一髪。故鄉今何如，路險復霜雪。蒼蒼白日晚，目送歸鳥没。

校勘記

〔一〕康熙本題下注釋：『附考：在顧亭林市東。』

名都篇

趙魏天下樞，相從多貴游。起家至千石，結客傾五侯。光輝喧戚里，意氣動神州。蹋鞠東城罷，張筵西第留。倒海爲我飲，兼山爲我羞。妙舞呈楚豔，清歌列齊優。共稱齊三壽，惟願樂千秋。福盈知所戒，寵極懼生尤。

蘭

叢蘭何青青，羅生滿中澤。阿那風葉翻，葳蕤露房拆。芳潔終自持，光榮諒誰飾。勿爲時所化，歲晚同荆棘。

對月懷邵質谷

携酒東園遊，望舒已就缺。促席尊未空，方舟君夜發。東西耿相望，復對三五月。階前皓彩盈，窗下朱榮歇。同袍成異縣，思逐回風結。異縣非千里，邈若胡與越。吴趨唱誰和，楚調哀自輟。感此百年客，世故恒羈紲。榮華一朝露，采秀亦可悦。歸濯清江流，冥棲保芳潔。

懷夏士文

樓船昔西邁，霜降百草衰。日月一何遒，子行忽經時。衆緑榮枯條，谷鳥鳴且悲。豺虎塞道路，鬱鬱勞我思。我思晨復夜，諒匪渴與飢。行人發吴門，消息安可知。且復慰其私，豈敢言是非。惜哉無六翮，念子何當歸。雲中有黄鵠，會啣〔一〕東南飛。

校勘記

〔一〕『啣』，康熙本作『見』。

郊居

直木惡爲輪，疲馬思卷旆。匡時既非才，處約斯寡悔。采〔一〕詩鑒興亡，讀易明進退。永懷嵇阮放，甘與沮溺對。

校勘記

〔一〕『采』，底本殘損，據康熙本補。

送潘時雍歸錢唐

海縣兵未息，公子今何之。酌君莆〔一〕萄酒，聽我白苧詞。憶昔來黃灣，始爲童〔二〕子師。諸生老伏勝，説客慚張儀。連牀風雨夕，秉燭聽新詩。殷殷金石聲，真足解我頤。同居石壁下，斗柄倏三移。脱略勢利交，所貴兩不疑。久懷地主恩，亦有尊鱸思。束書向錢唐，磬折從此辭。錢唐寔都會，西湖天下奇。朱樓起相對，上有千蛾眉。羽衣何翩翩，處子冰雪肌。樓前五陵兒，並馬金鞭垂。酒酣復張樂，但惜白日馳。近者屬凋喪，不及全盛時。空山鳳凰去，月黑號狐狸。春風吹行殿，碧草生荒基。何當從子游，觀濤酹鴟夷。辛苦草太玄，徒爲廉藺嗤。子實濟時具，飛騰方在兹。匠石既已遇，小大隨所施。從容宰相前，奮舌論安危。豈無一尺箠，盗賊不足笞。天空羽毛急，水涸舟檝遲。臨岐〔三〕更揮淚，中年傷別離。

校勘記

〔一〕『莆』，康熙本作『葡』。

〔二〕『童』，原作『桐』，據康熙本改。

〔三〕『岐』，康熙本作『期』。

題誠道原瀟湘八景

瀟湘夜雨

江空夜如何，急雨千里灑。水生黄陵廟，雲暗蒼梧野。鼓瑟來湘靈，移舟近漁者。重華不可見，竹上淚如寫。

洞庭秋月

軒轅已上天，弓劍人間留。唯餘萬古月，長照洞庭秋。君山雲氣滅，水合天光流。勿遺金蝦蟆，脱歸千丈湫。

漁村夕照

羲和忽西匿，阡陌散餘輝。澄江度雙翼，遥岑明半規。孤煙野店起，歸人一何遲。遺榮羨

父老，衰白無所悲。

江天暮雪

層〔一〕雲起北渚，萬象入鴻濛。散漫飛輕雪，低回逐勁風。思群無牧馬，失侶有征鴻。泛泛獨垂釣，扁舟黄髮翁。

校勘記

〔一〕『層』，原作『曾』，據康熙本改。

平沙落雁

群雁來衡陽，亦如萬里客。日暮空徘徊，欲去飢無食。蒹葭暗汀洲，驚飈吹倦翼。上林須春歸，寧爲羅網得。

山市晴嵐

山光洗新黛，好雨不崇朝。日遲蒙薄霧，天近靄微霄。茅茨猶隱約，金翠鬱岧嶤。前峰恐無路，有客度危橋。

遠浦歸帆

楚客發天際，揚帆入三湘。回首青山遠，忽已過涔陽。晚樹何歷歷，歸思浩茫茫。永愧波上鷗，漁父共相忘。

煙寺晚鐘

清鐘象蒲牢，夜觸海底鯨。海鯨豈有意，蒲牢本無聲。二物偶相值，坐使百里驚。高僧定初起，月上空山明。

丙午冬十一月辟亂亭林明年春館于楊溪邵質谷氏四月一日鄉兵復大起合境之人鳥驚麏竄不知所届余亦去而從之既定而返因寫懷云

茫茫新戰場，白草迷四顧。烽火連石門，我歸亦無路。窮魚久在轍，驚鵲空繞樹。故園今何如，猶思讀書處。近聞遭殺戮，豈復有親故。安得附晨風，從之西南去。

出璜溪〔一〕

白首事章句，不登金馬門。空名苦爲累，遂枉三聘煩。一瓢雖屢空，五鼎非所存。願偕田父游，卜宅溪南村。霜寒收柿栗，日暮牧雞豚。去矣從本性，得與巢許論。

校勘記

〔一〕康熙本題下注釋：『附考：屬華亭市鎮，今名吕巷。』

歸崇德西曹村

田翁驩我歸，假我茅堂〔一〕居。石橋跨流水，夏木交四隅。風蟬聒旦暮，亦有安巢烏。覽之爲欣然，息駕歌唐虞。寄我六合内，何地非其廬。荒哉百年客，千金營一區。

校勘記

〔一〕『堂』，康熙本作『屋』。

遷　居

我貧無定居，一歲三四遷。破廬僅蔽席，於生已爲寬。南鄰盛車馬，北里矜〔一〕綺紈。高樓出雲雨，一一居神仙。何異玉臺秀，四時遊且盤。念力守窮棲，去去非所安。

校勘記

〔一〕『矜』，康熙本作『驚』。

立秋日

葉落天始秋，一氣自回薄。鬱蒸變凄厲，衰老獨先覺。行雲翳白日，向夕風雨作。所欣同

一溉，流水百道落。園葵遂含滋，可以供我酌。白髮西鄰叟，相過慰漂泊。貽我酒兩鴟，對之中頗怍。高歌盡君觴，從人誚徐邈。

夏夜

憚暑夕屢興，飛蟲亦紛拂。玉宇曠無鄰，星河阻靈匹。眷兹朱火中，悼彼青陽失。舊知傷已逝，新歡邈難即。蟲蟲氣如焚，惕惕心爲怵。懼先霜雪交，易變蒲柳質。彷徨不能寢，坐候東方日。

丁未重午

世亂無安宅，盡室久在路。山蜩始一鳴，海燕時雙去。已嘆朱户非，不見龍舟渡。采藥詎能壽，酌酒聊自豫。四時倏相代，百歲同爲寓。日長坐風簷，更讀離騷賦。

答客一首〔一〕

竊禄非本性，適彼南山阿。藜藿日不充，慷慨獨商〔二〕歌。有客向我言，與世同其波。商君震七國，季子傾三河。區區守章句，白首成蹉跎。念之爲三嘆，所樂良已多。潛魚駭鈎〔三〕餌，飛鳥愁網羅。結駟非不榮，違己當如何。

校勘記

〔一〕『一首』，康熙本無。

〔二〕『商』，康熙本作『高』。

〔三〕『鈎』，康熙本作『釣』。

題緑綺軒

朱絲操白雪，白鶴舞婆娑。猶聞廣陵散，不廢懊憹歌。風來茂苑樹，月落洞庭波。不見古人久，焉知古意多。

仲冬秋涇客舍〔一〕

水涸天始寒，爽氣薄絺綌。空林無榮木，斥鹵草俱白。紛紛各有營，驅馬不得息。嗟予亦何者，慘慘長路側。飢寒恒累之，豈不厭所歷。北風來廣漠，徒御皆少色。踟躕但四顧，白日忽〔二〕西匿。山川莽悠悠，沿洄良未極。索群中野獸，逐侶南去翼。誰能獨無情，歸哉山中宅。

校勘記

〔一〕康熙本題下注釋：『附考：涇在華亭秦山塘之北，横泖支流。』

〔二〕『忽』，康熙本作『忽』。

皂林驛〔一〕

朝發白水村，夕次皂林驛。水腥無飲馬，林黑有歸翮。昔時兵交地，白骨如山積。萬竈今已夷，風亭焕新飾。居人尚星散，父老悲故迹。團團關山月，夜逐南征客。

校勘記

〔一〕康熙本題下注釋：『附考：屬桐鄉縣。』

春日宴滄洲詩一首〔一〕并引

歲在著雍涒灘春三月一日，筠谷高士合賓客、序兄弟，飲于滄洲一曲。平地湧翠，高閣延青，圓景中天，繁陰四合。微飈遠激，幽芳襲人，清醥在壺，嘉肴既旅。徵《蟋蟀》之刺儉，美《伐木》之求友。終宴忘疲，遷坐復酌。鳴葭間發，協朱鳳之相和；舞袖雙回，翩驚鴻之欲舉。嗚呼！蘭亭金谷，會豈能常？滄海流沙，兵猶未息。慰神仙之無驗，宜曠達以爲高。用綴新篇，以紀雅集。詩曰：

天闊無留雲，山明洗新黛。過從屬休假〔二〕，置酒滄洲會。柔荑緑堪藉，雜英紅尚在。累觴既不辭，秉燭還相對。清彈促哀響，秘舞呈脩態。蘭亭今已矣，金谷徒增慨。大化會有終，四時寧復貸。厭厭夜無歸，從人譏倒載。

校勘記

〔一〕『詩一首』，康熙本無。康熙本題下注釋：『附考：邵文博治圃楊溪，有緑陰軒、流月軒、樂琴書處。』

〔二〕『假』，康熙本作『暇』。

遊仙詩三首

巍巍閬風臺，層構切青霄。一氣存太始，三神建高標。天風翼芝蓋，仙曲和簫韶。左攜赤斧游，右御山〔一〕圖朝。上帝領其頤，元君目相招。富貴一脱屣，於焉恣長謡。

寸田何茫茫，其廣周九野。超然凌崑崙，銀河夜西瀉。高厲風塵表，日月乃在下。神官役鬼工，樓觀丹青假。勾陳與玄武，衛此神明舍。麻姑别千霜，豈是得道者。不見海三枯，白髮徒盈把。

景風扇玄圃，漠漠瓊花開。手弄天上月，夜宴九成臺。盤行五色芝，酌以紫霞杯。黄屋豈爲貴，秦政亦荒哉。浩然中獨存，萬象方胚胎。紛紛夢玄駒，生死益〔二〕堪哀。

校勘記

〔一〕『山』，康熙本作『三』。

〔二〕『益』，康熙本作『亦』。

丁一鶴詩〔一〕

大道日已蕪，游談紛瑣瑣。韓非不得死，商鞅終梯禍。偉哉高世士，結屋青山左。年來頗

得道，已覺初心果。朝漱玉池津，夜存金鼎火。御氣超六虚，萬物真蜾蠃。

校勘記

〔一〕『詩』，康熙本無。

采芝生詩三首

功名不可恃，利禄恒爲愆。舉世紛螘集，伊人倏鴻騫〔一〕。十年不出户，上友綺與園。金芝敷九葩，煌煌生石間。朝陽晞宿露，光輝一何鮮。采之備服食，度世希神仙。永謝城市人，振衣百尺巔。黄虞悵已遠，肆志獨超然。

采采復采采，相與登高丘。可以充我虚，五鼎何足侔。茂陵豈識道，且從方士游。徒聞甘泉産，更入蓬萊求。白日忽已暮，悲風來素秋。未若幽居子，不懷四海憂。清節尚巢父，素心追許由。

負版行欲僵，飛蠅死猶集。赴燭夜蛾焚，好酒猩猩泣。所以思遠託，道路方險澁。寧希百金賞，豈慕千户邑。永言從我求，鷦鷯惟一粒。有材寔爲累，無欲安所入。韓彭苦不悟，羞同匹夫執。商山今寂寥，高風邈難及。

校勘記

〔一〕『騫』，康熙本作『鶱』。

題夏頤貞西疇草堂

九山惟鳳凰，突兀尊中卣。山斷忽平野，四水東南流。海潮日夜至，新沙成故洲。愛此斗絕境，遂與長沮游。蒺藜苦滿道，相率開西疇。俗類桃花源，無曆知春秋。風寒禾黍熟，雨多桑柘稠。土芝頗益氣，玉延亦可羞。過從有耆老，請謁無王侯。四時共相保，千歲非所憂。如何萬里客，日暮行未休。騎虎不得下，短衣歸飯牛。

清江貝先生詩集卷之二

五言古詩

讀史五首

吾憐閔仲叔，始辟懷喜懼。及其見司徒，喜懼亦皆去。勞苦非所堪，虚名豈相誤。用舍何必言，投劾時已暮。

周燮久不仕，身屈名四馳。玄纁一旦至，舉族更勸之。安知脩道者，出處亦有時。慨然中途返，獨守東岡陂。

東漢多逸民，山棲久懷璧。瀼真亦逃名，詎屑三公職。求蟬在明火，求士當務德。此道今何如，其人安可識。

樊英抗高節，萬乘不能屈。設壇爲見之，豈若壺山逸。光禄位已崇，匡時竟無術。遂興張楷譏，尚待黄瓊出。

五侯濁四海，白日淪光輝。處士切憂國，空言相是非。郭泰不絶俗，申屠能見幾。朱鳳翔

千仞，百世令人希。

己酉歲初度日書懷

余生若小草，望成百尺材。强因客土植，苦被秋風摧。徒慚五十過，況經元二災。白髮不可變，青陽忽已回。未忘藥裹好，幾見桃花開。殘編掩黄石，虚室生蒼苔。故人且共棄，王孫誰復哀。終歸葛洪井，詎上鳳皇臺。衰榮置勿論，待月酌金罍。

初夏郊居二首

强學不知老，索居恒鮮歡。誓將從余好，山河阻且綿。凄凄風雨交，四月秋浦寒。夕寢不能旦，日高猶未餐。念之安所尤，通塞固有偏。庶無外患及，力稼或逢年。

仲夏桑扈鳴，氣清天愈高。新田已當治，南風翼良苗。田翁起相戒，庶務東作勞。豐年諒可必，勿爲蔓草交。嗟余失路久，竟負伊人招。屢空亦宜然，何日耕東皋。

久客始歸寓井西舊宅述懷一首〔一〕

在路日思歸，已倦風水艱。前經石門店，喜見西南山。憶我初去鄉，忽忽三十年。兒童盡成老，比鄰無復存。阡陌迷東西，甲第空毀垣。秋風落古木，方池榮夏蓮。倏忽驚世换，豈獨

遇神仙。蕭蕭井西宅，白晝唯高眠。所欣無維執〔二〕，貧賤何足嘆。

校勘記

〔一〕『一首』，康熙本無。

〔二〕『執』，康熙本作『縶』。

晨興在殳山作〔一〕

夜雨四簷絶，坐待扶桑暾。天高無餘滓，初景方晏温。黄鸝萃霜木，白雁來寒門。所欣居處幽，已忘趨走煩。時枉道人過，或逢田父言。傷哉亂離後，衣冠今幾存。賦歛日已亟，何地爲桃源。結茅向絶境，牧豕學公孫。

校勘記

〔一〕康熙本題下注釋：『附考：在桐鄉千金鄉。昔仙人殳基登山修煉，後尸解，故名。』

錢彦彬抄詩爲賦一首

好古思古人，古詩朝暮讀。澹泊玄酒味，和平緑琴曲。古人今白骨，古意不諧俗。已嘆知者稀，古淚空滿掬。錢起亦敦古，其人美如玉。昨者忽相過，大雪山中宿。不知破硯冰，抄詩夜燃燭。諒非鮑謝才，可繼曹劉躅。聽之詎能歡，舊業且當束。

對酒懷邵文博擬東野一首〔一〕

今日忽不樂，緑酒徒盈樽。酌酒云解愁，愁生如有根。安得二三子，促席相與言。尚思滄洲地，十月花更繁。雲隨鶴蓋合，雪避貂裘温。終筵復秉燭，歌吹高堂喧。盈盈二八女，白苧鶴鴿翻。月落猶未歸，清夜宿西園。到今題詩處，素壁龍蛇昏。荆揚忽雲擾，海内俱星奔。斷腸臨濠謫，回首潁上屯。昔如鷹脱鞲，竟作駒在轅。凄凉城南路，甲第今空存。瀟湘窗下流，三神鎖朱門。江險隔秋夢，山寒啼夜魂。詎忘白璧贈，更戀綈袍恩。索居悵無匹，落葉滿孤村。

校勘記

〔一〕「一首」，康熙本無。

早　春

山寒花尚遲，雪霽江已緑。懷新感游子，哢節喧衆族。且同尊俎樂，幸免章綬束。更擬登前峰，青郊可遊目。

擬出塞曲〔一〕

翩翩荆揚士，結束赴幽州。將軍豈樂戰，匈奴〔二〕爲我仇。已通大月氏〔三〕，更取烏珠留。

驅馬白狼北，洗兵青海頭。歸來飲高廟，庶雪平城羞。早從漢捕虜〔四〕，萬里唯一身。軍中已三年，苦樂安可陳。但見隴底雪，不識隴頭春。北風利刀劍，肌膚皆盡皴。天王正開邊，詎恤中國民。

校勘記

〔一〕康熙本題作『擬出塞曲二首』。

〔二〕『匈奴』，康熙本作『可汗』。

〔三〕『氏』，康熙本作『氐』，誤。

〔四〕『虜』，康熙本作『鹵』。

赴召留別諸友

用世非拙迂，白首在山林。詩書況久輟，禮樂非所任。王事忽相縻，遂令違我心。迢迢適西道，惻惻辭東岑。中田澤雉雊，古木鶬鶊吟。所親亦胡〔一〕越，耿耿辰與參。愁來一回首，涕下徒霑襟。終當返田里，灌園希漢陰。

校勘記

〔一〕『胡』，康熙本作『吳』。

送吴濬仲

弱冠知君名，五十始逢君。南宫託同宿，十日披清文。及我備修纂，缺〔一〕近幽蘭芬。兹言歸故鄉，告别那忍聞。甡甡中林鹿，猶能念其群。况我同心友，去住從此分。夜度浙江水，朝看天姥雲。春禽正嘌嘌，夏木方欣欣。安得遂同載，歸偶〔二〕沮溺耘。

校勘記

〔一〕『缺』，康熙本作『快』。

〔二〕『偶』，康熙本作『耦』。

六月十五日夜坐明德堂一首〔一〕

大火直初昏，回飇薦微爽。行遵曲池静，坐蔭華構敞。天高積陰散，水明圓魄上。翩翩去鳥迅，唧唧砌蟲響。胡爲京國滯，屢乖林壑賞。吴中有蓴鱸，吾當理歸鞅。

校勘記

〔一〕『一首』，康熙本無。

出都門一首〔一〕寄張孟兼主事

日落宿都門，雞鳴發淳化。城南夜來雨，連山色如赭。青松夾高崗，烟火通旅舍。到家須

十日，畲田熟秋稼。如何山巨源，未知嵇叔夜。野鶴終去人，疲牛豈勝駕。寄書謝所親，吾今老林下。

校勘記

〔一〕『一首』，康熙本無。

辛亥初度日偶成

吾生本如寄，有酒還自酣。豈待三宜休，已知七不堪。陶泓且當傳，孔方安可談。觸網笑神龜，束身悲老蠶。倘能從兹去，卜宅南山南。

題盛蒼崖雁

八月鴻雁來，往彼天南陬。前飛倦已息，後至飢相求。日落洞庭晚，風高彭蠡秋。彭蠡多蒹葭，遠近彌汀洲。恒恐羽毛損，稻粱非所謀。寒門阻冰雪，異鄉安可留。徘徊念其族，天外復千儔。身今萬里客，肉非九鼎羞。慎爲弋者獲，遠寄征人愁。願以海爲池，上同朱鳳游。飲啄全微軀，不愧波上鷗。

獨　酌

行年已六九，髮脱身漸羸。不及桃李花，遽成蒲柳衰。貴賤必同盡，造化寧吾私。徒聞王

子喬，何處求安期。區區營丹砂，貪生無乃欺。今朝欣無事，酒熟當自持。

初冬一首〔一〕

一氣變昏旦，洞房風露凄。田禽亦已化，秋蘭同蒺藜。爲客久成老，懷人殊未夷。慘慘白日暮，迢迢歸路迷。世衰不獲騁，天遠何由稽。永思讀書臺，言采山中荑。

校勘記

〔一〕「一首」，康熙本無。

孤松

青松類貧士，落落惟霜皮。已羞三春豔，幸存千歲姿。螻螘穴其根，烏鵲巢其枝。時蒙過客賞，但感愚夫嗤。回飈振空至，百卉落無遺。蒼然上參天，乃見青松奇。苟非厄冰雪，貞脆安可知。

壬子秋七月一日與郭文伯飲于朱弘道竹所是日大雨擬蘇州一首〔一〕

殘暑尚爲厲，客坐三四遷。青山一雨過，虛室夜翛然。欣與公子酌，語契中頗宣。雖無絲與竹，庶罄賓主懽。所貴相知深，豈惟懷一餐。尊浮玉粒膩，炬拆金葩圓。厭厭詠露斯，會面良已艱。天明即鴻燕，西望獨悁悁。

校勘記

〔一〕『一首』，康熙本無。

擬東野一首〔一〕

破屋夜通月，霜氣刀稜稜。病骨不受寒，卒歲仍無繒。殘燈吐復翳，僵卧如凍蠅。事業慚蒸沙，文章空鏤冰。已失國士意，頗爲年少〔二〕陵。長歌獨慷慨，坐候東方升。

校勘記

〔一〕『一首』，康熙本無。

〔二〕『年少』，康熙本作『少年』。

送錢公擇還象山

金陵一杯酒，送子歸海隅。五月南風正，荷花滿鏡湖。登堂酌春酒，上奉雙親娱。但惜千里別，莫贈鮫人珠。雖同天地間，一旦吴越殊。皎皎渥洼子，翩翩丹穴雛。悵然不得從，遠望白雲孤。

題聽雪齋擬孟郊一首〔一〕

霆轟急雨瀉，石鬭衝波盪。百族巧鳴春，絡緯催秋紡。詎知空山夜，聽雪乃真賞。病骨僵

如蠅，殘燈掩虛幌。積玉呈幻質，潛韶泄微響。一氣變鴻濛，五音歸惚恍。神清已無夢，理悟寧有象。苦寒不可禁，更被王恭氅。

校勘記

〔一〕『一首』，康熙本無。

夢游澄林

我夢游澄林，方舟坐垂釣。一水窮縈迴，三峰隱奔陗。娟娟碧篠合，灼灼朱葩耀。殘雨趁回風，斷雲通返照。林昏野老炊，溪動寒女漂。平生愛桃源，何年陟員嶠。永慚白髮滿，起應金門詔。猶思洗藥處，空歌採菱調。一鶴已興譏，九龍那免誚。覺來復京華，語兒成一笑。

楊貞婦王氏詩并引

天台金沙里女王靜安，年十七歸同邑楊伯瑞。伯瑞爲樞密院斷事官，未幾死于兵，靜安守節不嫁，權貴爭求之，至斷髮、至〔二〕自刭不殊。余讀其傳而悲之，爲賦四章，以明其始終云。

石上有琅玕，孤生何猗猗。婉彼深閨秀，笑語閒且儀。榮華諒未晚，芳潔當自持。玉鏡一朝委，相求豈無媒。

冰泮時當歸，遥峰翠新拂。行行別父母，遂居君子室。君子官已崇，新歡鼓琴瑟。如何事

前驅，中道永相失。

東家有宋玉，西家有王昌。皆知慕明艷，詎忍隳大綱。露多焉能污，江永不可方。貞心耀白日，峻節厲秋霜。泣淚欲成河，捐軀遂如墓。寧同陌上花，誓比山頭樹。織綺獻秋功，條桑事春務。向非厄强暴，豈知金石固〔二〕。

校勘記

〔一〕『至』，康熙本無。

〔二〕底本四首不分段，此從康熙本。

送王公勉赴沁水教諭

清商〔一〕隕一葉，白下未知秋。倦鳥息高蔭，潛魚依〔二〕弱流。君子方北首，山河阻且脩。歲久衣盡緇，驅車良未休。我無雙明璫，何以結綢繆。悵焉隔千里，白雲空悠悠。

校勘記

〔一〕『商』，康熙本作『霜』。

〔二〕『依』，康熙本作『倚』。

題金德俊葵軒

結廬在林屋，所欣知者稀。南風應蕤賓，我圃日芳菲。負杖覩其生，草多露滿衣。有葵獨傾陽，豈願回清輝。清輝雖不照，物性諒無違。

禮部員外張惟中七月十二日暮歸賦詩八韻和者自尚書牛公以下凡若干人夫漢謡魏體互有不同巧於狀物者過麗切於言志者恒直惟中退食之頃率爾成章且不以私而忘公情與景俱至已予因續衆作之後瓦器不足以諧空桑也

秋至星火〔一〕流，病覺中歲劇。成均忝分教，才非一狐腋。日入欣暫休，野老或争席。清談雜虛無，以永風月夕。百年會有盡，富貴非所適。鳴蟲亦知候，倦鳥思假息。脱冠已童然，如何拘百役。酒醉不復言，道固存目擊。

校勘記

〔一〕『火』，康熙本作『光』。

秋懷〔一〕

露下百草變，凄凄天地秋。亦如中年客，玉顔安可留。山鳴迅商激，水涸行潦收。恩方改團扇，意復存弊裘。梧桐葉盡脱，孤雛夜啾啾。光景忽已逝，感之雙涕流。

黄鶴日千里，潛魚必深池。蠢兹橘中蝨，化蝶俄天飛。翩翩若不已，倏忽膠蟊絲。兩翅既摧折，何日回枯枝。非才慎所處，富貴亦何爲。且盡一杯酒，物我共忘機。

校勘記

〔一〕康熙本題作『秋懷二首』。

題畫竹〔一〕

太史公紀渭川千畝竹，此圖僅盈尺，而遠意不翅千畝。觀其毫枝髮葉，歷歷可見於秋烟暮雨外，筆法視古亦精已。寓目久之，遂起余兩山之興，徑欲買舟歸卧其所云，賦詩一首〔二〕。

市朝非素心，林壑契玄賞。讀書甘寂寞，密竹更蕭爽。衝人虎豹經〔三〕，閉户蠨蛸網。寒梢朽不蠹，野笋苞初長。風生回鶴夢，月出聞猿響。如何猶戀禄，廐馬存病顙。相期結二仲，兹焉共來往。

校勘記

〔一〕康熙本題作『題畫竹并序』。

〔二〕「賦詩一首」，康熙本無。

〔三〕「經」，康熙本作「徑」。

送黄仲篪上官檇李

嚴霜戒秋杪，百草俱已衰。子别何匆匆，一尊聊共持。今晨白門道，後夜滄海湄。長歌獨慷慨，健步何逶迤。古來聲利場，日出紛火馳。進非才不任，退亦分所宜。吹竽我豈濫，售璞人皆嗤。峻節當自厲，坦途方在兹。從容有新語，千里慰相思。

次韻張師〔一〕廣助教登雨花臺一首〔二〕

行行出城南，登高望三丘。雉堞壯天居，宫殿若雲浮。星分斗牛野，水合江漢流。蒼然淮上山，聚米當馬頭。氣已無朔漠，人今冠中〔三〕州。慷慨憶當時，遠近開朱樓。仙人翠羽帳，王母珊瑚鈎。貂蟬靄〔四〕七貴，車馬從五侯。光輝互照耀，意氣何綢繆。皇威復禹跡，風氣移荒陬。千屯夾虎士，萬斛回龍舟。將軍衛霍功，相國房杜謀。我來覽奇觀，發興屬清秋。已將函谷並，遂與洛陽侔。所悲迫衰謝，蒙〔五〕氾安可留。目送桃葉遠，水深鳧雁洲。清談哂諸老，匡時忘遠猶〔六〕。庶窮八極曠，慰此千里游。

校勘記

〔一〕「師」，康熙本作「思」。

〔二〕『一首』，康熙本無。
〔三〕『中』，康熙本作『古』。
〔四〕『靄』，康熙本作『謁』。
〔五〕『蒙』，康熙本作『濛』。
〔六〕『猶』，康熙本作『猷』。

題朱孟辯層巒圖

疊嶂何崔嵬，遠近皆可數。不學王宰遲，棄墨如棄土。林藏風雨黑，石戴冰雪古。初疑造化鍾，已覺精靈聚。遥思兩山下，流泉細通圃。茅屋今何如，人去苔生户。

送盛孔昭赴淄川丞二首

天寒北風利〔一〕，有客赴臨淄。臨淄古大國，山川何逶迤。小白相夷吾，尊周攘四夷。田單守即墨，一日走燕師。二子不復見，名今千載垂。爲我弔精魄〔二〕，伯功未可卑。

魏有徑寸珠，守境無檀子。照車十二乘，何如照千里。世乏威王賢，孰知天下士。所以飯牛兒，商歌中夜起。徒求南海産，半觸蛟龍死。異才何代無，糾紛今可理。

校勘記

〔一〕『利』，康熙本作『厲』。

〔二〕『魄』，康熙本作『魂』。

題上虞柳機仲朝暉軒

日車上搏〔一〕桑，曈曈雞子黄。遥夜忽復旦，仰瞻有啓明。征夫起當發，宿鳥號且翔。城郭互參差，曲户通天光。空照堂中人，豈銷髮上霜。竹枝自垂蔭，萱草亦揚芳。此心諒已短，此恩一何長。欲報固無極，念之安可忘。

校勘記

〔一〕『搏』，康熙本作『扶』。

雨中漫興

端居少賓客，鳥跡徧階除。夏雨復兼旬，衆木青扶疏。金石何必陳，此樂當何如。永懷漆園吏，相去千載餘。萬物雖一體，忽若胡越殊。人苟不知我，我豈能知魚。

校勘記

〔一〕『胡』，康熙本作『吴』。

臨川饒孟持所居西軒有先大父所植杏一株今百年矣幸不剪於兵火因築亭于旁名杏庭云宋景濂作賦予賦詩一首

結構非壯麗，可以樂晨昏。仰蔭百年樹，深蟠千歲根。粲粲朱葩敷，離離青子繁。秀出風烟表，潤含雨露痕。戎馬方縱横，境内悉崩奔。桃李摧爲薪，荆棘翳高門。榮華諒難恃，尚見文獻存。未擬匡山田，詎論曲江園。讀書絃素琴，命客置芳尊。永言益封植，祖德慎無諼。

擬　古

荆山一何高，上與天門通。猶聞産玉處，吐氣成白虹。縣藜混燕石，世已無國工。琢之懼不完，不如在石中。卞和趾再刖，玉亦悲無窮。吾今死抱璞，庶以全其躬。

晚　眺

極目登高丘，秋高淮泗平。淮泗東南流，故繞鍾離城。東京昔喪亂，英雄紛戰争。殺人及雞犬，曠野寂無聲。悠悠千載下，復見新人耕。魏公今何在，銅臺春草生。公路冢中骨，豈憂王室傾。北海固爲豪，平原安可輕。時哉有屈信，漢道再昌明。

古意三首

春風天上來，滿城紅與紫。如何朝暮間，飄落隨流水。堂前兩冬青，霜雪猶不死。向來三月時，誰言及桃李。

對酒發長歌，歌長苦難續。浮雲空自行，白日安可逐。黃河走東海，千里纔一曲。奈何人之心，頃刻有翻覆。

六國多好士，堂上各三千。所親苟不慎，禍福恒相因。李園賊黃歇，馮驩復田文。種桃得秋實，蒺藜徒刺人。

六月二日至臨淮夜宿方文敏東軒

北斗分四時，恒星自昏曉。如何百年客，貴賤俱擾擾。酒酣虛室卧，雨絶四山悄。道冥天地廣，身在風露表。六合一何大，毫芒未爲小。宅神惟〔一〕寂寞，適意忘纏繞。朱絲竟誰賞，白髮今已少。永期江湖居，相親有魚鳥。

校勘記

〔一〕『惟』，康熙本作『何』。

送張思廣歸平陽

十月天地閉，北風河已澌。送子千里道，太行極崔嵬。日暮歸鳥疾，雪深蒼兕飢。酌以一巵酒，爲浣〔一〕身上衣。伐木還重賦，白駒不可維。悠悠南北歧，惻惻勞我思。

校勘記

〔一〕『浣』，康熙本作『涴』。

分題送友得忠孝廟〔一〕

丈夫死殉國，於道詎非宜。烈烈卞侍中，忍顧王室危。梟獍敢爲逆，我師焉可支。躍馬嬰其鋒，以肉充虎飢。苦戰既不旋，有子亦從之。精忠貫日月，未慚馬革屍。至今石頭下，尚使行人悲。鬱鬱冶城山，秋風吹古祠。送客遠相過，慷慨傷我懷。當時諸老臣，清談竟何爲。酌酒酹〔二〕英魂，忠孝以爲規。

校勘記

〔一〕康熙本題下注釋：『附考：在江寧雞鳴山陽，晉尚書令卞壼，咸和間蘇峻作亂，壼力戰死之，二子眕、盱亦赴敵死。』按，『壼』原作『壺』，據《晉書》改。

〔二〕『酹』，康熙本作『酬』。

池河驛〔一〕

早發紅心驛，日暮宿池河。百里無人烟，狐兔馬前過。山明見野火，溪淺通微波。却立時躑躅，前登益嵯峨。北風何蕭蕭，塵埃衣上多。下馬留信宿，對酒一長歌。

校勘記

〔一〕康熙本題下注釋：『附考：屬鳳陽定遠縣。』

大槍嶺

巍巍大槍嶺，羊腸盤九曲。深林野雉雊，短草豺虎伏。行人疲不進，慘慘對僮僕。下得仙居澗，始復就平陸。一株羅浮花，春深粲如玉。五年悵不見，今日開我目。

滁陽驛

群山繞滁州，城郭帶林壑。豈惟居人稠，遂使游子樂。苜蓿青滿野，羊馬盛幽朔。固知英雄主，四方歸大略。回視清流關，往事殊可薄。新花寒未開，細雪春〔一〕猶落。且持一斗酒，獨與故人酌。

校勘記

〔一〕『春』，康熙本作『輕』。

猛虎行〔一〕

有虎有虎，在彼中野。高步風生，何物敢侮。以比直臣，獨立無與。前稱長孺，後載文舉。亦有埋輪，復聞破柱。爲時所憚，豺狼氣沮〔二〕。奈何今人，使我懷古。

校勘記

〔一〕此詩康熙本列入『四言詩』。

〔二〕『沮』，康熙本作『阻』。

李氏三節婦行并序

隴西李子平氏子茂德，聘同郡張氏女，年十八歸李氏。生子庸，甫六歲而寡。舅姑憐其少也，欲嫁之，使左右風之，即引刀欲斷髮以見志，乃止。茂德之弟仲德亦蚤卒，其妻張氏年二十有八，生子慶方亂，亦誓不再適。從弟希賢妻陳氏，二十有四希賢卒，時其子度方孕四月。一門三婦以貞白聞。而庸既長好學，仕元，至正間累官至同知濟南路總管府事，推恩贈父將軍、同知益都路總管府事、隴西郡伯，母封隴西郡夫人。再調關裏宣慰，階中奉大夫，而夫人始卒，年五十有六。大明革命，洪武初辟庸爲司農主簿，四轉〔二〕至嘉興府知府。所至嚴而不殘，夫人之教爲多，至今滄洲父老猶能道之。可見家法有素，而關於世教之大如此。爲賦三婦行，以備太史氏所采云。

赫赫隴西傑，奕葉何光輝。一門見三子，不同鄉里兒。三婦名家姝，玉貌長蛾眉。大婦居中堂，夜織流黄機。中婦具朝餐，泉出江魚肥。小婦二十餘，金刀新製衣。青松與女蘿，百歲欣相依。未及白頭日，雙鳳俄分飛。入房洗粉黛，豈復施珠璣。盤龍掩明鏡，寡鶴琴中悲。生既不同室，死則須同歸。鴻雁猶有信，婦道安可違。殘燈冬夜長，素月光徘徊。共績還共語，白玉當不灰。有子官已高，少壯忽復衰。丈夫少氣節，恒懼白刃威。女子乃如此，鹽山同巍巍。

校勘記

〔一〕『轉』，康熙本作『輔』。

四月十日兒子翱翻來鳳陽留一月遣歸因令早營草堂殳山下爲止息之所云

老病不得歸，獨處常戚戚。二子江南來，眼暗初未識。生〔一〕常戒垂堂，肌肉如雪白。一月長途間，海風吹盡黑。買酒爲相勞，問答向中夕。迢迢漢陽簿，春來斷消息。阿寧〔二〕在母傍，頗知工翰墨。艱難且撥棄，倏使沈憂釋。所愧無定居，百歲半爲客。經營須及早，尚愛龍湫僻。況近讀書臺，雲銷四山碧。泉深出丹砂，地冷多琥珀。既非匡世資，庶遂陶阮逸。良辰戒僮僕，匆匆又南北。五月方鬱蒸，日氣成霞赤。出入非所宜，川陸慎所歷。惜別豈無淚，向汝難再滴。秋江有鱸魚，當掛吴淞席。

校勘記

〔一〕『生』，康熙本作『坐』。

〔二〕『寧』，康熙本作『宣』。

述懷

浩蕩三十年，如萍寄滄海。起爲太學師，一日揚光彩。迢遞赴中都，送客紛雲靄〔一〕。名慚相國知，禮感親王待。徘徊未得去，忽復朱顔改。詔許江南歸，青山草堂在。放浪黄牛村，猶瞻金馬門。適性詎非樂，捫心空自論。田翁四五人，共忘卿相尊。把酒酹〔二〕殳基，白石今猶存。天寒落松影，歲久生苔痕。試求金光草，超然事幽討。依稀顧况臺，寂寞錢王道。東門嘆黄犬，税駕胡不早。長歌歸去來，吾從鹿門老。

校勘記

〔一〕『靄』，原作『藹』，據文意徑改。

〔二〕『酹』，康熙本作『酬』。

清江貝先生詩集卷之三

七言古詩

夢遊秦望山歌送客歸越中〔一〕

秦望何崔嵬，削如青蓮開。下臨七十二湖之浩蕩，上接三十六洞之縈迴。夢中夜度浙江水，輕如鶴背乘風來。欲求軒轅上天處，白雲尚鎖燒丹臺。徒知有弱水，安可睹蓬萊。但聞松聲萬壑兮，夾飛湍之喧豗。赤日慘淡而無色，復殷殷之雄雷。踰千盤兮歷百折，香爐玉笥左右列。山中二女問何遲，桃花落盡燕支雪。金雞三叫失所在，惟想參差白銀之觀闕。龍綃寄别淚，三載猶未滅。有美一人兮佩珊珊，昨遊吳門復東還。余願從而上下兮，叫安期於雲間。回首隔千里，可望不可攀。

校勘記

〔一〕康熙本題下注釋：『附考：山在海鹽縣南十八里海上，始皇東遊，登此望海，故名。又名秦駐。』

雪蓬小朵歌送奎方舟還靈鷲

蓬婆雪嶺高崔嵬，橫絶青天飛鳥回。山中小朵更奇峭，石作蓮花千葉開。巨靈擘山斷山脉，一峰夜向東南擲。千秋乾竺空有名，萬里峨眉盡無色。攢青疊翠分西湖，洞口白猿猶可呼。咸和之年有慧理，卓錫尚愛飛來孤。木杯高僧兩眉雪，身如濁水青〔一〕蓮潔。繙經石上不知年，桂子年年落秋月。

校勘記

〔一〕『青』，康熙本作『清』。

遊菩提山值雨宿存思庵〔一〕

連山插天危欲崩，木客結構當千層。我來看山風雨惡，入山喜見靈泉僧。閉門留客共野飯，風回雨絶清無蠅。酒酣熟寢唤不起，夜深花落龕中燈。軒轅已恐即韓愈，許汜未可譏陳登。天明童僕催欲去，却嘆世故來相仍。重尋曲折恐蹉跌，安得遠討閑支藤。林開川豁見鳥下，山寒石峻愁猿騰。呼舟獨返草堂路，他日重來共㲣毸。

校勘記

〔一〕康熙本題下注釋：『附考：在海寧縣東五十三里黄山之東。』

鳳皇山歌〔一〕

大城周迴三百雉，紫微閣對吴山起。天目西來爲鳳皇，蒼然不過錢唐水。玉輦金輿北去賒，行人折盡上陽花。杜鵑夜叫葛洪井，燕子春歸蘇小家。燕歸不識更新主，王氣凄凉作風雨。城南楊柳鬱金黄，一束纖腰爲誰舞。

校勘記

〔一〕康熙本題下注釋：『附考：杭州府城南。南宋建都，嘗環入内苑。』

京口王節婦歌〔一〕

大江如帶從天來，金山焦山碧崔嵬。風吹楊花度江去，妾心如山不可回。憶昔移所天，豈獨甘守節。兩草方纏綿，那知中道訣。玉琴不奏雙鴛鴦，玉簫不吹雙鳳凰。紡績給朝暮，蛾眉忽成霜。蠨蛸網素壁，燕子歸空梁。生乖同室處，死期同穴藏。鬱鬱山頭樹，已見參天長。白璧須惡玷，白絲須惡染。邊聲亂胡笳，萬古悲蔡琰。

校勘記

〔一〕康熙本題下注釋：『附考：京口屬鎮江丹徒縣。』

玉山窟儡歌〔一〕

玉山窟儡天下絶，起伏進退皆天機。巧如驚猿木杪墜，輕如快鶻峰尖飛。流蘇帳下出新劇，河梁古別傳依稀。黄龍磧裹胡雛語，李陵臺前漢使歸。當筵舞劍不辟客，頓足踏地争牽衣。玉簫金管静如水，西夏東山相是非。昔聞漢主出大漠，七日始脱平城圍。當時論功孰第一，木偶解走單于妃。奇兵百萬竟何事，將軍賜級增光輝。龍争虎戰亦同幻，尊中有酒君無違。更呼左家雙鳳和我曲，玉斗碎落千珠璣。

校勘記

〔一〕康熙本題下注釋：『附考：玉山屬江西廣信府，一名玉斗。』

題子昂松樹障子歌蓋王成之所藏者紙尾云大德八年正月廿八夜燈下書

吴興筆法兼鍾王，不獨醉草過張旭。既無河朔少年之沓拖，又無深山羽人之退縮。故人相遇今何夕，銀燭吐光如月白。手寫青松障子歌，百金一字無所惜。何物小兒憎〔二〕嫵媚，玉環飛燕皆傾國。嗟我平生秃千兔，夜寫蠅頭愧無益。王孫騎鶴去不還，日落太湖雲氣赤。君家此本世希有，詞翰風流與之敵。紛紛真贋那足辯，珷玞敢厠連城璧。勿同玉枕永和書，一閟昭陵永相失。

校勘記

〔一〕『憎』，康熙本作『增』。

題王立本山水圖

我有愛山癖，每欲名山去。秦溪一日寄新圖，欹枕高堂睹雲霧。何年王宰留真跡，青城天彭接太白。金堂石室猶可識，大樹小樹參天直。千盤百折分秋毫，木客時與行人遭。一門通天劍閣險，三峽漲雪瞿塘高。小舟如鳬争入浦，嘔啞卧聽雙鳴櫓。拾遺近在浣花溪，却面龍湫結茅宇。豺狼塞路何由通，采芝亦有商山翁。安得相從向絶境，振衣千仞來〔一〕天風。

校勘記

〔一〕『來』，康熙本作『乘』。

甲辰七月十三日書所見

行人漸稀日已没，星墮〔一〕西南大如月。一道餘光夜不收，青天萬丈金蛇掣。

校勘記

〔一〕『墮』，康熙本作『墜』。

題趙仲穆畫馬

吾聞冀北之馬如雲照川谷，八尺飛龍在天育。灤河遠幸翠華遲，柳林大獵金鞍簇。是時四海爲一家，東踰日本西流沙。拂郎近獻兩驌驦，不數郭家獅子花。公子前身豈曹霸，一馬真輕百金價。黄金臺上倦爲客，白髮江南隨意畫。騋駒駰駓各不同，飲泉齕草落筆工。君不見龍庭苜蓿與天遠，何人更收青海驄。

送王好問赴春官〔一〕

君文空桑協宫徵，我文瓦器不悦耳。早隨舉子踏槐花，曲江走馬秋風裏。院門魚鑰晨未開，白袍鵠立三千士。風簷落筆誇先成，食葉老蠶春乍起。樗蒲〔二〕三叫不作盧，白首讀書猶未已。兩河草動持干戈，奎星無光作者死。五門下詔蒐遺材，四月文場酣戰螘。先生有志復先登，朱鳳一鳴瘖衆喙。卞和詎楚空遭刖，曹劌劫齊方雪耻。軟裘快馬入居庸，得意看花麗春市。上林賦就氣凌雲，我亦明年獻天子。

校勘記

〔一〕『官』，康熙本作『宫』，誤。

〔二〕『蒲』，康熙本作『捕』。

送浙省都事曹德輔運糧北上

屯田未開歲未熟，白粲一金纔一斛。將軍初下山東城，使者復轉江南粟。颶風五月西南回，黄龍朱雀一時開。雷霆夜槌海若死，雲霧晝合天妃來。黑洋北去五千里，直沽近接金河水。内廷傳勑賜宫壺，侍臣出報龍顔喜。

送文從周入京師

文郎氣如虹，北上何匆匆。重經九折坂，復覽百步洪。日月回地底，山河極雲中。有書一萬言，欲獻明光宫。蚩尤觸山折天柱，百川亂流赤子苦。龍驤未見下益州，虎旅猶聞駐靈武。草白風騷騷，跋涉無乃勞。驊騮識駿骨，鸑鷟非凡毛。臨歧〔一〕更酌酒，飛雪落征袍。何以致繾綣，錦帶昆吾刀。

校勘記

〔一〕『歧』，原作『岐』，據康熙本改。

天冠法師鄧均谷禱雨歌

至正辛丑秋七月，官河無舟死魚鼈。錢唐城中十萬室，鑿井深通海鰌穴。海底九烏朝並

出，流金鑠石氣愈烈。我無快刃〔一〕斫旱魃，構孽爲妖降吴越。老巫歌舞帝不悦，真宰之罪何當雪。天冠法師與天通，丹書鐵券呼龍公。石壇晝晦群神降，金支翠旗來半空。舉杯擲地霹靂從，澍雨一日聲如硔。三田白水禾芃芃，兒童滿道歌年豐。百金不顧歸空同，師豈瑣瑣貪天功，笑汝蜥蜴能爲龍。

校勘記

〔一〕「刃」，康熙本作「刀」。

張静婉採蓮曲

妾長平康里，能舞復能歌。髻斜梳墮〔一〕馬，眉淺約彎蛾。陌上遊人顧，門前俠客過。塗黄初拜月，拾翠欲凌波。已知一身重，不受千金唤。十五事秋娘，十六歸羊侶。願妾比雙蓮，爲君朝暮鮮。君能重妾綢繆意，别起高樓大道邊。春乘油壁香車出，夜入流蘇甲帳眠。高樓下俯平湖潤，照妾濃妝并淡抹。五月平湖水正深，盪舟相逐起雙禽。莫學藕絲容易絶，試將蓮子託同心。

校勘記

〔一〕「墮」，康熙本作「墜」。

出塞曲

七星昱昱大將旗，猛士百萬皆熊羆。迢迢遠出鴈門塞，漢虜相見還相持。軍中無糧殺牛馬，夜得降人知衆寡。天山月黑潛度兵，飛箭著人如雨下。捷書明日報甘泉，死者白骨歸何年。春風草緑秋風白，魂魄爲君長守邊。五嶽爲城海爲塹，天下人當棄弓劍。

野中吟

野中古墓何纍纍，子孫已絶傍人悲。送車百兩喧鼓吹，却憶出祖東門時。墓前青青春草没，墓下縱横狐兔穴。昔年已見野人耕，今年復見鄰人發。千年觸髏出黄土，翁仲無言泣寒雨。何時故物總成灰，猶〔一〕有玉釵留半股。

校勘記

〔一〕『猶』，康熙本作『獨』。

田家行

田中〔一〕八月紅稻熟，田頭黄雀飛且啄。去年出走不得收，今年父子田舍宿。大婦小婦長裁衫，夜起剪桑飼五蠶。不言畫眉無寶鏡，不恨梳頭無寶簪。稻登場，蠶在箔，新穀可舂絲可

絡。賽神城南聽神語，但祈無兵歲不苦。

校勘記

〔一〕『中』，康熙本作『家』。

樞密院掾曹李至剛從帖木公守躭羅一年詔回京師遇風抵曹涇明年夏復蹈海北上詩以送之〔一〕

白洋十月行人苦，北風簸浪魚龍舞。黑洋六月南風回，海客椎牛賽彭祖。使者迢迢入帝畿，連艘夜發迅如飛。六鰲尚戴三山起，一鶴初從萬里歸。張儀雖困猶存舌，置酒都門歌激烈。丈夫得官貴少年，腐儒窮經空白髮。

校勘記

〔一〕康熙本題下注釋：『附考：曹涇北接黄浦，東南至新運鹽河，出金山衛城北。』

白茅歌美華亭丞盛彦忠〔一〕

山東未息馬，山西尚揮戈。急起州縣丁，北開白茅河。海風裂面天雨雪，山高水深不見月〔二〕。萬人鑿土如鑿山，河邊死者誰收骨。白茅河成如白虹，百里直與昆城通。將軍不待驅鬼工，平地遂作魚龍宮。問誰愛民如愛子，華亭盛侯古莫比。昔去今還悲復喜，非汝身爲白茅鬼。盛侯之德河之水，千古萬古流無〔三〕已。

校勘記

〔一〕康熙本題下注釋：『附考：白茅港南屬嘉定，北屬常熟。常熟、崑山有三十六浦，入海者惟茜涇、七雅、白茅、楊林爲最大。』

〔二〕『月』，康熙本作『日』。

〔三〕『無』，康熙本作『不』。

送天台吴蟾友奉董宗師命主桐栢觀

天台之山四萬八千丈，中有飛仙共來往。東方未白天雞號，扶桑赤日三更上。山人曾識玉蟾翁，丹砂九返面如童。吹笙醉跨千年鶴，朝上崆峒暮廬霍。葛洪井西松樹老，子晉臺下桃花落。日邊人寄董師書，别我却入天台居。麻姑相見已白髪，蓬萊弱水人何如。我亦張帆上南斗，餐霞有訣能相授。青天更約借龍騎，福地應知令虎守。

題〔一〕子昂秋林早行圖

北上莫度河，龍門如天誰敢過。西遊莫趨蜀，瞿塘如馬誰敢觸。大星未落月掛樹，行人出門向何處。日日西東往復來，青山不斷天涯路。天涯路險更無窮，破裘羸馬怯秋風。日高茅屋猶未起，愧爾山中白髪翁。

校勘記

〔一〕『題』後，康熙本有『趙』字。

題趙子昂秋江漁艇圖

朝漁江之南，暮漁江之北。朝暮清江邊，公侯不相識。西塞山前秋日微，滄波浩蕩釣船歸。老髯何來一相就，鐵笛夜吹彭浪〔一〕磯。

校勘記

〔一〕『浪』，康熙本作『郎』。

小蓬壺歌〔一〕

君不見蓬萊方丈三韓東，上有飛樓湧閣何穹崇。始知九州更在赤縣外，弱水不與人間通。鐵赤麟伏可擾，白鳳馴可籠。瑤草四時碧，桃花千歲紅。盧敖一去已無跡，燕齊弟子徒相從。鐵厓老人有仙骨，七十復向雲間逢。高臺剪斷一曲幽絶境，銀河倒掛雙玉虹。自非夸娥之神徙其處，安得縮地如壺公。讀書已去神禹穴，獻賦不到明光宮。麻姑相過急灑掃，有酒莫使金樽空。酒酣更呼雙童爲我歌小海，鐵笛雷怒來天風。

校勘記

〔一〕康熙本題下注釋：『附考：《松江府志》：楊維禎所寓樓名，在百花潭上。』

醉芙蓉嘆

蜀江芙蓉四十里，花外樓臺夾江水。蜀主龍舟八月來，日照千門錦雲起。一朵依稀武都女，雪色宫衣輕欲舉。已竊玄珠化水仙，不同石鏡埋黄土。朝妍夕態還相惱，傅粉塗黄俱草草。春風入髓猶未蘇，丹砂换骨應長好。凌波殿廢花亦殘，江上秋深風雨寒。武林城南偶識面，把酒共看赬玉盤。十年流落雲間路，欲尋舊賞知何處。芳心一點對斜陽，脉脉無言歲華暮。

題趙處仁竹泉所

王孫寶玦已流落，九馬不復歸長安。梨園歌舞入殘夢，白屋無人空翠寒。流泉汩汩如流乳，竹應笑歌成律吕。酒酣濯足望洞庭，一片瀟湘隔秋雨。有鳥有鳥來丹山，羽衣五色朱其冠。人間腥腐不足飽，食汝竹實飲汝湍。汝一出，三千年。

次韻鐵厓先生醉歌

先生愛酒稱酒仙，清者爲聖濁爲賢。清江三月百花合，江頭日坐流萍船。左携張好右李

娟，紫檀雙鳳鵾雞弦。傾家買酒且爲樂，老婦勿憂無酒錢。白日西没天東旋，秋霜入鏡何當玄。蓬萊有路不可到，祖龍已腐三重泉。何如快飲三萬日，酒樓即起糟丘邊。願持北斗挹東海，月落枕股樓頭眠。

用蘇東坡先生韻賦竹軒

朝飢不飽肉，朝寒忍看竹。愛竹已成癖，尚勝桃李俗。食笋糞生肥，我癖無良醫。籊籊龍未可斸，頗怪饞奴癡。竹下哦詩空咀嚼，月明夜半來笙鶴。

孫孝子歌

亂兵夜入高郵城，孤兒失母號且行。城邊白刃耀霜雪，負母獨出千人驚。君不見鴟鴞生子食母肉，人間更有鴟鴞族。兒知有母同死生，蓼莪已廢猶能讀。

白苧詞

江清月高夜未央，芙蓉半白微有霜。天魔小隊分兩行，胡姬更勸葡萄漿。酒酣回身入洞房，金爐火暖爇都梁。願君朝出夜飲酒，祝君千年萬年壽。

行路難

古有《行路難》，其詞非一，近見楊伯謙之作，則言其易而不言其難也。故申其義焉。

采玉于闐河，問君勃律何時過。采珠鮫人室，問君百粤何時出。珠玉歲久同爲塵，君胡重利不重身。海有波，缺我楫；山有石，摧我輪。行路難！出門即羊腸，何況萬里道。管叔危周公，匡人仇魯叟。尊有酒，盤有壺。鼓坎坎，歌烏烏。海不可涉，山不可徒。路旁之人，愛爾玉與珠。行路難！我以爲父，安知非虎。我以爲兄，安知非狼。仰天悲歌，泣下沾裳。

團扇詞

團扇何皎潔，誤方雪與月。雪當有時污，月亦有時缺。妾恨似天長，君恩成雨絶。昨夜秋風長信來，星河已見西南回。妾有新詞詎堪寫，夜撲流螢玉階下。

題兒雲林畫

雲林先生老更迂，酒酣落筆元氣俱。滄洲赤縣隨意掃，不學徐熙没骨圖。沉犀石帶波濤潤，石上烟梢勢千仞。參天古木蛟龍僵，赤葉已脱荆門霜。北風蕭蕭白日暮，相偶應知不相附。丹山之羽何時來，會待春色陰厓回。

折楊柳曲

楊柳何青青，春風拂長路。朝送行人歸，暮送行人去。行人南北無已時，折盡可憐無一枝。

題王叔明茅山圖

一峰插天三萬丈，衆峰旁聯不相讓。我行未盡天下奇，王宰寫山工異狀。靄靄勾曲雲，蒼蒼溧陽樹。天高去鳥没，日落行人度。茅君已千年，浪憶燒丹處。猶疑〔一〕風雨夜，騎虎山頭遇。平生好山獨未歸，山中桃花如雨飛。相從采术定何日，長向雲間瞻翠微。

校勘記

〔一〕『疑』，康熙本作『憶』。

秋夜長

夜長何漫漫，嫠婦嘆且泣。落月當窗懸，迴風尋户入。新愁不可道，古恨無時斷。吾將叫重華於江之南，蒼梧山高湘水滿。耿耿不寐，起觀東方。溥〔一〕彼白露，降而爲霜。碧草無情，亦隕其芳。安得不老，既玄而蒼。周公待旦，思兼三王。傷哉何爲，攬衣彷徨。

校勘記

〔一〕『溥』，康熙本作『溥』。

遠别離

君不見青天之月，三五缺三五滿。惟有别離愁，千秋萬古何時斷。憶昨郎遠行，城南柳飛絮。迢迢出居延，匹馬隨都護。今年得郎書，猶在天山戍。黄河入大荒，白草迷歸路。夏日青無光，胡風起朝暮。不若路旁塵，隨郎馬蹄去。妾居但守節，郎去當封侯。昔爲白門燕，雙棲江上樓。今作隴頭水，嗚咽東西流。時憑萬里夢，夜到西梁州。三十六部猶未滅，良人那得朝金闕。可憐池上紫鴛鴦，白頭生死不相忘。

白雪歌

昆侖火炎玉已灰，神爲六葉空花開。北風萬里寒門來，一夜吹落金銀臺。填坑委谷何皚皚，龍蛇僵縮虎豹哀。洪流不作龍門雷，崆峒太白危欲摧。將軍夜出猶未回，馬前一片大如杯。山中野老居崔嵬，酌酒以匏燒芋魁。安知銀屏翠箔圍白台，但歌田有百穀年無災。

董逃行

北風破肉胡兵利，漢將驅人死胡地。丈夫四出婦女號，長安十日城門閉。夜入南山忍銜

虎，尚勝迢迢隨捕虜。城中有地盡蓬蒿，城下何人種禾黍。夜聞董逃四面歌，却思鄉土淚滂沱。

雨中

江南正月如臘月，花開未開春尚慳。空中白雨急飛瀑，海上黑雲深抱山。老夫閉門愁不出，十日西窗聽蕭瑟。公卿韝馬五更朝，且獨高眠舒我膝。銅雀破瓦不補天，哦詩强學號風蟬。荒村無路竹雞唤，載酒何人尋鄭虔。白頭爲農計亦足，棄書耕田買黃犢。

正月廿九日楊鳴鶴席上分韻得幾字

兩山昨夜風雨止，水漲新痕没沙尾。黃知彭澤柳初芽，紅見武陵桃欲蕋。老去逢春更惜春，平生酒伴誰知己。白髮楊郎古奇士，千金已散歸田里。閉門留客爲張筵，共喜一時成二美。小兒行觴不計籌，大兒割肉能操匕。冬殖〔一〕下箭白於肪，秋藕洗泥寒刺齒。且須快意在今朝，况我中年會能幾。亂離相見亦偶然，海内交游半爲鬼。顛狂豈顧傍人毁，但恨白日無淹晷。賦詩已覺無曹劉，罵客安知有程李。坐中一鶴能商歌，歌作連珠盡傾耳。風卷新聲入夜雲，豪竹哀絲静如水。若爲倒卷玻瓈江，百尺高樓眠不起。

校勘記

〔一〕『殖』，康熙本作『薤』。

丁一鶴以疾止酒詩以誚之

一鶴先生老躭酒，夜飲一石朝五斗。春來連月醉如泥，窺户欣無太常婦。杜康昨者忽爲厲，鸚鵡不薦談天口。結交昔在王侯門，折節應羞兒女後。地經檇李却垂淚，日落君山獨回首。浪説北游年少時，結束正似幽并兒。朔風破肉雪埋脛，桃花駿馬如星馳。天街下馬意氣盛，胡女起問郎君誰。凉州葡萄不論價，龜茲觱栗當筵吹。安知反覆一秋夢，白髮漸滿紅顔衰。吴王宫中走麋鹿，真娘墓下號狐狸。出門兩足苦無力，强與老儒時賦詩。君不見人間萬事隨〔一〕流水，別有乾坤醉鄉裏。不如與君更挾兩鴟夷，李白陶潛共生死。

校勘記

〔一〕『隨』，康熙本作『如』。

穆陵行〔一〕

至元中，胡〔二〕僧楊璉真伽利宋諸陵寶玉，因倡妖言惑主，盡發殯宫之在會稽者，斷理宗頂骨爲飲器。璉敗，歸内府。九十年矣，洪武二年正月詔宣國公求之，得於僧汝訥所。乃命葬金

陵聚寶山，立石以表之。余感而賦詩一首〔三〕。

六陵草没迷東西，冬青花落陵上泥。黑龍斷首作飲器，風雨空山〔四〕魂夜啼。當時直恐金棺腐，鑿石通泉下深固。一聲白雁度江來，寶氣竟逐妖僧去。金屋猶思宮女侍，玉衣無復祠官護。可憐持比月氏王，寧飼烏鳶及狐兔。真人欻見起江東，鐵馬九月踰崆峒。百年枯骨却南返，雨花臺下開幽宮。流螢夜飛石虎殿，江頭白塔今不見。人間萬事安可知，杜宇聲中淚如霰。

校勘記

〔一〕康熙本題作『穆陵行并序』。
〔二〕『胡』，康熙本作『西』。
〔三〕『一首』，康熙本無。
〔四〕『山』，康熙本作『中』。

送定南宗住四明大慈寺

伏龍羅漢無人識，萬里如雲倏南北。南北山川不可窮，雲去雲來自無跡。朝辭鳳闕向東湖，身乘一葉秋江蘆。東湖何處更求我，白雲去盡青山孤。開樓夜看山頭月，月色湖光射冰雪。四明太白相崢嶸，天地虚空一毫髪。老夫漂泊悲蓬根，相逢已契三生魂。人間〔一〕火宅不可住，他年聽法來松門。

校勘記

〔一〕「間」，原作「開」，據康熙本改。

清江貝先生詩集卷之四

七言古詩〔一〕

青蘿山房歌并引〔二〕

青蘿山在仙華之東，蓋仙華爲黄帝少女升天處。其山峭竪千仞，而支别爲青蘿，今翰林學士宋公景濂讀書其下，因名其所曰青蘿山房。絶嶺之雲煙，長溪之魚鳥，皆接於耳目之間矣。公雖去此，而猶眷眷不忘，間屬予賦。予聞適意山林者，恒抗公侯之富；而争名市朝者，恒譏處士之介。是皆得之此，而失之彼。惟公則不然，昔之藏也，非必於山林，安其時也；今之仕也，非必於市朝，行其道也。故在青蘿不爲損，至於視草北門，亦不爲加。隱顯一機，喧寂同趣，孰得而窺其際邪？公擅一代之文章，所著多行于世，而貯於山房者，必有光氣燭天，與山之寶玉同不泯矣！遂爲之歌曰：

仙華之山何嶄絶兮，插天萬仞青相磨。山勢東來忽平地，蜿蜒不斷爲青蘿。青蘿隱隱如崩石，夸娥負山山爲析〔三〕。欲叫軒轅向何處，千古萬古空遺蹟。玉女得道登雲車，凌空直上

太清家。雲車不復返，落盡金莖花。風凄凄兮又下雨，行人慘兮子規語。山回路盡或逢花，知是青蘿山人結茅宇。山人紫府神仙客，身今六十頭尚黑。胸蟠五色天女絲，手煉五色神媧石。絲可爲君成天章，石可爲君補天隙。一朝寘之白玉堂，青蘿寂寂寒無光。何年借我白石牀，卧看明月來東方。與君酌酒歌我曲，君歸早訪初平羊。

校勘記

〔一〕『七言古詩』，原缺，據卷首總目録補。

〔二〕康熙本題下注釋：『附考：山屬金華浦江縣。』

〔三〕『析』，康熙本作『折』。

題火龍烹茶圖并引

右《火龍烹茶圖》，蓋寫古帝王事，而斷縑落粉，半爲好事者裂去，獨有茶具及黄衣中使拱而立者二人、烹茶者一人。曲江錢惟善定爲唐之玄宗，豈嘗見其全歟！然所謂玄宗者，不知當勵精圖治，與張説一二大臣共樂集仙時邪？抑其既耄而昵〔二〕於妃子時也？特人物位置，要非院工所及，未暇考譜以實之。姑爲賦詩一首〔三〕，題其左云。

松聲忽作秋濤雄，銅龍吐火鱗甲紅。黄衣中使備玉食，泉出金沙甘露濃。春風一旗色尚活，建溪山人雨前掇。蓬萊殿裏沃焦餘，玉盌分沾侍臣渴。名花唤起海棠魂，細葉未數丁香

根。宮中一日歌舞散，世上千秋圖畫存。開元盛事何人省，書生亦解詩雙井。空山掃葉燒破鐺，閉門讀書秋夜永。

校勘記

〔一〕『昵』，康熙本作『妮』。

〔二〕『賦詩一首』，康熙本無。

己酉清明

白紵衣鮮紫騮馬，清明酌酒梨花下。馬蹄一去不復來，梨花又見清明開。城南城北多新墓，日落啼鴉滿高樹。有酒誰澆千歲魂，子孫盡發濠州住。主人更勸金叵羅，阿蠻起舞玲瓏歌。生前不飲君如何。

虀甕吟

清江老人腹空洞，白首談經耻無用。酒酣入水問河神，乞我黄虀三百甕。平生不羨將軍腹，冰壺先生真我族。山妻日晏具朝飧，露葉霜根甘勝肉。君不見海上巨族如公侯，詔書夜遣官兵收。

耕樂吟二首

南村北村喧僕姑，一雨已蘇百草枯。青稻如雲不見塗，木龍三伏閒在隅。桃源之樂人間無，阿翁哺雛妻餉夫。生來不作章句儒，但擬百斛量明珠。東家擊鮮大作社，西家酒熟携滿觚。詔書昨日五門下，天子盡賜今年租。

近天不必城南杜〔一〕，范蠡湖頭一茅宇。瓜生隴上已離離，豆長南山少荒土。出門豈識卿相尊，對客何憂子孫魯。歲祈五風十日雨，上無飛蝗下無虎。四海從今盡中國，作歌且爲歌洪武。但存父子與君臣，風俗當如結繩古。

校勘記

〔一〕『杜』，康熙本作『社』。

余避地千金圩屢游殳史兩山酒酣興發賦詩一首惜山中無賞音者空桑亦同於瓦器耳〔一〕姑録以自娱云〔二〕

神人夜割蓬萊股，蒼然尚作青獅舞。殳基得道此飛騰，煙火千家自成塢。前年盜起官軍下，存者如星纔四五。我來欲置讀書牀，出入未愁穿猛虎。山寒月黑無人聲，夾道長松作風雨。佩環何日歸公主，泉下銅棺閟千古。石仆麒麟罷官守，林宿鵂鶹聞鬼語。苦耽勝概惜殘

年，共説當時悲老父。錦繡池臺已零落，田翁八十鋤新土。傷哉土俗尊巫覡，伏臘荒祠沸簫鼓。祠旁鑿井深不枯，雲氣隨龍有時吐。試上崔嵬望沃洲，直將培塿齊天姥。春前野桃渾欲放，雪盡黄精亦堪煮。興來起挾李長庚，重載琵琶雙玉女。

校勘記

〔一〕『空桑亦同於瓦器耳』，康熙本無。

〔二〕康熙本題下注釋：『附考：史山即殳山東峰。』

海翁謡

海翁隨白鷗，白鷗亦不驚。千金散如土，身與白鷗輕。問翁甲子翁但笑，人間豈識安期生。祖龍一别阜鄉晚，已見六鰲脊腐三山傾。天空潮落夜如冰〔一〕，月色下照珠宫明。麻姑到家急汛掃，桃核酌酒爲勸王方平。

校勘記

〔一〕『冰』，康熙本作『水』。

壬子春二月既望桑君子材招余重游殳山遂燕陸景遠氏來青堂與者丁一鶴董祖南景遠父子及余季子翱一觴一詠不啻蘭亭之會也酒半移尊公主墓側而董海翁亦至子材遂大醉卧石上不能起命兩童掖之登舟余與衆客至東山興盡而返因賦一首〔一〕以紀其事云〔二〕

老夫一月不見山，山癖無醫殊未瘳。野桃作花已爛熳，故人約我山中游。日車出海風雨收，千巖萬壑清如秋。帝子何年上天去，黄鳥歷歷鳴相求。來青堂上坐終日，飲酒況得公榮流。金刀割鮮氣頗壯，白日下地仍相留。酒酣長歌動左右，詩成落筆蟠銀鈎。平生快意在一適，放浪豈知公與侯。玉臺王母自千劫，海屋老人今幾籌。青春無價須秉燭，明朝花落令人愁。

校勘記

〔一〕『一首』，康熙本無。

〔二〕康熙本題下注釋：『附考：宋孝宗公主，乾道二年葬於殳山。』

題徐復初參政驄馬圖

青驄萬里來安西，五花滿身玉削蹄。將軍大雪騎出塞，風鬃未洗龍城泥。何人落筆通造

化，天上房星降中夜，朱衣老奚驚有神。不獨開元數曹覇，漠南漠北千帳空。將軍賜爵論邊功，此馬豈與凡馬同。解鞍落日從遠放，黄金臺高春草豐。

吴山人詩〔一〕

西江吴山人者，讀書綴文，尤通地理書。劉貴道葬兄之無後者，山人乃指范蕭峰地既固且安，遂葬之。以十金報山人，却不顧，曰：『但得天下名士一詩足矣！』因持卷求余賦，故作古詩一首〔二〕。貴道今繇起居注出僉浙江按察司云〔三〕。

吴山人，讀書不作章句儒，西上玉笥觀匡廬。尋龍經在神莫閟，金盌玉杯何處無。負土哀哀者劉氏，兄死無兒惟有弟。山人爲卜范蕭峰，水抱山回上〔四〕田美。紫荆一榮復一枯，岡頭日落啼老烏。百金報吴笑不顧，一詩價重雙明珠。君不見孫生瓜熟能供客，客指黄花洞前域。山空白鶴今有村，白鶴南飛杳無跡。

校勘記

〔一〕康熙本題作『吴山人詩并序』。

〔二〕『故作古詩一首』，康熙本無。

〔三〕『云』，康熙本無。

〔四〕『上』，康熙本作『土』。

胡虔雪獵圖爲徐復初賦

太古天驕宅幽朔，平沙四面無城郭。生兒豈識種禾黍，走狗呼鷹共爲樂。北風颼颼大雪濕，越塹凌岡馬蹄急。弓開滿月不虚發，赤豹玄熊號且立。日暮兩狼歸掛鞍，燕支勸酒左右彈。一時快意良不惡，金刀割鮮行玉盤。君不見漢家天子獵四海，塞下將軍歸奏凱。青丘雲夢何足誇，猛虎長鯨肉俱醢。

十月三日過梧桐涇時官籍僕彦〔一〕宅妾龐氏唐氏自經感而賦之〔二〕

天寒水清石齒齒，杏葉初黄豆花紫。舞榭歌臺不見人，頭白烏啼月明裏。當時豪俠傾五侯，一榮一枯八十秋。緑珠亦解死金谷，草露作淚無時流。

校勘記

〔一〕『僕彦』，康熙本作『濮彦仁』。

〔二〕康熙本題下注釋：『附考：《桐鄉縣志》：涇在邑東，即濮川所通處，昔有鳳棲其樹，故名。』

奉化李公復祖母沈氏年二十生子七月而寡既長沈爲娶兄之女爲婦生二子亦寡長即公達次公復二母今皆已老號雙節堂爲賦一首〔一〕

鳳觜鸞膠難續弦，雙龍鏡破難再圓。阿婆二十已守節，新婦哭夫方少年。大兒嬌啼母心

苦，小兒十月安知父。破窗風雨來早秋，夜績燈前共相語。山頭松柏摧爲薪，山前翁仲亦成塵。紅顔憔悴垂白髮，生死不慚泉下人。

校勘記

〔一〕『一首』，康熙本無。康熙本題下注釋：『《列朝詩》誤作張司丞羽。』

郭忠恕出峽圖

巫峽何危哉，夾拱如龍門。禹治九州，不得到此，峽口水作雷霆奔。問汝江中人，幾日三巴去。峨眉五月銷古雪，灩澦堆深虎須怒。巫峽之險安可攀，胡爲吴檣楚柁，日日來往乎其間。高堂中有如花顔，銀屏翠箔青春閒。涉此萬里道，經年猶未還。黄金不買死，直欲高南山。汝舟非龍汝非虎，黿鼉出没饞蛟舞。前者已脱後者號，江神無情天又雨。石巉巖兮利刃攢，一葉宛轉行千盤。睹此魂魄悸，豈待杜宇夜叫猿聲酸。安得鑿之盡平土，萬古不識風波苦。

送迮士霖歸天台

赤城雲氣神仙家，千樹萬樹蟠桃花。十二樓臺起花外，石門水長通胡麻。當時劉郎亦草草，出山却憶山中好。莫信丹丘日月長，玉人已共桃花老。山空水流雲自飛，劉郎看花須

早歸。

送車定夫赴萊蕪簿

空青丹砂世所奇，烏喙昌陽亦皆用。赤城車子玉峯孫，年過四十猶未貢。南宮昨日獻文詞，百族紛紛見孤鳳。一官初試萊蕪邑，古人今人差伯仲。釜中有魚晨不爨，案上無螢夜猶誦。尚思論道程朱後，玉峯先生最該綜。一編大學正全書，子復傳之四方共。平生河神虀百甕，豈望爲郎食官俸。迢迢北上不可遲，十月黄河雪先凍。老夫買酒無一錢，作詩直比琅玕送。

徐給事山水歌〔一〕

給事中徐以文善山水，嘗爲禮部員外張惟中作《層巒疊嶂圖》。惟中求予題詩于上，予久寘篋中，竟爲好事者持去。乃賦長歌一首〔二〕以復之云〔三〕。

吴門故人徐給事，一水一山稱絶藝。濃豪燥墨隨意成，位置非難在神氣。大山積鐵青巑岏，小山起伏〔四〕蛟龍蟠，水有百道噴薄之飛湍。宛然坐我明星玉女下，五月六月松聲寒。荆關筆法自奇古，未數畫師楊契丹。仙家樓臺十二闌，飯〔五〕煮胡麻須可餐。采藥何人入少室，讀書有客居王官。我游白下未得去，五更出門雪滿鞍。虚空翠黛不復覽，一日剪向高堂看。

員外張公尚文采，身住南宮志滄海。李白已死今無詩，卷示老夫增慷慨。近來好事復持去，夢覺烟霞竟安在。白鶴夜怨清猿悲，山中春老歸何時。寫我平生有聲畫，償君太古無聲詩。

校勘記

〔一〕康熙本題作『徐給事山水歌并序』。

〔二〕『一首』，康熙本無。

〔三〕『云』，康熙本無。

〔四〕『起伏』，康熙本作『伏起』。

〔五〕『飯』，康熙本作『飲』。

精衛憤〔一〕

定海漕户夏文德，元至大四年夏運粟赴京師，其子永慶侍行，抵河間海津鎮，文德墮水，永慶奮身入水中，挽父衣出波面，柁工提戟鈎其衣，得不死。永慶浮沉洪濤，力弗支而溺，時年二十一。太史危素爲傳，余讀而悲之，爲賦《精衛憤》一首〔二〕。

乍登太行，莫涉滄海水。天吴九首馬一角，白浪崩山颶風起。精衛萬古長啣冤，無人爲汝箋天門。孝子亦何辜，死掛扶桑根。願啣西山石，朝飛暮飛折兩翼。西山石盡海不極，月黑珠宮闃魂魄，魂魄不歸思可已。乍登太行，莫涉滄海水。

校勘記

〔一〕康熙本題作『精衛憤并序』。

〔二〕『一首』，康熙本無。

秋露軒一首爲馬本道賦〔一〕

天高月淡飛螢火，白露無聲葉間墮。蜩甲含風抱樹枝，鮫人泣淚成珠顆。江南狂客最能詩，更學神仙飲上池。瑪瑙甕分堯殿日，芙蓉杯瀉漢宫時。剛風北起濃初結，海日東回流未滅。沆瀣元鍾六氣清，淋漓復比三危洌。窗外香凝桂樹寒，階前暗滿菊花團。披衣點易空庭曉，一葉敧荷還自看。

校勘記

〔一〕底本但有題目，無詩。《四部叢刊》影印明洪武本鈔配完整，據以録入。康熙本無此詩。

雁聲樓辭并引〔一〕

會乩馬本道之客金陵也，題其所寓之樓曰雁聲樓，求予賦之。夫雁，秋而南，春而北，亦若客焉。明月之夜，霜氣横空，四野寂寥，劃聞其聲，固足以感人者。況在江湖數千里外，進無所資，退無所適，又當何如耶？然必處於厄者能聞之。彼富貴之家，二八列侍，歌吹間作，鸞鵲嘯而鶯燕啼，惡知愴然於雁來之頃也？余因爲之辭，未能寫其清亮哀怨之意，姑以洩其旅

憤云。

二月塞門雁北飛，八月塞門雁南度。小樓聞雁却思鄉，爲客年年在中路。雁啼何歷歷，野闊聲更哀。秋風起閶闔，吹過洞庭來。洞庭月出三湘雪，猶訴當時古離别。湘靈抱瑟爲寫之，二十五絃彈欲絶。樓頭中夜起彷徨，芙蓉葉紅新著霜。天邊有弟消息斷，雁去雁來知幾行。五侯置酒花滿堂，嬴女玉笙吹鳳凰。不是關山萬里客，那識此聲能斷腸。

校勘記

〔一〕底本、康熙本無此詩。《四部叢刊》影印明洪武本鈔配完整，據以録入。

張繼善寄桃源圖因賦詩一首〔一〕

張生寄我桃源圖，桃源有路歸何日。高堂坐見武陵溪，犬吠雞鳴猶髣髴。雲氣挾山山欲行，山窮水闊桃花明。仙家只在流水外，世上無人知姓名。一日花間問漁者，山河百二如崩瓦。赤帝西來祖龍死，復見同槽有三馬。太康去秦六百秋，子孫生長不知憂。商顔黄綺亦何事，白髮出侍東宫游。龍争虎戰俱寂寞，絶境空存已非昨。種桃何必指秦人，春到花開又花落。

校勘記

〔一〕『因賦詩一首』，康熙本無。

鳳皇臺懷古〔一〕

鳳皇臺前山色古，鳳皇已去今平土。雕甍繡柱非昔時，月白連營宿貔虎。登高四顧何壯哉，金陵形勝〔二〕自天開。酒星不見李太白，何人與傾三百杯。拒霜花紅秋草緑，尚想英雄起相逐。山河萬古一金甌，宫殿中天開玉燭。元嘉之事安足談，瑯琊法堯終可慚。葱葱佳氣今復見，黄旗紫蓋天東南。當鑪小姬字桃葉，笑我重來髮如雪。相逢莫惜千金裘，五夜吹簫醉明月。

校勘記

〔一〕康熙本題下注釋：『附考：在江寧府治西南二里杏花邨中，宋元嘉時鳳皇集於此山，築臺山椒以表瑞。』

〔二〕『勝』，康熙本作『勢』。

雲中烈婦行并序

武州守雲中張奉先妻華氏，年甫笄，有古賢婦風。時舅没姑老，事之盡禮，宗族稱之。生子亨，亨娶鎦均祥女，頗涉書史。至正戊申秋閏七月，蕃將竹貞爲亂，寇掠雲中。婦姑匿複壁間，爲遊卒所得，驅迫以前。華氏厲聲謂卒曰：『我張奉先妻也。驅我安之？必死於是。』復謂婦曰：『汝年少，將若何？』婦曰：『嘗聞忠臣烈女之事，已審。寧就辱乎？』姑曰：『欲經無

索，欲刎無刃。』婦曰：『賊可激而怒也。』遂大駡不絶。卒怒殺華氏，鎦不爲動，聲氣益厲，又殺之。姑年四十有五，婦年二十有一。余聞而壯之，作《烈婦行》。

出門何匆匆，姑行婦乃從。蕭條百里外，但見旌旗紅。東家破柱索珠玉，西家夫死無人哭。鳳皇中道忽相失，豺虎滿城誰敢觸。仰天天高，蹋地無泉。白刃如雪，馬屯塞川。乍可玉碎，寧能瓦全。旁人還共悲，妾死猶生年。雲中之英，雪峰萬仞同嶄然。

題兒雲林木石

東海兒迂十年別，昨日朱顔今白髮。作詩作畫猶未休，酒後揮毫見三絶。緣〔一〕江白屋知幾家，參天古木僵龍蛇。蒼皮半死或垂癭，赤葉未脱都成花。我知用心亦獨苦，衆史庸奴焉足數。英華已剥餘本根，老氣尚存冰雪古。

校勘記

〔一〕『緣』，康熙本作『緑』。

毛女辭二解

山〔二〕葉爲衣雙足赤，何年入山不火食。宫中歌舞猶能憶。猶能憶，空徘徊。白日晚，阿房灰。

鳳皇釵脱烏雲鞸，紅藥花鮮還自把。朝朝暮暮南山下。南山下，千萬年。不采藥，能神仙。

校勘記

〔一〕『山』，底本無法辨識，據康熙本補。

題山水四景

雨前雨後花滿川，春光浩蕩殊可憐。山人日高眠不起，勸酒提壺落紅裏。

青林五月不知暑，玉女曬衣中夜雨。客至清談酒更添，白楊梅熟薦吴鹽。

田家酒熟當早歸，天氣漸凉催授衣。一夜西風破霜蓝，芳菲不共芙蓉死。

天雲漠漠四野低，大山小山玉笋齊。春還何處尋消息，花發枝南與枝北。

洪武八年三月奉旨分教中都生自龍江至臨淮凡十日爲賦長謡一首〔一〕以紀山川風景云〔二〕

三月金陵别，匆匆催夜發。無處不傷春，楊花半江雪。海水忽成潮，奔流亦西迴。行人度江去，何日金陵來。可愛焦山孤，直對妙高臺。天遣神鰲戴拳石，青蓮一朵龍宫開。雨足南風生五兩，楚柁吴檣競來往。海門雁陣入雲飛，甓社鸞帆迎月上。信宿過淮陰，不見淮陰祠。將

軍竟爲兒女詐，空憶釣魚城下時。行行泗州近，岸有鐵佛古。水妃泉下伏，猶疑作雷雨。平生不出户，焉知天下奇。前瞻鳳陽城，宫殿起參差。兩都未足論，天啓萬年基。四方此會同，車馬填九逵。苦酒能寬憂，酌酒日賦詩。遠遊頗快意，白髮羞成絲。悵望芳草緑，秖合歸樵牧。明年上疏當乞身，葛洪井西鏡湖曲。

校勘記

〔一〕『一首』，康熙本無。

〔二〕康熙本題下注釋：『附考：龍江驛在江寧儀鳳門，臨淮縣屬鳳陽。』

桃核杯歌〔一〕

鐵崖楊先生《桃核杯歌序》稱元初丘長生醉卧三日不起，世祖候之，時方醒曰：『臣侍西王母燕，食臣桃一枚。』因出手中核，裂爲二杯，一以獻上，一留長春宫。余切〔二〕怪之。而《江南野史》紀蜀道士王回嘗進桃核杯於其主，云得之陳希夷所，或者假之爲丘長生事乎？而先生未之攷也。道家虚誕，亦不足論，特愛其詩有『神珠脱胎日月破，鬼斧鑿竅乾坤開』之語，可謂巧於詠物者矣。因賡一首，而主於王回爲言，蓋以傳載有所據云。

度索〔三〕之山，有桃屈蟠千里兮，結子輪囷大如甕。天上惟聞方朔偷，人間不許劉郎種。何年阿母燕雲臺，食桃戲作鴛鴦杯。道士王回獻闕下，缺月夜墮青天來。玉杯未辯新垣詐，學

士銀杯一時化。安知別有蓬萊物，百斛葡萄向君瀉。鸞歌鳳舞在君前，酌此可以求神仙。山中看花試挾雙窈窕，一醒一醉三千年。

校勘記

〔一〕康熙本題作『桃核杯歌并序』。

〔二〕『切』，康熙本作『竊』。

〔三〕『索』，康熙本作『朔』。

題華山圖

太華五千仞，石色青如苔。嶄然表西〔一〕極，肇自鴻濛開。河流破石雷霆激，父老空談巨靈跡。山寒五月疑清秋，鳥飛不過仙掌側。我欲上從羽客雲臺間，鐵鎖高縣猶可攀。千葉池蓮食之久不死，明星玉女相往還。相往還，人間萬劫纔一息。峰頭大笑驚下方，日落咸陽秋草碧。

校勘記

〔一〕『西』，康熙本作『四』。

贈乘槎客

六月淮南不知暑，閉門日日風和雨。乘槎仙客何處來，把酒張燈連夜語。酒酣示我搘機

石，曾到天河見河鼓。人間倏忽三千秋，弱水三枯海鰲腐。吳争越戰空陳迹，山繞錢塘作龍虎。柳外樓臺十萬户，太平重自南朝數。吴娘玉面勝梨花，解向尊前胡旋舞。樂極哀來淚相續，城郭秋深半禾黍。内前樹老啼寒鴉，山月無情照今古。白首相看亦偶然，忘形何必論賓主。天爲酒星地酒仙，麒麟將相皆黄土。約我他年一櫂歸，西湖烟浪從漁父。

李將軍歌

漢家李廣舊無雙，年少提兵飛度江。黄石素書心已授，龍文赤鼎手能扛。不作諸生自辛苦，千金結客輕如土。朝呼野外黄頭鶻，夜殺山中雪毛虎。天子詔書開四夷，五年出塞事征西。三冬冰雪皴人肉，萬里關山碎馬蹄。今日相看鳳陽道，繡袍换酒情偏好。虎符金印來未遲，鐵硯毛錐吾已老。豪俠平生感慨多，尊前擊劍起高歌。定知班固文章在，爲勒燕然示不磨。

題董源寒林重汀圖〔一〕

天下畫師無董源，學者紛紛工水石。雲山萬里出巴陵，白首淮南見真蹟。亂石平坡净無土，松根裂石蟠龍虎。偃蓋千年飽雪霜，深林六月藏風雨。江上村墟何處入，浮空遠黛蛾眉濕。漁人日暮各已歸，小舟如鳧落潮急。我昔西清嘗看畫，南唐此本千金價。坐移絶境在雲

間，月出霜猿啼後夜。薄游未掛吴淞帆，令我一夕思江南。安得買田築室幽絶境，開窗日日分晴嵐。

余客雲間邵公筠谷所，暇日觀畫西清庵，而董源《寒林重汀》爲第一。筠谷出入必寘之左右，未嘗舍去，累求余題而未暇也。後十年，至中都，其子麟携以過成均，曰：「先人嘗言，必得先生奇文章，與此圖争蒼古可也。敢重請焉。」於是賦詩一首，謹書于左。惜筠谷既没，而不及見之。豈勝今昔之感哉！

校勘記

〔一〕康熙本題作『題董源寒林重汀圖并序』。

題趙子昂松石脩篁圖

白髮王孫老薊門，逢人只説山中趣。酒酣落筆有天機，寫作陰厓百年樹。一株偃蹇龍蛇影，繞屋風聲三伏冷。流脂入地成虎魄，死骨經雷縮人癭。森森竹石俱蒼然，一日坐我天姥前。王孫跨鶴歸何年，山空月明啼杜鵑。

太行山謡送靳用中歸潞州

太行之山包燕跨晉兮，拔地千仞誰能踰。天何不鏟羊腸九折坂，使人萬古方駕而長驅。

山寒六月積冰〔一〕雪，窮猿怪鳥左右時相呼。故人玉女泉頭居，北上豈不愁崎嶇。朔風吹沙不見塗，青天茫茫飛鳥孤。我歌短歌傾酒壺，勿言太行險，人間之險何時無。

校勘記

〔一〕「冰」，底本但可辨認爲「水」，此據康熙本。

次韻答王蘊德紀善雨中見寄

老夫三月不出門，懶性有如嵇叔夜。聖明遇物先采擢，枯槁於時亦沾灑。病駒只合中野棄，寒雀寧思上林下。印常不啓信官閒，書亦慵耽從客假。淮南六月如早秋，未脱吴綾頗相訝。白雨三更滄海立，黄河一道青天瀉。池翻紅艷落蓮衣，石長緑文成藻藉。姑惡時鳴父老憂，鬼車夜過兒童怕。空懷南巷人相遠，豈有東家馬堪借。百錢沽酒愧缾空，斗米〔一〕如珠抱衾賣。已慚不作子虚賦，尚託端居廣文舍。隱几南窗亦自高，驅車九陌知誰暇。識字終非揚子博，題詩誤許曹劉亞。但覓丹砂苦未成，久知白髮那能化。兩峰絶境可誅茅，何處良田足甘蔗。赤城仙子王〔二〕符孫，雙璧今傾鳳臺價。楚筵設醴未應忘，齊門鼓瑟空遭駡。時看新學氣如虹，病送殘年肉銷胯。投劾終當去石門，日斜田父茅簷話。

校勘記

〔一〕「米」，康熙本作「粟」。

〔二〕『王』，康熙本作『玉』。

日苦短辭九章

日苦短，夜何長。蟋蟀悲鳴在北堂。白露下，河漢明叶。黄姑織女東西望。撫雲和，薦清觴。同心胡爲各一方。麟有趾，鳳有章。蒼姬感之國乃昌。世之微，佞爲良。鉛利〔一〕一割投〔二〕干將。悦巧辭，隳大防。蟾蜍食桂癰𤕟桑。聖去魯，軻遊梁。道既枘鑿徒倀倀。昔少壯，今老蒼。朝榮暮歇同蕣〔三〕英叶。胡不歸，阻異鄉。孰假以翼令高翔。

校勘記

〔一〕『利』，康熙本作『刀』。

〔二〕『投』，康熙本作『拒』。

〔三〕『蕣』，康熙本作『舜』。

題海山秋曉便面

巫子門前吹颶風，一杯瀛海白浮空。周回已呑赤縣小，浩蕩直與天河通。方壺員嶠不可見，弱水更〔二〕在三韓東。無人鞭石爲梁跨萬里，下拾明月龍王宫。金雞三叫呼客夢，日車夜衮波濤紅。樓居之人起相顧，白玉窗户光曈曈，我願羲和停六龍。豈不能長懸照下土，朝東暮西使人成老翁，至今纍纍野葬悲英雄。六龍爲我駐光彩，千古萬古游無窮。

校勘記

〔一〕『更』，康熙本作『便』。

孤松圖

峨眉古松寒不死，曾見仙人三洗髓。霜摧雨剥雷震餘，千尺老蛟鱗甲紫。城南桃花千萬株，亂後一株今亦無。長身獨立何偃蹇，正直自是神明扶。

清江貝先生詩集卷之五

七言律詩

送襲封衍聖公孔希學還闕里在京作

星斗光芒萬丈騰，賜書連舸出金陵。雁違青塚天將雪，馬度黄河夜已冰。博士經存終漢出，上公爵重自唐升。喜聞手植庭中檜，翠接東蒙幾百層。

送愚上人歸越中并柬〔一〕奎方舟長老在京作

天界歸來亦已遲，庭松此日定回枝。山中結社無靈運，海上留衣有退之。鶴去雲霄隨錫杖，龍收風雨入軍持。西湖若見方舟老，爲説三生夢裡詩。

校勘記

〔一〕『柬』，康熙本作『簡』。

觀海與鮑仲孚同賦

弱水之外有蓬萊，雲中髣髴金銀臺。終驅汎濫群流合，始與鴻濛一氣開。石壁三更看日上，星槎八月到天回。麻姑何處窺清淺，近日無書寄鶴來。

送王克讓員外赴陜西

貂裘萬里獨衝寒，舊是含香漢署官。白雪作花人面落，青山如鳳馬頭看。關中相國資王猛，海内蒼生望謝安。應念東南有遺佚，采芝深谷尚盤桓。

送户部尚書貢泰甫開司閩中榷鹽易米給京師〔一〕

昨日除書下五門，地兼中外亦殊恩。三山迥出南荒小，八座元同北斗尊。悟主已知如内相，封侯終見自公孫。荆揚樂土今凋瘵，他日從容爲一言。

兩隅未静出師頻，聖主經營仗老臣。天河轉粟遥通薊，臘月看花近到閩。道上豺狼應避馬，山中猿鳥不驚人。公餘定有詩千首，好託邊鴻寄蚤春。

校勘記

〔一〕『京師』後，康熙本有『二首』二字。

題徐大〔一〕章白鶴山居

孤烟一曲紫雲村，好客尋常遠到門。水落已知魚可笱，夜深不畏虎夔藩。鄰人送酒酌花下，稚子讀書當樹根。白鶴千年時過此，山中還有令威孫。

校勘記

〔一〕『大』，康熙本作『太』。

三月晦日

王師未下姑蘇臺，客子野次獨徘徊。城南酒徒不復見，院裏桃花空亂開。兒女新年俱已長，弟兄何日却同回。故人千里寄書至，相約山中拂紫苔。

寄内弟陸熙之

我別禦兒溪上宅，月當二十四迴新。如何萬〔一〕國尚戎馬，即恐四〔二〕鄰非昔人。簫鼓誰家猶作社，樓臺廢苑不成春。夜寒憶爾無由見，悵望黄姑析木津。

校勘記

〔一〕『萬』，康熙本作『故』。

〔二〕『四』，康熙本作『比』。

寄潘時雍

潘岳閒居學灌園，一椽茅屋近青門。野烏得食頻將子，慈竹團陰定長孫。賓客過門車蓋合，兒童汲井轆轤喧。春風金谷空流水，且共高歌醉瓦盆。

送翁鎮方歸天台

雲氣空濛是赤城，高歌歸去不勝情。天傾滄海東南迥，地接丹丘日夜明。念我好將黄獨寄，知君先向石橋行。春風一路啼鶯巧，定有花間窈窕迎。

題雲溪耕隱

屋外青山青似蓮，雲溪隱者即神仙。桑麻杜曲非無地，雞犬桃源别有天。載酒鄰翁時叩户，賣魚溪女不論錢。卧龍何事煩三顧，秖合隆中老歲年。

題丁成之清樾軒

九龍山前處士宅，草堂低小盡青苔。樹陰滿地日不到，水氣著人秋已回。無數黄鸝相對語，有時翠碧忽飛來。移牀與客竹間坐，千里好風何〔一〕快哉。

校勘記

〔一〕『何』，康熙本作『真』。

鄭憲卿省郎織毯松江還詩以送之

鶴城翠織出天機，卷付星查使者歸。瑞草奇花春欲動，彩鸞青雀晝交飛。峒人不用誇山罽，朝士何須惜地衣。聞説千秋佳節近，吴宫高會更光輝。

雲間見李克敏將歸吴陵作詩爲别

與子西東二十霜，尚思年少醉錢唐。人間日月如行客，馬首山川忽異方。歷歷早鶯初變語，翩翩歸雁未成行。明朝陌上重分袂，更盡吴姬酒一觴。

賦小瀛洲〔一〕

海上瀛洲碧水新，地連方丈絶風塵。九光霞館邀王母，一曲鸞笙降玉晨。若木迴枝長掛日，桃花結子不知春。祖龍謾自求方士，却恐流傳語未真。

仙人長住白銀宫，不似淮王禮八公。日月自周三島外，山川盡縮一壺中。赤麟紫鳳池臺勝，姹女河車服食同。清夜步虚相和處，琪花如雪又春風。

校勘記

〔一〕康熙本題作『賦小瀛洲二首』。

題苧溪漁友宅

徵君白苧溪頭住，細雨斜風一短蓑。山木兩邊啼杜宇，浪花千頃落鴛鵝。故人且復辭光武，使者何須訪〔一〕志和。我亦買田來結屋，沙棠船小日相過。

校勘記

〔一〕『訪』，康熙本作『認』。

十月聞雷

天氣初寒春尚賒，坎中夜半有鳴蛙。百年宇宙腥〔一〕戎馬，十月雷霆起蟄蛇。老柳黄垂霜後樹，小桃紅破雨中花。三公燮理非無術，愁聽空江度鬼車。

校勘記

〔一〕『腥』，康熙本作『喧』。

靈鷲觀燈

天樂風傳應壑雷，鷲峰春色似蓬萊。一天象緯迎秋轉，千月龍宫徹夜開。西國胡僧依樹

坐，上方玉女散花來。夜深借榻山房宿，更欲題詩到二〔一〕臺。

校勘記

〔一〕『二』，康熙本作『上』。

謝買〔一〕齊臣惠碧盌

萬里堅昆來碧盌，青蓮十葉類天成。于闐蒼玉本同色，韶州白甆空得名。馬湩可能羞北饌，駝蹄且復薦南烹。茅齋此日足家具，一詩爲報故人情。

校勘記

〔一〕『買』，康熙本作『賈』。

題静天鏡碧水春軒

緑波如酒〔一〕不成潮，一曲濳通海眼遥。祇樹園深青鳥下，桃花浪暖白魚跳。疏星夜列開天鏡，細雨朝飛落虹橋。杜老賦詩須重過，遠公結社肯相邀。

校勘記

〔一〕『酒』，康熙本作『水』。

送興福寺長老鎮静庵

西山樓閣湧波濤，西國高僧見白毫。貝葉有文〔一〕留藏室，天花無跡上方袍。毒龍在鉢秋雲濕，馴虎當門夜月高。聽法他年陪相國，定因元亮置松醪。

校勘記

〔一〕底本殘缺，據康熙本補。

六月三日泛舟

六月三日好天氣，清江轉柁雨晴初。樹頭雲斂出紅日，石脚水生跳白魚。何處老翁還獨釣，可憐遊子未安居。野王堆前三女竇，得意唱歌隨所如。

七夕

滄江雨歇暑漸微，銀牀一葉迎秋飛。牽牛相對織女出，明月不照征夫歸。寸心耿耿只自苦，雙鬢蕭蕭今更稀。仰候神光向中夜，秋螢暗度鴛鴦機。

十一月廿三日夜集次韻盧廷舉一首〔一〕

河橋春向柳條歸，買酒從教更典衣。倒海北風三日盛，著人南雪六花飛。銅盤燒蠟詩初

就，羯鼓催觴令不違。身後空名亦何用，獨憐張翰早知幾。

校勘記

〔一〕『一首』，康熙本無。

剪韭軒

三韭行廚亦浪誇，傍人猶笑庾郎奢。春宵翠截山中葉，臘月黄分雪後芽。野飯猶能留上客，侯鯖豈復到貧家。盤中一筯青絲細，絶勝蕪菁散作花。

題王士亨看山處

看山何處候神仙，地近城南尺五天。林屋雪消攢玉笋，上方雲斷出青蓮。行人獨去西風裏，倦鳥雙迴落照邊。此日騎曹誰記馬，閒支手板思悠然。

元夕次韻鐵崖楊先生

元戎出號初鳴鐸，狂客忘歸更賦詩。貔虎千屯防要地，魚龍百戲夢清時。月臨粉堞南樓静，天接滄江北斗垂。可得夜遊重秉燭，佳人雙唱玉交枝。

二月十六日雨中遣興

城頭落日啼乳鴉，城中烟火冷千家。斷雲漠漠夜還合，急雨紛紛風更斜。世亂不歸空灑淚，春深何處獨看花。白龍堆前水二尺，明日泛舟携紫霞。

清明日陪楊鐵崖飲城東門是日風雨

盪舟撾鼓出東門，怪雨盲風野色昏。海上一春猶作客，樓頭三日共開樽。青山石馬新人塚，錦樹黄鸝舊相園。快意百年須痛飲，轉頭何處不銷魂。

送凌彦冲歸杭

正好聽君蘇武慢，傾壺共坐白鷗沙。十年戎馬猶塞路，三月歸舟催到家。江燕與人同是客，野桃成子亂飛花。使回多寄平安字，要看張顛醉墨斜。

寄林叔大

湖州别駕三年别，文采風流想見之。水晶宫裏無傳箭，浮玉山前多賦詩。海燕空歸尋舊宅，吴蠶未老賣新絲。金閨學士臨池處，還與何人話昔時。

槐陰亭

雲團車蓋起童童，文正三朝相業隆。種樹百年蟠厚地，讀書六月坐清風。蟬吟露葉初回夢，蟲吐秋絲忽墮空。今日洛陽卿相宅，牡丹誰看狀元紅。

即　事

少海旌旗落照中，沙陀兵馬雁門雄。朝宗久廢諸侯禮，翊戴方尊節度功。今日豈宜求騎劫，當年應失倚全忠。丹書鐵券存終始，萬古山河帶礪同。

經故内

山中玉殿盡蒼苔，天子蒙塵豈復迴。地脉不從滄海斷，潮聲猶上浙江來。百年禁樹知誰惜，三月宫花尚自開。此日登臨解題賦，白頭庾信不勝哀。

立夏日

江寒雨急仍北風，扣户喜聞南巷翁。錦城鮓送蒲芽〔一〕白，玉盌酒瀉桃花紅。三月忽驚春似客，百年那得〔二〕老還童。一雙黄鸝寂無語，飛過小月高樓東。

校勘記

〔一〕『芽』，康熙本作『茅』。

〔二〕『得』，康熙本作『復』。

題雲深處

朝看雲出暮雲歸，翁住雲深已息機。海上仙人教種藥，山中玉女未收衣。須知倏忽神龍變，已作絪緼野馬飛。我亦無心共來往，五城宫闕夢魂稀。

題夏士文園亭

窗户青紅竹裏開，竹深無地著塵埃。山移閬苑千峰出，水接銀河一道迴。釀酒每留賓客醉，賦詩重許老夫來。暖風遲日春如海，隨意何妨坐緑苔。

重午

北里共持菖歜酒，南翁未解木綿〔一〕裘。白波青嶂三吴地，怪雨盲風五月秋。揮淚幾時朝鳳闕，招魂何處覓龍舟。海榴一點紅如火，時序催人共白頭。

校勘記

〔一〕『綿』，康熙本作『棉』。

瑞　蓮〔一〕

雙花相向復相輝，白帝西遊擁一妃。羽蓋風清朝並載，珠宫月冷夜同歸。翠房已作鴛鴦結，紅粉那成蛺蝶飛。亭上酒醒香不斷，滿汀暮雨濕仙衣。

秋水嘉蓮瑞一門，初花驚見出同根。弄珠漢女無留跡，鼓瑟湘靈有返魂。相府昔年曾製曲，仙家今日重開樽。合歡何限風流意，怨緑愁紅謾自繁。

校勘記

〔一〕康熙本題作『瑞蓮二首』。

題淵明像

素琴無絃不復鼓，清樽有酒還相持。老奴遷鼎亦苦早，先生拂衣應已遲。子房結客報秦日，武侯出師匡漢時。古人今人本同調，坐對南山惟賦詩。

題松鶮山居圖

仙客盧敖東海頭，好山百轉接丹丘。開田種玉一千頃，閉户讀書三十秋。雲氣上天如白

鶴，茯苓入地化青牛。年來浪跡吴淞道，夢裏猿聲憶舊遊。

寄奎方舟俊用章二上人

奎公不種遠公蓮，卓錫西湖已十年。路入雪山靈草合，泉通滄海毒龍眠。聽法每期雙樹下，題詩須到四花前。干戈滿地傷飄泊，目斷千峰紫翠烟。

白蓮

太〔一〕液初花宿露團，香濃粉淡不勝寒。金莖側瀉仙人掌，玉葉危擎帝子冠。水闊天空愁欲墮，風清月落好誰看。西湖腸斷西施采，一曲菱歌唱未闌。

校勘記

〔一〕『太』，原作『大』，據康熙本改。

中秋

中秋甲子無風雨，吹笛星橋意最關。七寶已修天上月，三神不隔海中山。故人此夜知何處，狂客經年且未還。小隊羽衣新按曲，廣寒宫闕夢魂間。

錢塘秋夕

殘蠟無光小院幽，梧桐一樹更蕭颼。西陵風雨來清夜，南國山河入素秋。雞唱四鄰呼客夢，雁回千里帶邊愁。可憐季子貂裘弊，遲暮何爲賦遠遊。

奉寄崔伯恭左丞

武林城下捷書回，郡縣遥知次第開。一柱危擎南極正，三江遠阻北人來。謳歌復見唐虞德，匡濟深期管葛才。東閣幾時陪笑語，雲間夜夜仰中台。

無　題〔一〕

樓臺十二近藍橋，簾幙重遮半面嬌。洛浦有神通子建，天壇無意會文簫。仙衣雪皎裁蟬翼，寶髻雲鬆插鳳翹。月落江寒春夢斷，相思空寄海門潮。

錦瑟鸞笙恨總牽，尚思華屋對嬋娟。春風豆蔻初含日，玉女蘭香未嫁年。綃拆鴛鴦裁寶扇，酒行琥珀瀉銀船。蓬萊一别三清淺，憔悴應知不及前。

校勘記

〔一〕康熙本題作『無題二首』。

夜坐

夜寒蟋蟀語秋根，獨客無眠憶故園。天作穹廬籠四野，月飛明鏡照千門。胡笳相應時時發，戎馬初生處處屯。秉燭封書寄兄弟，一身猶滯海西村。

立春日燕西清高士滄洲一曲歌者李氏善胡琴者阮仲明引觴奏伎賓主盡歡即席賦詩一首〔一〕

百花堂深香霧生，將軍燕客更多情。春光已到篔簹谷，客夢如在芙蓉城。蛾眉八字遠山碧，鳳尾雙絲流水清。金樽美酒斂秋露，今日爲君懷抱傾。

校勘記

〔一〕『一首』，康熙本無。

別吕德常

黄鶴仙人道德尊，少年曾記及龍門。玉山照座聯兄弟，白髮升堂識子孫。衰謝已知英氣盡，激昂猶喜賞音存。不堪杜宇催歸客，明日扁舟出海村。

姑　蘇

城潰姑蘇伯業終，蕭蕭茂苑自秋風。青絲白馬來江表，紫蓋黄旗入洛中。宫殿獨留殘月照，綺羅應逐曉雲空。如何十萬貔貅士，不及吴陵一旅雄。

陸景周宅槁梧復榮以瑞梧命之爲賦一首〔一〕

石上孤生百尺標，鳳凰枝老尚蕭蕭。半身秋委龍蛇蜕，一氣春回霹靂焦。影薄未能遮月色，聲和猶待按雲韶。山童日夜勤封植，莫使青青露葉凋。

校勘記

〔一〕『一首』，康熙本無。

錢唐春日

三月皇州望欲迷，湧金門外草初齊。滿山雲氣不見日，一雨天街都作泥。温室樹移〔一〕鸚鵡去，玉津花落杜鵑啼。斷橋何日重携酒，醉和兒童唱大堤。

校勘記

〔一〕『移』，康熙本作『高』。

遣興

我住雲間今四秋，恰如杜甫在秦州。賦詩黄耳塚前去，打鼓白龍潭上游。暮景飛騰如過翼，此身浩蕩一虚舟。黄塵九陌繞車蓋，且伴老翁隨海鷗。

奉和鐵崖先生水仙八韻〔一〕

千葉名花閬苑移，濃香百和爲熏肌。藻〔二〕翹半脱春如醉，翠袖輕扶夜更癡。賦就陳王空自怨，珮遺交甫至今疑。承恩不向金塗立，入道初將羽帳離。步月有時羞素女，行雲無意妬瑶姬。水邊寂寞誰能賞，林下風流總未知。腸斷三生孤舊約，眼明萬槁出新枝。朱絃五十閒瑶瑟，黄九爲君重賦詩。

校勘記

〔一〕康熙本此首列入『七言排律』。

〔二〕『藻』，康熙本作『玉』。

二月五日燕夏士文漪瀾堂與者魯道原馬文璧馮困如賦詩一首〔一〕歌者張寶童不至故及之

漪瀾堂上又東風，報答春光酒未空。海鳥一雙鵰尾白，山花千朵鶴頭紅。水邊列坐皆詞

客，天上清歌少玉童。不省日斜誰倒載，從教拍手笑山公。

校勘記

〔一〕『賦詩一首』，康熙本無。

浙江亭觀潮

山摧岸坼晝冥冥，動地西風帶蜃腥。滄海倒流吞日月，青天中裂走雷霆。欲招白馬今無跡，莫信神魚尚有靈。一氣虛空自升降，乾坤與我亦浮萍。

嘉禾道中

秀州城下雪漫漫，一客東歸更覺難。雁度空江寒月黑，馬嘶長路曉風酸。吳趨欲賦知誰和，漢節忘〔一〕回不復看。俯仰乾坤正蕭瑟，雲間身寄一枝安。

校勘記

〔一〕『忘』，康熙本作『心』。

五月十一日過璜溪訪馬文璧時同門呂德厚具酒相邀衝雨夜歸明日文璧有詩見寄用韻答之

因君懷抱未能開，白鶴磯頭一棹來。江黑坐看飛雨至，酒酣催趁落潮回。故人有約須重

過，野老無機不用猜。明日山瓶猶未竭，當筵更擲左慈杯。

支子

南風院落掃繁英，薝蔔無人也自榮。五月六花開白雪，何年三粒種青城。已將色染天衣重，那惜香分水殿清。胡蝶夢回聞更好，酒醒夜半月微明。

緑陰軒夏日書懷

錦水西頭處士家，深林無徑緑陰遮。窗前翠合書帶草，堦下紅開旌節花。本藉居亭蘇老病，屢從宴賞悦清華。一雙海鳥無機事，日日飛來傍釣槎。

客居

移家處士橋西畔，六月蒲蓮暗野塘。乳鴨成花能黑白，風蟬隔葉自宫商。買田不待沾微禄，垂釣須教具小航。自比成都浣花叟，旁人應是笑清狂。

風涇定光寺周回三里皆荷花彷彿有錢塘西湖之勝與筠谷高士同賦〔一〕

南風隔浦聞花氣，菡萏紅開十里花。宫女三更環白帝，洞庭千頃落明霞。鑿池不待煩靈

運，載酒渾疑過若耶。何日與君追勝賞，滿船明月唱吴娃。

校勘記

〔一〕康熙本題下注釋：『附考：風涇，婁縣鄉名。』

題周伯昂水村圖〔一〕

爰爾讀書陽羨里，喬林古木五湖東。山如城郭銅棺並，水落田疇罨畫通。野老猶能説周處，仙人何許覓張公。園收橡栗霜初重，飯煮桃花歲屢豐。馬隊豈堪延祖企，草堂今復見盧鴻。已知貢賦隨時給，還笑衣冠與俗同。一艇微茫在烟浪，采菱歌斷夕陽中。

校勘記

〔一〕康熙本此首列入『七言排律』。

題劉商觀弈圖〔一〕

日落青山未了棋，兩翁渾似海僧癡。不辭虎口方争險，曾取龍牙會出奇。春在洞天應不老，路經石室到今疑。老樵若悟歸來早，物外神仙豈復知。

爛柯山頭生白雲，爛柯人去世空聞。楸枰有路縱横列〔二〕，石子如星黑白分。寂寂中流方對壘，迢迢出塞未成軍。當時一著安劉氏，四老應宜策上勲。

校勘記

〔一〕康熙本題作『題劉商觀弈圖二首』。

〔二〕『列』，康熙本作『引』。

初冬口號

朝來吉語解離憂，四海銷兵戰伐休。地闢堯封皆内屬，江通禹鑿已安流。復見老生談俎豆，遂聞壯士脱兜鍪。種瓜好覓青門地，我亦爲園學故侯。

答宇文仲美

五兩夜逐秋鴻徂，十年辟兵無定居。君今不奏子虛賦，我亦終返班生廬。蹲鴟如斗足野飯，江魚斫玉分王餘。更種南山豆一頃，試看兒子帶經鋤。

冬日漫興

天陰十日猶未解，臘月荆揚氣候偏。雨合樹聲來夜半，風催花信立春前。酒徒已老今何處，狂客不歸殊可憐。山茶一株欲爛熳，百壺留我醉新年。

己酉立春日〔一〕

今朝獨酌黄柑酒，海曲逢春且自寬。老愛陶潛家栗里，貧如杜甫客雲安。身輕不佩將軍印，髮短猶勝隱士冠。試筆更題新帖子，風光無處不宜看。

校勘記

〔一〕康熙本題作『乙酉立春』。

正月二日偕邵質谷過吕德常宅留飲

東風十日消殘雪，溪上水生〔一〕三尺高。同舟爲覓故人去，閉閤不放老兵逃。銀甲彈箏促雁柱，玉盤縷肉鳴鸞刀。夜深更盡百杯酒，莫惜淋漓宫錦袍。

校勘記

〔一〕『生』，康熙本作『深』。

聞夏士文南歸喜而有作特先寄之

傳聞正月樓船發，靈鵲先人到竹扉。突厥殘兵河外徙，慕容諸客海邊歸。山花雨過紅於酒，江草春深緑染衣。從此高歌太平日，往來林下定無違。

寄陳性天〔一〕

西岳雲臺陳處士，移家秋浦四無鄰。光生虛室渾如雪，夢在清都别是春。搗藥或聞林下鳥，看花長悮世間人。我來更乞胡麻飯，爲爾題詩滿緑筠。

汎掃天壇事老君，即從年少悟奇文。青童汲井朝分乳，玉女裁衣夜染雲。水上赤魚還可駕，山頭白鶴自成群。遥知客去能長嘯，月冷天空半嶺聞。

校勘記

〔一〕康熙本題作『寄陳性天二首』。

三月五日飲于性天所有紫牡丹一本三花不意池館丘墟之後復見於此爲賦一首〔一〕

名花新剖麝囊開，與客花時踏雨來。越土一枝分閬苑，春風三朵出瑶臺。朝雲重壓珊瑚樹，宿露低傾瑪瑙盃。重憶當時歌舞處，五侯池館錦千堆。

校勘記

〔一〕『爲賦一首』，康熙本無。

雨中書懷

漢苑秦宫跡已陳，金沙一簇爲誰新。山河有恨空懷古，風雨無情只送春。南國鷓鴣愁北客，東家胡蝶過西鄰。尊前莫唱昇平曲，白髮秋娘也自顰。

過滄洲有感一首〔一〕

駟馬橋南曲逕賒，可堪重過故侯家。青袍杜甫從漂梗，白髮劉郎怨落花。憔悴已看身似鶴，娉婷不見髻堆鴉。野芳亭上春猶在，獨坐吟詩到日斜。

校勘記

〔一〕『一首』，康熙本無。

讀胡笳曲

百年已到甲辰終，休倚山河百二雄。八駿何勞巡海内〔一〕，一龍今見起江東。專門學士空談道，仗鉞將軍競策功。忍聽胡笳舊時曲，此身飄泊嘆秋蓬。

校勘記

〔一〕『内』，康熙本作『上』。

雨夜獨坐

天陰十日不見星，蟄龍欲起驅雷霆。大風五月忽動地，急雨三更如建瓴。剪燭西窗還獨坐，辟兵南國幾時寧。可憐骨肉永相隔，滿樹秋聲誰與聽。

秋　思〔一〕

兩河兵合盡紅巾，豈有桃源可避秦。馬上短衣多楚客，城中高髻半淮人。荷翻太液非前日，花落蕃禧又暮春。莫上高樓望西北，遠山猶學捧心顰。

翠柳無枝拂御堤，風來閶闔更凄凄。玉籠别主鴛鴦拆，金井啼秋絡緯齊。水上拾紅韓氏女，窗間織素竇家妻。傷心又送韶華去，直似黄河不向西。

悵望知音阻漢皋，海門秋水欲成濤。鷓鴣未肯隨胡雁，燕子長教辟伯勞。錦繡莫酬青玉案，琵琶空續紫檀槽。可堪獨閉簾櫳坐，花影鋪堦月正高。

校勘記

〔一〕康熙本題作『秋思三首』。

紅　菊〔一〕

日照東籬爛若霞，誤驚春色到山家。宫人曉殢葡萄酒，道士秋開〔二〕躑躅花。莫擅鵝翎欺

白雪，未論鶴頂養丹砂。霜中苦節知誰並，雨裏寒香只自誇。寂寞也羞彭澤陋，風流還競洛陽奢。移樽九日來同賞，插帽休譏老孟嘉。

校勘記

〔一〕康熙本此首列入『七言排律』。

〔二〕『開』，康熙本作『關』。

雨　夜

寒夜悲吟似夜蛩，銀釭何事結花紅。愁聽風雨三更盡，夢在波濤一葉中。神女佩環歸楚館，鮫人機杼静珠宫。連陰未解何由旦，翅濕南飛萬里鴻。

至　日〔一〕

獨客無家望轉迷，山空木落氣凄凄。愁催短髮渾如鶴，病覺長身不稱犀。書斷薊門天萬里，棹經秦樹雪千溪。何由去學神仙術，一鼎丹砂夜自泥。

日上扶桑曉色紅，閉門慵似杜陵翁。干戈送老甘人下，江海生春尚客中。雪盡南枝開大庾，天回北斗掛空同。試傾百斛蕪城酒，未嘆飄零兩鬢蓬。

校勘記

〔一〕康熙本題作『至日二首』。

送桑子材歸麋〔一〕塘

書囊未了復晨雞，歲暮扁舟出大溪。司馬倦從枚乘客，伯鸞欣對孟光妻。山通石屋風烟合，海接天河日月低。一路梅花千樹雪，春來約我酒重携。

校勘記

〔一〕『麋』，康熙本作『麇』。

十二月十六日雨雪至十九日大雪次韻陳仲謀一首〔一〕

滕六春前試出奇，三吴人賀太平時。空山何處鑱黄獨，半夜無風雨白氂。梁苑一時賓客盛，藍關千里逐臣悲。老夫坐看縱横落，醉擁鳶肩日賦詩。

校勘記

〔一〕『一首』，康熙本無。

十二月廿六日蔡叔庸至剪燭聽雨一首〔一〕

水氣昏昏接海邊，清江狂客繫吴船。天風十日河冰碎，夜雨三更瀑布懸。寂寂春光歸柳上，匆匆離色在花前。故人著屐能相過，剪燭西窗話昔年。

校勘記

〔一〕『一首』，康熙本無。

清江貝先生詩集卷之六

七言律詩〔一〕

元夕

夜醉城南酒百缸，春來端使客愁降。障開雲母東西一，燈射琉璃日月雙。鐵笛仙人傳麗藻，金釵小妾度新腔。歸來誤作三山夢，月色如冰白滿江。

校勘記

〔一〕『七言律詩』，原缺，據卷首總目録補。

郊居

背郭茅堂低入燕，通村小徑曲縈蛇。碧雞坊裏詩人宅，石鱉崖前刺史家。流水暗通三徑竹，曉雲濃掩一溪花。他年著我林間老，垂釣共分鸂鶒沙。

紅　楳

時世新妝學内家，漁人錯認武陵霞。百年艮嶽空留樹，一夜春風爲染花。月裏嫦娥羞素服，山中仙客餌丹砂。也知風〔一〕骨依然在，雪後黄昏瘦影斜。

校勘記

〔一〕『風』，康熙本作『丰』。

蜀山圖

連峰接岫寫秦州，雨洗蛾眉積翠浮。石出劍門皆北向，水通鹽澤自西流。松頭一片秋雲濕，鳥背千盤細路幽。策馬匆匆度關客，何如漁父一扁舟。

庚戌中秋九思主人置酒予洎景囦副使子仁理問同會時風雨驟作抵暮旋止天無餘滓華月東出相與聯句十餘韻皆大醉就寢遂忘所詠因復成一律

溪雲通月轉金盤，石上移樽興未闌。可惜少年今總老，莫辭良夜試同看。玉人不得携王趙，詞客猶能敵孟韓。細數中秋知又幾，松花新酒更須乾。

歸殳山一首〔一〕寄楊德中丁一鶴

殳山即與浣花同，犬吠雞鳴處處通。卜宅定如唐杜甫，剖符須得漢文翁。荷欹夜雨衰猶緑，棗落秋風熟已紅。一鶴道人今可過，九龍山客試相從。

校勘記

〔一〕『一首』，康熙本無。

庚戌九日是日聞蟬

今日出門風雨收，東山西山須可遊。那能束帶從王事，且復開樽破客愁。雁别紫臺初辟雪，蟬鳴紅樹不知秋。桃花細菊應相笑，歲月無情自白頭。

木芙蓉

萬里名花蜀上分，澄江渾似錦江濆。夜承仙掌三清露，春剪巫山一片雲。未許王家誇少婦，還從卓氏妬文君。所思欲寄知何處，雁斷天南日色曛〔一〕。

校勘記

〔一〕『曛』，康熙本作『醺』，誤。

寒夜憶梅擬西崑一首〔一〕

星河西轉夜初長，夢斷羅浮月在梁。青女五更欺病骨，玉人千里割愁腸。銅龍水滿聲催漏，絳蠟花銷淚作行。明發南枝應有雪，試從樹底覓春光。

校勘記

〔一〕「一首」，康熙本無。

次韻陳仲謀

一夜秋霜入鏡中，静觀諸妄已圓融。離禽自託寒枝小，病馬猶思碧草豐。出海雲霞無旦暮，經天日月自西東。危樓獨倚無窮思，心事何人得與同。

次韻楊鳴鶴

玄圃滄洲願未酬，倏忽光景豈能留。江草江花還刺眼，春風春雨又從頭。已知出處非同調，且擬登臨爲寫憂。君看南山盡松柏，英雄何處葬眠牛。

發春試筆一首〔一〕

宫花無意插烏巾，暫到金門遂乞身。不用天官書上第，已蒙學士喚山人。葛洪井畔應堪

老，范蠡湖邊又見春。重賦遂初慚造化，狂歌痛飲樂吾真。

校勘記

〔一〕『一首』，康熙本無。

遊硤石西山訪逵上人坐天開圖畫所爲設酒脯賦詩一首〔一〕

清明無雨試登山，丹井西頭一叩關。石戴樓臺飛鳥外，天開圖畫白雲間。杪欏樹合陰初緑，躑躅花殘色尚殷。却喜遠公能置酒，老夫爲汝一開顔。

校勘記

〔一〕『賦詩一首』，康熙本無。

再用韻畣古道一首〔一〕

宫殿如波湧兩山，上方不與世相關。望窮弱水三神外，夢在匡廬五老間。茶烹土銼旗槍碧，酒瀉銀瓶琥珀殷。聞有仙人葛洪井，丹砂乞我駐紅顔。

校勘記

〔一〕『一首』，康熙本無。

送王熙易奉使安南

持節遥通五嶺南，酒闌插劍氣猶酣。海風不洗春冬瘴，山雨長和旦暮嵐。玉盌白浮椰子重，金盤紅擘荔支甘。紀行定賦詩千首，蠻語時同父老談。

京師雨夜一首〔一〕呈宋景濂學士王子充待制張孟兼主事

昨夜歸心已到吴，秋風相趣理荒蕪。蓬蒿一畝揚雄宅，桑柘千家范蠡湖。但覔丹砂扶老病，那能白髮事馳驅。題詩爲謝京華客，秦住〔二〕山頭一腐儒。

校勘記

〔一〕『一首』，康熙本無。

〔二〕『住』，康熙本作『駐』。

丁一鶴病愈見寄然且戒酒次韻答之

千年遼海歸來鶴，骨相依然玉雪清。康樂爰山元是癖，淵明斷酒信非情。鄰人問事〔一〕時時過，野老知名處處迎。三月閉門纔一出，南風萬頃緑疇平。

校勘記

〔一〕『事』，康熙本作『字』。

送楊鳴鶴還鴻山

慷慨長歌行路難，何鄉堪借一枝安。黿鼉吐浪江湖闊，蟋蟀近人天地寒。田父朝携新酒送，山妻夜補舊衣完。只應去逐梁鴻隱，萬壑風烟試獨看。

題材上人遐觀樓

上方臺殿湧波濤，萬里無雲見羽毛。滄海一杯流地底，雪山千仞小秋毫。天邊作客登臨倦，夜半驚人笑語高。猶有秦川公子筆，爲君題賦擅風騷。

鶴山親舍詩并引〔一〕

富春爲吴孫權之里。權大父鍾嘗種瓜，瓜美，有三客謁之，鍾爲設瓜，既而指示鍾葬地，化鶴而去，故名栖鶴村。其地有黄花洞，世傳黄石公所居。洞有石牀尚在，每風雨，輒聞兵甲聲，天霽則石牀隱隱有文見，可識『琅函』二字。余友李巨川與母隱於是，遂題其室曰鶴山親舍。元至正中，會稽楊鐵崖先生數遊洞中，必過巨川飲，竟日忘返。余爲賦詩一首〔二〕。

我愛郎君似老萊，移家歸隱碧山隈。赤城舊令尋常過，白髮慈親八十開。亂後桃花還自發，秋深榿木更須栽。炊烟幾處相連接，雲氣無時共往迴。泉出龍蛇多枸杞，石蹲虎豹盡莓

苔。賞心最憶黄花洞，亦擬他年跨鶴來。

校勘記

〔一〕康熙本此首列入『七言排律』。

〔二〕『余爲賦詩一首』，康熙本無。

龍江道中

長江風浪走高桅，白首西遊第一迴。五色文章龍虎氣，六朝形勝鳳凰臺。草生白下連天碧，花近清明滿地開。一路好題詩百首，金閨使者不須催。

送韓伯時歸山陰

中書落筆萬人驚，奉檄東歸也自榮。十葉相傳忠獻貴，一官初授廣文清。春歸故國花都謝，雨過空山蕨已生。亦欲相從涉江去，千巖萬壑杜鵑聲。

贈王廷威

江南文物三槐後，傾坐郎君有阿戎。酌酒初逢李監宅，説詩頻過杜陵翁。麒麟〔一〕驟褭歸天育，結緑縣藜〔二〕待國工。插架書多須可讀，日長山院杏花紅。

校勘記

〔一〕『麒麟』，康熙本作『騏驎』。

〔二〕『藜』，原作『黎』，據康熙本改。

壬子春二月丙戌天雨新霽卉木向榮遥睇紫微復動游山之興因述一首奉寄一鶴子材復東〔一〕良佐諸友泊古道明遠大用默菴方外交以訂其約云

東風日夜催花發，花滿溪南路不分。二月鰲黄成鼓吹，四山金翠掃烟雲。題詩尚憶維摩室，酌酒重登帝子墳。如此風光君莫負，畫船歸載石榴裙。

校勘記

〔一〕『東』，原作『東』，據康熙本改。

寄糜孝子

幽湖老人七十餘，一身如蝨隱圖書。朝廷不起常夷甫，鄉黨已知徐仲車。海燕定巢來屋裏，林烏得食上階除。雨晴有興即相過，一葉小舟通竹渠。

寓幽湖客舍〔一〕

我無太古明星宅，白首西東寄此身。已免崎嶇投劍外，敢辭寂寞老江濱。枇杷結子初肥

雨，芍藥留花不見春。萬古乾坤同逆旅，兩山風月屬詩人。

校勘記

〔一〕康熙本題下注釋：『附考：《桐鄉縣志》：范蠡塢在濮院，相傳少伯泛湖，同西施過此。宋景濂《濮川八景》詩有《幽湖明月》一首。』

送朱顯道赴濠上

將軍五月過盱眙，雪浪樓船快馬馳。天地重開新造國，山川多紀壯遊詩。千屯霧合耕耘處，萬里星奔貢賦時。却向秋風候旌旆，南還莫負雁前期。

試院中和常景元韻一首〔一〕

野老何知近上台，高堂夜坐曙鐘催。采珠滄海元無價，懷璞荆山信有材。三月龍門須快躍，五更魚鑰未曾開。却思年少多英氣，也赴槐花此地來。

校勘記

〔一〕『一首』，康熙本無。

中秋試院和馬新仲一首〔一〕是夜無月

花落銅盤蠟炬殘，風簾讀卷未能安。地分甌越秋多雨，人在蓬萊夜更寒。敬禮每煩陳俎

豆，清談仍喜接衣冠。獨無仙客知微術，天柱峰頭借月看。

校勘記

〔一〕『一首』，康熙本無。

九月望日錢塘瑪瑙寺僧照覺原過幽湖讀書所出示詩數篇因其别也走筆賦詩一首〔一〕爲贈且有紫微山之約云

野老讀書溪水南，渾如杜甫百花潭。安得仙人來七七，且從禪客語三三。山多秋雨都荒菊，樹著新霜未熟柑。更約葛洪丹井上，好詩連夜爲君談。

校勘記

〔一〕『賦詩一首』，康熙本無。

癸丑元日喜雪因携酒過來青堂招諸生共飲

夢覺黄雞唱已三，隔窗聲碎飼吴蠶。驚風夜半愁回北，瑞雪春前喜〔一〕過南。携酒試從田父飲，買花那稱老人簪。豐年有象應堪卜，滿意來青共笑談。

校勘記

〔一〕『喜』，康熙本作『雨』。

寄材大用言默菴暢明遠

中秋看月醉流霞，月裏桫欏又落花。老去繙經思古寺，春來乞食向誰家。三山弱水元無路，七寶恒河更有沙。他日升堂重論法，莫嗔身坐白牛車。

臨平道中

三月六日好天氣，臨平湖上酒船開。青山如鑿自高下，白雲不收時去來。道上看花多躑躅，林間伐木到楊梅。如何也趁西風燕，遠過錢塘又一迴。

一鶴道人回殳山未遂盍簪先以詩寄之

三日不見已爲疏，别來忽復一秋餘。檇李城邊又回雁，桃花水生初上魚。可無薄酒試留客，定有新詩能起予。絳蠟雙葩連夜結，即聽鳧舄到堦除。

送谷〔一〕克讓歸湖南侍親并柬李中卿縣丞

五兩風生楚客歸，夢魂先已到庭闈。九疑舜冢蒼梧野，三國周郎赤壁磯。天地茫茫人自老，古今〔二〕歷歷鳥空飛。若逢李白煩相問，别後平安一〔三〕字稀。

校勘記

〔一〕『谷』，康熙本作『王』。

〔二〕『今』，底本殘缺，據康熙本補。

〔三〕『一』，康熙本作『二』。

五月三日登閣東望青〔一〕溪白蓮粲然如雪徙倚久之爲賦一首〔二〕

地清無暑即蓬萊，高閣披襟亦快哉。楚樹日沉風北起，鍾山雲合雨東來。枇杷子熟三時過，菡萏花高一色開。今夜夜凉無限思，吹簫人在鳳凰臺。

校勘記

〔一〕『青』，康熙本作『西』。

〔二〕『一首』，康熙本無。

送趙澤民歸越中

天末秋風生白蘋，連環入夢客思親。蛾眉下嫁終傾國，猿臂須封莫問人。禹穴讀書今幾歲，蘭亭載酒約新春。翰林供奉如相問，爲説愁添雪滿巾。

送江西僉憲趙宗典移守合州

今日梯航萬里通，使星一點向秦中。蠻夷十月無冬雪，山水三巴有閬風。須可賦詩邀杜

甫，即看爲政似文翁。珠還合浦元非異，但慶三田黍稻豐。

送朱伯良赴隴西縣丞

鞏昌風俗今猶古，城郭絃歌定〔一〕幾家。渭水北來同穴近，隴山西過武功賒。天連苜蓿荒秋雨，地種葡萄壓紫霞。更喜清官有朱邑，明年新政萬人誇。

校勘記

〔一〕『定』，康熙本作『足』。

送莫彦英赴賓州上林丞

十月西征天氣寒，兩江今日静波瀾。蠻夷萬里皆唐制，齊魯諸生盡漢官。榕葉似雲垂滿户，荔支經雨喜登盤。柳州刺史文章妙，公退從容好細看。

送醫師張仁齊

縣壺長向市中藏，海底龍公夜授方。廬阜仙人知董奉，長安女子識韓康。藥存九轉芙蓉暖，松化千年琥珀香。暫到京華即歸去，一毫榮辱總相忘。

贈龍虎山鄧子方鍊師

鬼谷仙人弱水東，身騎一鶴御青童。坎離龍虎蟠金鼎，日夜神明守絳宫。筆掃琅玕三竺雨，琴彈霹靂滿林風。白頭欲問長生訣，笑我京華尚轉蓬。

二月一日病中口號

新年尤苦病相侵，白髮無持〔一〕自滿簪。五柳先生蓮社約，四明狂客鏡湖心。滿城風雨花時過，曲水東西草色深。明日兩峰茅屋下，故人持酒一開襟。

校勘記

〔一〕『持』，康熙本作『端』。

送馬本道赴潁上〔一〕

悲歌把酒氣仍驕，幕府藏名怕折腰。萬古山川豪俠窟，一時文武聖明朝。牛羊滿野秋俱放，貔虎連營夜不囂。馬援已衰猶矍鑠，少陵多病且逍遥。當筵落筆烏絲濕，掛劍看書絳燭銷。我愧白頭居太學，雲林唯待伴漁樵。

校勘記

〔一〕康熙本此首列入『七言排律』。

送楊九思赴廣西都尉經歷

卬笮康居路盡通，西南開鎮兩江雄。漢家大將推楊僕，蠻府參軍見郝隆。象跡滿山雲氣白，雞聲千户日車紅。明珠薏苡無人辯，行李歸來莫厭窮。

新　晴

扶桑日上海門東，野緑山紅在眼中。流水轉龍分別浦，斷雲如鶴趁歸風。雪色一時開菡萏，秋聲五月到梧桐。白頭病客鄉心折，獨愧登樓賦未工。

送朱質夫赴寧遠知縣

萬里番禺自漢通，乘槎有客氣如虹。地分銅柱風烟外，山湧璚臺雪浪中。帝子旌旗何處問，黎人衣服與時同。興來好和蘇公語，又度西南月半弓。

梅泉處士虞長卿挽詩

先生出處任乾坤，四十不登金馬門。長者已稱如石建，孤臣終惜棄虞翻。天寒栢樹無乾淚，月落梅花有返魂。季子繡衣霄漢立，風流文采喜猶存。

送詹同文承旨還鄉

奉天殿下親承詔，老著黃冠出紫薇。萬里雲霄雙鶴去，時内苑縱二鶴。九江風浪一帆歸。春前載酒黃泥坂，月下吹簫赤壁磯。文采昭回看帝製，山中草木盡光輝。

贈韓友中

雨花臺下古仙客，門俯百尺玻瓈江。青山偃蹇自相伍，白鳥浮沉時一雙。天寒鑱藥龍蛇窟，夜永讀書風雨窗。紛紛市人不足數，與爾笑譚傾百缸。

和張思廣九日韻時王景行有約阻雨不赴

秋藕無花寄斷絲，拒霜猶學漢宫姿。錦袍江令還家早，白髮秋娘對客悲。剩水殘山留勝概，酸風苦雨失幽期。未慚寂寞陶彭澤，更把黃花盡一卮。

鳳凰臺

鳳凰一舉周八極，金陵猶有鳳皇臺。萬年龍虎自蟠踞，此日鳳皇須復來。隴西太白已無跡，江左夷吾真有才。登高送客多古意，長歌慷慨共持杯。

秦淮對月

大江流月浩漫漫，一鶴南飛尚未安。素練秋垂銀漢闊，神珠夜吐貝宫寒。胡雛觱栗霜中起，商婦琵琶水上彈。惆悵故人千里隔，小樓十二獨凭欄。

送吕元振歸四明

千里東歸訪故園，春深滿目野花繁。山横鳥道如龍轉，水落蛟門尚虎蹲。賀老風流誰復繼，舒公氣節更須論。故人爲謝崔文學，何日聽詩酒一尊。

乙卯清明日偕馬新仲李守中劉志遠遊聚寶山過泐季潭長老三塔院飲于志遠宅賦詩一首〔一〕

城南看花花正開，清明微雨灑塵埃。路從周處臺前過，山轉曹彬廟下來。墮地游絲輕復起，近人嬌燕去仍回。高歌擊節狂歡賞，共盡生〔二〕春酒一杯。

校勘記

〔一〕『賦詩一首』，康熙本無。

〔二〕『生』，康熙本作『三』。

次韻夏士文

故人不見十年餘，長憶故人看舊書。直從渠象山頭至，相過鳳凰城裏居。白雪翻匙共野飯，銀刀出網分河魚。從來陶令苦迂僻，只擬東皋歸荷鋤。

題王顯宗巡歷圖

六月霜威見直臣，繡衣玉斧大同巡。山分駝脊高中土，路折羊腸恐遠人。今日邊戎應辟馬，從來漢使獨埋輪。白頭校字慚年少，爲客京華又一春。

分教中都一首〔一〕

中都學舍今百區，聲教遠及萬方初。新羅百濟亦遣子，期門羽林皆讀書。一時復見制作盛，四境已安攻戰餘。老夫竊禄愧無補，惟解區區校魯魚。

校勘記

〔一〕『一首』，康熙本無。

苦雨淮水泛溢往來不通緬懷南京故人劉子憲爲賦一首〔一〕

寒猶挾纊思南國，老更看書坐北窗。白雨三時如倒海，黄流一夜盡成江。榴花攴子開無

數，鸂鶒鸕鷀下作雙。天上故人何日見，劍心詩思未能降。

校勘記

〔一〕『爲賦一首』，康熙本無。

次韻方文敏秋興五首

地拱皇陵松柏深，君王法駕歲〔一〕時臨。漢宮甘露曾聞昔，周室豐年豈自今。太史已刪金匱録，詞臣應製鳳臺吟。憶陪仙仗千官入，春日新鶯在柳陰。

一日龍飛濠泗間，素槖胡馬走寘顔〔二〕。已來肅慎通滄海，更却呼韓閉玉關。使者旌旗分道出，將軍部曲凱歌還。白頭野老知何事，紫氣常瞻萬歲山。

天限長江雪浪浮，臨江百尺起朱樓。春風秋月歸新恨，楚水吴山憶舊遊。已沃腥臊無朔漠，從來壯麗有西州。萬年大業如磐石，四海諸侯盡綴流。

錦城春色醉芙蓉，甲〔三〕第樓臺有幾重。萬里黄河遥北注，一丸函谷小東封。生常客寄悲工部，老託官聯忝辟雍。始信童謡應千古，浮江〔四〕一馬化爲龍。

西湖一雨始知秋，水碧山明散客愁。何日仙人留白石，當時宋祖戰清流。銀河接地西南界，玉氣通天日夜浮。懷古登高無限意，暮雲千里重回頭。

校勘記

〔一〕『歲』，康熙本作『幾』。
〔二〕『素橐胡馬走賓顔』，康熙本作『橐駝牛馬走闐顔』。
〔三〕『甲』，原作『中』，據康熙本改。
〔四〕『江』，康熙本作『丘』。

丙辰元日時在鳳陽趙穆仲方文敏王繼遠枉騎相過

今年元日漢鍾離，著處簫鼓太平時。老夫畏酒復多病，好客到門能説詩。春前春後雪纔見，水北水南花更遲。却憶華堂高會處，玉盤纖手送青絲。

題洪大隱傳後

黄冠野服共逍遥，七十何曾詣市朝。傾國楚妃端不嫁，入山商皓若爲招。田中雲實收雙玉，樹底風聲厭一瓢。化鶴却歸遼海路，上林無處問漁樵。

賦晚菊黄白二本

引蜂勾蝶過紅墻，千葉新花只道妝。仙質曉勻胡粉白，御袍秋染鬱金黄。東家欲鬭西家艷，十日元同九日香。可笑當時彭澤令，清如楚客在瀟湘。

秋日漫興

青楓葉赤雨新霜，倦客栖栖自一方。已愧公孫疏學術，浪傳司馬擅文章。天寒老驥愁長路，日落孤鴻没大荒。何日兩山陪野叟，一談一笑共相忘。

次韻楊秉哲録事見寄二首

堯封北盡薊門寬，執戟楊郎喜調官。幕下賦詩諸客避，馬前射雁一軍歡。人才今日收孫楚，相業從來許謝安。無限江南好山色，他年歸約老夫看。

一曲西湖罨畫間，花時載酒正紅顔。鄒枚上客團車蓋，燕趙佳人結珮環。甲第樓臺分處處，南朝事業尚班班。傷心可得重行樂，空愧沙鷗白鷺閒。

病中一首〔一〕寄方文敏

一秋已過春復回，柳條梅萼定相催。淮南病客惟高卧，雪後故人今不來。詩卷暮年愁總廢，燭花清夜喜還開。東軒風月與誰賞，新酒雙行琥珀杯。

校勘記

〔一〕『一首』，康熙本無。

早春寄黄仲真

樂全先生七十餘，樂全堂深花事初。山中酒熟試留客，竹裏日高時讀書。黄冠野服真自稱，赤車駟馬今何如。相知還有惠施在，適意共觀濠上魚。

鳳陽晚春

愁聞杜宇還催客，老向鍾離又過春。洞隔水簾迷絶境，山名雲母憶仙人。牛羊自放空村晚，燕雀交飛甲第新。載酒看花同一適，百年胡蝶夢中身。

送馬伯温之廣西

樓船椎鼓發江中，昨夜檣烏喜北風。可惜春歸還送客，何知別後已成翁。浮天雪浪三湘闊，到海雲山百粵通。有子漢陽專簿領，一書〔一〕千里託飛鴻。

校勘記

〔一〕『書』，康熙本作『緘』。

送王用中歸金陵以有親迎之期因并及之且戒其進學

王生別我向長干，門地從來盡達官。水落瓜洲初雁到，山圍建業尚龍蟠。秋風客路嘶驄

馬，月夜仙壇會彩鸞。金印虎符來未晚，莫忘重把舊書看。

賦西山爽氣亭〔一〕

屋外雲山走海濤，商歌扣角氣猶豪。把琴有客尋陶令，拄笏何人記馬曹。生厭市聲從地僻，老增詩興敵秋高。九峰三泖何如此，金谷池臺半野蒿。

朝朝攬翠一凭闌，田里從教懶不冠。夢破喜聞秋雨霽，神清疑對雪峰寒。霓裳琴曲傳三疊，石鼎車聲出九盤。南北驅馳亦何事，西風〔二〕塵土没征鞍。

校勘記

〔一〕康熙本題作『賦西山爽氣亭二首』。

〔二〕『風』，康熙本作『方』。

送王以寧歸建德并柬魯道原

睦州城郭風煙外，亂後衣冠喜尚存。山倒半江雲氣合，灘回七里浪聲喧。讀書才子初還舍，買酒鄰翁盡到門。相見魯公勞問信，春秋何日試重論。

方文敏惠二白瓶及新茶土鐵

建溪春茶風露潔，赤城海錯波濤腥。老夫不費百金字，遠道忽來雙玉瓶。古井汲泉動夜

月，高堂酌酒呼張星。江瑶茘支亦可並，既醉高歌誰與聽。

聽松樓

忽從何處聞蕭瑟，樓外長松一萬栽。隔屋嘯歌聲自和，滿山風雨夢初回。華陽真逸元同趣，太白仙人信有才。貴客焉能辨天籟，哀絲豪竹送蓮杯。

留別陳敬夫

天低海上山如黛，雪盡淮南柳未黄。浩蕩春光還自好，飛騰暮景爲誰忙。膏車秣馬歸應急，把酒論詩樂未央。明發匆匆又南北，有書時托塞鴻將。

寄燕府録事楊秉哲兼簡新民藴德二紀善

西蜀揚雄苦著書，相逢長憶武林初。盧前王後名非忝，楚尾吴頭跡更疏。花柳春連朱邸静，星河夜落大江虚。已知老病慚英俊，且復從容好曳裾。

題梅軒

枝南枝北花無數，夢在羅浮海上村。白雪已空天下色，黄昏曾返月中魂。水仙樊子宜相

近，瘴雨蠻風定幾番。今日賦詩須我輩，何人東閣與重論。

洪武六年五月初一日早朝奉天殿時西域國師來朝蓋前代所未有也目擊盛事因賦一首〔一〕

中天宫闕絢琉璃，五丈高懸日月旗。天子萬年當玉座，國師五月拜丹墀。御爐不斷龍涎噴，宫扇初交雉尾移。江海小臣陪百辟，白頭今日睹朝儀。

校勘記

〔一〕「一首」，康熙本無。

殳山隱居夏日

病客從教懶出村，兩山一月雨昏昏。野花作雪都辭樹，溪水如雲忽到門。無復元戎喧鼓吹，試從田父牧雞豚。來青處士時相過，猶是平原舊子孫。

清江貝先生詩集卷之七

五言律詩

臨平道中〔一〕

落日臨平路，連山盡向南。水聲黄鶴寺，雲氣白龍潭。喪亂今誰在，幽奇昔屢探。湖邊樓閣廢，高柳與天參。

西施採蓮處，所歷已皆非。雁度輕陰去，人銜暝色歸。甲兵隨地滿，煙火隔林微。賴有杯中物，愁來爲爾揮。

校勘記

〔一〕康熙本題作『臨平道中二首』，題下注釋：『附考：屬仁和縣。』

夜　坐

黄昏畏虎出，須使户常關。鳥雀林間噪，漁樵海上還。雲深驃騎廟，月照鳳凰山。喪亂吾

何適，飄飄獨厚顔。

壬寅夏五月廿四日對雨

出門仍苦雨，豈復辨朝曛。白日不照地，青山都入雲。江漚〔一〕元自濕，杜宇豈堪聞。喜有張公子，相過共校文。

校勘記

〔一〕『漚』，康熙本作『鷗』。

題映雪齋

門前雪一尺，苦士未能眠。永夜生虚白，窮年守太玄。寒通窗外月，夢落洞中天。太乙如相過，青藜不用然。

魏塘夜泊〔一〕

風帆如健馬，一日過嘉興。水鳥時相喚，秋蚊尚可憎。照人明月近，接地白河澄。耿耿渾無寐，中宵對玉繩。

校勘記

〔一〕康熙本題下注釋：『附考：嘉善縣古魏塘鎮，又名武塘。』

過竹岡〔一〕

迢遞竹岡路，村墟烟火遲。地從滄海盡，天入大荒垂。網集知潮落，舟行覺岸馳。平生貪勝概，隨處一題詩。

校勘記

〔一〕康熙本題下注釋：『附考：在松江府東七十里，南濱海，北抵淞江。』

橫港

南行入橫港，茅屋帶林丘。落日猶斜照，寒潮忽倒流。牛羊平野散，鵝鴨小溪浮。喜見平生友，籬邊一繫舟。

靈鷲十景〔一〕

蓮花峰〔二〕

亂雲交霮䨴，孤石竦岧嶢。地識金仙隱，岩看玉女朝。香爐分秀色，太華並高標。恐有峨眉雪，千秋尚未銷。

校勘記

〔一〕康熙本題下注釋：『附考：晉咸和元年，西僧慧理登而嘆曰：「此乃中天竺靈鷲山之小嶺，不知何以飛來？」因樹錫結菴，名曰靈隱，命其峰曰飛來。』

〔二〕康熙本題下注釋：『下天竺寺西峰頂有孤石，可四十圍，頂上四開，如千葉蓮花。』

龍泓洞〔一〕

遠通羅刹國，近接梵王臺。海客然犀入，山人採乳回。林間無日月，地底有風雷。聞道蜿蜒去，寒潮自往來。

校勘記

〔一〕康熙本題下注釋：『在天竺山靈鷲院理公巖之北。吴赤烏二年，葛仙翁於此得道。有石洞，世傳徹浙江下，通蕭山。有采石乳者入洞，聞波浪聲。舊有人就洞南邊鑿羅漢十六尊。』

葛洪井〔一〕

洗藥源頭路，通人有石門。水涵青壁静，雲與紫崖奔。鼓翼朝飛鳥，連肱夜飲猿。仙翁今不見，濯足弄潺湲。

校勘記

〔一〕康熙本題下注釋：『下天竺寺，晉時葛洪嘗煉丹於此，今名煉丹井。』

合澗橋〔一〕

橫水東西落，幽人日夜過。宛宛龍赴壑，隱隱鵲填河。緬想赤城路，潛通滄海波。遠公不送客，芳草澗邊多。

校勘記

〔一〕康熙本題下注釋：『飛來峰下。』

連巖棧〔一〕

危棧梯空上，人行杳靄中。險應踰鳥道，幽已出龍宮。日月三天近，風雲一逕通。何時倚飛翠，極目送孤鴻。

校勘記

〔一〕康熙本題下注釋：『天竺山後。』

飯猿臺〔一〕

猿父識猿性，身與群猿居。應同支遁馬，豈賦狙公狙。共息貝多樹，時分香積廚。黑衣今不至，長嘯意何如。

校勘記

〔一〕康熙本題下注釋：『在呼猿洞。』

夢謝亭〔一〕

相傳謝康樂，曾寄杜明師。此客今爲土，何人更解詩。山空黄葉墮〔二〕，歲久緑苔滋。日暮高亭坐，悠然動我思。

校勘記

〔一〕康熙本題下注釋：『在下天竺寺。案，謝靈運，會稽人，世不宜子息，乃於錢塘杜明師寄養。師是夜夢有賢人相訪，及曉，乃靈運至，因以名亭。』

〔二〕『墮』，康熙本作『墜』。

理公巖〔一〕

山僧住上方，高處更蒼蒼。不雨雲烟濕，長春草木香。削成看小朵，幽絶擬空桑。謾識跏趺處，白猿今亦〔二〕亡。

校勘記

〔一〕康熙本題下注釋：『在天竺山靈鷲峰之左，飛來峰之陰。慧理冥息於此，故名。』

〔二〕『亦』，康熙本作『已』。

題名塔〔一〕

雁塔高千尺，東南遠建標。江山留過客，日月記前朝。鐸受天風震，梯經劫火燒。四賢誰復繼，千古意寥寥。

校勘記

〔一〕康熙本題下注釋：『飛來峰頂，即神尼舍利塔。』

呼猿洞〔一〕

白猿呼不至，洞口白雲重。澗落經霜果，崖留挂月松。相傳來萬里，獨嘯應千峰。碧玉環猶在，何人識舊蹤。

校勘記

〔一〕康熙本題下注釋：『宋僧智一善嘯，有哀松之韻。嘗養猿於山間，臨澗長嘯，衆猿畢集，人謂之猿公。』

人日

卜宅鄰揚子，登樓擬仲宣。客星猶海上，人日且尊前。谷鳥晴偏樂，林花暖欲然。浩歌醒復醉，何用惜中年。

送王宗成歸越〔一〕

回首蓬萊閣，東西兩眺高。參天秦望樹，動地浙江濤〔二〕。事往登臨倦，時危戰伐勞。應無舊鄰里，夏雨盡蓬蒿。

慘淡風塵際，崎嶇道路中。榮知金馬隔，老信木雞同。擬逐桃源客，相尋綺里翁。不須登廣固，撫跡嘆英雄。

校勘記

〔一〕『歸越』後，康熙本有『二首』二字。

〔二〕『濤』，康熙本作『潮』。

冬　夜〔一〕

月斜窗户白，不寢夜何長。避亂多空室，偷生且異方。安巢無燕雀，競肉有豺狼。脉脉如葵藿，傾心待太陽。

歲月悲游子，風塵老腐儒。兵交連北冀，客隱向東吴。草白秦皇道，天清陸瑁湖。昔時遊樂處，撫事一長吁。

水闊三江地，山空十月時。寒花禁露變，獨樹受風欹。老大將何事，漂淪幸託兹。不忘憂國意，展轉復成詩。

校勘記

〔一〕康熙本題作『冬夜三首』。

亭林漫興〔一〕

野王讀書處，一曲鎖〔二〕風煙。客記蕭梁日，僧談石晉年。黄金曾布地，滄海復成田。遺構丹青落，回頭一悯然。

繞屋盡流水，通人無石橋。地偏冬不雪，江闊夜還潮。但喜逢迎簡，寧辭跋涉遥。叢篁與古木，風雨〔三〕更蕭蕭。

每過高僧話，應寬過客情。詩成天藻麗，酒瀉雪香清。文度推英俊，元方辱弟兄。何知漂泊際，懷抱一時傾。

又出亭林道，樓臺尚自疑。無邊春草色，不定野雲姿。未就龐公隱，空懷惠遠期。飄飄何所適，重擬結茅茨。

校勘記

〔一〕康熙本題作『亭林漫興四首』，題下注釋：『附考：亭林鎮屬華亭。顧野王故居，亦名顧亭林。』

〔二〕『鎖』，康熙本作『瑣』，誤。

〔三〕『雨』，康熙本作『雪』。

守歲

守歲西清第，幽懷且自寬。極慚公子意，須盡老夫歡。明日王春始，疏星子夜闌。殷勤一杯酒，到手莫辭乾。

寓翠岩庵〔一〕

已荒丹井宅，近息翠岩祠。老去時聽法，春來且賦詩。花香蜂出户，樹密鳥争枝。絶境風烟外，漁人不用疑。

彷彿東柯谷，雲間雞犬聲。梳頭忘日晏，濯足愛江清。草徑須頻掃，茅堂苦未營。携壺慚父老，亦足慰吾情。

蓮社僧相引，柴門客屢回。日高人語静，風遠佛香來。碧愛琅玕繞，紅看躑躅開。便應從此老，城郭有塵埃。

蠨蛸當户罥，科斗滿池生。可惜春光去，何時晚計成。病多添越思，愁減發秦聲。此意無人會，芳樽且獨傾。

校勘記

〔一〕康熙本題作『寓翠岩庵四首』。

三月晦日

野樹殘花落，風荷小葉開。夜遊須秉燭，春在更持杯。屢閱雲霞變，空驚日月催。江山莫淹滯，準擬賦歸來。

歸石門

不待秋風起，匆匆歸石門。宦遊情已薄，婚嫁願猶存。竹所須開徑，花時獨灌園。比鄰共來往，適意倒芳樽。

晚　眺

極目三邊静，傷心萬室空。斷山明落日，飛藿卷回風。漢節無歸使，夷歌有野童。烟塵幾時息，歸釣古城東。

過王景脩

不識滄洲路，還經白石磯。林深煙似織，江黑雨初飛。野店多先閉，漁舟獨未歸。幽人宅已近，薄暮扣柴扉。

答郭宗夏

思君不得見，起坐若爲情。喪亂長南北，交遊半死生。家書春未達，堠火夜偏驚。何日聯牀語，西窗聽雨聲。

題盛子昭畫

石轉交流水，山浮欲動雲。名園鄭谷迥，絶境輞川分。老樹龍初化，仙人鶴不群。已臨吴道子，不數李將軍。

觀　水

布穀村村急，三時農務勤。青山十日雨，白水一溪雲。即恐崩沙坼，遥知小圃分。朝來看瀲灔，鳧雁動成群。

秋涇雨後二首

地蟠吴會盡，天與海門通。雨洗秦山碧，霜侵越樹紅。居人分絶島，飛鳥度寒空。極目情何限，翻如入剡中。

石潤冬猶熱，江渾晚乍晴。樓臺消蜃氣，鼓吹入蛙聲。且伴雙鷗逸，何須駟馬榮。交遊今總絶，酌酒任吾生。

甲辰元旦

五十今朝過，談經滯海濱。天陰不見日，地冷未知春。染翰題新語，開襟待故人。宫花遍朝士，那上小烏巾。

二月十三日初度一首〔一〕

知非吾已晚，白首尚他鄉。不入廣文館，寧要太守章。寬憂應有物，却老信無方。謾憶兒童歲，斑衣父母傍。

校勘記

〔一〕『一首』，康熙本無。

寒食三首〔一〕

不知春已過，一月雨聲中。蒲短初侵水，花殘更受風。病疑耽酒過，窮覺向詩工。失喜聞鶯語，飛來草屋東。

出門皆白水，風雨復通宵。忽似三川漲，惟憂萬室漂。娟娟輕鳥下，潑潑大魚跳。嘆息佳

人阻，空瞻烏鵲橋。

爲客雲間久，深懷父老情。江山元壯麗，城郭又清明。傳燭初分火，吹簫競賣餳。重携一樽酒，花下試同傾。

校勘記

〔一〕『三首』，康熙本無。

五月十六夜獨坐

大野喧豺虎，深林集羽毛。天空雲氣盡，夜久月輪高。士卒悲秦戍，兒童唱董逃。此時空感慨，漂泊嘆吾曹。

登雲間驛樓次李希顔韻

萬國干戈裏，荒荒〔一〕野日曛。殘唐終五季，炎漢亦三分。戰伐求頗牧，謳歌憶舜文。傷時一惆悵，倚柱送孤雲。

校勘記

〔一〕『荒荒』，康熙本作『荒郊』。

青林道中〔一〕

葭菼連雲暗，菱荷逐水漂。青林千曲轉，黄浦一支遥。賈客晨衝霧，舟人夜聽潮。何時免行役，黄髮老漁樵。

校勘記

〔一〕康熙本題下注釋：『附考：青林今名青邨，在華亭十五保。』

夜　泊

四更風露静，欹枕獨無眠。野闊天斜倚，江清月倒懸。誰家横塞笛，有客盪歸船。可惜雲深處，淒凉不及前。

重過亭林

欲訪曾遊地，樓臺半有無。夕陽明鳥背，秋水落龍鬚。爲客今成老，逢人亦暫娱。夜歸衝暝色，重問顧亭湖。

戊申九日宴邵武叔雙桂軒

晚香迎九日，秋色勝三春。鶯座非無客，傾城况有人。且聽歌白苧，莫惜岸烏巾。更覺清

狂甚，不知誰主賓。

懷語溪舊業

不到溪南宅，桃花又一春。長貧疑造化，已老厭風塵。直道難容世，虚名只悮人。扁舟即歸去，吾豈戀秋蓴。

十一月九日夜飲南山所用賀谷韻賦詩一首〔一〕

水國潛鱗静，風林倦翼回。夜深雲掩月，春遠雪封梅。剪燭清談久，藏鈎急令催。山僧更多意，莫惜盡餘杯。

校勘記

〔一〕『賦詩一首』，康熙本無。

挽溪南處士〔一〕

天地消兵氣，江湖隕客星。群英同日起，一葉向秋零。伏勝終秦士，揚雄老漢庭。尚思風雨夜，縱酒共忘形。

不廢專門學，猶存葢世功。時危明出處，道在任窮通。節士無元振，諸郎有阿戎。九山雲氣冷，何處葬仙翁。

校勘記

〔一〕康熙本題作『挽溪南處士二首』。

寒夜

月落江天黑，長風正怒號。靈雞寒失次，别雁暝呼曹。擊柝征人起，鳴機織婦勞。所思千里隔，十二碧峰高。

己酉元旦〔一〕

不改山河舊，同瞻日月新。百蟲未啓〔二〕蟄，一鳥已鳴春。白髮羞明鏡，烏紗製小巾。吾生任貧賤，擊壤學堯民。

歲旦屠蘇酒，還從稚子先。宫花元不稱，野服更相便。出處寧非道，窮通莫問天。紅梅亦多意，爲我發餘妍。

校勘記

〔一〕康熙本題作『己酉元旦二首』。

〔二〕『啓』，康熙本作『起』。

次韻邵貭谷干山夜泊〔一〕

一水疑無路，纔通艓子舟。連山分秀色，絶境散窮愁。行與月相逐，卧看天倒流。野人應不識，林鳥自相求。

校勘記

〔一〕康熙本題下注釋：『附考：干山在松江平原村，機山之東。』

暮春雜詩〔一〕

世亂疲奔走，空傷萬事非。塞鴻還北度，戎馬未南歸。樂土居人散，豐年野客飢。閉門風雨過，一徑落紅稀。

不見春歸路，倦登江上樓。五更愁聽雨，三月慘如秋。寂寂紫含笑，嚶嚶黄栗留。無心自相惱，豈識老夫憂。

四海尚風飈，千門轉寂寥。傳聞收土地，思見復征徭。節士心肝在，將軍髀肉消。何時聽野老，鼓腹頌唐堯。

汎汎江湖上，悠悠宇宙中。一身常有患，萬化本無窮。已覺丹砂妄，唯應白髮公。滄浪還可濯，閑伴釣魚翁。

校勘記

〔一〕康熙本題作『暮春雜詩四首』。

寄翰古清〔一〕

一葦三江度，人皆識道林。龍公來聽法，狐女試觀心。雨散空花亂，風生萬竹深。我慚牽世務，白髮謾盈簪。

爲客長如醉，聽詩忽已醒。共餐香積飯，更捨劫初鈴。掃榻還堪卧，呼舟約再經。黑〔二〕龍休易點，破壁起雷霆。

校勘記

〔一〕康熙本題作『寄翰古清二首』。

〔二〕『黑』，康熙本作『墨』。

遇妓

曾是梨園籍，年應未破瓜。春風一枝雪，別是漢宫花。出繭脩眉淡，蟠龍小髻斜。琵琶寫〔一〕幽怨，流落共天涯。

校勘記

〔一〕『寫』，康熙本作『寓』。

舊宅

甲第無人住，蕭蕭風雨寒。樹陰交繡户，苔色上朱欄。舞鶴猶思主，鳴蛙亦爲官。豪華易消歇，都作〔一〕夢中看。

校勘記

〔一〕『作』，康熙本作『在』。

寺居

堪憐小兒女，相對色淒涼。有客哀元亮，無人候子桑。水螢飛寶地，山鳥入書堂。九曲溪頭路，何時上小航。

溪上

歇馬城邊路，茅茨在眼中。迢迢一水静，寂寂四山空。白日西南没，青天上下通。行人俱已息，獨立數飛鴻。

楊鳴鶴枉顧留宿殳山有詩相示用韻答之

轉蓬悲杜甫，命駕愧張翰。把酒忘年老，聽詩坐夜闌。不趨龍尾道，休上虎須灘。白屋真

堪樂，青山且共看。

題山陰讀書處

蘭亭脩禊處，爰爾好林泉。閉户不曾出，讀書渾少眠。青山秋氣蚤，緑樹午陰圓。何日期相過，西陵一問〔一〕船。

校勘記

〔一〕『問』，康熙本作『放』。

辛亥春二月十日偕桑子材丁一鶴遊殳山

野曠天無際，山青雨乍晴。路從鰲背上，人踏鳳毛行。謖謖松風細，輝輝竹日明。浩歌猶未已，新曲和流鶯。

澄林客居二〔一〕首寄戴良佐沈復東

借屋暫移家，當門亦艤槎。地蒸雲觸石，江漲雨崩沙。盧橘初垂顆，冬青未落花。老夫無一事，日日醉流霞。

高人戴安道，詞客沈休文。共喜成三友，何勞比五君。園荒葵自種，水近竹宜分。鐘鼎非吾事，山中看白雲。

校勘記

〔一〕『三』，原作『一』，據康熙本改。

題紫微山嚴上人壁〔一〕

雞聲催客起，一枕夢初醒。日射千山赤，天垂四野青。夫容元自好，蒲柳已先零。海上兵戈後，夷歌不忍聽。

校勘記

〔一〕康熙本題下注釋：『附考：紫微山即硤石山，屬海寧。』

排悶

白首尚爲客，飄飄天一涯。耳鳴通夜雨，眼暗隔年花。畏酒從今斷，題詩浪自誇。有村如栗里，準擬更移家。

雨中漫成寄九龍山人

稚圭蛙兩部，日夜成笙歌。四月雨聲惡，兩山秋氣多。青苔生客舍，白水落官河。悵望九龍客，扁舟難重過。

次韻楊德中見寄

五月大江滿，白波如白雲。看山重約客，載酒試從君。竹所宜頻掃，桃源或未聞。龍蛇今已遠，麋鹿任爲群。

次韻楊鳴鶴遊紫微山一首〔一〕用章孝標韻

金刹藤蘿外，通人一徑微。天風鐵鳳語，海雨墨龍飛。水落仙翁井，雲收玉女衣。東樓曾翫月，夜挾綵鸞歸。

校勘記

〔一〕「一首」，康熙本無。

贈醫者徐仲純

我愛南州士，風流今尚存。讀書通魯史，賣藥向吴門。擬乞丹砂裹，同傾緑酒樽。茯苓應已長，夜雨斸松根。

壬子冬至日過來青堂三首示勉中祖南二友

浪跡依劉表，忘形見陸生。山中釀酒熟，雪後具舟迎。好學來諸子，論詩過二更。窮愁一

披寫，杯盡更須傾。

衣冠且從俗，猶有晉風流。我愛陶貞白，人稱馬少游。蜂房寒未割，雞柵暖宜修。不必論三仕，何如號四休。

擾擾知何事，人間即夢間。試從千佛轉，能見幾人閒。水落元通月，雲行不礙山。長歌和樵者，日暮抱薪還。

送陳楚賓赴泗州學正

舟行入淮泗，初上廣文官。地接中州近，天連大野寬。清時先俎豆，異俗盡衣冠。暫別蓬萊闕，無慚苜蓿盤。

題蘇明遠畫

絕境疑無路，平川不起濤。天光兼水闊，山勢敵秋高。葛令惟求藥，秦人自種桃。雲霞如有意，他日待吾曹。

病中次韻張思廣助教見寄二首

爲客金陵久，驚秋素髮乾。酒狂山簡放，詩苦孟郊寒。野圃荒誰理，宮衣病總寬。封書寄

兒子，早晚發長干。

有淚如銀燭，心灰却始乾。空瞻鴻雁遠，不念鶺鴒寒。江海浮吴闊，乾坤入楚寬。登樓重擬賦，落日在闌干。

雲　卧

謝傅東山下，白雲窗户幽。身如蟬蜕解，夢挾鳳車游。石潤初收雨，衣寒已怯秋。無心信舒卷，天地日悠悠。

次韻管鄭州玄澤

相逢俱一笑，官不補遺餘。鸞鳳隨新曲，龍蛇見草書。日邊來使者，濠上只空廬。更展胸中學，平明對玉除。

題葉經歷水北山居

地接天台勝，山圍雁蕩高。詩人同謝脁，羽客見盧敖。樹色分厓翠，江聲應海濤。何年此棲託，蓮葉好時操。

送曹季材赴京師因寄劉子憲助教〔一〕

跨馬金陵去，征衫尚有塵。壯心知烈士，離色慘羈人。草白方經燒〔二〕，花殷欲借春。殷勤一杯酒，何日重相親。

最愛劉公幹，同爲太學師。班聯金馬客，興在玉臺詩。地闊雙魚斷，天空一雁馳。惟看千里月，夜夜獨相思。

校勘記

〔一〕『助教』後，康熙本有『二首』二字。

〔二〕『燒』，康熙本作『曉』。

詠　炭

三日淮南雪，烏薪價重銀。色疑成鸜鴿，形肖刻麒麟。夜照清虛室，春扶〔一〕老病身。煮茶留好客，未覺孟郊貧。

校勘記

〔一〕『扶』，康熙本作『温』。

題馬文璧〔一〕畫二首

龍江今喜對，雁蕩昔曾聞。樹黑深藏雨，山青半出雲。行人知虎跡，仙客問羊群。老我來何日，林泉定許分。

小橋危跨壑，破屋幸依山。避地人相過，朝天客未還。麝眠春草外，猿掛古松間。寂寞南窗月，殘書亦久閒。

校勘記

〔一〕『璧』，原作『壁』，據康熙本改。

題王白雲畫

璚臺人去後，麋鹿自成群。樹濕纔經雨，山昏又出雲。仙家三疊外，春水一支分。獨坐扁舟客，櫂歌時遠聞。

戊午早秋漫興二首

久作東山客，山空少四鄰。汲泉從老圃，隔嶺見行人。虎豹應須遠，雞豚亦自馴。幽棲猶未穩，更訪武陵春。

爛熳蕣花早，亂開籬落間。秋風機杼動，夜雨桔槔閒。牧豕公孫老，思鱸記室還。有時逢

野叟，猶自[一]說朝班。

校勘記

〔一〕『自』，康熙本作『是』。

清江貝先生詩集卷之八

五　言[一]

書事二十韻

父老歌延祐，君臣憶至元。清光回日月，喜氣入乾坤。不意經綸喪，相圖事并吞。槖駞空大漠，騏驥死中原。浪信傳三捷，深憂病七奔。關中防豕突，河内且蜂屯。流血今千里，傷心遠五門。羽衣悲弟子，寶玦泣王孫。管葛真難致，孫吾[二]莫易論。如何輕大業，俱是竊殊恩。近報中台坼，遥瞻北極尊。狐狸號白晝，魑魅嘯黄昏。貢賦時時急，征徭處處繁。故園荒草徑，何處覓桃源。野外朱旗閃，城頭畫角喧。飄零從老去，局促偶生存。醉憶劉琨舞，狂興阮籍言。登臨空灑淚，去住總銷魂。水國秋鴻落，霜林夜鵲翻。相知共南北，不得問寒温。

校勘記

〔一〕『五言』，康熙本歸類爲『五言排律』。

〔二〕『吾』，康熙本作『吴』。

李子庚挽詩

屢入元戎幕，曾陪御史驄。一身辭汶上，萬里入閩中。東觀文章妙，西平[一]將略雄。艱危真自許，敢决更誰同。斬馬求蕃劍，號猿拓楚弓。行師百道静，破賊兩關通。擬復堯封大，重開漢業隆。觸蠻猶苦[二]鬬，鷹隼若爲籠。重霧朝埋日，長星夜隕空。柱天徒有志，填海竟無功。已並田疇義，皆知葛亮忠。江風吹獨樹，山月照幽宫。英氣寧爲土，神光或吐虹。尚憐諸子在，國士有遺風。

校勘記

〔一〕『平』，康熙本作『州』。

〔二〕『苦』，康熙本作『可』。

黄灣述懷二十二韻寄錢思復[一]

海岱初雲擾，荆蠻遂土崩。王公甘久辱，奴僕盡同升。遠適將妻子，端居謝友朋。草堂森苦竹，瓜圃蔓寒藤。地盡山光斷，天昏海氣蒸。夜深常畏虎，秋後更多蠅。鶴髮愁難理，烏皮懶自凭。娉婷羞不薦，齷齪怯先登。拔劍歌誰和，聞笳寢復興。過逢欣已絶，疾病恨相仍。自擬秦民去，重煩魯使徵。吹毛多見謫[二]，刺舌尚須懲。耆老惟君在，文章對客矜。才全懷白

璧，道重比朱繩。虎榜名非忝，雞林價盡增。極知童子陋，深愧大巫稱。最憶春停騎，高談夜剪燈。病駒終棄擲，生鶻必飛騰。跡已從信屈，時多任愛憎。賦詩閒莫廢，好事老猶能。漢月今頻滿，天河本自澄。山陰有孤棹，雪下興還乘。

校勘記

〔一〕康熙本題下注釋：『附考：黄灣屬海寧。』

〔二〕『謫』，康熙本作『摘』。

題空翠軒

萬竹如雲盛，琅玕起石邊。分枝巢翡翠，解籜化蜿蜒。黑映瀟湘雨，青浮鄠杜天。含滋團隊露，倒影漾清漣。不奈蟬號夜，深期鳳至年。小冠知隱者，虚室候神仙。月上南榮坐，風清北牖眠。壁魚乾縹帙，海鶴操朱絃。結友多裘仲，封侯薄渭川。忘形日相對，秀色更娟娟。

丁未除夕

東風來日本，北斗辟玄枵。坐並華榱蔭，班違紫禁朝。清觴陶令節，明燭炳通宵。曲付蛾眉唱，香添鵲尾燒。俗傳儺逐厲，事類博成梟。舊疾應全減，新懽且共要。壓城雲暗度，侵幔雨斜飄。紅拆叢梅萼，青緘弱柳條。明朝還獻歲，更頌玉盤椒。

擬香奩八詠

黛眉顰色

纔歌愁易斂，欲畫思難任。雨過峰猶濕，春歸柳未深。漢宮休競學，秦鏡莫重臨。不是嫌施粉，翻疑病捧心。曲如天上月，纖似樹頭禽。盡日窺青瑣〔一〕，如何別到今。

校勘記

〔一〕『瑣』，康熙本作『鎖』。

香頰啼痕

何限相思淚，年年苦別離。當春羞客見，終日爲君垂。落粉和雙玉，殘紅界一絲。仙人辭漢日，公主嫁胡時。鳳蠟流應少，鮫綃拭已滋。空彈銀甲盡，却恨錦書遲。

花塵春跡

羅襪凌波小，潛行輦路中。東風吹不散，南陌去誰同。豔想蓮雙拆，痕留月半弓。定知爭拾翠，應怕踐殘紅。喜蝶無情撲，靈犀有意通。如何珠百琲，小妾妬翔風。

雲窗秋夢

朦朧欹玉枕，蛩語夜何長。羽化爲胡蝶，神遊躡鳳凰。金屏殘宿火，翠被怯新霜。不識天涯路，相逢馬上郎。關山度遼水，雲雨會巫陽。不奈風鈴攪，驚回月半牀。

繡牀凝思

丁香花百結，宛轉若爲生。蛺蝶描初半，鴛鴦刺未成。重將藕絲續，獨看柳花行。入户羞雙燕，停針怪一鶯。那〔一〕知天女巧，翻爲雪兒輕。困懶春猶劇，無人識此情。

校勘記

〔一〕『那』，康熙本作『乃』。

金錢卜歡

字憶開元日，清光尚自全。不知人遠近，猶似汝方圓。一别烏衣後，三違白雁前。芳心偷自祝，吉語定真傳。玉兆符龜灼，銀河待鵲填。可能如子母，無術學神仙。

月奩匀面

新妝自時世，寶鏡拂塵埃。妬雪重施粉，看花莫近臺。春風玉樹並，秋水白蓮開。瘦怯空

光照，嬌憐頩〔一〕色回。初酣妃子酒，更點壽陽梅。有約西園會，鄰娃不用催。

校勘記

〔一〕『頩』，康熙本作『顔』。

金盆沐髮

髮亂朝新沐，蘭湯試手慵。色衰空自潔，人遠爲誰容。花委隨飛鳳，水動浴蟠龍。到地青絲滑，掩月黑雲濃。向日晞初薄，臨風綰更鬆。休疑華山女，此地復相逢。

對　雨

朝雲纔觸石，夜月又從星。霹靂開三峽，滂沱覆四溟。寬憂稱兕爵，志喜續麟經。即恐蛟龍怒，那知蜥蜴靈。潤添禾黍色，清挹芰荷馨。戰伐今應息，謳歌且復聽。常希流麥鳳，試聚讀書螢。倚杖前村望，平波緑滿汀。

辛亥歲燒燈日張彥皋携酒相過與楊鳴鶴丁一鶴陳仲謀及諸門生十有二人共飲因以笙歌歸院落燈火下樓臺分韻賦詩余得歸字

節過傳柑後，餘寒襲故衣。雪從梅上盡，春向柳邊歸。且復從人飲，何須密妓圍。金吾猶

不禁，鸚鵡試頻揮。上客推文靖，仙翁得令威。交游知有道，笑語共無〔一〕機。細雨朝還作，高雲夜不飛。玉簫停鳳曲，銀燭繼蟾〔二〕輝。但覺新懽洽，應知舊事非。莫辭同潦倒，良會古來稀。

校勘記

〔一〕『無』，康熙本作『忘』。

〔二〕『蟾』，康熙本作『蟬』。

壬子夏端居二湖與二三子讀書而苦熱如焚一坐四遷杜少陵發狂大叫非過言也回思雲間時往來呂邵二族其地有林藪之美池臺之勝可以避暑而遊士寓公咸會于此相與窮日夜爲樂及兵變之後所至成墟海内忘形半爲異物感衰榮之無定悼生死之相違遂成三十四韻粗述其事云

地僻從吾放，山深少客過。昏昏蒸酷暑，鬱鬱抱沉痾。斷酒愁爲敵，拋書睡作魔。雲生空望雨，水涸不通河。唱和聞蛙吹，遨遊記鶴坡。輞川移絶境，瀑布激懸波。數子論新好，諸翁樂太和。百篇齊屈賈，楊鐵崖。五字逼陰何。鄭本初。共哂佯狂徹，魯道原。焉知好辯軻。馬文璧。冰壺清莫比，夏景淵。鐵硯老猶磨。呂德厚。公子時同載，夏士文。將軍夜不訶。邵質谷。結交真有道，兒菊存。與物總無他。兒耕閒。每喜方舟坐，何煩信馬馱。秋風千户竹，宿露半池

荷。席賭藏鈎令，亭邀竊藥娥。有賓月亭。頗黎行凍蟻，瑪瑙進寒鼉。潦倒衣從濕，攲傾弁或俄。胡雛能觱栗，漢女善鞻婆。對舞翻朱袖，群謳歛翠蛾。紛紛方大噱，浩浩漸微酡。壺中恒三馬，詩成愧一螺。如何棄俎豆，却復老干戈。落雁長淮遠，蜚鴻大野多。死生俱異域，出處不同科。淚泣荆人玉，腸回織女梭。秖憐成骯髒，及此嘆蹉跎。室已如懸磬，門今信設羅。凌霄縈小草，平地引危柯。水鳥浮沈戲，林蟬斷續歌。分甘留白屋，身免束青緺。晚牧幽湖上，春耕曲磵阿。丹砂尋舊井，金刹過祇陀。豈復同般樂，應知廢切磋。茫然感平昔，興發强吟哦。

丙辰立春日大雪二十韻在鳳陽作

正月淮南雪，空花五葉纖。隨風成唾玉，平地出形鹽。重拆鴛鴦瓦，輕穿翡翠簾。色迷雲外鶴，光掩月中蟾。河水冰猶合，崑岡火復炎。方圓如〔一〕有道，先後亦無嫌。歲旱今方劇，春寒更覺添。夜深聲淋瀝，天近氣清嚴。鮫女愁停杼，雞人誤報籤。一時延勝賞，萬里入遐瞻。路失羊腸曲，山呈馬耳尖。炊煙空近市，急溜斷虛簷。林鵲饑争啄，川魚畏却潛。往來聽杖屨〔二〕，歌舞起閭閻。研凍詩重賦，瓶存酒試拈。節高貧士卧，時信老農占。獨樹危能立，枯荄潤總沾。宫妝梅粲粲，野秀麥蘄蘄。白首歌誰和，朱門味可兼。謾思金帳客，痛飲正厭厭。

校勘記

〔一〕『如』，康熙本作『知』。

〔二〕『屨』，康熙本作『履』。

曉菴山水小幅

高堂見林壑，忽似過雷峰。窈窕一門險，峥嶸千嶂重。人聲何處答，虎跡有時逢。怒瀑流清耳，層〔一〕雲起盪胸。松枯寒落子，草碧暖勾茸。勢出丹青假，神疑造化鍾。滄洲非世外，玄圃亦王封。絶境須吾賞，他年策瘦笻。

校勘記

〔一〕『層』，原作『曾』，據康熙本改。

題　畫〔一〕

水通銀漢遠，山對赤城高。一曲璚臺路，春來盡碧桃。

校勘記

〔一〕此首康熙本列爲『五言絶句』。

清江貝先生詩集卷之九

七言絶句

寄陳文舉四首

鳳凰臺下猶爲客，雪滿頭顱一病翁。却憶仙〔一〕人讀書處，月輪夜照水晶宫。

秀州西去湖州近，幾處樓臺罨畫間。借我釣魚舟一葉，坐看七十二青山。

金刀火齊元非物，但取乾坤與坎離。采藥笑渠〔二〕凌弱水，三山何路覓安期。

當年我欲醫君癖，今日君應笑我狂。一曲雲林天定許，野猿山鳥未能忘。

校勘記

〔一〕『仙』，康熙本作『山』。

〔二〕『笑渠』，康熙本作『芙蕖』。

雨後偶書

海門雷電夜隨龍，江黑風高雪浪舂。今日看山雙眼碧，插天金翠萬芙蓉。

陳進善見過

南風綠樹午陰圓，好客聯鑣過海邊。可惜紅顔成白髮，風流却話十年前。

對　菊

高僧已送鵝翎白，好客仍分鶴頂紅。秋日兩株開爛熳，晚花元不嫁東風。

別侯春燕

蓮子有心元自苦，楊花無蒂若爲生。錦機織字難成匹，玉局彈棋恨不平。

勝南洲紅梅

龍門狂僧老萬回，燕支常染玉堂梅。木杯何日過東海，拾得海底珊瑚來。

西湖竹枝

六月玉泉來看魚，湖頭雨過盡芙蕖。芙蕖花開郎更遠，玉泉魚少亦無書。

贈小南枝

相逢彷彿在西湖，姑射仙人玉雪膚。春淺芳心渾未透，天寒翠袖不勝扶。

城南絶句〔一〕

祇樹園荒客不來，金銀猶指舊樓臺。風林日落鳥〔二〕争噪，雪岸〔三〕春遲花未開。

流水縈迴一道斜，隔林雞犬兩三家。雪深藥塢迷行徑，潮落村〔四〕船閣淺沙。

已從春草長閑門，風雨連朝不出村。老婦煎茶燒土銼，故人送酒滌山樽。

校勘記

〔一〕康熙本題作『城南絶句三首』。

〔二〕『鳥』，康熙本作『烏』。

〔三〕『岸』，康熙本作『片』。

〔四〕『村』，康熙本作『春』。

清明日〔一〕

二月楊溪花亂開，黄鬚紫萼斬新裁。春到清明已如客，看花一日定千回。

出門今日向何處，花惱山翁走欲狂。此身忽已過半百，直須爛醉答春光。

北里南鄰日日過，花開不飲竟如何。庭前昨夜暫相賞，地上今朝應更多。

校勘記

〔一〕康熙本題作『清明日三首』。

枯棘雙禽

山禽白頭如老翁，一雙相命復相從。秋田無禾苦不飽，下上胡爲荆棘中。

道中見梅

烏龍井上初銷雪，白鶴山中〔一〕又見春。須可百回來繞樹，莫教一片落隨人。

校勘記

〔一〕『中』，康熙本作『人』。

東村漫興〔一〕

溪上秋風老拒霜，居人星散似淮鄉。誰家十五琵琶女，就客能彈陌上桑。

八月雨多新水生，村南村北斷車聲。老夫不識市朝變，但與野人歌太平。

校勘記

〔一〕康熙本題作『東村漫興二首』。

苕溪陸文寳挾筆過雲間持卷求余言而一時縉紳之作不啻百篇有論筆法自趙松雪用落墨而始廢者有爲筆卦者近世膚學小子率意妄作類如此可嘆也已因賦五絶

近代何人下筆精，吴興松雪最知名。欲過大令歸前輩，競學中郎耻後生。
吴興松雪真奇士，書到通神逼二王。謾有兒童誇並駕，更無弟子得升堂。
退之作傳聊爲戲，子雲草玄真好奇。更有區區工畫卦，强分奇耦學庖犧。
石鼓鐫功元自缺，秦碑頌德久應訛。一時篆籀今誰解，白髮江南玉雪坡。
謾禿霜毫臨北海，更求雪繭寫蘭亭。也知不改無鹽陋，浪抹青紅鬬尹邢。

立春後五日

北風夜吹碧海凍，立春以來仍苦寒。城南酒貴更須買，江上花遲誰與看。

次韻邵質谷暮春三首

處士渾同鄭子真，水南結屋與山鄰。已從竹笋生旁舍，不遣桃花誤世人。
一枕槐根午夢長，不知夢裏别春光。禽工唱和偏能熟，蜂苦經營也自忙。

櫻顆紅垂山雨晴，荷錢緑卷水風生。佳人莫惜頻行斝，狂客從教醉絶纓。

題紅梅

山杏一株臨大路，宫桃千葉倚空墻。如何冰雪羅浮女，也學春風半面妝。

漫　成〔一〕

今朝無酒只清坐，落筆猶有氣凌雲。天下黄金賤如土，何人爲購相如文。
東鄰昨日收白骨，西鄰今日啼青娥。傷心又過中元節，城下招魂應更多。
平生落落苦難合，十五讀書今老翁。却怕秋來添客思，梧桐昨夜又西風。
南金大貝亦何物，六月胡商死道邊。滿地清陰日亭午，老夫高枕北窗眠。

校勘記

〔一〕康熙本題作『漫成四絶』。

赤城吕徽之博聞强識宋亡遂晦不仕一日大雪中至巨家易穀立堂下久之堂東偏衆客方詠雪有分韻得蝶字者苦思不就徽之不覺失笑咸詰之曰汝何笑曰吾欲用滕王蛺蝶事耳衆客皆驚陰知其爲徽之也延之坐不可欲賙以穀辭既去使人尾之至其居地極幽阻及雪霽候焉荆扉竹屋不蔽風雨見桶中坐一婦人蓋其妻也問徽之所在曰出捕魚矣得於溪上具言所以來〔一〕之意曰諸子可少留乃換酒共飲返宿道傍大樓下主人怪輿馬之盛因言其狀主人亦不知有徽之也明日求之則已遷居矣徽之嘗與陳剛中相遇於道剛中下驢揖遂問乘驢故事各舉一事至四十事而剛中止矣徽之曰吾尚記某〔二〕事出某書凡三〔三〕十端後不知所終因賦一絶云〔四〕

空山積雪深一尺，車馬何來野老疑。溪上捕魚歸换酒，更無人識吕徽之。

校勘記

〔一〕『來』，康熙本作『求』。

〔二〕『某』，康熙本作『其』。
〔三〕『三』，康熙本作『二』。
〔四〕『因賦一絶云』，康熙本無。

别徐楚芳

别愁如劍割人腸，空灑西風淚萬行。楚尾吴頭各千里，相知從此不相忘。

兒雲林小景

雲林筆力如王宰，剪斷吴淞水半江。更須著我扁舟坐，閑看飛來白鳥雙。

聞　箏

白髮潘郎工錦箏，江南江北盡知名。雙手重彈白翎雀，猶是黄龍塞下聲。

己酉重午

風雨端陽生晦冥，汨羅無處弔英靈。海榴花發應相笑，無酒淵明也獨醒。

歸東郊偶成〔一〕

爰酒狂生老未逢，十年蹤跡滯吴淞。歸來鄉黨都非舊，不及青山向我濃。
海上逃生萬死餘，亂兵初定且安居。封侯萬里須弓馬，錯教兒童盡讀書。

校勘記

〔一〕「偶成」後，康熙本有「二首」二字。

客殳山偶成

春逐啼鶯去不留，一川風雨滿山秋。笙歌不到愁人耳，若聽笙歌更淚流。

過無錫

水抱新城缺月彎，城頭高似九龍山。將軍已縛山中虎，道上行人日往還。

土　橋

數家星散土橋西，苦雨酸風叫竹雞。一夜破窗愁不寐，願回白日照春泥。

丹陽得風

出門平地即羊腸，白髮應添鏡裏霜。今日天風亦憐我，盡情相送過丹陽。

題杏花

日光霞〔一〕氣曉相參，一路新花似酒酣。記得少年遊賞處，春風信馬過城南。

校勘記

〔一〕『霞』，康熙本作『雲』。

夜　發

歸人不寢夜如何，月滿溪船唱越歌。彷彿吴淞江上路，别愁一夜上心多。

三月廿五日夜口號

破月〔一〕五更飛上天，北林烏啼驚客眠。勞生擾擾亦何事，溪女溪童相盪船。

校勘記

〔一〕『月』，康熙本作『鏡』。

辛亥重午

去年重午憶嘉興，風雨龍河一病僧。今日山中又重午，故人持酒説金陵。

辛亥七夕五首

子晉吹笙學鳳凰，緱山一别已千霜。當時黄屋非無意，豈有神仙到帝王。
阿母西來降漢家，剛風萬里送飛車。空留千歲〔一〕蟠桃核，白髮劉郎不見花。
五夜天邊輟鳳梭，長生殿裏望星河。玉環他日無窮恨，更比牽牛織女多。
東家西家争曝衣，我但曝書誇小兒。壁中科斗古文字，猶有射天光陸離。
性拙如鳩本自偏，柳州何必更祈天。人間機巧知多少，無復三皇五帝前。

校勘記

〔一〕『歲』，康熙本作『載』。

澄林冬日

連村桑柘猶存葉，一樹枇杷已著花。十月澄林好風景，恰如秋浦野人家。

贈　別

一南一北鳥辭母，一東一西花送人。與君此别似花[一]鳥，對酒那不惜青春。

校勘記

〔一〕『花』，康熙本作『送』。

讀書所有白花一株狀類揚州瓊花而花損一葉俗稱爲八仙云爲賦一絶且悼瓊花之不復見而獨見此也

一夜東風吹白雪，化爲胡蝶過西家。七香車遠人何處，空認唐昌觀裏花。

十月廿九日過永昌寺訪照覺原

幽湖水落夜初冰，湖上雲山翠百層。一箇小舟輕似葉，西尋瑪瑙寺中僧。

春　情

新來不畫遠山眉，翠被春寒起更遲。靈鵲定知人有喜，一雙飛上萬年枝。

西湖竹枝

聞郎北過李陵臺，湖上荷花今又開。那似鄂〔一〕王墳上樹，枝枝葉葉盡南回。

校勘記

〔一〕『鄂』，康熙本作『岳』。

題松下丈人圖二絶

長松百歲走蒼蛟，日夜松聲如鳳匏。山人有約賦歸去，我亦來借白雲巢。

仙人手曳九節杖，行看好山應未窮。石間三秀食可飽，一曲試和商顔翁。

題　扇

冰紈一尺寫脩竹，瑟瑟清風生夏寒。不見江南鐵鈎鎖，總成石上青琅玕。

題紅梅二首

紅羅亭下又春風，小鳳飛來樹已空。後主當時歡宴處，新花如火照唐宫。

野橋山店記年時，管領春風有一枝。却笑羅虬不解事，百篇空賦比紅詩。

早秋

白髮新來不滿梳，玉簫金管總成疏。梧桐院落秋風早，一夜神清喜讀書。

題溪山春曉圖

仙家雞犬白雲中，水複山回路不通。萬樹桃花春似海，莫教重誤打魚〔一〕翁。

校勘記

〔一〕『魚』，康熙本作『漁』。

山家

鉏豆南山八十翁，相逢相〔一〕語夕陽中。門前一箇冬青樹，不學桃花似酒紅。

校勘記

〔一〕『相』，康熙本作『笑』。

題馬文璧畫二首

長憶秦溪馬文璧，能詩能畫最風流。酒酣落筆皆天趣，剪斷巴江萬里秋。

田家一簇江南路，草閣柴扉近水開。人背夕陽巫峽去，雁將秋色洞庭來。

題凌波仙

姮娥竊藥能奔月，嬴女吹簫亦上天。萬古阿甄魂魄苦，江清雪冷夜如年。

送成德琦兄北歸

雲中歸雁總成行，腸斷連枝尚異方。春滿江南江北路，柳絲不似別愁長。

墨　梅

雪後尋梅恐未真，花光一日寫花神。廣寒玉兔分秋穎，剪斷羅浮萬樹春。

夜宿王繼遠白雲半間

吴歌但少玉童雙，且盡仙家酒百缸。一枕梅花清夢遠，不知夜卧白雲窗。

題徐雪州〔一〕墨菊

先生愛菊似柴桑，三徑歸來亦未荒。莫道空山秋色淡，新花一朵御袍黄。

校勘記

〔一〕『州』，康熙本作『洲』。

題雙陸士女

手轉梟盧爲破顔，玉人何意整雲鬟。也應暗卜關山客，歸馬須看一擲間。

題虞魯瞻山水

御史新來水石工，數峰依約米南宫。試添茅屋秋林下，著我江南鶴髮翁。

題東坡戴笠圖

兩屐新泥蒻笠欹，滿村風雨獨歸時。玉堂天上神仙客，婦女兒童總未知。

朱實送桂花

廣寒宫裏桫欏樹，金粟初分第一枝。滿室天香吹不斷，老夫清夜酒醒時。

題竹間桃花

萬琅玕裏一枝春，向客無言又似顰。彷彿武陵溪上路，放舟何處覓秦人。

清江貝先生集卷之十

賦

鶴賦

余竊悲此崑閬之靈禽兮，胡爲獨處而無鄰？誠仙人之騏驥兮，閱寒暑兮三千。飢不喋〔一〕乎腐鼠兮，渴不歃〔二〕乎盜泉。生既囚而憔悴兮，夜長鳴而徹天。月朦朧而將曙兮，風淅瀝而戒寒。尚蹁躚而欲舞兮，終磊落其如人。戀青田之故林兮，眄〔三〕華亭之大澤。路中絶而忘歸兮，媒甚夥而寡匹。頂的的以補丹兮，毛毿毿而儷雪。冀備君之曉駕兮，常結心於紫極。欲抗音而復噤兮，時顧影而自惜。陶〔四〕河貪而無厭兮，鶚又悍而不德。彼優游以飽鮮兮，亦絢練而矯翼。内深省而益悼兮，豈以才而見賊？希有氏之西來兮，忽余眷而踟躕。肉不膏於九鼎兮，幸託君之階除。諒一息而萬里兮，奚孺子之能呼？一引步而三却兮，思拔趾於泥塗。苟懷恩而報施兮，亦豈憚夫隕軀。惡其玩而無禮兮，義獨潔而不汙。目四顧而冲冲兮，白日奄其西徂。訪玄夫以決之兮，盍舍舊而改圖？覽中區猶一盎兮，曾何足以度世。坌千起而萬滅

兮，陋紛紛之蠅蚋。寓寥廓之無極兮，跨六合而高厲。嗟網羅之雖設兮，已超然而獨肆。將西歷於青城兮，何太白之峥嶸？杜宇號而血吻兮，天懵懵其無情。狐九尾而猖狂兮，夔一足而伶俜。望滄海之無垠兮，會百川以東入。悲精衛之含憤兮，力既微而何及。山孰别其有三兮，洲孰窮其有十？扶桑不可以託巢兮，蟠桃不可以爲粒。日晝晦而淪精兮，雨蕭蕭而翅濕。指神堯之所都兮，九門鬱其嵯峨。載吹笙之王子兮，招鼓瑟之女媧。棲建章之高棟兮，浴太液之清波。夾玉輅以翱翔兮，友丹鳳而婆娑。尚騁力於廣逵兮，矢厥心而靡佗。

校勘記

〔一〕「嶫」，康熙本作「礫」。
〔二〕「歃」，康熙本作「飲」。
〔三〕「盻」，康熙本作「盼」。
〔四〕「陶」，康熙本作「淘」。

懷舊賦并序

余春秋二十有四，館于雲間夏景囦氏，凡十閱霜暑，尤隆主賓之禮。後去而覓舉武林，遂留西湖。中罹兵變，東西奔竄，邈不相知。今年春因訪焉，則已物故。而其子士文克承堂構，余私喜其餘慶未艾也，復觴于漪瀾堂者累日，高談大噱，夜繼以燭。退追舊好，不能不爲之慨然，乃操翰爲之賦曰：

覽雲間之雄秀，拾海月於珠宫。訪野王之荒臺，俯鼇背之方蓬。命羽人以前導，召宓妃而後從。翳晻晻之宿靄，激泠泠[一]之回風。悼處士之永逝，闖華榱而興嘆。或縱飲而宵分，或玄談而景宴。搴渚秀之碧滋，擢園英之朱粲。歷十載而一來，感凋落之過半。登高壠而長思，夜漫漫其弗[二]旦。樂既往而哀襲，何遭時之多難？已焉哉！物忌盈而必隳，運寔關於否泰。豺虎横而麟斃，鴟鴞鳴而鸞鎩。懟霞氣之徒餐，奚神仙之可企？閔余行之未已，絶洪流而東邁。忍聞笛於山陽，淚潸然而獨灑。嗚呼！千齡一息兮，放曠自娱。伊人不可作兮，死生異塗。聊寄心於翰墨，悵旁眺而踟躇。

校勘記

〔一〕『泠泠』，康熙本作『冷冷』，誤。

〔二〕『弗』，康熙本作『勿』。

大韶賦并序

《傳》曰：『堯作《大章》，舜作《大韶》。』『《韶》，繼也。言舜能繼紹堯之德也。《周禮》曰《大韶》。』『禹樂名也，言禹能大堯舜之德也。』前乎舜者堯，非不繼嚳也；後乎堯者禹，非不繼舜也。特於舜言繼者，法成乎堯也。在嚳之時，法猶未成，堯雖繼之，而可繼之事未備。舜協于帝，在舜之時，功爲已協，禹雖繼之，不足爲難矣。則可繼之善，善繼之功，唯舜獨也，是《韶》

爲舜之樂無疑。季札〔一〕觀樂，見舞箾韶〔二〕者，曰：『德至矣，盛矣！如天之無不覆幬，如地之無不持載，雖甚盛德，蔑以加矣！』後孔子學之於齊，三月不知肉味，曰：『不圖爲樂之至於斯也！』蓋知樂之盡善盡美莫過於《韶》，宜當時之感召，丹朱在位，群后德讓，祖考來格，鳥獸蹌蹌，鳳皇來儀也。然非舜之德致和於上，夔之樂召和於下，何以臻此哉？故述而爲賦，不徒極其聲音之美，而且本之舜之德云。賦曰：

有東吴公子北走齊魯之彊，觀于嶧山，而見孔林之主人焉。主人曰：『公子之遊也，亦將有所睹乎？』曰：『無也。生於震澤三江之上，僻陋寡聞。竊慕禮樂之事，而六律七均之制，嘗究心久矣，願有請於大人先生焉。』主人曰：『嘻〔三〕！吴會東南之天府，而天下之善音萃焉。然公子猶有所未足者，豈將厭澹泊而説鏗鏘乎？必將挾陳娥、携趙女、擪鵾絃、考鼉鼓，若是以爲樂乎？』公子灖然不悦，曰：『《霓裳》之曲，唐之所以播越也；《廣陵》之散，晉之所以分裂也。固不足言矣。若此者，又夷狄之樂，無異紂之靡靡以亡其國者，豈君子之所樂乎？願聞其他。』主人曰：『《七德》之歌，《七德》之舞，太宗之肇王業也。亦嘗聞之乎？』曰：『伯者之事，子孫無所法焉。』曰：『漢祖蹴嬴，龍飛沛中。置酒層臺，悲歌《大風》。造基四百，光啓西東。若是何如？』公子曰：『猶有伯心之存也，駁而未純，然亦一世之雄乎？請言其上。』主人曰：『抑聞武之《六成》乎？武之濟河而西也，馬散弗乘，牛散弗服，倒載干戈，包以虎皮。天下知其寢兵不用也，爰作《武》以象功焉。鼓以戒衆久，然後戰也。長歌〔四〕連延，起其慕也。

發揚蹈厲，時不可失也。故一成北出，再成滅商，三成自北而南，四成南國是疆，五成分左右以居周召，六成復始而爲天下王。振鐸夾舞，秉戈鷹揚。若是何如？』公子曰：『其容美矣。此武事也，未盡善也。請言其上。』主人曰：『其惟舜之《大韶》乎？當夫六府治，三事和，叙九功，形九歌。嶧陽之桐，可以琢琴瑟焉；雲夢之篠，可以竅管籥焉。泗濱之石，可以礱而爲磬焉；荆山之金，可以範而爲鏞焉。八音既具，而大體短脰之屬，有力而不能走者，以之爲鐘簴焉；小體騫腹，聲清而遠聞者，以之爲磬簴焉。其作也，椌〔五〕以合之；其終也，楬〔六〕以止之。洪者鏗而充，清者磬而介。凄切而不流，泛濫而可會。當夫朝廷之燕享，宗廟之祭祀，於是而奏焉。升歌在上，匏竹在下。代作間奏，秩秩有序。或擊或戛，或拊或搏〔七〕。清亮而高遠，象乎天之渾淪；廣厚而含容，象乎地之磅礴。一變一通兮，四時之終始；一散一潤兮，風雨之回合。是時也，熙熙然八荒一春，皡皡乎洪荒大朴。格三苗於洞庭，丹朱賓而有恪。俯而聆之，純如辛甘之相濟，皦如有倫而莫敓，詘如斷玉之復續，繹如驪珠之碎落。飛流合而萬壑雷轉，清風生而天籟交作。吟九囦之老龍，唳九皋之玄鶴。既么妙而悠揚，亦和平而澹泊。無急微噍殺以感其憂，無嘽諧慢易以感其樂。其動於物也，容〔八〕何爲而肅若？神何爲而來思？獸何爲而舞於土階？鳳何爲而翔於茅茨？明協乎《大章》，博擬乎《咸池》。所以保無窮之治，以示安而不忘乎危也。悼六龍之南巡，歷蒼梧而上九疑。阿母之玉琯猶在，湘靈之錦瑟空悲。悵遺聲之寂寂，叫有虞兮遠而。然而齊之有《韶》，陳亡而流於兹也。海外之有《韶》，聖人之

化播於蠻夷也。宜季札〔九〕觀之而知德，仲尼學之而忘味。彼《武》之六極於陰，特著其武功；此《韶》之九極於陽，寔昭其文治也。公子以爲何如？』公子逎避席而謝曰：『至矣，盡矣！不可以有加矣！』主人曰：『未也，請授以《九德》之歌。其一《洪流横》，曰：「玄黄判，風氣開。洪流横，民乃災。五行汩，帝爲哀。禹治之，啓始孩。决九川，平九垓。百穀生，田每每。」其二《洪流殺》，曰：「洪流殺兮民災既除，山有鳥獸兮川有魚。爰可食兮可居。胥樂且歌兮，毋忘厥初。」其三《三苗格》，曰：「惟聖亶聰，撫有九圍。蠢蠢三苗，險阻是依。出師于南，奮我帝威。我師既還，苗亦來〔一〇〕歸。」其四《四凶黜》，曰：「德與刑兮國之經，四凶斥焉〔一一〕八元在庭。帝無爲，四海寧。」其五《正德之歌》，曰：「惟天降命，物必有則。民之瞢瞢，胡逌自賊。五教不行，禽獸夷狄。聖人龍飛，四方之極。」其六《利用之歌》，曰：「水既平兮别九州，下爲隰兮高爲丘。徒則軒兮涉則舟，以羡濟乏兮百貨流。財孔阜兮樂且無憂。」其七《厚生之歌》，曰：「下民孔艱兮遭墊溺，寒我衣兮飢我食。我無民違兮父母職。」其八《鳳皇來儀》，曰：「堯不德兮舜不辭，授以天下萬物治。寒暑無易風雨時，簫韶九奏朱鳳儀。」其九《萬世賴》，曰：「天覆地載，高廣莫測。孰參贊是，俾衣而食。帝治天下，如埏如埴。萬世賴之，安知其力。」』公子曰：『嗚呼！禮廢樂崩幾千秋矣，而始聞主人之宏論。』乃復爲之歌曰：『雅南已亡兮，流盪曷正？鬵栗雷怒兮，空桑無聲。緑綺不陳兮，薦檀槽與篆〔一二〕箏。妖倡爲妍兮，嘯鸞鵠而啼燕鶯。孰究夫《大韶》之盡善盡美兮，寔媿夫六英六莖。後千載之聖人兮，集厥大成。安得聞九

奏於清都兮，御天風而上征。」

校勘記

〔一〕〔九〕『札』，原作『扎』，據萬曆本、康熙本改。
〔二〕『箾韶』，康熙本作『韶箾』。
〔三〕『嘻』，萬曆本作『噫』。
〔四〕『歌』，康熙本作『戈』。
〔五〕『椌』，萬曆本作『控』。
〔六〕『楬』，萬曆本作『揭』。
〔七〕『摶』，萬曆本作『搏』。
〔八〕『容』，底本、萬曆本作『客』，據康熙本改。
〔一〇〕『來』，康熙本作『東』。
〔一一〕『焉』，康熙本作『兮』。
〔一二〕『纂』，康熙本作『秦』。

不礙雲山樓賦并序〔一〕

赤松溪楊竹西氏，築樓一所，在居第之南，而海中大小兩金山，飛舞而前，因取杜少陵詩語，顏之曰不礙雲山。鐵崖楊先生爲之記。夫有雲山之境者，恒不得其人；有雲山之趣者，恒

不得其地。而茲樓獨領其要，朝嵐夕翠，不起燕坐而盡得之，豈非先生所謂境以人高、人如境勝哉？竹西嘗命余爲賦，久未克就。歲閼逢執徐之春，放舟溪上，始獲登竹西樓。遠眺五茸三泖，窮目力所至爲限，飄飄乎若一羽凌空，飛度三素雲中也。命酒共酌，操壑雷之琴，歌白雪之辭，極驩而罷。因援筆爲賦，不惟狀雲山之勝，且寓感今思古之意焉。賦曰：

巍乎！層構之造天兮，既内敞而外隅。滄海浩浩而左匯兮，銀河淵淵而右紆。激回風於四阿兮，宿雲氣於薄〔二〕櫨。七星掛於北户兮，送結鄰而迎望舒。荷倒植而菡萏兮，芝旁生而扶疏。寔仙人之所居兮，候安期於虚無。兩金嵯峨而並峙兮，蛾眉巧以迎予。斷太華之仙掌兮，剪蓬萊之左股。掃新黛之聯娟兮，洗海門之秋雨。九山北起而向背兮，翩鸞迴而鳳舞。泰〔三〕山拱以旁繞兮，列邾莒於齊魯。雲霏霏以晨蒸兮，散玉衣而輕舉。何卷舒之無恒兮，倏爲龍而爲馬。羌不起於燕坐兮，挹爽氣於尊俎。招夸娥之二子兮，夢高唐之神女。聊徙倚而四望兮，悼吾行其孰與。日散輝於斷岡兮，鳥没影於平楚。美人期而中訣兮，魂煢煢而若睹。吾令〔四〕雲以申誠兮，山復險而道阻。願從赤松以授道兮，邈清塵之萬古。昔祖龍之帝六合兮，度浙江而東巡。王氣颯以燐滅兮，璠草萋而自春。悼三女之中夭兮，高塚崒其猶存。暗沙窟之風雨兮，猶想夫萬乘之雷奔。偉希馮之夙悟兮，逮九齡而知名。荒臺圮而荊棘兮，餘鳥跡之縱横。金石輟而弗聞兮，激流水之泠泠。平原振藻於東吴兮，翔雙鳳於太清。胡鹿苑之一敗兮，竟鎩翼而就烹。黄耳去而不返兮，唳鶴寂而無聲。羡記室之見幾兮，遂南旆而孤征。念

丹轂之易僨兮，鱸秋美而可罾。卒全軀於濁世兮，歷千春而尚榮。尋古洞之丹砂兮，弔黃鶴之仙人。天瞢瞢而無光兮，哭深林之帝魂。白鹽皎以雪積兮，火萬竈之飛烟。憤仲父之厲階兮，冀海水而桑田。博陸忠而覆族兮，宋南度而肇祀。漢寔薄而少恩兮，獨弗〔五〕念乎厥始。嗟時俗之好怪兮，語荒唐而無紀。竦余轡於高丘兮，濯余足於清泚。訪吴子之獵場兮，平蕪緑而靡靡。挾白羽以命中兮，感翩翩之飛雉。寵西施以亡國兮，猶痛恨於後嗣。爰抗音以高歌兮，酌兕觥之芳醴。諒高明之可居兮，胡汩没而弗止。陋齊奴之金谷兮，歲曾幾而荒蕪。雪月空而燕去兮，烏雀啾以驚呼。斥粉黛而弗貯兮，列圖史而自娱。誶曰：雲動不測，氤氳霮䨴，勃夢夢兮。山静不遷，嶔崟巀嶪，鬱叢叢兮。飛樓蔽虧，青延翠攬，棟隆隆兮。瞻望美人，于彼夕陽，思無窮兮。弦吾素琴，目送飛鴻，煙空濛兮。

校勘記

〔一〕康熙本題下注釋：『附考：華亭張溪楊謙之居。』

〔二〕『薄』，康熙本作『欂』。

〔三〕『泰』，原作『秦』，據康熙本改。

〔四〕『令』，康熙本作『企』。

〔五〕『弗』，康熙本作『勿』。

玉笙賦并序

昔余主雲間夏景淵氏，凡歲時燕賓、合族，必奏伎爲驩，鄭、雅並進，余甚陋之。錢唐陸生攜玉笙相過，會于呂紫芝之玄霜臺，爲作數闋，瀏亮凄切，不啻聞鈞天廣樂于洞庭之野，使忘客居之憂。遂出句曲張外史《玉笙引》，求余和，因賦長短句以贈之。既而余遊吴門，觀濤江，返寓于海昌之黄灣，與生不相知者二十年，而玉笙之音猶隱隱于耳也。雨窗孤坐，壹鬱無聊，友人張子雨來謁，手持《玉笙詩》一卷，曰：『生所得近百篇，兵變之後，亡佚不存，此特記其尤膾炙人口者。今附李氏子，求公詩於二百里外，可謂好之篤矣。』余讀而喜之，且知玉笙固無恙。然俯仰今昔，悵然有感於中，可無復於生耶？夫笙簫之器，古之人精音律、工文辭者，已極其形容之盛。玉笙之名雖著，而其器則未見也，故略而不及。余因摹寫其聲，著而爲賦，以補其遺焉。辭曰：

海岱之貢，嶧陽孤桐，可以琢師襄之琴焉；三楚之産，蒼梧叢篠，可以竅伶倫之管焉。皆足以備八音而宣八風矣。猗歟王子，易匏以玉。肇制摹形，節音赴曲。方其厭甲，觀樂名山。瑶臺九層，上通泬寥，其處崇矣！不若廣成之宅空同也。撞鐘擊鼓，長夜之飲，其樂極矣！不若軒轅之張洞庭也。於是黜蛾眉，屏皓齒，慕神仙，游洛汭，接浮丘，上太室〔一〕。屑瓊瑶而

餐露氣兮，彼多欲之侈心。吾獨好此笙竽兮，託風雅以禁淫。削霜節而束雪莖兮，又惡其材之弗任。惟西極之奇璞兮，乃産乎昆侖之岑。鍾氤氳之和氣兮，託閴寂之太陰。爰命工以采之兮，跋峭阻而抵嶔崟。古雪夏積而不化兮，竦青壁之萬尋。虎豹晝出，鼯蜼夜吟。王孫跳躑，前呼怪禽。縣藜〔二〕結緑，棄而抵鵲兮，曾莫得厠夫海錯與鑾琛也。觀其白如截肪，黄比蒸栗，氣成虹蜺，光燭日月，温而有文，剛而不缺。嗤魏叟之遽擲，悼荆人之再刖。抑顯晦之有時，胡珉玒之罔辯。全匪琢而爲環，斷匪椎而爲玦。爾乃垂效其能，媧陳其義。揮昆吾之利刃，鏤爲筩兮十二。紛攢列以參差，象鳳翼之相比。勢欲振而孤飛，聲若壹而群唳。黄鐘作則温風生，而春葩紛敷；清商奏則嚴霜隕，而秋葉凋悴。何其神也？惟匏也滯，惡有玉之清越；惟竹也濫，惡有玉之和平。此其又足貴也。當夫桃含秀〔三〕而春媚，月揚彩而夜明。寒流咽而交赴，浮雲翳而不行。惜芳節，攄幽情，左宓妃，右雙成，嘉肴薦，旨酒傾。申白雪以廣意，隔綵霞而飛聲。湘靈不敢鏗其瑟，嬴女不敢戛其箏。厥狀伊何？初鬱勃而欲泄，忽嘈啐而交沸〔四〕。鳥鳴春而嚶嚶，蟬號風而嘒嘒。或始剽而卒肆，疑將絶而復綴。彷彿蘇門之嘯，翔鸞鵠於崖際。又似梁妻夜哭，涙盡而不能爲其氣。其悲也，語刺刺以將别；其怒也，心悁悁而不遂。其婉也，有賡歌之雍容；其激也，有特立之清厲。其翕也，若遠而不携；其和也，若反而相濟。其絡繹也，貫驪珠之纍纍；其縹緲也，絮飛空而無蒂。羈臣悦而解顔，寡婦哀而掩涕。嗚呼！鶴駕去而不還，悵市朝之屢改。幸不委泥沙而同碎，例金石而猶在。望公子於雲間，識羽人於

東海。悲逸響之無傳，欲持此而奚待？呼之而虛，足以宣其壹鬱；吸之而盈，足以平其塊磊。瀏間發而更奏，誤一聽而增慨。乃爲之歌曰：『故都墟兮草樹秋，鳳凰去兮百鳥喧啾。感今思昔兮徒離憂，安得如王喬兮從浮丘。』又歌曰：『酌紫霞兮羞玉芝，舞回波兮吹參差。天湛湛兮白露滋，君不樂兮欲奚爲？』於是曲盡再鼓，夜飲厭厭。擫衆簧而愈放，抽獨繭而尤纖。遂使伯夷去其介，仲子失其廉，孟賁忘其勇，京兆易其嚴。海若爲出，天吴爲笑。老鶴無聲，清猿絶叫。肅賓客於四座，輟野王之三調。雖中郎督郵之善音，亦莫洞其弘妙。乃知玉之爲物，衆德之萃；笙之爲樂，衆音之要。是宜協九奏而致鳳凰，媲六英而薦清廟。武夷鐵篴，徒爲隱者之具；龜茲觱栗，特時俗之所好也〔五〕。

校勘記

〔一〕『室』，康熙本作『空』。

〔二〕『藜』，原作『黎』，據康熙本改。

〔三〕『秀』，康熙本作『笑』。

〔四〕『沸』，康熙本作『咈』。

〔五〕『特時俗之所好也』，康熙本作『特從時俗之好也』。

灌園賦并序

錢塘潘時雍治圃于城東門，築垣四周，引泉成渠，以灌園自號。其意以爲無功而食人之食

者，元氣之賊，萬物之蠹也，故勞焉而後食，身執其役以給朝夕之費。二親無戚戚之憂，萊妻有同志之驩。吁！豢於貴富〔一〕者不知澹泊之爲高，酖於寵榮者不知道德之爲大，既盈而覆，古今一轍。則灌園之利，不已多乎？昔於陵仲子辭三公，而爲人灌園，充其廉也；向秀、吕安灌園于山陽，安其逸也；潘岳去長安令，而閑居灌園，病其拙也。時雍亦若人之匹與？或者疑其居有闤闠罔利之習，座有俗客鳴聲之聒，又安能效彼之所爲者？非知言也。乃述賦以廣其意云。賦曰：

步青門而長嘯，遊余心於古初。目藻麗而弗近，敦朴素而爲廬。資灌園以自業，類潘岳之閒居。食五鼎爲不及，飲一瓢爲有餘。幸免隸於征伐，或弦琴而讀書。耻桔槔之尚巧，逐末景而區區。其地襟江帶湖，青紆黛蓄，拱以連山，突怒起伏。寔東南之形勝，爲帝王之行都。周金城兮萬雉，列甲第而當衢。族茂許史，家擬陶朱。肆有藍田之玉，斗量南海之珠。技博古今之妙，音會八方之殊。傾國過乎燕趙，趿〔二〕利屣而曳輕裾。若神人之綽約，耀冰雪之肌膚。於是命相開藩，填〔三〕我南服。象天河而鑿池，擬紫微而建閣。集貂蟬之濟濟，衛虎豹之肅肅。殫〔四〕慮乎庶務者，蕭曹之倫；鋪張乎太平者，枚馬之屬。衣襲綺紈，食兼粱肉。塗比車蓋，庭奏絲竹。巖棲者未睹其盛，家食者思發其所畜也。乏匡時之明略，乃退齒乎齊民。墾不食之棄壤，託鹿豕以爲群。疏濁流而遠注，闢斜逕而支分。笋長渭川之竹，菜生雲夢之菫。蒲荒秋雨，菘茂蚤春。甘者如薺，脆者勝芹。始芽茁而冒土，忽葉布而覆雲。荼三名而可食，蘺五色

而成文。候靈雞而畢起，庶戒逸而務勤。冀擷秀於寒暑，必浹潤於朝曛。恒獨往而無求，爰四顧而欣欣。乳鳩呼而相應，惡草蔓而當芸。感生成之攸遂，亦有藉乎人人。其或風雨之晨，燈火之夕，俎豆娛親，琴尊命客。揄竿引鮮，充庖有辛。夏果磊落，秋瓜輪囷。玆田夫之所美，又焉得獻之吾君。嗚呼！章綬不優於野服，瑶臺何異於蓬室。諒乘軒而取譏，雖抱甕而奚恤。寧陋彼而榮此，聊逍遥以終歲。金谷廢而蛙鳴，玉津空而狐穴。中雖侈於五畝，後孰惜夫一石。乃爲之歌曰：『朝汲於河兮，其流湯湯；暮觀我圃兮，其葉已黄。炎風卷沙兮白日藏，尚昏其事兮毋棄而荒。』又歌曰：『登彼陸兮，猛虎噬人；涉彼海兮，白波滔天。我藝而灌兮入以事親，誓勿彼適兮危其身。』歌既闋，幽情暢。白露下，初月上。陶然一適，混乎無象。委通塞之有時，蹇余行其焉往。

校勘記

〔一〕『貴富』，康熙本作『富貴』。

〔二〕『踆』，康熙本作『吸』，誤。

〔三〕『填』，康熙本作『鎮』。

〔四〕『殫』，原作『單』，據康熙本改。

鐵硯賦

客有鑄梁州之鐵爲硯者，持而售於讀書主人。主人用之，以代陶泓焉。風雨之夜，滅燭就

寢，夢一猛士，被甲戴冑，面純黑而甚偉，進而告曰：『時哉，天乎！ 吾之利天下者多矣，胡枉吾之材，而置之散地乎？』主人乃賓而問之曰：『若非棠溪之族乎？ 若非太山之英乎？ 若非九牧之所貢者乎？ 吾聞君子隨時而變化，若何爲而懟於天乎？』介者曰：『吾蜀之良也。初，軒轅之破蚩尤也，爲戈爲甲，爲劍爲棘〔一〕，爲鈎爲鎩，爲鏃爲鏑。氣重六師，威加四極。神化蒼蛟，而雷電爲之繞體；光吐白虹，而日月爲之奪色。漂大野之流血，落高天之迅翼。王者得以成其功，武夫得以奮其力。此吾有功於戰伐，雖缺折而莫之惜也。逮秦而滅六國，吞八荒，聚其族而銷之，亦何殊夫鳥盡而弓藏？ 精爲神兮十二，守故宫之淒涼。世復以吾之利不可廢也，爲刀爲泉，爲布爲帛。通四海之利，法九府之式。勢傾國中，薄青衣之五銖；道濟天下，斥黄金之萬鎰。入紫闥，排朱門，贊天地，行鬼神。弱者以强，而卑者以尊。此吾有功於貿易，雖流徙而莫之寃也夫！ 何挫吾之芒，折吾之氣？ 祝融獻功，即墨爲謚。儕銅雀之破瓦，曾不及馬肝雒目之爲貴。苟策功乎翰墨之場，蘄亟黜而鑄錢鎛之器也。』主人曰：『嘻！ 子何局於彼而不達乎此邪？ 六合既清，可以去兵而行仁；萬民既壹，可以去貨而談義。凡子之爲兵爲貨，皆聖人之不得已也。今主人書有屋漏之痕，文有湧泉之思。子歸吾而畢命，吾託子而見志焉。夫射鵠而無失者，壯士之志；力田而有秋者，農夫之心。董生成名於下帷，李侯卒業於磨鍼。季子引錐〔二〕而佩印，買臣負薪而腰金。長卿題柱而遂顯，終童持節而重臨。並假翼於霄漢，終脱身於山林。故桑君已擢第於昔，而子獨何疑吾於今也哉？ 山房月微，燭光吐日。蟾

蜍腹冰，飢鼯潛出。方深思而遠討，每含辭而涉筆。搜六籍於蠹餘，補千金之狐腋。固資器以成能，已辱子之我即。及其凌天衢，出風埃。逍遥乎玄圃，放浪乎瑶臺。校奇字，騁逸才。聽流鶯於太液，接群龍於蓬萊。右毛穎而使御，左陳玄而爲陪。滴金盤之秋露，步玉堂而躋上台。顧不偉歟！且鳳咮託眉山之重，龍尾出端溪之先。或以聖人之德著，或以才士之銘傳。是皆一石之清潤，激波濤於百年。始皇徒驅而梁海，神媧竟遺於補天。宗其人而名世，亦宜力乎簡編。而子獨耻於爲研，不思與是數者一其高而同其堅乎？』介者伏而謝曰：『先生之言至矣，不復有所悔矣。』逡巡而退。余亦驚寤，用誌于齋，不易吾素。

校勘記

〔一〕『棘』，康熙本作『戟』。

〔二〕『錐』，原作『椎』，據康熙本改。

醉賦

余讀柳柳州《答吳武陵書》，稱其《醉賦》及《答客問》，而其文逸不傳。因賦之以補其遺。

辭曰：

弱水竭，三山折。少君滅，石芝歇。吾將築九千仞之麯臺，介風雲而賓日月。援青天之北斗，釀千秋之古雪。膾長鯨於東海，肉狡兔於三穴。縱長夜之樂，負一世之豪。脱處士之一角

巾，解仙人之五色袍。右挈吾榼，左操吾瓢。出上方之醁醽，引西國之葡萄。流白雲於春甕，落丹泉於夜槽。擪玉環之鵾絃，裂雙成之鳳簫。六幺作，霓裳闋。朝五斗，暮一石。耳不及於聽音，目不及於觀色。蟣蝨萬鍾，泥沙白璧。力過孟賁者，醉能繫其頸；辯雄張儀者，醉能斷其舌。略兒女之愁，而不爲動心；夷王侯之勢，而不爲折節。太湖三萬六千頃，醉俯之一兕杯；太華三萬六千丈，醉覽之一螘垤。擊缶而歌，心馳燕趙；拔劍而舞，氣吞吴越。走桓温之老兵，殲周顗之狂客。又焉能蹈規矩而守繩墨也？於是牖天地，廬八荒。神交曲〔一〕生，封侯醉鄉。洩洩焉，陶陶焉，率千日而爲常。奈何武公老而自尤，屈子逐而自潔。囚酒星於大獄，斥酒池之覆轍。絶纓而幾失其驩，吐茵而幸貸於責。不知堯舜樂之不厭，孔子溺之不絶也。九州幾裂，百川無迴。豪傑相噬，白骨生苔。吾其與犀首之徒相忘於無事之日乎，淳于髡之滑稽於戰國乎？與河東之季從時毁譽乎，漢相之和吏而歌呼者乎？與徐邈之中聖乎，阮籍之放曠而適其性乎？與荷臿之伯倫乎，抑投轄以留賓者乎？與待詔之王績乎，辱高斥楊之李白乎？與陶潛其乾没於義熙乎，山簡遊於習池乎？與甕下之吏部乎，韋曲之杜逍遥於率府乎？嗚呼！與世無忤，惟酒可從。醒者爲愚，醉者爲智；醒者爲介，醉者爲通。天下之憤，非醉不釋；天下之難，非醉不蒙。命輕一羽，氣吐〔二〕長虹。決銀河而洗斚，繫扶桑之六龍。復酌吾以大白，渺海闊而天空。

校勘記

〔一〕「曲」，康熙本作「麴」。

〔二〕「吐」，康熙本作「呑」。

石經賦 并序

五經，載道之器也〔一〕。秦燒《詩》《書》，經燬而道自若也。漢求壞爛之餘，《書》《禮》《樂》已殘缺十九，惟《易》以卜筮存，《詩》以弦歌存，《春秋》以口授存。而俗儒章句之徒，傅會穿鑿，使五經大義不明於天下，不亦悲夫！靈帝熹平〔二〕四年，議郎蔡邕與堂溪、楊賜、馬日磾、張馴、韓説、單颺等求定六經文字，詔許之。邕乃書丹于石，命工刻之，立于太學門外。時四方摹者日以千計，然未知道之所存也，特以邕之書耳。洎〔三〕唐文宗時，高重爲國子祭酒，與鄭覃復刊定九經于石。嗚呼！漢唐石經，已風摧雨剥於數百年之久，與岐陽之鼓、嶧山之碑，同一榛莽已。因推衍其凡，以爲之賦云。賦曰：

繄聖作而明述兮，尼父集夫大成。歷四海其遑遑兮，威鳳瘖而不鳴。吁嗟時之終否兮，託空言以載道。世莫知余奚恤兮，閲萬世其杲杲。嬴既暴而不德兮，舉六籍而火之。薄先王之仁義兮，尚法律而爲治。悲祖龍之鮑腥兮，阬亦湮而無煙。《易》幸存於卜筮兮，《詩》亦肆於筦絃。《春秋》閟而不出兮，《禮》《樂》佚而不全。科斗蝨於壁中兮，光白虹之射天。嬴遂

僨〔四〕而劉王兮，家六合而寧謐。乃偃革而爲軒兮，掇壞爛於十一。洎六葉而遘武兮，炳大明之當中。黜百家之肴亂兮，一道術而異同。易科斗而爲隸兮，復家畜而人誦。道固不可泯兮，亦何待夫汗牛而充棟。時既降而道晦兮，經蟳滅而莫收。割申勸之或舛兮，衆咸失於校讎。屬熹平之四祀兮，帝孝靈之當宁。正俗儒之穿鑿兮，偉中郎之博古。辯魯魚與亥豕兮，刻〔五〕南山之堅珉。巍乎四十有六兮，樹翼翼之成均。鈎鐵畫之屈强兮，妙骨氣之洞達。非餓隸之羸〔六〕形兮，非寒岩之枯枿。非醉草之欹斜兮，非劍舞之渾脱。初崩雲之恍恍兮，粲列宿之離離。鸞振翼以夭〔七〕矯兮，樹交枝以參差。鷙鳥攫〔八〕以乍飛兮，群鵝遊而戲海。彼鶴頭與隼尾兮，曾何足以爲態。捷奔泉之渴驥兮，縱入草之驚蛇。勢或埒於墜石兮，體已悟於畫沙。觀者紛其堵立兮，車連連其日至。豈八法之是尚兮，幸經存而不墜。陋石鼓之苔剥兮，鄙漆書之土瘗。觀奇陽而偶陰兮，窮太極於〔九〕有無。感堯湯之禪放兮，求厥中於典謨。何二南之和平兮，悲雅變而逮胡。儀三千與三百兮，伊朝夕〔一〇〕之攸執。何曲折而精微兮，謹一出而一入。嗟聖人之憂世兮，徒感麟而掩泣。二百四十二年之筆削兮，善既勸而奸戢。正夷夏之内外兮，亦綱常之攸立。夫何經之徒存兮，昧古訓之時式。痛賣官而列肆兮，盛後宫之傾國。奄豎黨以盤錯兮，又孰恤乎社稷？九州裂〔一一〕而鼎峙兮，黎庶化而爲豺。經雖鐫而何補兮，政與道而相乖。逮有唐之文宗兮，乃繼漢而有作。礱巨石之嶄嶄兮，列廣庭之落落。吁回首其幾何兮，悉風摧而雨剥。文〔一二〕斷缺而莫辯兮，委荆棘之漠漠。吾恐爲沉犀於蜀門兮，同刻鯨於昆

池。曾不若慶雲與松風兮，託艮岳而效奇。又焉得紀功千載兮，擬岣嶁之禹碑。誶曰：已焉哉！石經泐兮剡藤出，書連車兮布萬國。撫遺墨兮相得失，道之存兮昭白日。

校勘記

〔一〕「也」，萬曆本無。
〔二〕「平」，萬曆本作「十」，誤。
〔三〕「洎」，萬曆本作「泊」，誤。
〔四〕「僨」，萬曆本作「積」。
〔五〕「刻」，萬曆本作「割」。
〔六〕「羸」，原作「嬴」，據萬曆本、康熙本改。
〔七〕「夭」，萬曆本作「大」。
〔八〕「擭」，萬曆本作「攫」。
〔九〕「於」，康熙本作「之」。
〔一〇〕「夕」，萬曆本作「又」，誤。
〔一一〕「裂」，萬曆本作「列」。
〔一二〕「文」，康熙本作「又」。

春雨賦并序

孟春之月，時雨方降，周視草木，莫不鬯懋條達。造化之妙如此，宜孟軻氏以況君子之教

也。余少從師讀書，而知仁義道德之説，求之甚鋭。晚不加進，則氣質昏瞀，可知其不得如草木之化必矣。故作《春雨賦》以自勗，且示子翺，使及時而用力焉。其辭曰：

維著雍涒灘之歲正月初吉，土乃脉發，融風應律。布春令於遐陬，回朝光於潛室。燒經雪而未蘇，蟄俟雷而將出。欣違寒而嚮温，冀節勞而從逸。于時靈雨斯降，生我百穀。伊農之慶，匪珠匪玉。以今揆昔，載披厥録。一歲之候，三十有六。覼其屯雲蓄而成衣，隕石騰而傅羽。紛坱圠以隨風，黯冥濛而交霧。乍縈空而絲散，或綴物而珠聚。方疑有而可聆，恍若無而莫睹。醖比玉之醴泉，泫如飴之甘露。無町畦之或間，沛旁流而布濩。粲丹葩以耀林，滋緑苔而生路。紫鱗噞而争躍，繡頸呼而猶怒。何浹辰而未休，逮中夜而復迅。閉簾櫳以護寒，覺琴書之含潤。田夫悦而昏作，羈客聞而釋恤〔一〕。余何思而何營，感四時之錯運。欲抗音而熟〔二〕繼，耿殘釭之落燼。嗟杏壇之諸子，各因材而爲訓。躬四勿而不疑，契一言而奚問。若時雨之所化，何力約而功峻。憫奇〔三〕偏之弱質，奚古人之敢希。瞻龜蒙其既遠，獨倀倀而安歸。羌及時而猛晉，懼失道而愈非。當霡霂之渥洽，悲事往而心違。願爲杞而在山，沾一溉於既仆。竦百尺以參天，任扠負於崇構。願爲稼而紛敷，冀常膏於朝夕。託瑚璉以薦芳，曰神明之可假。願爲芝而三秀，濯朱柯而久鮮。豈幽人之所食，表土德於甘泉。願爲桐而不夭，被玄液之滲漉。斲有虞之清琴，協宫商以成曲。材苟摧而爲薪，耻綺紈之徒襲。何余疾之難遷，徒遑遑而汲汲。屬萬族之方新，期往訓之攸執。惟渴飲而求足，信江海之可挹。來侁侁之小子，庶佔

畢之是習。知與行其並進，亦何憚夫弗給。孰爲高之可仰，孰爲堅之可入。眷躍如之在前，思卓爾之有立。感春雨而成章，庶乎學之恒緝。

校勘記

〔一〕『恤』，康熙本作『愠』。

〔二〕『熟』，康熙本作『就』。

〔三〕『奇』，康熙本作『畸』。

白鳩賦并序

成均教樂所大椿一株〔一〕，有二白鳩集其上，春來冬去，亦物之異乎類者。余愛而賦之。

其詞曰：

夫何雙鳩之皎潔兮，孕異質於金方。豈仙鼠之變化兮，狎野禽而回翔。肖刻玉以爲形兮，耻襲錦以爲章。性弗慧而徒勞兮，時自珍而久藏。幸主人之見存兮，託廣庭之嘉樹。既不爲其所好兮，亦不爲其所惡。夕同棲而晨興兮，春偕復而冬去。振霜翎而益鮮兮，與月魄以争素。羌所賦之純美兮，雖處污而不緇〔二〕。女恒尤於衆嫮兮，士咸病於見奇。羞鴝鵒之上獻兮，悼鸚鵡之就羈。兹惴惴而懷懼兮，尚飄飄其安之。王睢摯而有别兮，鶻遇秋而愈急。彼各挾其能兮，固非余之所習。何意氣之敢矜兮，藉光輝之時及。顧微軀以徘徊，求故林兮永戢。

校勘記

〔一〕「株」，康熙本作「枝」。

〔二〕「緇」，康熙本作「淄」。

金鑑録賦

帝開元廿有四載兮，屬千秋之良辰。進絲囊與寶鏡兮，衆紛紛其相循。臣九齡獨見其微兮，述今古以前陳。監美惡於一鏡兮，盍監得失之在人。鏡狹中而無隱兮，洞萬殊而咸睹。亦俯仰而取容兮，月或冥而爲土。書炳炳其如星兮，與湯盤而爲伍。期補衮之萬一兮，竊比夫翼周之山甫。惟一心之易蠧兮，恒惡直而好諛。臣固不能矯以隨俗兮，盍圖終於厥初。使銘鼎之辭偶符兮，寧取無逸而爲圖。集厥類而成編兮，奚翅玄冥之百鍊。光夜吐以屬天兮，何益君之聞見。堯舉舜而禪之兮，詎舍朱而無恩。撫九州之廣大兮，匪黄屋之爲尊。飢吾餐使之充兮，寒吾裘使之温。曰精一而執中兮，本乎堯之一言。心凜凜〔一〕其履冰兮，罔一息之不存。兹爲鏡〔二〕之金背兮，君日監而勿昏。至暴秦之并周兮，與黔首以爲仇。阿房岌以造天兮，極虞樂而未休。慕神仙之高舉兮，求弱水之三丘。徐市〔三〕去而不返兮，嬴已僨而歸劉。兹爲鏡之水心兮，君日監而勿流。手三尺而崛興兮，壹六合以稱帝。文景嗣而恭儉兮，道益昌而弗替。後竭内以事外兮，徹孰優夫二世。數四七而遘武兮，洗日月於方翳。痛桓靈之孱弱兮，操

遂乘而莫制。兹非鏡之可監兮，焉用夫渠搜之火齊。彼典午之承魏兮，閔螳雀之相攻。繇載盛而易顛兮，審厥子之弗聰。洎渡江而清談兮，祖莊老以成風。衍崇佛而舍身兮，胡貪地而受降叶。破金甌而不顧兮，士重介而談空。兹非鏡之可監兮，焉用夫赫連之青銅。目或瞽於衆嫮兮，耳或簧於新聲。受嬖妲而殷墟兮，褒代申而周傾。彼小白之創伯兮，尸中國而會盟。卒託子以召亂兮，肉已蛆而兵爭。繼有漢之人彘兮，亦累帝之聰明。抑遠監夫申生兮，兹吾君之容成。我太宗之戡亂兮，羌修文而偃革。惟至誠以馭下兮，韜神明於玄默。斥美麗而朴素兮，懼燕安之爲賊。故孜孜以求言兮，庶日蹈夫繩墨。出宫女之三千兮，來獄囚之四百。彼刻民猶噉膚兮，悼徇私而亡國。知識弓之難精兮，譬作室之屢易。立帝範於子孫兮，兹吾君之夷則。君之大略誠不可及兮，既内平而外從。焚珠玉固足美兮，復兩坊之樂工。相姚宋爲知人兮，奄竪爵而加隆。誅后戚以示公兮，兆夫婦之不終。禮既輕於樹子兮，化天倫爲寇戎。太廟壞而弗戒兮，爰汲汲於東封。曰祈福於太山兮，又曷若爲民而建中。臣卷卷於匡輔兮，冀君心之日檢也。恒法堯而非桀兮，事必防乎其漸也。義或媿於大訓兮，實將垂之琬琰也。中獨懷此耿介兮，願從戇愚之汲黯也。面從而背違兮，臣固不敢也。君苟不察臣之忠兮，何貴乎鏡之照膽也。使如盤龍之閟於匣兮，羞舞鸞之同掩也。宜帝覽而味其言兮，特優詔以褒之。惜不久而中棄兮，肆匹夫之所爲。卒信讒而爲忠兮，斥荆州而無疑。内玉環於宫中兮，竟胎禍而速災叶。子胡雛而播醜兮，君既耄而弗知。闈闥腥於戎馬兮，夜倉遑而獨西。駐六師於馬嵬兮，

猶不忍於蛾眉。四海繹騷兮，九廟俱夷。曠蓬萊之故宫兮，濁太液之秋水。徵野鹿之啣花兮，痛羽衣之何在叶。豈非人監之既亡兮，徒馳使於千里。天眷眷於神堯兮，幸兩京之載清。居南内之凄凉兮，感風雨之鈴聲。信丹扆之有箴兮，伊君道之當明。金鑑豈一時之可珍兮，歷萬古而爲程。

校勘記

〔一〕「廩廩」，康熙本作「凛凛」。

〔二〕「鏡」，康熙本作「鑑」。

〔三〕「市」，原作「市」，據康熙本改。

漢宫春

細雨廉纖，乍魚翻緑皺，鶯哺紅甜。那堪歸期總負，别恨還添。榴花一點，記重重繡户珠[一]簾。人乍起，玉釵半脱，遠山輕拂雙尖。 不道而今落魄，怪朱顔頓改，换得霜髯。無心新聲樂府，舊體香奩。傷今弔古，但時時、强擬江淹。渾得似、春風燕子，飛來也傍茅簷。

校勘記

〔一〕『珠』，康熙本作『朱』。

瑞鷓鴣

風林初夜月輪高，鳥飛不盡楚天遥。一曲清江，恰似瀟湘路，何處人家傍小橋。 十年空負歸來約，已無舊杏新桃。謾思田父，前時同在，雞豚社日相招。酒壓梨花醉一瓢。

應天長　吴仲圭秋江獨釣圖

澄江日落。渺一葉歸航，渡口初泊。垂釣何人，不管中流風惡。西山青似削，曠千里楚鄉

蕭索。問甚處更有桃源，看花如昨。　往事總成錯。羨范蠡風流，故跡依約。微利虛名，何啻蠅頭蝸角。宮袍無意著，但消得緑蓑青蒻。鱸堪斫，明月當天，酒醒還酌。

玉蝴蝶

極目江南千里，故人何處，一段傷心。漠漠行雲，纔霽又作輕陰。訴西風、寒蛩近户，背落日、歸鳥投林。正秋深。殘山剩水，應怕登臨。　難禁。多情總老，流黄不寄，尺素空沉。緑瀰紅迷，豈知零落到而今。似丁香、離腸暗結，點白雪、衰鬢先侵。思愔愔。一聲羌管，幾處鄰砧。

玲瓏四犯　春情

江草江花，總付與、春風何處池苑。露染烟裁，依舊翠深紅淺。天氣漸近清明，但覺比、舊時都倦。問此情[一]脉脉誰念，惟有乳鶯巢燕。　銀箏低按斜飛雁，尚依稀、小窗深院。珠簾日午重重下，空鎖秋娘怨。憔悴一束楚腰，也定怕蕭郎再見。想夜深、暗卜歸候，把燈花剪。

校勘記

〔一〕『情』，康熙本作『時』。

鎖窗寒

雁别衡陽，春光已到，去年時節。河堤弱柳，拂水萬條堪結。更無情、東風幾番，海棠一夜西園發。但草深曲徑，看花人少，亂飛蝴蝶。　　最是。傷心切。總過了花朝，漢宫傳蠟。方回未老，白髮那教成雪。憶當時、歌扇舞裙，小樓十二空夜月。待重尋、舊侣高陽，唤酒携桃葉。

八六子　秋日海棠

滿空山。亂飄黄葉，花仙特地衝寒。恨薄命蕭娘嫁晚，捧心西子妝成，恍然夢間。　　清明時節曾看。院落早鶯猶困，樓臺乳燕初還。悵過了、韶華一枝偷綻，拒霜争艷，斷霞分彩，空贏得人自先驚老去，天應不放春閑。倚闌干。春風别愁幾番。

南浦　賦水光山色舟

一葉小如鳧，趁幾番樵風，日日來往。何處最堪看，吴門外、都是白波青嶂。斜陽半斂，采菱尚有蓮娃唱。謾載得前村月，歸來人家三兩。　　何須萬斛黄龍，駕灔澦瞿〔一〕塘，接天風浪。空爲利名牽，誰能似、鴟夷散髮湖上。秋行更好，鏡中新緑東西向。雪寒夜静定多在，蕭

蕭蘆花深放。

校勘記

〔一〕『瞿』，康熙本作『矍』，誤。

漁家傲　早春

弱柳緘黄梅傅粉，燒燈已過花朝近。塞上歸鴻猶有信。飛成陣，王孫一去渾無准。院落沉沉人又困，腰肢頓覺羅衣褪。兩點青山從淡盡。君休問，青山更有新來恨。

西江月　元夕〔一〕

夜月將圓寶鏡，春冰已碎青瑶。千門燈火近元宵，一向薄寒猶峭。海上雙魚不至，雲間彩鳳難招。小樓十二更蕭蕭，白髮空思年少。十日催花雨過，九衢著柳風輕。城中何處不觀燈，菡萏夜開千柄。酌酒何辭瀲灔，吹簫更引娉婷。如今海角嘆飄零，落月半窗清影。

校勘記

〔一〕『元夕』後，康熙本有『二闋』二字。

風入松〔一〕

一鈎初月小如眉。又是去年時。東風著意催花柳，元朝過、休放春遲。野老田夫共樂，青山白水相宜。

男兒了事却成癡。七十更何爲。也知七十從來少，但從容、把酒論詩。獨樂園中司馬，雲臺觀裏希夷。

校勘記

〔一〕『松』，底本原缺，據卷首總目録補。

鳳棲梧

一日思歸歸便許，何□□□，忘却歸來路。春已無多風又雨。桃花柳絮渾無數。

第四橋邊君住否，唯有當時，月照傷心處。水滿洞庭飛白鷺，吹簫夜過西山去。

風入松

踏槐猶記伴兒童。今日總成翁。十年不到西湖路，輕孤負、秋月春風。回首桃花水遠，傷心燕子樓空。

倡〔二〕條冶葉自西東。何處託流紅。繁華夢斷愁多少，都分付、鸚鵡杯中。莫問今來古往，倚樓閒送飛鴻。

校勘記

〔一〕『倡』，康熙本作『猖』。

水龍吟　春思

楚天歸雁千行，一書不寄相思苦。匆匆過了，踏青時節，更愁風雨。燕子黄昏，海棠春曉，幾翻〔一〕凄楚。問誰能爲寫，重重别恨，算除有、江淹賦。　尚記銀屏翠箔，抱〔二〕琵琶、夜調新譜。芳年易度，沈腰寬盡，白頭如許。弱水三山，武陵一曲，重尋何處。奈無情杜宇，年年此日，到淮南路。

校勘記

〔一〕『翻』，康熙本作『番』。

〔二〕『抱』，康熙本作『把』。

附録一　詩文輯佚

南村外史傳

南村外史者，丹丘人。名宗儀，字九成，姓陶氏。性迂懶，不治産。又不能廢居爲業，放浪三吴者三十年。與人言，若甚訥，或遇事輒極論是非曲直，雖權臣亦不少借。人由是憚之。嘗習舉子業，晚悉棄去，曰：『是不足成吾名。吾文當師古人，而世之所好非吾之所工，宜其不入繩墨也。吾又焉能舍其所工，求合世之所好，與兒童角短長於一日哉？姑務其大者。』乃去之雲間之泗水上，有田廛，築草堂以居。閉門著書，自號南村外史。凡見聞所及，必録而識之。耕暇則課家僮，灌花莳菊，與野人方士飲酒爲樂。好讀莊老書，而於《黄庭内景》一經，好之尤篤，以爲廣成子所告黄帝長生之道，要不出於此。蓋其蚤負經世學，而行與時忤，久而益困，故折而從彼，以釋其抑欝無聊而已。所著書有《四書備遺》二卷、《説郛》一百卷、《南村輟耕録》三十卷、《書史會要》九卷、《廣蒼蒐》八卷。昔荀卿廢居蘭陵，嫉濁世之政，因推儒墨道德行事，興懷著書數萬言，今外史亦有荀卿之志哉！觀其所述，閎博該備，知不滅没，與草腐木弊無疑也。於此可見，科舉取士不足盡天下之才，而老於大山長谷者，何可勝數！然皆不能有

所著以自見於世如外史者，悲夫！（右南村外史小傳，槜李貝闕之所譔也。予讀《松江誌》，因爲録之。）

——右徐伯齡撰《蟫精雋》卷十三

送吴〔一〕鼎文同知赴安州

别駕安州去，青天蜀道危。近辭丹鳳闕，遠過碧雞祠。暮雨歸神女，春風怨子規。宦遊多好思，重和杜陵詩。

——右康熙五十八年金氏燕翼堂刻本《清江貝先生詩集》卷六

校勘記

〔一〕「吴」，《皇明詩統》作「胡」。

次韻答朱質夫見寄

風雲迢遞各天涯，江海凄凉感别離。客裏曾開桑落酒，坐間今見柏梁詩。清風高枕思元亮，流水知音托子期。門外晚來晴色好，爲君凝佇故多時。

送潘高士子素還南潯

知君去卧碧山阿，把酒其如離恨何。歲暮江城雲作雨，天寒野渡水生波。挈舟况復留連

意，彈鋏還應慷慨歌。我亦滄浪垂釣者，春來準擬理漁簑。

——右萬曆間李騰鵬彙選《皇明詩統》卷四

附録二　序跋題記

萬曆間李詩刻本清江貝先生集

清江貝先生文集序

夫桐土自明興以來，稱跌磊卓犖之士，皭然有不朽之名者，則國博貝先生與都憲程先生，乃其彰彰著者矣。貝先生以文章顯，程先生以節義顯，斯二者軌轍不同，然皆先哲之間作，近世之希覯，而土人之指數其邑中奇者，亦必亟稱二先生，以爲是邑有古昔名賢，足稱不陋云。予初涖桐，即稔聞而慨然景慕之。及按圖志所載，考究人物，既得以詳程先生節概，而因知貝先生者，蓋亦道德之凖、節士之儔。彼徒以文章名先生者，淺乎睹矣。予嘗觀當世文章士，引觚吐辭，咀華啜精，靡高而弗窮，靡遠而弗究，非不號稱名流，爲世所重，乃其心特養望市高，以獵聲譽，釣聞達，一遇功名之會，敗度事私，含詬蒙耻，靡卑而弗就，靡迂而弗即。此所謂言道而行違，文是而人非者也。則雖其著作升堂韓、蘇，入室董、賈，而傳之何益也？故世有厭集刻之繁，至欲得祖龍之火，燔而滅之。雖疾憤之語，誠惡其紫奪朱之章而亂真，非過也。乃若

《清江貝先生集》，則焉可泯弗彰乎？ 夫士君子，行足以風世，故其言足重也；人足以範俗，故其文足傳也。 其人其行善矣，而其言與文又真足垂永久，故其傳足遠也。 是故非行即言弗重，非人即文弗傳，非言與行符、文與人俱，即傳弗遠也。 先生少穎悟不群，負才積學，聞楊鐵崖倡古文於會稽，簦笈而從之。 不就有司試，而日以著作講授自娛。 先生之於學，可謂專矣。 應明時，就辟召，不旋踵而辭疾退歸，卒以著作終其身。 先生之於業，可謂勤矣。 是故余觀其所爲作，旁引曲喻，博綜異籍，包併百家，則班、馬之富也；引經據理，文藻蔚敷，而綜覈確緻，則歐、曾之純也；而要其指歸，率閒曠逍遥、豪宕不羈之趣居多，則莊、列之逸也。 先生之於文，可謂粹且精矣。 論者咸以爲：是足爲先生重，是足爲先生傳。 而余獨謂先生之足重而傳且遠者，固自有在，非區區文詞間也。 今夫參贊和燮，康世輯民，使澤布寰宇，烈垂簡册者，事功之士也；安道苦節，貞志飭躬，嚴進退之義，而勵出處之節者，道德之儔也。 士君子自度進不能爲彼，則退而審處此爲〔二〕，是亦可以獨超流輩、師表異代。 彼落落無所建明，而徒媕婀附世，以倘來之物榮其身者，於義何居陋乎！ 吾無取矣。 先生起元季，以才略慷慨，爲遠近所宗，假令抱策以就試有司，即非特取青紫，異日行當有所興發建豎，與許文正之業相後先。 然而先生耻事夷之陋，貽然弗屑也。 及聖明御宇，起而用之，隨試有效。 入史局則編纂著稱於同事，校省試則至今謂得人，分教中都則儀範垂於章縫，論著譽於薦紳也。 于時亢績騰聲，益茂昔聞，天下士咸想望先生風采，以爲先生行將嚮用，肩鴻鉅、立勳名於世。 然而先生抗浮雲之志，浩然

弗留也。噫！兹足以觀先生矣。夫自近代士大夫以官爲家，進退出處之義擯而不講，污者甘心夷虜，而貪者溺志權位。彼其不貶抑求容，及失之而不懊恨差悔者，斯亦難矣！況能自飽丘壑，脱屣名利，視如塞翁之馬、孟敏之甑，失得不繫於心，而出處一從乎道，斯豈特求之素流，燁然罕儷哉！即進之古人，亦鮮其儔矣。余竊謂其抗節僞朝，抱隱濁世，即首陽、靖節之風，弗逾也；應用明時，旋即退休，自適其老，即四皓、二疏之義，弗過也。千載而下，廉污劘貪、風世範俗之功，先生垂之，則誰謂程都憲公之節義，可獨專美也？彼徒以文章士名先生者，是乎否耶？夫其言其文，既彰彰如是，而其人其行，又卓卓如是，然則焉可弗重也，焉可弗傳也？傳又焉可弗遠也？余故獨有取於是集矣。余至桐，程都憲之集已刻行，且以板入庫籍，令傳之遠也。獨貝先生以舊有《清江集》行于世，未及重刻，然其集多散逸無存，即士大夫好書籍之家，猶希有之，幾乎遠而不傳矣。邑博李君雅以文才自負，亦重有慕於先生作，懼其集久而廢也，乃極意旁羅博購。一日而抄集其録，編次以詣予，曰欲付之刻，且謂予當序之首。余曰：『善哉兹舉也！余方有志焉未就，君何就之速乎！余誠當序，不敢辭。』會政劇，方援筆未就，值李君欲致位歸，促余成序，終刻以行。余久景先生風，又重嘉李君之行，有合於先生括利達之心，故遂亟爲之序。且本先生之大節，使後人傳先生之文，知先生之所以爲不朽者云。時萬曆乙亥歲冬十月之吉，賜進士第、觀刑部政、出知桐鄉縣事、漳浦後學蔡時鼎謹序。

校勘記

〔一〕『此爲』，疑爲『爲此』之顛倒。

清江先生文集後序

予諸生時，好讀古先文字，見清江先生《土偶對》《西翠樓記》諸篇，心悦之。比司教來桐，諗先生後于邑人。邑人言先生没今二百年，子孫遺文澌盡矣。嗟乎！貝先生何淪落至此乎！越明年，同寅海虞志齋李君，謂先生邑之聞人也，遺文闕佚，無以表先聞、風多士。於是旁搜手録，删其亡謂者若干篇，存可傳者若干篇，刻之學宫，以廣其傳。於是工告成矣，屬予叙述先生之行嗣刻焉。

叙曰：昔奇渥逆天地之位，作諸夏之主，制惟尊夷，人甘臣虜。先生能抱璞不欲售，受學於會稽鐵崖氏者，曰聖賢之學而已矣。高皇帝混一區宇，徵岩穴之材，先生始應聘召而起。是故相時之哲，足以標出處；擇君之義，可以貞臣節。許平仲氏慚德已。夷考其時，中原雖就日靖，而勞臣志士皆无材也，率喜尚弓馬搏擊，薄文墨不爲。先生日與宋潛溪學士議論往復，麗澤甚多，及退居殳山，教其子五人，俱明經潔行，顯庸于世。視昔五柳之子，不喜習紙筆者不同。則先生之事君也，擇師也，論交也，教子也，天秩人倫，舉可謂章章垂世也。而况其入史局以直核稱，教國子以師道稱，隨試而輒效，迄於今史傳記之，猶能使人興起者乎！孟氏有言：

尚友，讀其書，必知其人、論其世。於是知先生之集不可無傳矣。曩李君嘗請刻《巽隱集》于邑中，今復刻是集，而先生之文章與都憲之節義，足並垂於不朽。若李君者，豈非文獻之攸幸哉！德業之遡，因可知已。集凡四卷，詞皆根極理奧。邑大夫漳浦調吾蔡公詳序於前，予不敢復贅云。時萬曆三年歲次乙亥孟冬月，署桐鄉縣學教諭事、進賢後學周宇伯猷子方義壯書。

序清江貝先生集後

節義文章，自古稱之矣。斯皆天地英粹之氣，委靈于夫人，以贊翊元化，徽淑人心，闓舒奧衍，宣吐華藻。士君子磊落軒昂，巋然爲名世人物，以有此也。故投閣大夫、伏臘侍郎，君子羞稱焉。巽隱程先生、清江貝先生，皆桐鄉産也。其在巽隱先生，則以明經起家，而樹功于滇南，覃澤于夷僰，名位尊顯。而當夫遜國之時，有貫不貳。其在清江先生，則以明經起家，而分教兩都，諸生雲集，抒詞揚翰，流播海宇。預修《元史》，與宋文憲公、王忠文公相翱翔，當時有『敘事詳贍，不激不詭』之稱焉。二先生雖時位稍殊，而文章節義，皆冠冕一時，人心怵企。余備員于兹，即嘗追論其世。癸酉之秋，編校巽隱先生之集，濮陽公刊布而籍藏之矣。清江先生之文，間見于《皇明文衡》及《文章辨體》諸集中，而未見其全也。求之再期，胥以淪缺報委，晚乃得之玉川顔君。蓋顔君敦厚好古，故能藏其遺編，然亦幾於昏腐矣。余既得而讀之，則手自讐録，稍加删正。雖其平生所述，不及國家大事，然有求輒應，援古準今，辭旨焕發，間有所感，則

又創有譔著。要皆規切之言，不可謂於世教無補也。夫輕縑素練，太羹玄酒，與夫豐肌膩理，濃雲鬱興，體裁雖殊，而稱文則一，均足傳遠。先生學博而思邃，氣融而理達，若大吕天球，和雅清越，蓋國初名家也。然《石經》《大詔》二賦，不見於本集，而見于《皇明文衡》，則知先生之文，其流布四方而散逸失紀者，蓋亦多矣。今即不爲之計，則此集將亦遂泯，加之數傳，誰復有足以徵先生者哉？余竊閔焉。乃率諸庠士，協圖梓之。夫明興以來，霞輝星彩，擅藝林之奇芳，而新彤管之鴻製者，紛如矣，乃獨留意是編，何哉？昔周公作《無逸》，獨詳于文、武，謂耳目睹記，于師法爲親且切也。二先生皆海内名流，俊偉卓犖，固諸士里中人也。諸士嘗知念之矣。如砥礪其名行，完懿其文德，抗厲前修，而超踪遐軌，俾後之評隲人物者，勿但曰清江、巽隱云爾，則余兹刻也，無亦爲諸生掃室布席也哉！時萬曆乙亥冬十月吉，分訓桐鄉、海虞後學李詩謹識。

康熙五十八年金氏燕翼堂刻本清江貝先生詩集文集

明國子助教貝廷琚有《清江集》二十卷，盛行於世。歲久刻板散失，學者罕見全本。桐鄉金崑濬典簿，篤志好古，每欲綴緝藝文，網羅遺佚，以其同里先正貝廷琚、程原道二先生集流傳蓋少，思重爲剞劂，而未及也，乃呼其季子檀而命之，俾成其事。檀謹受命不忘，於是徧加搜訪。越數載，始獲二集全本，重加審定，鳩工鋟板。一以表章先賢，一以纘成遺志，斯誠仁人之

事、孝子之心也。廷琚曾領鄉薦，博通經史百家之言，嘗辭淮張之聘，隱於殳山。洪武初徵脩《元史》，後陞國子助教。嘗從學於楊廉夫，然其詩蒼古深秀，吐納風流，足以涵蓄萬有，苞舉衆妙，而無老鐵槎牙奡兀之氣。蓋非守其師説而不變者也。廷琚之詩，可以頡頏於青丘、眉菴之間，而所推爲國初四傑者不與焉，豈文章之事，亦以名位之顯晦爲軒輊歟？因思吾州，固亦文獻之邦也，自明以來，名人鉅公以文章著稱者，往往不絶。然如偶武孟張滄洲、陸菽園鼎儀諸公，其全集之行世者，不少概見矣。然則如崑濬父子之蒐羅補輯，以表往哲而振遺芳者，其風義豈可多得乎哉！　康熙己亥仲春，婁東後學唐孫華拜譔。

余世居桐鄉，先君子每以邑中往哲，如鮑徵士恂、貝助教瓊，當購其集以傳。余小子謹識勿忘。洎先君子見棄，越十年始得貝先生《清江集》四卷，又借得鈔本四十卷，亟併録之。因次第校刻，深喜先志之克成也。蓋先生集雖鐫板萬曆間，見者絶少，《真真》一詩，名尚沿譌，錢虞山始正之。世之人争慕其詩文，僅從一二選本繙繹，猶窺其一斑而未覩全豹。惟是集一出，詩之秀潤，久而益新，而文詞之麗以則，讀者可盡睹焉。其尤爲吾鄉增色者，先生始終居殳山，集中所作，多資郡邑考證。又少從學於楊廉夫，廉夫久往來吴越，見聞之淵源有自也。且先生實臺閣之選，一時陶學士安、宋祭酒訥以下，暨吾浙宋景濂輩，皆以同官友善，是出其學識相上下者多矣。即不獲簪筆禁廷，顧以史事徵、以胄教歸，進退餘裕，卷舒自如，視當時儒流，被寵遇

未幾得罪且嬰禍，奚啻霄壤哉！ 圭璋特達，天下貴焉，宜其著作越數百年而光景常新也。 時康熙五十八年歲在己亥春三月朔日，後學金檀書於婁東燕翼堂。

四部叢刊影印明洪武本清江貝先生集

上海涵芬樓借烏程許氏藏明初刊本景印，原書板匡高營造尺六寸八分、寬四寸二分。

洪武板《清江公全集》四十卷，流傳甚少，惟見王西莊光禄、袁壽堦外舅有藏本。 嘉慶戊辰，以白金二十四兩向同郡黄堯圃主事易得。 黄係得之桐鄉金氏文瑞樓，有朱印可證。 金星軺于康熙五十八年曾重刻公集，序云：『始得先生《清江集》四卷，又借得鈔本四十卷，次第校刻。』想重刻時尚未得洪武板也。 又云：『先生集鐫板萬曆間，見者絶少。』據此，則萬曆時又有刻本也，予未之見。 又唐孫華序云：『《清江集》二十卷，盛行于世。 歲久板刻散失，學者罕見全本。』據此，又有二十卷之刻本，亦未見。 皆當訪求之。 友人海鹽吴思亭《續疑年録》，云先生年四十八始領鄉薦，張士誠據吴，累徵不就。 計其生年，當在元延祐四五年間。 墉好搜求先世文獻，二十年來所得十餘種，以此集爲最佳。 公之子紀善公有《春雨軒集》，訪之十餘年，無從購覓，附記于此。 他日當一一往嘉禾求之也。 道光丁亥伏日，貝墉謹跋。

集内有『葉氏藏書』朱文方印，係明葉文莊公盛菉竹堂藏書之印。 又『蓮涇』朱文方印、

『太原叔子藏書記』白文長印，係康熙時吳中王聞遠孝慈堂藏書之印。卷後有『南陽叔子苞印』白文方印、『二泉』朱文方印，無考。丁亥秋七月四日，暑退涼生，靜坐千墨庵書此。見皐墉謹誌。

貝瓊字廷臣，又名闕，一字廷琚。嘉興崇德人。祖謙，宋太學上舍，運革不仕。瓊少穎悟，元末隱殳山。博通經史，善詩古文。年四十八始領元鄉薦，張士誠據姑蘇，累徵不就。洪武初舉明經，三年詔脩《元史》，五年校士浙省，六年召入爲國子助教，八年遷中都國子學助教，教功臣子弟，十年致仕，朱竹垞撰傳，云十一年九月致仕。明年卒于家。所著有《清江詩集》十卷、《文集》三十卷行世。葬邑之語兒鄉。子翱，楚府紀善；翽，都督府經歷；翔，國子學録。竝以人才舉任，任其家學云。

右節録諸書小傳于清江公集之卷端，時道光初元歲在辛巳孟陬月下旬之三日，平江貝墉既勤氏敬書。

附録三　萬曆間李詩刻本清江貝先生集目次

清江貝先生文集

卷之一

記

卷之二

序

傳

清江貝先生續集

是集也，爲文一百二十三篇，爲字六萬有奇。每萬字工食銀三兩四錢，每板樹銀一分，共該銀二十三兩有奇。本學訓導李詩助銀五兩，廩生錢炌、董名儒、周于德、吴仲和、董仲儒、曹應俊、莊芳林、胡臣明、顧杰、張可明、徐志學、沈維藩、陸奇計、錢夢得、陸吉、陸堦、沈烝、陸三衢共助銀十兩三錢。若其始末綜理之勞，則臣明爲多。鄉仕廣藩經憲王化助銀三兩，耆民莊儒助銀五兩。然無序無以彰其美，不印無以盛其傳。訓導李又捐銀三兩七錢，藩司吏徐敖亦助銀三兩，始印行焉。例得備書。

【按】李詩刻本《清江貝先生集》卷首總目與正文篇目文字多有歧異，此據正文而録。

附録四　書目文獻録要

千頃堂書目

貝瓊《清江貝先生文集》三十卷。《海昌集》一卷，《雲間集》七卷，《兩峰集》三卷，《金陵集》十卷，《中都集》九卷，《歸田稿》一卷附。又《詩集》十卷。《詩餘》一卷附。字廷琚，一名闕，字廷臣。崇德人。洪武初徵修《元史》，除國子助教，遷中都國子助教。

欽定四庫全書總目卷一百六十九

《清江詩集》十卷、《文集》三十一卷。編修汪如藻家藏本。明貝瓊撰。瓊字廷琚，一名闕，字廷臣。崇德人。元末領鄉薦，遭亂退居殳山。明初徵修《元史》，除國子監助教。事蹟附見《明史·宋訥傳》。考程慶琉《聲文會選》，以貝闕、貝瓊爲二人，然陶宗儀《輟耕録》載妓女真真事，云『嘉興貝闕有詩』，今《真真曲》載此集中，則瓊一名闕審矣。《兩浙名賢録》載瓊集二十卷，明萬曆中所刻乃止三卷。此本凡詩集十卷，文集分《海昌集》一卷、《雲間集》七卷、《兩峰集》三卷、《金陵集》十卷、《中都稿》九卷、《歸田稿》一卷，僅有鈔本流傳。康熙丁亥，桐鄉金檀

購得之，始爲刊板。瓊學詩於楊維楨，然其論文稱『立言不在嶄絶刻峭，而平衍爲可觀；不在荒唐險怪，而豐腴爲可樂』。蓋雖出於維楨之門，而學其所長，不學其所短，宗旨頗不相襲。朱彝尊《静志居詩話》謂其詩爽豁類汪廣洋，整麗如劉基，圓秀勝林鴻，清空近袁凱，風華亞高啟，朗净過張羽，繁縟愈孫蕡，足以領袖一時。鄉曲之言，未免過實，然其詩温厚之中自然高秀，雖不能兼有諸人之勝，而馳驟於諸人之間，實固無所多讓。其文亦沖融和雅，有一唱三嘆之音。史稱宋濂爲司業，建議立四學，並祀舜、禹、湯、文爲先聖，瓊作《釋奠解》駁之，識者多是瓊議。則其考證古禮，尤有依據，不但詞采之工矣。

四庫簡明目録標注卷十八

《清江詩集》十卷、《文集》三十一卷。明貝瓊撰。其集一本二十卷，一本三卷。此兩集共四十一卷，乃足本也。明萬曆中刊本三卷，康熙己亥桐鄉金氏刊本十三卷，許氏有鈔本四十卷。

善本書室藏書志卷三十五

《清江貝先生詩集》十卷。明初刊黑口本。汪閬源藏書。明貝瓊撰。瓊一名闕，字廷琚。崇德人。年四十八始領鄉薦。張士誠據吴，隱於殳山，聘不就。洪武三年徵修《元史》。除國子監助教。與宋景濂友善，至相推讓。《明史》附《宋訥傳》。姚文公燧爲承旨時，一旦玉堂宴集，

召妓奏曲。有真真者操南音，公疑問之，泣對曰：『妾建甯人，西山之苗裔也。父司筦庫於濟甯，坐盜用官錢，賣妾流落。』公憫之，遣使白丞相三寶奴，爲落籍，且以配翰林屬官王棣。棣復至翰林待制。瓊賦《真真曲》，即在集中。學詩於楊廉夫，而獨不蕲絶刻峭、荒唐險怪。朱彝尊推其詩爽豁類汪朝宗，整麗似劉伯温，圓秀勝林子羽，清空近袁文景，風華亞高季迪，朗净過張來儀，繁縟愈孫仲行，足以領袖一時。舊集二十卷，萬曆中所刻止三卷。此本爲詩十卷，前後無序跋，當即桐鄉金檀重雕之祖本，而佚其文集者。有『汪士鐘藏』一印。按，《文瑞樓藏書記》云：先生之子翔，以文學選爲楚府紀善，積其禄餘，刊爲此書。有天台徐一夔序。

皕宋樓藏書志卷一百十一

《清江貝先生文集》三十卷。明洪武刊本。明貝瓊撰。徐一夔序。

貝氏手跋曰：洪武板《清江公全集》四十卷，流傳甚少，惟見王西莊光禄、袁壽堦外舅有藏本。嘉慶戊辰，以白金二十四兩向同郡黄蕘圃主事易得。黄係得之桐鄉金氏文瑞樓，有朱印可證。金星軺于康熙五十八年曾重刻公集，序云：『始得先生《清江集》四卷，又借得鈔本四十卷，次第校刻。』想重刻時尚未得洪武板也。又云：『先生集鐫板萬曆間，見者絶少。』據此，則萬曆時又有刻本也，予未之見。又唐孫華序云：『《清江集》二十卷，盛行於世。歲久板刻散失，學者罕見全本。』據此，又有二十卷之刻本，亦未見。皆當訪求之。友人海鹽吴思亭《續疑

年録》，云先生年四十八始領鄉薦，張士誠據吴，累徵不就。計其生年，當在元延祐四五年間。墉好搜求先世文獻，二十年來所得十餘種，以此集爲最佳。公之子紀善公有《春雨軒集》，訪之十餘年，無從購覓，附記于此。他日當一一往嘉禾求之也。道光丁亥伏日，貝墉謹跋。

又曰：集内有『葉氏藏書』朱文方印，係明葉文莊公盛箓竹堂藏書之印。又『蓮涇』朱文方印、『太原叔子藏書記』白文長印，係康熙時吴中王聞遠孝慈堂藏書之印。卷後有『南陽叔子苞印』白文方印、『二泉』朱文方印，無考。丁亥秋七月六日，暑退凉生，静坐千墨庵書此。見皃墉謹誌。

嘉業堂藏書志卷四

《貝清江集》三十卷。明洪武刻本。

明貝瓊撰。瓊一名闕，字廷臣。崇德人。元末領鄉薦，遭亂退居殳山。明初徵修《元史》，學者稱之。清江先生事蹟，附見《明史·宋訥傳》。《四庫》收詩十卷，文三十一卷。此明洪武刻本，徐一夔序，有文無詩，分《海昌集》《雲間集》《兩峰集》《金陵集》《中都稿》《歸田集》。合《歸田集》於《中都稿》，故比《四庫》少一卷。文不缺，止缺詩十卷。海寧查燕緒藏書。（繆稿）

此爲洪武時刻本。每半葉十三行，每行二十五字，目録每半葉十一行，每行二十字，上下欄雙邊，黑口。古雅絶倫，去元代未久，遠勝其成、弘諸刻。清江在明時有數刻：一爲萬曆時

三卷本，一爲二十卷本。均罕見，而洪武本尤稀如星鳳。康熙金星軺校刻清江集時，俱未之見也。卷一爲《海昌集》，二至八爲《雲間集》，九至十一爲《兩峰集》，十二至二十一爲《金陵集》，二十二至三十前半爲《中都稿》，後半爲《歸田稿》。當時並刻詩十卷，惜此本佚之矣。有『繼亭姜氏所藏』『純庵居士姜渭』『雁湖齊家』『查燕緒字翼夫』諸記。（吴稿）

縮本四部叢刊初編書録

《清江貝先生文集》三十卷、《詩集》十卷、《詩餘》一卷。烏程許氏藏明洪武刊本。明貝瓊撰。《文集》每葉二十六行，行二十四字。《詩集》每葉二十二行，行二十一字。粗黑口。《文集》有洪武時天台徐一夔序，序後有『文章追古作』五大字。全書密行小字，明初本之最精者。文瑞樓重刻清江集時，未見此本也。有貝墨香跋三則。有菉竹堂、金星軺、王蓮涇、貝既勤諸印記。

藏園訂補郘亭知見傳本書目卷十五

《清江集》十卷、《文集》三十一卷。明貝瓊撰。〇明洪武本。〇康熙丁亥桐鄉金氏刊本。

補：《清江貝先生文集》三十卷、《詩集》十卷。明貝瓊撰。〇明初刊本，十一行二十一字，黑口，四周雙闌。前徐一夔序。已印入《四部叢刊初編》。

附録五　傳記資料録要

康熙五十八年金氏燕翼堂刻本清江貝先生詩集卷首附録諸家記略

貝瓊，字廷臣。嘉興崇德人。性坦率，不事邊幅，而篤志好學，博通經史百家之言。善爲文，年四十八始領鄉薦。張士誠據姑蘇，累徵不就。洪武三年，被薦脩《元史》。既成編，受賞而歸。六年，以儒士舉至京師，除國子助教。嘗慨古樂不作，所謂成均，徒有其名，迺作《大韶賦》以見志。宋濂之爲司業也，建議於朝，謂當立五學，並祀舜、禹、湯、文爲先聖。高皇帝不用其説，且黜辱之，然士大夫猶有韙濂者，瓊乃作《釋奠解》辨之。其持正論類如此。九年，遷中都國子助教，教勳臣子弟。瓊爲人文行超越，素有名譽，雖將校武夫，皆知禮重。十一年九月致仕，明年卒於家。有《清江文集》二十卷行於世。《人物考》，並見《兩浙名賢録》

貝瓊，字廷琚。崇德人。祖謙，宋太學上舍，運革不仕。瓊少穎悟，師同邑黄次山及會稽楊維楨。元季隱居，教授生徒甚盛。洪武初，舉明經。庚戌，詔預脩《元史》，同官服其史才，文重京師。壬子，校士浙省。召入爲國子助教，分教中都，前後胄教五年。疾歸，卜築殳山。所著有《清江集》行世。葬語兒鄉。子翱，楚府紀善；翻，都督府經歷；翔，國子學録。並以人材

舉任，世其家學。《桐鄉縣志》

貝瓊，字廷琚。崇德人。元末隱殳山。博通經史，尤工於詩。洪武初徵脩《元史》，兼國子助教博士。與宋景濂爲友，互相推讓，亦一時之雄也。《明詩綜》

貝瓊，字廷臣，一字廷琚。崇德人。年四十八始領鄉薦。張士誠據吴，隱於殳山，累徵不就。洪武三年，徵脩《元史》。六年，除國子助教。八年，遷中都國子學助教，教功臣子弟。十年，致仕。明年卒於家。按，諸集並載貝瓊，無貝闕。《光岳英華》載貝闕廷臣，無貝瓊。程慶琉《會選》則貝闕、貝瓊並列。據陶九成《輟耕録》載姚文公嫁妓女事，云嘉興貝闕有詩，今《真真曲》載在《清江集》中，而貝瓊本字廷臣，則闕乃瓊之別名，非兩人也。今正之。《列朝詩集》

貝瓊，字廷琚，一名闕，字廷臣。崇德人。洪武初，徵脩《元史》，除國子助教，遷中都國子助教。有《清江集》。《詩話》：姚文公燧爲承旨時，一日玉堂宴集，聲妓畢奏。有真真者操南音，公疑而問之，泣對曰：『妾建寧人，西山之苗裔也。父司筦庫於濟寧，坐盗用縣官錢，賣妾以償，遂流落倡家。』公憫之，遣使白丞相三寶奴爲落籍，且謂翰林屬官王棣杕華曰：『汝無妻，以此姬配汝，吾即其父也。』贊裝皆出於公。棣後官翰林待制。廷琚爲作《真真曲》以紀事，盛傳於時。廷琚從學於楊廉夫，其言曰：『立言不在嶄絶刻峭，而平衍爲可觀；不在荒唐險怪，而豐腴爲可樂。』蓋學於楊而不阿所好者也。其詩爽豁類汪朝宗，整麗似劉伯温，圓秀勝林子羽，清空近袁景文，風華亞高季迪，朗净過張來儀，繁縟愈孫仲衍，足以領袖一時。此非鄉曲之私，

天下之公言也。《明詩綜》

貝瓊，字廷琚，一字廷珍，别號清江，初名闕，字廷臣。崇德人。少穎異，師同邑黄次山及會稽楊廉夫，而學益進。年四十八始領元鄉薦。張士誠據吴，累徵不就，隱居殳山，教授生徒。洪武初，徵脩《元史》，同官李敏卿輩服其史才，文重京師。壬子，校士浙省。入爲國子助教，乞歸。其在史館時，與金華宋景濂友善，凡有撰著，互相推讓，亦一時兩雄也。黄巖方贈行詩，有云『殳山仙翁髮如雪，胸蟠太和吐日月。手中鍊石輕女媧，五色曾將補天裂』，其推重如此。著有《清江集》。其詩博大警敏，矯然不群，評其才質，當不在高、楊以下。有明一代，吾郡詩人林立，以清江冠之，斯無愧焉。《槜李詩繫》

黄佐國子監助教貝瓊傳（《國朝獻徵録》卷七十三）

貝瓊，字廷臣。嘉興崇德人。性坦率，不事邊幅，而篤志好學，博通經史百家之言。善爲文，年四十八始領鄉薦。張士誠據姑蘇，累徵不就。洪武三年，被薦修《元史》。既成編，受賞而歸。六年，以儒士舉至京師，除國子助教。嘗慨古樂不作，所謂成均，徒有其名，迺作《大韶賦》以見志。宋濂之爲司業也，建議於朝，謂當立五學，竝祀舜、禹、湯、文爲先聖。高皇帝不用其説，且黜辱之，然士大夫猶有譏濂者，瓊乃作《釋奠解》。解曰：

『三皇何人也？』曰：『古聖人也。』曰：『其爲聖人也，奈何？』曰：『庖羲氏闡天下之文，

神農氏興天下之利，黄帝制器尚象，以通天下之變。此爲治者莫過於三皇也。』『何如？』曰：『孔子不得如三皇修君師之職，於是删《詩》《書》，正《禮》《樂》，贊《周易》，修《春秋》，以明綱常於萬世，德雖同而事則殊矣。』『然則祀三皇於學，以孔子配之。可乎？』曰：『不可。』『以三皇爲先聖，以孔子爲先師，奚爲不可也？』曰：『又各有所當也。按，《周禮》：「有道有德者，使教焉。死則以爲樂祖，祭於瞽宗。」故《文王世子》篇曰：「凡學，春官釋奠於其先師，秋冬亦如之。」若《禮》有高堂生，《樂》有制氏，《詩》有毛公，《書》有伏生，皆先師之類也。又：「凡始立學者，必釋奠於先聖、先師。」釋者曰：「先聖，若周公、孔子。」其下云：「凡釋奠者，必有合也，有國故則否。」蓋謂國無先聖、先師，則所釋奠者當與鄰國合。若唐虞有夔、伯益，周有周公，魯有孔子，則各奠之，不同也。是唐虞與周所主先聖、先師，固無定名，未有及於三皇也。再稽之史，漢魏之王，取舍各異，周、孔迭爲先聖，孔、顔互爲先師。若周公制禮作樂，宜享王者之祀。於是罷周公，升孔子，配以顔子。高宗永徽中，又復武德舊制。顯慶二年，以長孫無忌言，正孔子爲先聖，仍以周公配武王。歷宋迄今，釋奠孔子，定爲不易之典。是唐宋所主先聖、先師，已有定名，未有及於三王也。嗚呼！太古以來，人若禽獸然，寒無裘，暑無葛，饑無木食，渴無谷飲，無五穀以爲養也；疾病相仇，無醫藥以濟其夭死；所處或巢或穴，無上棟下宇之禦風雨，川游陸走，無舟車之安也；其事簡，其俗淳，結繩而治，無文字之可紀也。三皇繼作而後，人之爲道始備。此衆人疑其不祀三皇者爲缺典。夫三皇宜祀，而不得祀之於學也。惟孔子當周之不

振，憂道之失，與諸子講於洙泗之間，以述三皇之所傳，故宰我曰：「以予觀於夫子，賢於堯舜遠矣。」冉有曰：「自有生民以來，未有盛於孔子者也。」孟子曰：「孔子所謂集大成也者，金聲而玉振之也。」宜爲百王之宗，主萬世之所法，所以祀之於學也。學始無孔子廟，惟魯有廟，然其教被於天下，非一國所得專者，故天下通祀之。自唐已然，虞世南、韓、柳諸記可考矣。學之有廟，由孔子而建，則宜以孔子爲先聖，顔子爲先師，而三皇不預也。盛矣哉！孔子之道！中國尊之，夷狄尊之，爵以文宣王，列二十四戟，冕十二旒，服十二章，執鎮圭，巍然南面而坐。祭則牲太牢，樂大成，舞八佾于庭。其所以尊孔子者，又豈以是爲加歟？不如是，不能稱其德。周太祖屈萬乘過闕里，拜其像，又拜其墓，視漢之高帝、明帝，尤重其禮，論者亦不以爲過。是貞觀之制出於天下之公，而非一人之私見，閲萬世不可易者。今欲崇三皇爲先聖，使居孔子之上，不足以褒其功；降孔子爲先師，使混於高堂生之列，適所以貶其德。故吾的然以爲不可也。』或又曰：『古者祀舜於虞庠，祀禹於夏學，祀湯於殷學，祀文王於周學。舜、禹、湯、文得以祀於學，而不得祀三皇，何拘於貞觀之制耶？』曰：『王天下，立四代，故祀舜、湯、文，而三皇將祀之於何學歟？』或進曰：『先生之言詳。三皇、孔子，其道一也。崇孔子之祀，當崇三皇之祀焉。以佛氏之苦空寂滅，老氏之荒唐怪誕，無益於人與國，且崇臺廣殿，擬於王宮，法亦弗之禁，矧三皇之功，及於人者如此。而領之於醫，特主神農嘗藥之一事，理固有未盡者。宜定其制，設官主之，以豐其祀可也。祀之於學，則非義矣。』時余爲國子助教，適聞有以邪説言於朝，

破貞觀之制者。既斥而不用矣，余懼其惑人也，故辯之。

其持正論類此。九年，遷中都國子助教，教勳臣子弟。瓊爲人文行超越，素有名譽，雖將校武夫，皆知禮重。十一年九月致仕，明年卒於家。有《清江文集》二十卷行於世。

朱彝尊貝瓊傳（《曝書亭集》卷六十二）

貝瓊，一名闕，字仲琚，一字廷琚，一字廷臣。崇德人。年四十八始領鄉薦。張士誠據吴，累徵不就。洪武三年，召修《元史》。六年，除國子監助教。先是，宋濂爲司業，主建安熊氏之説，謂伏羲爲道統之宗，神農、黄帝、堯、舜、禹、湯、文、武咸宜秩祀于天子之學，議雖不行，士大夫多有疑其説者。瓊乃作《釋奠解》曰：

或欲祀三皇于學，以孔子配之。可乎？曰：『不可。』按，《周禮》：『有道有德者，使教焉。死則以爲樂祖，祭于瞽宗。』故《文王世子》篇曰：『凡學，春官釋奠于其先師，秋冬亦如之。』若《禮》有高堂生，《樂》有制氏，《詩》有毛公，《書》有伏生，皆先師也。又凡始立學者，釋奠于先聖、先師。釋者曰：『先聖，若周公、孔子。』下云：『釋奠者，必有合也，有國故則否。』蓋謂國無先聖、先師，則所釋奠者當與鄰國合。若唐虞有夔、伯益，周有周公，魯有孔子，則各奠之，不同也。是唐虞與周所主先聖、先師，固無定名，未有及于三皇也。載稽之史，漢魏之主，取舍各異，周、孔迭爲先聖，孔、顏互爲先師。若周公制禮作樂，宜享王者之祀。於是罷周公，升孔子，

配以顏子。唐永徽中，復武德舊制。顯慶二年，以長孫無忌言，正孔子爲先聖，仍以周公配武王。歷宋迄今，釋奠孔子，定爲不易之典。是唐所主先聖、先師，已有定名，未有及于三皇也。夫三皇宜祀，而不得祀之于學也。學始無孔子廟，惟魯有廟，然其教被于天下，非一國所得專者，故天下通祀之。學之有廟，由孔子而建，則宜以孔子爲先聖，顏子爲先師，而三皇不預也。今欲崇三皇爲先聖，使居孔子之上，不足以褒其功；降孔子爲先師，使混于高堂生之列，適所以貶其德。故吾的然以爲不可也。或曰：『古者祀舜于虞庠，祀禹于夏學，祀湯于殷學，祀文王于東膠。舜、禹、湯、文並得祀于學，何獨於三皇之祀非之？』曰：『周立四代之學，故祀舜、禹、湯、文，今祀三皇將於何學與？雖然，三皇之功及於人者遠矣，而領之於醫，特主神農嘗藥之一事，理固有未盡者。宜定其制，設官主之，以豐其祀可也。』

識者服其持論之正。瓊又慨古樂不作，徒有成均之名，爲《大韶賦》見志。九年，改中都國子監助教，勳臣子弟交憚之。十一年九月致仕，明年卒。瓊與餘姚宋禧，皆從學楊維楨之門，瓊之論曰：『立言不在嶄絶刻峭，而平衍爲可觀；不在荒唐險怪，而豐腴爲可樂。』蓋學于維楨，而不汙所好者也。禧初名元禧，字無逸。元至正十年鄉貢，除繁昌教諭。之官一十九日，即棄歸。遭亂，授徒自給。洪武二年，徵修《元史》，分撰《外國傳》，事畢還。

明史卷一百三十七

貝瓊，字廷琚。崇德人。性坦率，篤志好學。年四十八始領鄉薦，張士誠屢辟不就。洪武初，聘修《元史》。既成，受賜歸。六年，以儒士舉除國子助教。瓊嘗慨古樂不作，爲《大韶賦》以見志。宋濂之爲司業也，建議立四學，並祀舜、禹、湯、文爲先聖。太祖既絀其説，瓊復爲《釋奠解》駁之，識者多是瓊議。與美和、鉉齊名，時稱『成均三助』。九年，改官中都國子監，教勳臣子弟。瓊學行素優，將校武臣皆知禮重。十一年，致仕，卒。

嘉慶石門縣志卷十四

貝瓊，字廷琚，號清江。少穎悟不群。年四十八始領鄉薦。張士誠據吴，屢辟不就，隱居教授生徒甚衆。洪武初，舉明經。庚戌，詔預修《元史》，同官李敏卿輩，稱其叙事直而不詭。壬子，校文浙省，稱得人。癸丑，召入除國子助教。嘗慨古樂不作，爲《大韶賦》以見志。乙卯，改官中都國子監，肅威儀，詳訓迪，諸生愛而尊之。瓊學行素優，將校武臣，皆知禮重。戊午，辭疾歸，踰年卒。今祀鄉賢祠。三子：翱，翺，翔。並以人才舉，世其家學。

民國海寧州志稿卷三十三

貝瓊，字廷琚，號清江。崇德人。元季寓居硤石紫微山，教授生徒甚衆。年四十八始領鄉薦。洪武三年，召修《元史》。除國子監助教，改官中都，勳臣子弟交憚之。致仕卒。子：翱，翻，翔。竝以人才舉，能繼其家學。